CB072934

TEMPESTADE
DE GUERRA

SÉRIE A RAINHA VERMELHA

vol. 1: *A rainha vermelha*
vol. 2: *Espada de vidro*
vol. 3: *A prisão do rei*
vol. 4: *Tempestade de guerra*
extra: *Coroa cruel*

CONTOS DIGITAIS
Canção da rainha
Cicatrizes de aço

VICTORIA AVEYARD

TEMPESTADE DE GUERRA

Tradução
CRISTIAN CLEMENTE
GUILHERME MIRANDA
LÍGIA AZEVEDO
ZÉ OLIBONI

SEGUINTE

Copyright © 2018 by Victoria Aveyard

O selo Seguinte pertence à Editora Schwarcz S.A.

Grafia atualizada segundo o Acordo Ortográfico da Língua Portuguesa de 1990, que entrou em vigor no Brasil em 2009.

TÍTULO ORIGINAL *War Storm*
CAPA Sarah Nichole Kaufman
ARTE DE CAPA John Dismukes
PREPARAÇÃO Lili Fernandes
REVISÃO Renata Lopes Del Nero, Adriana Bairrada e Clara Diament

Dados Internacionais de Catalogação na Publicação (CIP)
(Câmara Brasileira do Livro, SP, Brasil)

Aveyard, Victoria
   Tempestade de guerra / Victoria Aveyard ; tradução Cristian Clemente, Guilherme Miranda, Lígia Azevedo, Zé Oliboni. — 1ª ed. — São Paulo : Seguinte, 2018.

   Título original: War Storm.
   ISBN 978-85-5534-055-0

   1. Ficção — Literatura juvenil I. Título.

17-01244   CDD-028.5

Índice para catálogo sistemático:
1. Ficção : Literatura juvenil 028.5

12ª reimpressão

Todos os direitos desta edição reservados à
EDITORA SCHWARCZ S.A.
Rua Bandeira Paulista, 702, cj. 32
04532-002 — São Paulo — SP
Telefone: (11) 3707-3500
www.seguinte.com.br
contato@seguinte.com.br

/editoraseguinte
@editoraseguinte
Editora Seguintes
editoraseguinteoficial

*Para os meus pais, para os meus amigos,
para mim e para você.*

Map

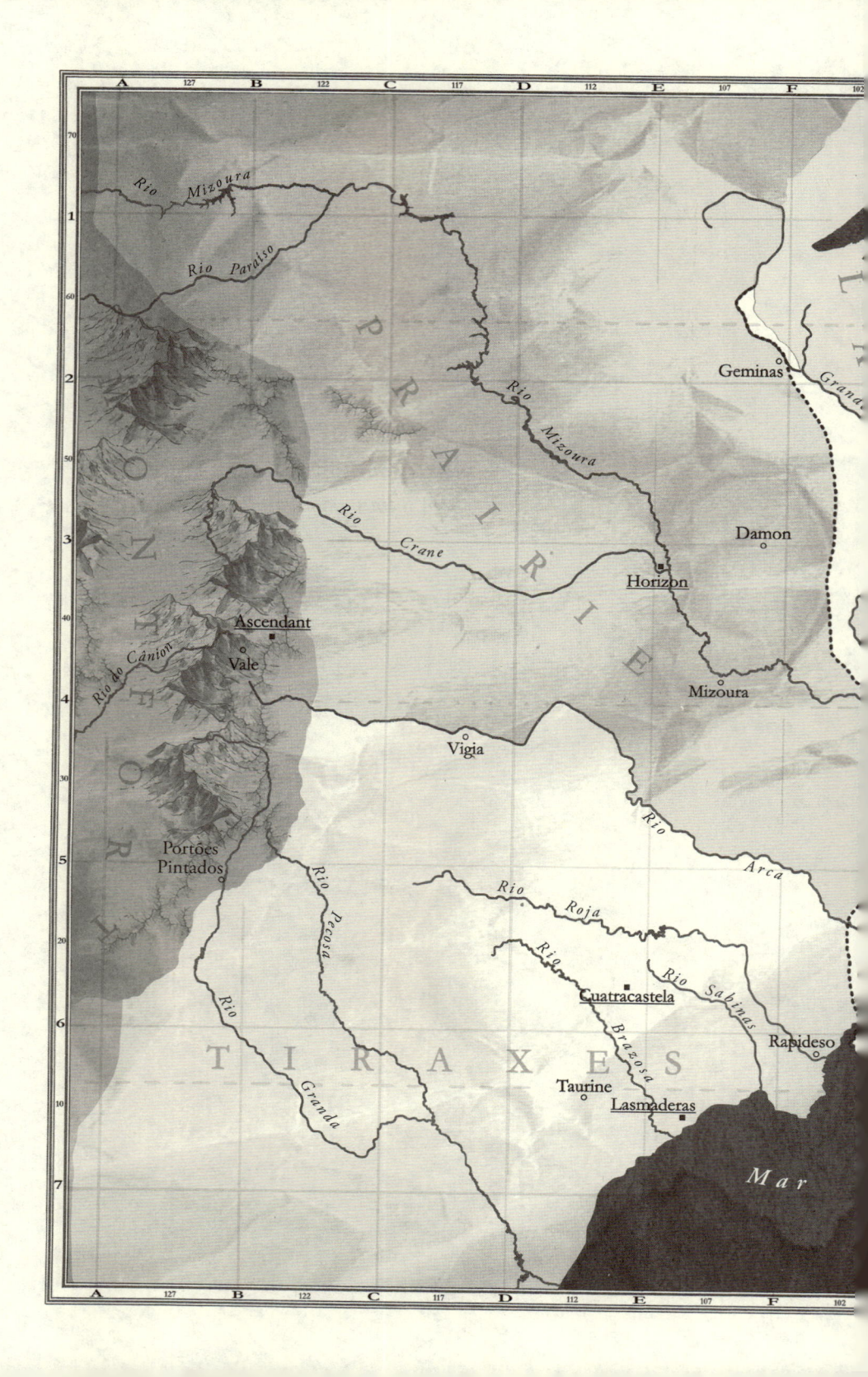

Rio Mizoura
Rio Paraíso
Rio Mizoura
Rio Crane
Rio do Cânion
Rio Pecosa
Rio Granda
Rio Roja
Rio Brazosa
Rio Sabinas
Rio Arca

PRAIRIE
ONT... FOR... (mountains region, partially obscured)
TIRAXES

Geminas
Damon
Horizon
Mizoura
Ascendant
Vale
Vigia
Portões Pintados
Cuatracastela
Taurine
Lasmaderas
Rapideso

Mar

Map

- Lago Superion
- Lago Miskin
- Lago Neron
- Lago Tarion
- Lago Eris
- Lago Redbone
- Lago da Rainha
- Rio Adela
- Rio Termus
- Rio Devoto
- Rio Ohius
- Rio Tanasian
- Rio Savan
- Rio Persican
- Rio Capital
- Rio Cariot
- Rio Regente
- Rio Morian
- Rio Principe
- Rio de Mato

Cities:
- Adela
- Trial
- Ronto
- Detraon
- Corvium
- Rocasta
- Siracas
- Summerton
- Albanus
- Orienpratis
- Haven
- Archeon
- Harbor Bay
- Pitarus
- Delphie
- Ilha da Rainha
- Ilha Orien
- Ilhas Bahrn
- Ilha de Tuck
- Terra
- Monument
- Opryan
- Rallis
- Cidadela
- Persica
- Savannus
- Tallasin
- Ilhas Floridian
- Lucia

- ISPUTADAS
- Oceano Leste

UM

Mare

Ficamos em silêncio por um longo momento.

Corvium se estende à nossa frente, cheia de gente, mas parecendo vazia.

Dividir e conquistar.

As consequências estão claras, as linhas foram nitidamente desenhadas. Farley e Davidson me encaram com a mesma intensidade, e eu os encaro de volta.

Imagino que Cal não tenha ideia, nem uma suspeita, de que a Guarda Escarlate e Montfort não têm a menor intenção de deixar que permaneça em qualquer trono que assumir. Imagino que se importa mais com a coroa do que com o que qualquer vermelho pensa. E imagino que não devo mais chamá-lo de Cal.

Tiberias Calore. Rei Tiberias. Tiberias VII.

É o nome que recebeu ao nascer, o nome que usava quando o conheci.

Ladra, ele me chamou então. Esse era o meu nome.

Queria poder esquecer a última hora. Voltar só um pouco atrás. Vacilar. Hesitar. Desfrutar por mais um segundo da estranha paz de sentir apenas a dor dos músculos cansados e dos ossos reparados. O vazio depois da adrenalina da batalha. A certeza de seu amor e de seu apoio. Mesmo com o coração partido, não consigo odiá-lo por sua escolha. A raiva virá depois.

A preocupação passa pelo rosto de Farley. A expressão não combina com ela. Estou mais acostumada à determinação fria ou à raiva vermelha vindas de Diana Farley. Sei que nota meu olhar pelo leve retorcer de sua boca marcada por uma cicatriz.

— Vou transmitir a decisão de Cal ao resto do Comando — ela diz, quebrando o silêncio tenso. Suas palavras são baixas e calculadas. — *Só* o Comando. Ada vai levar a mensagem.

O primeiro-ministro de Montfort assente.

— Muito bem. Acho que os generais Batedor e Cisne já devem ter uma ideia dos acontecimentos. Estão acompanhando a rainha Lerolan desde que se tornou parte do jogo.

— Anabel Lerolan ficou na corte de Maven por algumas semanas, o que é bastante — digo. De alguma forma, minha voz não vacila. As palavras saem uniformes e cheias de determinação. Preciso parecer forte, mesmo que não me sinta assim agora. É uma mentira, mas uma boa mentira. — Ela deve ter mais informações do que fui capaz de fornecer.

— Provavelmente — Davidson diz, pensativo. Ele estreita os olhos para o chão. Não à procura de algo, mas para se concentrar. Um plano se desenrola à sua frente. O caminho adiante não é fácil. Qualquer criança saberia disso. — E por isso mesmo tenho que voltar para lá — ele diz, quase pedindo desculpas. Como se eu pudesse ficar brava com ele por fazer o que é necessário. — Olhos e ouvidos atentos, está bem?

— Olhos e ouvidos atentos — Farley e eu respondemos em uníssono, surpreendendo uma à outra.

Davidson se afasta, saindo pela viela estreita. O sol reflete em seu cabelo grisalho brilhante. Ele teve o cuidado de se arrumar depois da batalha, para se livrar do suor e das cinzas, substituindo o uniforme manchado de sangue por um limpo. Tudo isso para manter a fachada calma, controlada e estranhamente comum de sempre. Uma sábia decisão. Prateados devotam muita energia à aparência, a ostentar a força e o poder. Principalmente o rei Samos e sua família, na torre acima de nós. Perto de Volo, Evangeline, Ptolemus e da sibilante rainha Viper, Davidson mal é notado. Ele poderia se camuflar nas paredes se quisesse. *Não vão vê-lo chegando. Não vão ver nenhum de nós chegando.*

Solto um suspiro trêmulo e engulo em seco diante do pensamento que se segue. *Cal tampouco vai.*

Tiberias, tento me lembrar. Cerro o punho, enterro as unhas na pele e me satisfaço com a dor aguda. *Chame-o de Tiberias.*

As paredes escuras de Corvium parecem estranhamente silenciosas e nuas sem o cerco. Desvio os olhos da figura de Davidson se afastando e foco nos parapeitos da ala interna da cidade-fortaleza. A tempestade de neve congelante já passou faz tempo, a escuridão se dissipou, e tudo parece menor agora. Menos opressivo. Soldados vermelhos costumavam ser reunidos nesta cidade, em geral para marchar para a morte inevitável nas trincheiras. Agora os vermelhos patrulham as muralhas, as ruas, os portões. Sentam-se com reis prateados para falar de guerra. Alguns soldados com cachecóis rubros passam de um lado para o outro, seus olhos incansáveis, armas desgastadas à mão. A Guarda Escarlate não vai ser pega de surpresa, ainda que não tenha muitos motivos para ficar tão alerta. Pelo menos por enquanto. Os exércitos de Maven recuaram. E nem Volo Samos é tão corajoso a ponto de arriscar um ataque de dentro de Corvium. Não quando precisa da Guarda, precisa de Montfort, precisa de nós. Ainda mais considerando Cal — *Tiberias, sua tola* — e todo o seu papo-furado sobre igualdade. Como nós, Volo precisa dele. Precisa de seu nome, precisa da sua coroa, precisa que case com sua maldita filha.

Meu rosto queima. Sinto vergonha da faísca de ciúme que cresce dentro de mim. Perdê-lo deveria ser a menor das minhas preocupações. Não deveria doer tanto quanto a possibilidade de morrer, de perder a guerra, de que tudo pelo que trabalhamos seja em vão. Mas dói. Tudo o que posso fazer é tentar suportar.

Por que eu não disse sim?

Recuei diante de sua oferta. Me afastei dele. Fui destroçada por outra traição — de Cal, mas também minha. Dizer "eu te amo" é uma promessa. Nós dois a fizemos e nós dois a quebramos. Deveria significar *escolho você acima de todo o resto. Te quero mais que tudo. Sempre vou precisar de você. Não consigo viver sem você. Farei qualquer coisa para impedir que nossos caminhos se separem.*

Mas ele não a manteve. Eu não a mantive.

Sou menos que sua coroa, e ele é menos que a minha causa.

E muito, muito menos, que meu medo de outra prisão. *Consorte*, ele disse, me oferecendo uma coroa impossível. Faria de mim sua rainha, se Evangeline pudesse ser deixada de lado *de novo*. Sei como é estar à direita do rei. Não quero voltar àquela vida. Ainda que Cal não seja Maven, o trono é o mesmo. Muda as pessoas e as corrompe.

Que estranho destino teria sido. Cal com sua coroa, sua rainha Samos e eu. Apesar disso, uma pequena parte de mim queria ter dito sim. Seria mais fácil. Uma oportunidade de largar tudo, recuar, *vencer* — e desfrutar de um mundo com o qual jamais poderia ter sonhado. Dar à minha família a melhor vida possível. Manter todos nós a salvo. E ficar com ele. Ficar ao lado de Cal, a garota vermelha de braços dados com um rei prateado. Com o poder de mudar o mundo. De matar Maven. De dormir sem ter pesadelos, de viver sem medo.

Mordo o lábio com força para afastar esse desejo. É sedutor e me faz quase compreender sua escolha. Mesmo separados, somos parecidos.

Farley se movimenta, chamando minha atenção. Ela suspira e apoia as costas na parede do beco, cruzando os braços. Diferente de

Davidson, não se deu ao trabalho de trocar o uniforme ensanguentado. O dela, sem poeira ou lama, não está tão nojento quanto o meu. Mas há sangue prateado nele, claro, que secou e parece preto. Faz poucos meses que Clara nasceu, e Farley ostenta a gordura extra na região do quadril com orgulho. Qualquer compaixão que sentisse desaparece, restando apenas a raiva brilhando em seus olhos azuis. Mas não é dirigida a mim. Farley olha para o alto e para a torre acima de nós. Onde o estranho conselho de prateados e vermelhos tenta decidir nosso destino.

— Era ele lá dentro. — Farley não espera que eu pergunte quem. — Cabelo prateado, pescoço grosso, armadura ridícula. Ainda respirando, mesmo depois de enfiar uma lâmina no coração de Shade.

Minhas unhas se enterram mais ao pensar em Ptolemus Samos. Príncipe de Rift. O homem que assassinou meu irmão. Como Farley, sinto uma explosão de raiva. Seguida pela vergonha.

— Sim.

— Porque você fez um acordo com a irmã dele. Sua liberdade em troca da vida dele.

— Para me vingar — murmuro, admitindo aquilo. — E sim, dei minha palavra a Evangeline.

Farley mostra os dentes, deixando o nojo evidente.

— Você deu sua palavra a uma prateada. Essa promessa vale menos que cinzas.

— Mas ainda é uma promessa.

Ela solta um ruído gutural no fundo da garganta, como um rosnado. Então endireita os ombros largos e vira para encarar a torre em sua totalidade. Imagino o esforço necessário para se conter e ficar ali em vez de marchar até lá e arrancar os olhos de Ptolemus. Eu não ia impedir se ela o fizesse. Na verdade, puxaria uma cadeira e ficaria assistindo.

Relaxo um pouco os dedos, para aliviar a dor. Em silêncio, dou um passo à frente, me aproximando dela. Após uma fração de segundo de hesitação, toco seu braço.

— Uma promessa que *eu* fiz. Não você. Ninguém mais.

Farley fica parada um instante, e sua careta se transforma num leve sorriso. Ela vira para me encarar, os olhos azuis brilhando ao refletir os raios do sol.

— Talvez você seja melhor em política do que na guerra, Mare Barrow.

Abro um sorriso dolorido.

— É a mesma coisa. — Uma dura lição que acho que finalmente aprendi. — Acha que pode fazer isso? Matar Ptolemus?

Normalmente, eu esperaria ela zombar e desdenhar da mera sugestão de que talvez não pudesse. Farley é uma mulher dura com uma casca ainda mais dura. Ela é o que precisa ser. Mas alguma coisa — provavelmente Shade, com certeza Clara, o elo que agora nos une — permite que eu enxergue de relance por trás da fachada segura e determinada da general. Ela fraqueja, e seu sorriso se apaga um pouco.

— Não sei — Farley murmura. — Mas nunca mais vou poder olhar para mim mesma, olhar para Clara, se não tentar.

— Nem eu, se deixar você morrer tentando. — Meu aperto em seu braço fica mais forte. — Não faça nenhuma idiotice.

Como se um botão tivesse sido apertado, o sorriso volta com força total. Ela dá até uma piscadinha.

— Desde quando faço idiotices, Mare Barrow?

Olhar para cima para encará-la faz um arrepio percorrer as cicatrizes no meu pescoço, as quais tinha quase esquecido. A dor provocada por elas parece pequena em comparação a todo o resto.

— Só me pergunto onde isso vai acabar — murmuro, esperando que me entenda.

Farley balança a cabeça.

— Essa é uma pergunta com respostas demais.

— Estou falando de Shade e Ptolemus. Se você o matar, o que vem depois? Evangeline mata você? Mata Clara? Eu mato Evangeline? E assim vai, sem fim?

A morte não me é desconhecida, mas isso parece bem diferente. Mortes calculadas. Como algo que Maven faria, não nós. Ainda que Farley tenha marcado Ptolemus para morrer muito antes, quando eu ainda me passava por Mareena Titanos. Mas aquilo era para a Guarda. Por uma causa, por outro motivo que não uma vingança cega e sangrenta.

Os olhos dela se arregalam, vibrantes e quase irreais.

— Você quer que eu o deixe viver?

— É claro que não. — Quase perco a paciência. — Não sei o que eu quero. Não sei do que estou falando. — As palavras se atropelam. — Mas fico imaginando o que pode acontecer, Farley. Sei o que o desejo de vingança e a fúria podem fazer com alguém, e com as pessoas ao redor. E é claro que não quero que Clara cresça sem mãe.

Ela vira de repente, escondendo o rosto, não rápido o bastante para esconder as lágrimas. Mas elas não caem. Farley puxa o braço, se soltando de mim.

Insisto. Tenho que insistir. Ela precisa me ouvir.

— Clara já perdeu Shade. Se tivesse que escolher entre vingança pelo pai e sua mãe viva, acho que sei o que escolheria.

— Falando em escolhas — ela diz entredentes, ainda sem me encarar. — Estou orgulhosa da que você fez.

— Farley, não muda de assunto...

— Você me ouviu, garota elétrica? — Ela funga e força um sorriso, virando de novo para revelar o rosto agora vermelho. — Eu disse que estou orgulhosa de você. É melhor anotar. Guardar na memória. Provavelmente não vai me ouvir falar isso de novo.

Contra vontade, solto uma risada sombria.

— Certo. Orgulhosa do quê, exatamente?

— Bom, além do seu grande talento para se vestir... — Ela passa a mão no meu ombro, espanando a poeira ensanguentada. — E da sua personalidade calma e bondosa... — Rio de novo. — Estou orgulhosa de você porque sei como é perder alguém que se ama.

Ela me pega pelo braço, provavelmente para que eu não fuja de uma conversa que não acho que esteja preparada para ter.

Mare, me escolha. As palavras foram ditas há apenas uma hora. Voltam para me assombrar com facilidade.

— Foi como uma traição — sussurro.

Foco no queixo de Farley para não ter que olhar em seus olhos. A cicatriz no canto esquerdo de sua boca é profunda, repuxando o lábio de leve. Um rasgo regular, feito por uma faca. Ela não tinha essa cicatriz quando nos conhecemos, à luz de uma vela, no velho trailer de Will Whistle.

— Da parte dele? Claro...

— Não. Não dele. — Uma nuvem cruza o céu, lançando sombras sobre nós duas. A brisa de verão sopra estranhamente fria. Tremo. Como se por instinto, penso em Cal e em seu calor. Ele nunca me deixava com frio. Meu estômago se contorce, cansado de recordar o que deixamos para trás. — Ele me fez promessas — continuo —, mas eu também fiz. E quebrei. E ele tem outras promessas para cumprir. A si mesmo, ao pai morto. Ele se apaixonou pela coroa antes de se apaixonar por mim, perceba isso ou não. E, no fim das contas, acha que está fazendo o que é certo por nós, por *todo mundo*. Como posso culpá-lo por isso?

Meus olhos buscam os de Farley, à procura de uma resposta. Ela não tem uma, ou pelo menos não uma de que eu vá gostar. Ela morde o lábio, como se segurasse o que quer me dizer. Não funciona.

Ela zomba, tentando ser o mais gentil que consegue. Mordaz como sempre.

— Não dê desculpas para justificar o que ele fez e quem ele é.

— Não estou fazendo isso.

— É o que parece. — Ela suspira, exasperada. — Um rei diferente ainda é um rei. Ele pode ser um tonto, mas disso pelo menos sabe.

— Talvez fosse a coisa certa para mim também. Para os vermelhos. Quem sabe o que uma rainha vermelha poderia fazer?

— Muito pouco, Mare. Talvez nada — Farley diz, com uma certeza fria. — Qualquer mudança que pudesse vir de botar uma coroa na sua cabeça seria lenta demais, pequena demais. — Sua voz se abranda. — E seria desfeita com facilidade. Não duraria. O que quer que conquistássemos morreria com você. Não me leve a mal, mas o mundo que queremos construir deve durar mais do que nós.

Para aqueles que virão depois.

Os olhos de Farley se fixam em mim, intensos e com seu foco quase inumano. Clara tem os olhos de Shade, não dela. Cor de mel, não do oceano. Imagino de qual dos dois ela vai puxar cada característica.

A brisa bate no cabelo recém-cortado de Farley, que ganha um tom dourado-escuro à sombra das nuvens. Por baixo das cicatrizes, ela ainda é nova, só mais uma filha da guerra e da ruína. Já viu coisas piores que eu, fez mais do que já fiz. Sacrificou e sofreu mais também. A mãe, a irmã, meu irmão e o amor dele. Quem quer que tivesse sonhado em ser quando pequena. Tudo desapareceu. Se consegue seguir em frente, ainda acreditando na nossa luta, eu também posso. Por mais que a gente tenha nossos conflitos, confio nela. Suas palavras são um conforto pouco familiar, mas necessário. Já cansei de passar tanto tempo na minha própria cabeça, discutindo comigo mesma.

— Você está certa.

Algo dentro de mim se desprende, permitindo que o estranho sonho da proposta de Cal espirale na escuridão. Para nunca mais voltar.

Não serei uma rainha vermelha.

Farley aperta meu ombro e dói. Apesar dos curandeiros, meu corpo ainda está sensível, e o aperto é anormalmente forte.

— Além disso — Farley acrescenta —, não seria você no trono. A rainha Lerolan e o rei de Rift deixaram isso bem claro. Seria ela, a garota Samos.

Debocho da ideia. Evangeline Samos deixou suas intenções bem claras na câmara do conselho. Fico surpresa que Farley não tenha notado.

— Não se ela puder evitar.

— Hã?

Seu olhar se afia, eu dou de ombros.

— Você viu o que ela fez, como te provocou. — A lembrança recente vem em um lampejo. Evangeline chamando uma criada vermelha na frente de todo mundo, esmagando uma taça, forçando a pobre garota a limpar tudo, só para se divertir. Para irritar cada pessoa de sangue vermelho na sala. Não é difícil entender por que fez aquilo, ou o que esperava alcançar. — Ela não quer participar dessa aliança, não quando significa casar com... Tiberias.

Farley parece ter sido pega de surpresa, o que não é comum. Ela pisca, perplexa e intrigada.

— Mas ela voltou à posição que ocupava lá no início. Achei... Quer dizer, não ouso entender o comportamento dos prateados, mas ainda assim...

— Evangeline é uma princesa por si só agora, com tudo o que sempre quis. Não acho que queira voltar a depender de alguém. Era só isso que o noivado dos dois significava para ela. E para ele — acrescento, com uma pontada no coração. — Um acordo por poder. Poder que agora ela já tem, ou — minhas palavras vacilam um pouco — poder que não quer mais.

Pensó em Evangeline, no tempo que passei com ela em Whitefire. Ficou aliviada quando Maven casou com Iris Cygnet em vez dela. E não só porque ele era um monstro. Acho que foi porque... havia outra pessoa com quem se importava mais. Mais do que consigo mesma ou com a coroa de Maven.

Elane Haven. Lembro de Maven dizer que ela era a prostituta da Evangeline quando sua Casa se rebelou contra ele. Não notei se ela estava no conselho, mas a maior parte da Casa Haven apoia a Casa Samos, sua aliada. Todos sombrios, prontos para desaparecer quando quiserem. Imagino que Elane poderia ter estado lá o tempo todo sem que eu jamais notasse.

— Acha que ela iria contra o acordo do pai? Se pudesse? — Farley parece um gato que acabou de apanhar um rato especialmente gordo para o jantar. — Se alguém... *ajudasse*?

Cal não recusou a coroa por amor. Seria Evangeline capaz de fazer isso?

Algo me diz que sim. Todas as suas manobras, a resistência silenciosa, a caminhada no fio da navalha.

— É possível. — As palavras adquirem um significado diferente para nós duas. Um novo peso. — Ela tem suas próprias motivações. E acho que isso nos dá certa vantagem.

Os lábios de Farley se curvam, chegando perto de um sorriso sincero. Apesar de tudo, sinto uma onda repentina de esperança. Ela dá tapinhas no meu braço, o sorriso se alargando.

— Então anote de novo, Barrow. Estou muito orgulhosa de você.

— Posso ser útil de vez em quando.

Farley solta uma risada e se afasta, gesticulando para que eu a siga. A avenida além do beco nos chama, com as pedras do calçamento brilhando conforme o resto de neve derrete sob o sol de verão. Hesito, relutante em deixar a segurança daquele recanto escuro. O mundo além deste espaço limitado ainda parece grande demais. A ala interna de Corvium se agiganta, com a torre principal no centro de tudo. Com a respiração trêmula, me obrigo a andar. O primeiro passo dói. O segundo também.

— Você não precisa voltar lá — Farley murmura, indo devagar para me acompanhar. Ela olha para a torre. — Eu conto como foi depois. Davidson e eu podemos lidar com tudo.

A ideia de voltar à câmara do conselho e ficar sentada em silêncio enquanto Tiberias joga tudo o que já fizemos na minha cara — não sei se consigo suportar. Mas preciso. Noto coisas que os outros não notam. Sei coisas que os outros não sabem. Tenho que voltar. Pela causa.

E por *ele*.

Não posso negar o quanto quero voltar por ele.

— Quero saber tudo o que você sabe — sussurro para Farley. — Tudo o que Davidson planejou. Não quero entrar em nada às cegas.

Ela concorda depressa. Quase depressa demais.

— Claro.

— Estou à sua disposição. Pode me usar como quiser. Com uma condição.

— É só dizer.

Meus passos desaceleram, e ela me acompanha.

— Ele tem que continuar vivo. Quando tudo isso acabar.

Ela inclina a cabeça, como um cão confuso.

— Pode acabar com a coroa, com o trono, com a monarquia. — Eu a encaro com tanta força quanto consigo reunir. O trovão no meu sangue responde com fervor, implorando para ser liberado. — Mas não com Tiberias.

Farley respira fundo, endireitando-se com toda a sua formidável altura. Sinto que consegue enxergar minhas intenções. Meu coração imperfeito. Sustento minha posição. Ganhei esse direito.

A voz dela vacila.

— Não posso prometer isso. Mas vou tentar. Vou tentar de verdade, Mare.

Pelo menos ela não mente para mim.

Me sinto partida ao meio, rasgada em direções diferentes. Tenho uma pergunta óbvia na cabeça. Outra escolha que posso ter que fazer. *A vida dele ou nossa vitória?* Não sei que lado vou escolher, se precisar. Que lado posso trair. A consciência disso corta fundo, e eu sangro onde ninguém mais pode ver.

Imagino que era disso que o vidente estava falando. Jon falou bem pouco, mas tudo o que me disse foi muito calculado. Por mais que não queira, tenho que aceitar o destino que ele previu.

Me levantar.

E me levantar sozinha.

Avanço pelo chão de pedra. A brisa volta a bater, vinda do oeste agora. Carrega consigo o cheiro inconfundível de sangue. Luto contra o impulso de vomitar quando tudo volta depressa. O cerco. Os corpos. O sangue de ambas as cores. O aperto de um pétreo fraturando meu pulso. Pescoços quebrados, peitos com a carne dilacerada, órgãos reluzentes, ossos afiados. Na batalha, era fácil ignorar o horror. Até necessário. O medo só me levaria à morte. Agora não mais. A velocidade do meu coração triplica e um suor frio escorre pelo meu corpo. Mesmo que tenhamos sobrevivido e *vencido*, o terror da perda abriu buracos enormes dentro de mim.

Ainda posso senti-los. Os nervos, o caminho elétrico que meus raios traçaram em cada pessoa que matei. Como ramos finos e brilhantes, cada um diferente do outro mas ao mesmo tempo iguais. Numerosos demais para contar. Em uniformes vermelhos e azuis, de Norta e Lakeland. Todos prateados.

Espero.

A ideia me atinge como um soco no estômago. Maven vinha usando os vermelhos como bola de canhão, escudos humanos. Nunca nem pensei na possibilidade. Nenhum de nós pensou — ou talvez os outros não se importassem. Davidson, Cal, talvez até Farley, se achasse que os fins justificavam os meios.

— Ei — ela murmura, pegando meu pulso. O toque de sua pele, com seus dedos parecendo algemas, me faz dar um pulo. Eu me solto à força, me debatendo com um som que mais parece um rosnado. Fico vermelha, envergonhada por ainda reagir desse jeito.

Farley recua e ergue as mãos, com os olhos arregalados. Mas sem medo, sem julgamento. Nem mesmo pena. É *compreensão* que vejo nela?

— Sinto muito — diz depressa. — Esqueci do seu pulso.

Mal assinto, enfiando as mãos nos bolsos para esconder as faíscas roxas na ponta dos dedos.

— Tudo bem. Não é bem isso...

— Eu sei, Mare. Acontece quando diminuímos o ritmo. O corpo volta a processar as coisas. Às vezes é demais para suportar, não há vergonha nisso. — Farley inclina a cabeça, gesticulando para longe da torre. — E não há vergonha em tirar um descanso também. O acampamento...

— Tinha vermelhos lá? — Gesticulo na direção do campo de batalha e dos muros agora derrubados de Corvium. — Maven e Lakeland mandaram soldados vermelhos com o resto?

Farley pisca, claramente abalada.

— Não que eu saiba — ela finalmente responde, e ouço a tensão em sua voz. Tampouco sabe. Não *quer* saber, e nem eu. Não poderia suportar.

Viro, forçando-a a acompanhar meu ritmo, para variar um pouco. O silêncio retorna, agora carregado da mesma dose de raiva e vergonha. Me afundo nele, torturando a mim mesma. Para me lembrar da aversão e da dor. Mais batalhas virão. Mais pessoas vão morrer, independente da cor do sangue. A guerra é assim. A revolução é assim. Outros vão ser pegos no fogo cruzado. Esquecer disso é condená-los de novo, e condenar os que virão a seguir.

Mantenho as mãos bem enfiadas nos bolsos conforme subimos os degraus da torre. A haste de um brinco alfineta minha pele, a pedra vermelha quente na minha mão. Devia jogá-lo pela janela. Se há algo que tenho que esquecer, é ele.

Mas o brinco continua onde está.

Lado a lado, voltamos à câmara do conselho. Os limites do meu campo de visão saem de foco, e eu tento me situar ali. Observar. Decorar. Procurar por falhas nas palavras ditas, encontrar segredos e mentiras no que deixam no ar. É um objetivo e uma distração. Então percebo por que estava tão disposta a voltar aqui, quando tinha todo o direito de fugir.

Não porque isso seja importante. Não porque posso ser útil.

Mas porque sou egoísta, fraca e medrosa. Não posso ficar sozinha, não agora, não ainda.

Então eu sento, ouço e observo.

E, o tempo todo, sinto seu olhar.

DOIS

Evangeline

⚜

Seria fácil matá-la.

Há um cordão de ouro rosé entre as joias vermelhas, pretas e laranja no pescoço de Anabel Lerolan. Uma torcidinha e eu romperia a jugular. Destruiria a oblívia e seus planos. Acabaria com sua vida e esse noivado na frente de todo mundo aqui. Minha mãe, meu pai, Cal — sem mencionar os criminosos vermelhos e as aberrações estrangeiras a quem estamos amarrados. Mas não Barrow. Ela ainda não voltou. Provavelmente ainda está chorando a perda de seu príncipe.

Levaria a outra guerra, claro, estilhaçar uma aliança já cheia de rachaduras. Eu seria capaz de fazer algo assim? Trocar minha lealdade pela minha felicidade? Sinto vergonha só de cogitar isso, mesmo na segurança dos meus pensamentos.

A velha deve sentir meu olhar. Seus olhos encontram os meus por um segundo, o sorriso em seus lábios é inegável enquanto volta a se acomodar na cadeira, resplandecente em vermelho, preto e laranja.

São as cores dos Calore, não só dos Lerolan. Suas alianças são claras como o fogo.

Com um arrepio, volto a atenção para minhas mãos. Uma unha está arruinada. Quebrou na batalha. Tomo fôlego e transformo um dos meus anéis de titânio em uma garra e a encaixo no dedo. Arranho o braço do meu trono, só para irritar minha mãe. Ela me olha de soslaio, a única evidência de seu desdém.

Fico fantasiando a morte de Anabel por tempo demais e esqueço o conselho detestável conspirando à minha volta. Nossos números se reduziram, e restam apenas alguns poucos líderes das facções unidas às pressas. Generais, lordes, capitães e a realeza. O líder de Montfort fala, então meu pai, então Anabel, então de volta ao início. Todos em tom controlado, forçando sorrisos e fazendo promessas vazias.

Queria que Elane estivesse aqui. Deveria tê-la trazido. Ela pediu para vir. Na verdade, implorou. Sempre quer ficar por perto, mesmo diante do perigo letal. Tento não pensar em nossos últimos momentos juntas, em seu corpo nos meus braços. Ela é mais magra que eu, e mais macia. Ptolemus ficou do lado de fora da porta, para garantir que não fôssemos perturbadas.

— Me deixe ir com você — Elane sussurrou no meu ouvido uma dezena de vezes, centenas de vezes. Mas o pai dela e o meu proibiram.

Já chega, Evangeline.

Amaldiçoo a mim mesma. Eles não teriam como saber, em meio ao caos. Elane é uma sombria, afinal de contas. É fácil contrabandear uma garota invisível. Tolly teria ajudado. Ele não impediria sua esposa de vir junto, não se eu pedisse ajuda. Mas eu não podia. Tinha uma batalha a vencer primeiro, uma batalha que não sabia se podíamos de fato vencer. E não ia correr aquele risco com ela. Elane Haven pode ser talentosa, mas não é uma guerreira. No fim das contas, seria apenas uma distração e uma preocupação. Não podia me dar ao luxo de nenhuma das duas coisas. Mas agora...

Chega.

Meus dedos agarram os braços do trono, lutando para não transformar o ferro em pedacinhos. As muitas galerias de metal da mansão Ridge eram uma terapia acessível. Eu podia destruir tudo em paz. Canalizar qualquer raiva recente nas estátuas que sempre mudavam, sem ter que me preocupar com o que os outros iam pensar. Me pergunto se vou encontrar a mesma privacidade aqui em Corvium para fazer esse tipo de coisa. A promessa de tal válvula de escape me mantém sã. Passo o anel em forma de garra no trono, metal no metal. Leve o bastante para que apenas minha mãe ouça. Ela não pode me olhar feio por isso, não na frente do resto desse estranho conselho. Se tenho que ficar numa vitrine, vou pelo menos aproveitar as vantagens.

Finalmente, afasto os pensamentos do pescoço vulnerável de Anabel e da ausência de Elane. Se vou dar um jeito de escapar do plano de meu pai, preciso pelo menos prestar atenção no que está acontecendo.

— O exército dele está em retirada. Não podemos dar tempo para que as forças do rei Maven se reagrupem — meu pai diz, tranquilo. Atrás dele, a janela alta da torre mostra o sol começando sua descida rumo às nuvens que se demoram a oeste no horizonte. A paisagem destruída ainda solta fumaça. — Ele está lambendo as feridas.

— O garoto já está no Gargalo — a rainha Anabel responde rápido. O *garoto*. Ela se refere a Maven como se não fosse seu neto. Imagino que já não o considere mais mesmo. Não depois que ajudou a matar seu filho, o rei Tiberias. Maven não tem seu sangue, mas só o de Elara.

Anabel se inclina para a frente, apoiada nos cotovelos, e cruza as mãos enrugadas. Sua antiga aliança de casamento, surrada mas ainda inteira, cintila no dedo. Quando ela surpreendeu a todos na mansão Ridge anunciando sua intenção de apoiar o neto, não usava nenhum tipo de metal. Para se esconder de nossos instintos de magnetrons. Agora utiliza abertamente, desafiando-nos a usar sua coroa ou suas próprias joias contra ela. Cada parte dessa mulher é uma escolha calculada. E não lhe faltam armas. Anabel foi uma guerreira antes de se tornar rainha, uma oficial no front de Lakeland. É uma oblívia de toque mortal, capaz de explodir qualquer coisa — ou qualquer *pessoa*.

Se eu não odiasse o que está me forçando a fazer, respeitaria pelo menos sua dedicação.

— A essa hora, a maior parte de suas forças vai estar além das cataratas de Maiden e da fronteira — ela acrescenta. — Devem estar em Lakeland agora.

— O exército de Lakeland também está ferido e vulnerável. Devemos atacar enquanto podemos, nem que seja só para pegar os retardatários. — Meu pai desvia o olhar de Anabel para um dos lordes prateados. — A frota Laris ficaria pronta em uma hora, não?

O general Laris se endireita sob o olhar do meu pai. Seu cantil está vazio agora, enquanto desfruta da névoa bêbada da vitória. Ele tosse, limpando a garganta. Sinto o cheiro de álcool em seu hálito do outro lado da sala.

— Sim, majestade. É só dar as ordens.

Uma voz grave o interrompe.

— Sou contra.

As primeiras palavras de Cal desde seu retorno da discussão com Mare Barrow certamente não são à toa. Como sua avó, ele usa preto decorado com vermelho, tendo há muito trocado o uniforme emprestado que usou em combate. Ele se ajeita no assento ao lado de Anabel, assumindo sua posição como sua causa a defender, seu rei. Seu tio, Julian da Casa Jacos, está à sua esquerda. No meio dos dois, prateados nobres de sangue poderoso, Cal representa uma frente unida. Um rei merecedor de nosso apoio.

E eu o odeio por isso.

Cal poderia ter acabado com meu sofrimento rompendo nosso noivado, recusando quando meu pai ofereceu minha mão. Mas, pela coroa, ele desistiu de Mare. Pela coroa, me deixou encurralada.

— Como é? — é tudo o que meu pai diz. Ele é um homem de poucas palavras e de ainda menos perguntas. Só ouvi-lo fazer uma já é perturbador, e fico tensa involuntariamente.

Cal afasta os ombros para trás, alongando o corpo calmamente. Ele apoia o queixo nos nós dos dedos. Suas sobrancelhas estão unidas em reflexão. Parece maior, mais velho, mais esperto. No mesmo nível do rei de Rift.

— Eu disse que vou me opor às ordens de despachar a frota aérea ou qualquer destacamento da nossa coalizão para iniciar uma busca em território hostil — Cal explica de imediato. Devo admitir que, mesmo sem coroa, ele tem um ar majestoso. Que exige atenção, se não respeito. O que não é de surpreender, já que foi preparado para isso, e Cal não é nada além de um aluno muito obediente. Sua avó aperta os lábios em um sorriso discreto mas genuíno. Está orgulhosa dele. — O Gargalo ainda é literalmente um campo minado, e não temos informações suficientes para nos guiar do outro lado das cataratas. Pode ser uma armadilha. Não vou colocar a vida de soldados em risco.

— Tudo nessa guerra é um risco — ouço Ptolemus dizer do outro lado do meu pai. Ele se alonga como Cal, revelando toda a sua altura em seu trono. O pôr do sol dá um tom avermelhado ao cabelo de Tolly, fazendo as mechas prateadas oleosas brilharem sob a coroa de príncipe. A mesma luz banha Cal com as cores de sua antiga Casa, deixando seus olhos vermelhos enquanto sombras escuras se estendem atrás de si. Os dois ficam se encarando da maneira estranha que os homens fazem. *Tudo é uma competição*, penso.

— Bem apontado, príncipe Ptolemus — Anabel diz, seca. — Mas sua majestade, o rei de Norta, está muito ciente da natureza da guerra. E eu concordo com sua avaliação.

Ela já o chama de rei. Não sou a única a notar sua escolha de palavras.

Cal abaixa os olhos, atordoado. Ele se recupera depressa, com o maxilar apertado em resolução. Sua escolha foi tomada. *Não há como voltar atrás agora, Calore.*

O primeiro-ministro de Montfort, Davidson, assente de seu lugar à mesa. Sem a comandante da Guarda Escarlate e Mare Barrow, é fácil ignorá-lo. Quase o tinha esquecido.

— Concordo — ele diz. Até sua voz é neutra, sem inflexão ou sotaque. — Nossos exércitos também precisam de tempo para se recuperar, e essa coalizão *precisa* de tempo para encontrar... — Davidson para e pensa. Não consigo ler sua expressão, o que me irrita profundamente. Imagino se um murmurador conseguiria penetrar seu escudo mental. — Equilíbrio.

Minha mãe não é tão estoica quanto meu pai, e concentra seu olhar sinistro e ardente no líder dos sanguenovos. Sua cobra imita seus movimentos, encarando o primeiro-ministro.

— Então não temos agentes de inteligência do outro lado da fronteira? Me desculpe, mas estava com a impressão de que a Guarda Escarlate — ela quase cospe o nome — tinha uma rede intrincada de espiões tanto em Norta quanto em Lakeland. Certamente poderiam ser úteis, a menos que os vermelhos tenham nos enganado quanto ao seu alcance e *força*.

A aversão escorre de suas palavras como veneno de presas.

— Nossos agentes estão em ordem, majestade.

A general vermelha, uma loira com um sorriso de escárnio permanente no rosto, entra na sala, com Mare em seu encalço. As duas cruzam o recinto para sentar com Davidson. Movem-se depressa e em silêncio, como se assim pudessem evitar os olhares de todos os presentes.

Mare se acomoda na cadeira e mantém os olhos à frente, focados em mim, por incrível que pareça. Para minha surpresa, percebo uma emoção estranha neles. *Poderia ser vergonha? Não, impossível.* Mas um calor sobe para minhas bochechas. Espero não estar corada, seja de raiva ou constrangimento. As duas coisas se agitam dentro de mim, por uma boa razão. Desvio o olhar, virando para Cal, nem que seja apenas para me distrair com a única pessoa mais infeliz do que eu.

Ele *tenta* não parecer afetado pela presença dela, mas não é como o irmão. Diferente de Maven, é pouco habilidoso quando se trata de mascarar as emoções. Um tom prateado floresce sob sua pele, colorindo suas bochechas, seu pescoço e até o topo de suas orelhas. A temperatura na sala aumenta um pouco, afetada por qualquer que seja a emoção contra a qual ele luta. *Que idiota*, zombo mentalmente. *Você fez sua escolha, Calore. Condenou nós dois. Deveria pelo menos fingir que tem tudo sob controle. Se alguém vai perder a cabeça por um coração partido, que seja eu.*

Quase espero que comece a miar como um gatinho perdido. Ele pisca furiosamente, desviando os olhos da garota elétrica. A mão se fecha no braço da cadeira, e o bracelete de chamas em seu pulso brilha vermelho ao sol se pondo. Ele o mantém sob controle. Assim como a si próprio.

Mare é uma pedra comparada a Cal. Rígida, obstinada, impassível. Não solta nem mesmo uma fagulha de sentimento. Só fica me encarando. É irritante, mas ela não o faz em desafio. Seus olhos estão estranhamente esvaziados da raiva de sempre. Não são bondosos, claro, mas tampouco brilham de aversão. Acho que a garota elétrica deve ter poucos motivos para me odiar agora. Meu peito se aperta — ela sabe que não foi escolha minha? *Só pode ser.*

— Que bom que voltou, srta. Barrow — eu digo, com sinceridade. Sempre podemos contar com ela para distrair os príncipes Calore.

A garota não responde, só cruza os braços.

Sua acompanhante, a general da Guarda Escarlate, não está tão inclinada ao silêncio. Infelizmente. Ela franze o cenho para minha mãe, brincando com o destino.

— Nossos agentes estão a postos, acompanhando a retirada do exército do rei Maven. Recebemos notícias de que as tropas marcham depressa para Detraon. O próprio Maven e alguns generais estão a bordo de navios no lago Eris. Supostamente também em direção a Detraon. Estão falando em um funeral para o rei de Lakeland. Eles têm muito mais curandeiros do que nós. Quem sobreviveu à batalha vai estar pronto para outra muito antes de nós.

Anabel faz uma careta e lança um olhar cortante para meu pai.

— Sim, a Casa Skonos continua dividida, e a maioria de seus membros permanece leal ao usurpador. — *Como se fosse culpa nossa. Fizemos o que podíamos, convencemos quem podíamos.* — Sem falar que Lakeland tem suas próprias Casas de curandeiros de pele.

Com um aceno de mão e um sorriso apertado, Davidson inclina a cabeça. Rugas se formam no canto de seus olhos, marcando sua idade. Suspeito que tenha por volta de quarenta, mas é difícil ter certeza.

Ele leva os dedos à sobrancelha em uma estranha forma de cumprimento ou promessa.

— Podem contar com Montfort. Pretendo entrar com uma petição por mais curandeiros, tanto prateados quanto rubros.

— Petição? — meu pai ladra. Os outros prateados ficam igualmente confusos, e me pego olhando mais adiante na nossa fileira, procurando os olhos de Tolly. Ele franze a sobrancelha. Não entende o que Davidson quer dizer. Meu estômago se revira, e mordo o lábio para conter a sensação. Quando um de nós não compreende o que se passa, o outro costuma entender. Mas, neste caso, estamos ambos à deriva. *Assim como meu pai.* Por mais que esteja brava com ele, isso me assusta mais que qualquer outra coisa. Meu pai não pode nos proteger do que não entende.

Mare tampouco compreende, franzindo o nariz em confusão. *Essas pessoas*, resmungo para mim mesma. Me pergunto se nem a mulher com a cicatriz e a cara amarrada sabe do que Davidson está falando.

O primeiro-ministro solta uma risadinha. *O velhote está gostando.* Ele abaixa os olhos, batendo os cílios escuros. Se quisesse, poderia ser bonito. Mas suponho que isso não sirva de nada a quaisquer que sejam seus propósitos.

— Não sou rei, como todos sabem. — Ele levanta o olhar para meu pai, depois Cal e Anabel. — Sirvo à vontade do meu povo, que tem outros políticos eleitos para representar seus interesses. Precisamos estar todos de acordo. Quando eu voltar a Montfort para pedir mais tropas...

— *Voltar?* — Cal ecoa, interrompendo Davidson. — Quando pretendia nos pôr a par disso?

Davidson dá de ombros depois de um instante.

— Agora.

Os lábios de Mare se contorcem. Não sei se lutando contra uma careta ou um sorriso. Provavelmente a segunda opção.

Não sou a única a notar. Os olhos de Cal brilham, passando dela para o primeiro-ministro com cada vez mais desconfiança.

— E o que faremos em sua ausência, primeiro-ministro? — ele exige saber. — Esperamos? Ou lutamos com uma mão amarrada atrás das costas?

— Fico lisonjeado que considere Montfort tão vital à sua causa, majestade — Davidson diz, sorrindo. — Peço desculpas, mas as leis do meu país não podem ser quebradas, nem mesmo na guerra. Não vou trair os princípios de Montfort, e defendo os direitos do meu povo. Afinal, entre eles estão pessoas que vão ajudá-lo a reaver seu próprio país. — O aviso em suas palavras é tão claro quanto o sorriso fácil que continua em seu rosto.

Meu pai é melhor que Cal nisso. Ele também abre um sorriso vazio.

— Nunca pediríamos a um governante que desse as costas para sua própria nação.

— Claro que não — a vermelha com a cicatriz acrescenta, seca. Meu pai ignora a falta de respeito, mas apenas pelo bem da coalizão. Se não fosse por nossa aliança, poderia matá-la só para ensinar uma lição de etiqueta a todo o resto.

Cal se acalma um pouco, fazendo seu melhor para manter a cabeça no lugar.

— Por quanto tempo vai ficar fora, primeiro-ministro?

— Depende do meu governo, mas não acho que haverá um longo debate — Davidson diz.

A rainha Anabel bate as mãos com entusiasmo. Ela ri, aprofundando as linhas de expressão de seu rosto.

— Que interessante! E o que seu governo considera um longo debate?

Sinto que estou assistindo a uma peça com atores medíocres. Nenhum deles — meu pai, Anabel, Davidson — confia um pouco que seja nos outros.

— Ah, anos. — Davidson suspira diante do humor forçado de Anabel. — A democracia é bem curiosa. Não que qualquer um de vocês saiba disso.

O último comentário foi feito para doer, e atinge o alvo. O sorriso de Anabel se transforma em gelo. Ela bate a mão na mesa, em outro aviso. Sua habilidade pode causar destruição com muita facilidade. Como a de todos nós. Somos todos letais, e todos temos nossas próprias intenções em jogo. Não sei por quanto tempo mais posso suportar.

— Eu adoraria ver com meus próprios olhos.

Mal as palavras saem da boca de Mare, a temperatura da sala aumenta. Ela é a única que não olha para Cal. Ele a encara, os olhos queimando, mordendo o lábio para segurar a língua. Mas Mare permanece resoluta, com a expressão agradavelmente neutra. Deve estar aprendendo com Davidson.

Levo a mão à boca depressa para reprimir uma risadinha surpresa. Mare Barrow tem um talento especial quando se trata de perturbar os Calore. Fico me perguntando se faz de propósito. Se fica acordada à noite pensando nas melhores maneiras de confundir Maven ou distrair Cal.

Será possível? Ela faria algo do tipo?

Por instinto, tento apagar a fagulha de esperança que surge no meu peito. Então deixo que floresça.

Ela fez isso com Maven. Manteve o rei ocupado. Inseguro. Distante de você. Por que não pode fazer o mesmo com Cal?

— Então você será a emissária perfeita de Norta. — Tento parecer entediada, desinteressada. Não ávida. Não quero que ninguém perceba que estou jogando o osso bem longe, sabendo que o cachorrinho vai atrás. Os olhos de Mare me encontram, as sobrancelhas se erguendo um centímetro. *Vamos, Mare.* Fico contente que ninguém aqui possa ler minha mente.

— Não, ela não será, Evangeline — Cal diz depressa, forçando as palavras por entre os dentes cerrados. — Não quero desrespeitar o primeiro-ministro, mas não conhecemos o bastante sobre essa nação...

Pisco para meu noivo, inclinando a cabeça. Meu cabelo prateado desliza pela armadura na altura da clavícula. O poder que tenho neste momento, por menor que seja, perpassa todo meu corpo.

— E não haverá melhor oportunidade para conhecer. Ela vai ser recebida como uma heroína. Montfort é um país de sanguenovos. Sua presença só vai ajudar nossa causa. Não acha, primeiro-ministro?

Davidson fixa seus olhos vazios em mim. Sinto seu olhar me perscrutar. *Pode olhar o quanto quiser, vermelho.*

— Sem dúvida.

— E confia no relato dela do que encontrar lá? Sem exageros ou omissões? — Anabel zomba, descrente. — Não se engane, princesa Evangeline. A garota não é leal a ninguém de sangue prateado.

Cal e Mare abaixam os olhos ao mesmo tempo, como se evitassem se encarar.

Dou de ombros.

— Então mandem um prateado com ela. Que tal Lord Jacos? — O velho magro de vestes amarelas parece se assustar com a menção ao próprio nome. Ele tem um aspecto frágil, como um pedaço de tecido desgastado. — Se não estou enganada você é um estudioso, não?

— Sou — ele murmura.

Mare levanta a cabeça num gesto brusco. Suas bochechas estão vermelhas, mas o resto dela parece composto.

— Mandem quem quiserem conosco. Vou a Montfort, e nenhum rei tem o direito de impedir. Fiquem à vontade para tentar.

Excelente. Calore fica tenso na cadeira. A avó se aproxima dele, parecendo pequena em comparação. Mas a semelhança ainda é clara. Os mesmos olhos de bronze, ombros largos, nariz reto. O mesmo coração de soldado. E, sobretudo, a mesma ambição. Ela o observa enquanto fala, cautelosa quanto a sua resposta.

— Então Lord Jacos e Mare Barrow vão representar o verdadeiro rei de Norta na...

O bracelete de Cal faísca, originando uma pequena chama vermelha. Ela caminha pelos nós de seus dedos devagar.

— O verdadeiro rei representará a si mesmo — ele diz, observando a chama.

Do outro lado da sala, Mare cerra os dentes. Preciso de todas as minhas forças para ficar quieta no lugar, mas, por dentro, estou dançando em comemoração. *Tão fácil.*

— Tiberias — Anabel sibila. Ele não se dá ao trabalho de responder. E ela não pode pressioná-lo. *Foi você que fez isso, velha idiota. Você o tornou rei. Agora obedeça.*

— Admito que tenho um pouco da curiosidade de meu tio

Julian — Cal diz. — E da minha mãe. — Ele se acalma com a lembrança dela. Confesso que não sei muito sobre Coriane Jacos. Ela não era um assunto que a rainha Elara gostava de discutir. — Quero visitar essa república livre e descobrir se todas as histórias são verdadeiras. — Ele baixa a voz e encara Mare com intensidade, como se assim pudesse obrigá-la a retribuir. O que ela não faz. — Gosto de ver as coisas com meus próprios olhos.

Davidson assente com um brilho nos olhos, a máscara de neutralidade se desfazendo por apenas um segundo.

— Será muito bem-vindo, majestade.

— Ótimo. — Cal extingue o fogo antes de bater o punho na mesa. — Então está resolvido.

Sua avó aperta os lábios, como se tivesse comido algo azedo.

— Resolvido? — ela escarnece. — Não tem nada resolvido. Você precisa hastear sua bandeira em Delphie, proclamá-la sua capital; precisa conquistar territórios, recursos, o *povo*, trazer mais Grandes Casas para o seu lado...

Cal não se deixa abalar.

— Preciso mesmo de recursos: *soldados*. Montfort tem muitos.

— É verdade — meu pai diz, sua voz um estrondo profundo que traz um velho medo de volta ao meu coração.

Ele está bravo comigo por ter forçado isso? Ou satisfeito? Quando criança, aprendi o que acontecia quando alguém contrariava Volo Samos. Se tornava um fantasma. Ignorado. Malquisto. Até que voltasse às suas graças através de conquistas e inteligência.

De canto de olho, observo o meu pai. O rei de Rift está sentado ereto em seu trono, pálido e perfeito. Por baixo da barba meticulosamente aparada, entrevejo um sorriso. Também identifico um suspiro silencioso e sutil de alívio.

— Um pedido direto do legítimo rei de Norta vai influenciar o governo do primeiro-ministro — meu pai continua. — E só pode fortalecer essa nossa aliança. Por isso, devo mandar um emissário próprio, para representar o reino de Rift também.

Não o Tolly!, minha mente grita. Mare Barrow prometeu poupá-lo, mas não confio em sua palavra, muito menos em circunstâncias tão oportunas. Já posso até ver. Diriam que ele sofreu algum "acidente". E Elane teria que ir também, a esposa dedicada ao lado do marido. *Se meu pai mandar Tolly, ele vai voltar morto.*

— Evangeline vai acompanhá-los.

A náusea ofusca o alívio em um segundo.

Fico dividida entre pedir outra taça de vinho e vomitar o que já bebi nos meus pés. Vozes gritam na minha cabeça, todas dizendo a mesma coisa.

A culpa é toda sua, menina idiota.

TRÊS

Mare

※

Minha risada ecoa pelas paredes da muralha a leste e pelos campos escuros. Eu me inclino, com as mãos apoiadas no parapeito, tentando recuperar o fôlego. Não consigo controlar. Uma risada sincera, que vem lá do fundo, toma conta de mim. Sai com um barulho oco, duro, empoeirado pela falta de uso. Minhas cicatrizes doem, despertando pontadas ao longo do pescoço e das costas, mas não posso segurar. Rio até minhas costelas doerem, então tenho que sentar para me apoiar na pedra fria. Isso não me faz parar, e mesmo mordendo os lábios para mantê-los fechados, risadinhas escapam de vez em quando.

Ninguém além dos guardas pode me ouvir, e duvido que se importem com uma garota rindo sozinha na escuridão. Adquiri o direito de rir, chorar ou gritar quando acho apropriado. Parte de mim quer fazer os três ao mesmo tempo. Mas a risada vence.

Pareço louca, e talvez esteja. Certamente tenho uma desculpa para isso, depois de hoje. Do outro lado de Corvium, as pessoas ainda estão limpando cadáveres. Cal preferiu sua coroa a tudo por que eu achava que estávamos lutando. As duas feridas sangram, e nenhum curandeiro seria capaz de curá-las. Feridas que preciso ignorar agora, pela minha própria sanidade. A única coisa que posso fazer é levar as mãos ao rosto, cerrar os dentes e lutar contra essa crise de riso idiota e infernal.

Isso é completamente insano.

Evangeline, Cal e eu vamos para Montfort. Só pode ser *piada*.

Digo isso em minha mensagem para Kilorn, que ainda está a salvo em Piedmont. Ele ia querer saber de tudo, ou tudo o que posso contar. Depois que o convenci a ficar para trás, é mais do que justo que pelo menos o mantenha atualizado. E, é claro, *quero* que ele saiba. Quero que alguém dê risada comigo e amaldiçoe o que está por vir.

Solto outra risada sombria, recostando a cabeça na parede de pedra. As estrelas acima são como picadas de agulha, ofuscadas pelas luzes de Corvium e pela lua que nasce. Parecem assistir a tudo que se passa na cidade-fortaleza abaixo. Eu me pergunto se os deuses de Iris Cygnet riem comigo. Se é que existem.

E me pergunto se Jon está rindo também.

Pensar nele faz um arrepio percorrer meu corpo, matando qualquer risada maníaca que tivesse restado. O maldito profeta sangue-novo está em algum lugar lá fora, depois de ter escapado de nós. Mas para quê? Ficar sentado numa colina assistindo? Seus olhos vermelhos indo de um lado para o outro enquanto nos matamos? Seria ele algum tipo de manipulador, que se satisfaz em posicionar suas marionetes e então botar em ação qualquer futuro que escolha para nós? Se fosse remotamente possível, eu tentaria encontrá-lo. Para forçá-lo a nos proteger do destino letal. Mas é um absurdo. Ele vai me ver chegando. Só se pode achar Jon se ele quiser ser achado.

Frustrada, passo as mãos pelo rosto e pelo couro cabeludo, deixando as unhas rasparem a pele. A sensação de ardor me traz de volta à realidade, pouco a pouco. Assim como o frio. A pedra sob meu corpo perde seu calor conforme a noite avança. O tecido frio do uniforme faz pouco para me impedir de tremer, e os cantos duros e pontudos das paredes são muito desconfortáveis. Ainda assim, não me movo.

Eu poderia ir dormir, mas isso significaria voltar lá para baixo. Para os outros, para o acampamento. Mesmo se eu fizer minha pior careta e correr, vou ter que encarar os vermelhos, os sangue-novos e os prateados também. Julian, com toda a certeza. Consigo imaginá-lo esperando na minha cama, pronto para outro sermão. Mas não sei o que poderia dizer.

Vai ficar do lado de Cal, imagino. No fim de tudo isso. Quando ficar claro que não vamos deixá-lo manter o trono. Acima de tudo, os prateados são leais ao seu sangue. E Julian é, acima de tudo, leal à irmã morta. Cal é o último pedaço dela que restou. Julian não vai dar as costas para isso, independente de tudo o que diz sobre revolução e história. Ele não vai deixar Cal sozinho.

Tiberias. Cal. Ele. Tiberias.

Só pensar no nome já dói. Seu nome real. Seu futuro. Tiberias VII, rei de Norta, a Chama do Norte. Eu o visualizo no trono do irmão, seguro em sua prisão de Pedra Silenciosa. Ou ele traria de volta o trono de cristais de diamante em que seu pai sentava? Destruiria todos os rastros de Maven, apagando-o da história? Vai reconstruir o palácio do pai. O reino de Norta retornará ao que era. A não ser pelo rei Samos em Rift, tudo voltará a ser como antes do dia em que eu caí naquela arena.

Tornará tudo o que aconteceu desde então inútil.

Eu me recuso a deixar isso acontecer.

E, por sorte, não estou sozinha nessa empreitada.

A lua brilha na pedra negra, fazendo os detalhes dourados de todas as torres e parapeitos parecerem prateados. Patrulhas passam abaixo de mim, vigiando tudo em seus uniformes vermelhos e verdes. Da Guarda e de Montfort. Seus equivalentes de sangue prateado, vestindo as cores de cada Casa, são muito menos frequentes e não se misturam. O amarelo dos Laris, o preto dos Haven, o vermelho e azul dos Iral, o vermelho e laranja dos Lerolan. Não se veem as cores dos Samos. Eles são da realeza agora, graças à ambição e ao senso de oportunidade de Volo. Não há necessidade de desperdiçar seu tempo com algo tão ordinário quanto patrulhas noturnas.

Imagino o que Maven pensa disso. Ele se concentrou tanto no irmão que só posso conjecturar o peso de ter outro rei rival como Volo. Tudo girava em torno de Tiberias, ainda que Maven parecesse ter tudo o que poderia querer. A coroa, o trono, *eu*. Ele ainda sentia aquela sombra. Trabalho de Elara. Ela o moldou como queria, tirando e acrescentando na mesma medida. A obsessão dele ajudou a alimentar sua necessidade de poder, e tornou a dela realidade. Isso vai se estender ao rei Volo? Ou os desejos mais sombrios e perigosos de Maven se restringem a nós? Matar o irmão, me ter de volta?

Só o tempo dirá. Quando ele ressurgir — e ressurgirá —, vou saber.

Só espero estar pronta.

As tropas de Davidson, a Guarda Escarlate e a infiltração que se espalha — somos o bastante. Temos que ser.

Mas isso não quer dizer que não posso tomar algumas precauções.

— Quando vamos partir?

Precisei pedir ajuda de outras pessoas, mas consegui encontrar Davidson. Seu quartel-general fica em alguns escritórios maiores no setor administrativo, e os aposentos estão tomados pelo alto escalão de Montfort. E da Guarda Escarlate, embora Farley não esteja aqui. Os oficiais me recebem com tranquilidade, abrindo passagem para a pessoa que ainda chamam de garota elétrica. A maior parte deles está ocupada com as malas. Embalam documentos, pastas e mapas. Nada que de fato pertença a alguém aqui. Informações que pessoas mais inteligentes que eu vão devorar. Provavelmente sobras dos oficiais prateados que usavam este lugar antes.

Ada, uma das sanguenovas que recrutei, está no centro da atividade. Seus olhos passam por cada pedacinho de papel antes de alguém levá-lo embora. Está decorando tudo, com ajuda de sua memória infalível. Nossos olhos se encontram quando passo, e assentimos uma para a outra. Quando formos para Montfort, Farley vai despachar Ada para o Comando. Provavelmente não nos veremos por um longo tempo.

Davidson levanta o olhar da escrivaninha vazia. Os cantos de seus olhos se enrugam, o único indício de um sorriso. Apesar da luz forte e imperdoável do escritório, está bonito como sempre. Distinto. Intimidador. Um rei em termos de poder, se não em título. Quando faz sinal para que me aproxime, engulo em seco, lembrando como ele estava no cerco. Ensanguentado, exausto, com medo. E determinado. Como o restante de nós. Isso me acalma um pouco.

— Você se saiu bem lá em cima, Barrow — ele diz. Com um movimento da cabeça, ele aponta vagamente na direção da torre principal.

— Você quer dizer que mantive a boca fechada — ironizo.

Alguém ri perto da janela. Viro e me deparo com Tyton apoiado contra o vidro, de braços cruzados, o cabelo branco caindo no olho. Ele também usa um uniforme verde-floresta limpo, um pouco curto nos braços e nas pernas. Não há nenhuma insígnia de raio que indique o que ele é: um eletricon, como eu. Porque esse uniforme não é seu. Da última vez que o vi, estava banhado dos pés à cabeça em sangue prateado. Ele tamborila no próprio braço, brandindo os dedos como as armas que são.

— Isso é possível? — ele pergunta com a voz profunda, sem olhar para mim.

Davidson me avalia, balançando a cabeça de leve.

— Na verdade, estou satisfeito com o que disse aos outros, Mare. Sobre me acompanhar na viagem.

— Como comentei, estou curiosa com...

O primeiro-ministro levanta a mão para me interromper.

— Não há necessidade disso. Acho que Lord Jacos é a única pessoa que faz qualquer coisa movido apenas pela curiosidade. — *Bom, ele não está errado.* — O que você realmente quer em Montfort?

Os olhos de Tyton brilham quando ele finalmente se digna a me olhar da janela.

Ergo o queixo.

— Só o que me prometeu.

— Realocação? — Davidson parece realmente assustado, o que é incomum para ele. — Você quer...

— Quero minha família a salvo. — Minha voz não vacila. Tento recuperar um pouco do que me lembro das regras de etiqueta de uma prateada morta. *Coluna ereta, ombros abertos. Mantenha o contato visual.* Então volto a falar: — Estamos em guerra. Norta, Piedmont, Lakeland e a sua república também. Nenhum lugar é seguro, independente do lado em que esteja. Mas Montfort é o país mais distante, e parece o mais forte, ou pelo menos o mais bem defendido. Acho que minha melhor opção é levar minha família para lá pessoalmente. Antes de voltar para terminar o que pessoas melhores do que eu começaram.

— A promessa era para os sanguenovos, srta. Barrow — Davidson diz, baixo. Os ruídos à nossa volta quase o abafam completamente.

Sinto o estômago gelar, mas endureço a expressão.

— Discordo, primeiro-ministro.

Ele abre aquele seu sorriso neutro, protegendo-se atrás da máscara de sempre.

— Acha que não tenho coração? — É uma brincadeira estranha, mas Davidson é um homem estranho. Seus dentes nivelados ficam à mostra. — É claro que sua família é bem-vinda. Montfort ficará orgulhoso em aceitá-los como cidadãos. Ibarem, podemos falar? — ele acrescenta, para alguém atrás de mim.

Um homem chega de uma das salas adjacentes e me faz pular de susto. É a cópia perfeita de Rash e Tahir, os gêmeos sanguenovos. Se eu não soubesse que Tahir estava em Piedmont e Rash em Archeon, ambos reunindo informações para a causa, pensaria que de fato era um dos gêmeos. *Trigêmeos*, me dou conta de imediato, e a amargura toma conta da minha boca. Não gosto de surpresas.

Como seus irmãos, Ibarem tem pele marrom-escura, cabelo preto e uma barba bem aparada. Vejo de relance a cicatriz sob os pelos no queixo, uma única linha branca. Ele também foi marcado há muito tempo por um lorde prateado, para que pudessem distingui-lo dos irmãos.

— Muito prazer — murmuro, estreitando os olhos para Davidson em seguida.

Ele sente meu desconforto.

— Ah, sim. Este é o irmão de Rash e Tahir.

— Não tinha percebido — retruco, seca.

Os lábios de Ibarem se retorcem em um sorrisinho enquanto ele acena com a cabeça em cumprimento.

— Fico feliz em conhecê-la, srta. Barrow. — Ele vira para Davidson, cheio de expectativa. — Do que precisa, primeiro-ministro?

Davidson o encara.

— Preciso que mande uma mensagem a Tahir. Peça que informe aos Barrow que Mare vai buscá-los amanhã, para que sejam realocados em Montfort.

— Sim, senhor — ele responde. Seus olhos ficam opacos por um momento, enquanto a mensagem viaja do seu cérebro para o de seu irmão. Só leva um segundo, apesar das centenas de quilômetros entre eles. Ibarem baixa a cabeça de novo. — Feito, senhor. Tahir manda os parabéns e dá as boas-vindas à srta. Barrow.

Só espero que meus pais aceitem a oferta. Não que não queiram. Gisa quer, e minha mãe irá atrás dela. Bree e Tramy vão obedecer minha mãe. Mas não tenho certeza quanto a meu pai. Não se souber que não vou ficar com eles. *Por favor, aceite. Me deixe te dar isso.*

— Diga que agradeço — murmuro, ainda desconcertada por ele.

— Feito — Ibarem repete. — Tahir disse "de nada".

— Obrigado aos dois — Davidson interrompe, e faz bem. Os irmãos podem se comunicar a uma velocidade enlouquecedora, embora seja pior quando seus cérebros conectados estão lado a lado. Ibarem assente, aceitando a dispensa antes de sair para continuar seu trabalho em algum outro lugar.

— Tem mais algum deles sobre quem você gostaria de me falar? — sibilo, me inclinando para a frente para ranger os dentes para o primeiro-ministro.

Ele não dá corda para minha irritação.

— Não, mas bem que eu queria ter mais deles à disposição — Davidson suspira. — Eles são engraçados. Em geral os rubros têm correspondentes entre os prateados, mas nunca vi nenhum como eles.

— O cérebro dele é diferente de qualquer outro. Consigo sentir — Tyton murmura.

Lanço um olhar afiado para ele.

— O modo como diz isso é bem perturbador.

Tyton só dá de ombros.

Viro para Davidson, ainda irritada, mas incapaz de ignorar o presente maravilhoso que me deu.

— Obrigada por fazer isso. Sei que comanda o país e que isso pode não parecer grande coisa, mas significa muito para mim.

— Claro — ele responde. — E espero fazer o mesmo para outras famílias como a sua, assim que pudermos. Meu governo está debatendo no momento como encarar o que está rapidamente se tornando uma crise de refugiados, assim como a melhor maneira de ajudar vermelhos e sanguenovos que já se deslocaram. Mas, para você, considerando o que fez e o que continua a fazer, podemos abrir uma exceção.

— E o que foi que eu fiz?

As palavras me escapam antes que eu consiga segurar. O calor se espalha pelas minhas bochechas.

— Você abriu rachaduras no que antes era impenetrável. — Davidson fala como se apontasse o óbvio. — Criou fendas na armadura. Afrouxou o nó, srta. Barrow. Agora é hora de cortá-lo de vez. — Seu sorriso é sincero, largo e cheio de dentes. Me lembra o de um gato. — E, por sua causa, o homem que reivindica o trono de Norta vai visitar nossa República. Isso não é pouco.

Isso dispara algo dentro de mim. *É uma ameaça?* Sou rápida, me inclinando sobre a escrivaninha, as mãos apoiadas na madeira, a voz baixa, em alerta.

— Quero sua palavra de que ele não será ferido.

Davidson nem hesita.

— Dou minha palavra — ele rebate no mesmo tom. — Não vou tocar em um fio de cabelo dele. Ninguém vai, não enquanto Calore estiver no meu país. Prometo isso solenemente. Não é assim que eu opero.

— Ótimo — retruco. — Porque seria ridiculamente idiota se livrar do escudo entre *nossa aliança* e Maven Calore. E você não é idiota, não é mesmo, primeiro-ministro?

O sorriso de gato se alarga. Ele assente.

— Não acha que vai ser bom para o pequeno príncipe ver algo diferente? — Davidson ergue uma sobrancelha grisalha e bem delineada. — Um país sem rei?

Ver que é possível. Que a coroa e o trono não são sua obrigação. Ele não precisa ser rei ou príncipe. A menos que queira.

Mas acho que ele quer.

— Sim — é tudo o que consigo dizer. E tudo o que consigo esperar. Afinal, não conheci Tiberias em uma taverna escura, quando fingia ser outra pessoa para poder ver com seus próprios olhos como era o mundo real? Descobrir o que deveria mudar?

Davidson afasta o corpo, deixando claro que terminamos. Faço o mesmo.

— Considere o pedido concedido — ele diz. — E se considere sortuda por termos que passar em Piedmont de qualquer jeito, senão talvez eu não estivesse tão disposto a transportar uma tonelada de Barrows.

Ele quase dá uma piscadela.

Eu quase sorrio.

No caminho para o acampamento, me dou conta de que estou sendo seguida pela cidade-fortaleza. Ouço passos próximos, constantes e ágeis ao longo da rua sinuosa. As luzes fluorescentes projetam duas sombras, não só a minha. Fico tensa e desconfortável, mas não sinto medo. Corvium está cheia de soldados da coalizão, e se qualquer um deles for idiota o bastante para tentar me fazer mal, pode ficar à vontade para tentar. Posso me proteger. Sinto as fagulhas despertarem debaixo da pele, ao meu alcance. Prontas para sair.

Viro de repente, esperando pegar quem quer que seja desprevenido. Não funciona.

Evangeline para tranquilamente, esperando de braços cruzados e com as sobrancelhas escuras perfeitas erguidas. Ela ainda usa sua armadura suntuosa, do tipo que é mais apropriada para a corte do que para a batalha. Mas está sem coroa. Costumava passar o tempo livre confeccionando tiaras e diademas de qualquer metal em que conseguisse pôr as mãos. Agora, quando tem todo o direito de usar uma, sua cabeça está vazia.

— Segui você por dois setores da cidade, Barrow — ela diz, balançando a cabeça. — Achei que você fosse uma ladra ou algo do tipo.

A risada incessante de antes desperta, e não consigo evitar sorrir enquanto solto o ar. Seu tom afiado é familiar, e qualquer familiaridade me traz conforto no momento.

— Não mude nunca, Evangeline.

Um sorriso rápido como uma faca perpassa seu rosto.

— Claro que não. Por que mudaria algo perfeito?

— Bom, não quero ficar no caminho entre você e sua vida perfeita, alteza — digo. Ainda sorrindo, dou um passo para o lado, abrindo passagem para ela. Pagando para ver. Evangeline Samos não me seguiu para trocarmos insultos. Seu comportamento na câmara do conselho deixou seus motivos muito claros para mim.

Ela pisca, e um pouco de sua audácia se desfaz.

— Mare — Evangeline diz, mais suave agora. Um pedido. Mas seu orgulho não permite que implore. O maldito orgulho prateado. Ela não sabe como se curvar. Ninguém nunca lhe ensinou, nem deixaria que tentasse.

Apesar de tudo o que aconteceu entre nós, sinto uma pontada de dó no coração. Evangeline foi criada na corte prateada, nascida para conspirar e ascender, para lutar com tanta garra quanto protege seus pensamentos. Mas sua máscara está longe de ser perfeita, principalmente quando comparada à de Maven. Depois de meses lendo as sombras nos olhos dele, vejo os pensamentos de Evangeline refletidos nos dela claros como o dia. Ela irradia dor. Anseio. Parece um predador enjaulado e sem chance de escapar. Parte de mim quer deixá-la assim. Até que se dê conta do tipo de vida que costumava querer. Mas preciso acreditar que não sou tão cruel. E não sou idiota. Evangeline Samos seria uma aliada poderosa. Se eu tiver que comprar sua lealdade, que seja.

— Se está procurando compaixão, não é aqui que vai encontrar — murmuro, indicando de novo a rua vazia. É uma ameaça inútil, mas ela se eriça mesmo assim. Seus olhos, que já são pretos, escurecem ainda mais. A provocação funciona, colocando-a contra a parede, forçando-a a falar.

— Não quero nem um pingo de compaixão vinda de você — Evangeline solta. As extremidades de sua armadura ficam ainda mais afiadas com a raiva. — E tampouco a mereço.

— Definitivamente não — rebato. — Então você quer ajuda? Uma desculpa para não ir a Montfort com o resto do nosso grupinho animado?

O rosto de Evangeline se contorce em outro sorriso mordaz.

— Não sou tão idiota a ponto de ficar em dívida com você. Quero propor uma troca.

Não altero minha expressão, mantendo os olhos fixos nos dela. Procuro demonstrar um pouco da neutralidade serena e impenetrável de Davidson.

— Achei que pudesse ser isso.

— É bom saber que você não é tão burra como as pessoas parecem pensar.

— Então como vai ser? — pergunto, querendo andar logo com isso. Vamos amanhã mesmo para Piedmont, e em seguida para Montfort. Nossas farpas habituais não podem se estender por muito tempo. — O que você quer?

As palavras ficam entaladas na garganta dela. Evangeline passa os dentes pelos lábios, tirando um pouco do batom roxo. À luz implacável da rua de Corvium, sua maquiagem parece exagerada, mais como uma pintura de guerra. E imagino que seja isso mesmo. Os tons arroxeados abaixo das maçãs do rosto, cujo intuito é deixar suas feições mais bem esculpidas, parecem doentias no escuro. Até o pó claro e cintilante que nivela sua pele pálida tem falhas. *Marcas de lágrimas.*

Ela tentou disfarçá-las, mas a evidência continua ali. A cor não uniforme, um leve borrão de tinta preta dos olhos ainda presente. Sua fachada de beleza e magnificência letal tem rachaduras profundas.

— Mas isso é fácil de adivinhar, não é? — respondo minha própria pergunta, dando um passo à frente. Ela quase se encolhe. — Todo esse tempo, todas as suas armações. Você já tem Tiberias. É sua *terceira* chance de casar com um rei Calore. De se tornar rainha de Norta. Conquistar tudo por que trabalhou.

Noto um movimento em sua garganta, engolindo uma resposta provavelmente mal-educada. Não temos muita prática quando se trata de ser civilizadas uma com a outra.

— E agora você quer cair fora — sussurro. — Não quer ser aquilo que nasceu para ser. De onde veio essa revelação repentina? Por que desperdiçar o que costumava querer tanto?

Seu controle evapora.

— Não tenho que explicar meus motivos a você.

— Seus motivos têm cabelo vermelho e respondem pelo nome de Elane Haven.

Evangeline fica tensa. Ela cerra os punhos e as escamas de sua armadura se enrijecem, em resposta à emoção repentina.

— Não fale dela — Evangeline solta, revelando sua fraqueza, a melhor maneira de manipulá-la.

Ela se aproxima. É uns bons centímetros mais alta que eu, e sabe utilizar essa vantagem muito bem. Com as mãos na cintura, os olhos brilhando e os ombros estendidos, fico completamente à sua sombra.

Observo-a, inclinando a cabeça.

— Então você quer voltar para ela. Mas acha que posso impedir seu casamento com Tiberias?

— Não pense tanto de si mesma — ela solta, revirando os olhos. — É verdade que você é uma boa distração para os irmãos

Calore. Mas não tenho ilusões. Cal não vai romper o noivado. Maven talvez o fizesse. Você certamente contribuiu para sua decisão de me deixar de lado.

— Como se você tivesse mesmo intenção de casar com Maven — digo a Evangeline com toda a calma. Vi mais do que ela imagina na corte. A família dela aceitou o rompimento bem demais. O reino de Rift estava previsto muito antes de eu influenciar Maven a fazer qualquer coisa.

Evangeline dá de ombros.

— Eu nunca seria sua rainha depois que Elara morreu. Perdão, depois que você a assassinou — ela se corrige rápido. — Pelo menos a mãe mantinha uma coleira no pescoço dele. Estava sempre de olho. Não acho que exista alguém que possa fazer isso agora. Nem mesmo você.

Assinto, em concordância. Não há como controlar Maven Calore.

Ainda que eu tenha tentado. A bile sobe pela minha garganta com a lembrança, minhas tentativas de manipular o rei menino, usando sua vulnerabilidade em relação a mim. Então Maven trocou a Casa Samos pela paz, por Lakeland, por uma princesa tão letal quanto Evangeline, e provavelmente com o dobro de sagacidade. Me pergunto se Maven encontrou alguém páreo para ele em Iris Cygnet, uma ninfoide discreta e calculista.

Tento visualizá-lo agora, fugindo de Corvium para Lakeland. O rosto branco acima do uniforme preto e vermelho, os olhos azuis queimando em fúria silenciosa. Retirando-se para um reino desconhecido com uma corte desconhecida, sem a proteção da Pedra Silenciosa. Com nada a exibir além do cadáver do rei de Lakeland. Isso me conforta um pouco, saber que ele fracassou tão espetacularmente. Talvez a rainha de Lakeland o mate de imediato, para puni-lo por ter desperdiçado a vida de seu marido no cerco.

Não consegui afogar Maven quando tive a chance. Talvez ela consiga.

— E você tampouco consegue controlar Cal. Não de tal forma que eu consiga o que quero. — As palavras de Evangeline são como uma faca sendo torcida dentro de mim. — Ele não vai me descartar por você, não com a coroa em perigo. Sinto muito, Barrow. Ele não é do tipo que abdica.

— Eu sei de que tipo ele é — devolvo, sentindo o golpe com tanta força quanto ela sentiu o meu. Se minha vida continuar assim, com quase tudo o que eu faço cutucando a ferida, duvido que vá algum dia cicatrizar.

— Ele fez uma escolha — ela diz. Tanto para me punir quanto para deixar o ponto claro. — Quando retomar Norta, e ele vai conseguir, vamos nos casar. Para consolidar a aliança e garantir que Rift sobreviva. Para prosseguir com o legado de Volo Samos e seus reis de aço.

Evangeline olha adiante, para a rua escura. Uma patrulha passa pela avenida a alguns metros de distância, as vozes tão baixas e constantes quanto os passos. A Guarda Escarlate, a julgar pelos uniformes cor de ferrugem. A maior parte são uniformes vermelhos do Exército de Norta reaproveitados, com a insígnia arrancada. Duvido que Evangeline note. Seus olhos ficam vidrados enquanto pensa em algo distante. Algo de que não gosta nem um pouco, a julgar pelo maxilar cerrado.

— E se você não casar com ele? — sugiro, trazendo-a de volta.

É a coisa mais fácil e óbvia a dizer, mas ela fica branca, completamente perplexa. Seus olhos se arregalam, seu queixo cai com o choque.

— Impossível — Evangeline zomba. — Não há como contornar isso. A única maneira seria fugir para Tiraxes, Ciron ou qualquer fim de mundo que meu pai não consiga invadir — ela acrescenta, rindo sombriamente da ideia. — Nem isso funcionaria. Ele ia me encontrar aonde quer que eu fosse, para me arrastar de volta e me usar como fui feita para ser usada. O único caminho que vejo, a única opção que tenho, é muito simples.

É claro que sim, Evangeline.

Nossos objetivos são os mesmos, ainda que nossas motivações difiram. Eu a deixo continuar, porque sei que vai dizer exatamente o que quero ouvir. As coisas vão ser mais fáceis se Evangeline acreditar que foi tudo ideia sua.

— Não vai haver casamento se Cal fracassar. — Evangeline continua olhando além de mim. Ela se força a dizer as palavras. São uma traição: à sua Casa, às suas cores, ao seu pai, ao seu *sangue*. Cortam-na fundo. — Se Cal não for rei de Norta, meu pai não vai me *desperdiçar* com ele. E, se ele perder a guerra pela coroa, se *nós* perdermos, meu pai vai estar distraído demais tentando manter o próprio trono para me vender a outra pessoa. Ou pelo menos para me vender para algum lugar muito distante.

Distante de Elane. O sentido do que diz é claro.

— Então você quer que eu impeça Cal de recuperar seu reino? Ela me olha com desprezo, dando um passo atrás.

— Você aprendeu muitas coisas na corte prateada, Mare Barrow. É mais esperta do que parece. Não vou subestimá-la de novo, e é melhor que não me subestime. — Enquanto fala, sua armadura desliza, se reformando e retorcendo pelo corpo. As escamas encolhem e rastejam. Como os insetos da mãe, cada uma delas um ponto brilhante, preto e prateado. Evangeline transforma a própria roupa em algo mais substancial, menos imponente. Uma armadura de verdade, feita para a batalha e nada mais. — Quando digo que quero que *você* impeça Cal, estou falando do seu pequeno círculo. Embora eu não saiba se Montfort e a Guarda Escarlate podem ser chamados de pequenos. Afinal, não me parece plausível que estejam ambos apoiando a criação de um novo reino prateado. Não sem esperar muita coisa em troca.

— Ah. — Fico um pouco decepcionada. Vou ter que revelar minha mão antes do que gostaria.

— Bom, não é preciso ser um gênio da política para saber que uma coalizão vermelha e prateada só pode terminar em traição. Tenho certeza de que todos os líderes sabem que não podem confiar uns nos outros. — Seus olhos brilham enquanto vira, pronta para me deixar para trás. — Exceto um aspirante a rei — Evangeline adiciona por cima do ombro.

Tenho plena consciência disso. Tiberias é tão crédulo quanto um cachorrinho, se deixando levar com facilidade pelas pessoas que ama. Eu, sua avó e principalmente seu pai morto. Ele persegue a coroa por aquele homem, em função de um elo que nunca se rompeu. Enquanto sua confiança, sua coragem e seu foco obstinado o tornam forte, também o cegam fora do campo de batalha. Ele pode prever o avanço de exércitos, mas não os planos de outras pessoas. Não quer ou não consegue ver as maquinações à sua volta. Não viu antes e não vai ver no futuro.

— Ele certamente não é Maven — murmuro, mais para mim mesma.

— Ele certamente não é — Evangeline repete, e as palavras ecoam pelas paredes de pedra de Corvium.

Em sua voz, ouço as mesmas coisas que sinto.

Alívio. E pesar.

QUATRO

Iris

A ÁGUA DA BAÍA BATE EM MEUS tornozelos expostos, refrescante, revigorante. Faz frio antes do sol nascer, mas mal noto. Essa simples sensação é como um santuário. Conheço essas águas tão bem quanto meu próprio rosto. Posso senti-las muito além dos meus pés, o pulso da mais leve corrente, a menor ondulação no rio que alimenta a baía, e a baía alimentando o lago. A luz incipiente da alvorada sangra na superfície suave. O reflexo se distorce em traços azul-claro e cor-de-rosa. A calmaria permite esquecer quem sou, mas não por muito tempo. Sou Iris Cygnet, nascida princesa e transformada em rainha. Não posso me dar ao luxo de esquecer qualquer coisa, não importa o quanto eu queira.

Esperamos juntas, minha mãe, minha irmã e eu, com a atenção fixa na face sul do horizonte. Uma neblina baixa toma conta da boca estreita da baía, ocultando a península pontilhada por torres de vigia e o lago Eris mais adiante. Algumas luzes das torres piscam em meio à névoa, como estrelas baixas. Conforme ela se movimenta, levada pelo vento, mais e mais torres se tornam visíveis. Estruturas elevadas de pedra, aprimoradas e reconstruídas uma centena de vezes em centenas de anos. As torres viram mais guerra e ruína do que os historiadores podem contar. Suas luzes flamejam, muitas ainda vívidas tão perto do amanhecer. Os faróis continuarão acesos o dia todo, as tochas queimando e as luzes elétricas brilhando. As bandeiras que balançam ao vento são diferentes das que normalmente são vistas em Lakeland. Cada torre exibe o azul com faixas pretas. Para honrar os muitos mortos em Corvium. Para lamentá-los.

Para se despedir do nosso rei.

Derramei muitas lágrimas ontem à noite. Não achei que me restasse mais nenhuma, mas elas ainda vêm. Minha irmã, Tiora, consegue se controlar melhor. Ela levanta o queixo, com o diadema brilhando na testa. É uma armação de safira escura e âmbar preto. Embora eu seja uma rainha agora, minha coroa é muito mais simples, uma fileira de diamantes azuis pontuados por pedras vermelhas que simbolizam Norta.

Temos a mesma pele cor de bronze, as mesmas feições, com maçãs do rosto acentuadas e sobrancelhas arqueadas, mas seus olhos cor de mogno vieram da nossa mãe. Os meus são cinza como os de nosso pai. Tiora está com vinte e três, é quatro anos mais velha que eu e herdeira do trono de Lakeland. Eu costumava dizer que ela nasceu severa e quieta, odiava chorar, era incapaz de rir. Sua natureza séria a torna uma boa herdeira de nossa mãe. Tiora é muito mais habilidosa no controle das emoções, embora eu faça meu melhor para me manter tão parada quanto o lago. Minha irmã fixa o olhar à frente, com a coluna ereta e o orgulho que nem mesmo um funeral pode macular. Apesar de sua natureza estoica, até ela chora a perda de nosso pai. Suas lágrimas são menos evidentes, caindo depressa na baía que banha nossos pés. Ela é uma ninfoide, como o resto da família, e usa sua habilidade para afastar as lágrimas sem que deixem nenhum rastro. Eu faria o mesmo se tivesse essa força, mas não consigo reunir mais energia agora.

O mesmo não acontece com nossa mãe, Cenra, rainha de Lakeland.

Suas lágrimas pairam no ar, uma nuvem de partículas de cristal que reflete a luz crescente da alvorada. Aos poucos, a nuvem cresce e as lágrimas giram constantes, brilhando rápidas, produzindo leves arco-íris em sua pele marrom. Pequenos diamantes nascidos de seu coração partido.

Ela está à nossa frente, com a água até os joelhos, as vestimentas de luto flutuando atrás de si. Como eu e Tiora, minha mãe usa principalmente preto, com detalhes em azul real. O vestido é refinado, feito de camadas intrincadas de uma seda leve, mas não tem forma, como se o tecido tivesse sido apenas jogado sobre seu corpo. Tiora se certificou de que eu e ela estivéssemos preparadas para o funeral, escolhendo joias e vestidos apropriados, mas minha mãe não se deu ao trabalho. Ela parece simples, com o cabelo solto formando uma trilha brilhante em tons de escuridão e tempestade. Nada de braceletes, brincos ou coroa. Uma rainha apenas na postura. E é o bastante. Fico tentada a me agarrar à sua saia como fazia quando era pequena. Poderia me segurar nela e nunca mais soltar. Nunca mais sair de casa. Nunca retornar à corte caindo aos pedaços em volta de um rei partido.

Pensar no meu marido me torna fria. E resoluta.

As lágrimas nas minhas bochechas secam.

Maven Calore é uma criança brincando com uma arma carregada. Se sabe atirar ou não, continua um mistério. Mas é certo que tenho alvos em mente, pessoas que posso apontar para ele. O prateado que matou meu pai, claro. Algum lorde Iral. Ele cortou sua garganta. Atacou-o por trás como se fosse um cão sem honra. Mas ele servia outro rei. Samos. *Volo.* Outro sem a menor inclinação à honra ou à dignidade. Ele se rebelou para conseguir sua coroa mesquinha, pelo direito de se considerar senhor de um canto insignificante do mundo. E não está sozinho. Outras famílias de Norta ficaram ao seu lado, prontas para substituir Maven por seu irmão, o Calore exilado. Antes da morte do meu pai, eu não ligaria se meu marido de repente fosse deposto ou morto. Desde que a paz entre Norta e Lakeland permanecesse, que diferença faria para mim? Mas agora tudo mudou. Orrec Cygnet se foi. Meu pai morreu por causa de homens como Volo Samos e Tiberias Calore. O que eu não faria para enfileirá-los e afogá-los todos com minha fúria.

É exatamente o que vou fazer.

Barcos atravessam a neblina, movendo-se em silêncio. Os mastros me são familiares, as proas pintadas de prata e azul. Cada um tem um único deque. Não foram construídos para a guerra, mas para serem velozes e silenciosos, seguindo a vontade dos poderosos ninfoides. Seus cascos têm ranhuras feitas especialmente para seguir nossas correntes, como acontece agora.

Foi ideia minha mandar os barcos. Não conseguia suportar a ideia do corpo do meu pai sendo arrastado numa longa marcha desde Mour, a terra que em Norta chamam de Gargalo. Ele teria que passar por cidades demais no caminho, e as notícias de sua morte correriam à frente do horrível cortejo. Não, eu queria que ele voltasse para casa para podermos nos despedir primeiro.

E assim eu não perderia a coragem.

Ninfoides usando o azul de Lakeland, nossos primos do lado Cygnet, se amontoam no deque do primeiro barco. Dá para ver o sofrimento nos rostos sombrios, todos de luto como a gente. Meu pai era muito amado, ainda que fosse de um ramo menor da linhagem. É minha mãe que vem da realeza, descendendo de uma sequência ininterrupta de monarcas. Por isso não tem permissão para atravessar as fronteiras de nosso país, a não ser em casos de extrema necessidade. O mesmo acontece com Tiora, que, para preservar a linha de sucessão, não pode sair nem mesmo em caso de guerra.

Pelo menos as duas nunca terão o mesmo destino do meu pai, morrendo no campo de batalha. Ou o meu, vivendo meus dias tão longe de casa.

Não é difícil identificar meu marido em meio aos uniformes azul-escuros. Quatro sentinelas o acompanham, tendo trocado seus uniformes flamejantes por equipamentos táticos. Mas ainda usam as máscaras cravejadas de pedras preciosas escuras, lindas e assustadoras ao mesmo tempo. Maven usa preto, como sempre, destacando-se apesar da falta de medalhas, coroa ou insígnia. Nenhum monarca é tolo o bastante para marchar para a batalha com um alvo pintado no corpo. Não que eu ache que ele tenha lutado. Maven não é um guerreiro — pelo menos não no campo de batalha. Ele parece tão pequeno perto dos seus soldados e dos meus. Fraco. Pensei o mesmo quando nos conhecemos e olhamos um para o outro de lados opostos do pavilhão, em meio a um campo minado. Ainda é um adolescente, pouco mais que um menino, um ano mais novo que eu. Mas sabe usar sua aparência a seu favor. Aproveita-se do que os outros pressupõem. Faz isso em seu próprio país, alimentando as pessoas com suas mentiras e sua falsa inocência. Vermelhos e prateados de fora da corte acreditam nas histórias sobre seu irmão, o príncipe dourado seduzido por uma espiã e levado a cometer assassinato. Uma história suculenta, uma bela fofoca com que se deleitar. O fato de que encerrou a guerra entre nossos países só o torna mais querido. E o coloca em uma estranha posição. Trata-se de um rei apoiado pelo povo, mas não por quem está próximo dele. Não pelos nobres que o cercam. Eles permanecem ali porque precisam de Maven para preservar um reino em situação delicada.

E, por mais que eu odeie admitir, porque Maven é muito hábil no jogo da corte. Ele manipula bem os nobres, jogando umas Casas contra as outras. Tudo isso enquanto controla o restante da nação com mão de ferro.

A corte real de Norta é um ninho de cobras, agora mais do que nunca.

As maquinações de Maven nunca vão funcionar comigo, no entanto. Sei que não posso subestimá-lo. Principalmente agora, quando suas obsessões parecem governá-lo. Sua mente está tão estilhaçada quanto seu país. O que só o torna mais perigoso.

O primeiro barco chega à costa, o calado raso o suficiente para que atraque a alguns metros da minha mãe. Os ninfoides saem primeiro, pulando na água. Seus pés vão abrindo caminho na água, permitindo que pisem sobre o leito seco. Não por causa deles, mas de Maven.

Ele desce em seguida, pisando em terra firme tão rápido quanto pode. Ardentes como ele não gostam da água, e Maven olha para as paredes líquidas ao redor com desconfiança. Não espero compaixão quando passa por mim, com os sentinelas em seu encalço, e não me decepciono. Ele nem me olha. Para alguém conhecido como a Chama do Norte, seu coração é brutalmente frio.

Os primos Cygnet continuam próximos ao barco e soltam seu controle das águas da baía, que correm e incham antes de se levantar, como uma criatura erguendo a cabeça. Ou um pai se esticando para segurar o filho.

Soldados tiram uma prancha de madeira do deque, revelando uma vista familiar.

Não sou uma criança. Já vi cadáveres antes. Meu país está em guerra há mais de um século. Como a filha mais nova, a segunda a nascer, sou livre para entrar nos campos de batalha. Fui treinada para lutar, não para governar. É meu dever apoiar minha irmã como meu pai apoiou minha mãe, da forma que precisar.

Tiora reprime um raro soluço. Seguro sua mão.

— Calma como o lago, Ti — sussurro para ela, que aperta minha mão em resposta. Suas feições se contraem numa máscara neutra.

Os ninfoides Cygnet levantam os braços e a água acompanha o movimento, levantando-se também. Devagar, os soldados baixam a prancha e o cadáver enrolado em um único lençol branco. Ela flutua na superfície, se afastando suavemente do barco.

Minha mãe dá alguns passos à frente, afundando mais na baía. Ela para quando seus pulsos ficam submersos, e eu noto o movimento sutil de seus dedos curvados. O corpo do meu pai vem boiando em sua direção, como se puxado por cordas invisíveis. Nossos primos marcham ao lado do rei, protegendo-o mesmo na morte. Dois deles choram.

Quando minha mãe toca o lençol, luto contra a vontade de fechar os olhos. Quero preservar as lembranças que tenho do meu pai, não as corromper com a visão de seu cadáver. Mas ia me arrepender depois. Respirando devagar, me concentro em manter a calma. A água envolve meus tornozelos, uma corrente gentil em redemoinho, igual à sensação de náusea no meu estômago. Foco nela, traçando círculos com a mente para impedir que o grosso do sofrimento extravase. Mantenho os dentes cerrados e o queixo alto. As lágrimas não retornaram.

Seu rosto está estranho, a cor drenada junto com a vida. Sua pele morena e macia, com poucas rugas apesar da idade, adquiriu um tom mais pálido, doentio. Queria que estivesse apenas doente, e não morto. Minha mãe segura seu rosto, encarando-o com uma força que não consigo reunir. Suas lágrimas continuam a pairar como um enxame de insetos brilhando. Depois de um longo momento, ela beija suas pálpebras fechadas, passando os dedos por seus cabelos compridos e grisalhos. Então ela une as mãos curvadas acima do rosto dele. As lágrimas se aproximam e se acumulam ali. Finalmente, minha mãe as solta.

Quase espero que ele se retraia, mas meu pai não se move. Não pode mais fazê-lo.

Tiora é a próxima, e usa as mãos para pegar um pouco de água da baía e molhar o rosto dele. Ela se demora enquanto o estuda. Sempre foi mais próxima de nossa mãe, como sua posição exige. Isso não aplaca a dor, no entanto. Sua compostura vacila e ela se afasta, escondendo o rosto com a mão.

O mundo parece encolher enquanto me movo pela água, minhas pernas lentas e distantes. Minha mãe permanece ali perto, segurando o lençol que cobre o resto do corpo. Ela me encara, com o semblante imóvel e vazio. Conheço esse olhar. Eu o uso sempre que preciso mascarar a tempestade de emoções dentro de mim. Eu o usei no dia do meu casamento. Mas para esconder o medo, não a dor.

Não é igual.

Imito Tiora, despejando água sobre meu pai. As gotas rolam por seu nariz aquilino e suas bochechas, acumulando-se nos cabelos. Afasto uma mecha grisalha, de repente desejando cortar um cacho para guardar. Em Archeon, tenho um pequeno templo — uma espécie de santuário, na verdade — cheio de velas e emblemas desgastados de deuses sem nome. Por mais limitado que pareça, o pequeno recanto do palácio é o único lugar onde me sinto eu mesma. Gostaria de tê-lo comigo lá.

Um desejo impossível.

Quando me afasto, minha mãe se aproxima de novo. Ela leva as mãos abertas à prancha de madeira. Tiora e eu a imitamos. Nunca fiz isso antes, e gostaria de não ter que fazer. Mas é o desejo dos deuses. *Volte*, eles dizem. Ao que você é, à sua habilidade. Enterre um verde. Sepulte um pétreo em mármore e granito. Afogue um ninfoide.

Se eu ainda estiver viva quando Maven morrer, vou poder queimar seu cadáver?

Fazemos força para submergir a prancha com nossas mãos e nosso poder. Usamos nossos músculos e o peso da nossa corrente para afundar o corpo. Mesmo no raso, a água distorce seu rosto. O dia amanhece à minha esquerda, com o sol levantando de trás dos morros mais baixos. Ele reflete na superfície da água, me cegando por um momento.

Fecho os olhos e penso em meu pai como era.

Ele retorna ao abraço da água.

*

Detraon é uma cidade de canais, aberta por ninfoides no leito de pedras da extremidade oeste da baía. A cidade que costumava ficar aqui já não existe, levada pelas enchentes há mais de mil anos. Descendo o rio, ainda encontramos áreas enormes de destroços, engasgadas com as ruínas apodrecidas de outro tempo. Pó de ferro carcomido pela ferrugem se transforma em terra vermelha até hoje, e magnetrons fazem a colheita nesses campos como fazendeiros colhendo trigo. Quando a água baixou, o local continuava sendo perfeito para nossa capital, por estar bem ao lado do Eris, com fácil acesso ao Neron por um estreito diminuto e o restante dos lagos mais além. De Detraon, através de hidrovias abertas tanto de maneira natural quanto por ninfoides, pode-se chegar rapidamente a qualquer ponto do nosso reino. Toda a extensão desde o Hud, no norte, às disputadas fronteiras ao longo do Grande Rio a oeste, e o Ohius ao sul. Nenhum senhor ninfoide pôde resistir, então ficamos aqui, tirando nossas forças e nossa segurança das águas.

Os canais são uma forma fácil de organização, cortando a cidade em setores rodeando os principais templos. A maior parte dos vermelhos mora no sudeste, longe da nossa abençoada água, enquanto o palácio e os nobres ficam na própria baía, com vista para aquilo que tanto amamos. O Bairro do Sorvedouro, como é comumente conhecido, ocupa o nordeste, onde os vermelhos mais abastados e os prateados menos importantes vivem lado a lado. Reúne principalmente comerciantes, mas também executivos, oficiais e soldados de hierarquia mais baixa, além de estudantes carentes das universidades do bairro nobre. Assim como vermelhos de estirpe ou que se fazem necessários. Trabalhadores habilidosos, em geral independentes. Criados com dinheiro ou importantes o bastante para morar nas residências prateadas, e não nas vermelhas. A administração da cidade não é meu forte, e sim de Tiora, mas faço o que posso para me inteirar a respeito. Mesmo que me entedie, preciso no mínimo saber do que se trata. A ignorância é um fardo que não tenho a intenção de carregar.

Não usamos os canais hoje, já que o palácio fica próximo da baía. *Ótimo*, penso, desfrutando da caminhada familiar. Arcos se abrem nas paredes turquesa e douradas do bairro nobre, tão fluidos e suaves que só podem ser trabalho de prateados. Casas de família que conheço de cor surgem em toda parte, com as janelas abertas para a manhã, as cores de sua dinastia transmitidas pela brisa com orgulho. A bandeira vermelha dos Renarde, o jade da antiga e formidável linhagem dos tempestuosos Sielle — nomeio todos mentalmente. Os filhos e filhas que lutaram pela nova aliança. *Quantos morreram ao lado de meu pai? Quantos deles eu conhecia?*

Parece que vai ser um lindo dia, com o sol se erguendo no céu com nuvens esparsas. O vento que vem do Eris permanece, levantando meu cabelo com seus dedos leves. Fico esperando que o cheiro de decadência, destruição, derrota venha do leste. Mas só sinto o aroma das águas do lago e do verde do verão. Nenhum sinal do exército cambaleando atrás de nós, depois de derramar sangue nos muros de Corvium.

Nossa escolta, formada por soldados atentos de Lakeland e pelo contingente de Maven, se espalha. A maior parte dos nobres do meu marido ainda está com o exército, se movendo tão depressa quanto possível. Mas ele ainda tem seus sentinelas. Eles se mantêm próximos, assim como seus dois generais de mais alto escalão, cada um com seus próprios ajudantes e guardas. A general da Casa Greco tem cabelo grisalho e é estranhamente magra para uma forçadora, mas não há como deixar passar o extravagante emblema amarelo e azul em seu ombro. Tiora se certificou de que eu estudasse as principais linhagens de Norta, suas Casas, até que as soubesse tão bem quanto as nossas. O outro, o general Macanthos, com insígnia azul e cinza, é jovem, tem cabelo castanho-claro e olhos nervosos. Ele é novo demais para sua posição. Suspeito que tenha acabado de ser promovido, substituindo algum parente falecido.

Maven é esperto o bastante para ser deferente à minha mãe no país dela, e anda alguns passos atrás. Faço como esperam de mim, me mantendo ao lado dele. Não nos tocamos. Não damos as mãos, nem os braços. A regra é dele, não minha. Maven não me toca desde o dia em que deixou Mare Barrow escapar. A última vez que nos tocamos foi um beijo frio enquanto uma tempestade se formava.

Sou grata por isso, ainda que não o diga. Sei qual é meu dever como prateada, como rainha, como uma ponte entre nossos países. É o dever dele também, um fardo que supostamente devemos aguentar. Mas se ele não falar nada sobre um herdeiro, certamente não serei eu a puxar o assunto. Para começar, tenho apenas dezenove anos. Atingi a maioridade, claro, mas ainda tenho tempo de sobra. Desse modo, se Maven falhar, se seu irmão retomar a coroa, não precisarei ficar. Sem filhos, estarei livre para voltar para casa. Não quero nada que me ancore a Norta sem necessidade.

Nossos vestidos arrastam no chão, deixando um rastro molhado nas ruas largas. A luz do sol reflete nas pedras brancas. Meus olhos vão de um lado para o outro, absorvendo a imagem de um dia de verão na minha antiga capital. Queria poder parar como fazia antes. Sentar no muro baixo que divide a avenida e a baía. Treinar minhas habilidades despreocupada. Talvez até desafiar Tiora em uma disputa amistosa. Mas não há tempo nem oportunidade. Não sei quanto vamos ficar, ou quanto tempo tenho com o que resta da minha família. Tudo o que posso fazer é prolongar os momentos. Decorá-los. Tatuá-los na minha mente, como as ondas turbulentas nas minhas costas.

— Sou o primeiro rei de Norta a pisar aqui em um século.

A voz de Maven sai baixa e fria, como a ameaça do inverno na primavera. Depois de tantas semanas em sua corte, estou começando a aprender um pouco sobre seus estados de humor, já que o estudo como estudei seu país. O rei de Norta não é uma criatura bondosa, e embora minha sobrevivência seja necessária para a aliança, meu conforto provavelmente não é. Ele não me trata mal. Na verdade, não me trata de maneira nenhuma. Ficar fora de seu caminho exige pouco esforço dado o tamanho do Palácio de Whitefire.

— Mais de um século, se minha memória não falha — respondo, escondendo a surpresa por ter falado comigo. — Tiberias II foi o último rei Calore a fazer uma visita oficial. Antes que nossos ancestrais entrassem em guerra.

Ele se irrita diante do nome. *Tiberias*. Ressentimentos entre irmãos não é uma novidade para mim. Há muitas coisas que invejo em Tiora. Mas nunca experimentei nada como o ciúme profundo e irrestrito que Maven sente do irmão exilado. Vem do fundo de sua alma. Cada menção a ele, mesmo enquanto desempenha suas funções de monarca, provoca a mesma reação de uma facada. Imagino que o nome ancestral seja mais uma coisa a invejar. Mais uma validação que nunca vai possuir.

Talvez seja por isso que ele persegue Mare Barrow com foco inabalável. As histórias parecem verdadeiras. Tive provas disso. Ela não é apenas uma sanguenova poderosa, uma vermelha com habilidade prateada, mas também é alvo do amor do príncipe exilado. Uma garota vermelha. Tendo-a conhecido, quase posso entender por quê. Mesmo aprisionada, ela lutava. Resistia. Era um mistério que eu teria adorado decifrar. E, parece, é um troféu que os irmãos Calore disputam. Nada comparado à coroa, mas importante o suficiente para que ambos os garotos rivais tentem puxar para si, como cachorros disputando um osso.

— Posso organizar um tour pela capital se desejar, majestade — continuo. Embora passar mais tempo do que o devido com Maven esteja longe do ideal, significaria ficar mais na cidade. — Os templos são conhecidos em todo o reino por seu esplendor. E sua presença certamente honraria os deuses.

Alimentar seu ego não funciona, como costuma acontecer com outros nobres e cortesãos. Ele retorce os lábios.

— Tento manter o foco em coisas que de fato existem, Iris. Como a guerra que ambos estamos tentando ganhar.

Fique à vontade. Engulo a resposta com um desapego frio. Os descrentes não são problema meu. Não posso abrir seus olhos, tampouco é meu trabalho fazê-lo. Ele que encontre os deuses na morte e veja como estava errado antes de entrar no inferno que criou para si mesmo. Vão afogá-lo por toda a eternidade. É a punição para os ardentes no além-vida. Assim como as chamas seriam minha condenação.

— Claro. — Abaixo a cabeça, sentindo as joias frias da coroa na minha testa. — O exército irá para a Cidadela dos Lagos quando chegar, para se recompor e rearmar. Podemos encontrá-los lá.

Ele assente.

— Sim.

— E há Piedmont a considerar ainda — acrescento. Eu não estava em Norta quando os lordes leais ao príncipe Bracken pediram a ajuda de Maven. Nossos países ainda estavam em guerra. Mas os relatórios do serviço secreto foram bem claros.

Um músculo se contrai na bochecha de Maven.

— O príncipe Bracken não vai lutar contra Montfort, não enquanto aqueles bastardos mantiverem seus filhos como reféns. — Ele fala como se eu fosse uma simplória.

Mantenho o controle, abaixando a cabeça de novo.

— Claro. Mas se uma aliança pudesse ser feita em segredo... Montfort perderia sua base no sul e todos os recursos que Bracken lhe cedeu. Eles fariam um inimigo poderoso. Outro reino prateado contra quem lutar.

Seus passos ecoam pelo corredor, altos e constantes. Posso ouvir sua respiração, a maneira como exala em suspiros lentos e sonoros enquanto espero por uma resposta. Ainda que tenhamos quase a mesma altura e provavelmente o mesmo peso, se é que não peso mais, sinto-me pequena ao lado de Maven. Pequena e vulnerável. Um pássaro ao lado de um gato. A sensação não me agrada.

— Tentar recuperar os filhos de Bracken seria tolice. Não sabemos onde ou quão bem vigiados estão. Podem ter sido levados para o outro lado do continente. Podem estar mortos, até onde sabemos — Maven murmura. — O foco deve ser em meu irmão. Quando tiver me livrado dele, não terão atrás de quem se esconder.

Tento não parecer decepcionada, mas meus ombros murcham mesmo assim. Precisamos de Piedmont. Sei disso. Deixar o país para Montfort é um erro que pode acabar na nossa ruína e morte. Então tento de novo.

— As mãos do príncipe Bracken estão amarradas. Ele não pode tentar resgatar os filhos, mesmo se soubesse onde estão — murmuro, baixando a voz. — O risco de fracassar é grande demais. Mas será que ninguém pode fazê-lo por ele?

— Está se oferecendo para o trabalho, Iris? — ele pergunta, olhando para mim.

Fico tensa com a tolice do comentário.

— Sou uma rainha e uma princesa, não um cachorro brincando de ir buscar.

— Claro que você não é um cachorro, minha querida. — Maven sorri, sem se abalar. — Cachorros obedecem.

Em vez de me retrair, ignoro o insulto descarado com um suspiro.

— Imagino que esteja certo, meu rei. — Então jogo a carta que guardei na manga. — Afinal, tem experiência quando se trata de reféns.

Sinto o calor crescer ao meu lado, tão perto que começo a suar de imediato. Lembrar Maven de Mare — de como a perdeu — é um jeito certeiro de despertar seu mau humor.

— Se a localização das crianças for descoberta — ele rosna —, talvez algo possa ser arranjado.

É tudo o que consigo com o rei Calore. Considero nossa conversa um sucesso.

As paredes de tinta turquesa com detalhes em dourado são substituídas por outras de mármore reluzente, marcando o fim da área nobre e o começo do palácio real. Arcadas ainda marcam o caminho, mas fechadas por portões e vigiadas por soldados de Lakeland em seu uniforme azul estoico. Há outros guardas patrulhando o muro, que observam a rainha conforme passam. O ritmo da caminhada de minha mãe acelera um pouco. Ela quer entrar logo, ficar longe dos olhares curiosos. *Quer ficar sozinha conosco.* Tiora também acelera, não para se manter perto de nossa mãe, mas para abrir distância de Maven. Ele a incomoda, como faz com a maior parte das pessoas. Há algo na intensidade de seus olhos elétricos. Parece errada em alguém tão jovem. Artificial até. Plantada.

Com uma mãe como a dele, talvez seja mesmo.

Se ela estivesse viva, não permitiriam sua entrada em Detraon, muito menos sua aproximação da família real. Em Lakeland, ninguém confia em seu tipo de prateado — murmuradores que controlam a mente das pessoas. Eles nem existem mais aqui. A linhagem dos Servon foi extinta há muito tempo, e por uma boa razão. Quanto a Norta, tenho um pressentimento de que a Casa Merandus logo pode encontrar o mesmo destino. Ainda não falei com nenhum murmurador desde que fui para Whitefire. Depois que o primo de Maven morreu no nosso casamento, acho que tem mantido o resto da família da mãe à distância, se é que ainda estão vivos.

O Royelle, nosso palácio, se estende nos vastos terrenos deste setor. Tem canais e aquedutos próprios, além de fontes e cascatas. Parte da água surge em nosso campo de visão a caminho da baía, enquanto outra parte corre por baixo da terra. No inverno, a maior parte congela, decorando tudo com esculturas de gelo que nenhum humano poderia criar. Sacerdotes dos templos leem o gelo em dias festivos e feriados para comunicar a vontade dos deuses. Normalmente falam em enigmas, escrevendo suas palavras na terra e nos lagos de modo que apenas os abençoados possam lê-las e poucos possam compreendê-las.

É preciso coragem para que um rei ardente de uma nação até pouco hostil entre na fortaleza de Lakeland, e Maven o faz sem pestanejar. Alguém poderia pensar que ele é incapaz de sentir medo. Que sua mãe removeu algo tão fraco dele. Mas não é verdade. Vejo medo em tudo o que ele faz. Medo do irmão, principalmente. Medo porque a garota Barrow foi embora e está fora de seu alcance. E, como todo mundo, morto de medo de perder seu poder. É por isso que está aqui. Que casou comigo. Vai fazer qualquer coisa para manter a coroa.

É muita dedicação. É tanto sua maior força quanto sua maior fraqueza.

Nós nos aproximamos dos portões grandiosos que se abrem para a baía, ladeados por guardas e cascatas. Os homens se curvam quando minha mãe passa, e até a água se agita, incitada por sua imensa habilidade. Do outro lado dos portões fica meu pátio preferido: um refúgio amplo e bem cuidado de flores azuis de todos os tipos. Rosas, lírios, hidrângeas, tulipas e hibiscos — pétalas em tons que vão do mais claro ao índigo profundo. Ou, pelo menos, elas deveriam ser azuis. Mas, como as bandeiras, como minha família, as flores estão de luto.

Suas pétalas estão pretas.

— Majestade, posso requisitar a presença da minha filha em nosso santuário? Como manda nossa tradição?

É a primeira vez esta manhã que ouço minha mãe falar. Ela usa o tom da corte, assim como a língua de Norta, para que Maven não tenha como interpretar mal seu pedido. Seu sotaque é melhor que o meu, quase imperceptível. Cenra Cygnet é uma mulher inteligente, com um bom ouvido para línguas e um talento para a diplomacia.

Ela para e vira para Maven, em um simples gesto de cortesia. Não se pode dar as costas a um rei quando se quer algo dele. *Mesmo que o que queira seja eu, sua filha, uma pessoa viva com vontade própria*, penso enquanto sinto um gosto azedo na minha boca. *Mas não é bem assim. Ele está acima de você. Você é dele agora, não dela. Tem que fazer o que ele desejar.*

Ou fingir, pelo menos.

Não tenho a menor intenção de ser uma rainha mantida na rédea curta.

Por sorte, Maven é menos desdenhoso da religião na frente da minha mãe. Ele abre um sorriso apertado e faz uma leve mesura. Perto da minha mãe, com seu cabelo grisalho e suas rugas, parece mais jovem. Novo. Inexperiente. Mas não é nada disso.

— Precisamos honrar a tradição — Maven diz. — Mesmo em tempos caóticos como esses. Nem Norta nem Lakeland podem esquecer quem são. Pode ser nossa salvação, majestade.

Ele fala bem, com palavras macias como algodão.

Minha mãe abre um sorriso, mas seus olhos não acompanham.

— De fato. Venha, Iris — ela acrescenta para mim.

Se eu não tivesse nenhum controle, pegaria sua mão e correria. Mas tenho controle de sobra, e mantenho um ritmo estável. Quase lento demais, enquanto sigo minha mãe e minha irmã através das flores pretas, dos corredores de padrão azul, para o terreno sagrado que é o templo pessoal da rainha em Royelle.

O templo contíguo aos aposentos reais do monarca é isolado e simples, localizado entre salas e quartos. A tradição está nos ornamentos de sempre. Uma fonte que bate na cintura borbulha no centro de uma pequena câmara. Rostos desgastados, sem expressões, ao mesmo tempo desconhecidos e familiares, olham das paredes e do teto. Nossos deuses não têm nome ou hierarquia. Suas bênçãos são aleatórias, suas palavras, esparsas, suas punições, impossíveis de prever. Mas eles existem em todas as coisas. Podem ser sentidos o tempo todo. Procuro meu favorito, um rosto vagamente feminino, com olhos vazios e cinza, que pode ser distinguido apenas por um leve sorriso nos lábios, que poderia ser uma falha da pedra. Ela parece saber de algum segredo. Mesmo agora, me reconforta, à sombra do funeral do meu pai. *Vai ficar tudo bem*, parece me dizer.

O lugar não é tão grande quanto o outro templo do palácio, aquele que usamos para os serviços da corte, ou tão ostensivo quanto os enormes templos no centro de Detraon. Não há altares dourados ou livros da lei celestial cravejados com pedras. Nossos deuses requerem pouco mais que fé para se fazer notar.

Apoio a mão em uma janela que me é familiar e fico esperando. O sol nascente parece fraco ao atravessar o vidro grosso de diamante, com vidraças dispostas em formato de ondas. Só quando as portas se fecham atrás de nós, deixando-nos com ninguém além dos deuses e de nós mesmas, solto um suspiro baixo de alívio. Antes que meus olhos se ajustem à luz fraca, minha mãe pega meu rosto em suas mãos quentes e não consigo evitar me contrair.

— Você não precisa voltar — ela sussurra.

Nunca a ouvi implorar. É um som estranho.

Minha voz falha.

— Quê?

— Por favor, minha querida. — Ela volta a falar nossa língua. Seus olhos se afiam, parecendo mais escuros nas sombras do templo estreito. Eu poderia afundar em seus poços profundos e nunca mais sair. — A aliança pode sobreviver sem que você precise garanti-la.

Ela não solta meu rosto, e seus dedões acariciam minhas bochechas. Por um longo momento, só fico ali. Vejo a esperança florescer em seus olhos e fecho os meus bem apertados. Devagar, ponho as mãos sobre as dela e as afasto.

— Você sabe que isso não é verdade — digo, me forçando a encará-la.

Minha mãe cerra a mandíbula, endurecendo. Uma rainha não está acostumada com a recusa de ninguém.

— Não venha me dizer o que sei e o que não sei.

Mas também sou uma rainha.

— Os deuses lhe disseram o contrário? — pergunto. — Essas são as palavras deles? — É uma blasfêmia. Podemos ouvir os deuses em nosso coração, mas só os sacerdotes podem espalhar suas palavras.

Até mesmo a rainha de Lakeland está sujeita a essa limitação. Ela desvia o olhar, envergonhada, antes de virar para Tiora. Minha irmã não diz nada, parecendo ainda mais séria que de costume. Como se fosse possível.

— Você fala em nome da coroa? — insisto, abrindo certa distância entre nós. *Minha mãe tem que entender.* — Isso vai ajudar nosso país?

De novo, silêncio. Ela não responde. Em vez disso, ela se recompõe, assumindo a postura real diante dos meus olhos. Parece endurecer e ficar ainda mais alta. Quase espero que se transforme em pedra. *Ela não vai mentir para você.*

— Ou fala apenas por si mesma, uma mulher de luto? Porque acabou de perder meu pai e não quer me perder também...

— Não posso negar que quero você aqui — ela diz, firme, e reconheço a voz da soberana. Aquela que usa em suas decisões na corte. — Segura. A salvo de monstros como *ele*.

— Posso lidar com Maven. Já venho lidando, há meses. Sabe disso.

Como ela, viro para Tiora em busca de apoio. Seu rosto não se altera, mantendo a neutralidade. Ela só observa, analisando tudo em silêncio, como uma futura rainha deve fazer.

— Ah, sim, eu li suas cartas. — Minha mãe desconsidera o que eu disse com um gesto. Seus dedos sempre foram tão finos, tão enrugados, tão *velhos*? A visão me impressiona. *Tão grisalha*, penso ao vê-la andar. Seu cabelo brilha à luz fraca. *Muito mais grisalha do que eu lembrava.*

— Recebo tanto sua correspondência oficial quanto os relatórios secretos que me envia, Iris — minha mãe diz. — Nenhum deles me enche de confiança. E agora que o vi... — Ela solta um suspiro irregular, pensando, então atravessa o templo até a janela oposta, passando os dedos pelas curvas da vidraça de diamante. — Aquele garoto é perigoso, vazio. Não tem alma. Matou o próprio pai, tentou fazer o mesmo com o irmão exilado. O que quer que sua mãe demoníaca tenha feito o amaldiçoou a uma vida de tormento. Não vou fazer o mesmo com você. Não vou deixar que desperdice sua vida ao lado dele. É uma questão de tempo até que sua própria corte o devore, ou o contrário.

Compartilho desse mesmo medo, mas não adianta lamentar decisões que já foram tomadas. As portas já foram abertas. Os caminhos já foram traçados.

— Se você tivesse me dito isso antes... — escarneço. — Eu poderia tê-lo deixado morrer quando aqueles vermelhos invadiram nosso casamento. E papai ainda estaria vivo.

— Sim — minha mãe murmura. Ela estuda o vidro da janela como se fosse uma pintura, para não ter que encarar as filhas.

— Se Maven tivesse morrido... — Abaixo a voz, tentando soar tão firme quanto ela. Como minha mãe e Tiora. Nascida para ser rainha. Devagar, vou para o lado da minha mãe e toco seus ombros estreitos. Ela sempre foi mais magra que eu. — Então estaríamos travando uma guerra em duas frentes. Contra um novo rei em Norta e a rebelião vermelha que parece borbulhar pelo mundo todo.

No meu próprio país, penso. A rebelião vermelha começou dentro das *nossas* fronteiras, debaixo dos *nossos* narizes. Deixamos que a podridão se espalhasse.

Minha mãe bate os cílios, e o preto se destaca contra as bochechas morenas. Sua mão cobre a minha.

— Mas eu ainda teria vocês duas. Ainda estaríamos juntas.

— Por quanto tempo? — minha irmã pergunta.

Tiora é a mais alta de nós, e nos encara por cima de seu nariz arqueado. Ela cruza os braços, fazendo a seda azul e preta farfalhar. No templo recluso e diminuto, parece uma estátua, assomando sobre nós como os próprios deuses.

— Quem pode dizer que esse caminho não terminaria em mais mortes? — ela aponta. — Com o corpo de todas nós no fundo da baía? Acha que a Guarda Escarlate nos deixaria viver se tomassem este reino? Porque eu não acho.

— Nem eu — murmuro, apoiando a testa no ombro de nossa rainha. — Mãe?

O corpo dela fica tenso com o toque, e os músculos se contraem.

— Pode dar certo — ela diz, seca. — Esse nó pode ser desfeito. Você ainda pode ficar conosco. Mas precisa ser uma escolha sua, *monamora*.

Meu amor.

Se eu pudesse pedir uma única coisa à minha mãe, seria que escolhesse por mim. Que fizesse como fez por mim milhares de outras vezes. *Use isto, coma aquilo, diga o que eu mandar.* Eu invejava sua sabedoria, o modo como meus pais assumiam a responsabilidade por mim. Agora desejo poder abrir mão da escolha. Colocar meu destino nas mãos de pessoas em quem confio. Se eu ainda fosse uma criança e isto não passasse de um pesadelo...

Olho por cima do ombro, procurando minha irmã. Ela franze o cenho para mim, desanimada, sem oferecer nenhuma saída.

— Eu ficaria se pudesse. — Tento soar como uma rainha, mas as palavras vacilam. — Sabe disso. E, lá no fundo, sabe que o que está pedindo é impossível. Uma traição à Coroa. Como é que você costumava dizer?

Tiora responde quando minha mãe hesita.

— O dever primeiro. A honra sempre.

A lembrança me aquece por dentro. O que tenho à frente não é fácil, mas é o que preciso fazer. Pelo menos me dá um propósito.

— Meu dever é proteger Lakeland da mesma forma que vocês — digo a elas. — Meu casamento com Maven pode não vencer a guerra, mas nos dá uma chance. Coloca um muro entre nós e os lobos que nos cercam. Quanto à minha honra... não terei nenhuma até que papai seja vingado.

— De acordo — Tiora diz.

— De acordo — minha mãe sussurra, mas sua voz não passa de uma sombra.

Olho por cima do seu ombro, para o rosto da deusa que sorri. Tiro minhas forças de sua confiança, de sua expressão. Ela me dá segurança.

— Maven e seu reino são um escudo, mas também uma espada. Temos que usá-lo, ainda que seja um perigo para todas nós.

— Principalmente para você — minha mãe escarnece.

— Sim, principalmente para mim.

— Eu nunca deveria ter concordado — ela sibila. — Foi ideia do seu pai.

— Eu sei, e foi uma boa ideia. Não o culpo.

Não o culpo. Quantas noites passei acordada sozinha no palácio de Whitefire, dizendo a mim mesma que não me arrependia? Sem nenhuma raiva por ter sido vendida como um animal ou um pedaço de terra? Foi uma mentira e continua sendo. Mas minha raiva disso morreu com meu pai.

— Quando tudo isso acabar... — minha mãe diz.

Tiora a corta.

— *Se* vencermos...

— *Quando* vencermos — minha mãe a corrige, virando para nós. Seus olhos brilham, refletindo um raio de luz. No centro do templo, a fonte borbulhante desacelera seus movimentos, a queda constante de água parecendo abrandar. — Quando o corpo de seu pai tiver sido lavado com o sangue de seus assassinos, quando a Guarda Escarlate for exterminada como a infestação de ratos que são... — A água para, suspensa por seu fervor. — Vai haver pouca razão para você ficar em Norta. E menos ainda para deixar um rei inadequado e instável no trono de Archeon. Principalmente um que é tão leviano com o sangue de seu próprio povo, e com o nosso.

— De acordo — minha irmã e eu sussurramos em uníssono.

Com um movimento constante, minha mãe vira a cabeça para a fonte congelada, moldando o líquido a seu bel-prazer. Ele se curva no ar, como um enfeite de vidro. A luz bate na água, se refletindo em prismas de todas as cores. Minha mãe nem pisca, sem se mover diante da luz do sol.

— Lakeland vai purificar essas nações ímpias. Vamos conquistar Norta, e Rift também. Eles já estão brigando entre si, sacrificando sua própria gente por rivalidades mesquinhas. Não vai demorar muito até se exaurirem. Não haverá fuga da fúria da linhagem dos Cygnet.

Sempre tive orgulho da minha mãe, desde pequena. Ela é uma grande mulher, a personificação do dever e da honra. Focada e inflexível. É uma mãe para todo o seu reino, assim como para suas filhas. Agora me dou conta de que é muito mais que isso. A determinação dela por baixo da fachada impassível é tão forte quanto qualquer tempestade. E que tempestade será.

— Que eles enfrentem a enchente — digo, repetindo uma antiga sentença. Aquela que usamos para punir os traidores. E inimigos de todo tipo.

— E os vermelhos? Aqueles com habilidades, no país das montanhas? Eles têm espiões em nosso reino. — Tiora franze o cenho, enrugando sua pele. Quero aliviar suas preocupações constantes, mas ela está certa.

Pessoas como Mare Barrow também precisam ser levadas em conta. Também fazem parte desta guerra. Também são inimigas.

— Vamos usar Maven contra eles — digo. — Ele é obcecado pelos sanguenovos, principalmente pela garota elétrica. Vai persegui-los até o fim do mundo se for preciso, e gastar todas as suas forças no processo.

Minha mãe assente em uma feliz aprovação.

— E Piedmont?

— Fiz como mandou. — Lentamente, eu me endireito, orgulhosa de mim mesma. — A semente está plantada. Maven precisa de Bracken tanto quanto nós. Ele vai tentar resgatar as crianças. Se conseguirmos trazer Bracken para o nosso lado e usar seus exércitos em vez dos nossos...

Minha irmã termina por mim:

— Lakeland será preservada. Nossas forças estarão reunidas e à espera. Podemos até fazer com que Bracken se vire contra Maven.

— Sim — digo. — Se tivermos sorte, vão todos se matar muito antes que tenhamos que revelar nossas reais intenções.

Tiora estala a língua.

— Não vou contar com a sorte quando é sua vida que está em jogo, *petasorre*.

Irmãzinha.

Ela diz essa palavra com amor, sem querer me desrespeitar, mas ainda me deixa desconfortável. Não porque Tiora é a herdeira, a mais velha, a filha criada para governar. Mas porque demonstra o quanto se importa e o que está disposta a sacrificar por mim. Algo que não quero dela ou da minha mãe. Minha família já sacrificou o bastante.

— Tem que ser você a resgatar os filhos de Bracken — minha mãe diz, taciturna e fria, o que fica claro tanto por sua voz quanto por seus olhos. — Uma filha de Cygnet. Maven vai mandar seus prateados, mas não irá pessoalmente. Não tem a habilidade ou o estômago para algo do tipo. Mas, se você for com os soldados dele, se retornar com os filhos do príncipe Bracken nos braços...

Faço força para engolir em seco. *Não sou um cachorro brincando de ir buscar.* Disse isso a Maven há poucos minutos, e quase repito para minha mãe, a rainha.

— É perigoso demais — Tiora diz depressa, quase se colocando entre nós.

Minha mãe se mantém firme, inflexível como sempre.

— É você que não pode atravessar nossas fronteiras, Ti. E se queremos atrair Bracken para o nosso lado, temos que ajudá-lo pessoalmente. É assim que funcionam as coisas em Piedmont. — Ela cerra os dentes. — Ou prefere que Maven o faça e conquiste um fiel aliado? O garoto já é perigoso o bastante sozinho. Não dê a ele outra espada para empunhar.

Mesmo ferindo meu orgulho e minha resolução, vejo a verdade em suas palavras. Se Maven liderar o resgate ou mesmo ordená-lo, certamente cairá nas graças de Bracken. Isso não pode acontecer.

— Claro que não — digo devagar. — Tem que ser eu. De alguma maneira.

Tiora cede também. Ela parece encolher.

— Vou ordenar que os diplomatas façam contato. Tão discretamente quanto possível. O que mais posso fazer?

Assinto, sentindo os dedos entorpecidos. *Resgatar os filhos de Bracken*. Nem sei por onde começar.

Os segundos escorrem, cada vez mais difíceis de ignorar.

Se ficarmos aqui por muito mais tempo, eles vão desconfiar, penso, mordendo o lábio. *Principalmente Maven, se é que já não desconfia*. Eu me viro para me afastar da minha mãe, sentindo as mãos de repente frias, na ausência de seu calor.

Quando passo pela fonte, ponho os dedos na água, molhando as pontinhas. Levo o líquido às pálpebras, borrando a maquiagem escura dos meus olhos. Lágrimas falsas rolam pelas minhas bochechas, tão pretas quanto as flores de luto.

— Reze, Ti — digo à minha irmã. — Confie nos deuses, se não confia na sorte.

— Minha fé neles é inabalável — ela responde de forma mecânica, automática. — Vou rezar por todas nós.

Eu me demoro na porta, com a mão sobre a maçaneta simples.

— Eu também.

Então a abro, estourando a bolha que nos protege, encerrando o que pode ser nosso último momento de segurança durante anos. Baixinho, murmuro para mim mesma:

— Vai funcionar?

De alguma forma, minha mãe me ouve. Ela levanta o rosto, seus olhos inescapáveis enquanto me afasto.

— Só os deuses sabem.

CINCO

Mare

⚜

O JATO PARECE LENTO NO AR, mais pesado que o normal. Balanço contra o equipamento de segurança, de olhos fechados. A movimentação da aeronave e o zumbido reconfortante da eletricidade me deixam sonolenta. O motor trabalha com tranquilidade, apesar do peso extra. *Mais carga.* O jato está lotado dos espólios de Corvium. Munição, pistolas, explosivos, armas de todo tipo. Uniformes militares, rações, combustível, baterias. Até cadarços. Metade vai para Piedmont agora, e o resto está em outro jato, que segue para as montanhas de Davidson.

Montfort e a Guarda Escarlate não são de desperdiçar. Fizeram a mesma coisa depois do ataque a Whitefire, pegando tudo o que podiam do palácio apesar do tempo tão limitado. Principalmente dinheiro, retirado do tesouro depois que ficou claro que Maven estava longe do nosso alcance. Aconteceu em Piedmont também. É por isso que a base ao sul parece vazia, tanto os alojamentos quanto os prédios administrativos que antes deviam reunir grandes conselhos de guerra. Nada de quadros, nada de estátuas, nada de louças ou talheres refinados. Nenhuma das convenções que os prateados tanto prezam. Nada além do necessário. O resto é desmantelado, vendido, reutilizado. Guerras não são baratas. Só podemos manter o que tem utilidade.

Por isso Corvium desmorona atrás de nós. Porque não é mais útil.

Davidson argumentou que deixar uma tropa seria tolice, um desperdício. A cidade-fortaleza foi construída para conduzir ao Gargalo soldados que lutariam contra Lakeland. Com a guerra terminada, perdeu seu propósito. Não há rio para proteger, nem recursos estratégicos. É só mais uma das muitas estradas que levam a Lakeland. Corvium se tornou pouco mais que uma distração. E, embora a cidade fosse nossa, ficava nas profundezas do território de Maven, perto demais da fronteira. O Exército de Lakeland poderia invadi-la sem aviso, ou o próprio rei poderia retornar com força total. Talvez ganhássemos de novo, mas à custa de outras mortes. Em troca de pouco mais que alguns muros no meio do nada.

Os prateados se opuseram. Claro. Acho que devem fazer um juramento de sangue de que vão discordar de tudo o que os vermelhos dizem. Anabel deixou seu ponto de vista claro.

— Todos aqueles mortos, todo o sangue derramado nesses muros, e vocês querem desistir da cidade? Pareceríamos tolos! — ela zombou, olhando feio do outro lado da câmara do conselho. A velha mulher encarava Davidson como se ele tivesse duas cabeças. — Cal teve sua primeira vitória, sua bandeira foi hasteada...

— Não vejo nenhuma bandeira — Farley interrompeu, seca como um osso.

Anabel a ignorou. Ela seguiu em frente, parecendo capaz de destruir a mesa sob seus dedos. Cal se manteve em silêncio ao seu lado, com os olhos em chamas enquanto encarava as próprias mãos.

— Vamos parecer fracos se abandonarmos a cidade — a velha rainha disse.

— Me importo muito pouco com as aparências, majestade. Prefiro me concentrar no estado real das coisas — Davidson respondeu. — Fique à vontade para deixar uma tropa aqui para manter o controle de Corvium, mas nenhum soldado de Montfort ou da Guarda Escarlate vai ficar.

Aquilo a fez retorcer os lábios, mas qualquer resposta que tivesse morreu em sua garganta. Anabel não tinha nenhuma intenção de desperdiçar soldados próprios daquela maneira. Ela voltou a se acomodar no assento e tirou os olhos de Davidson, voltando-os para Volo Samos. Mas ele tampouco cederia seus soldados, e manteve-se em silêncio.

— Se é para deixar a cidade, vamos deixá-la em ruínas. — Tiberias cerrou os punhos sobre a mesa. Lembro disso claramente, dos nós de seus dedos brancos de tão apertados. Ainda havia sujeira sob suas unhas, e provavelmente sangue também. Foquei nas suas mãos para não ter que encarar seu rosto. Era fácil demais ler suas emoções, e eu ainda não queria nenhum contato com elas. — Contingentes especiais de cada exército — ele continuou. — Oblívios de Lerolan, gravitrons e bombardeiros sanguenovos. Qualquer um que possa causar destruição. Despojar a cidade de seus recursos, depois transformá-la em cinzas e inundar o que tiver sobrado. Não podemos deixar nada que Maven ou Lakeland possam usar.

Ele não levantou os olhos enquanto falava, incapaz de encarar quem quer que fosse. Deve ter sido difícil ordenar a destruição de uma de suas cidades. Um lugar que Cal conhecia, que seu pai havia protegido, e seu avô antes dele. Tiberias valoriza o dever e a tradição, e os dois ideais estão gravados em seus ossos. Mas não tive pena dele, e tenho ainda menos agora, enquanto avançamos na direção de Piedmont.

Corvium não era nada além do portão para um cemitério de vermelhos. Fico feliz que tenha sido destruída.

Mesmo assim, sinto um desconforto na boca do estômago. De olhos fechados, ainda vejo Corvium queimando, as paredes desmoronando, dilaceradas por rajadas de explosivos, os prédios indo ao chão pela manipulação da gravidade, os portões de metal retorcidos. A fumaça corre pelas ruas. Ella, uma eletricon como eu, criou uma tempestade para derrubar a torre principal, seus trovões azuis furiosos quebrando a pedra. Ninfoides de Montfort, sangue-novos muito poderosos, usaram os córregos mais próximos e até um rio para varrer os destroços até um lago distante. Nada de Corvium escapou. Uma parte até afundou, com o colapso dos túneis sob a cidade. O resto foi deixado em alerta, como antigos monólitos que sofreram a ação de milhares de anos, e não poucas horas.

Quantas cidades vão ter esse mesmo destino?

Primeiro, penso em Palafitas.

Faz quase um ano que não vejo o lugar onde cresci. Desde que meu nome era Mareena e me vi no deque de um navio real, observando as margens do rio Capital com um fantasma ao meu lado. Elara estava viva naquela época, e o rei também. Eles me forçaram a olhar quando passamos pelo meu vilarejo, onde o povo estava reunido à beira d'água por causa da ameaça declarada do açoite e da prisão. Minha família também estava lá. Me concentrei em seus rostos, não no lugar. Palafitas nunca foi meu lar. Minha família é.

Eu ligaria se o vilarejo desaparecesse agora? Se ninguém se machucasse, mas as casas, o mercado, a escola, a *arena*, se tudo fosse destruído? Alvo do fogo, de enchentes, ou simplesmente sumisse?

Não sei dizer.

Mas certamente há lugares que deveriam se juntar às ruínas de Corvium. Nomeio aqueles que quero destruir, amaldiçoando-os.

Cidade Cinzenta, Cidade Alegre, Cidade Nova. E todas as outras como elas.

As favelas dos técnicos me lembram de Cameron. Ela dorme na minha frente, restrita pelos cintos de contenção. Sua cabeça pende, seu ronco é quase indistinguível do barulho do motor. Sua tatuagem se insinua por baixo da gola. Tinta preta contra a pele marrom-escura. Sua profissão — ou melhor, sua prisão — foi marcada nela, há muito tempo. Só vi uma cidade de técnicos à distância, e a lembrança ainda me traz náuseas. Nem posso imaginar como é crescer em uma, condenada a uma vida em meio à fumaça.

As favelas vermelhas precisam acabar.

Seus muros têm que queimar também.

Aterrissamos na base de Piedmont em meio a um aguaceiro no fim da manhã. Fico ensopada depois de dar três passos na pista, em direção à fila de veículos que nos aguarda. Farley é muito mais rápida que eu, desesperada para voltar para Clara. Ela mal consegue pensar em outra coisa, e ignora o coronel e o resto dos soldados que vêm nos cumprimentar. Me esforço para me manter em seu encalço, num ritmo que não me é fácil. Tento não olhar para o outro jato, dos prateados. Eu os ouço acima da chuva, marchando pelo campo pavimentado com toda a sua pompa. A chuva escurece suas cores, enlameando o laranja dos Lerolan, o amarelo dos Jacos, o vermelho dos Calore e o prata dos Samos. Evangeline tomou o cuidado de abandonar a armadura. Roupas de metal não são exatamente seguras numa tempestade.

Pelo menos o rei Volo e o resto dos lordes prateados não nos seguiram até aqui. Eles estão a caminho do reino de Rift, se é que ainda não chegaram. Só os prateados que vão a Montfort amanhã fizeram a viagem para Piedmont. Anabel, Julian, seus vários guardas e conselheiros, Evangeline e, é claro, Tiberias.

Quando entro no interior seco de um veículo, vejo-o de relance, ensimesmado como uma nuvem carregada. Tiberias, o único deles que está familiarizado com a base de Piedmont, fica separado dos outros. Anabel deve ter trazido mais roupas apropriadas à corte para ele. É a única explicação para sua capa comprida e suas botas reluzentes, além dos trajes refinados que usa por baixo. A essa distância, não sei se está de coroa. Apesar das roupas nobres, ninguém poderia confundi-lo com Maven. As cores de Tiberias são inversas. A capa é vermelho-sangue, assim como as vestes, decoradas com preto e o prata real. Ele cintila na chuva, brilhando como uma chama. E observa, com as sobrancelhas escuras franzidas, sem se mover sob a chuva que se abre sobre nós.

Sinto o primeiro relâmpago antes que apareça no céu. Ella os estava impedindo para que pudéssemos aterrissar. Agora precisa libertá-los.

Desvio o olhar da janela do veículo e me apoio contra o vidro. Conforme aceleramos, tento me libertar de algumas coisas também.

A casa cedida à minha família parece exatamente igual a quando fui embora alguns dias atrás, ainda que mais molhada. A chuva castiga as janelas, afogando as flores nas jardineiras. Tramy não vai gostar disso. Ele ama essas flores.

Vai poder plantar tantas quanto quiser em Montfort. Vai poder plantar um jardim inteiro, e passar a vida vendo as flores desabrocharem.

Farley pula do veículo antes mesmo que pare, espirrando água ao pisar em uma poça. Hesito, por uma série de razões.

É claro que tenho que falar com minha família sobre Montfort. Só posso esperar que concordem em ficar lá, mesmo depois que eu for embora de novo. Já deveríamos ter nos acostumado com isso, mas dar as costas nunca fica mais fácil. Eles não podem me impedir fazê-lo, e eu tampouco posso impedi-los caso se recusem a ir. Estremeço diante dessa ideia. Saber que estão a salvo é o único santuário que me resta.

Mas a discussão inevitável é um sonho se comparada ao que tenho que admitir.

Cal escolheu a coroa. Não eu. Não nós dois.

Dizer isso torna tudo real.

A poça do lado de fora é mais funda do que eu pensava, molhando acima das botas curtas e fazendo um arrepio de frio disparar pelas minhas pernas. A distração é bem-vinda, e eu sigo Farley na subida dos degraus que levam até a porta que se abre.

Um borrão de Barrows me puxa para dentro. Minha mãe, Gisa, Tramy e Bree orbitam à minha volta. Meu velho amigo Kilorn está com eles, e avança um passo para dar um aperto breve e firme no meu ombro. Sinto uma onda de alívio ao vê-lo. Não estava pronto para lutar em Corvium, e ainda estou feliz por ter concordado em ficar para trás.

Meu pai fica mais para trás, esperando que eu o abrace direito, sem ninguém para atrapalhar. Talvez isso leve um bom tempo, considerando que minha mãe não parece disposta a me largar. Ela joga o braço sobre meus ombros e me puxa para perto. Suas roupas cheiram a limpeza e frescor, orvalho da manhã e sabão. Nem um pouco como era em Palafitas. Meu status no Exército, seja qual for, permite que minha família tenha luxos com que não estava acostumada. A própria casa, antes os aposentos de algum oficial, é ostensiva se comparada àquela em que morávamos. Embora a decoração seja esparsa, o essencial é muito bem-feito e bem cuidado.

Farley só tem olhos para Clara. Enquanto mal consigo passar da porta da frente, ela já segura a filha no colo, deixando-a descansar a cabeça em seu ombro. Clara boceja e esfrega o rosto na mãe, tentando retornar à soneca interrompida. Quando pensa que ninguém está olhando, Farley abaixa o rosto e enfia o nariz na cabecinha cheia de fios castanhos da filha. Ela fecha os olhos para sentir seu cheiro.

Enquanto isso, minha mãe dá mais uma dezena de beijos na minha têmpora, sorrindo.

— De volta ao lar — ela murmura.

— Então eles conseguiram — meu pai diz. — Corvium se foi.

Me solto da minha mãe por tempo suficiente para conseguir dar um abraço direito nele. Ainda não nos acostumamos a esse tipo de contato sem que meu pai esteja preso a uma cadeira de rodas. Apesar dos longos meses de recuperação com a ajuda de Sara Skonos, assim como dos curandeiros e enfermeiros do Exército de Montfort, nada pode apagar todos aqueles anos da nossa memória. A dor continua ali, impressa no cérebro dele. E imagino que deva ser assim. Esquecer não parece certo.

Ele se apoia em mim, mas não com todo o peso, como costumava acontecer, e eu o conduzo até a sala de estar. Trocamos um sorriso amargo, um costume só nosso. Meu pai também foi um soldado, por mais tempo que qualquer um de nós. Ele entende como é encarar a morte e retornar. Tento imaginar quem ele foi, por baixo das rugas e do bigode áspero ficando grisalho, por trás dos olhos. Tínhamos poucas fotos em casa. Não sei quantas sobreviveram ao refúgio na Ilha de Tuck, então à base em Lakeland, e chegaram aqui. Uma delas se destaca na minha memória. É uma imagem antiga, desgastada nas bordas, um pouco distorcida e desbotando. Meus pais posaram para ela há muito tempo, antes de Bree nascer. Eram adolescentes, crianças de Palafitas, como eu fui. Meu pai não devia ter dezoito anos. Ainda não tinha se alistado, e minha mãe era só uma aprendiz. Ele era tão parecido com Bree, meu irmão mais velho. O mesmo sorriso, a boca quase larga demais, emoldurada por covinhas. As sobrancelhas retas e grossas abaixo da testa alta. Orelhas um pouco grandes demais. Tento não pensar nos meus irmãos envelhecendo igual ao meu pai, sujeitos às mesmas dores e preocupações. Quero me certificar de que não tenham o mesmo destino dele — ou de Shade.

Bree se joga numa poltrona perto de mim, cruzando os pés descalços sobre o tapete simples. Franzo o nariz. Pés masculinos não são muito agradáveis.

— Já foi tarde — Bree diz, referindo-se a Corvium.

Tramy assente em concordância. Sua barba castanho-escura continua se enchendo.

— Não vou sentir falta — ele completa. Os dois são soldados, como meu pai. Ambos conhecem a fortaleza bem o bastante para odiar sua memória. Eles trocam um sorriso, como se tivessem vencido um jogo.

Meu pai é mais contido. Ele senta em outra cadeira, esticando a perna nova.

— Os prateados vão construir outra igual. É o que fazem. Eles não mudam. — Ele procura meu olhar. Sinto um buraco no estômago quando me dou conta do que está tentando dizer. Minhas bochechas queimam com a sugestão. — Não é verdade?

Envergonhada, volto-me para Gisa, procurando-a depressa. Seus ombros murcham e ela suspira, assentindo de leve. Minha irmã fica cutucando a própria manga para evitar meus olhos.

— Então vocês já sabem — digo, com a voz vazia e sem emoção.

— Não tudo — ela diz. Seus olhos se voltam para Kilorn, e eu posso apostar que foi ele quem deu a notícia, deixando de fora as partes mais dolorosas da minha mensagem de ontem à noite. Nervosa, Gisa enrola uma mecha de cabelo no dedo. O vermelho-escuro dos fios brilha. — Mas o bastante para concluir o resto. Algo sobre outra rainha, um novo rei e Montfort, claro. Sempre Montfort.

Kilorn retorce os lábios apertados. Passa a mão pelo cabelo loiro desgrenhado, espelhando o desconforto de Gisa. Também sente raiva. Ela vem à tona, acendendo seus olhos verdes.

— Não consigo acreditar que ele disse sim.

Só consigo assentir.

— Covarde — Kilorn solta, cerrando os punhos. — Covarde e idiota. Inútil. Bastardo mimado. Eu devia quebrar a cara dele.

— Eu ajudo — Gisa murmura.

Ninguém os repreende. Nem mesmo eu, embora Kilorn certamente espere isso. Ele olha para mim, surpreso com meu silêncio. Sustento seu olhar, tentando falar sem dizer o nome do meu irmão. *Shade deu a vida pela causa, e Tiberias não consegue nem abrir mão da coroa.*

Fico pensando se Kilorn sabe que meu coração está partido. Provavelmente sim.

Foi essa a sensação de quando afastei Kilorn? Quando disse que não sentia o mesmo? Que não estava disposta a dar o que ele queria?

Seu olhar abranda, sentindo pena. Espero que Kilorn não conheça essa sensação. Espero que eu não tenha lhe causado tanta dor assim. *Você simplesmente não consegue me amar*, ele disse uma vez. Agora eu queria que não fosse verdade. Queria poder salvar nós dois dessa agonia.

Fico feliz quando minha mãe coloca a mão em meu braço. É um toque leve, mas suficiente para me guiar até o sofá. Ela não diz nada sobre o príncipe Calore, e o olhar que lança para a sala toda passa o recado. *Já chega.*

— Recebemos sua mensagem — ela diz, um pouco alto e claro demais para forçar a mudança de assunto. — Daquele outro sanguenovo, de barba...

— Tahir — Gisa ajuda enquanto senta ao meu lado. Kilorn se coloca atrás de nós. — Você decidiu nos realocar. — Ainda que queira a mudança, não deixo de notar seu tom cortante. Minha irmã pisca para mim, com uma sobrancelha erguida.

Suspiro alto.

— Bom, não posso tomar essa decisão por vocês. Mas, se quiserem ir, tem lugar para todos. O primeiro-ministro disse que seriam recebidos de braços abertos.

— E os outros? — Tramy pergunta. Ele estreita os olhos enquanto se apoia no braço da poltrona de Bree. — Não somos os únicos que foram mandados para cá.

Ele leva uma cotovelada nas costelas e se dobra enquanto Bree dá risada.

— Está pensando naquela escrevente? A de cabelo cacheado, qual é o nome dela mesmo?

— Não — Tramy resmunga de volta, com as bochechas ficando vermelhas embaixo da barba. Bree faz menção de apontar para seu rosto corado, mas leva um tapa. Meus irmãos têm certa propensão a agir como crianças. Isso sempre me irritou, mas agora não mais. A normalidade deles me agrada.

— Vai levar um tempo. — Só posso dar de ombros. — Mas para nós...

Gisa resmunga alto. Ela joga a cabeça para trás, exasperada.

— Para *você*, Mare. Não somos tolos de pensar que o líder da República quer fazer um favor para a gente. O que vai ter em troca? — Com seus dedos ligeiros, ela pega minha mão e a aperta. — O que vai dar a ele em troca?

— Davidson não é prateado — digo. — Estou disposta a dar o que ele quer.

— E quando vai poder parar de dar o que os outros querem? — ela retruca. — Quando morrer? Quando terminar como Shade?

O nome faz todo mundo ficar em silêncio. Da porta, Farley vira o rosto, escondendo-o nas sombras.

Encaro Gisa, procurando pelo rosto bonito da minha irmã. Ela está com quinze anos, amadurecendo. Seu rosto costumava ser mais redondo e suas sardas menos numerosas. Não tinha as preocupações de agora. Só as de sempre. Antes, era na pequena Gisa em quem todos confiávamos. Em suas habilidades, em seu talento. Em sua capacidade de salvar nossa família. Agora não mais. Ela não guarda rancor da perda daquele peso que levava nas costas. Mas sua preocupação é clara. Não quer que resida sobre meus ombros agora.

Tarde demais.

— Gisa — minha mãe diz, em um alerta baixo.

Eu me recupero como posso, puxando a mão de volta. Endureço a coluna.

— Precisamos de mais tropas, e o governo do primeiro-ministro tem que aprovar o pedido antes que sejam enviadas. Vou ajudar a apresentar nossa coalizão, mostrando a eles quem somos. Só preciso fazer uma defesa convincente da guerra contra Norta e Lakeland.

Minha irmã não cede.

— Sei que você discursa bem, mas nem tanto.

— Não, mas sou o ponto em comum — digo, dançando em torno da verdade. — Entre a Guarda Escarlate, a corte prateada, os sanguenovos e os vermelhos. — Pelo menos não estou mentindo. — E adquiri bastante experiência em impressionar.

Farley coloca uma mão na cintura enquanto embala o bebê com o outro braço. Ela passa o dedo pelo coldre na lateral do corpo.

— Mare está tentando dizer que ela é uma boa distração. Cal a segue aonde quer que vá. Mesmo agora, quando está tentando recuperar o trono. Ele vai conosco para Montfort, assim como sua noiva.

Ouço Kilorn sibilar atrás de mim.

Gisa fica igualmente enojada.

— Só eles mesmo para arranjar um casamento no meio de uma guerra.

— Por outra aliança, não é? — Kilorn escarnece. — Maven fez isso. Conseguiu Lakeland. Cal precisa fazer o mesmo. E quem é ela? Alguma garota de Piedmont? Para cimentar o que está sendo feito aqui?

— Não importa quem é. — Minhas mãos se cerram enquanto me dou conta de que tenho *sorte* de ser Evangeline. Alguém que não quer nada com ele. Outra fenda em sua armadura flamejante.

— E você vai simplesmente deixar que aconteça? — Kilorn sai de trás do sofá com passadas constantes de suas pernas compridas.

Ele olha de Farley para mim. — Não, desculpa, você vai *ajudar*? Ajudar Cal a lutar por uma coroa que *ninguém* deveria ter? Depois de tudo o que fizemos? — Ele está tão chateado que quase espero que cuspa no chão. Mantenho a expressão inalterada, impassível, enquanto deixo que ponha tudo para fora. Não me lembro de outra ocasião em que tenha ficado tão decepcionado comigo. Com raiva, sim, mas não desse modo. Seu peito sobe e desce depressa enquanto espera uma explicação.

Farley oferece uma por mim.

— Montfort e a Guarda Escarlate não vão lutar duas guerras — ela diz, sem se alterar, enfatizando as palavras. Transmitindo a mensagem. — Temos que lidar com nossos inimigos um de cada vez. Consegue entender?

Minha família parece ficar tensa ao mesmo tempo, com olhares mais sombrios. Principalmente meu pai. Ele passa o dedão pela linha do maxilar, pensativo, enquanto seus lábios se transformam em uma linha fina. Kilorn é menos contido. Fagulhas verdes saem de seus olhos.

— Ah — ele murmura, quase sorrindo. — Entendi.

Bree pisca.

— Hum... eu não.

— Não é de surpreender — Tramy murmura.

Eu me inclino para falar, disposta a fazer com que todos me entendam.

— Não vamos dar o trono a outro rei prateado. Pelo menos não por muito tempo. Os irmãos Calore estão em guerra, gastando suas forças para lutar um contra o outro. Quando a poeira baixar...

Meu pai apoia a mão no joelho. Noto o tremor em seus dedos. Os meus estão iguais.

— Vai ser mais fácil lidar com o vencedor.

— Chega de reis — Farley diz. — Chega de reinos.

Não tenho ideia de como seria esse mundo. Mas talvez tenha em breve, se Montfort for tudo o que prometeram.

Mas não acredito mais em promessas.

Não nos damos ao trabalho de sair discretamente. Meus pais roncam como trens, e meus irmãos não vão tentar me impedir. A chuva ainda não parou, mas Kilorn e eu não nos importamos. Descemos a rua de casas geminadas sem conversar, o único barulho vindo dos nossos pés batendo nas poças enquanto a tempestade retumba à distância. Mal posso senti-la agora que a espiral de raios e trovões se afasta para a costa. Não está muito frio, e a base é bem iluminada. Não temos um destino. Nenhuma direção além de em frente.

— Ele é um covarde — Kilorn murmura, chutando um pedregulho solto. Ele quica, produzindo ondulações na rua molhada.

— Você já disse isso — retruco. — E algumas coisas mais.

— Bom, estava falando sério.

— Ele merece cada palavra.

O silêncio recai sobre nós como uma cortina pesada. Ambos sabemos que é um território perigoso. Minha vida amorosa não é exatamente o assunto preferido dele, e eu não quero causar ainda mais dor no meu amigo mais próximo do que já causei no passado.

— Não precisamos...

Ele me interrompe, pondo a mão no meu braço. Seu toque é firme, mas amistoso. Os limites entre nós estão claramente delineados, e Kilorn valoriza minha amizade o suficiente para não os atravessar. E talvez nem sinta mais o mesmo de antes. Mudei tanto nos últimos meses. É possível que a garota que ele achava que amava tenha desaparecido. Sei como é isso também, amar alguém que não existe de verdade.

— Sinto muito — ele diz. — Sei o que ele significa para você.

— *Significava* — rosno, tentando me soltar.

Mas ele mantém o aperto.

— Não, não falei errado. Ele ainda significa algo para você, mesmo que não queira admitir.

Não vale a pena discutir.

— Está bem. Eu admito — me forço a dizer por entre os dentes cerrados. Está escuro o bastante para que talvez não note meu rosto ficando vermelho. — Pedi ao primeiro-ministro... — começo a murmurar. *Kilorn vai entender. Ele tem que entender.* — Que o deixasse vivo. Quando o momento chegar, quando nos voltarmos contra ele. Acha que fui fraca?

A expressão de Kilorn se desfaz. As luzes impiedosas dos postes o iluminam por trás, produzindo uma espécie de auréola. É um garoto bonito, se é que já não pode ser considerado um homem. Gostaria que meu coração fosse dele, e não de outra pessoa.

— Acho que não — ele diz. — Acho que o amor pode ser explorado, usado para manipular. É uma vantagem. Mas nunca chamaria amar alguém de fraqueza. Acho que viver sem amor, sem nenhum tipo de amor, é uma fraqueza. E a pior escuridão de todas.

Engulo em seco. As lágrimas já não parecem tão imediatas.

— Quando você ficou tão sábio?

Ele sorri, enfiando as mãos nos bolsos.

— Agora eu leio.

— Livros com imagens?

Ele volta a andar com uma gargalhada.

— Você é tão simpática.

Acompanho seu passo.

— É o que dizem por aí — retruco, olhando para sua figura esguia. Seu cabelo está ensopado agora, o que o deixa mais escuro. Quase castanho. Kilorn talvez pareça com Shade forçando a vista. De repente sinto tanta falta do meu irmão que mal posso respirar.

Não vou perder mais ninguém como perdi Shade. É uma promessa vazia, sem garantias. Mas eu preciso de algum tipo de esperança, por menor que seja.

— Vai para Montfort comigo? — As palavras me escapam, e não posso retirá-las. É um pedido egoísta. Kilorn não precisa me seguir aonde quer que eu vá. E não tenho o direito de exigir nada dele. Mas não quero deixá-lo para trás outra vez.

Seu sorriso em resposta desfaz qualquer medo que eu pudesse ter.

— Posso ir? Achei que era algum tipo de missão.

— E é. Mas estou dizendo que pode.

— Porque é seguro — ele diz, me olhando de soslaio.

Aperto os lábios, procurando uma resposta que vá aceitar. *Sim, é seguro. Ou o mais próximo de seguro possível.* Não é errado querer mantê-lo longe do perigo.

Kilorn faz uma carícia no meu braço.

— Eu entendo — ele continua. — Olha, não acho que vou inundar uma cidade ou derrubar aviões do céu. Sei das minhas limitações, e quantas tenho em comparação com o restante de vocês.

— O fato de não poder matar alguém com um estalar de dedos não significa que é menos importante do que os outros — disparo de volta, quase eletrificada com a indignação repentina. Queria poder listar todas as qualidades incríveis de Kilorn. Tudo que o torna importante.

Sua expressão fica azeda.

— Não precisa me lembrar.

Pego seu braço, enfiando as unhas no tecido molhado. Ele não para de andar.

— Estou falando sério, Kilorn — insisto. — Você vai comigo?

— Tenho que ver minha agenda.

Dou uma cotovelada em suas costas, e ele se afasta com uma careta exagerada.

— Não faz isso. Você sabe que sou mais delicado que um pêssego.

Dou mais uma cotovelada nele para que aprenda, e rimos tão alto quanto ousamos.

Seguimos em frente, caindo em um silêncio fácil. Dessa vez, não é tenso. Minhas preocupações de sempre se esvaem, ou pelo menos se retraem por um bom tempo. Kilorn também é meu lar, tanto quanto minha família. Sua presença é uma bolha no tempo, um lugar onde podemos existir sem maiores consequências. Sem nada antes, nem nada depois.

No fim da rua, uma figura se materializa na chuva, em meio à escuridão e à luz. Reconheço a silhueta antes que meu corpo tenha tempo de reagir.

Julian.

O prateado desajeitado hesita ao nos ver. Dura apenas um segundo, mas é o bastante para que eu saiba. *Ele escolheu um lado, e não é o meu.*

O frio se espalha pelo meu corpo inteiro, dos pés à cabeça. *Até Julian.*

Kilorn me cutuca conforme ele se aproxima.

— Posso voltar — ele sussurra.

Olho para Kilorn brevemente, tentando tirar minhas forças dele.

— Não, por favor.

Sua testa se franze em preocupação, mas ele só assente de leve. Meu antigo tutor usa vestes longas apesar da chuva. Ele tenta torcer as dobras do tecido amarelo desgastado. Não adianta. A chuva continua caindo forte, alisando seus leves cachos grisalhos.

— Achei que fosse encontrar você em casa — ele fala por cima do barulho do aguaceiro. — Bom, sinceramente, estava esperando que estivesse indisposta, de modo que só precisássemos fazer isto pela manhã. E não nesse inferno molhado. — Julian sacode a cabeça como um cachorro, então tira o cabelo dos olhos.

— Diga o que veio dizer, Julian. — Cruzo os braços. A temperatura cai conforme a noite avança. Quase sinto um calafrio, ainda que esteja na abafada Piedmont.

Julian não responde. Seus olhos vão para Kilorn, e ele levanta uma sobrancelha em um questionamento silencioso.

— Tudo bem — digo, respondendo antes que diga qualquer coisa. — É melhor falar antes que a gente se afogue aqui.

Meu tom endurece, assim como o de Julian. Ele não é bobo. Sua expressão se desfaz ao ler a decepção estampada na minha cara.

— Sei que se sente abandonada — ele começa, escolhendo suas palavras com um cuidado enlouquecedor.

Não consigo evitar me eriçar.

— Se atenha aos fatos. Não vou ouvir um sermão sobre o que tenho ou não o direito de sentir.

Ele só pisca, aceitando minha resposta. Então faz uma pausa, longa o bastante para que uma gota de chuva role por seu nariz reto. Faz isso para me avaliar, me medir, me estudar. Pela primeira vez, seus modos tranquilos me fazem querer pegá-lo pelos ombros e sacudi-lo até arrancar palavras impulsivas.

— Muito bem — ele diz, com a voz baixa e ferida. — Então, me atendo aos fatos, ou ao que logo será história, ainda vou acompanhar meu sobrinho em sua jornada ao oeste. Gostaria de ver a República Livre com meus próprios olhos, e acho que posso ser útil a Cal lá. — Julian faz menção de dar um passo à frente, aproximando-se de mim, mas volta atrás e mantém distância.

— Tiberias tem algum interesse secreto em história que desconheço? — zombo, as palavras saindo mais duras que o normal.

Ele parece arrasado; isso está muito claro. Mal consegue me olhar nos olhos. A chuva faz seu cabelo grudar na testa, se acumula em seus cílios, cutuca-o de leve. De alguma forma o suaviza, como se levasse embora os dias. Julian parece mais novo do que quando o conheci, quase um ano atrás. Menos seguro de si. Cheio de preocupações e dúvidas.

— Não — ele admite. — Embora eu normalmente encoraje meu sobrinho a obter o máximo possível de conhecimento, há algumas coisas que eu gostaria de manter longe dele. Algumas pedras que ele não deveria perder o tempo tentando revirar.

Levanto uma sobrancelha.

— O que quer dizer com isso?

Julian franze a testa.

— Imagino que tenha mencionado suas esperanças relativas a Maven. *Antes.*

Antes de escolher a coroa em meu lugar.

— Sim — sussurro, me sentindo pequena.

— Ele acredita que pode haver alguma maneira de consertar o irmão. Curar as feridas abertas por Elara Merandus. — Julian balança a cabeça devagar. — Mas não se pode completar um quebra-cabeça com peças faltando. Ou remontar um painel de vidro estilhaçado.

Meu estômago se contorce com o que já sei. O que vi em primeira mão.

— É impossível.

Julian assente.

— É impossível e uma esperança vã. Uma busca fadada ao fracasso desde o princípio, e que só pode partir o coração do garoto.

— O que faz você pensar que ainda me importo com o coração dele? — desdenho, sentindo o sabor amargo daquela mentira.

Julian dá um passo cuidadoso para a frente.

— Não seja tão dura com ele — murmura.

Respondo sem nem piscar:

— Como ousa me dizer isso?

— Mare, você lembra o que encontrou naqueles livros? — ele

pergunta, enrolando-se nas próprias vestes. Sua voz assume um tom de súplica. — Recorda as palavras?

Estremeço, e não por causa da chuva.

— *Não fomos escolhidos, mas amaldiçoados.*

— Sim — ele retruca, assentindo com fervor. Me lembra de suas aulas, e me preparo para uma lição. — Não é um conceito novo, Mare. Homens e mulheres se sentem assim, em alguma medida, há milhares de anos. Escolhidos ou amaldiçoados, destinados ou condenados. Desde a alvorada da razão, suspeito, muito antes de prateados, vermelhos ou qualquer tipo de habilidade. Sabia que reis, políticos e governantes em geral costumavam acreditar que eram abençoados pelos deuses? Obrigados a ocupar seu lugar no mundo? Muitos se imaginavam escolhidos, mas alguns poucos viam esse dever como uma maldição.

Ao meu lado, Kilorn bufa baixo em escárnio. Sou mais óbvia, revirando os olhos para Julian. Quando me movo, uma gota de água rola para dentro da minha roupa, percorrendo a extensão da minha coluna. Cerro os punhos para impedir um calafrio.

— Está dizendo que seu sobrinho foi amaldiçoado com a coroa? — desdenho.

Julian endurece, e sinto uma pontada de arrependimento por ser tão insensível. Ele balança a cabeça para mim, como se eu fosse uma criança que devesse ser repreendida.

— Forçado a escolher entre a mulher que ama e o que acha que é certo? O que acha que deve fazer, considerando tudo o que sempre lhe ensinaram? Do que mais você chamaria?

— Eu chamaria de uma escolha fácil — Kilorn grunhe.

Mordo a parte interna da bochecha com força, tentando segurar uma dezena de respostas mal-educadas.

— Você realmente veio aqui para defender o que ele fez? Porque não estou no clima para isso.

— É claro que não, Mare — Julian responde. — Vim para explicar, se possível.

Meu estômago se contorce diante da ideia de Julian, entre todas as pessoas, me explicando os sentimentos de seu sobrinho. Com suas dissecações e ruminações. Poderia reduzir tudo a mera ciência? Uma equação demonstrando que a coroa e eu não somos iguais aos olhos do príncipe? Não posso suportar.

— Poupe o fôlego, Julian — solto. — Pode voltar ao seu rei. Fique ao lado dele. — Eu o encaro abertamente, para que saiba que não estou mentindo. — Mantenha-o a salvo.

Ele recebe minhas palavras pelo que são. A única coisa que posso fazer.

Julian Jacos faz uma mesura. Ele arrasta as vestes ensopadas no chão em uma tentativa de ser educado. Por um segundo, é como se estivéssemos de volta a Summerton, só nós dois em uma sala de aula repleta de livros. Naquela época, eu vivia amedrontada, forçada a me passar por outra pessoa. Julian era um dos meus únicos refúgios no palácio. Ao lado de Cal e Maven. Meus únicos santuários. Os irmãos Calore se foram. E acho que Julian também.

— Vou fazer isso, Mare — ele me diz. — Dando a minha vida, se necessário.

— Espero que não chegue a isso.

— Eu também.

Nossas palavras são um aviso um para o outro. Seu tom é de adeus.

Bree mantém os olhos fechados o voo inteiro. Não para dormir. Ele só odeia mesmo voar, tanto que mal consegue olhar para os próprios pés, quanto mais através da janela. Ele nem responde às leves provocações de Tramy e Gisa. Estão cada um de um lado dele, satisfazendo-se em cutucá-lo. Gisa se inclina sobre Bree para sussurrar para Tramy qualquer coisa sobre o jato estar caindo ou o motor não estar funcionando direito. Não participo. Conheço a sensação de um jato caindo, ou perto de cair. Mas tampouco quero impedir que se divirtam. Temos tão poucas oportunidades agora. Bree se mantém imóvel no assento, com os braços cruzados e as pálpebras bem apertadas. Até que sua cabeça cai para a frente, seu queixo descansa no peito e ele dorme pelo resto da viagem.

Não é pouca coisa, considerando que a rota da base de Piedmont até a República Livre de Montfort é uma das mais longas que já tive que enfrentar. Pelo menos seis horas de voo. Uma viagem longa demais para jatos comuns, então estamos em uma aeronave maior, parecida com o Abutre. Mas não ele, claro. O Abutre foi destroçado no ano passado por guerreiros Samos e pela fúria de Maven.

Acompanho a fuselagem até a silhueta dos pilotos. Homens de Montfort. Não conheço nenhum dos dois. Kilorn está atrás, observando-os pilotar.

Como Bree, minha mãe não gosta do voo, mas meu pai mantém a testa colada no vidro, com os olhos na terra que se estende abaixo. O restante da escolta de Montfort — Davidson e seus conselheiros — dorme para passar o tempo. Devem estar guardando suas energias para quando chegarem em casa. Farley também dorme, com o rosto encostado no assento. Ela pegou uma poltrona longe da janela. Ainda passa mal quando voa.

Farley é a única representante da Guarda Escarlate. Mesmo dormindo, segura Clara, que é embalada pelo movimento do jato e se mantém em silêncio. O coronel ficou na base, provavelmente muito animado. Sem Farley lá, é o membro de mais alto escalão da Guarda Escarlate. Pode brincar de Comando o quanto quiser, enquanto sua filha manda informações para a organização.

Lá embaixo, o verde vívido de Piedmont, que se entrelaça com os rios lamacentos e as colinas, dá lugar ao leito do Grande Rio. As terras em disputa ficam à beira das duas margens, suas fronteiras desconhecidas e sempre se alterando. Sei pouco sobre o lugar, só o mais óbvio. Lakeland, Piedmont, Prairie e até mesmo Tiraxes, mais ao sul, lutam por esse pedaço de lama, pântano, colina e árvores. Pelo controle do rio, na verdade. *Assim espero.* Os prateados lutam a troco de nada na maior parte do tempo, derramando sangue vermelho por menos que lixo. Eles controlam essa terra também, mas não com tanta firmeza quanto fazem com Norta e Lakeland.

Continuamos voando para oeste, acima das planícies e das leves colinas de Prairie. Alguns campos são cultivados. O trigo brota em ondas douradas, alternando com fileiras infinitas de milho. O resto parece paisagem aberta, marcada por uma floresta ou lago ocasional. Que eu saiba, Prairie não tem reis, rainhas, príncipes ou princesas. Seus lordes governam graças ao poder, não ao sangue. Quando um pai cai, seu filho nem sempre fica no lugar. É outro país que nunca achei que veria, mas aqui estou, olhando-o de cima.

Nunca se dissipa a estranha sensação borbulhante que divide quem fui e quem sou agora. Uma garota de Palafitas, familiarizada com o lodo, presa em um lugar tão pequeno até ser condenada ao exército. Meu futuro era tão vazio na época, mas será que era mais fácil que isso? Sinto-me distanciada daquela vida, a um milhão de quilômetros, mil anos atrás.

Julian não está no jato, ou eu ficaria tentada a perguntar sobre os países que sobrevoamos. Ele está no avião com listras amarelas de Laris, com os outros representantes das casas Calore e Samos, além de seus guardas. Sem mencionar a bagagem. Aparentemente, um futuro rei e uma princesa precisam de muitas roupas. Eles seguem atrás de nós, visíveis pelas janelas da esquerda, suas asas metálicas brilhando enquanto perseguimos o sol.

Ella me contou que tinha ido de Prairie para Montfort. De Sandhills. Das terras dos saqueadores. Mais termos que não compreendo em sua totalidade. Ela não está aqui para explicar; ficou na base de Piedmont com Rafe. Tyton é o único eletricon que veio com a gente. Além de mim, claro. Ele nasceu em Montfort. Suspeito que tenha família a visitar, e amigos também. Está sentado nos fundos do jato, espalhado em dois assentos, com o nariz enfiado em um livro esfarrapado. Tyton sente meu olhar e me encara por um breve segundo. Então pisca, com seus olhos cinzentos e calculistas. Fico pensando se ele consegue sentir os leves pulsos de eletricidade no meu cérebro. *Será que sabe o que cada um significa? Pode distinguir as fagulhas de medo daquelas de empolgação?*

Vou conseguir fazer isso um dia?

Não conheço os limites de minhas próprias habilidades. Os sanguenovos que conheci e ajudei a treinar podem dizer o mesmo. Mas talvez não os de Montfort. Talvez eles compreendam o que somos, e o quanto podemos fazer.

A próxima coisa que noto é alguém tocando meu braço e me tirando do meu sono inquieto. Meu pai aponta para a janela circular entre nós, na parede curva atrás dos assentos.

— Nunca achei que veria algo assim — ele diz, batendo no vidro grosso.

— O quê? — pergunto, me ajeitando na poltrona. Ele solta a fivela do meu cinto, para que eu possa virar para olhar.

Já vi montanhas antes. Em Greatwoods, no Furo. Cadeias verdes que ganhavam o tom avermelhado do outono e depois perdiam as folhas no frio estéril do inverno. Em Rift, onde serras aglomeradas avançavam até se perder de vista, subindo e descendo como ondas. Em Piedmont, nas profundezas do interior, suas elevações passando a azul e roxo no horizonte, visto pelas janelas de um jato. Todas elas eram parte das Allacias, a longa cadeia de antigas montanhas que iam de Norta ao interior do Piedmont. Mas nunca vi nada como as montanhas à minha frente. Nem acho que possam ser chamadas de montanhas.

Meu queixo cai. Meus olhos ficam grudados no horizonte enquanto o jato faz a curva em direção ao norte. O terreno plano de Prairie tem um fim abrupto, quando a fronteira oeste é barrada por uma vasta parede de montanhas, maior que qualquer outra coisa que já vi. Os picos se erguem como pontas de faca, afiados demais, altos demais, fileiras atrás de fileiras de dentes gigantescos. Alguns cumes não têm vegetação, como se árvores nem pudessem crescer ali. Alguns mais ao longe estão manchados de branco. *Neve.* Ainda que seja verão.

Respiro fundo, trêmula. *Para que tipo de país viemos? Será que prateados e rubros reinam tão absolutos, com uma força capaz de construir uma paisagem tão impressionante?* As montanhas me deixam com medo, mas também um pouco animada. Mesmo do alto, este lugar parece diferente. A República Livre de Montfort desperta algo em meu sangue e em meus ossos.

Ao meu lado, meu pai põe a mão no vidro. Seus dedos passam pelos contornos das montanhas, traçando os picos.

— É lindo — ele murmura, tão baixo que só eu ouço. — Espero que este lugar seja bom conosco.

É cruel dar esperanças quando não há nenhuma.

Meu pai disse isso uma vez, à sombra de uma casa de palafita. Ele estava sentado em uma cadeira, sem uma perna. Eu costumava pensar que ele estava despedaçado. Agora sei a verdade. Meu pai está tão inteiro quanto o restante de nós, e sempre esteve. Só queria nos proteger da dor de desejar o que não podíamos ter. De futuros que não nos seriam permitidos. Mas nossos destinos foram bem diferentes. E parece que meu pai mudou junto. Agora, pode ter esperança.

Respirando fundo, sinto o mesmo. Mesmo depois de Maven, dos longos meses de cárcere, de toda a morte e destruição que vi ou causei. Do meu coração partido, que ainda sangra dentro de mim. Do medo sem fim pelas pessoas que amo, e pelas pessoas que quero salvar. Tudo permanece, como um peso constante. Mas não vou deixar que me afogue.

    Também posso ter esperanças.

SEIS

Evangeline

O AR AQUI É ESTRANHO. RAREFEITO. Limpo demais, como se fosse isolado do resto do mundo.

Eu o sinto nos contornos do meu ferro, da minha prata, do meu cromo. E, é claro, na carcaça metálica dos jatos, com os motores ainda quentes da jornada. A sensação é avassaladora, mesmo depois das longas horas amontoada dentro da aeronave Laris. Tantas placas, tubos e parafusos. No voo, passei mais tempo do que quero admitir contando rebites e passando a mão pelas dobradiças de metal. Se abrisse ali, ou ali, ou ali, poderia enviar Cal, Anabel ou quem quer que fosse voando de encontro à própria morte. Até a mim mesma. Fiquei sentada perto de um lorde Haven durante a maior parte da viagem, e seu ronco rivalizava com um trovão. Saltar do jato quase parecia uma escolha melhor.

Apesar da época do ano, o ar está mais frio que eu esperava, e meus pelos se arrepiam por baixo da leve seda que envolve meus ombros. Tomei o cuidado de me vestir como uma princesa, ainda que agora esteja passando frio por causa disso. É minha primeira visita oficial, tanto como representante de Rift quanto como futura rainha de Norta. Se esse futuro maldito vai se tornar realidade, preciso representar meu papel de maneira impressionante e formidável, até as unhas pintadas dos pés. Tenho que estar preparada. Estou muito além dos limites do mundo como o compreendo. Inspiro de novo, com a respiração estranhamente rasa. Até respirar aqui é diferente.

Não é tarde o bastante para o sol se pôr, mas as montanhas são tão altas que a luz já diminui. Sombras compridas atravessam o campo de pouso, localizado nas profundezas do vale. Sinto como se pudesse tocar o céu. Passar minhas garras cheias de joias nele e fazer com que sangre o brilho das estrelas. Em vez disso, mantenho as mãos ao lado do corpo, com meus muitos anéis e braceletes escondidos entre as dobras da saia e minhas mangas. Pura decoração. Acessórios lindos, inúteis e silenciosos. Como meus pais querem que eu seja.

Do outro lado da pista, há um precipício. As escarpas esculpidas das montanhas emolduram o horizonte como uma janela. Vejo a silhueta de Cal observando o horizonte, onde a tarde cai em tons nebulosos de roxo. A cordilheira lança sua própria sombra, e o mundo todo parece desaparecer na escuridão própria de Montfort.

Cal não está sozinho. Seu tio, um infinitamente peculiar lorde Jacos, se mantém ao seu lado. Ele anota algo em um caderno, movendo-se com a energia nervosa e animada de um passarinho. Dois guardas, um com as cores de Lerolan, vermelho e laranja, outro com o amarelo Laris, acompanham os dois a uma distância respeitosa. O príncipe exilado olha a paisagem, imóvel a não ser por sua capa escarlate, que tremula ao vento. Inverter as cores de sua Casa foi uma sábia decisão, para se distanciar de tudo o que o rei Maven representa.

Estremeço com a lembrança de seu rosto branco, de seus olhos azuis, de como cada parte dele parecia queimar em chamas. Não há nada em Maven além de voracidade.

Cal não vira até que Mare desce do jato com sua família e são todos conduzidos até uma escolta de locais. As vozes dos Barrow ecoam pelas paredes de pedra do vale de montanhas altas. A família é um tanto quanto… falante. E, para uma garota tão baixa e compacta, Mare tem irmãos surpreendentemente altos. A visão de sua irmã mais nova revira meu estômago. A menina tem cabelo vermelho. Mais escuro que o de Elane, sem nada do seu brilho. Sua pele não resplandece, nem por habilidade nem por um encanto intrínseco que não sei explicar. Ela tampouco é pálida ou sedutora. Seu rosto é de uma beleza mais simples, mais dourada, mediana. *Comum. Vermelha.* Elane é única, tanto por dentro quanto por fora. Aos meus olhos, não há ninguém igual. Mas, ainda assim, a garota Barrow me lembra da pessoa que eu mais quero e que nunca poderia ter de verdade.

Elane não está aqui, nem meu irmão. Esse é o preço. Da segurança dele, de sua vida. A general Farley vai matá-lo se tiver a oportunidade, e não tenho nenhuma intenção de permitir. Mesmo às custas do meu próprio coração.

Cal vira para observar Mare desaparecendo, seu olhar fixo nas costas dela enquanto é levada embora com a família. Meus lábios se retorcem diante de sua tolice. Ela está bem à frente dele, mas Cal ainda a afasta. Por algo tão frágil e instável quanto uma coroa. Mesmo assim, eu o invejo. Ele ainda poderia escolhê-la se desejasse. Queria ter a chance de fazer o mesmo.

— Acha que meu neto é um tolo, não é mesmo?

Viro e me deparo com Anabel Lerolan me encarando, com seus dedos letais cruzados à sua frente e uma tiara de ouro rosé na cabeça. Como o restante de nós, fez um esforço para estar em seu melhor.

Rangendo os dentes, faço uma reverência perfeita, ainda que curta.

— Não tenho ideia do que está dizendo, majestade. — Não me dou ao trabalho de soar convincente. As consequências serão insignificantes, para bem ou para mal. Não faz diferença o que ela acha de mim. Essa mulher controla minha vida de qualquer jeito.

— Você é próxima de uma garota Haven, não? A filha de Jerald. — Anabel dá um passo corajoso à frente. Quero arrancar o rosto de

Elane de sua cabeça com minhas próprias mãos. — Se não estou enganada, ela é casada com seu irmão. Será rainha, assim como você.

A ameaça se enrosca em suas palavras como uma das cobras de minha mãe.

Forço uma risada.

— Minhas relações passadas não são da sua conta.

Um de seus dedos tamborila sobre uma junta enrugada. Ela aperta os lábios e as linhas de expressão em volta de sua boca se aprofundam.

— Na verdade, são sim. Principalmente quando está tão disposta a mentir para manter Elane Haven distante de qualquer escrutínio. Uma relação passada? Eu não diria isso, Evangeline. Você está claramente apaixonada. — Ela estreita os olhos. — Acho que vai descobrir que você e eu temos muito mais em comum do que pensa.

Sorrio na sua cara, mostrando os dentes em um escárnio velado.

— Conheço os antigos rumores a seu respeito tão bem quanto qualquer um. Está falando de consortes. Seu marido tinha um, chamado Robert. Acha que é capaz de me compreender por causa disso?

— Casei com um rei Calore e fiquei ao seu lado mesmo sabendo que ele amava outra pessoa. Acho que sei como fazer *isso* — ela chacoalha dois dedos à minha frente — funcionar. E devo dizer que é melhor que todas as partes envolvidas estejam em acordo e saibam de tudo. Gostando ou não, você e meu neto precisam ser aliados em todos os aspectos. É a melhor forma de sobreviver.

— Sobreviver à sombra dele, você quer dizer — solto, incapaz de me controlar.

Anabel pisca para mim, com o rosto contorcido em uma rara confusão. Então ela sorri e abaixa a cabeça.

— Rainhas também podem lançar sombras. — Seu comportamento muda no mesmo instante. — Ah, primeiro-ministro. — Ela vira para a minha esquerda, na direção do homem atrás de mim.

Faço o mesmo e observo Davidson se aproximar. Ele assente para nós duas, sem nunca baixar o olhar. Seus olhos amendoados, estranhamente dourados, passam de Anabel para mim. São a única parte dele que parece viva. O resto — das expressões vazias e neutras aos dedos parados — parece treinado para se controlar.

— Majestade. Alteza — Davidson cumprimenta, baixando a cabeça de novo. Por cima do ombro dele, vejo os guardas de Montfort em seus uniformes verdes, assim como seus oficiais e soldados com sua insígnia. Há dezenas deles. Alguns o acompanharam desde Piedmont, mas outros estavam esperando aqui por sua chegada.

Ele sempre teve tantos guardas em seu encalço? Tantas armas? Sinto as balas nas câmaras. Então as conto, por força do hábito, e engrosso os revestimentos de ferro do meu vestido, protegendo os órgãos mais importantes.

O primeiro-ministro gesticula, estendendo o braço.

— Gostaria de escoltá-las até a capital e ser o primeiro a lhes dar as boas-vindas à República Livre de Montfort. — Embora ainda faça seu melhor para não demonstrar emoções, noto certo orgulho. Por seu lar, por seu país. Isso, pelo menos, eu consigo entender.

Anabel lhe lança um olhar que colocaria até nobres prateados no lugar — homens e mulheres terrivelmente poderosos e ainda mais arrogantes. Mas o primeiro-ministro nem pisca.

— Isto — ela solta, olhando para os picos sem vegetação em ambos os lados — é sua república?

— Isto — Davidson responde — é uma pista particular.

Rodo um anel no dedo, procurando me distrair com minhas joias para não rir.

De canto de olho, vejo alguns botões brilhando. Metal pesado, bem forjado, em formato de chama. Eles se aproximam, presos às roupas do meu noivo. Ele para ao meu lado, irradiando um calor fraco e constante.

Cal não me diz nada, e fico feliz com isso. Não falamos de verdade há meses. Não desde que escapou da morte no Ossário. Antes, quando ficamos noivos pela primeira vez, nossas conversas eram esparsas e enfadonhas. Cal só pensa em guerra e em Mare Barrow. Nenhuma dessas coisas me interessa muito.

Dou uma olhada nele e já percebo que sua avó cuidou bem de sua apresentação. O corte de cabelo grosseiro e a barba por fazer desapareceram. Suas bochechas estão macias, seu cabelo preto está ajeitado e lustroso, penteado para trás. Parece que Cal acabou de sair de Whitefire, pronto para sua coroação, e não de uma viagem de seis horas em um jato de carga, depois de sobreviver a um cerco. Mas seus olhos cor de bronze parecem desinteressados, e ele não usa coroa. Ou Anabel não arranjou uma ou Cal se recusou a colocá-la. Imagino que seja a segunda opção.

— Uma pista particular? — Cal pergunta, olhando para Davidson.

O primeiro-ministro não parece se incomodar com a diferença de altura. Talvez não compartilhe da infinita preocupação masculina com tamanho.

— Sim — Davidson diz. — Este campo de pouso fica a uma altitude elevada e tem acesso mais fácil à cidade de Ascendant, em comparação com as planícies e os vales mais entremeados nas montanhas. Achei melhor que viéssemos para cá, embora a subida pela Via do Falcão no leste tenha uma vista esplêndida.

— Gostaria de ver, quando a guerra tiver terminado — Cal diz, tentando ser educado, mas sem conseguir esconder seu desinteresse.

Davidson não parece se incomodar.

— Quando a guerra tiver terminado — ele ecoa, com os olhos brilhando.

— Bem, não queremos que se atrase para sua reunião com o governo. — Anabel pega o braço de Cal, fazendo o papel da avó amorosa. Ela se apoia nele um pouco mais do que precisa, formando uma imagem apropriada e calculada.

— Não se preocupe com isso — Davidson diz com um de seus sorrisos tranquilos e lânguidos. — Devo falar diante da assembleia de Montfort pela manhã. Só então farei o pedido.

Cal se sobressalta.

— Amanhã de manhã? O senhor sabe tão bem quanto eu que o tempo...

— É quando a assembleia se reúne. Esta noite, espero que aceitem meu convite para jantar — Davidson diz, plácido.

— Primeiro-ministro... — Cal começa, rangendo os dentes.

Mas o sanguenovo é contundente e severo, ainda que tente se justificar.

— Meus colegas já concordaram em realizar uma sessão extraordinária. Garanto a você que estou fazendo o que posso dentro dos limites das leis do meu país.

Leis. Podem existir num país assim? Sem trono, sem coroa, sem ninguém para tomar a decisão final quando todo o resto briga por conta de detalhes? Como Montfort espera sobreviver? Como pode esperar avançar com tantas pessoas puxando em direções diferentes?

Mas, se Montfort não puder se mover, se Davidson não conseguir mais tropas, então a guerra talvez termine do jeito que eu quero. E mais cedo do que eu esperava.

— Então... para Ascendant? — pergunto, querendo sair logo do frio. E para aproximar Cal de toda a distração que este lugar tem a oferecer. Como Anabel já está de braços dados com o neto, ofereço o meu a Davidson. Ele o aceita com uma mesura discreta, sua mão leve como uma pluma na minha.

— Por aqui, alteza.

Fico surpresa ao notar que o toque de um sanguenovo não é tão revoltante quanto o do meu noivo. Ele anda a um bom ritmo, guiando-nos para longe dos jatos e para o caminho que leva a Ascendant.

A cidade fica no alto da porção oriental da cordilheira maciça, dando vista para os picos mais baixos e para além das fronteiras. Prairie desaparece no horizonte, assim como seus limites, conhecidos como "terra de saqueadores", onde grupos itinerantes de prateados desligados de qualquer nação atacam quem passa. O resto são planícies vazias, marcadas apenas pelos vestígios do que já foi uma cidade, muito tempo atrás. Nem sei seu nome.

Ascendant parece ter nascido das próprias montanhas, construída sobre encostas e vales, arqueando-se sobre os córregos, com o maior rio traçando seu caminho rumo a leste pelos cânions sinuosos. As poucas estradas são cheias de túneis, e veículos aparecem e desaparecem de vista. Deve haver mais abaixo da superfície, esculpidas no coração de pedra dessas montanhas.

A maior parte das construções da cidade é de pedras como granito, mármore e quartzo, esculpidas em tijolos brancos e cinza impossivelmente lisos. Pinheiros se estendem entre os prédios, alguns mais altos que as construções, suas folhas do mesmo verde-escuro da bandeira de Montfort. O pôr do sol e as montanhas banham a cidade com tiras alternadas de rosa-choque e roxo-escuro, luz e sombra. Acima de nós, em direção ao oeste, os picos nevados descansam triunfantes sob um céu que parece grande e perto demais. Algumas estrelas adiantadas salpicam o crepúsculo. Elas me são familiares, formando padrões que conheço bem.

Nunca vi uma cidade assim, e isso me preocupa. Não gosto de surpresas, nem de ser impressionada. Significa que algo é melhor que eu, que meu sangue, que minha terra.

Mas Ascendant, Montfort e Davidson conseguiram.

Não consigo evitar me maravilhar com esse lindo e estranho lugar.

A cidade fica a pouco mais de um quilômetro, mas os muitos degraus fazem parecer mais. Acho que o primeiro-ministro quer se exibir, então em vez de pegarmos algum tipo de transporte, ele nos força a andar para que admiremos a cidade em sua plenitude.

Se eu estivesse de volta à corte de um rei Calore de braços dados com outra pessoa, não ia me dar ao trabalho de puxar conversa. A Casa Samos já tem grande reputação. Mas aqui tenho que me provar. Então suspiro, ranjo os dentes e olho para Davidson ao meu lado.

— Então você foi *eleito* para ocupar essa posição.

A palavra me é estrangeira, e se revira na minha boca como uma pedra lisa.

Davidson não consegue controlar uma risada, que é como uma rachadura em sua máscara inescrutável.

— De fato. Há dois anos. O país votou. Na próxima primavera, quando completar três anos, teremos novas eleições.

— Quem exatamente vota?

Sua boca se estreita.

— Todos os povos, se é a isso que se refere. Vermelhos, prateados, rubros. Uma eleição não faz distinções.

— Então há prateados aqui. — Isso já foi dito, mas eu duvidava que qualquer prateado concordaria em viver ao lado de um vermelho, muito menos a ser governado por um. Mesmo um sangue-novo. Isso ainda me intriga. *Por que viver aqui como um igual quando poderiam viver como deuses em outro lugar?*

Davidson abaixa o rosto.

— Há muitos.

— E eles simplesmente *permitem* isso? — zombo, sem me preocupar em segurar a língua. Só faço isso na frente dos meus pais, que não estão aqui, já que me atiraram aos lobos de sangue vermelho.

— Por que permitem que convivamos com eles como iguais? — A voz do primeiro-ministro assume um tom mais cortante, sibilando em meio ao ar da montanha.

Seus olhos encaram os meus, dourado sobre carvão. Continuamos andando, sem dificuldade apesar dos muitos degraus. Ele espera que eu peça desculpas. Não o faço.

Finalmente chegamos a um patamar, um terraço de mármore que dá para um amplo jardim verdejante. Flores desconhecidas, roxas, laranja e azul-claras, se estendem à nossa frente, selvagens e cheirosas. Alguns metros à frente estão Mare Barrow e sua família, conduzidos por seus anfitriões. Um dos irmãos dela para e verifica as flores mais de perto.

Enquanto o resto do grupo se espalha pela extensão do jardim, Davidson se aproxima de mim, seus lábios quase tocando minha orelha. Resisto à vontade de cortá-lo ao meio.

— Perdoe minha indiscrição, princesa Evangeline — ele sussurra —, mas você tem uma amante, não? E não tem permissão de se casar com ela.

Juro que vou cortar a língua de todo mundo aqui. Não existem mais segredos impronunciáveis?

— Não sei do que está falando — grunho por entre os dentes cerrados.

— Claro que sabe. Ela é casada com seu irmão. Parte de um acordo, não?

Aperto o corrimão de pedra com mais força. É frio e liso, mas não serve para me acalmar. Cravo as unhas nele, e as pontas afiadas e cheias de joias das minhas garras decorativas arranham fundo. Davidson prossegue, suas palavras um tumulto, baixas, rápidas e impossíveis de ignorar.

— Se tudo fosse como deseja, se você não fosse uma moeda de troca no jogo da coroa, se ela já não fosse casada, vocês poderiam se casar? Nas melhores circunstâncias, os prateados de Norta permitiriam que fizesse o que quer?

Viro para ele, com os dentes à mostra. Está perto demais. Ele não pisca ou recua. Posso ver as pequenas imperfeições em sua pele. Rugas, cicatrizes, até os poros. Poderia arrancar seus olhos agora mesmo se quisesse.

— Casamento não tem nada a ver com desejo — rebato. — É para herdeiros e ninguém mais.

Por motivos que não consigo identificar, seus olhos dourados se suavizam. Vejo pena. Vejo pesar. E odeio isso.

— Então o que deseja lhe é negado por causa de quem é. Uma escolha que não foi sua, uma parte de você que não pode mudar. E que não quer mudar.

— Eu...

— Pode menosprezar meu país o quanto quiser — ele murmura, e vejo uma sombra do temperamento que tenta manter escondido. — Questione o modo como as coisas são. Talvez as respostas lhe agradem. — Então ele se afasta um pouco, reassumindo a postura de político. Um homem comum com um charme comum. — Bem, espero que desfrute do nosso jantar esta noite. Meu marido, Carmadon, esteve bem ocupado preparando tudo.

O quê? Só consigo piscar. *É claro que não. Entendi errado.* Minhas bochechas queimam, prateadas de vergonha. Não posso negar que meu coração pula no peito, e uma onda de adrenalina me percorre só para morrer em um segundo. *Não adianta desejar o impossível.*

Mas o primeiro-ministro move a cabeça, no mais leve aceno.

Não entendi errado, e ele não explicou mal.

— É outra coisinha que temos permissão de fazer aqui em Montfort, princesa Evangeline.

Ele solta meu braço sem qualquer cerimônia, acelerando o passo para abrir alguma distância entre nós. Sinto o coração batendo forte. *Ele está mentindo? O que disse é ao menos possível?* Para minha perplexidade, lágrimas se acumulam em meus olhos e sinto um aperto no peito.

— Diplomacia nunca foi seu forte.

Cal se assoma sobre meu ombro. Sua avó está sussurrando com um lorde Iral mais para trás.

Viro a cabeça, me escondendo por um momento em uma cortina de cabelo prateado. Só o bastante para recuperar o mínimo de controle. Por sorte, ele está ocupado olhando para Mare, acompanhando seus movimentos com um desejo digno de pena.

— Então por que me escolheu? — retruco, esperando que sinta cada centelha da minha raiva e da minha dor. — Por que tornar alguém como eu uma rainha quando não serei nada além de um espinho ao seu lado?

— Se fazer de desentendida também não é seu forte, Evangeline. Você sabe como as coisas funcionam.

— Sei que você teve escolha, Calore. Dois caminhos. E escolheu aquele que levava diretamente a mim.

— *Escolha* — ele ladra. — Vocês mulheres adoram essa palavra.

Reviro os olhos.

— Bem, parece que é algo desconhecido a você, que fica culpando tudo e todos por uma decisão que tomou.

— Uma decisão que tive que tomar. — Ele vira para mim, com os olhos brilhando. — Ou o quê? Acha que Anabel, seu pai e o resto do mundo teriam feito uma aliança com os vermelhos? Sem conseguir nada em troca? Acha que não teriam encontrado outra pessoa para o meu lugar, alguém pior? Se for eu, pelo menos posso...

Paro firme à sua frente, e ficamos cara a cara. Meus ombros estão abertos, prontos para a batalha. Uma vida de treinamento faz meus músculos endurecerem.

— O quê? Melhorar as coisas? Quando a luta acabar, acha que vai poder sentar no seu novo trono, brincar com suas chamas idiotas e mudar o mundo? — Eu o meço com deboche, meus olhos percorrendo de suas botas até a testa. — Não me faça rir, Tiberias

Calore. Você é uma marionete, tanto quanto eu, mas pelo menos teve a chance de cortar os fios.

— E você não?

— Eu cortaria, se pudesse — sussurro, e acho que estou sendo sincera. *Se Elane estivesse aqui, se de alguma forma pudéssemos ficar...*

— Quando... quando vier a hora e tivermos que casar... — Ele se atrapalha com as palavras. Os Calore não costumam titubear. — Vou tentar facilitar as coisas tanto quanto possível. Visitas oficiais, reuniões. Você e Elane podem fazer como quiserem.

Um arrepio percorre meu corpo.

— Desde que eu cumpra minha parte do trato.

A perspectiva desagrada a nós dois, e desviamos o olhar.

— Não vou fazer nada sem seu consentimento — ele murmura.

Ainda que não esteja surpresa, certo alívio floresce no meu coração.

— Eu cortaria algo fora se tentasse.

Cal oferece uma risada fraca, pouco mais que um suspiro.

— Que confusão — ele murmura, tão baixo que talvez não esperasse que eu ouvisse.

Respiro fundo, trêmula.

— Você ainda pode escolhê-la.

As palavras pairam no ar, torturando nós dois.

Ele não responde, só fica encarando as próprias botas. No jardim, Mare mantém as costas para ele, seguindo no encalço de sua irmã. Apesar da cor diferente de cabelo, noto uma semelhança. Seus movimentos são parecidos. Cuidadosos, calmos, deliberados, como ratos. A irmã colhe uma flor no caminho, um botão verde-claro com pétalas vibrantes, e a coloca no cabelo. Observo enquanto o vermelho alto que Mare insiste em arrastar para toda parte faz o mesmo. Ele parece tolo com a flor atrás da orelha, e as duas irmãs riem. O som ecoa até nós, parecendo uma provocação.

Elas são vermelhas. São inferiores. E estão felizes. Como pode ser?
— Para de choramingar, Calore — solto por entre os dentes cerrados. O conselho vale para nós dois. — Você forjou sua própria coroa. Agora use-a. *Ou desista.*

SETE

Iris

O NÍVEL DO OHIUS ESTÁ ALTO. Foi uma primavera chuvosa, e as fazendas no sul de Lakeland chegaram perto de inundar inúmeras vezes. Tiora esteve aqui, nessas fronteiras instáveis, há algumas semanas, tanto para ajudar a salvar a safra quanto para sorrir e acenar. Seu sorriso raro e discreto nos conseguiu alguns favores aqui, mas não o suficiente. A notícia na corte é de que os vermelhos continuam fugindo, tendo atravessado as colinas que levam para Rift a leste. São tolos se acreditam que o rei prateado vai lhes oferecer uma vida melhor. Os mais espertos cruzam o Ohius e adentram as terras disputadas, onde nenhum rei ou rainha governa. Mas a jornada é caótica e arriscada, e eles têm que enfrentar vermelhos e prateados entre Lakeland e o norte de Piedmont.

O terreno acima do rio oferece uma bela vista do vale. É um bom lugar onde esperar. Olho para o sul, para as florestas cintilando douradas sob a luz da tarde que se esvai. Hoje foi um dia fácil, de viagem, passando pelo milho e pelo trigo. Maven foi bondoso e pegou seu próprio veículo, me permitindo horas de paz até o sul. A jornada foi quase um acalento, mesmo que significasse deixar minha mãe e minha irmã para trás. Elas ficaram na capital. Não sei quando vou vê-las de novo. *Se é que vou.*

Apesar da brisa agradável e do ar quente, Maven prefere esperar dentro do veículo. Por enquanto. Tenho certeza de que vai tentar fazer algum tipo de entrada grandiosa quando os homens de Piedmont chegarem.

— Ele está atrasado — a senhora ao meu lado murmura.

Ignorando as circunstâncias, sinto um dos cantos da boca levantar.

— Tenha paciência, Jidansa.

— Minha nossa, como as coisas mudaram, majestade. — Ela ri, e as rugas em seu rosto moreno se aprofundam. — Eu me recordo de ter lhe dado esse mesmo conselho mais de uma vez. Em geral relacionado a comida.

Interrompo a vigília, afastando os olhos do horizonte para voltá-los para ela.

— Nesse quesito, nada mudou.

Sua risada empoeirada se aprofunda, ecoando através do rio.

Jidansa, da linhagem Merin, é amiga da família desde que me lembro, tão próxima quanto uma tia e tão carinhosa quanto uma babá. Ela usava sua habilidade de telec para nos divertir quando crianças, manipulando nossos sapatos ou brinquedos com a mente. Apesar do rosto marcado, dos cabelos brancos e da postura de matrona, Jidansa é uma oponente temível e com talentos incomparáveis, uma das melhores telecs da nossa nação.

Gostaria de pedir que voltasse comigo para Norta. Ela concordaria, mas sei que não devo fazê-lo. A maior parte de sua família morreu na guerra. Viver entre o povo de Norta seria uma punição que Jidansa não merece.

Sua presença me acalma. Mesmo em Lakeland, ainda me sinto desconfortável perto de Maven.

O resto da minha escolta segue atrás, a uma distância respeitosa. Os sentinelas deveriam fazer com que me sentisse segura, mas nunca estou tranquila sob seu olhar vítreo. Estariam dispostos a me matar se meu marido assim ordenasse. Ou pelo menos tentariam.

Cruzo os braços, sentindo o tecido do casaco azul de viagem. Ainda que eu esteja prestes a conhecer o príncipe e governante de Piedmont, pareço lamentavelmente desarrumada. Espero que não seja tão obcecado por aparência quanto a maior parte dos prateados que conheço.

Não preciso esperar muito mais para descobrir.

De onde estamos, dá para ver o comboio atravessando as terras disputadas. De resto, o terreno é indistinguível das florestas ao sul de Lakeland. Não há muros, portões ou estradas marcando este setor da fronteira. Nossas próprias patrulhas estão bem escondidas agora, instruídas a deixar o príncipe de Piedmont passar livremente.

Sua comitiva é pequena, mesmo se comparada ao nosso grupo reduzido de seis veículos e cerca de cinquenta soldados. Vejo apenas dois transportes, máquinas rápidas e ágeis, cortando pelos limites mais esparsos da floresta. Estão camuflados, pintados de um verde doentio que se mistura com o da paisagem. Conforme se aproximam, posso ver as estrelas amarelas, brancas e roxas nas laterais.

Bracken.

Atrás de mim, o metal range, e Maven desce do veículo. Ele cruza a grama baixa em poucos passos rápidos, parando ao meu lado com certa graça. Devagar, ele cruza as mãos. Sua pele branca parece mais dourada sob a luz. Ele poderia passar por humano.

— Não sabia que o príncipe Bracken era um homem tão ingênuo. Que tolice — Maven diz, gesticulando para a pequena comitiva.

— O desespero torna a maior parte de nós tolos — respondo, fria.

Maven solta uma risada solitária. Seu olhar se arrasta por mim bem devagar.

— Você não.

Não, eu não.

Essa agulha precisa costurar com suavidade. Como Maven, cruzo as mãos, para projetar uma imagem de força. Determinação. Aço.

Faz meses que os filhos de Bracken foram sequestrados, aprisionados e usados para fazer chantagem. A cada mês como reféns, outra parte de Piedmont é sugada. Montfort já lhes custou milhões de coroas, tomando tudo o que está ao alcance. Armas, jatos, comida. A base militar em Lowcountry foi pilhada, com a maior parte de seu conteúdo enviado de volta para as montanhas. Os habitantes de Montfort são como gafanhotos, se alimentam de tudo o que podem. Bracken quase não tem mais recursos de sobra.

Os veículos encostam a alguns metros, mantendo uma distância segura do nosso comboio. Quando se abrem, uma dezena de guardas sai, resplandecentes em roxo-escuro adornado com ouro. Eles carregam espadas e pistolas, embora alguns pareçam preferir machados ou martelos em vez de lâminas.

Bracken não carrega nenhuma arma.

Ele é alto, de pele escura, feitio suave, lábios cheios e olhos que parecem duas pedras de âmbar preto polidas. Enquanto Maven se esconde atrás da capa, das medalhas e da coroa, Bracken parece depender menos de seu estilo. Suas roupas são refinadas, também roxo-escuras com detalhes dourados, como as dos guardas, mas não vejo coroa, peles ou joias. Esse homem está aqui numa terrível missão, e não tem por que ostentar.

O príncipe se avoluma sobre nós, com o físico musculoso de um forçador, embora eu saiba que é um mímico. Se me tocasse, seria capaz de usar minhas habilidades ninfoides, ainda que só por um tempo e em menor extensão. O mesmo vale para qualquer outro prateado. E talvez sanguenovos também.

— Gostaria que tivéssemos nos conhecido em melhores circunstâncias — ele diz, com sua voz profunda e retumbante. Como é de costume, se inclina em uma leve reverência, observando nossa posição na hierarquia. Pode ser o governante de Piedmont, mas seu país não é páreo para nós.

— Nós também, alteza — respondo, acenando com a cabeça.

Maven imita meus movimentos, rápido demais. Como se quisesse que isso terminasse o mais rápido possível.

— O que tem para nós?

Meu rosto se contorce diante da falta de tato. Por instinto, abro a boca, pronta para abrandar um início de conversa tão precário. Mas, para minha surpresa, Bracken sorri.

— Também não gosto de perder tempo — ele diz, seu sorriso adquirindo um tom mais duro. Uma guarda se aproxima vinda de trás dele. Carrega uma pasta com capa de couro. — Não quando a vida dos meus filhos está em jogo.

— São as informações que tem sobre Montfort? — pergunto, olhando para os documentos que a guarda passa ao seu príncipe. — Reuniu tudo muito rápido.

— O príncipe tem procurado seus filhos, e pessoas que possam ajudá-lo nessa tarefa, há meses — Maven diz pausadamente. — Lembro de seus representantes, os príncipes Alexandret e Daraeus. Sinto muito se não pude... ser de muita ajuda.

Quase rio alto. Um dos príncipes morreu no palácio de Archeon, durante uma tentativa fracassada de tirar Maven do trono. Até onde sei, o outro também está morto.

Bracken dispensa o pedido de desculpas com um gesto de sua mão larga.

— Eles sabiam dos riscos, assim como todos a meu serviço. Perdi dezenas de homens na busca pelo meu filho e minha filha. — Há uma tristeza verdadeira em suas palavras, entremeada pela raiva.

— Só podemos esperar não perder mais nenhum — murmuro, pensando em mim mesma. E no que minha mãe disse. *Tem que ser você*.

Maven levanta o queixo, seus olhos se alternando entre Bracken e a pasta. Deve estar cheia de informações sobre Montfort, suas cidades misteriosas, seus exércitos. Informações de que precisamos.

— Estamos preparados para fazer o que você não conseguiu, Bracken — ele diz. Maven é um bom ator, carregando suas palavras com a dose certa de compaixão. Se tiver uma chance, o jovem rei vai acabar atraindo Bracken para seu lado antes que eu consiga fazer minha jogada. — Compreendo que, enquanto seus filhos estiverem em Montfort, não pode agir contra eles. Mesmo a menor operação de resgate poderia colocar a vida deles em risco.

— Exatamente. — Bracken assente de imediato. Está devorando tudo o que Maven lhe oferece. — Reunir essas informações já foi perigoso demais.

O rei de Norta levanta uma sobrancelha.

— E?

— Conseguimos localizar o paradeiro das crianças. Estão na capital, Ascendant — o príncipe diz. Ele estende a mão, oferecendo a pasta. — Fica nas profundezas das montanhas, protegida pelo vale. Nossos mapas da cidade são velhos, mas ainda servem.

Pego a pasta antes que um sentinela o faça, sentindo seu peso na mão. Está cheia e vale seu peso em ouro.

— Conseguiu descobrir onde exatamente estão presos? — pergunto, desesperada para abrir a pasta e começar a trabalhar.

Bracken abaixa a cabeça.

— Acho que sim. Por um preço alto.

Cruzo os braços, segurando o precioso material junto ao peito.

— Não vou desperdiçar o esforço.

O príncipe de Piedmont me olha de cima a baixo, com o rosto respeitosamente confuso. Maven é menos óbvio. Ele não se move e sua expressão não muda. A temperatura não sobe nem um grau. Mas posso sentir o cheiro da suspeita vinda dele. E do aviso. É esperto o bastante para manter a boca fechada na frente do príncipe, permitindo que eu teça minha teia.

— Vou liderar as buscas eu mesma — digo, encarando Bracken

com meu olhar mais determinado. Ele nem pisca, resoluto como uma estátua. Examinando, avaliando. As roupas simples foram uma boa escolha da minha parte. Pareço mais uma guerreira do que uma rainha. — Vou usar soldados de Norta e de Lakeland, uma força pequena o bastante para passar despercebida. Pode ter certeza de que estamos trabalhando duro desde ontem.

Ponho a mão no braço de Maven, ainda que me cause arrepios. Sua pele está fria por baixo da manga. Não posso ver, mas sinto um leve tremor nele. Meu sorriso se amplia.

— Maven bolou um plano brilhante.

Ele pega a minha mão, seus dedos parecendo gelo. Uma ameaça clara como o dia.

— De fato — Maven diz, abrindo os lábios em um sorriso selvagem para me acompanhar.

Bracken só vê a oferta e a possibilidade do resgate de seus filhos. Não o culpo. Só posso imaginar o que minha mãe faria se fosse comigo e com Tiora.

O príncipe solta o ar em alívio.

— Excelente — ele diz, fazendo mais uma reverência com a cabeça. — E, em troca, prometo me manter fiel à aliança que sustentamos tantas décadas. Até que as aberrações vermelhas decidiram intervir. — Bracken endurece. — Mas chega disso. A maré vira hoje.

Sinto suas palavras com tanta força quanto o rio abaixo de nós, seguindo seu curso. Inquebrável. Impossível de deter.

— A maré vira hoje — ecoo, segurando firme a pasta.

Dessa vez, Maven sobe no meu veículo atrás de mim, e fico tentada a chutá-lo para fora. Em vez disso, vou para o canto mais distante do assento, com as informações de Bracken sobre os joelhos.

Maven mantém os olhos em mim ao sentar. Seus modos tranquilos quase me fazem suar.

Espero que ele fale, tentando retribuir seu olhar gelado. Por dentro, amaldiçoo sua presença. Quero abrir a pasta e começar a preencher as lacunas do meu plano de resgate, mas não tenho como começar com Maven me olhando com desdém. E ele sabe disso. Está desfrutando da situação, gosta de incomodar. Acho que faz com que se sinta melhor em relação a seus próprios demônios, criando demônios para os outros.

Só depois que o veículo começa a se movimentar, afastando-se da fronteira em alta velocidade, Maven fala.

— O que exatamente está fazendo? — Sua voz é suave e despojada de emoção. É sua tática favorita, não dar nenhuma indicação de seu humor. É inútil procurar em seus olhos ou em seu rosto qualquer sentimento, tentar lê-lo como seria possível com qualquer outra pessoa. Ele é habilidoso demais nisso.

Ofereço uma resposta simples, com a cabeça erguida.

— Estou trazendo Piedmont para o nosso lado.

Nosso lado.

Maven solta um "hummm" do fundo da garganta antes de se acomodar para a longa viagem.

— Muito bem — ele diz, e mais nada.

OITO

Mare

⚜

A ESCOLTA DE MONTFORT NOS CONDUZ até um complexo palaciano localizado no alto da cordilheira, com vista para o vale central, em cuja encosta está o resto de Ascendant. Por toda parte, estandartes verde-escuros com um triângulo branco tremulam na doce brisa da noite. *Uma montanha*, me dou conta, me sentindo tola por não ter compreendido seu símbolo antes, que também aparece em seus uniformes.

Não estou de uniforme — optei por roupas simples, peças reunidas em Corvium e Piedmont. Provavelmente foram de uma prateada, a julgar pela qualidade da jaqueta, da calça, das botas e da blusa. Farley me acompanha em seu uniforme adaptado, com Clara no colo. Está de vermelho da cabeça aos pés, com três quadrados de metal no colarinho. A marca de uma general do Comando.

Os prateados atrás de nós são mais *chamativos*, e não esperava menos de sua gente. Eles formam um arco-íris forte e vibrante contra as passarelas brancas que se espalham por Ascendant. É difícil ignorar Cal em sua capa vermelho-fogo, mas eu certamente tento. Ele anda ao lado de Evangeline, e fico quase esperando que ela o atire de um dos muitos terraços ou lances de escada ameaçadores.

Fico próxima de meu pai, ouvindo sua respiração. Há muitos degraus em Ascendant, e ele é um homem mais velho com uma perna nova, sem mencionar o pulmão reparado. O ar rarefeito não deve estar ajudando.

Ele se esforça para não tropeçar, o rosto vermelho o único indicativo disso. Minha mãe fica do seu lado esquerdo, provavelmente pensando o mesmo que eu. Suas mãos estão a postos atrás dele, os dedos abertos para ajudá-lo se fraquejar.

Eu pediria algum tipo de auxílio, de um forçador talvez, ou mesmo de Bree e Tramy, se meu pai aceitasse. Mas sei que ele não quer isso. Segue em frente, tocando meu braço uma vez ou outra. Grato pela minha presença, mas também por minha discrição.

Então os degraus terminam, e deparamos com uma arcada esculpida para parecer troncos de árvores e folhas. Do outro lado dela há uma praça, cujo piso de pedra forma uma espiral xadrez de granito verde e calcário leitoso. Pinheiros de todos os tipos acompanham as arcadas que rodeiam o lugar, alguns tão altos e tão largos quanto torres. Fico impressionada com a força do canto dos pássaros ali, chilreando contra o céu arroxeado.

Atrás de mim, Kilorn solta um assovio baixo, impressionado. Ele olha mais além das árvores, para um prédio alto com pilares, mais acima na encosta. É uma estranha mistura de pedrinhas coloridas, como o fundo do leito de um rio, com detalhes em madeira laqueada e mármore. Há sacadas em suas inúmeras alas, algumas cheias de flores do campo. Todas dão para o vale, com vista para a cidade.

É a casa do primeiro-ministro, tenho certeza. Um palácio em tudo menos no nome. Fico desconfortável, enquanto o resto da minha família parece deslumbrada, e com razão. Já vi palácios suficientes para saber que não devo confiar no que há por trás de maravilhas esculpidas e janelas brilhantes.

Não há muros em volta da construção, nenhum portão. Tampouco parece haver em volta de Ascendant. Ou pelo menos não do tipo que se possa ver. Tenho a sensação de que a geografia dessa cidade, desse país, é sua própria demarcação. Montfort é forte o bastante para não precisar de muros. Ou tolo o bastante para não construir nenhum. A julgar por Davidson, duvido que seja a segunda opção.

Farley deve estar pensando o mesmo. Seus olhos passam pelas arcadas, pelos pinheiros, pelo palácio, reparando em tudo com precisão focada. Então ela volta o rosto para os prateados que seguem atrás de nós, tentando não parecer impressionados pela residência de Davidson.

O primeiro-ministro acena para que todos sigam em frente, adentrando cada vez mais o coração de seu país.

Como em Piedmont, as acomodações oferecidas à família Barrow são muito melhores do que estamos acostumados. Os aposentos na residência de Davidson são amplos o bastante para que cada um de nós tenha seu próprio quarto. Kilorn e Gisa se distraem explorando o lugar, entrando e saindo dos diferentes cômodos. Bree está menos interessado nisso, e logo senta num sofá de veludo no grande salão. Posso ouvi-lo roncar de onde estou, no terraço. Isso é tudo temporário, até que uma casa nos seja providenciada na cidade.

Fico sozinha, ou porque ninguém nota ou porque me deixam ficar. Para mim, tanto faz.

Ascendant brilha lá embaixo, como uma constelação na montanha. Posso sentir sua eletricidade, distante e constante, piscando nas muitas luzes. É como se tudo isso fosse reflexo do céu. As estrelas parecem impossivelmente claras aqui, próximas o bastante para tocar. Respiro fundo, sentindo a frescura selvagem das montanhas. *É um bom lugar para deixá-los. O melhor que eu poderia pedir.*

Ao longo da beirada da sacada, há flores em vasos e caixas, de todas as cores. As que estão à minha frente são roxas e têm uma forma estranha, com pétalas que parecem rabos.

— São chamadas de flores-elefante.

Tramy vem até meu lado, apoiando os cotovelos no parapeito. Ele se inclina para olhar a cidade lá embaixo. Apesar da estação, a noite traz consigo o frio. Devo estar tremendo, porque ele me oferece um xale.

Eu o aceito e coloco nos ombros. Ele franze a testa.

— Mas não sei o que "elefante" significa.

A palavra me lembra alguma coisa, mas balanço a cabeça e dou de ombros.

— Nem eu. Talvez seja um animal. Julian deve saber.

Falo seu nome sem pensar e quase faço uma careta. Sinto uma pontada no peito.

— Você pode perguntar no jantar — meu irmão diz, pensativo, passando a mão pela barba áspera.

Dou de ombros de novo, tentando apagar qualquer menção a Julian Jacos.

— Você precisa se barbear, Tramy — provoco. Inalando o ar doce de novo, volto às luzes da cidade. — E pergunte você mesmo a Julian hoje à noite.

— Não.

Algo em sua voz me faz parar, talvez um leve tremor de determinação. Ousadia. Tramy não é do tipo que diz não para a família. Está acostumado a seguir Bree por toda parte, ou passar panos quentes nos nossos problemas. É um pacificador, muito longe do tipo que não arreda pé.

Levanto o rosto para ele, esperando uma explicação.

Tramy cerra o maxilar, seus olhos castanho-escuros procuram os meus. Ele tem os olhos de mamãe, e eu também.

— Não é nosso lugar.

Nosso.

O que quis dizer está claro. *Só vamos até aí.* Os Barrow não são políticos ou guerreiros. Não têm motivo para ser o foco das atenções ou correr os riscos que corro. Mas a perspectiva de ficar sozinha, sem eles... O medo é infinito, egoísta, repentino.

— Mas pode ser — digo rápido demais, pegando seu pulso. Tramy rapidamente cobre minha mão com a sua. — Deveria ser seu lugar. De todos vocês. São minha família...

Uma porta se abre para o terraço, então se fecha atrás de Gisa e Kilorn. Minha irmã nos avalia, com os olhos brilhando.

— Quantas pessoas têm um poder que não deveriam ter só porque um membro da família lhes deu? — ela pergunta.

Está falando dos prateados. Da realeza e dos nobres que passam seu poder para os filhos, independente de servirem para isso ou não. A obsessão pelo sangue, pela dinastia, é o motivo pelo qual Maven está no trono. Um rei menino perturbado controlando um país quando não pode controlar nem a própria mente.

— É diferente — murmuro de volta, mas só em parte sincera. — Vocês não são como eles.

Gisa estica as mãos para ajeitar meu xale. Ela cuida de mim como uma irmã mais velha, embora eu esteja alguns anos à sua frente. A flor ainda está em sua orelha, pálida como a alvorada. Devagar, toco as pétalas, então corro os dedos por um cacho de seu cabelo. A flor fica bem nela. *Mas ela vai ficar bem em Montfort?*

— Como Tramy disse — Gisa retruca —, suas reuniões, seus conselhos, a guerra que está lutando, nada disso é para nós. E não queremos que seja. — Ela me encara, e ficamos olho a olho. Estamos da mesma altura agora, mas espero que continue crescendo. Não merece ver o mundo como eu vejo.

— Está bem. — Eu respiro e a puxo para perto. — Está bem.

— Eles concordam — ela murmura contra meu corpo.

Mamãe. E até papai.

Algo em mim se solta, liberando um peso considerável. Mas é uma âncora que me puxa para baixo ou que me mantém firme?

Pode ser as duas opções, na mesma medida. Com meus pais e irmãos em segurança, quem vou me tornar?

Quem eu devo.

Com a cabeça apoiada no ombro de Gisa, não posso evitar olhar para Kilorn às suas costas. Seu rosto está sombrio enquanto nos observa, como uma nuvem de tempestade. Quando sente meu olhar e nos encaramos, vejo determinação nele. Kilorn se juntou à Guarda Escarlate há muito tempo, e não vai aproveitar a oportunidade de quebrar sua promessa. Nem mesmo para ficar aqui, em segurança, com a única família que conhece.

— Agora... — Gisa diz, se afastando. — Vamos arrumar você para esse tal jantar.

Meses vivendo em bases rebeldes só acentuaram o olhar da minha irmã para cor, tecido e moda. De alguma forma, ela garimpou algumas boas opções de roupa no palácio, todas confortáveis e formais ao mesmo tempo, em uma variedade de estilos. Não chegam perto das monstruosidades cheias de pedraria que os prateados de Norta usam, claro, mas ainda são apropriadas para sentar à mesa com reis e outros líderes. Tenho que admitir que gosto de me arrumar assim. Correr os dedos pelo algodão ou pela seda. Decidir como vou usar o cabelo. É uma boa distração. E necessária.

Tiberias certamente sentará à mesa comigo, brilhando em suas roupas rubras. Fazendo cara feia porque me mantive fiel aos meus princípios, enquanto ele cuspiu nos seus. Quero que veja exatamente a que virou suas costas, e a quem. Essa ideia me enche de um prazer doentio, mas satisfatório.

Embora Gisa prefira roupas mais complexas, eventualmente chegamos a um acordo com um vestido de que ambas gostamos. É simples, de um vermelho-ameixa profundo, com mangas compridas e saia bufante. Nada de joias além dos brincos. O rosa de Bree, o vermelho de Tramy, o roxo de Shade e o verde de Kilorn. A última pedra vermelha, tão escarlate quanto sangue fresco, está enfiada no meio das minhas coisas. Não posso usar o brinco que Tiberias me deu, mas tampouco consigo jogá-lo fora. Ele se mantém lá, imperturbado, mas não esquecido.

Gisa costura depressa uma trança dourada, uma peça intricada que havia sido bordada previamente, ao punho de cada manga. Não sei onde conseguiu um kit de costura, ou se os criados de Davidson sabiam que deviam lhe disponibilizar um. Seus dedos ágeis são igualmente habilidosos ao mexer no meu cabelo, torcendo os cachos cor de lama em algo que mais parece uma coroa. Esconde bem as pontas cinzentas, ainda que tenham se espalhado tanto. A tensão constante certamente cobrou seu preço, o que não deixo de notar diante do espelho. Pareço desgastada, magra, com sombras escuras que se assemelham a hematomas em volta dos olhos. Tenho cicatrizes de todos os tipos, graças à marca de Maven, a machucados que ainda não se curaram e aos meus próprios raios. Mas não estou arruinada. Ainda não.

O palácio do primeiro-ministro é vasto, mas a planta é simples o bastante, e não preciso de muito tempo para achar meu caminho até o térreo, onde fica a área comum. De lá, posso seguir o cheiro de comida, deixando que me conduza por cômodo após cômodo de grandes salões e galerias. Passo por uma sala de jantar do tamanho de um salão de festas, dominada por uma mesa grande o bastante para quarenta pessoas, e por uma enorme lareira de pedra. Mas a mesa está vazia e a lareira, apagada.

— Srta. Barrow, correto?

Viro para a voz gentil e encontro um rosto ainda mais gentil. Um homem acena de uma das muitas portas em arco que conduzem para o terraço. É completamente careca, com a pele da cor da meia-noite, quase roxa, e seu sorriso brilha como a lua crescente sobre um terno de seda ainda mais branco.

— Sim — respondo no mesmo tom.

Seu sorriso se abre.

— Ótimo. Vamos jantar aqui, sob as estrelas. Achei que seria melhor, na sua primeira visita.

O homem gesticula e eu obedeço, atravessando o grande salão de jantar para encontrá-lo. Com movimentos suaves, ele toma meu braço com firmeza e me conduz para o ar fresco da noite. O cheiro de comida se intensifica, fazendo minha boca salivar.

— Tão firme — o homem brinca, movendo o braço um pouco para aumentar o contraste com meus músculos rígidos. Sinto-me tão à vontade que quero desconfiar dele. — Meu nome é Carmadon, e fiz o jantar desta noite. Então, se tiver reclamações, guarde para si mesma.

Mordo o lábio, tentando esconder um sorriso.

— Vou fazer meu melhor.

Ele apenas toca o nariz em resposta, como se compartilhássemos um segredo.

As veias em seus olhos são cinza e se ramificam através do branco. *Ele é um prateado.* Tento engolir o caroço que se forma na minha garganta.

— Posso perguntar qual é a sua habilidade, Carmadon?

Ele responde com um sorriso leve.

— Não é óbvio? — Ele aponta para as inúmeras plantas e flores, no terraço e despencando das muitas sacadas e janelas. — Sou um humilde verde, srta. Barrow.

Forço um sorriso para ser simpática. *Humilde.* Já vi cadáveres com raízes saindo dos olhos e da boca. Não existe um prateado "humilde" ou indefeso. Todos têm a capacidade de matar. Mas suponho que nós também. E todos os humanos do mundo.

Andamos pelo terraço, na direção do cheiro, das luzes brandas e do burburinho baixo da conversa empolada. Esta parte do palácio se projeta da montanha, permitindo uma visão desobstruída dos pinheiros, do vale e dos picos nevados ao longe. Eles parecem brilhar à luz da lua nascendo.

Tento não parecer ansiosa, interessada ou mesmo brava. Não quero dar nenhum indício das minhas emoções. Ainda assim, sinto o coração pular e a adrenalina subir quando distingo a silhueta familiar de Tiberias. Mais uma vez, ele está observando a paisagem, incapaz de encarar qualquer um à sua volta. Sinto meus lábios se contorcerem em desaprovação. *Quando foi que virou um covarde, Tiberias Calore?*

Farley anda de um lado para o outro alguns metros adiante, ainda usando o uniforme do Comando. Ela lavou o cabelo, que brilha à luz das lâmpadas penduradas sobre a mesa no terraço. Assente para mim antes de irmos sentar.

Evangeline e Anabel já estão em suas cadeiras, num dos cantos da mesa, cada uma de um lado. Devem ter a intenção de rodear Cal e marcar sua importância ficando à sua esquerda e à sua direita. Enquanto Anabel parece confortável no mesmo vestido de antes, de seda vermelha e laranja, Evangeline se protege com uma estola preta de pele de raposa. Ela me observa enquanto me aproximo da mesa, os olhos piscando como duas estrelas sinistras. Quando sento do outro lado da mesa, o mais longe possível do príncipe exilado, seus lábios se contorcem no que poderia ser um sorriso.

Carmadon não parece notar ou se importar que seus convidados se odeiem. Ele senta graciosamente na cadeira à minha frente, do lado direito de onde imagino que Davidson vá ficar. Uma criada surge das sombras para servir a taça de Carmadon, decorada com detalhes intrincados.

Eu a observo com os olhos estreitos. Tem sangue vermelho, a julgar pelas bochechas coradas. Não é nem velha nem jovem, e sorri enquanto trabalha. Nunca vi uma criada vermelha sorrir desse jeito, a menos quando ordenam.

— Eles são pagos, e de maneira justa — Farley diz, sentando ao lado do nosso anfitrião. — Já conferi.

Carmadon gira o vinho na taça.

— Pode revirar e escrutinar o quanto quiser, general Farley. Olhe atrás das cortinas, não me importo. Não há escravos na minha casa — ele diz, com a voz assumindo um tom mais severo.

— Ainda não fomos apresentados de forma apropriada — digo, me sentindo mais hostil que o normal. — Seu nome é Carmadon, mas...

— Claro, desculpe minha falta de modos, srta. Barrow. Sou casado com o primeiro-ministro, que por sinal está atrasado. Peço desculpas se o jantar esfriar por causa dele — Carmadon faz um gesto para a mesa de apoio logo ao lado, onde está nosso primeiro prato —, mas sua pontualidade não tem nada a ver comigo.

Suas palavras são duras, mas seus modos são amistosos e abertos. Se é difícil ler Davidson, seu marido é um livro aberto. Assim como Evangeline neste momento.

Ela encara o homem com uma inveja tão declarada que sua pele está quase literalmente verde. E não é de admirar. A vida deles, um casamento desse tipo, é algo impossível em nosso país. Proibido. Considerado um desperdício de sangue prateado. *Mas não aqui.*

Cruzo as mãos no colo, tentando não me inquietar apesar da energia nervosa que toma conta da mesa. Anabel não disse nada, ou porque não aprova Carmadon ou porque não aprova o fato de ter que jantar ao lado de vermelhos. Talvez pelos dois motivos.

Farley mal balança a cabeça em agradecimento quando Carmadon enche sua taça com um vinho rico e quase negro, mas dá um gole generoso.

Fico na água gelada com fatias de limão. A última coisa de que preciso é ter a cabeça e os pensamentos borrados com Tiberias Calore por perto. Eu o observo de longe, passando os olhos pelos ombros largos e familiares sob a capa. Parece em chamas sob as luzes quentes do terraço.

Quando vira, baixo o rosto. Posso ouvi-lo se aproximar, sinto sua presença pesada no ar. Ele arrasta a cadeira de ferro forjado no chão de pedra do terraço, em um movimento agonizante de tão lento e deliberado. Quase pulo quando me dou conta de onde exatamente decidiu sentar.

Seu braço toca o meu por apenas um segundo, e sinto seu calor à minha volta. Amaldiçoo o conforto familiar, especialmente no frio das montanhas.

Finalmente ouso levantar o olhar, e encontro Carmadon com a cabeça inclinada, o queixo descansando no punho fechado. Parece infinitamente entretido. Ao seu lado, Farley parece mais inclinada a vomitar. E não preciso olhar para Anabel para saber que está fazendo uma careta.

Embaixo da toalha, aperto tanto os dedos que as juntas ficam brancas. Não de medo, mas de raiva. Tiberias se inclina, com um cotovelo no braço da cadeira bem ao meu lado. Ele poderia sussurrar no meu ouvido se quisesse. Aperto os dentes, resistindo ao instinto de cuspir.

Do outro lado da mesa, Evangeline quase ronrona como um felino. Ela passa a mão pela pele de raposa, com as garras decorativas brilhando.

— Quantos pratos teremos, sr. Carmadon?

O marido de Davidson não desvia os olhos de mim. Seus lábios se curvam no que poderia ser um sorriso malicioso.

— Seis.

Farley faz careta e vira o resto do vinho.

Carmadon sorri e gesticula para os criados nas sombras.

— Dane e Lord Julian vão ter que correr para nos acompanhar — ele diz, pedindo que o primeiro prato seja servido com um movimento dos dedos. — Espero que gostem. Preparamos algumas das delícias de Montfort com todo o cuidado.

O serviço é rápido e tranquilo, tão eficiente quanto o que vi nos palácios de reis prateados, embora menos formal. Carmadon coordena tudo enquanto pequenos pratos de uma porcelana elegante são colocados diante de nós. Olho para uma fatia de peixe rosado, do tamanho do meu dedão, com algum tipo de queijo cremoso e aspargos por cima.

— Salmão fresco, do rio Calum, a oeste — Carmadon explica, antes de enfiar tudo na boca. Farley o imita em seguida. — O Calum desagua na costa oeste, no oceano.

Tento visualizar o que está dizendo, mas meu conhecimento destas terras é pobre, para dizer o mínimo. Sei que há outro oceano, banhando a margem oeste do continente, mas isso é tudo o que consigo lembrar agora.

— Meu tio está ansioso para aprender mais sobre seu país — Tiberias responde. Ele fala devagar e com convicção. Isso faz com que pareça décadas mais velho. — Imagino que ele e o primeiro-ministro estejam atrasados justamente por causa de suas perguntas.

— Pode ser. Meu Dane realmente ama sua biblioteca.

Assim como Julian. Me pergunto se o primeiro-ministro está tentando formar seus próprios laços, talvez conquistar um aliado em um prateado mais amistoso de Norta. Ou talvez ele só esteja desfrutando da presença de outro estudioso, ansioso para compartilhar informações sobre seu país.

Depois do salmão vem uma sopa quente de legumes, soltando vapor no ar frio, e uma salada de folhas verdes com ericáceas selvagens crescidas nas próprias montanhas. Carmadon não parece se importar com o fato de que ninguém conversa. Ele preenche o silêncio sozinho, parecendo muito confortável ao detalhar cada aspecto da refeição que preparou. Os pormenores do molho da salada, a melhor época para colher as frutas, por quanto tempo os legumes devem cozinhar, o tamanho de sua horta particular, e por aí vai. Duvido que Evangeline, Tiberias ou Anabel tenham cozinhado uma vez sequer na vida, e me pergunto se Farley já comeu algo que não fosse roubado ou racionado.

Faço o melhor para parecer educada, embora não tenha muito a dizer. Principalmente com Tiberias tão próximo, devorando todos os pratos. Dou uma olhada de vez em quando, capturando relances de seu rosto. Sua mandíbula cerrada, sua garganta trabalhando. Ele nunca fez a barba tão rente. Se não tivesse meu orgulho ou minha convicção, poderia passar os dedos por sua bochecha, para sentir a pele macia.

Dessa vez, seus olhos encontram os meus antes que eu possa desviá-los.

Meu instinto é piscar, interrompendo a tensão. Voltar ao meu prato ou até pedir licença e sair da mesa. Mas mantenho o contato visual. Se o futuro rei quer me levar ao limite, me derrubar dos saltos, que seja. Posso fazer isso também. Abro os ombros, endireito a coluna e, o mais importante de tudo, lembro de respirar. Tiberias é só mais um prateado que vai manter meu povo escravizado, não importa o que diga. Ele é um obstáculo e um escudo. Um delicado equilíbrio deve ser mantido.

Ele pisca primeiro, voltando à comida.

Faço o mesmo.

Queima ficar tão perto dele, tão perto de uma pessoa em quem eu costumava confiar. De um corpo que conheço tão bem. Uma escolha, uma palavra, e as coisas seriam tão diferentes. Passaríamos o jantar trocando olhares, comentando de maneira silenciosa sobre Evangeline, Anabel ou a ausência de Davidson. Ou eles nem estariam aqui. Seríamos só nós dois nesse terraço, sob as estrelas, cercados por um novo tipo de país. Talvez imperfeito, mas ainda assim um objetivo. Carmadon é prateado, e é casado com um sanguenovo vermelho. Seus criados não são escravos. Vi pouco de Montfort, mas o bastante para saber que este lugar parece ser diferente. E nós poderíamos ser diferentes aqui. Se ele apenas deixasse.

Tiberias ainda não usa coroa, mas eu a vejo nele do mesmo jeito. Em seus ombros, em seus olhos, em seus modos lentos e firmes. É um rei tanto quanto alguém pode ser. Até o sangue. Até os ossos.

Quando os criados levam os pratos com a salada, Carmadon olha para a porta de relance, como se esperasse que Davidson se juntasse a nós. Ele franze a testa de leve quando ninguém aparece, então gesticula para que sirvam o próximo prato.

— Esta é uma iguaria especial de Montfort — ele diz, com um sorriso meio artificial.

Um prato é colocado à minha frente na mesa. Parece um corte de carne particularmente suculento e grosso, acompanhado por batatas fritas douradas e um molho de cogumelos, cebolas e ervas. Em outras palavras, parece delicioso.

— Filé? — Anabel pergunta, inclinando-se para a frente com um sorriso antipático. — Garanto que também temos no nosso país, sr. Carmadon.

Mas nosso anfitrião sacode um dedo escuro. Ele incendeia a velha rainha tanto quanto sua indiferença a títulos da nobreza.

— De modo algum. Vocês têm bois. Isto é bisão.

— O que é isso? — pergunto, louca para experimentar.

Sua faca raspa no prato enquanto ele corta um pedaço.

— É uma espécie diferente, ainda que parente dos bois de vocês. Muito maior, com carne mais saborosa. Mais forte e valente, com chifres, pelos desgrenhados e músculos suficientes para derrubar um veículo. A maior parte deles é selvagem, embora existam alguns rebanhos. Eles se espalham pelo Vale do Paraíso, as colinas e as planícies. Sobrevivem a invernos que poderiam matar qualquer homem ou outro animal. Ninguém que ficou cara a cara com um bisão poderia confundi-lo com um boi, isso eu garanto. — Observo fascinada sua faca cortar essa carne tão peculiar. O suco vermelho sangra, manchando a porcelana branca. — É interessante pensar no bisão e no boi. São tão similares. Dois ramos de uma mesma árvore, mas completamente diferentes um do outro. E, apesar de separados, divididos como só duas espécies podem ser, vivem juntos sem problemas. Seus rebanhos se misturam. Podem até procriar.

Tiberias tosse ao meu lado, quase engasgando com um pedaço de comida.

Minhas bochechas queimam.

Evangeline leva a mão à boca para esconder a risada.

Farley termina com a garrafa de vinho.

— Eu disse algo inapropriado? — Carmadon olha de um para o outro, seus olhos negros dançando. Ele sabe exatamente o que disse e o que significa.

Anabel interrompe antes que outra pessoa fale, sob o pretexto de aliviar o constrangimento do neto. Ela observa o palácio por cima da borda da taça.

— O atraso do seu marido é bastante indelicado, milorde.

O sorridente Carmadon não hesita nem por um segundo.

— Concordo. Vou me certificar de que seja punido adequadamente.

A carne de bisão é magra, e Carmadon está certo: é melhor que nosso filé. Não me importo com a etiqueta, já que ele próprio pega as batatas com as mãos. Devoro metade da carne em um minuto, e como todas as cebolas caramelizadas. Estou tão focada em limpar o prato, montando uma garfada perfeita, que mal noto a porta se abrindo às minhas costas.

— Peço desculpas, é claro — Davidson diz, com a passada constante e rápida, enquanto se aproxima da mesa. Julian o segue de perto. Lado a lado, fico impressionada com a similaridade entre os dois. Em estilo, não aparência. Ambos têm certa voracidade intelectual. Em outros aspectos, não poderiam ser mais diferentes. Julian é magro demais, com o cabelo grisalho ficando ralo e fino, os olhos castanhos sempre úmidos. Davidson é a imagem da saúde, com o cabelo grisalho bem cortado e brilhando. Apesar da idade, é puro músculo. — O que foi que perdemos? — ele pergunta, sentando ao lado do marido.

Depois de alguns olhares desconfortáveis, Julian examina a mesa e se apropria do único assento disponível. O que deveria ser de Tiberias, se ele não estivesse tão determinado a me irritar.

Carmadon bufa.

— Falamos sobre o cardápio, a procriação dos bisões e sua falta de pontualidade.

A risada do primeiro-ministro é aberta e sincera. Ou não sente necessidade de fingir ou finge perfeitamente em sua própria casa.

— O de sempre então.

Do outro lado da mesa, Julian se inclina para a frente, envergonhado.

— Temo que a culpa seja minha.

— A biblioteca? — seu sobrinho pergunta, com um sorriso sabichão. — Ouvimos falar.

Meu coração se aperta diante do calor na voz de Tiberias. Ele ama o tio, e qualquer lembrete da pessoa que é por baixo de suas péssimas escolhas me faz sofrer.

Um canto da boca de Julian se levanta.

— Sou assim previsível?

— Gosto de previsibilidade — murmuro. Mas sai alto o bastante para que a mesa inteira ouça.

Farley sorri para o próprio prato. Tiberias franze o cenho, virando o pescoço depressa para me encarar. Ele abre a boca, como se estivesse prestes a dizer algo impensado e tolo.

Sua avó fala antes, para protegê-lo de si mesmo.

— E o que torna essa biblioteca tão... interessante? — ela pergunta, com o desdém evidente.

Não consigo me segurar.

— Provavelmente os livros.

Farley não se dá ao trabalho de tentar conter uma risada, enquanto Julian tenta esconder um sorriso com o guardanapo. O resto deles é mais acanhado. O riso baixo de Tiberias me faz congelar. Viro para ele e o vejo sorrindo, os cantos dos olhos enrugados ao retribuir meu olhar. Percebo que, por um momento, ele esqueceu de onde estamos — e de quem somos. Sua risada morre em um instante, o rosto retornando a uma expressão mais neutra.

— Ah, sim — Julian retoma, talvez apenas para distrair a todos. — Os volumes são bem abrangentes. Não só dedicados às ciências, mas à história também. Temo que tenhamos perdido noção do tempo. — Ele balança a cabeça e prova o vinho. Então levanta a taça na direção de Davidson. — Ou o primeiro-ministro fingiu que perdeu só para me agradar.

Davidson levanta a taça em retribuição. O relógio em seu pulso tiquetaqueia.

— Fico sempre feliz em compartilhar meus livros. O conhecimento é uma maré alta. Levanta todos os barcos, por assim dizer.

— Você deveria visitar as cavernas do vale — Carmadon sugere. — Ou a Montanha do Chifre.

— Não pretendemos ficar aqui por tempo suficiente para fazer *turismo* — Anabel diz, bufando. Devagar, ela apoia os talheres no prato pela metade, indicando que está completamente farta disso tudo.

Evangeline, ainda usando a pele de raposa no pescoço, levanta a cabeça. Como um gato, avalia a velha rainha. Considerando algo.

— Concordo — ela diz. — Quanto antes pudermos retornar, melhor.

Retornar para alguém, ela quer dizer.

— Bom, mas isso não dependente de nós, depende? Com licença — Farley diz, enquanto se inclina sobre a mesa. Os olhos de Anabel quase saltam das órbitas enquanto observa a rebelde vermelha pegar seu prato abandonado e colocar as sobras no seu. Com as mãos firmes, Farley fatia o pedaço extra de bisão, a faca dançando pela carne. Já a vi fazer pior com carne humana. — Depende do governo de Montfort e de sua decisão de nos fornecer ou não mais soldados. Certo, primeiro-ministro?

— De fato — Davidson diz. — Guerras não podem ser vencidas apenas por rostos conhecidos. Não importa quão brilhante a bandeira, quão alto o mastro. — Seu olhar se alterna entre mim e Tiberias. O sentido de suas palavras é claro. — Precisamos de exércitos.

Tiberias assente.

— E vamos consegui-los. Se não de Montfort, de onde for possível. As Grandes Casas de Norta podem ser persuadidas.

— A Casa Samos tentou. — Evangeline pede mais vinho com um mover de dedos preguiçoso e familiar. — Fizemos alianças com quem conseguimos, mas eu não confiaria no restante.

Tiberias empalidece.

— Acha que continuariam leais a Maven quando...

— Quando podem escolher você? — a princesa Samos ironiza, interrompendo-o com seu olhar imperioso. — Tiberias, querido, eles poderiam ter escolhido você há meses. Mas, aos olhos de muitos, ainda é um traidor.

À minha frente, Farley faz uma careta.

— Seus nobres são tão idiotas que ainda pensam que Tiberias matou o próprio pai?

Balanço a cabeça, com a faca na mão.

— Um traidor por estar conosco, ela quer dizer. Por ter se aliado aos vermelhos. — A lâmina corta o restante da carne no meu prato. Faço isso com uma força desproporcional, sentindo a amargura na boca. — Por tentar tão desesperadamente encontrar um equilíbrio entre nossos povos.

— É o que eu espero fazer — Tiberias diz, com a voz estranhamente suave.

Afasto o olhar da carne para encará-lo de novo. Seus olhos encontram os meus, bem abertos e irritantemente gentis. Endureço diante do seu charme.

— Você tem um jeito interessante de demonstrar isso — zombo.

Anabel é rápida para retrucar.

— Já chega, vocês dois.

Meu maxilar fica tenso, e olho de Tiberias para sua avó, que agora me encara. Retribuo seu olhar com a mesma intensidade.

— Essa é a força de Maven, uma de suas *muitas* forças — digo. — Ele coloca um contra o outro sem esforço, sem nem tentar. É o que faz com seus inimigos, e com seus aliados.

Na ponta da mesa, Davidson une as pontas dos dedos. Ele me observa por cima das mãos, sem quebrar o contato com uma piscadela que seja.

— Continue.

— Como Evangeline disse, há famílias nobres que nunca vão abandoná-lo, porque Maven não vai mudar o jeito como as coisas são. E ele é *bom* no comando, conquistando seus súditos ao mesmo tempo que mantém os nobres satisfeitos. Acabar a guerra com Lakeland lhe rendeu muito respeito entre as pessoas — aponto, lembrando que até vermelhos celebraram quando ele viajou pelo interior. Ainda faz meu estômago revirar. — Ele joga com esse amor, do mesmo jeito que joga com o medo. Quando fui sua prisioneira, Maven era cuidadoso a ponto de manter crianças na corte, herdeiras de diferentes Casas, reféns veladas. É um jeito fácil de controlar as pessoas, possuir o que elas mais amam.

Vivi isso na pele.

— Acima de tudo — continuo, engolindo o nó na minha garganta —, Maven Calore é imprevisível. Sua mãe ainda sussurra em sua cabeça, manipulando-o, mesmo morta.

Sinto uma onda fraca de calor ao meu lado. Tiberias encara a mesa, parecendo prestes a abrir um buraco em seu prato. A cor foi embora de suas bochechas, pálidas como osso.

Com os olhos ainda em mim, observando-me devorar os últimos pedaços de carne, Anabel contorce os lábios.

— O príncipe de Piedmont está sob nosso controle — ela diz. — Vai nos dar o que quer que precisemos.

Bracken. Mais uma das armações de Montfort. O príncipe que governa Piedmont está em nossas mãos enquanto a república mantiver seus filhos cativos. Eu me pergunto onde estão e quem são. *São jovens? Crianças? Inocentes em meio a tudo isso?*

A temperatura começa a se elevar, em um ritmo lento, mas constante. Ao meu lado, Tiberias está tenso. Ele encara fixamente a avó.

— Não quero soldados que não lutem por mim por vontade própria. Principalmente os prateados de Bracken. Não se pode confiar neles. Nem no príncipe.

— Temos os filhos dele — Farley diz. — Isso deve bastar.

— *Montfort* tem os filhos dele — Tiberias retruca, com a voz mais profunda.

Antes, na base, era fácil ignorar o preço que alguém pagava. O mal feito por boas razões. Olho para Davidson, que confere o relógio. *Isto é guerra*, ele disse uma vez, tentando justificar o que deveria ser feito.

— Se eles fossem enviados de volta, conseguiríamos convencer Piedmont a ficar de fora? — pergunto. — Permanecer neutro?

O primeiro-ministro gira a taça de vinho vazia nas mãos, deixando os detalhes no vidro refletirem a luz suave das lâmpadas. Acho que vejo arrependimento nele.

— Duvido muito.

— Eles estão aqui? — Anabel faz a pergunta com uma calma tão forçada que me surpreende que uma veia não pule em seu pescoço. — Os filhos de Bracken?

Davidson não responde, movendo-se apenas para pegar mais vinho.

A velha rainha tamborila o dedo, os olhos brilhando.

— Ah. Eles estão. — Seu sorriso se amplia. — É uma boa vantagem. Podemos pedir mais soldados de Bracken. Um exército inteiro, se desejarmos.

Olho para o guardanapo no meu colo, com manchas dos meus dedos engordurados e marcas de batom. *Eles podem estar neste palácio. Olhando para nós neste instante. Crianças na janela, atrás de portas trancadas.* Será que são tão fortes a ponto de precisarem de guardas silenciadores, ou até mesmo da tortura de correntes como as que eu costumava usar? Sei como esse tipo de prisão é. Por baixo da mesa, toco meus pulsos, sentindo minha pele. Carne em vez de algemas. Eletricidade em vez de silêncio.

De repente, Tiberias bate com o punho fechado na mesa, fazendo os pratos e as taças pularem. Eu me sobressalto, surpresa.

— Não faremos nada do tipo — ele grunhe. — Nossos recursos bastam.

A avó faz cara feia para ele, e as rugas em seu rosto se aprofundam.

— São necessários corpos para vencer guerras, Tiberias.

— A discussão sobre Bracken está encerrada — é tudo o que ele diz em resposta. Como se para confirmar isso, corta o último pedaço de carne em seu prato ao meio. Anabel faz uma careta, mostrando os dentes, mas não diz nada. Ele é seu neto, mas também é um rei, proclamado por ela mesma. A velha rainha já ultrapassou os limites do aceitável em um debate com um soberano.

— Então precisamos implorar amanhã — murmuro. — É nossa única escolha.

Frustrada, sinalizo para pedir uma taça de vinho, e não perco tempo em tomá-lo. A doçura tinta cai tão bem que quase consigo ignorar a sensação de seus olhos em meu rosto. Seus olhos cor de bronze.

— Acho que sim — Davidson diz, com o olhar distante. Ele confere o relógio, então olha para Carmadon, ao seu lado. A troca de olhares diz muito, mas não sei o quê. Fico com inveja, e de novo me pego desejando que as coisas fossem diferentes.

— Qual é a nossa chance? — Tiberias é curto e grosso. Tudo o que lhe ensinaram que um rei deve ser.

— Do destacamento de cada soldado de nosso exército? — Davidson balança a cabeça. — Nenhuma. Temos nossas próprias fronteiras para proteger. Mas de metade? Um pouco mais? Posso ver a balança pendendo a nosso favor. Se.

Se. Odeio essa palavra.

Eu me seguro na cadeira, subitamente mais inquieta que o normal. Sinto como se o terraço pudesse ruir sob meus pés e mandar todos nós para o fundo do vale.

Farley tem meus piores medos estampados no rosto. Ela mantém a faca na mão, atenta ao nosso aliado.

— Se o quê?

Os sinos tocam antes que Davidson possa responder. O resto de nós pula, assustado pelo barulho, mas ele nem se move. Está acostumado.

Ou esperava por isso.

Não se trata de badaladas que marcam as horas. Os sinos produzem um som grave e profundo, fazendo a montanha tremer, ecoando por Ascendant e convocando outros sinos pela cidade. O ruído se espalha como uma onda, descendo uma escarpa e subindo pela outra. As luzes se espalham com o barulho. Luzes fortes e duras. Holofotes. Luzes de segurança. O alarme que se segue é mecânico, alto. Destrói a tranquilidade do vale com seu lamento.

Tiberias levanta de imediato, com a capa balançando nos ombros. Ele abre bem os dedos de sua mão livre, e o bracelete solta uma faísca por baixo da manga. Se convocar o fogo, ele virá. Evangeline e Anabel fazem o mesmo, ambas letais. Não parecem com medo, só determinadas a se proteger.

Sinto a eletricidade em mim crescer na mesma medida, e meus pensamentos voam para minha família, que também está no palácio. *Insegura, mesmo aqui.* Mas não tenho tempo para mais um coração partido.

Farley também se põe de pé, apoiada nas duas mãos. Ela olha para Davidson.

— *Se o quê?* — solta de novo, gritando por cima do alarme.

Ele olha para ela, estranhamente sereno em meio ao caos. Soldados substituem os criados nas sombras, cercando nossa mesa. Fico tensa, e minhas mãos se cerram ao lado do corpo.

— Se Montfort vai lutar por vocês — o primeiro-ministro diz, voltando os olhos para Tiberias —, também devem lutar por nós.

Carmadon não parece assustado com os sinos. Ele só olha na direção do palácio antes de suspirar, parecendo aborrecido.

— Saqueadores — diz. — Toda vez que tento oferecer um jantar.

— Isso não é verdade — Davidson diz sorrindo, mas sem cortar o contato visual. Continua encarando Tiberias, mais em desafio que qualquer outra coisa.

— Bom, mas parece — Carmadon diz, fazendo beicinho.

Enquanto luzes de segurança se acendem à nossa volta, os olhos de Davidson brilham como chamas douradas. Os de Tiberias queimam vermelhos.

— Chamam vossa majestade de Chama do Norte. Mostre-nos seu fogo.

Então o primeiro-ministro olha para mim.

— E você, sua tempestade.

NOVE

Mare

❦

— Eu disse chega de surpresas — sibilo para Davidson, seguindo em seu encalço enquanto nos conduz pelo palácio. Farley marcha ao seu lado, com a mão sobre a pistola na cintura, como se esperasse que os saqueadores pulassem dos armários.

Os prateados do nosso grupo estão igualmente inquietos. Anabel os mantém unidos. Retarda Tiberias vez ou outra, segurando-o atrás do escudo protetor formado pelos guardas da Casa Lerolan, de sua confiança. Evangeline é melhor em esconder o medo, mantendo a expressão de sempre em seu rosto, um misto de escárnio e desdém. Ela tem dois guardas para si — primos Samos, imagino. Seu vestido muda depressa, transformando-se em uma armadura de escamas enquanto atravessamos os corredores do palácio de Montfort.

O primeiro-ministro olha por cima do ombro quando falo, me avaliando de maneira intimidadora. Os sinos e o alarme ecoam pelo corredor de maneira estranha, como se dançassem em torno de suas palavras.

— Mare, temo estar sujeito aos caprichos dos saqueadores. Não controlo seus ataques, por mais frequentes que sejam.

Sustento seu olhar e acelero o passo, com uma raiva fervente correndo pelas veias.

— Não controla mesmo? — Eu não ficaria surpresa. Já vi reis fazendo pior com seu próprio povo em troca de poder.

Davidson endurece, apertando os lábios em uma linha fina. Um rubor repentino se espalha por suas amplas bochechas. Sua voz baixa a um sussurro.

— Recebemos um aviso. Sabíamos que estavam vindo. E tivemos tempo o bastante para nos certificar de que as redondezas fossem protegidas. Mas me ofende a sugestão de que eu derramaria sangue do meu próprio povo, de que arriscaria suas vidas. Para quê? Para um efeito dramático? — ele sibila, sua voz mortal como a ponta de uma faca. — Sim, é uma oportunidade para a Guarda Escarlate e Calore cumprirem seu lado do acordo, para que provem a si mesmos antes de irmos implorar ao governo. Mas não é uma troca que fico feliz de fazer — ele solta. — Preferiria mil vezes estar sentado no terraço me embebedando alegremente com meu marido e assistindo crianças com poder demais pegarem no pé umas das outras.

Não gosto de ser repreendida, mas fico aliviada. Davidson olha para mim, o fogo queimando em seus olhos dourados. Em geral, ele é sereno, imperturbável, impossível de ler. Sua força reside não apenas em sua habilidade ou em seu carisma, mas em uma calma bem treinada que funciona como uma máscara. Não agora. A mera sugestão de uma traição a seu país, ainda que pequena, o incendeia. Entendo esse tipo de lealdade. Eu a respeito. Quase posso confiar nela.

— Então o que vai acontecer? — pergunto, dando-me por satisfeita pelo momento.

O primeiro-ministro desacelera e para, virando as costas para a parede. Para que possa olhar para todos nós. Isso nos pega de surpresa, e a ampla passagem se enche de vermelhos e prateados à espera. Até a rainha Anabel olha para Davidson com atenção e seriedade.

— Nossas patrulhas relataram saqueadores atravessando a fronteira há uma hora — ele diz. — Em geral, eles se dirigem aos vilarejos nas planícies, ou à cidade em si.

Penso em meus pais, em meus irmãos, em Kilorn. Ou dormindo ignorante ao barulho ou se perguntando do que se trata. Não quero lutar, não se significa deixá-los para trás e em risco. Os olhos de Farley encontram os meus. Vejo o mesmo medo nela. Clara também está lá em cima, no berço.

Davidson faz seu melhor para nos tranquilizar.

— O alarme é uma precaução, e nossos cidadãos sabem disso — ele diz. — Ascendant está preparada para ataques. As montanhas por si só fornecem proteção suficiente contra a maior parte das investidas, limitando-as às planícies ou à base das escarpas orientais. Teriam que escalar até a boca da fera para que a cidade entrasse na mira.

— Esses saqueadores são completos idiotas então? — Farley pergunta, tentando afastar a preocupação, mas sem tirar a mão da arma.

O canto da boca de Davidson se ergue, e Carmadon disfarça um "sim" tossindo por cima.

— Não — o primeiro-ministro retruca. — Mas estão mais preocupados com a impressão que podem causar. Atacar a capital de Montfort se tornou um hábito para eles. Agrada seus iguais e os lordes de Prairie.

Tiberias levanta o queixo. Ele se move devagar, colocando-se à frente de um de seus guardas. Posso dizer pela tensão em seus ombros que odeia ficar encurralado assim. Odeia estar em qualquer lugar que não a linha de frente. Não é da natureza de Tiberias Calore pedir que outra pessoa faça o que não está disposto a fazer, que encare o perigo em seu lugar.

— E quem exatamente são "eles"? — Tiberias pergunta.

— Vocês perguntaram sobre os prateados de Montfort — Davidson diz, com a voz alta o bastante para se sobrepor aos alarmes. — Sobre como vivem desse jeito. Sobre como mudamos as coisas décadas atrás. Alguns deles concordam com o ideal de liberdade, de democracia. Muitos, devo dizer. *A maioria.* — Ele cerra a mandíbula. — Enxergaram como o mundo deveria ser. Ou viram o resto do mundo e decidiram que era melhor ficar, que era mais fácil se ajustar.

Seus olhos pousam em Evangeline, e por algum motivo ela cora sob seu escrutínio, quase escondendo o rosto.

— Alguns não. Prateados mais velhos, a realeza, nobres que não conseguiam suportar nosso novo país. Eles fugiram ou lutaram até chegar nas fronteiras. Norte, sul, oeste. No leste, formaram bandos nas colinas ermas entre nossas montanhas e Prairie. Tentativas de manter suas próprias terras e senhorios. Sempre brigando, disputando entre si e conosco. Vivem como sanguessugas, sobrevivendo do que conseguem encontrar. Não cultivam nada; não constroem. Pouco os une além da raiva e de um orgulho moribundo. Atacam veículos, fazendas, cidades, tanto em Prairie quanto em Montfort. Focam nas vilas e nos vilarejos vermelhos, aqueles que não podem se defender das investidas prateadas. Eles se deslocam, atacam, se deslocam de novo. Por isso os chamamos de saqueadores.

Carmadon solta um resmungo alto. Passa a mão pela careca negra e brilhante.

— É um belo rebaixamento de meus semelhantes prateados. Por nada além de orgulho.

— E pelo que acham que é poder — Davidson acrescenta. Seus olhos repousam em Tiberias. O príncipe exilado se endireita e levanta o queixo. — Pelo que acham que merecem. Preferem perder tudo a viver abaixo daqueles que consideram inferiores.

— Idiotas — xingo.

— A história é repleta de pessoas assim — Julian comenta. — Resistentes à mudança.

— Isso só torna aqueles que estão *dispostos* a mudar mais heroicos — digo, esperando que minhas palavras tenham o devido impacto.

Tiberias não morde a isca.

— Onde eles vão atacar? — ele pergunta apenas, sem tirar os olhos do rosto de Davidson.

O primeiro-ministro abre um sorriso sombrio.

— De acordo com informações de um dos vilarejos nas planícies, já estão próximos — ele diz. — Parece que no fim das contas vou ter a oportunidade de lhe mostrar a Via do Falcão, majestade.

Nenhum palácio está completo sem um arsenal.

Os guardas de Davidson já estão lá, preparando-se na grande sala que reúne equipamentos e armamentos. Eles não vestem os macacões verdes que estou acostumada a ver, e sim uniformes pretos justos e botas altas. Úteis para se defender de um ataque noturno. Eles me fazem lembrar do meu treinamento, quando usava roupas listradas de roxo e prateado que me marcavam como filha da Casa Titanos. Prateada dos pés à cabeça. O que era mentira.

À porta, Anabel leva a mão ao braço de Cal. Ela suplica com os olhos, mas ele se solta da avó, ainda que de forma delicada, e segue em frente. Os dedos dela deslizam pelas bordas da capa vermelha com brocado preto conforme ele escapa de seu alcance.

— Preciso fazer isso — eu o ouço murmurar. — Ele está certo. Preciso lutar por eles se vão lutar por mim.

Ninguém mais fala. O silêncio recai sobre nós tão denso quanto uma nuvem baixa. Só consigo ouvir o farfalhar das roupas. Deixo o vestido cair sobre meus pés e rapidamente coloco o uniforme sobre as roupas de baixo. Conforme me visto, meus olhos encontram músculos familiares.

Tiberias evita me olhar. Tirou a camisa e por enquanto vestiu apenas a parte de baixo do uniforme. Percorro com os olhos a extensão de sua coluna, notando as poucas cicatrizes na pele macia de seu corpo escultural. São velhas, mais velhas que as minhas. Foram adquiridas no treinamento no palácio e na linha de frente de uma guerra que não existe mais. Ainda que o toque de um curandeiro pudesse apagá-las rapidamente, ele as mantém, colecionando-as como outros fariam com medalhas ou distintivos.

Será que vai ganhar mais cicatrizes hoje? Davidson vai manter sua promessa?

Parte de mim se pergunta se isso é uma armadilha para o verdadeiro rei Calore. Uma tentativa de assassinato disfarçada de ameaça externa. Mas, mesmo que Davidson tenha mentido quanto a não o machucar, ele não é idiota. Tirar o Calore mais velho do caminho só nos enfraqueceria, removendo o escudo vital que separa Montfort e a Guarda Escarlate de Maven.

Continuo encarando, incapaz de me conter. As cicatrizes podem ser velhas, mas não a marca quase roxa no ponto em que seu pescoço e seu ombro se encontram. Essa é nova. Tem poucos dias. *É minha*, penso, reprimindo uma lembrança ao mesmo tempo próxima e infinitamente distante.

Alguém bate no meu ombro, resgatando-me da areia movediça que é Tiberias Calore.

— Ei — Farley diz, brusca, como um alerta. Ela não tirou o uniforme vermelho-escuro do Comando e me observa, com os olhos azuis bem abertos. — Deixa que eu ajudo.

Seus dedos sobem o zíper nas minhas costas com rapidez. Eu me remexo um pouco, ajustando o tecido espesso das mangas compridas demais. Qualquer coisa para distrair minha atenção do príncipe exilado, que no momento enfia os braços em seu próprio uniforme.

— Não tinha nada do seu tamanho, Barrow?

A fala arrastada de Tyton é uma distração muito bem-vinda. Ele está ao nosso lado, com as costas apoiadas contra a parede e uma perna comprida esticada. Usa o mesmo uniforme que eu, que envolve seu corpo elegante muito melhor. Sem nenhuma insígnia de trovão. Nenhuma marca. Nenhuma indicação de quão mortífero esse sanguenovo é. Com ele por perto, me dou conta de que Davidson não tem nenhuma necessidade de armar *acidentes* para derrubar seus oponentes. Tyton basta. O pensamento macabro de alguma forma funciona como um bálsamo. Não é uma armadilha, pelo menos. Não há necessidade de uma.

Enfio as botas, sorrindo.

— Vou ter uma conversinha com o alfaiate quando voltarmos.

Do outro lado da sala, Tiberias dobra as mangas de seu uniforme, deixando o bracelete exposto. Evangeline parece quase entediada ao seu lado. Deixou a pele de raposa cair ao chão para revelar uma armadura que a cobre de cima a baixo. Ela me pega observando e sustenta o olhar.

Não espero que se arrisque por ninguém além de Elane Haven, mas me sinto mais segura com ela por perto. Evangeline já me salvou duas vezes. E ainda sou valiosa para ela. Nosso acordo se mantém.

Tiberias não pode subir no trono.

O vestiário vai esvaziando conforme os soldados se dirigem às fileiras e fileiras de armas nos fundos da sala. Farley se enche de munição, colocando uma pistola do outro lado do quadril e uma metralhadora nas costas. Presumo que já tenha guardado suas facas. Não quero nenhuma arma, mas Tyton pega um cinto, uma pistola e um coldre da prateleira e passa para mim.

— Não precisa, obrigada — resmungo, irritada. Não gosto de armas ou de balas. Não confio nelas. E não preciso delas. Não posso controlá-las como controlo meus raios.

— Alguns deles são silenciadores — Tyton explica, sua voz grave. A mera ideia faz meu estômago se revirar. Conheço a sensação da Pedra Silenciosa bem demais. Não é algo que gostaria de enfrentar de novo.

Sem aviso, ele prende o cinto em mim, seus olhos e dedos trabalhando rápido nas fivelas. Tyton guarda a pistola no coldre, que parece pesada e pouco familiar na lateral do meu corpo.

— É melhor ter uma segunda opção — diz —, caso não possa contar com seu poder.

Atrás de nós, a temperatura se eleva. Sinto uma onda de calor que só pode significar uma coisa. Levanto o rosto a tempo de ver Tiberias passar, tomando o cuidado de se manter à distância, com os olhos grudados no chão. Tentando furiosamente me ignorar.

Daria na mesma se usasse uma placa no pescoço.

— Cuidado com essas mãos, Tyton — ele grunhe por cima do ombro. — Ela morde.

Tyton só dá uma risada sombria. Não precisa responder, e nem tenta. Só deixaria Tiberias ainda mais incendiado.

Uma vez na vida, não me importo com o rubor que esquenta minhas bochechas. Eu me afasto de Tyton, que ainda está rindo.

Tiberias me observa indo em sua direção, seus olhos cor de bronze acesos com algo além do fogo de sempre. Uma energia elétrica pulsa pelos meus braços e pernas. Eu a mantenho controlada, usando-a como combustível para minha determinação.

— Não seja um babaca possessivo — solto, dando uma cotovelada em suas costelas ao passar. É como bater em uma parede. — Se insiste em ser chamado de rei, poderia pelo menos começar a agir como um.

Atrás de mim, ele solta algo entre um rosnado e um suspiro frustrado.

Não respondo, não olho para trás e não paro. Só sigo o fluxo constante de soldados em direção à praça central onde chegamos algumas horas atrás. Veículos pretos e verde-floresta se concentram sobre o piso de pedra, perfeitamente alinhados. Davidson espera à frente, com o marido a seu lado. Eles dão um abraço rápido, tocando as testas e dando um beijo antes que Carmadon se afaste. Nenhum deles parece incomodado com o conflito iminente. Deve ser algo comum, ou são muito bons em mascarar o medo. Talvez uma mistura de ambos.

O palácio se assoma sobre o número crescente de soldados, e sombras se movimentam nas sacadas. Empregados e hóspedes. Aperto os olhos, tentando distinguir minha família entre as silhuetas. O cabelo de Gisa deveria se destacar, mas vejo meu pai primeiro. Ele está inclinado sobre o parapeito, observando tudo. Quando me vê, inclina a cabeça, mas só um pouco. Quero acenar, mas parece algo tolo a fazer. Quando ouço os veículos ganharem vida e os motores roncando entre os pinheiros, sei que gritar para eles é inútil.

Farley está esperando ao lado de Davidson. Ela sobe no primeiro veículo da fila para entrar. Esses veículos altos são diferentes daqueles com que estou acostumada. As rodas são muito maiores, quase da minha altura, com ranhuras profundas para enfrentar o terreno pedregoso e irregular das montanhas. A carcaça é reforçada com aço e decorada com inúmeros apoios de pé e de mão, além de correias, com propósitos óbvios.

Tyton dá um pulo e trepa na traseira do veículo. Ele se prende à parte externa da carcaça, ao lado de outro soldado. As correias se conectam à cintura deles, permitindo certa mobilidade, mas sem deixar seus corpos chacoalharem. Outros soldados, de todos os tipos de sangue, fazem o mesmo nos demais transportes. Não posso ter certeza sem as insígnias, mas presumo que sejam os melhores, tanto no uso de armas quanto no de suas habilidades.

O primeiro-ministro segura a porta do veículo, esperando que eu me junte a ele lá dentro. Algo voraz e selvagem me leva a desobedecer.

Subo ao lado direito de Tyton, prendendo meu corpo à parte externa do transporte. Seu leve sorriso é o único reconhecimento da minha escolha.

O veículo atrás de nós é destinado a Tiberias e Evangeline. Os guardas deles, com suas cores inconfundíveis, o rodeiam. Eu a observo apoiar o pé no degrau para subir. Ela levanta os olhos, não para mim, mas para o palácio atrás de si. Para Carmadon, esperando na entrada principal de braços cruzados, as vestes brancas brilhando sob os holofotes. Anabel também está ali perto, a alguns passos de distância. Beirando a falta de educação. Ela ergue o queixo quando Tiberias surge, atravessando a praça com passos largos.

Sem suas cores, ele parece com o resto de nós. Um soldado obedecendo ordens. É apropriado, já que ele pensa que é isso mesmo. Só mais uma pessoa seguindo as ordens de seu pai, obedecendo a vontade de alguém que está morto. Nossos olhares se encontram de novo, e algo queima dentro de nós dois.

Apesar de tudo, sua presença me deixa mais segura. Afasta qualquer temor que eu possa ter pela minha própria vida.

Mas ao mesmo tempo só evidencia o temor que sinto pelas pessoas que amo.

Por Farley, pela minha família.

E, ainda e sempre, por ele.

Um assentamento na planície do outro lado da montanha está em risco e pede ajuda. Não há tempo para descer a encosta e contornar o vale. Então vamos por cima.

Há estradas subindo a montanha a partir do palácio, se embrenhando entre os pinheiros. Rasgamos a paisagem íngreme, sob galhos tão densos que bloqueiam a luz das estrelas. Mantenho-me encostada no transporte, com medo de ser atingida por algum galho pendurado. Logo as árvores desaparecem completamente e a estrada fica mais pedregosa. Sinto a cabeça doer, e meus ouvidos entopem como durante uma decolagem. A neve acompanha o terreno inclinado, acumulando-se nas concavidades primeiro, até cobrir totalmente o pico mais alto. Meu rosto exposto fica vermelho de frio, mas o uniforme foi feito para manter o calor do corpo. Ainda assim, bato os dentes, e me pergunto o que exatamente me possuiu para que decidisse ir no exterior do veículo em vez de dentro dele.

O topo da montanha está logo à frente, como uma faca branca cortando o céu pontilhado de estrelas resplandecentes. Eu me inclino tanto quanto ouso. A vista faz eu me sentir pequena.

O equilíbrio se altera quando começamos a descida. Espalhamos neve em nosso encalço, depois pedras e poeira, levantando uma nuvem de detritos enquanto os transportes seguem escarpa oriental abaixo. Sinto um friozinho no estômago quando voltamos a nos aproximar das árvores. A planície se estende além dos pinheiros, infinita e escura como o oceano. Sinto como se conseguisse enxergar milhares de quilômetros à frente. Até Lakeland e Norta. Maven e o que quer que tenha planejado para nós. Outro martelo vai cair, em breve. Mas onde? Sobre quem? Ninguém sabe dizer ainda.

Nós nos enfiamos entre as árvores, e os veículos chacoalham ao passar por cima de raízes e seixos. Não há estradas propriamente ditas deste lado, só caminhos abertos por entre os galhos arqueados. Meus dentes batem a cada pulo, e sei que as correias vão deixar marcas no meu quadril.

— Atenção — Tyton grita, inclinando-se na minha direção para que eu possa ouvi-lo por cima do ronco do motor e do barulho do vento. — Se prepara.

Assinto, me endireitando. É fácil despertar a faísca da eletricidade. Tomo o cuidado de não a puxar dos motores próximos, mas dos raios que só eu posso invocar. Roxa e perigosa, ela troveja sob minha pele.

Os enormes pinheiros rareiam, e vejo a luz das estrelas de relance por entre as folhas. Não acima, mas além. Lá fora. Em frente.

Solto um grito agudo, grudando o corpo na carcaça do transporte enquanto ele derrapa para fazer uma curva fechada e repentina à esquerda e pegar uma estrada pavimentada que margeia o penhasco. Por um momento assustador, acho que vamos cair da montanha e nos estatelar na escuridão abaixo. Mas o veículo se segura firme, os pneus aderindo ao solo, e um a um os outros do comboio o seguem derrapando.

— Fica calma — Tyton diz, com os olhos em mim.

Fagulhas roxas correm por baixo de toda a minha pele, respondendo ao medo. Elas se apagam inofensivas, faiscando na escuridão.

— Não tinha um jeito melhor de fazer isso? — murmuro.

Ele parece indiferente.

De tempos em tempos aparecem arcos de pedra esculpida na estrada, estruturas bem acabadas de mármore e calcário. Cada uma é coroada por um par de asas entalhadas, as penas gravadas profundamente na rocha para abrigar lanternas que iluminam o caminho.

— A Via do Falcão — digo. Um nome propício para uma estrada que fica na altura em que essas aves voam. À luz do dia, deve ser de tirar o fôlego.

A estrada ziguezagueia à beira do penhasco, cheia de curvas bruscas e precárias. Deve ser o modo mais rápido de descer até a planície, e o mais insano. Mas os motoristas são incrivelmente habilidosos, seguindo a trilha sinuosa com precisão. Talvez sejam todos silfos ou o equivalente sanguenovo, e sua agilidade se estenda à máquina que conduzem. Tento me manter vigilante enquanto descemos, procurando prateados hostis entre as rochas e as árvores retorcidas. As luzes da planície entram em foco. As poucas cidades que Davidson mencionou pontilham a paisagem. Parecem pacíficas, intocadas. E vulneráveis.

Estamos no meio de mais uma curva quando algo que parece gritos corta a noite. É o som de metal dilacerado, de placas se soltando. Viro o rosto e vejo um transporte do meio do comboio tombar e capotar inúmeras vezes. Tudo parece acontecer em câmera lenta conforme foco minha atenção e meus sentidos no veículo espiralando no ar. Os soldados de Montfort a bordo tentam se soltar das correias, lutando para vencer a gravidade. Um deles, um forçador, tenta se agarrar à beira da estrada. Ela escapa de seus dedos, o asfalto quebrando ao seu toque. O transporte continua a cair, girando sobre o próprio eixo. Não pode ser um acidente. A trajetória é perfeita.

Ele vai nos esmagar.

Mal tenho tempo de me abaixar quando o veículo em que estou dá um solavanco. Os freios guincham, tentando parar a tempo. Fumaça sai dos pneus, que travam.

A estrada treme quando o outro veículo cai à frente. Batemos nele. Tyton agarra as costas do meu uniforme, me puxando para cima, enquanto tento me livrar das correias, rompendo o tecido grosso com minha eletricidade. Somos jogados para a frente quando o veículo de Tiberias e Evangeline bate na traseira, prendendo-nos entre ele e o transporte que despencou.

Ouvimos o ruído dos freios e das batidas ecoando atrás de nós, um veículo depois do outro, em uma reação em cadeia de motores parando e borracha queimando. Só os últimos seis da fila escapam ilesos. Os motoristas conseguem frear a tempo.

Olho de um lado para o outro, para a frente e para trás, sem saber aonde ir. O veículo caído está virado, como uma tartaruga de costas. Davidson já desceu do seu transporte e cambaleia até os soldados presos ali embaixo. Farley o acompanha, com a arma na mão. Ela se apoia em um joelho, observando o penhasco acima de nós.

— Magnetrons! — Davidson ruge, com a mão erguida para ajudar. Ele estende a palma, formando um nítido escudo azul ao longo dos limites da estrada.

De alguma maneira, Evangeline já está ao seu lado, as mãos dançando no ar. Ela silva ao levantar o transporte pesado, revelando membros retorcidos e cérebros escorrendo de crânios esmagados, como uvas pisoteadas. Davidson não perde tempo, avançando para tirar quaisquer sobreviventes de baixo do veículo suspenso no ar.

Devagar, Evangeline volta a baixar o transporte. Com um movimento dos dedos, ela arranca uma das portas, permitindo que aqueles que estavam lá dentro saiam. Os soldados estão ensanguentados e desorientados, mas vivos.

— Saiam do caminho! — ela grita, gesticulando para que se afastem do transporte. Quando o fazem, mancando para longe, ela une as mãos em uma batida de palmas ressonante.

O veículo faz como ela ordena, compactando-se em uma bola densa e amassada do tamanho de uma das portas. Ela o deixa cair com um estrondo. Vidro e borracha voam em todas as direções, livres do controle de Evangeline. Um pneu rola pela estrada, em uma estranha visão.

Percebo que ainda estou de pé sobre meu veículo. Evangeline se vira, e sua armadura reflete a luz das estrelas. Mesmo com Tyton ao meu lado, sinto-me exposta. Um alvo fácil.

— Tragam os curandeiros! — grito, olhando para a fila de veículos engavetados sob as arcadas. — E iluminem a estrada!

Acima de nós, algo cintila, como um raio de sol. Efeito de sombrios manipulando a luz, sem dúvida. Eles fazem com que uma claridade forte e uma escuridão mais forte ainda dancem sobre nós. Aperto os olhos e cerro o punho, soltando faíscas elétricas das juntas. Como Farley, mantenho os olhos nas saliências das rochas à nossa volta. Se os saqueadores de alguma forma conseguiram chegar até o terreno mais elevado e estão acima de nós, perdemos nossa vantagem.

Tiberias já sabe disso.

— Fiquem de olho nos penhascos! — ele grita, de costas para o próprio veículo. Também tem uma arma na mão, enquanto chamas rodeiam os dedos da outra. Não que os soldados precisassem de tal instrução. Todo mundo que tem uma arma já a sacou e está com o dedo no gatilho. Só precisamos de um alvo.

Mas a Via do Falcão está estranhamente silenciosa, a não ser pelo grito ocasional ecoando conforme as ordens são passadas adiante pelo comboio.

Cerca de uma dúzia de soldados de Montfort vai descendo pela via sinuosa, meras silhuetas nos uniformes pretos. Eles param a cada transporte, usando suas habilidades para tentar separar os veículos batidos. Magnetrons e forçadores, ou seus correspondentes sanguenovos.

Evangeline e seus primos se mantêm no lugar, concentrados em separar o veículo em que eu estava do deles.

— Consegue consertar? — eu pergunto.

Ela escarnece enquanto força o metal retorcido a se soltar.

— Sou uma magnetron, não uma mecânica — resmunga, em meio aos destroços.

De repente, sinto falta de Cameron e de seu cinto de ferramentas. Mas ela está bem longe e fora de perigo, com seu irmão em Piedmont. Mordo o lábio, com a mente a toda. É claramente uma armadilha, que nos deixa vulneráveis no meio da montanha. Ou pelo menos presos aqui, enquanto os saqueadores espalham o caos nos vilarejos mais abaixo ou na cidade atrás de nós.

Tiberias está pensando a mesma coisa. Ele se apressa até a beira da estrada e olha para a escuridão lá embaixo.

— Consegue se comunicar com os assentamentos? Precisamos alertá-los.

— Já estamos fazendo isso — Davidson grita de volta. Ele se agacha diante de um dos soldados feridos, segurando seu braço enquanto um curandeiro trabalha na perna do homem. Ao lado do primeiro-ministro, uma oficial fala rápido no rádio.

Tiberias franze a testa, dando as costas para o penhasco e encarando a carnificina.

— Mande uma mensagem para a cidade também. Peça um segundo destacamento. Jatos, se conseguirem chegar a tempo.

Davidson mal assente. Tenho a sensação de que já fez isso também, mas segura a própria língua, concentrado no soldado à sua frente. Cerca de meia dúzia de curandeiros trabalha diligentemente pelo comboio, atendendo aqueles que se feriram no enorme desastre.

— E quanto a nós? Não podemos ficar aqui por muito tempo. — Desço do veículo, em uma aterrissagem suave. É bom pisar em terra firme de novo. — Alguém derrubou esse transporte.

Ainda no teto do veículo, Tyton leva as mãos aos quadris. Ele olha para a estrada sinuosa acima, investigando o espaço vazio de onde o primeiro transporte caiu.

— Talvez tenha sido uma mina de carga pequena. Se detonada no momento certo, pode virar um veículo.

— Muita coincidência — Tiberias grunhe. Ele caminha pela estrada, o corpo inteiro tenso. Seus guardas Lerolan o seguem perto demais, quase pisando em seu pé. — Muito coordenado. Tem alguém aqui com a gente. Precisamos descer antes que ataque de novo. Somos um alvo fácil.

— Um alvo fácil à beira de um *penhasco* — Evangeline acrescenta. Ela dá um chute frustrado em seu veículo, deixando uma bela marca na frente já amassada. — Temos que passar os transportes que estão funcionando para a frente. Enchê-los tanto quanto possível.

Tiberias balança a cabeça.

— Não é o bastante.

— Mas pelo menos é alguma coisa — eu solto.

— Estamos a algumas centenas de metros de altitude. Parte do regimento pode descer correndo até a planície — Davidson diz, ajudando um soldado mancando a abrir caminho. A oficial de comunicação o segue, ainda falando no rádio. — O posto avançado de Goldengrove tem veículos. Não fica muito longe do pé da montanha.

Ainda no chão, Farley gira, abaixando a arma depressa.

— Está sugerindo que a gente se separe?

— Por pouco tempo — Davidson responde.

Ela levanta, pálida.

— Mas pode ser o bastante se...

— Se? — ele pergunta.

— Se for uma armadilha. Um blefe. Vocês receberam a informação de que saqueadores estavam perto dos vilarejos. Mas onde está o ataque? — Ela gesticula para o horizonte escuro. — Não há nenhum. Não lá.

Davidson franze a testa, movimentando os olhos.

— Por enquanto não.

— Ou nem planejavam atacar. Só queriam que deixássemos a cidade — Farley diz. — Para nos pegar nos penhascos. Você mesmo disse que eles lutam por orgulho. E a cidade é muito bem defendida. É um belo jeito de reunir alvos valiosos em campo aberto.

O primeiro-ministro vai até ela, com o rosto sombrio e severo. Ele põe a mão em seu ombro e aperta de leve. Um gesto amistoso e talvez um pedido de desculpas.

— Não vou dar as costas ao meu povo porque *talvez* estejamos em perigo. Não posso fazer isso, general Farley. Acho que compreende minha posição — ele diz, soltando um suspiro.

Espero que Farley insista, mas ela abaixa o queixo, quase como se assentisse. Morde o lábio e se mantém em silêncio.

Satisfeito, Davidson olha por cima do ombro.

— Capitão Highcloud, capitã Viya — ele chama. Dois oficiais de uniforme preto dão um passo à frente, prontos para receber suas ordens. — Desçam com suas unidades. Marcha firme, a toda velocidade. O ponto de encontro é Goldengrove.

Eles batem continência em resposta e se viram para reunir seus soldados. Tiberias faz uma careta ao ver as duas unidades rumando para a frente do comboio. Ele corre até o primeiro-ministro, pegando seu braço. Não para ameaçá-lo, mas para implorar.

Conheço a expressão de medo de Tiberias Calore, e é o que vejo nele agora.

— Pelo menos deixe os gravitrons — ele suplica. — Caso decidam explodir a montanha...

Depois de um breve momento de reflexão, Davidson range os dentes.

— Está bem — ele diz. — E, se não se importa, alteza — o primeiro-ministro acrescenta, virando para encarar Evangeline —, aqueles transportes não vão passar por toda essa bagunça sozinhos. Use os gravitrons também. Eles vão facilitar o trabalho.

Ela o olha com profunda irritação, desacostumada a receber ordens de qualquer outra pessoa que não seu pai. Mesmo assim, suspira e vai fazer o que ele sugere.

— E quanto a mim? — pergunto, colocando-me entre Tiberias e Davidson. Os dois se sobressaltam, parecendo ter esquecido que eu estava ali.

— Fique atenta — é tudo o que o primeiro-ministro diz, dando de ombros. — A menos que possa levantar um veículo do chão, não há muito o que fazer no momento.

Muito útil, penso. Mas minha frustração é comigo mesma. Minha habilidade tem a finalidade de destruir. Ela não nos serve de nada agora. Não sirvo para nada neste momento.

Assim como Tiberias.

Ele observa Davidson se afastar, com a oficial de comunicações logo atrás, deixando-nos sozinhos, de costas para a carcaça destruída do meu veículo. A adrenalina e a eletricidade ainda correm pelas minhas veias. Tenho que me inclinar contra o metal e manter os dedos apertados para controlar os tremores.

— Não gosto disso — Tiberias murmura.

Ironizo, raspando as botas novas no chão da estrada:

— Presos em um penhasco, sem metade dos soldados, com os veículos arruinados, um ataque de saqueadores iminente e sem ter conseguido terminar o jantar? Achei que fosse o paraíso.

Apesar das circunstâncias, ele abre seu sorriso malicioso que me é tão familiar. Cruzo os braços, torcendo para que não possa me ver corando sob a luz fraca. Tiberias me encara, seus olhos cor de bronze passando pelo meu rosto com ardor e concentração. Devagar, seus lábios caem e seu sorriso desaparece conforme se lembra das decisões que tomamos. Das nossas escolhas. Mas seu olhar se mantém, e eu sinto o fogo subindo dentro de mim. Raiva, desejo e arrependimento na mesma medida.

— Não me olhe assim, Tiberias.

— Não me chame de Tiberias — ele retruca, baixando o rosto.

Solto uma risada amarga.

— É o nome que você escolheu.

Ele não tem resposta para isso, e um silêncio desagradável recai sobre nós. Os gritos ocasionais e rangidos metálicos ecoam através da montanha, os únicos sons no vazio da escuridão.

Na estrada sinuosa acima de nós, Evangeline, seus primos e os gravitrons movimentam devagar os veículos, passando os destroços para trás dos que ainda funcionam. Davidson deve ter dito a ela para preservar as carcaças, senão ela poderia simplesmente transformá-las em poeira, liberando a passagem.

— Sinto muito pelo que aconteceu agora há pouco, no arsenal — Tiberias diz, depois de um longo tempo. Ele mantém os olhos no chão e a cabeça baixa. Não é o bastante para esconder o tom prateado que sobe por suas bochechas. — Não deveria ter dito aquilo.

— Não ligo para o que disse. Só para a intenção por trás — digo, balançando a cabeça. — Não pertenço a você.

— Acho que qualquer pessoa com olhos pode ver isso.

— E *você*? — pergunto, cortante.

Tiberias solta o ar devagar, como se estivesse se preparando para a luta, mas só vira a cabeça para me encarar. As luzes da estrada projetam sombras irregulares sobre ele, que destacam as maçãs de seu rosto. Faz com que pareça velho e cansado, rei há anos, e não há dias.

— Sim, Mare — Tiberias finalmente diz, sua voz grave. — Mas lembre que não fui só eu.

Pisco.

— O quê?

— Você também escolheu outra coisa em vez de mim — ele suspira. — Muitas coisas, aliás.

A Guarda Escarlate. A aurora vermelha. A esperança de um futuro melhor para as pessoas que amo. Mordo o lábio, mastigando minha própria carne. Não posso negar. Tiberias não está errado.

— Se vocês dois já terminaram — Tyton diz alto, inclinando-se em seu posto de observação no veículo —, acho que vão gostar de saber que tem gente ali nas árvores.

Seguro o ar, tensa. Tiberias ergue a mão depressa, tocando meu braço em um leve alerta.

— Não faça nada impensado — ele diz. — Devemos estar sob a mira deles.

Ouço metal ranger e me sobressalto sob os dedos de Tiberias. Ele segura mais forte. Mas são só nossos veículos sendo deslocados.

— Quantos? — pergunto por entre os dentes cerrados, fazendo meu melhor para mascarar o medo.

Tyton volta seus olhos reluzentes para mim. Seu cabelo branco brilha sob as luzes artificiais da Via do Falcão.

— Quatro, dois de cada lado. A uma boa distância, mas posso sentir os cérebros. — Ao meu lado, Tiberias franze a testa, retorcendo os lábios em desagrado. Tyton prossegue: — A menos de cinquenta metros, acho.

Olho além de Tiberias, que olha além de mim, ambos procurando nos pinheiros escuros, tão furtivamente quanto possível. Não consigo enxergar nada fora do nosso círculo de luz. Nem o brilho de olhos nem o reflexo do aço do cano de uma arma. Nada.

Tampouco posso senti-los. Minha habilidade não é nem de perto tão forte ou tão focada quanto a de Tyton.

Os olhos de Farley encontram os meus. Ela se aproxima com uma mão na cintura e a outra ainda segurando a pistola.

— Vocês três parecem que viram um fantasma — diz, olhando de um lado para o outro. — Atiradores nas árvores? — ela pergunta, como se estivesse falando do tempo.

— Você viu alguém? — Tyton sussurra.

— Não. — Ela balança a cabeça. — Mas deu para sacar.

— Você pode derrubá-los, não pode? — pergunto, cutucando a bota de Tyton. Lembro o que os eletricons me contaram sobre sua habilidade. Raio mental. Ele pode afetar a eletricidade no corpo de alguém, as fagulhas diminutas dentro do cérebro. Pode matar sem que ninguém saiba. Sem deixar rastros.

Tyton franze a testa e as sobrancelhas escuras, que contrastam com seu cabelo tingido.

— Talvez consiga, mesmo a essa distância. Mas só um de cada vez — ele diz. — E só se forem mesmo saqueadores.

Tiberias franze o cenho.

— E quem mais estaria lá em cima?

— Não gosto de matar pessoas sem motivo, Calore — Tyton diz. — E passei a vida inteira nessas montanhas.

— Então vai esperar que atirem na gente? — O príncipe muda ligeiramente de posição, abrindo os ombros para me proteger.

Tyton não cede. Enquanto fala, uma brisa bate, carregando consigo o cheiro forte e pungente dos pinheiros.

— Vou esperar que sua princesa magnetron me diga se estão segurando rifles de artilharia ou não.

Por um lado, concordo com Tiberias. Estamos expostos aqui em cima, e quem mais poderia estar escondido nas árvores, observando nossas dificuldades? Mas também entendo Tyton. Sei como é dar uma descarga em alguém, sentir seus nervos se sobrecarregando e morrendo. Parece que uma parte de você também morre, um fim que nunca se esquece.

— Chame Evangeline — murmuro. — E avise Davidson. Precisamos ter certeza.

Tiberias bufa ao meu lado, mas não discute. Ele passa pelo veículo para ir atrás dela.

A brisa ganha força, batendo no meu rosto. Folhas de pinheiro tocam minha pele, tão suaves quanto dedos. Tento pegar uma, mas ela escapa com o vento crescente.

E então ela brota diante dos meus olhos, como um arbusto crescendo no ar. Ataca um soldado antes que qualquer um de nós possa reagir.

Não é a chuva de balas que esperávamos, mas sim folhas de pinheiro explodindo em um vendaval forte e repentino. Pegam primeiro Tyton, derrubando-o do veículo destruído. Ele cai na estrada, batendo a cabeça contra o pavimento. Então se coloca de joelhos, mas cai de novo, sem equilíbrio. Levanto um braço para proteger os olhos e fico de joelhos enquanto as folhas arranham minha pele exposta. Onde pousam, raízes e troncos surgem em uma explosão viva e serpenteante. Rachaduras aparecem na estrada e os veículos balançam, atingidos pela floresta que cresce diante dos nossos olhos. Perco o equilíbrio e luto para me manter de pé, me segurando no transporte destruído às minhas costas.

Tiberias reage automaticamente. Ele atira bolas de fogo, queimando os pinheiros assim que brotam à nossa volta. As cinzas são levadas pelo vento cada vez mais forte, obscurecendo as luzes da estrada e fazendo meus olhos lacrimejarem.

O ar é tomado pelo som de metal esmagado e vidro quebrado. Evangeline e seu pessoal cansaram de perder tempo. Eles compactam os destroços que continuam no caminho, reduzindo-os a amontoados de ferro e aço. Os motores dos veículos que ainda funcionam revivem, roncando ao avançar, lutando para passar pelas raízes vibrantes e galhos violentos. Evangeline salta em meio ao ar esfumaçado, subindo na carcaça de um veículo. Tiros ecoam, mas as balas caem no caminho, impedidas por sua habilidade.

Escudos azuis ganham vida dos dois lados da estrada, altos e etéreos contra a fumaça e as cinzas. Davidson os controla com os punhos para o alto. Mais tiros ecoam, parando no escudo. Não conseguem penetrá-lo. As balas não nos alcançam.

— Tyton! — eu grito, olhando para o eletricon. — Tyton, mate todos!

Ele consegue se colocar de pé, o corpo instável enquanto sacode a cabeça de um lado para o outro. Tentando afastar a tontura. Então se recosta no veículo mais próximo, usando-o como apoio.

— Só um segundo! — ele grita de volta, balançando a cabeça de novo.

Ainda não conseguimos ver os saqueadores, a salvo em seus esconderijos nas árvores. Pelo menos alguns deles devem ser verdes. As chamas de Tiberias se espalham pela onda de pinheiros na estrada, revirando-se como cobras, tentando devorar cada nova árvore assim que brota. Seus guardas Lerolan correm por entre os troncos, tocando-os. Eles explodem de imediato, estilhaçando-se em nuvens de casca e fogo.

— Entrem nos transportes! — Davidson ruge por cima do caos. Ele mantém os escudos de pé, defendendo-nos da saraivada de balas. — Temos que sair da montanha!

Respiro fundo para me preparar. *Foco*. No escuro, não consigo ver as nuvens se formando sobre minha cabeça, mas posso senti-las. Nuvens de tempestade, cúmulos-nimbos. Crescendo ao meu comando, prontas para descarregar.

Alguém coloca Tyton no veículo que se aproxima, prendendo-o com as correias. Na estrada, Tiberias direciona seu inferno à floresta letal que tenta nos encurralar no penhasco ou nos jogar dele. O resto do destacamento faz o seu melhor para desviar das árvores ou destruí-las, abrindo caminho para os veículos e para nossa fuga.

Meu coração bate forte contra as costelas, a adrenalina se espalhando pelo sangue. Ela aumenta até eu sentir que poderia explodir. Inspiro de novo, mais fundo que antes, e ergo as mãos abertas. Minha tempestade irrompe sobre nossas cabeças, com raios simultâneos caindo sobre as árvores dos dois lados da estrada. Pinheiros se quebram. Brasas queimam. Troncos envergam e cedem antes de cair na mata. Incêndios brotam entre os galhos, pequenos a princípio, logo gigantes. Alimentados pela força do príncipe Calore.

As balas à nossa esquerda param de vir por tempo suficiente para que Davidson interrompa um escudo e suba no transporte que vem atrás de Evangeline. Os seis veículos estão lotados de soldados, conhecidos e desconhecidos. Com o uniforme preto, parecem insetos, disputando espaço em uma pedra no meio de um rio revolto.

Tyton está do lado de fora do veículo de Evangeline, preso pelo braço ao conjunto de correias. Conforme passa por Tiberias, que ainda luta, ele estende a mão. O príncipe a aceita sem questionar, subindo com facilidade. Sou a próxima.

Aterrisso com força, enfiada entre Tiberias e Tyton, com Evangeline acima de nós. Fundiu as botas de metal ao veículo, o que lhe permite ficar firme de pé, apesar da velocidade crescente. Ela cerra um punho para tirar os últimos destroços do caminho, jogando tudo penhasco abaixo. Estilhaços de vidro caem como chuva.

O último escudo de Davidson cai, passando das árvores à frente para o primeiro transporte. Nesse breve segundo, outra saraivada de balas é dirigida ao comboio. Algumas passam perigosamente perto, perfurando o metal acima da minha cabeça. A adrenalina devora meu medo. Foco em me segurar no transporte, com os dedos firmes nos apoios de mão, o corpo pressionado contra o aço frio. As chamas nos acompanham, ladeando o veículo. Tiberias as controla, arrastando o redemoinho de fogo conosco, queimando qualquer coisa que se coloca no caminho. Os pneus cantam conforme os veículos descem pelas curvas sinuosas a uma velocidade impressionante.

— Tem mais gente nas árvores — Tyton resmunga por entre os dentes diante do vento. Ele aperta os olhos para a escuridão, transformando-os em fendas. Sei o que está fazendo, ainda que não consiga imitá-lo. Está chegando a seus cérebros, sentindo-os como sinto a tempestade. Tyton pisca uma, duas vezes. Matando quem estiver a seu alcance, disparando uma onda furiosa de eletricidade em seu crânio. Imagino os saqueadores caindo no chão da floresta, seus corpos se contorcendo em uma convulsão mortal antes de ficar eternamente imóveis.

Despejo raios sobre os pinheiros, atingindo mais troncos e galhos. Os lampejos fortes iluminam a floresta por um momento, o suficiente para que eu veja as silhuetas de árvores caindo e corpos voando. Pelo menos uma dúzia.

A Via do Falcão fica mais plana pouco antes do quilômetro final. Deixamos as curvas fechadas e os penhascos para trás. Os veículos rugem, aproveitando-se da reta para disparar numa corrida enfurecida até o pé da montanha. O fogo e a tempestade nos acompanham, dois guardiões sobre asas mortíferas.

Sinto mais motores ao longe. Não tão fortes quanto os nossos, mas igualmente rápidos, vindo na nossa direção a uma velocidade avassaladora.

A primeira motocicleta surge do meio das árvores, cegando-nos com seu único farol. O saqueador montado nela é pequeno, com membros finos, armadura e óculos de proteção. Sua audácia beira a idiotice, porque ele não desvia das pedras maiores, passando por cima delas e levantando um breve voo.

Acima de mim, Evangeline corta o ar com as mãos. A moto é destruída ao seu comando, despojada de rodas e escapamento.

Mas ela não é a única magnetron aqui.

O saqueador continua no assento enquanto a moto se remonta sob seu corpo, saltando sobre o capô do nosso veículo. Ele joga alguma coisa na nossa direção. O aço brilha à luz fraca, tão rápido quanto uma bala.

Facas atravessam o ar, suas lâminas afiadas cortando o vento. Desviamos juntos, Tiberias, Tyton e eu. Uma pega meu ombro. O uniforme evita o pior, mas ainda sinto o arranhão. Mordo o lábio com força, segurando um grito de dor.

A motocicleta pousa do outro lado da estrada com um forte impacto. Os pneus levantam poeira enquanto o saqueador dá a volta para tentar de novo. Ele depara com uma fina parede azul, e a motocicleta é esmagada enquanto seu corpo cai para trás, sangrando.

O escudo de Davidson nos acompanha, tentando bloquear as outras motocicletas que saem do meio das árvores. Alguns dos saqueadores caem, com o corpo em espasmos, indicando que Tyton deu conta deles. Nós nos concentramos em chegar à planície, deixando a estrada. Ao posto avançado, aos nossos reforços, à segurança. Os sanguenovos de Montfort defendem o comboio, impedindo os ataques com tudo o que têm. O fogo de Tiberias se espalha pelas árvores, as cinzas caindo sobre nós como neve, cobrindo-nos de pó. Deixo meus raios rasgarem o céu. O som e a força são o bastante para assustar alguns saqueadores, que voltam para o meio das árvores.

Na escuridão, é difícil distinguir suas sombras. Não parecem os prateados com que estou acostumada, com suas vestes finas, armaduras polidas e joias reluzentes. Nem têm a severidade dos trajes de treinamento e dos uniformes. São diferentes, usando roupas, armas e artefatos descoordenados entre si. Mais do que tudo, eles me lembram a Guarda Escarlate em seus retalhos vermelhos, unidos apenas por uma cor e uma causa.

As motocicletas desaparecem no meio da fumaça e do mato, os faróis tremeluzem e somem de vista. Tento alcançar seus motores antes que saiam do meu alcance. Mas outro estrondo me faz parar, um ruído baixo e forte se aproximando.

Posso senti-lo nos meus dentes.

Monstros surgem das cinzas, com enormes cabeças peludas, chifres baixos, cascos batendo. Dezenas deles, resfolegando e zurrando em fileiras abarrotadas. A manada colide com o comboio, atropelando cada um dos veículos, apesar do caos de balas, fogo, raios e facas. Eles são fortes demais, estranhos demais. Seu couro é grosso, seus músculos são enormes, seus ossos fazem vezes de armadura. Observo um deles levar uma bala na cabeça e seguir em frente, os chifres rasgando o metal como se fosse papel. Mal consigo gritar.

O transporte vacila sob nós, arrancado da estrada por sua força monstruosa. Caímos com ele. Sinto gosto de sangue com o impacto. Alguém me mantém no chão, levando a mão ao meu pescoço. Através do cabelo, consigo ver de relance o veículo flutuando acima de nós. Distingo a silhueta de Evangeline, com os braços abertos e os punhos cerrados. Ela faz um movimento para usar o transporte como aríete, jogando-o contra a horda de criaturas temíveis. Elas o circulam e atacam de novo, seus olhos furiosos e arregalados, claramente sob controle de um animos prateado.

Eu me recomponho, apoiando o peso no braço de Tiberias para levantar. A alguns metros de distância, Farley está de joelhos, atirando. Suas balas não têm nenhum efeito nas feras, que correm, se aproximando de nós rapidamente.

Cerrando o maxilar, sacudo e abro os braços, jogando raios roxos e brancos em seu caminho. As criaturas recuam aterrorizadas, ainda animais, independente de quem as esteja controlando. Algumas tentam seguir em frente. Caem no chão com berros de dor, contorcendo-se em espasmos, sacudindo os chifres.

Tento ignorar o som terrível e estreito os olhos para enxergar através da quase escuridão, enquanto o medo cede lugar ao instinto. Meus movimentos vêm sem pensar, cada passo ou gesto instantâneo. Estou tão focada que quase não noto a sensação, como um peso recaindo sobre meus ombros. A pressão é gentil a princípio, fácil de confundir com exaustão.

Mas meus raios perdem força, não tão brilhantes como antes. Não tão fáceis de controlar. Eles falham, recaindo fracos sobre o saqueador que tento derrubar. Ele tomba, mas levanta depressa, com o punho cerrado na minha direção.

A força de sua habilidade me coloca de joelhos, e não sinto nem um pingo de eletricidade. Sou como uma vela apagada, incapaz de brilhar ou queimar.

Não consigo respirar. Não consigo pensar.

Não consigo lutar.

Um silenciador, uma voz dentro de mim grita. A dor e o medo familiares tomam conta de mim, fazendo eu me dobrar.

Minhas mãos inúteis vão ao chão, esfregando a terra fria. Minha respiração é fraca, mal consigo me mover, muito menos me defender. Mergulho em uma espiral de medo, e minha visão escurece por um segundo. Sinto as algemas de novo, a Pedra Silenciosa nos meus pulsos e tornozelos, mantendo-me prisioneira atrás de portas trancadas. Acorrentando-me a um falso rei, condenando-me a uma morte lenta e sem sentido.

O prateado caminha na minha direção, e seus passos são como trovão aos meus ouvidos. Ouço o canto do metal raspando quando saca a faca, com a intenção de me dar um fim rápido cortando minha garganta. A lâmina cintila no escuro, refletindo o brilho vermelho das chamas. Ele sorri para mim, seu rosto descorado e branco enquanto agarra meu cabelo, puxando minha cabeça para trás. Quero lutar. Deveria pegar a arma no quadril, que ainda está no coldre. Mas meus membros não se movem. Até as batidas do meu coração parecem lentas. Não consigo nem gritar.

A combinação do silêncio esmagador e do medo me mantém paralisada. Só consigo observar. A lâmina chega perto da minha pele, quase me queimando de tão fria.

Ele olha com malícia, o cabelo oleoso por baixo do lenço grudado na testa. Não sei dizer de que cor é o tecido ou se significa alguma coisa. É inútil pensar nisso agora.

Então seu rosto explode; fragmentos de osso e carne rasgada se espalham. Seu corpo segue o impulso e é lançado para cima de mim, e a minha eletricidade retorna de imediato. Me esquivo, sem pensar, escapando de baixo do cadáver enquanto seu sangue quente e dentes estilhaçados ficam presos no meu cabelo.

Alguém me pega pelo braço, arrastando-me pela terra. Eu deixo, ainda em choque, paralisada pelo medo, incapaz de fazer muito além de dar alguns chutes no ar. À distância, Farley me observa com uma expressão assassina, a pistola ainda erguida e apontada para o homem morto.

— Sou eu — uma voz profunda diz, me deitando a alguns metros de distância. Ou me deixando cair. Tiberias está à minha frente, com os olhos arregalados, quase brilhando à luz fraca. Sua respiração sai em sopros rápidos enquanto me observa.

Levante, digo a mim mesma. *Ponha-se de pé.*

Se eu pudesse. Se a lembrança da Pedra Silenciosa fosse tão fácil de apagar. Devagar, esfrego as mãos, chamando as fagulhas para a superfície. Tenho que ver. Preciso saber que não se foram de novo.

Então toco a garganta, molhando os dedos com meu próprio sangue.

Tiberias me observa em silêncio, sem piscar.

Retribuo seu olhar até que ele vira o rosto, colocando uma distância relutante entre nós. Quando me recomponho, me dou conta de que não estou indefesa. Ele me deixou perto dos veículos, usando os destroços como cobertura. À minha volta, soldados de Montfort se reposicionam. Davidson passa por eles, com um fio de sangue escorrendo pelo rosto. Parece enojado consigo mesmo, e com os saqueadores.

Tremendo, fico de pé, usando o veículo pesado atrás de mim como apoio. A batalha ainda se desfralda à minha frente, e as feras monstruosas bufam e pisoteiam, em conflito entre sua própria natureza e o comando dos prateados.

Uma rede de raios brancos se forma à frente delas, como uma cerca para contê-las. Elas balançam a cabeça, aterrorizadas. Conheço a sensação.

— Coitadinhos — ouço Tyton murmurar, parado ao meu lado. Ele olha para as criaturas, estranhamente desolado. Quando uma tenta atacar, Tyton pisca e ela cai, seu corpo maciço retumbando no chão.

Os saqueadores retornam, as motocicletas rosnando e saltando através das árvores esparsas. Evangeline e seus primos lutam contra os outros magnetrons, disputando o controle das motocicletas.

Com uma mão no peito, as unhas agarrando o uniforme, tento me apoderar de uma moto que salta na estrada. Foco nela para sentir as ondas de eletricidade do motor. Com um arroubo de determinação, sinto-as morrer em rápida sucessão. Uma explosão repentina, então nada.

O saqueador se sobressalta, assustado com a falha da máquina. Respirando forte, repito o processo com outro. As motos param uma a uma, seja no chão ou no meio do ar.

Nossos soldados atacam. Devem ter ordens de capturar os saqueadores vivos. O próprio Davidson aprisiona um com seus escudos, deixando que bata inutilmente nas paredes de sua gaiola azul.

Evangeline persegue um pequeno magnetron, derrubando-o na terra. Ele tenta duelar com ela, girando lâminas duplas num formato entre a espada e o chicote. Ela é mais rápida e mais mortífera. As armas dele não são páreo para suas facas, que esfolam sua pele, a habilidade dela forte demais para ser superada. Evangeline Samos não deve nenhuma lealdade a Davidson, nem compartilha de sua clemência. Ela destroça o saqueador, deixando que o líquido prateado escorra sob as estrelas.

Entre o sangue e as cinzas, os morros baixos têm cheiro e gosto de morte. Puxo o ar mesmo assim, tentando recuperar o fôlego.

Os saqueadores que restam sabem que a batalha está perdida. Seus motores começam a esvanecer em sua tentativa de fuga em meio às árvores. Conforme desaparecem, o mesmo acontece com sua influência, e a horda de feras se acalma. Elas dão as costas e se dirigem para a floresta, deixando apenas corpos e vegetação pisoteada para trás.

— Isso é o que você chama de bisão? — pergunto para Davidson, arfando.

Ele assente sombrio, e eu contemplo a ironia. Ainda posso sentir a carne do jantar no estômago, pesada como uma pedra.

À distância, um pouco mais à frente na estrada, faróis vêm em nossa direção. Cerro o punho, me preparando para outra leva de ataques.

Mas Tyton toca meu braço, me observando com seus olhos brilhantes.

— São os veículos de Goldengrove. Reforços.

O alívio toma conta de mim. Relaxo os ombros, soltando o ar. O movimento dispara uma pontada de dor através do corte nas minhas costas. Sibilo, fazendo careta e esticando a mão para conferir o estrago. O corte é grande, mas não é profundo.

A alguns metros de distância, Tiberias me observa avaliando minhas próprias feridas. Ele pula quando meus olhos encontram os seus e me dá as costas.

— Vou chamar um curandeiro — murmura, indo embora.

— Se já parou de chorar por causa desses cortezinhos, estou precisando de ajuda aqui. — Do chão, Farley gesticula, os dentes bem cerrados. Sua arma está no chão, cercada de cartuchos vazios. Um deles salvou minha vida.

Ela se inclina, tomando o cuidado de não mover a perna direita. Porque seu joelho está... estranho.

Minha visão fica borrada por um segundo. Já vi muitos machucados, mas a posição em que seu joelho está torcido, com a parte inferior da perna fora de lugar, faz meu estômago revirar. Esqueço de imediato a dor nos meus próprios músculos, o sangue no meu ombro, até o toque do silenciador, e corro para o lado dela.

— Não se mexa — eu me ouço dizer.

— Jura? — ela rosna de volta, suas mãos firmes na minha.

DEZ

Iris

❦

As montanhas são íngremes e perigosas, e protegem as cidades nos vales de um cerco ou de um massacre. Os pinheiros espessos formam obstáculos arriscados para qualquer veículo que ouse sair das estradas bem guardadas. A elevação por si só é capaz de deter qualquer um com a esperança de escalar rumo às entranhas da cidade. Eles pensam que estão seguros em sua fortaleza entre o céu e o abismo. Não veem perigo, pois nenhum exército alimentaria a esperança de marchar até sua porta. Mas muitas vezes nossa maior força pode se tornar uma fraqueza.

Montfort não é exceção.

Aterrissamos perto da fronteira leste, dentro dos limites de Prairie. Nosso jato não tem nenhuma marca, recém-pintado do dourado de Prairie para manter as aparências. Confunde-se com o mato alto que se agita sob a luz da manhã. Voamos com cautela, primeiro pelas florestas de Lakeland, depois atravessando a paisagem aberta e vazia. Os senhores de Prairie estão dispersos; suas terras são vastas e estão espalhadas demais para serem patrulhadas direito. E eles se ocupam com seus próprios afazeres. Não sabem que atravessamos suas terras. Ninguém sabe que estamos aqui.

Exceto os saqueadores, claro.

O envolvimento deles é necessário para atrair o maior número possível de gente para fora de Ascendant. Com sorte, Tiberias Calore também. Segundo Maven, seu irmão jamais deixaria passar uma oportunidade de lutar. "Para se exibir", Maven acrescentou, torcendo o nariz enquanto conversávamos. Não conheço o príncipe exilado. Jamais vi Tiberias Calore. Mas Lakeland não é um reino que vive às cegas. Coletamos dados sobre ele e toda a família. Foram nossos inimigos por mais de um século, afinal. Os relatórios revelaram um príncipe bem previsível. Criado para ser um líder militar como o pai. Carregado de deveres e expectativas. Formado para valorizar a coroa acima de tudo. Os irmãos têm isso em comum, acho, além de uma vermelha muito peculiar.

Sou obrigada a concordar com a avaliação de Maven. Se Tiberias está mesmo aqui para negociar com Montfort, para fortalecer sua aliança, vai tentar provar seu valor e conquistar a lealdade deles. E não há maneira melhor de fazer isso do que lutar por eles.

Os saqueadores nos encontram no local combinado, uma elevação que oferece vista completa da paisagem ao redor. Com suas máscaras e véus, sentam-se nas motos antiquadas que cospem fumaça, seus olhos escondidos atrás dos óculos de proteção. Prateados, todos eles. Exilados quando os reinos montanhosos caíram. Espoliados de seu direito de nascença de ocupar a posição de senhores e governantes. Estão em maior número, mas sinto pouco medo. Sou uma guerreira, criada pelos ninfoides mais fortes do meu reino. E meus cinco acompanhantes também são fortes, nobres e muito úteis.

Jidansa ainda está comigo, ansiosa para servir e proteger. Ela tem o cuidado de se posicionar entre mim e qualquer saqueador que chegue perto demais.

Mantenho a cabeça baixa e o rosto coberto pelas sombras. Os saqueadores são um grupo isolado, então provavelmente não reconheceriam uma princesa de Lakeland ou a rainha de Norta, mas é melhor não arriscar. Os outros falam por mim, repassando os preparativos.

É fácil transportar nossa equipe; cada um vai na garupa de um saqueador para atravessar a planície. Eles conhecem a região melhor do que qualquer um de nós, e nem precisamos usar nosso sombrio da Casa Haven para nos esconder. Ainda não.

As montanhas ao longe ficam mais próximas a cada segundo que passa. Parecem mais uma muralha. O medo tenta corroer minha determinação, mas não permito. Forço a vista e aguço o foco na tarefa, deixando pouco espaço para qualquer outra coisa.

À medida que as horas se esvaem, repasso o plano na cabeça. Cada obstáculo a superar.

Atravessar a fronteira.

Isso é fácil. Os saqueadores conhecem bem as trilhas e os pontos cegos de Montfort. Seguem um riacho através de uma floresta fechada de pinheiros, e só quando começamos a subir o sopé das montanhas é que me dou conta de que estamos do outro lado da linha invisível que divide Prairie e Montfort.

Pagar a passagem.

O colar de joias é meu. Safira, prata e diamante. Entrego-o sob a mira das armas. Nosso sombrio Haven, um sentinela jovem e parrudo que meu nobre marido me emprestou, cede a parte mais valiosa da barganha. Sua própria Casa está dividida, partida ao meio pela guerra civil irrompendo por toda Norta. O chefe Haven luta por Tiberias, mas a maioria da família permanece ao lado de Maven. É admirável colocar a lealdade ao país e ao rei acima da família. Mesmo que o rei seja Maven Calore.

Ele não usa a máscara de sentinela, deixando as joias negras para trás. Sem ela, parece humano, com olhos azuis e cabelo ruivo reluzindo ao sol. Passa aos saqueadores a localização dos suprimentos que descarregamos alguns quilômetros ao norte. Caixas de comida, dinheiro, baterias, armas e munição para alimentar suas aventuras. Eles não perdem tempo e partem, deixando-nos na face leste da montanha, no ponto mais alto que se pode chegar de moto. Não vi nenhum rosto. Sei que pelo menos um é loiro, porque alguns de seus fios escapavam por baixo dos panos que envolviam sua cabeça.

Escalar.

As cachoeiras não são problema. Funcionam como escadas em movimento. Uso a água para nos içar, passando por cima de incontáveis penhascos. Seguimos rio acima, contra a corrente, com pouca dificuldade. Com meu poder e o de outro ninfoide, Laeron da Casa Osanos, de Norta, conseguimos chegar ao vale bem na hora que as estrelas começam a ganhar vida no céu. Ainda assim, o caminho é duro. O ar fica rarefeito e minha respiração é rasa, dificultando meus passos a cada centímetro de subida. Mas a exaustão não me é desconhecida. Treinei desde criança na Cidadela dos Lagos.

O sombrio Haven mantém as mãos livres, movendo os dedos de vez em quando. Deixa-nos invisíveis e nos permite passar por entre as árvores sem ser vistos. É estranho olhar para os próprios pés e não ver nada além de vegetação rasteira. Pelo menos não preciso ver Rydal, o forçador da Casa Rhambos. Subindo com dois corpos presos aos seus ombros, como uma mochila. Outra parte do meu plano. Uma parte sangrenta.

De novo, afasto um calafrio.

Começamos a escalada mais ao norte da cidade, o que nos força a rumar para o sul a fim de alcançar o rio. Há uma represa lá embaixo, no vale onde se situa Ascendant, criando um lago irregular. Sinto um peso deixar meus ombros quando chegamos à água, às margens tranquilas e vazias. Juntos, submergimos, sem deixar para trás qualquer vestígio da nossa passagem.

Concentro a atenção na correnteza, criando um canal de água que flui ao longo do leito do rio. Laeron faz conforme planejado. Bolhas de ar se formam ao redor das nossas cabeças, oferecendo a cada um de nós um escudo de ar respirável. É um velho truque ninfoide, algo que até uma criança seria capaz de fazer. Avançamos em segredo pelo canal, levados pela correnteza entre as curvas do vale. Está escuro como breu, mas confio na água. Os últimos quilômetros passam em um silêncio forçado, preenchido apenas pelo som da minha própria respiração e das batidas do meu coração.

O lago da cidade de Ascendant é profundo e cheio de peixes. Uma ou duas vezes, dou um pulo ao sentir o roçar de escamas no escuro, conforme seguimos para a beira da água. Chacoalho os ombros para afastar a sensação e me concentro no próximo passo do plano. Várias propriedades de luxo têm um cais no lago, e os usamos como cobertura. Sou a primeira a emergir, deixando os olhos só um pouco acima da linha d'água. Depois de horas na floresta e dentro do lago, mesmo as luzes suaves da cidade ofuscam. Não pisco nem estremeço. Forço a vista a se ajustar o mais rápido possível. Temos um cronograma a cumprir.

Nenhum alarme ainda. Nenhum sinal de alerta. *Bom*.

O sentinela Haven volta a nos cobrir quando saímos da água, mas nem mesmo ele é capaz de esconder o rastro de pegadas molhadas que deixamos pelas vielas. Isso é com Laeron e comigo. Nos secamos em poucos movimentos, usando nosso poder para torcer cada gota. Condenso as poças que se formam no processo e as despejo em forma de esferas brilhantes de água nas plantas e sarjetas mais próximas. Não deixamos vestígios.

Passei o voo até Prairie decorando a planta de Ascendant através do mapa de Bracken. Me perturba um pouco saber que tanto do meu plano foi baseado no trabalho de outra pessoa. Tenho que confiar na informação que me deram, ainda que qualquer falha possa significar fracasso. Embora a capital de Montfort seja confusa, uma rede entrecortada de ruas e escadarias, consegui traçar a rota mais rápida desde o lago represado até onde os filhos de Bracken estão presos.

Não no palácio, segundo os espiões de Piedmont, mas num observatório.

Da segurança de uma viela escura e silenciosa, levanto os olhos para as encostas íngremes até o edifício com cúpula no alto da lateral da montanha.

Minhas pernas tremem perante a ideia de escalar alguns milhares de metros mais. Avanço sem fazer barulho, controlando minha respiração para que saia baixa e compassada. Inspirando pelo nariz e expirando pela boca, ao ritmo dos meus passos.

As escadas não são um problema para o forçador, apesar do peso extra da *carga*. O sentinela Haven é mais bem treinado do que qualquer um de nós; criado para defender o rei e sua família, está no ápice da forma física. O mesmo pode ser dito de Laeron. Sou avessa a confiar em alguém de Norta, ainda mais a ter três ao meu lado, mas não tive como evitar. Uma representação igualitária era necessária em nome da política.

Jidansa é a única em quem confio plenamente. Mantenho-me em alerta quanto a meus outros companheiros de Lakeland. Não gosto de Niro, da linhagem Eskariol, mas precisamos dele e de seus dons. É um curandeiro, mas um curandeiro estranho. Uma pessoa dotada do poder de salvar vidas não deveria gostar tanto de tirá-las.

Consigo ouvir sua respiração rápida à medida que subimos. Embora eu fique feliz por ter um curandeiro tão talentoso como ele na retaguarda, gostaria que não fosse necessário. Niro sente prazer demais no que terá que fazer antes que a noite acabe.

— Com sorte não vão perceber nada até o meio-dia — ele sussurra. — Meu trabalho será perfeito — a voz sai suave, sedosa. Niro vem de uma longa linhagem de diplomatas, tão perita em remendar alianças políticas quanto ossos quebrados.

— Continue em silêncio — murmuro de volta para ele. O fantasma de sua presença parece mais frio do que o ar da montanha.

Ascendant não está desprotegida. Postos de guarda e patrulhas pontilham o caminho, embora em menor número do que em Lakeland ou na capital de Norta. O povo de Montfort é burro se acha que as montanhas e seus segredos bastam para garantir sua segurança.

Olho por cima do ombro para o outro lado do vale. Sinto minha trança preta sacudir, mas não a vejo. O palácio que deve ser do primeiro-ministro se ergue na mesma altura em que estamos, com outras propriedades e prédios do governo ao lado. Resplandece branco sob as estrelas, com muitas luzes brilhando dos terraços, sacadas e janelas.

Mare Barrow está lá dentro. A garota elétrica com instinto de sobrevivência aguçado.

Achei-a muito curiosa em Archeon. A vermelha na coleira do rei prateado, que parecia igualmente preso por ela. Não quero fingir que compreendo por que Maven se deixou enfeitiçar desse jeito, mas deve ser culpa da mãe dele. Ninguém nutre tamanha obsessão. E não pode ser amor. Ninguém que é capaz de amar age como Maven.

Nunca achei que ia me casar por amor. Não sou ingênua o bastante para devaneios do tipo. Meus pais aprenderam a se amar e respeitar ao longo do casamento arranjado, e isso pelo menos eu esperava. Maven torna essa esperança impossível. Só tive pequenos vislumbres do seu coração, mas suficientes para saber que está morto.

Se os filhos de Bracken não fossem nosso objetivo, se eu tivesse mesmo esperanças de manter minha coroa de Norta, talvez pudesse alimentar a ideia de matar Mare Barrow. Não por mal, mas na esperança de dar alguma clareza a Maven. Ela agora é uma motivação, a isca que o faz seguir em frente, mas também é uma fraqueza. E eu preciso dele fraco. Preciso dele distraído.

Como minha mãe disse, Maven Calore terá que enfrentar a enchente.

Todos terão.

O contingente militar saiu há dez minutos, seus veículos rangendo montanha acima. Ainda dá para escutar os ecos pela encosta, reverberando através das ruas e dos becos da capital de Montfort. Sirenes e alarmes estrilam pelo resto da cidade. Exatamente como planejado. Pisco, ainda envolta na sombra impenetrável do sentinela Haven.

Os guardas do observatório abandonaram seus postos para auxiliar a cidade, deixando para trás o exíguo destacamento de dois soldados. À noite, seus uniformes verdes parecem negros. Ambos se destacam contra as colunas de pedra lunar polida que sustentam os vitrais da cúpula cintilante.

Sem um cantor ou um murmurador para apagar a memória dos dois guardas, não temos escolha senão passar por eles às escondidas. Não é difícil, mas prendo a respiração enquanto nos esgueiramos por entre as colunas do observatório.

Eles ladeiam a entrada, firmes e preparados, acostumados ao som dos alarmes. Ataques de saqueadores são comuns, disseram-me, e representam pouca ameaça à capital.

— Na planície? — um diz, virando o rosto.

A outra balança a cabeça.

— Na encosta. Atacaram a planície duas vezes mês passado.

O primeiro guarda abre um sorriso e enfia a mão no bolso.

— Planície. Aposto dez cobres com você.

— Não cansa de perder para mim, não? — ela responde.

Enquanto os dois riem, encosto na fechadura da porta. Com a outra mão, abro o cantil preso ao cinto. Sob o poder do sentinela

Haven, não consigo enxergar o que estou fazendo, me guiando pelo tato. Complica um pouco as coisas, deixando-me mais lenta.

A água dá voltas no meu punho, beijando minha pele e passando pelos meus dedos para entrar pelo buraco da fechadura. Ela se adapta ao mecanismo e preenche os espaços enquanto solto um suspiro. Através da água, pressiono os pinos da tranca, tocando cada um deles, criando minha própria chave.

Movimento o pé para tentar alertar Jidansa. Ela devolve o cutucão.

A alguns metros de distância, um galho de árvore estala sob seu poder e despenca sobre o chão de pedra. Isso abafa perfeitamente o som do giro da fechadura.

— Saqueadores na cidade? — a guarda diz, a gargalhada substituída pelo pânico.

— Nada de apostas — o homem responde.

Os dois correm para averiguar, permitindo que entremos no observatório sem ser notados.

Preocupado com câmeras de segurança, o sentinela Haven nos mantém cobertos mesmo lá dentro.

— Laeron passou — o ninfoide de Norta sussurra. Cada um se anuncia, incapaz de ver os outros.

— Jidansa.
— Rydal.
— Niro.
— Iris.
— Delos — diz o sentinela Haven.

Sorrindo, fecho a porta atrás de nós devagar.

Infiltrar-se na prisão do observatório: feito.

Não me permito nem um suspiro aliviado. Ele não sairá até eu estar em casa com os filhos de Bracken sãos e salvos. E mesmo então seria prematuro. Como minha mãe diria, não se pode dormir enquanto há guerras a vencer. E temos uma guerra explodindo à nossa volta.

Os passos de Jidansa ecoam de leve enquanto ela circula pela sala. Sua busca dura vários e longos minutos, o bastante para nos deixar à flor da pele. A tensão só vai aumentando até ela voltar. Noto um sorriso em sua voz.

— São mesmo uns tolos — ela diz. — Nada de câmeras. Nenhuma.

— Como pode ser? — ouço Laeron murmurar.

Cerro os dentes.

— Talvez não queiram registros das crianças aqui — respondo, dando a única explicação em que sou capaz de pensar. Isso não devia me abalar. Coisas horríveis são feitas na guerra, mesmo com prateados. Sei disso muito bem. — Ou do que fizeram com elas.

A consciência disso recai sobre todos nós, como uma cortina de dor.

Ergo o queixo e ajeito meu cabelo invisível, colocando as mechas atrás das orelhas.

— Sentinela Haven, pode parar.

— Sim, majestade.

Posso ouvi-lo se curvar, e comprovo isso quando ele aparece em seguida.

Estamos todos visíveis, como se uma janela de repente tivesse se escancarado. A maioria olha para os próprios membros, examinando a si próprios, mas Niro me encara. Parece mais pálido sob a luz baça que entra pela cúpula de vidro, salpicando seu rosto com um verde doentio. Ele me olha em desafio, ou talvez seja divertimento. Nenhuma das opções me agrada.

— Por aqui — digo a eles, me concentrando na tarefa a cumprir. Todos formam uma fila, até Niro, e fico feliz por Jidansa estar logo atrás de mim. O sentinela Haven também. Sou rainha de Norta, e ele jurou proteger não só Maven, mas também a mim.

Circulamos um telescópio enorme feito de tubos de bronze e conjuntos de lentes, apontado para o teto abobadado. *Um desperdício*, penso. As estrelas estão muito além do alcance de qualquer um, mesmo dos prateados. São o domínio dos deuses. Não cabe a nós perscrutá-las. Qualquer tentativa é perder tempo, recursos e energia.

Várias câmaras são acessíveis a partir da sala central redonda, mas as ignoramos. Atravesso o espaço inspecionando o mármore sob meus pés à procura de fendas. Não espero encontrar nenhuma, e abro de novo o cantil. Com um aceno de cabeça, ponho Laeron para fazer a mesma coisa.

A água se espalha ao redor dos nossos pés, expandindo-se até se tornar a mais fina das camadas. Ela força a pedra, formando poças e entrando pelos sulcos e emendas entre os blocos.

— Aqui — Laeron diz, indo em direção à parede. A água dele se condensa numa espécie de gota gigante. Forçando a vista e me aproximando, consigo ver pequenas bolhas de ar subindo.

Há um espaço aberto lá embaixo.

Jidansa cuida rapidamente do bloco, erguendo-o com um mover dos dedos. Lá embaixo, uma escuridão nos espera, mas não absoluta. Há luzes na câmara sob o observatório, em algum lugar bem mais fundo. O suficiente para permitir enxergar, mas não para vazar pelas fendas em volta do bloco falso.

Uma escadaria desce, convidativa.

Rydal vai primeiro, conforme o plano. Niro segue atrás, com a mão na arma na cintura, caso haja oposição. O sentinela Haven vai em seguida. Noto que suas mãos parecem escurecer, acumulando sombra como se fosse fumaça. Mantenho-me bem perto dele, com Jidansa ao lado e Laeron na retaguarda.

É a parte fácil, digo a mim mesma. E tenho razão.

A passagem faz uma curva, passando por baixo do observatório e para além dos seus limites. Nada de guardas, nada de câmeras. Nada além da luz baça e do eco dos nossos pés.

Pergunto-me se o lugar foi construído especialmente para os filhos do príncipe Bracken. Por algum motivo, duvido. A pedra é antiga, embora a pintura das paredes num tom quente e amarelado pareça recente. A cor tem um efeito estranho, tranquilizante. Não esperava algo assim para prisioneiros inimigos.

Montfort é mesmo estranho.

Uns cem metros à frente, o corredor se abre numa espécie de antessala cercada de janelas. Hesito diante delas, com sua vista para o cintilar da cidade. O vidro deve ser grosso, porque não escuto os alarmes, embora ainda veja suas luzes acendendo e apagando por toda Ascendant.

Troco um olhar com Jidansa, que parece tão perplexa quanto eu. Ela dá de ombros e aponta com o queixo para nossa direita, onde a câmara termina numa única porta.

Não há nada de notável nela — nem mesmo é reforçada, pelo que posso ver.

Quando ponho a mão na fechadura na tentativa de abri-la, percebo o motivo.

— Pedra Silenciosa — sibilo, recuando como se tivesse me queimado. Um leve toque já faz minha pele arrepiar. — Torturadores desgraçados.

Jidansa emite um ruído de nojo no fundo da garganta.

— Coitadas das crianças. Já faz meses.

Os outros ecoam o sentimento.

Com exceção de Niro.

— Pode ser ruim para elas, mas é bom para a gente — ele diz, sem qualquer compaixão. Me aproximo dele, de cara fechada.

— O que isso quer dizer? — resmungo.

— A Pedra Silenciosa deve ter deixado as crianças letárgicas, sonolentas. Ninguém vai notar quando as duas não se mexerem amanhã — ele diz enquanto cutuca os corpos nas costas de Rydal.

Seus dedos tamborilam contra a carne humana sem qualquer consideração.

Continuo carrancuda, ainda que esteja certo.

— Vamos tirá-las daqui — digo, estalando os dedos. — Sentinela Haven, por favor. Niro, esteja pronto para curá-los. Vão precisar disso.

Sei o que uma prisão de Pedra Silenciosa pode fazer a uma pessoa. Vi em Barrow. As bochechas chupadas, os olhos baços, os ossos saltados, a pele fria marcada pelas veias. E ela ainda era teimosa, alimentando-se de sua própria fúria para manter a sanidade. Tinha uma causa a que se agarrar, não importava quão tola e malfadada fosse. Os filhos do príncipe Bracken não passam de crianças com dez e oito anos de idade. São prateados, dependentes de seu poder, não têm lembranças de uma vida sem ele. Não quero saber o que a Pedra Silenciosa fez com ambos, mas não tenho escolha.

Preciso encarar os horrores da guerra nos olhos sem jamais piscar. Meu pai não piscava. Minha mãe e minha irmã não piscam. Preciso manter os olhos abertos se quero ter alguma esperança de vencer.

De vencer e voltar para casa.

Laeron destranca a porta usando o próprio cantil para formar uma chave de água. Leva um pouco mais de tempo, por conta da Pedra Silenciosa.

Por fim, ele abre a porta e se afasta, deixando que eu entre primeiro. Dou um passo trêmulo, e meu corpo se enrijece perante a sensação nada natural. É mais uniforme do que aquela de lutar com um silenciador. O poder deles pulsa com seu coração e sua concentração. Mas o poder da Pedra aqui é constante. Incessante. Engulo em seco.

Apesar de ter minha equipe na retaguarda, esperando por mim na feliz segurança do corredor, me sinto mais vulnerável do que nunca, como uma recém-nascida à beira de um penhasco.

As crianças dormem profundamente, cada uma delas aninhada numa cama bem-feita. Olho ao redor, esperando um guarda nas sombras. Não há nada além dos contornos tênues de um quarto bem mobiliado e das janelas com cortinas, que dão para os pinheiros e para o vale da cidade lá embaixo. Outra tortura. Ver o mundo além do seu alcance.

— Me ajudem a carregá-las para fora — murmuro, ansiosa para sair daqui.

Chego perto da menina de cabelo escuro deitada na cama mais perto de mim e ponho a mão no seu rosto. Pronta para tampar sua boca caso grite. A filha de Bracken se move ao meu toque, mas não acorda. À luz escassa, sua pele tem cor de âmbar preto polido.

— Acorde, Charlotta — murmuro. Meu coração bate duas vezes mais rápido. *Precisamos ir embora.*

O sentinela Haven não é tão cuidadoso com o príncipe Michael. Passa um braço por trás dos ombros dele, outro por baixo dos joelhos e o levanta. Como a irmã, ele acorda lentamente. Zonzo, moroso. A Pedra Silenciosa fez seu estrago.

— Quem...? — o garoto balbucia, piscando.

Do meu lado, a irmã dele se mexe, desperta depois de eu ter chacoalhado seus ombros de leve. Ela pisca para mim, e suas sobrancelhas se juntam, confusas.

— É hora da caminhada? — ela pergunta com a voz aguda e arfante. — Não vamos fazer bagunça, prometo.

— É — digo, aproveitando a chance. — Vamos dar uma caminhada para longe da Pedra. Mas vocês dois precisam ficar bem quietinhos e fazer exatamente o que dissermos.

Não é mentira, e deixa os dois bastante animados. Charlotta chega até a passar os braços ao redor do meu pescoço para me deixar pegá-la no colo. É mais leve do que eu esperava, mais um passarinho do que uma menina. Sua pele parece fresca e limpa. Se não fosse a Pedra Silenciosa, diria que estavam sendo bem tratados.

Michael se aninha no colo do sentinela Haven.

— Você é novo — ele diz, levantando os olhos para o sombrio.

Tomo um fôlego restaurador quando voltamos ao corredor, deixando a opressão do quarto. As crianças suspiram. Charlotta relaxa nos meus braços.

— Lembrem: façam o que dissermos — murmuro, desviando os olhos daquilo que Rydal e Niro prepararam.

O garoto faz que sim, mas ela levanta os olhos para mim com uma expressão intensa que eu não esperava encontrar numa criança.

— Está nos resgatando? — Charlotta sussurra.

Não vejo motivo para mentir, mas as palavras entalam mesmo assim. Porque posso falhar. Posso acabar deixando os dois morrerem. Eu mesma posso morrer na tentativa.

— Estou — digo com esforço.

— Deixe-me ver os dois. — Niro não perde tempo, acendendo uma lanterna no rosto de ambos que ofusca até a mim.

— Shhh — murmuro quando Michael geme. Lanço um olhar fulminante para Niro por cima da cabeça da garota, mas ele me ignora, focado nas crianças. Os olhos dele vão de um lado para o outro enquanto memoriza seus traços.

Quando se volta para o pacote no chão, não consigo desviar os olhos rápido o bastante. Acabo vendo de relance os pequenos corpos de dois vermelhos.

Ainda respiram. Sob o efeito de drogas pesadas, alheios demais para acordar sem ajuda. Mas ainda respiram.

Niro precisa de carne viva para trabalhar.

O sentinela Haven se vira como eu, dando as costas para o curandeiro e os vermelhos. Não podemos deixar que as crianças vejam o que estão fazendo. E não queremos assistir ao processo.

Fraca, algo dentro de mim sussurra quando estremeço ao som da lâmina sendo desembainhada. *Mantenha os olhos abertos, Iris Cygnet.*

— Que talento! — ouço Niro dizer a si mesmo com uma voz lupina e cheia de alegria.

O trabalho dele é na maior parte silencioso.

Mas só na maior parte.

ONZE

Mare

⚜

Mal dormi, apesar de estar exausta. Levamos até quase o amanhecer para voltar para Ascendant, com os curandeiros tratando nossos ferimentos ao longo de todo o caminho. Quando chegamos, só tínhamos umas poucas horas até o discurso que Davidson planejava fazer. Tentei dormir, mas quando a adrenalina da batalha com os saqueadores finalmente baixou, fui tomada pelo nervosismo por causa da reunião iminente. Passei o que restava da noite olhando através das cortinas, observando a luz azul que antecede o amanhecer ir crescendo. Agora estou inquieta enquanto espero no terraço inferior, mexendo no vestido. É desconfortável, de um roxo intenso, com uma faixa dourada na cintura e mangas largas apertadas nos pulsos. O decote é baixo e deixa ver a ponta da marca de Maven. Penteei o cabelo para trás, deixando o rosto à mostra. Exibo com orgulho as cicatrizes que descem pelo meu pescoço. Ideia minha, não de Gisa. Quero mostrar aos políticos de Montfort o quanto já sacrifiquei. E quero parecer o máximo possível com a garota elétrica, ainda que essa pessoa não seja real. Posso tirar forças dela, assim como tiro de Mareena. Ainda que sejam versões falsas de mim, também são pedaços de alguém real, por menores que sejam.

O nascer do sol nas montanhas é estranho. Espalha-se atrás de mim, lançando raios de luz por cima dos picos e além. Lenta e inexoravelmente, a escuridão esvanece, fugindo com a neblina matinal ao longo das encostas da cidade. Ascendant parece acordar com a luz, e um rumor baixo de atividade reverbera até o palácio.

A rainha Anabel não é de atrasar, especialmente para algo tão importante. Ela desce a entrada do palácio com o neto e seus guardas bem próximos. Julian segue um pouco atrás, os braços cruzados sobre os trajes longos e dourados. Olha nos meus olhos e acena com a cabeça. Retribuo o cumprimento. Posso não concordar com sua decisão de apoiar o sobrinho, mas a compreendo. Compreendo o apoio à família acima de qualquer coisa.

Com as cores de Lerolan — vermelho e laranja flamejante —, Anabel parece mais um sentinela protegendo seu rei do que a avó dele. E é tão mortal quanto um. Usa um casaco brocado com uma túnica combinando. A calça preta justa tem a barra decorada com bronze reluzente, lembrando uma armadura. Anabel Lerolan está preparada para o tipo de luta que não se trava no campo de batalha. O sorriso que abre para mim não condiz com seu olhar.

— Majestade — cumprimento, baixando de leve a cabeça. — Tiberias — acrescento, dirigindo-lhe um olhar fugaz.

Ele sorri sozinho, com uma admiração sombria pela minha recusa de chamá-lo de qualquer outra coisa, como seu apelido ou seu título.

— Bom dia — Tiberias responde. Está bonito como sempre. Talvez até mais. A batalha contra os saqueadores ainda paira sobre ele. Quase posso sentir o cheiro das cinzas que deve ter passado a noite esfregando até sair. *Talvez fosse melhor não pensar nele tomando banho*, lembro a mim mesma.

O amanhecer combina com o príncipe de fogo, com seu manto escarlate sobre os trajes de seda negros. Ele usa a coroa sobre o cabelo preto ajeitado. Trabalho de um magnetron. Mais uma das criações de Evangeline. A coroa combina com Tiberias. Não tem joias ou detalhes intrincados: é apenas um aro simples de ferro, esculpido na forma de uma labareda. Percorro-a com os olhos, concentrada nessa coisa tão simples que Tiberias tanto ama.

Embora a tensão ainda exista entre nós, não sinto o ódio ou a raiva de ontem. Nossas palavras na montanha, ainda que poucas, surtiram um efeito calmante. Queria que tivéssemos tempo para chegar a algum entendimento.

Mas que entendimento pode existir?

Por mais que tente, não consigo apagar a esperança que arde no meu coração. Quero que ele me escolha. Perdoaria tudo se ele admitisse o erro. Essa esperança se recusa a morrer, por mais idiota que seja.

É a aparência de Farley que mais me choca. Não porque sua perna está curada — isso eu esperava. Ela vem atrás do impecável primeiro-ministro, e a princípio não a reconheço. Foi-se o uniforme surrado, o macacão vermelho-escuro manchado pelo uso, desgastado pelas batalhas. No lugar dele, usa um uniforme de gala, mais semelhante a algo que Tiberias ou Maven usariam. Jamais Farley.

Pisco admirada para ela, observando-a ajustar as mangas de seu casaco rubro, feito sob medida. A insígnia de general, três quadrados de ferro, foi costurada ao colarinho. Ela carrega medalhas e condecorações no peito, de metal e fita. Duvido que sejam reais, mas a fazem parecer impressionante. Está claro que Davidson e Carmadon a ajudaram a se vestir para a reunião, com o intuito de legitimar a Guarda Escarlate através dela. Acrescentando a cicatriz no canto da boca e o aço rígido no azul de seus olhos, me pergunto se existe algum político capaz de negar o que ela pede.

— General Farley — digo, abrindo um sorriso torto. — Belos trajes.

— Cuidado, Barrow, senão vou te obrigar a usar um destes também — ela resmunga enquanto briga com as mangas. — Mal consigo me mexer nesta coisa.

O casaco está justo nos ombros, impedindo a movimentação com que ela está acostumada. A movimentação necessária numa briga.

Reparo no quadril dela, e na calça feita sob medida e enfiada dentro das botas.

— Sem arma?

Farley faz uma careta.

— Nem me lembre.

Evangeline Samos chega por último, o que não é nenhuma surpresa. Passa pelas grandes portas de carvalho ladeada pelos primos, que usam casacos cinzentos com detalhes pretos que combinam perfeitamente. O vestido dela é de um branco ofuscante que passa a um preto intenso como nanquim nas mangas e na cauda comprida. À medida que se aproxima, percebo que se trata de lasquinhas de metal resplandecente, formando um degradê perfeito desde o branco perolado, passando pelo cinza-aço até o preto-ferro. Ela avança com determinação, deixando o vestido se espalhar atrás de si, raspando nas pedras verdes e brancas do piso.

— Quem dera conseguíssemos repetir uma entrada dessas na Galeria do Povo — Davidson murmura para Farley e para mim, observando Evangeline se aproximar. Ela endireita os ombros, caminhando com altivez.

O primeiro-ministro mantém sua simplicidade esplêndida de sempre, vestindo um terno verde-escuro com botões brancos esmaltados. Seu cabelo grisalho, lambido para trás, reluz.

— Podemos? — ele diz, apontando para os arcos que conduzem para fora do palácio.

Em nossas diferentes cores e em graus diferentes de prontidão, todos o seguimos pelas escadarias sinuosas que dão para a cidade.

Gostaria que a caminhada fosse mais longa, mas a Galeria do Povo, o edifício onde o governo de Montfort se reúne para discutir assuntos como o nosso, não fica longe, separada do palácio do primeiro-ministro por poucas centenas de metros ladeira abaixo. De novo, nada de muros para defender um lugar tão importante. Arcadas de pedra branca e terraços arrebatadores circundam a construção abobadada com vista para Ascendant e o vale. O sol continua a se levantar, refletindo na cúpula verde dezenas de metros à frente. O vidro é imperfeito demais para ter sido feito por prateados, e fica ainda mais bonito com as ranhuras e curvas imperfeitas que captam a luz de formas mais interessantes do que painéis lisos e meticulosos. Choupos de casca cinzenta e folhas douradas erguem-se em intervalos regulares, contornando a estrutura feito colunas vivas. *Eles* são obra dos prateados. De verdes, sem dúvida.

Soldados ladeiam cada árvore, em seus trajes verde-escuros. Orgulhosos, impassíveis. Atravessamos o longo passadiço de mármore até as portas escancaradas da Galeria.

Respiro fundo para acalmar os nervos. Não vai ser difícil. Montfort não é nosso inimigo. E nosso objetivo é claro. Obter o maior exército que pudermos. Derrubar o rei louco e seus aliados, obcecados em se manter no poder, mesmo à custa de vidas vermelhas e de sanguenovos. Não deve ser difícil para a República Livre de Montfort concordar. Não luta pela igualdade, afinal?

Pelo menos foi o que me disseram.

Cerrando os dentes, estendo o braço e tomo a mão de Farley. Aperto seus dedos calejados só por um segundo. Ela aperta os meus também, sem hesitar.

O primeiro salão é cheio de colunas. Suas paredes são decoradas com seda verde e branca atada com fitas prateadas e vermelhas. As cores de Montfort e dos dois tipos de sangue. O sol entra pelas claraboias, preenchendo o espaço com um brilho etéreo. Há passagens para várias câmaras, visíveis pelos arcos entre as colunas ou trancadas atrás de portas de carvalho polido. E, claro, há pessoas no salão, todas de olho em nós. Homens e mulheres, vermelhos e prateados, suas peles numa vasta gama de tons, desde porcelana até meia-noite. Tento me blindar, me proteger do olhar deles.

À minha frente, Tiberias segue de cabeça erguida, com a avó no braço direito enquanto Evangeline segura o esquerdo. Ela faz questão de acompanhar o ritmo das passadas largas dele. Nenhuma filha da Casa Samos anda atrás de quem quer que seja. A cauda do seu vestido obriga Farley e eu a manter distância. Não que eu me importe.

Julian caminha atrás de nós duas. Consigo ouvi-lo murmurar consigo mesmo enquanto olha para lá e para cá. Fico surpresa que não tome notas.

A Galeria do Povo faz jus ao nome. À medida que nos aproximamos da entrada da câmara, ouço o burburinho de centenas de vozes aumentando rápido, até abafar quase tudo exceto as batidas do meu próprio coração.

Portas enormes pintadas de branco e verde e envernizadas se abrem suavemente, as dobradiças bem azeitadas, como se elas se curvassem diante da vontade do primeiro-ministro. A entrada de Davidson é recebida com o barulho crescente de aplausos, que vai se espalhando à medida que o seguimos pelo anfiteatro.

Há centenas de pessoas apinhadas nas fileiras de assentos em meia-lua, a maioria usando ternos como o de Davidson, em tons variados de verde e branco. Alguns são claramente militares, a julgar pelos uniformes de gala e pelas insígnias. Todos se levantam à nossa entrada, batendo palmas... Em homenagem a nós? Ou ao primeiro-ministro?

Não sei.

Alguns não aplaudem, mas se levantam mesmo assim. Por respeito ou tradição.

Os degraus do corredor são baixos. Eu seria capaz de descê-los correndo, de olhos fechados. Mesmo assim, me concentro nos meus pés e na barra do meu vestido.

Davidson avança até seu assento, na frente e no centro, ladeado pelos políticos ainda em pé. Há cadeiras vazias para nós também, cada uma marcada por um tecido colorido. Laranja para Anabel, prata para Evangeline, roxo para mim, escarlate para Farley, e assim por diante. Enquanto Davidson cumprimenta os homens e as mulheres à sua volta, apertando as mãos deles com um sorriso aberto e carismático, assumimos nossos lugares.

Não importa quantas vezes eu seja obrigada a desfilar, nunca me acostumo.

Não é assim para Evangeline. Ela senta ao meu lado, ajeitando as dobras do vestido com uma única passada de mão. Então arqueia a sobrancelha, imperiosa, como uma pintura viva. Nasceu para momentos assim; mesmo que estivesse desconfortável, nunca demonstraria.

— Mate esse medo, garota elétrica — ela murmura para mim, dirigindo-me um olhar enérgico. — Você já fez isso antes.

— Verdade — cochicho de volta, pensando em Maven, seu trono e todas as coisas vis que eu disse ao seu lado. Isso deve ser fácil em comparação. Não vai me despedaçar.

Davidson não senta, só observa os outros presentes assumirem seus lugares numa simultaneidade estrondosa.

Ele junta as mãos e curva a cabeça. Uma mecha de cabelo grisalho cai sobre seus olhos.

— Antes de começarmos, gostaria que fizéssemos um minuto de silêncio por aqueles que caíram na noite passada defendendo nosso povo dos saqueadores. Eles não serão esquecidos.

Todos ali, políticos e militares, inclinam a cabeça em aprovação e a mantêm assim. Alguns fecham os olhos. Não sei o que é mais apropriado, então imito o primeiro-ministro, enlaçando os dedos e afundando o queixo.

Depois de alguns instantes que parecem durar uma eternidade, Davidson volta a erguer a cabeça.

— Meus caros compatriotas — diz, e sua voz ecoa pelo anfiteatro. Alguma coisa na arquitetura do lugar maximiza a acústica. — Gostaria de agradecer a vocês. Tanto por concordar com essa sessão especial da Galeria do Povo como... por aparecerem.

Ele faz uma pausa, sorrindo diante da onda de risadas educadas que recebe. A piada insossa é útil. Pelas reações, consigo apontar com precisão quem são os apoiadores de Davidson. Alguns políticos não se deixam levar — para minha surpresa, tanto vermelhos quanto prateados, a julgar pelo leve tom de sua pele.

Davidson continua, andando de um lado para o outro:

— Como todos sabemos, nossa nação é jovem, construída pelas nossas próprias mãos ao longo das duas últimas décadas. Sou apenas o terceiro primeiro-ministro, e muitos de vocês estão no primeiro mandato. Juntos representamos a vontade e o interesse do nosso povo diversificado, trabalhando por sua segurança. Nos últimos meses, tenho feito o que julgo necessário para preservar o que nosso país é e salvaguardar o que ambiciona ser.

As linhas na testa de Davidson se aprofundam, e seu rosto fica mais sério. Ele retoma:

— Um farol de liberdade. Uma esperança. Uma luz na escuridão que nos cerca. Montfort é o único país neste continente onde a cor do sangue não governa. Onde vermelhos, prateados e rubros trabalham lado a lado, de mãos dadas, para construir um futuro melhor para *todos* os nossos filhos.

Aperto as mãos, e os nós dos meus dedos ficam brancos. O país de que Davidson fala, o que ele representa... será mesmo possível? Um ano atrás, a Mare Barrow com lama até os joelhos em Palafitas não teria acreditado nele. Não seria capaz disso. Eu estava alienada tanto pelo que haviam me ensinado como pelo único mundo que me permitiam ver. Minha vida era limitada pelas fronteiras do trabalho ou do recrutamento. Dois destinos possíveis. Já seguidos por milhares, milhões. Não adiantava sonhar que a vida poderia ser diferente. Só partiria um coração já partido.

É cruel dar esperanças quando não há nenhuma, meu pai me disse uma vez. Mas nem mesmo ele repetiria tal coisa. Não agora, quando vimos que a esperança é real.

Esse lugar, esse passo em direção a um mundo melhor, de alguma maneira também é real.

Está bem diante dos meus olhos. Representantes vermelhos com seus rostos corados ao lado de prateados. Um líder sanguenovo bem diante de nós. Farley, com seu sangue tão vermelho quanto a aurora, sentada perto de um rei prateado. E até eu. Também estou aqui. Minha voz conta. Minha esperança conta.

Estreito os olhos para além de Evangeline, para o verdadeiro rei de Norta. Ele me seguiu até aqui porque ainda me ama, porque ama uma vermelha. E porque realmente quer ver as coisas com os próprios olhos.

Espero que veja o mesmo que vejo aqui. Se ele conquistar o trono, se não conseguirmos detê-lo, espero que aplique o que o primeiro-ministro está dizendo.

Tiberias olha para as próprias mãos, com os dedos cravados nos braços da cadeira e os nós tão brancos quanto os meus.

— Contudo, não podemos afirmar que somos livres, não podemos ser qualquer tipo de farol, se permitimos atrocidades nas nossas fronteiras. — Davidson avança até os assentos mais baixos, olhando um político de cada vez. — Se olhamos para os lados e vemos vermelhos escravizados, rubros massacrados, vidas esmagadas por pés prateados.

Os prateados conosco não se abalam. Nem tentam negar o que o primeiro-ministro está dizendo. Anabel, Tiberias e Evangeline mantêm os olhos voltados para a frente, os rostos congelados na mesma expressão.

Davidson caminha de volta, completando um círculo no chão.

— Há um ano, solicitei autorização para interferir. Para usar uma fração das nossas Forças Armadas para ajudar a Guarda Escarlate a se infiltrar em Norta, Lakeland e Piedmont, reinos construídos com tirania. Era um risco. Expôs nossa nação, que vinha crescendo em segredo. Mas vocês concordaram benevolentemente. — Ele une as pontas dos dedos e faz uma espécie de reverência para a Galeria. — Agora peço novamente. Mais soldados, mais dinheiro. Para derrubar regimes assassinos, para podermos olhar nossos próprios rostos no espelho. Para podermos dizer a nossos filhos que não cruzamos os braços e assistimos a crianças iguais a eles serem assassinadas ou condenadas. É nosso dever lutar, agora que podemos.

Um dos políticos se levanta. É um prateado com cabelo loiro fino, pele branca feito osso e roupas de um esmeralda intenso. Suas unhas polidas a ponto de brilhar são estranhamente compridas.

— Você fala de derrubar um regime, primeiro-ministro — ele diz. — Mas vejo ao seu lado um jovem com sangue prateado e uma coroa na cabeça, a única nesta galeria. Sabe tão bem quanto eu quantas coroas tivemos que destruir para forjar nosso país. Quanto tivemos que queimar para nos erguer das cinzas.

O político toca a própria testa. O significado do gesto é claro. Uma das coroas derrubadas foi a dele. Cerro os dentes para segurar a vontade de virar para Tiberias e berrar: *Viu como é possível?*

Davidson curva a cabeça.

— É a mais pura verdade, representante Radis. A República Livre foi construída através da guerra, do sacrifício e, acima de tudo, da oportunidade. Antes de surgirmos, as montanhas eram uma colcha de retalhos de pequenos reinos, que lutavam para dominar uns aos outros. Não havia unidade. Foi fácil nos infiltrar pelas rachaduras e acabar com o que já estava se quebrando. — Davidson faz uma pausa. Seus olhos se acendem. — Enxergo uma oportunidade semelhante agora, nos reinos prateados do leste. Temos espaço para mudar as coisas em Norta. Para refazer as coisas, tornando-as melhores.

Outra pessoa se levanta, uma vermelha de pele lisa acobreada e cabelo preto bem curto, com um vestido branco cruzado por uma faixa verde-oliva.

— Vossa Majestade concorda com isso? — ela pergunta, fixando os olhos em Tiberias.

Ele hesita, surpreso com sua franqueza. Não é tão rápido com as palavras como seu maldito irmão.

— Norta está tomada pela guerra civil — ele responde, vacilante. — Mais de um terço da nação se separou, alguns jurando fidelidade ao reino de Rift, cujo líder é pai de minha noiva. — Firmando o maxilar, ele gesticula para Evangeline ao seu lado, que não reage. — Outros se aliaram a mim. Desejando me pôr de volta no trono do meu pai e expulsar meu irmão — um músculo salta em sua bochecha —, que o ocupou depois de assassiná-lo.

Tiberias baixa os olhos devagar. Posso ver seu peito subir e descer rápido sob a capa vermelha. Pensar em Maven ainda dói, em Tiberias mais do que em mim. Eu estava lá quando Maven e Elara o forçaram a matar o antigo rei. Esse momento terrível está escrito no seu rosto sombrio com a clareza das letras de um livro.

A representante não se dá por satisfeita. Inclina a cabeça para o lado e junta seus longos dedos.

— Os informes dizem que o rei Maven é amado pelo povo. Por aqueles que ainda lhe são fiéis, digo. Inclusive pela população vermelha de Norta.

Uma baixa corrente de calor atinge minha pele exposta. O suficiente para indicar o desconforto de Tiberias. Cerro os punhos e falo antes que ele seja obrigado a fazê-lo:

— Maven é um manipulador muito hábil — digo à mulher. — Usa sua imagem de menino obrigado a assumir o trono para enganar qualquer um que não o conheça de verdade.

E às vezes até quem conhece. Tiberias principalmente. Ele me disse uma vez que estava à procura de murmuradores sanguenovos mais fortes do que a rainha Elara, talvez capazes de consertar o estrago que ela causara. Um desejo impossível, um sonho terrível. Vi Maven livre das maquinações dela. Mesmo com Elara morta, ele continua sendo o monstro que ela o obrigou a ser.

A representante volta seu olhar para mim.

— Ele negociou uma aliança com Lakeland — prossigo —, encerrando a guerra para a qual mandavam vermelhos como eu. Acabou com as restrições que seu pai tinha imposto a eles. É simples entender o motivo do apoio. É fácil ganhar a simpatia das pessoas que você alimenta.

Enquanto falo, penso em mim, na minha família. Em Palafitas. Em Cameron e nas favelas cheias de vermelhos. Onde estaríamos se ninguém tivesse quebrado o muro ao nosso redor? Se ninguém tivesse nos mostrado como o mundo deveria ser?

— Principalmente quando você controla o que elas veem nas telas — concluo.

A mulher abre um sorriso para mim, mostrando seus dentes separados.

— Você tem sido uma pedra no sapato dele, Mare Barrow. E uma bênção também. Vimos vídeos da sua captura. Suas palavras também renderam mais apoiadores para ele.

O calor que sinto não é de Tiberias, mas da minha própria vergonha. Ele estende suas garras pelo meu rosto e esquenta minhas bochechas.

— É verdade. E isso me envergonha — digo, seca.

À minha esquerda, Farley cerra o punho. Ela se inclina para a frente e diz:

— Você não pode culpar alguém por palavras ditas sob a mira de um revólver.

A vermelha fica tensa.

— E não culpo. Mas sua imagem foi muito explorada, srta. Barrow. Você não vai ter muito sucesso se tentar persuadir o povo a mudar de lado agora. E, me perdoe, mas tudo o que aconteceu torna mais difícil confiar no que você diz agora e em quem representa.

— Então fale comigo — Farley dispara, e sua voz ecoa pela Galeria. O vermelho das minhas bochechas se abranda com o frescor do alívio. Olho para ela, mais agradecida do que nunca. Farley mantém seu gênio sob controle, usando-o como combustível. — Sou general da Guarda Escarlate, oficial de alta patente do Comando. Minha organização tem trabalhado nas sombras há anos, desde as costas congeladas de Hud até as planícies de Piedmont, e em todos os lugares no meio. Fizemos muito com pouco. Imagine o que conseguiríamos com mais.

Do outro lado da câmara, mais um representante de Montfort ergue a mão cheia de anéis de ouro brilhantes. É vermelho, e fala com um sorriso cortante e irônico:

— *Muito?* Perdão, general, mas antes de começarem a trabalhar conosco, sua Guarda Escarlate era pouco mais do que uma rede de criminosos. Traficantes, ladrões e até assassinos.

Farley funga antes de retrucar:

— Fizemos o necessário. O primeiro-ministro fala de trabalhar entre as rachaduras. *Nós* abrimos as rachaduras. Transportamos milhares para longe do perigo. Vermelhos que precisavam de ajuda. Sanguenovos também. O próprio primeiro-ministro de vocês nasceu em Norta, não? — Ela estica o queixo na direção de Davidson, que a encara. — Foi quase executado pelo crime de ter nascido vermelho. Salvamos gente como ele todos os dias.

O representante dá de ombros.

— A questão é que você não pode fazer só isso, general — ele diz. — Apesar de sua causa ser justa, é preciso fazer algumas concessões. Vocês são um grupo sem nação, sem cidadãos a quem prestar contas. Seus métodos vão além do que se costuma praticar na guerra. Temos que pensar em nosso povo.

— Prestamos contas a todos, senhor — Farley responde, tranquila. Ela vira a cabeça só um pouco, o bastante para deixar a cicatriz ao lado da boca refletir a luz que vem da cúpula. — Sobretudo àqueles que acham que ninguém os ouve. *Nós* ouvimos, e fazemos, e lutamos. E vamos continuar a lutar. Até seu último suspiro, a Guarda Escarlate vai fazer o possível para consertar o que está quebrado. Com ou sem sua ajuda.

Ainda andando de um lado para o outro, Davidson passa por Farley e lhe lança um olhar que não consigo decifrar, com os lábios apertados numa linha neutra. Não sei dizer se está satisfeito ou furioso.

O representante prateado chamado Radis se levanta de novo. Não parece ter nem trinta e cinco anos, mas é velho o bastante para se lembrar de como era o país antes de Montfort. Ele olha para todos nós.

— Então estão propondo que apoiemos um novo rei prateado e o ajudemos a subir ao trono?

À minha direita, Evangeline sorri. Consigo ver que ela cobriu os caninos com prata. É medonho, e um recado, como o resto da imagem que passa. Vai devorar o coração de qualquer um no seu caminho. Inclusive o de nós todos.

— Dois, na verdade — ela diz, projetando a voz por todo o anfiteatro. — Meu pai, rei de Rift, também deve ser reconhecido como tal.

Um canto da boca de Tiberias estremece, e Anabel entorta os lábios. Como antes, em Corvium, Evangeline faz o máximo para atrasar qualquer progresso que seu noivo venha a fazer.

Radis retribui o sarcasmo com os olhos cinza faiscando:

— Como disse, primeiro-ministro, a República Livre foi construída a partir de reinos assim. Sabemos o que são e no que se tornam. — Ele desvia o olhar de Evangeline para Tiberias. — Não importa quão nobre, quão verdadeiro ou quão honrado seja o governante.

Uma ruga aparece quando a máscara neutra de Davidson ameaça cair. Ele curva a cabeça de leve, reconhecendo o valor da afirmação de Radis. Outros começam a murmurar pela Galeria, ruminando sobre a mesma falha na aliança. Davidson e a Guarda têm outros planos em vista, sem qualquer intenção de apoiar mais monarquias, mas não podemos discutir isso na frente dos prateados.

A mentira me vem fácil.

— Você falou uma coisa antes, primeiro-ministro — digo, levantando rápido da cadeira. — Antes da segunda batalha de Corvium, quando ainda estávamos em Piedmont.

Davidson se vira com tudo para mim, arqueando a sobrancelha.

— *Um sacrifício pequeno por tanto* — continuo, destacando cada palavra.

Ser o foco da atenção de toda a Galeria me faz tremer. Eles têm que concordar. Precisamos do seu apoio se queremos acabar com o reinado de Maven e impedir Tiberias de pegar a coroa que ele deixar cair. — A mudança pode vir rápido ou devagar. Mas o movimento tem que ser sempre para a frente. Sei que alguns de vocês olham para o rei Tiberias, a rainha Anabel e a princesa Evangeline e se perguntam qual é a diferença. Por que derramar nosso sangue para dar um trono a eles é melhor do que permanecer vivos e deixar Maven no poder?

Radis me olha do alto do seu nariz comprido.

— Porque você afirma que Maven Calore é um monstro. Um garoto perverso sem freios.

Jogo a cabeça para o lado e passo a trança para trás. Como Farley, deixo minhas cicatrizes contarem sua própria história. O M na minha clavícula ferve sob o olhar de centenas de pares de olhos.

— Maven Calore é, sem dúvida, sem discussão, a pior alternativa — digo, dirigindo minhas palavras a todos eles. — Não só nunca fará Norta avançar, como vai arrastá-la para trás. Ele não tem consideração pelas vidas vermelhas *ou* prateadas. Não pensa em igualdade. É incapaz de enxergar além do seu desejo de vingança e de ser amado. E, diferente de Tiberias, diferente do rei Volo em Rift, diferente de talvez qualquer monarca prateado respirando hoje, está disposto a fazer qualquer coisa para manter sua coroa.

Devagar, Radis senta, gesticulando para que eu continue. Não que precise de sua autorização. Ainda assim, me sinto orgulhosa.

— Sim — digo a todos. — Na maior parte das circunstâncias, seria melhor vocês ficarem aqui, protegidos por suas montanhas, isolados do mundo. Se tivessem estômago para ignorar as atrocidades de Norta e de seus aliados. — Alguns se mexem nos assentos. — Mas não agora. Não com Lakeland ao lado de Maven. Vocês podem levar o tempo que quiserem para decidir se vão ampliar sua ajuda, mas o alerta já soou. Vocês votaram a nosso favor antes. Seus soldados estavam no Palácio de Whitefire quando fui resgatada. Seu Exército nos ajudou a proteger as muralhas de Corvium. E Maven Calore jamais esquecerá o que fizeram. Jamais esquecerá que me roubaram dele.

Você é como Thomas, Maven me disse uma vez. Ainda o ouço murmurar na minha cabeça. *É a única pessoa com quem me importo. A única pessoa que me lembra que estou vivo. Que não estou vazio. Nem sozinho.*

Ele já era um monstro na época, quando me mantinha presa no seu palácio, presa dentro da minha própria pele. Imagino que tipo de animal é agora, sem nada nem ninguém a não ser fragmentos de sua mente.

Cerro os dentes, tentando prever seus movimentos seguintes. Não nos próximos dias, mas daqui a meses. Anos.

— Um dia, os exércitos dele estarão à sua porta. Vindos de Norta, de Lakeland. — A imagem paira diante dos meus olhos, as Grandes Casas com suas cores, o azul real de Lakeland. — Marchando com toda a fúria, atrás de um escudo de soldados vermelhos que vocês serão obrigados a matar. Montfort pode até vencer, mas muitos de vocês vão morrer. Quantos, não sei dizer. Só posso garantir que serão mais.

A vermelha de cabelo preto estica a mão para chamar a atenção. Seu olhar passa por mim e pousa em Farley, ainda no seu assento.

— Concorda com isso, general? — ela pergunta, e então aponta para Tiberias. — Acredita que *esse* rei prateado vai ser melhor do que aquele que está no trono?

Farley responde com escárnio:

— Tiberias Calore me preocupa muito pouco. — Meu rosto se contrai e puxo o ar pelos dentes. *Farley.*

Mas ela ainda não terminou.

— Então pode acreditar em mim quando digo que sim.

A representante acena de leve com a cabeça, satisfeita com a resposta. Não é a única. Muitos dos políticos na Galeria, tanto vermelhos como prateados, cochicham.

— E então, majestade? — a mulher acrescenta, voltando a atenção para Tiberias.

Ele se agita no assento. À direita, Anabel toca seu braço com os dedos ligeiros. Tenho experiência suficiente com mães prateadas para saber que ela seria considerada escandalosamente materna, gentil e carinhosa demais.

Sento enquanto ele se levanta e dá um passo à frente. Davidson enfim assume sua cadeira e deixa Tiberias de pé sozinho. Sua figura parece magnífica contra o granito e o mármore brancos, e a cúpula verde vertiginosa acima de nós. O vermelho da sua capa lembra chamas violentas, um jorro de sangue fresco.

Tiberias ergue o queixo.

— Passei quase um ano no exílio, depois de ser traído pelo meu irmão. Mas também... — Ele faz uma pausa, preparando-se para as palavras. — Mas também pelo meu pai. Ele me criou para ser como os reis anteriores: implacável, imutável. Atado ao passado. Disposto a travar uma guerra sem fim. Casado com a tradição.

Pela primeira vez, Evangeline estremece. Suas unhas afiadas se cravam nos braços da cadeira.

Tiberias prossegue:

— A verdade é que Norta já estava dividida em duas bem antes de meu pai ser assassinado. Senhores prateados em cima, e vermelhos embaixo. Eu sabia que era errado, como todos sabemos, lá no fundo. Mas há limites ao poder dos reis, e eu pensava que mudar a pedra fundamental de um país, que reordenar os males da sociedade, fosse um deles. Pensava que o equilíbrio atual, por mais injusto que fosse, era melhor do que o risco de afundar o reino no caos. — A voz dele vibra com determinação. — Mas estava errado. Muitas pessoas me ensinaram isso. Você foi uma delas, primeiro-ministro — Tiberias diz, olhando para Davidson. — E cada um de vocês. Seu país, por mais estranho que nos pareça, prova que é possível traçar novas linhas. Que um tipo diferente de equilíbrio pode ser sustentado. Como rei de Norta, pretendo enxergar o que antes não conseguia. E fazer tudo o que puder para superar os abismos entre vermelhos e prateados. Curar as feridas. Mudar o que deve ser mudado.

Já o ouvi falar com eloquência antes. Foi o que aconteceu em Corvium, quando disse praticamente a mesma coisa. Ele jurou mudar o mundo conosco. Apagar a divisão entre vermelhos e prateados. Suscitou orgulho em mim na ocasião, mas não agora. Sei o que as palavras dele querem dizer e sei exatamente até onde se estendem suas promessas. Sobretudo quando a coroa está em jogo.

Mesmo assim, fico boquiaberta quando Tiberias apoia um joelho no chão. Sua capa se espalha à sua volta, vibrante e sangrenta contra o mármore.

O burburinho aumenta quando ele inclina a cabeça.

— Não peço a ninguém que lute por mim, mas ao meu lado — Tiberias diz devagar.

A mulher de cabelo preto é a primeira a falar, com a cabeça inclinada para o lado:

— Já sabemos que não é do tipo que manda os outros lutarem no seu lugar, majestade. Isso ficou claro na noite passada. Minha filha, a capitã Viya, lutou com você na Via do Falcão.

Ainda ajoelhado, Tiberias não diz nada, apenas acena com a cabeça. Um músculo salta na sua bochecha.

Do outro lado da câmara, Radis gesticula para Davidson, agitando a mão. Em seguida, uma brisa súbita percorre a Galeria. Concluo que ele é um dobra-ventos.

— Ponha em votação, primeiro-ministro — o prateado diz.

Davidson afunda o queixo. De seu assento, lança um olhar abrangente, que percorre os muitos políticos reunidos. Pergunto-me o que ele enxerga em seus rostos. Depois de um longo instante, ele suspira.

— Muito bem, representante Radis.

— Voto sim — Radis diz logo, com firmeza, e se senta.

Do chão, Tiberias pisca rápido, tentando esconder a surpresa. Minha reação é a mesma.

E ela só cresce a cada sim que ecoa, saídos de dezenas de lábios. Conto sozinha. *Trinta. Trinta e cinco. Quarenta.*

Há alguns "nãos" aqui e ali, o bastante para moderar qualquer esperança. Mas eles são logo ofuscados, abafados pela resposta de que necessitamos tão desesperadamente.

Por fim, Davidson abre um sorriso e se levanta mais uma vez. Ele avança até Tiberias e toca seu ombro, gesticulando para que fique de pé.
— Você conseguiu seu exército.

DOZE

Evangeline

❧

APESAR DE MONTFORT SER BONITA, estou muito feliz por partirmos pouco tempo depois da nossa chegada. Mais ainda: vou para casa. Para a mansão Ridge, Ptolemus, Elane. Estou tão satisfeita que mal me incomodo de fazer minhas próprias malas.

É a decisão mais inteligente. Até os vermelhos sabem. Rift fica mais perto de Montfort do que a base de Piedmont, sem falar que não está cercada por território de Bracken. É um lugar bem protegido e forte. Maven não vai ordenar um ataque às nossas terras, e teremos tempo para juntar nossos recursos e nossos exércitos.

Ainda assim, minha pele fica a tarde inteira arrepiada. Mal consigo digerir o sorriso largo de Cal quando saímos para o pátio do palácio de Davidson. Às vezes gostaria que ele tivesse apenas um grama da astúcia de Maven, ou pelo menos bom senso. Assim talvez entendesse o que aconteceu pela manhã na Galeria do Povo. Cal confia demais, é *bom* demais, ficou satisfeito demais com seu próprio discursinho para perceber as manipulações de Davidson.

A votação já estava certa. Tenho certeza. Os políticos de Montfort já sabiam o que o primeiro-ministro ia pedir, e já sabiam o que iam responder. O exército já estava garantido. Todo o resto, toda a visita à cidade, foi espetáculo e sedução.

É o que eu faria.

As palavras de Davidson para mim foram uma forma de sedução também. *Outra coisinha que temos permissão de fazer aqui,* disse assim que cheguei. Ele sabe sobre Elane, sabe exatamente o que dizer para me balançar. Para me fazer pensar. Para que eu considere, ainda que por um instante, a possibilidade de jogar minha vida fora em troca de um lugar aqui.

O primeiro-ministro é bom de lábia, para dizer o mínimo.

Cal atravessa o pátio para se despedir dele e de Carmadon. Ao olhar para o casal, sinto o ímpeto familiar da inveja e depois náusea. Dou as costas, para olhar para qualquer outra coisa.

Meus olhos se detêm sobre outra desprezível demonstração pública de sentimentos. Mais uma rodada nauseante de despedidas antes que essa tropa de fantoches parta para Rift.

Não entendo por que Mare não pode se despedir lá dentro, onde o restante de nós não precisaria assistir a tamanho espetáculo. Como se a perda dela fosse original. Como se fosse a única aqui que teve que abrir mão de alguém.

Mare dá adeus aos membros da família um a um, cada abraço mais demorado que o anterior. A mãe chora; o pai chora; os irmãos choram. Ela se esforça para não fazer o mesmo, mas fracassa. As fungadas abafadas ecoam pela pista de decolagem, e o restante de nós é forçado a agir como se não estivesse esperando as despedidas chorosas acabarem.

É uma coisa tipicamente *vermelha*, imagino. Eles não têm que se preocupar com o que uma demonstração de fraqueza pode causar, porque, no geral, já são fracos. Alguém devia conversar a respeito com Barrow. A esta altura ela já devia saber a importância de manter sua imagem.

O vermelho alto, o bichinho de estimação loiro e bronzeado de Barrow, também abraça a família dela como se fosse sua. Imagino que vá continuar conosco então.

A conversa sussurrada entre Cal e Davidson parece chegar perto de um fim. O primeiro-ministro não vai voltar com a gente, por enquanto. Agora que seu governo concordou em nos ajudar com força total, tem muito o que organizar. Prometeu nos encontrar em Rift em cerca de uma semana. Mas não acho que seja disso que estão falando. Cal parece acalorado demais, nervoso demais, apertando o braço de Davidson com força e sem vacilar. Os olhos, porém, se mantêm serenos. Ele está pedindo alguma coisa, alguma coisa pequena e sem importância para qualquer outra pessoa.

Ao se afastar, o príncipe passa por Mare a passos largos e ligeiros. Os irmãos dela o observam ir, seus olhares acompanhando os passos dele. Se fossem ardentes da Casa Calore, acho que Cal estaria pegando fogo. A irmã parece menos hostil e mais frustrada. Fecha a cara diante daquela retirada, mordendo o lábio. Fica mais parecida com Mare quando faz isso, principalmente quando assume um ar de desprezo.

Cal para à minha direita, com as pernas bem espaçadas e os braços cruzados sobre o uniforme preto simples.

— Você precisa de uma máscara melhor, Calore — sussurro. Ele faz cara feia. — E Mare precisa cumprir o horário.

— Ela está deixando a família para trás, Evangeline — ele resmunga em resposta. — Podemos perder esses minutos.

Respiro fundo e confiro as unhas. Nada de garras hoje. Não preciso delas na viagem de volta para casa.

— Tantas regalias quando se trata de Barrow. Gostaria de saber onde fica o limite, e o que vai acontecer quando ela ultrapassá-lo.

Em vez de rebater com força, como eu esperava, ele solta um risinho baixo do fundo da garganta.

— Pode espalhar sua infelicidade o quanto quiser, *princesa*. É a única coisa que te resta.

Cerro os dentes e preparo os punhos. De repente, sinto falta das garras.

— Não finja que sou a única infeliz aqui — disparo.

Isso o intimida o bastante para que se cale. As pontas das suas orelhas queimam, cinzentas.

Com um último abraço, Mare *enfim* encerra a baboseira histérica. Tensa, ela dá meia-volta, os ombros retos para que não carreguem seu remorso. Os traços de seus familiares variam, mas todos guardam certa semelhança. Olhos escuros e pele em tons de dourado. Cabelo castanho-escuro, exceto pela irmã ruiva e pelos pais já grisalhos. Há uma aspereza comum a eles, vinda do sangue. Como se tivessem sido moldados da terra, enquanto nós, da pedra.

O garoto vermelho segue os passos de Mare, vindo na nossa direção como se fosse puxado por uma coleira invisível. Ele olha por cima do ombro para acenar para a família, mas Mare não o imita. Respeito isso nela, pelo menos. Seu hábito teimoso e muitas vezes imprudente de seguir em frente a todo custo.

Cal levanta os olhos quando Mare passa pisando forte para entrar no jato. Seus dedos roçam o braço dela. A pele pálida dele contra a jaqueta ferrugem dela. Mare não se detém, e ele não a segura. Apenas observa sua silhueta desaparecer, engasgado com as palavras que não tem força para dizer.

Parte de mim quer atiçar Cal com uma faca bem afiada para que vá atrás dela. O resto quer cortar o coração dele fora, já que insiste em ignorá-lo e em me submeter a uma dor semelhante.

— Podemos ir, futuro marido? — resmungo, oferecendo meu braço. Os rebites do meu casaco metálico se recolhem, cintilando em convite.

Cal me lança um olhar sombrio, os dentes cerrados num sorriso amarelo. Diligente até o fim, ele passa o braço por baixo do meu e pousa a mão abaixo do meu punho. O toque da pele dele arde, quente demais. Sinto o suor brotar no meu pescoço e me controlo para não estremecer de nojo.

— Claro, futura esposa.

Não sei como um dia desejei isso.

Qualquer repulsa que eu sinta é logo engolida pela emoção de embarcar no jato, de subir naquele gigante de ferro com nossos passos sincronizados. Tudo o que me separa daqueles que mais amo são umas poucas horas de voo. Espremida com Cal, Mare e sei lá quantos suspiros dramáticos e olhares cheios de significado eles podem vir a trocar. Mas eu aguento. Ptolemus me espera.

E Elane.

Mesmo a milhares de quilômetros de distância, sinto o bálsamo refrescante da presença dela, uma toalha fria sobre a pele fervente. Pele branca, cabelo ruivo, todas as estrelas nos olhos, a lua no sorriso.

Aos treze anos, deixei Elane em pedaços na arena de treino. Pelo meu pai, por ao menos uma chance da aprovação dele. Chorei por uma semana e passei mais um mês pedindo desculpas. Ela compreendeu, claro. Conhecemos bem nossas famílias, sabemos o que exigem, como devemos ser. E, com o passar dos anos, coisas assim se tornaram esperadas. Comuns. Lutávamos todo dia, machucando uma à outra, machucando a nós mesmas. No treino, com os curandeiros a postos. Perdíamos a sensibilidade para a violência necessária à nossa rotina. Mas eu não faria isso com ela agora. Não poderia machucá-la por ninguém neste mundo, mesmo com os melhores curandeiros para cuidar dela. Nem pelo meu pai, nem pela minha coroa. *Se ao menos Calore se sentisse assim em relação a Mare. Se ele a amasse como amo Elane.*

Assim que estamos seguros dentro do jato, com paredes curvadas recobertas de assentos acolchoados e cintos de segurança, mesas chumbadas ao chão e janelas de vidro grosso, Cal me deixa. Ele vai se aninhar ao lado da avó, se acomodando numa das poucas áreas com mesa.

— Vovó — eu o ouço balbuciar o cumprimento, usando aquele tratamento mais do que ridículo para um homem daquele tamanho e posição.

Pela primeira vez desde que a conheci, ela aparenta cansaço. Oferece ao neto um sorriso gentil e discreto quando se senta.

Acho um assento do meu gosto, perto da janela, com mesa e no fundo, onde posso dormir sem ser incomodada. O jato é mais confortável do que as aeronaves militares, embora também tenha sido confiscado da Frota Aérea de Piedmont. O interior é alegre, branco com detalhes amarelos e pequenas explosões de estrelas roxas nas paredes. São as cores e o símbolo do príncipe Bracken.

Nunca encontrei o príncipe, apenas seus vários diplomatas, além dos príncipes Alexandret e Daraeus, seus enviados. Ambos estão mortos. Vi Alexandret morrer em Archeon com uma bala na cabeça durante o primeiro atentado à vida de Maven. A lembrança faz meu estômago revirar.

Um membro da Casa Iral se levantou, apontou a pistola e disparou contra o rei sentado meio metro à minha esquerda. Ele *errou*, obrigando todos nós a agir como os aliados que fingíamos ser.

Maven devia ter morrido nesse dia. Queria que tivesse.

Ainda consigo sentir o ferro no seu sangue, escorrendo feito mercúrio sobre as pedras, jorrando como uma corredeira aos meus pés.

A tentativa de assassinato fracassou. As Casas rebeldes fugiram, retirando-se para suas terras e suas fortalezas. Elane não é nenhuma guerreira e já estava longe, tendo fugido antes do ataque. Mas a Casa Samos teve que manter o disfarce. Precisei permanecer no conselho de Maven — de pé, porque o desgraçado me negou até a cortesia de uma *cadeira* — enquanto ele interrogava a irmã dela. Assisti o primo Merandus de Maven espremer sua memória antes de a executarem por traição.

Elane nunca fala disso, e não pretendo forçá-la. Não consigo imaginar o que faria se Ptolemus tivesse o mesmo destino. Não,

não é verdade. Consigo imaginar muitas coisas. Um milhão de formas diferentes de violência e dor. Nenhuma seria capaz de preencher o vazio. Os laços de sangue prateado, quando fortes, são inquebráveis. Nossa lealdade aos poucos que amamos está gravada nos nossos ossos.

Então o que Bracken vai fazer pelos filhos dele?

Não perguntei deles nem do tratamento que recebem em Montfort. É mais fácil assim. Uma preocupação a menos num mundo cheio delas.

Minha privacidade é interrompida por um furacão de músculos e cabelo loiro curto. A general da Guarda Escarlate solta o corpo com tudo para se sentar, fazendo o chão tremer.

— Você se move com a elegância de um bisão — provoco, na esperança de fazê-la desistir do assento à minha frente.

Farley não se abala nem reage. Apenas me encara com um lampejo de raiva nos seus olhos azuis como galáxias. Então vira para a janela e encosta a testa contra o vidro, soltando um suspiro baixo e seco. Não está chorando. Não como Barrow, que entrou no jato aos soluços e com os olhos vermelhos.

Ainda assim, consigo ver a agonia da general se acumulando como uma maré. O rosto dela meio que se apaga, perdendo a expressão pétrea de sempre e o nojo que joga na cara dos prateados, especialmente na minha.

Sei que ela tem uma filha em algum lugar.

Não aqui. Não neste jato.

Barrow toma o assento ao lado dela, e eu resmungo. Viajamos para cá em dois jatos, o bastante para manter vermelhos e prateados separados, bem como para carregar o espólio de Corvium. Me pego desejando que esse ainda fosse o caso e não estivéssemos todos espremidos para a jornada até Rift.

— Há uns sessenta lugares neste avião — murmuro.

É a vez de Mare me encarar, num misto de raiva e pesar.

— Fique à vontade para mudar de lugar se quiser — ela responde. — Mas duvido que vai encontrar um melhor.

Ela aponta o queixo na direção do resto do avião, que vai se enchendo com seguidores de Cal e da Guarda Escarlate.

Afundo o corpo mais uma vez no assento acolchoado, quase bufando. Ela não está errada. Não tenho vontade de passar horas vestindo a máscara da corte, empunhando um sorriso como se fosse um escudo, trocando informações e ameaças veladas com outros prateados. Nem tenho qualquer desejo de fechar os olhos entre vermelhos que gostariam de cortar a minha garganta. Não. Estranhamente, Mare Barrow é meu maior porto seguro aqui. Nosso acordo protege nós duas.

Mare me deixa para lá, virando o corpo para a general. As duas não falam nada, e Farley nem a olha. Está completamente focada na janela, parece capaz de estilhaçar o vidro. Nem parece notar quando Mare pega sua mão.

O jato ronca e ganha vida, seus motores começam a rugir, e ela não se mexe. Range os dentes, fazendo os músculos do maxilar saltarem.

Só quando decolamos, quando subimos rumo às nuvens e deixamos as montanhas para trás, ela fecha os olhos.

Acho que a escuto dizer adeus.

Sou a primeira a descer do jato, tragando o aroma fresco de Rift no verão. Sinto o cheiro da terra, do rio, das folhas e do calor úmido, permeado pelo toque do ferro sob as montanhas. O sol brilha forte no céu úmido, realçando as cores e fazendo tudo cintilar. As serras se estendem pela paisagem, verdejantes e cheias de vida contra o preto plano e quente da pista pavimentada. Se eu espalmasse a mão no chão, ia me queimar. O calor faz ondas de distorção emanar do asfalto, estremecendo o mundo ao meu redor. Ou talvez seja eu mesma, tremendo de desejo. Tento não correr. Tento me apegar a algum senso de polidez.

Meu relacionamento com Elane Haven é um segredo de conhecimento geral a essa altura, pequeno em comparação com a miríade de alianças e traições que parece emaranhar nossas vidas em tantas teias.

Pequeno, mas vergonhoso. Um obstáculo. Uma dificuldade.

Em Norta. Em Rift, uma voz diz na minha cabeça. *Não em outros lugares*.

Ela não vai estar me esperando aqui, à vista de todos. Não é seu estilo. Ainda assim, meu coração lateja.

Ptolemus não é tão contido. Está de pé na pista, suando teimosamente num uniforme de linho cinza com insígnias próprias à realeza. O único metal que traz reluz nos seus pulsos. Uma tira grossa de ferro trançado, mais arma do que joia. Uma precaução, especialmente ao lado de mais de uma dezena de guardas com as cores dos Samos. Alguns são primos, caracterizados pelos cabelos prateados e olhos pretos. O resto jurou fidelidade à nossa Casa, à coroa do meu pai, da mesma maneira que os guardas de Maven juraram a ele. Não me preocupo em memorizar suas cores. Não importam.

— Eve — ele diz, abrindo os braços para mim. Retribuo o gesto e o abraço na cintura, deixando todos os músculos do meu corpo relaxarem num longo momento de alívio. Meu irmão está são e salvo sob meus dedos. Sólido. Real. Vivo.

Não posso mais dar isso por certo.

— Tolly — sussurro em resposta, recuando para olhá-lo bem. O mesmo alívio brilha nos olhos nublados dele. Odiamos ficar longe um do outro. É como separar a espada do escudo. — Desculpe ter partido.

Você não o abandonou. Isso supõe uma escolha, e você não teve escolha. Meus dedos apertam os ombros dele. Foi meu pai que me mandou para Montfort. Para passar uma mensagem. Não à coalizão, mas a mim. Ele é meu rei e senhor da minha Casa. É meu dever obedecê-lo. Ir aonde deseja, fazer o que diz, casar com quem ordena. Viver como quer.

Mas não vejo outra maneira ou qualquer outro caminho além do que ele traça.

— Triste por ter perdido a confusão? — Ptolemus pergunta, afastando-se devagar. — Papai está meio surtado com a construção de uma corte de verdade. É prata pra todo lado. E não consegue escolher um trono.

— E mamãe? — pergunto, sondando.

Apesar do calor, Ptolemus enfia meu braço no seu e me conduz rumo ao nosso veículo. Os outros formam uma fila atrás de nós, mas não lhes dou muita atenção.

— Mais do mesmo — ele diz. — Ansiosa por netos. Escolta Elane até meus aposentos todas as noites. Acho que é capaz até de montar guarda na porta.

Sinto a bile subir pela garganta, mas a engulo.

— E? — Tento evitar que minha voz vacile. Ele me aperta com mais força.

— Fazemos o que todos combinamos. — Ele hesita. — O que deve ser feito para dar certo.

Uma inveja quente ruge no meu peito.

Achei que não teria ciúmes. Meses atrás, quando nós três chegamos a essa decisão. Quando decidimos que o noivado de Elane e meu irmão prosseguiria. No começo, era apenas para protegê-la. Tirá-la do foco de qualquer outra Casa até conseguirmos pensar em uma saída. Eu não podia deixar Elane se casar com um verde Welle afetado ou com um forçador Rhambos rude. Estariam ambos fora do meu alcance e do meu controle. Ela é uma garota bonita, uma sombria talentosa. Sua Casa tem grande valor. E Ptolemus é o herdeiro dos Samos. Era uma combinação de iguais, compreensível, previsível. Útil por um tempo. Quando pensávamos que não havia outras opções. Eu ainda estava prometida a Maven, fadada a ser sua rainha. Ptolemus estava próximo dele, era sua mão direita. O casamento manteria Elane perto também.

Não sabíamos dos planos de nosso pai. Não mesmo. Não os detalhes.

Se eu soubesse na época o que sei agora... teria tomado decisões diferentes?

Ptolemus estaria solteiro, seria um príncipe disponível. E Elane poderia seguir você, sua princesa, aonde fosse. E casar com qualquer membro da corte que você escolhesse. Não estaria acorrentada ao seu irmão, em outro reino, outro país, outro quarto, pelo resto da vida.

Meu pai poderia ter nos impedido, mas não o fez. Deixou-nos cometer esse erro. Aposto que gostou, ciente de que estava me separando da única pessoa que eu queria mais do que a coroa.

— Eve? — Ptolemus sussurra, inclinando-se para a frente. Ele é pelo menos um palmo mais alto do que eu. Mais largo também. O primogênito, quatro anos mais velho. Filho de Volo Samos, herdeiro do reino de Rift. Amo meu irmão, mas a vida dele sempre será mais fácil do que a minha. E me dou o direito de sentir uma pequena mágoa por isso.

— Está tudo bem — forço-me a dizer por entre os dentes cerrados. Foi bom não ter colocado meus adereços metálicos de costume, ou já teriam virado pó. Pelo canto do olho, percebo que Tolly está ajustando os braceletes que apertam sua pele. — Foi escolha nossa. Temos que viver com ela.

A voz estranha e distante surge de novo.

Será mesmo?

Num lampejo, surgem na minha mente um terno branco e outro verde, dois homens, as mãos de cores diferentes, os dedos entrelaçados. Eles nublam minha visão, então deixo Ptolemus me conduzir pelos poucos passos que faltam. Ele quase precisa me carregar para dentro do veículo.

A visão de Davidson e Carmadon é substituída por outra. Meu irmão e Elane num quarto conhecido. A sombra da maldita da minha mãe à porta. Só há um jeito de apagar a visão que ameaça se gravar a fogo nos meus olhos.

Enquanto os outros se dirigem para a recém-preparada sala do trono, com o intuito de saudar meu pai como exige um rei, sigo na direção contrária. Conheço a mansão Ridge tão bem quanto meu próprio rosto, e não é difícil escapar pelo pátio de entrada, desaparecendo em meio às árvores e flores bem arranjadas. O jardim dos criados leva à cozinha, pela qual passo mal me dando conta dos vermelhos. Eles se encolhem perante a minha presença, acostumados com minhas mudanças de humor. No momento, me sinto uma nuvem de tempestade, escura e agourenta, prestes a explodir.

Elane aguarda no meu quarto. No *nosso* quarto. As janelas estão limpas e as cortinas, abertas. Ela sabe que gosto de sol, especialmente batendo em seu corpo. Está sentada à janela, as costas apoiadas num travesseiro, as pernas balançando, nuas até o alto da coxa, onde está a barra do vestido preto simples. Não se vira quando entro, dando-me tempo para me adaptar à sua presença.

Meus olhos percorrem suas pernas antes de saltarem para seu cabelo vermelho e reluzente, solto por cima dos ombros pálidos. Parece fogo líquido. A pele dela dá a impressão de brilhar, porque de fato brilha. Esse é seu poder, sua arte. Elane manipula a luz só um pouco, destacando-se sem qualquer necessidade de maquiagem ou joias. Raras são às vezes em que me sinto feia. Sou bonita por natureza e esforço. Mas, depois de um voo longo, sem minha habitual armadura de vestido intrincado e rosto pintado, me sinto pequena perto dela. Indigna. Seguro o ímpeto de me enfiar no banheiro e passar maquiagem.

Por fim, ela se vira, oferecendo-me uma visão completa do seu rosto. Sinto ainda mais vergonha por vir encontrá-la tão desarrumada. Mas o desejo logo afugenta qualquer outra sensação. Elane ri quando fecho a porta com um chute e atravesso o quarto para tomar seu rosto nas mãos. Sinto sua pele suave e fria sob meus dedos, um alabastro perfeito. Ainda assim, ela não fala, deixando-me contemplar seus traços.

— Sem coroa — Elane diz então, erguendo a mão até minha têmpora.

— Não precisa. Todo mundo sabe quem eu sou.

Seu toque é uma leve carícia, descendo pelas minhas bochechas enquanto tenta amaciar minhas preocupações.

— Dormiu na viagem de volta?

Suspiro, correndo os polegares por baixo do seu queixo.

— É seu jeito de dizer que pareço cansada?

Os dedos dela continuam a descer pelo meu rosto, até chegar ao pescoço.

— Estou dizendo que você pode dormir se quiser.

— Dormi o bastante.

Ela sorri, os lábios se curvando na fração de segundo que antecede meu beijo.

Parte meu coração saber que não é minha de verdade.

Alguém esmurra a porta do meu quarto. Não a da antessala, onde os visitantes devem esperar. Do quarto onde durmo, *o nosso quarto*. Levanto num ímpeto, tentando me desembaraçar dos lençóis, furiosa. Com um giro do pulso, tiro uma faca do armário do outro lado do quarto e a uso para cortar depressa a seda enrolada nas minhas pernas.

Elane não pisca quando a lâmina passa a um centímetro de sua pele descoberta. Apenas boceja, como uma gata preguiçosa, e rola para o outro lado abraçada num travesseiro.

— Que grosseria — murmura, referindo-se tanto a mim quanto ao idiota que decidiu nos interromper.

— Estou treinando para pegar esse mensageiro infeliz.

Levanto e amarro um roupão leve sobre o corpo nu com a faca ainda na mão.

As batidas continuam, seguidas por uma voz abafada. Reconheço-a, e um pouco da minha deliciosa e justa ira evapora. Não vou poder assustar o visitante até perder as cores. Chateada, lanço a faca contra a parede. Ela fica lá, com a lâmina enterrada na madeira.

— O que foi, Ptolemus? — suspiro, girando a maçaneta. Ele está tão desarrumado como eu, com o cabelo bagunçado e os olhos vermelhos. Suspeito que também tenha sido interrompido. Ele e Wren Skonos apreciam suas fugas vespertinas.

— Nossa presença é requisitada na sala do trono — ele diz com determinação. — Agora mesmo.

— Papai está tão bravo assim por eu ainda não ter beijado os pés dele? Só passaram alguns minutos.

— Passaram duas horas — Elane avisa, sem se dar ao trabalho de levantar a cabeça. — Oi, marido — ela acrescenta, esticando delicadamente a mão. — Faria a gentileza de pedir que me preparem o almoço?

Aperto o roupão, incomodada.

— E o que vai acontecer? Um açoite público? Ele finalmente vai cumprir a promessa de exibir nossas cabeças no portão? — desdenho, soltando uma risadinha sombria.

— Por incrível que pareça, não tem nada a ver com você — meu irmão responde em tom seco e cortante. — Houve um ataque.

Olho para trás de imediato. Elane está estirada, parcialmente coberta pelos lençóis. Não brilha, já se entregando de novo ao sono. É indefesa, vulnerável. Até mesmo às palavras.

— Aqui fora — sussurro, empurrando meu irmão para a antessala. Posso protegê-la pelo menos disso, se não do resto.

Levo-o até um sofá verde-claro, que combina com a vista da serra na janela. Pedras brutas cobrem o piso sob os tapetes azul-claros.

— O que aconteceu? Onde foi?

Por algum motivo, imagino Montfort, e meu coração se aperta no peito.

Ptolemus não senta. Anda de um lado para o outro com as mãos na cintura, os braços flexionados.

— Piedmont.

Não consigo conter meu desprezo.

— Que tolice — vocifero. — Maven só vai prejudicar os recursos de Bracken, não os nossos. Não imaginava que fosse tão idiota...

— Maven não atacou Bracken — meu irmão corta. — Foi Bracken quem nos atacou. A base de Piedmont. Duas horas atrás, mas só agora recebemos o pedido de ajuda.

— Quê? — pisco, confusa. Subo a mão até a gola do roupão e o fecho ainda mais. Como se a seda pudesse me salvar de alguma coisa.

— Ele cercou a base e a invadiu com seu próprio exército e outros príncipes de Piedmont. Está retomando tudo. Matando qualquer um na sua frente. Vermelhos de Norta, prateados de Montfort, sanguenovos.

Ptolemus caminha até a janela e apoia a mão no vidro. Olha para o leste, para a neblina da tarde quente.

— Desconfiam que Maven e Lakeland estejam ajudando nos bastidores.

Olho para o chão, para meus pés descalços no tapete.

— Mas os filhos de Bracken... Montfort vai ter que matar os dois.

Que troca. Seus filhos pela coroa. Me pergunto se meu pai faria o mesmo.

Devagar, Ptolemus balança a cabeça.

— Recebemos notícias de Montfort também. As crianças... desapareceram. Foram substituídas por cadáveres vermelhos trabalhados por curandeiros para *parecer* com eles. Alguém os tirou de lá. — Sua voz vibra baixo na garganta. — Os idiotas de Montfort não sabem como aconteceu. Como alguém entrou e saiu de suas preciosas montanhas totalmente despercebido.

Encerro a questão com um gesto. Isso não importa agora.

— Então perdemos Piedmont?

O queixo dele fica tenso.

— É de Maven agora.

— E o que podemos fazer? — pergunto, com a respiração entrecortada. Minha mente gira. Uma tropa tinha ficado em Piedmont, com soldados da Guarda Escarlate e de Montfort. Vermelhos, sanguenovos e prateados, importantes para nossos exércitos. Cerro os dentes, me perguntando quantos terão sobrevivido.

Pelo menos os homens do meu pai estão aqui em Rift, para onde voltaram depois que destruímos Corvium. O mesmo pode ser dito dos homens de Anabel. A força prateada está intacta, mas a perda da base — e de Piedmont — terá consequências devastadoras.

Engulo em seco. Quando volto a falar, minha voz sai trêmula:

— O que podemos fazer contra Lakeland, Maven e Piedmont?

Meu irmão me lança um olhar grave, e estremeço.

— Estamos prestes a descobrir.

TREZE

Iris

❦

Nunca estive tão ao sul.

A base de Piedmont é tão úmida que me sinto capaz de transformar o próprio ar em arma. Meus braços nus se arrepiam com as gotículas, pequenas demais para ser vistas, dançando sobre minha pele. Me alongo um pouco, movendo os dedos em pequenos círculos, movimentando o calor excessivo que paira na sacada da base.

Nuvens carregadas deslizam no horizonte, deixando um rastro de sombras cinzentas de chuva sobre os pântanos. Raios caem uma ou duas vezes, o estrondo distante levando quatro ou cinco segundos para chegar até nós. A brisa leve cheira a incêndios abafados pela chuva passageira, e colunas de fumaça sobem perto do portão principal. Os soldados de Bracken marcharam através dos portões abertos antes de revirar todo o interior num misto de lépidos e forçadores, revelando assim com quem está seu apoio comprado. Com Maven. E comigo.

O rei de Norta espalma as mãos muito brancas no parapeito da sacada, inclinando-se sobre a beirada.

O chão não está longe. Só dois andares. Se eu o empurrasse da grade, ele sobreviveria, com alguns ossos quebrados. Maven aperta os olhos por causa da luz, a testa franzida sob a coroa simples de ferro e rubi. Sem manto. Está quente demais. Ele traja o uniforme preto de costume, desabotoado no pescoço, o tecido balançando com a brisa leve. Uma camada de suor reluz em seu pescoço. Não por causa do calor. Um rei de fogo se sente bem mais confortável nestas temperaturas do que qualquer outra pessoa. O suor tampouco vem do esforço. Ele não participou da invasão à base. Nem eu, embora tanto a minha nação como a dele tenham cedido soldados prateados à empreitada de Bracken. Esperamos até clarear, até a vitória estar garantida, para pôr os pés aqui.

Acho que Maven está nervoso. Com medo. E raiva.

Ela não estava aqui.

Observo-o em silêncio, à espera de que fale. Sua garganta se move, subindo e descendo. Ele aparenta uma estranha vulnerabilidade, apesar do nosso triunfo.

— Quantos escaparam? — Maven pergunta sem me encarar. Seus olhos continuam fixos na tempestade.

Contenho um acesso de irritação. Não sou uma tenentezinha, uma oficial subalterna que está ao lado dele para informar números. Mas digo o que quer saber com um sorriso rígido:

— Cem foram para os pântanos. — Passo a mão pelas flores que desabrocham nos vasos da sacada. A terra ao redor ainda está molhada por causa do temporal e de um jardineiro especialmente animado. Elas explodem em vários tons, prosperando neste clima. Brancas, amarelas, roxas, rosa e algumas de um azul reconfortante. O sol se firma no céu, e eu gostaria de estar de branco em vez de azul real. O linho ao menos é leve, fino o bastante para que eu possa sentir o vento na pele.

Maven arranca uma única flor índigo do vaso ao seu lado.

— E outros duzentos foram mortos.

Não é uma pergunta. Ele conhece bem o número de baixas.

— Estamos fazendo o máximo para identificá-los.

Ele dá de ombros.

— Use os prisioneiros. Talvez alguns façam esse trabalho para nós.

— Duvido. A Guarda Escarlate e Montfort são criaturas leais. Não farão nada para nos ajudar.

Com um suspiro longo e grave, Maven endireita o corpo e se afasta da sacada. Ele aperta os olhos quando outro lampejo de raio brilha, dessa vez mais próximo. O pouco de cor que ainda tem se esvai de seu rosto quando o som do trovão ecoa sobre nós. *Será que está pensando na garota elétrica?*

— Tenho alguns primos Merandus que podem cuidar disso.

Cerro os dentes.

— Você sabe o que acho dos murmuradores — digo, rápida e áspera demais. *A mãe dele era uma murmuradora*, lembro a mim mesma enquanto me preparo para a reprimenda.

Mas Maven permanece em silêncio. Coloca a flor sobre o parapeito, com as pétalas para cima, e passa a cutucar as unhas. Estão curtas, desgastadas pelos dentes e pela ansiedade. Eu imaginava que os reis eram obrigados a manter suas mãos bem cuidadas. Ou calejadas pelo treinamento e pelo combate, como devem ser as do seu irmão. Não arruinada por hábitos nervosos próprios das crianças.

— E imagino que também sei o que você acha — pego-me dizendo, ousada o bastante para baixar um dos meus muitos coringas na mesa.

De novo, ele não responde. Sei que tenho razão. Seja lá o que a mãe dele fez, seus murmúrios rastejantes deixaram muitas cicatrizes no cérebro dele. Maven não quer arriscar mais.

Percebo uma fenda na sua armadura, um buraco na muralha que sustenta. *E se eu me esgueirasse por aí? E seu eu pudesse ter parte dele nas mãos, como Mare Barrow tem? Será que conseguiria controlar as rédeas de um rei?*

— Podemos excluí-los da corte, se quiser — murmuro devagar. Forço uma expressão mais tenra, mais carinhosa, e me aproximo dele. Posiciono o corpo de modo a deixar meu ombro em evidência, e meu vestido desce só um pouco, mostrando o tanto de pele necessário. — Ponha a culpa em mim. Nas superstições de Lakeland. Diga que é uma medida temporária para agradar sua nova esposa.

É como rodear um turbilhão tentando se manter à margem, ficar ao seu alcance sem se afogar.

Ele levanta o canto da boca. Seu perfil tem traços bem definidos, com nariz reto, fronte altiva e faces esculpidas.

— Você tem dezenove anos, não?

Pisco, confusa.

— E?

Sorrindo, ele se move mais rápido do que eu esperava e põe a mão no meu rosto. Estremeço quando seus dedos deslizam para trás da minha orelha, o polegar indo para baixo do meu queixo. O dedo afunda um pouco, pressionando a carne do meu pescoço. Sua pele se acende, esquentando, mas sem arder. Ele é uns dois ou três centímetros mais alto, de modo que sou obrigada a levantar levemente o rosto para encarar seus olhos de céu de tundra. Gélidos, implacáveis, infinitos. Quem nos visse acharia que somos recém-casados apaixonados.

— Você já é boa nisso — ele diz, seu hálito estranhamente fresco soprando meu rosto. — Mas eu também.

Dou um passo para trás, com a intenção de me soltar, mas ele abre a mão sem que eu precise fazer força. Parece entretido, o que faz meu estômago revirar. Não dou qualquer indício do meu nojo. Emano apenas uma fria indiferença. Arqueio a sobrancelha e ajeito os fios pretos e reluzentes de cabelo. Tento evocar a natureza nobre e impávida da minha mãe.

— Me toque sem meu consentimento de novo e veremos por quanto tempo consegue prender a respiração.

Devagar, ele pega a flor de volta e a aperta com força. Uma a uma, as pétalas caem; Maven gira o pulso e seu bracelete produz centelhas. As pétalas queimam antes mesmo de atingir o chão, desaparecendo numa explosão de chamas vermelhas, cinzas e ameaças.

— Perdão, minha rainha — Maven diz, sorrindo. Mentindo. — O desgaste desta guerra acaba com meus nervos. Só espero que meu irmão caia em si, e que os traidores que o acompanham respondam perante a justiça, para que assim possamos ter paz nas nossas terras.

— Claro — digo, tão falsa quanto ele. Baixo a cabeça, ignorando qualquer vergonha que esse gesto possa me dar. — A paz é a meta que todos compartilhamos.

Depois que minha mãe se banquetear com seu país e arremessar seu trono no oceano. Depois de termos derramado todo o sangue do rei Samos e matado cada um dos responsáveis pela morte do meu pai.

Depois de tomarmos sua coroa, Maven Calore, e afogarmos você e seu irmão.

— Majestade?

Ambos nos viramos para um dos sentinelas de Maven, com sua máscara preta cintilante, de pé à porta. Ele se curva, seus trajes um redemoinho de fogo. Não consigo imaginar quão escaldantes a armadura e o uniforme devem estar agora.

Maven gesticula, as mãos abertas. Sua voz é um balde de água fria.

— O que foi?

— Localizamos o que o senhor pediu.

Só enxergo os olhos do sentinela por baixo da máscara, brilhando sem medo.

— Tem certeza? — o rei cutuca as unhas de novo, fingindo desinteresse, o que só aumenta o meu.

O sentinela acena com a cabeça.

— Sim, majestade.

Com um sorriso cortante, Maven dá as costas para o parapeito.

— Se é assim, muito obrigado. Gostaria de ver agora.

— Sim, majestade — o sentinela repete, acenando outra vez com a cabeça.

— Iris, gostaria de me acompanhar? — Maven pergunta, estendendo a mão. Seus dedos pairam a um centímetro do meu braço, para me provocar.

Todo o meu instinto guerreiro me diz para recusar. Mas implicaria admitir abertamente meu medo de Maven Calore e lhe dar poder sobre mim, coisa que não posso permitir. E o que quer que ele esteja procurando na base de Piedmont pode ser importante para Lakeland. Uma arma, talvez. Ou informações secretas.

— Por que não? — digo, dando de ombros de maneira teatral. Ignoro a mão dele e sigo o sentinela para fora da sacada. Meu vestido estala atrás de mim, com o decote nas costas baixo o bastante para mostrar os redemoinhos tatuados na minha pele.

A base tem um bom tamanho, embora seja metade das principais cidadelas onde estacionamos nossas frotas e exércitos em Lakeland. Parece que não vamos muito longe, pois os sentinelas de Maven não trazem um veículo. Bem que eu gostaria. Apesar das muitas árvores que pontilham as ruas, as áreas com sombra não são muito mais frescas do que as ruas queimadas pelo sol. Enquanto caminhamos, acompanhados por uma dúzia de sentinelas, passo a mão pelo pescoço. Gotas de água se formam nos meus dedos, escorrendo refrescantes pela minha coluna tatuada.

Maven segue o chefe dos sentinelas bem de perto, com as mãos enfiadas nos bolsos. Está ansioso. Quer muito isso que estamos prestes a ver.

Os sentinelas nos fazem virar numa rua de casas enfileiradas. A primeira impressão é alegre. Tijolos vermelhos e persianas pretas, calçadas pavimentadas, flores abertas, uma sequência de árvores podadas. Mas o vazio é desconcertante, como um bairro cujos moradores foram expulsos. Uma casa de bonecas sem bonecas. Seus moradores foram mortos ou capturados, ou fugiram para o fedor dos pântanos. Talvez tenham deixado algo de valor para trás.

— Estas são as casas dos oficiais — um sentinela explica. — Ou eram, antes da ocupação.

Arqueio a sobrancelha para ele.

— E depois?

— Foram usadas pelos inimigos. Ratos vermelhos, traidores do próprio sangue, aberrações sanguenovas — um dos sentinelas sibila por trás da máscara.

Maven para tão rápido que suas botas de couro deixam marcas na calçada. Ele vira para o guarda, com as mãos ainda ocultas. Apesar da altura imponente do sentinela, o rei não demonstra a menor perturbação. Ele o encara impassível.

— Como disse, sentinela Rhambos?

Forçador. Seria capaz de arrancar os braços de Maven se quisesse. Em vez disso, arregala os olhos por trás da máscara e revela pupilas castanhas úmidas e aterrorizadas.

— Nada de importante, majestade.

— Eu decido o que é importante — Maven rebate. — O que disse?

— Respondi à pergunta de sua majestade, a rainha. — Ele desvia o olhar para mim, implorando por alguma ajuda que não posso lhe dar. Os sentinelas estão sob o comando exclusivo de Maven. — Disse a ela que os vermelhos moravam aqui durante a ocupação de Montfort. Além de prateados. E sanguenovos.

— Ratos. Traidores. *Aberrações* — Maven contrapõe, ainda sem qualquer inflexão ou emoção. Quase desejo uma explosão de ódio. O que ele faz agora é bem mais assustador. Um rei que não se pode decifrar, um rei vazio por dentro. — Essas foram suas palavras exatas, não?

— Foram, majestade.

Estalando o pescoço, Maven olha para outro sentinela.

— Sentinela Osanos, sabe explicar por que isso está errado?

A ninfoide de olhos azuis ao meu lado pigarreia, atônita por ter sido chamada. Ela tenta se recompor o mais rápido possível. E responder corretamente.

— Porque... — a mulher vacila, beliscando o uniforme. — Não sei dizer, senhor.

— Hummm — o ruminar grave e gutural vibra no ar úmido. — Ninguém?

Eu o desprezo.

Estalo a língua.

— Porque o sentinela Rhambos insultou Mare Barrow na sua presença.

De repente, me arrependo de ter desejado que Maven demonstrasse raiva em vez de nada. Os olhos dele ficam pretos, as pupilas inchando de fúria. A boca se abre um pouco, mostrando os dentes, embora eu esperasse presas. Os sentinelas ao redor ficam tensos. Me pergunto se tentariam conter Maven caso investisse contra mim. Acho que não. Sou responsabilidade deles também, mas o rei sempre vem em primeiro lugar. *Ele sempre estará em primeiro lugar neste casamento.*

— Minha esposa tem tanta imaginação — Maven desdenha, embora eu só tenha dito a verdade. Uma verdade feia. Sabia que ele era obcecado por ela, apaixonado de um jeito corrupto e vil, mas sua reação aponta para algo mais profundo. Uma fraqueza criada por outra pessoa. A mãe dele fez isso, por que motivo não consigo conceber. Cravou a dor, a agonia e a tortura de amar Mare bem no meio no coração e do cérebro de Maven.

Contra meus instintos, sinto uma minúscula pontada de pena por Maven Calore. Não foi ele quem fez a si próprio. Não inteiramente. Alguém o cortou em pedaços com perfeição e depois tornou a juntar sem cuidado nenhum.

A raiva dele passa como as nuvens de tempestade, deixando para trás a ameaça de trovões estrondosos. Os sentinelas relaxam. Maven dá de ombros e corre a mão pelo cabelo.

— Seu erro, sentinela Rhambos, está no desdém — ele diz, a voz voltando ao tom indiferente e pueril que ele usa para iludir as pessoas. Com passos ligeiros, Maven nos faz voltar a caminhar, embora os sentinelas pareçam manter distância. — Estamos em guerra, sim, e essas pessoas são inimigas. Mas ainda são pessoas. Muitos são meus súditos de direito, e portanto seus compatriotas. Quando conquistarmos a vitória, vamos lhes dar as boas-vindas ao reino de Norta. Com algumas exceções, claro — ele acrescenta, com um sorrisinho conspiratório.

A mentira sai tão fácil que sinto um calafrio, apesar do calor.

— Aqui, majestade — um dos guardas diz afinal, indicando uma das casas que à primeira vista parece igual às outras. Mas, ao examinar melhor, percebo que as flores estão mais bem cuidadas. Vibrantes, com pétalas vistosas e folhas verdejantes jorrando dos vasos na janela.

Maven olha intensamente para as janelas, como se examinasse um cadáver. Sobe os degraus até a porta vagaroso.

— Que *aberração* morava aqui? — ele pergunta finalmente.

A princípio, os sentinelas não respondem. Temem uma armadilha. Só Osanos tem coragem suficiente para falar. Ela limpa a garganta e responde:

— Mare Barrow.

Maven faz que sim com a cabeça, detendo-se por um instante. Então ergue o pé e dá um chute perto da maçaneta, que faz a tranca abrir em meio a pedaços de madeira. Seus contornos parecem esvanecer conforme ele entra na casa.

Permaneço na calçada por um momento. *Fique aqui*. Os sentinelas hesitam ao meu lado, relutando em seguir seu rei. Mais do que ninguém, eu adoraria que algum assassino pulasse de um armário e cortasse a garganta de Maven, mas sei que isso destruiria qualquer chance de ganhar a guerra e manter Lakeland a salvo do irmão dele e dos seus animais de estimação de Rift.

— Andem — resmungo, subindo os degraus atrás do meu abominável marido. Os sentinelas me seguem, as armaduras tilintando.

Concentro-me no som ao entrar na penumbra da casa vazia. As paredes estão estranhamente nuas; Bracken mencionou que sua base e muitos dos seus tesouros pessoais foram espoliados. Objetos de valor foram vendidos em troca de recursos. Estremeço ao pensar na minha própria casa encarando abutres desse tipo. Nossos santuários e templos profanados para financiar uma guerra. *Não enquanto eu estiver viva e respirando. Não enquanto minha mãe permanecer no trono.*

Não me dou ao trabalho de entrar na pequena sala de jantar ou de revistar a cozinha. Os passos de Maven ecoam na escadaria e vou atrás, levando os sentinelas comigo. Se o rei quer ficar só, não diz.

Ele abre com força cada uma das portas do segundo andar, enfiando a cabeça nos diversos quartos, armários e banheiros. Uma ou duas vezes, rosna consigo mesmo, como um predador que deixa a presa escapar.

Na última porta, ele faz uma pausa, hesitante.

Maven a abre delicadamente, como se adentrasse um recinto sagrado.

Detenho-me um instante, deixando-o entrar primeiro.

É um quarto com duas pequenas camas e uma janela solitária. Sou a primeira a notar a estranheza. As cortinas estampadas estão recortadas; pedaços bem precisos foram removidos.

— A irmã — Maven murmura enquanto passa a mão pelo tecido. — A costureira.

À medida que a cortina corre por entre os dedos dele, pequenas faíscas saltam do seu punho. Elas pegam no pano e se espalham, devorando-o com velocidade e destreza. Os buracos ardentes se espalham como uma doença. A fumaça acre faz minhas narinas coçarem.

Maven faz o mesmo com o papel de parede, deixando-o queimar e descascar ao seu toque. Então encosta a mão flamejante no vidro das janelas, que se despedaça sob o calor enorme que emana, os cacos explodindo para fora, à luz do sol. O quarto parece pulsar e ferver, como o interior de uma panela borbulhante. Quero sair, mas preciso ver Maven. Tenho que saber quem ele é para derrotá-lo.

O rei ignora a primeira cama, de algum modo ciente de que não era dela.

Ele senta na segunda, como se testasse sua firmeza. Alisa a colcha com as mãos, depois o travesseiro. Sentindo o lugar onde Mare costumava descansar a cabeça. Quase espero que se deite para sentir qualquer cheiro que tenha permanecido ali.

Em vez disso, o fogo a consome. Penas e tecido. Estrado de madeira. Salta para a outra cama, engolindo-a.

— Deem-me um minuto, por favor — ele sussurra, quase inaudível sob o rugido da chama controlada.

Fazemos o que o rei manda, fugindo do calor brilhante.

Um minuto basta. Mal tínhamos voltado à rua quando ele emerge da porta, com um inferno saltando à vida atrás de si.

Noto que estou suando de medo quando nos afastamos e a casa desmorona.

O que Maven vai queimar agora?

O ronco dos veículos ecoa pelo bunker. Os soldados devem ter voltado, e me pergunto se conseguiram localizar alguém nos pântanos. O ruído escapa pelas janelas altas recortadas nas paredes de concreto. O ambiente é fresco, parcialmente subterrâneo, dividido ao meio por um longo corredor que separa duas fileiras de celas. Pelas contas oficiais, temos quarenta e sete capturados aqui, dois ou três por cela. Todos de sangue vermelho, mas ainda assim sob vigilância pesada de guardas prateados. Algum deles pode ser um sanguenovo esperando silenciosamente uma chance de usar seus poderes e escapar. Os prateados de Montfort — os traidores do próprio sangue, como o sentinela os chamou — estão presos noutro lugar, contidos por silenciadores e pelos guardas mais poderosos.

Maven vai batendo casualmente a mão fechada em cada uma das barras conforme avançamos. Os prisioneiros se encolhem de medo ou se levantam desafiadores perante o rei de Norta. Estranhamente, ele parece relaxado aqui, cercado de celas. Como se não notasse os prisioneiros.

Faço o contrário. Vou contando cada um, para ver se os números batem com os oficiais. Para procurar qualquer lampejo de rebeldia ou determinação que possa se transformar em algum inconveniente. Gostaria de ser capaz de distinguir entre vermelhos e sanguenovos. Cada cela por que passamos me deixa tensa, já que uma cobra poderia estar à espreita.

No extremo do bunker, outro contingente de nobres prateados se aproxima em suas cores — amarelo, branco e roxo —, ostentando armaduras douradas e armas que serviriam melhor para decorar um salão de banquetes. O príncipe Bracken abre um sorriso largo, mas as crianças agarradas às suas mãos se escondem. Michael e Charlotta alternam entre enterrar o rosto nos trajes arroxeados do pai e olhar para os próprios pés com calçados dourados.

Sinto uma pontada de tristeza pelas crianças e pelo que sofreram nas mãos dos monstros de Montfort, e fico feliz ao ver que estão bem o bastante para acompanhar o pai. Quando escapamos das montanhas com elas, mal podiam falar, apesar do excelente trabalho daquele curandeiro perverso. Mas nenhum curandeiro é capaz de consertar mentes.

Quem dera pudessem, penso comigo mesma, lançando um olhar de esguelha para meu marido.

— Príncipe Bracken — Maven diz, inclinando a cabeça com todo o charme de que é capaz. Ele se abaixa ainda mais, para ficar à altura das crianças que se aproximam. — E Michael e Charlotta, os irmãos mais corajosos que já vi.

Michael esconde o rosto de novo, e Charlotta abre o menor dos sorrisos. O sorriso polido aprendido com algum professor de etiqueta, sem dúvida.

— Muito corajosos mesmo — acrescento, piscando para ambos.

Bracken para diante de nós, ainda sorridente, e seus guardas e acompanhantes fazem o mesmo. Percebo outro príncipe de Piedmont entre eles, identificado por uma coroa de esmeraldas, mas não sei dizer quem é.

— Majestades — Bracken começa, curvando-se o máximo que pode. Seus filhos, ainda segurando as mãos dele, fazem o mesmo com ensaiada elegância. Mesmo o tímido, trêmulo e pequeno Michael. — Não há palavras nem ouro suficientes no mundo para expressar minha gratidão, mas estejam certos de que ela é sua. — O olhar do príncipe desliza para mim, e eu o retribuo de queixo erguido. Salvei seus filhos com as próprias mãos. Isso não será esquecido. Bracken continua: — Assim como a autorização para usar minhas instalações militares e quaisquer recursos que Piedmont possa oferecer nesta guerra contra a própria natureza do nosso mundo.

Maven gesticula para Bracken se levantar.

— Você também tem minha gratidão por sua promessa. — O rei é todo teatro e pose. — Juntos, podemos terminar o que meu irmão começou.

Algo brilha nos olhos de Bracken. Humor, talvez. Será que enxerga a verdade por trás da mentira? *Não foi Tiberias Calore quem começou a guerra. O pecado está nas mãos dos rebeldes vermelhos.* Engulo em seco, com a garganta áspera de repente. A Guarda Escarlate começou em Lakeland, estimulada pelas medidas necessárias que meu próprio pai tomou. Ainda assim, se os pecadores são eles, fomos nós que permitimos que se espalhassem. Temos parte no pecado e na vergonha.

— E com Lakeland — Bracken acrescenta.

Outro lampejo de humor no príncipe. Sinto minhas bochechas corarem.

— Claro. Apoiamos Maven até o fim.

Com o menor auxílio que pudermos mandar. Com o mínimo de tropas, armas e fundos. Guardando o resto zelosamente para quando mais necessitarmos.

Minhas bochechas ardem com um calor flamejante quando os lábios de Maven roçam meu rosto num beijo casto mas simbólico.

— Formamos um belo casal, não? — ele diz, voltando-se para Bracken.

Seguro a vontade de cumprir minha promessa e afogá-lo até me dar por satisfeita.

— Muito — Bracken balbucia, correndo os olhos entre nós dois. — Infelizmente, não parecemos progredir muito. Pedi murmuradores e cantores das terras do príncipe Denniarde — ele gesticula para o nobre atrás de si, resplandecente com suas esmeraldas e seda verdíssima —, mas ainda não chegaram. Receio que é melhor não causar muito dano a qualquer prisioneiro antes de poderem ser interrogados de maneira adequada.

Viro o rosto para a cela mais próxima, na esperança de esconder meu nojo perante a chegada de murmuradores e cantores. Não devemos confiar em nenhum deles, mas seguro a língua.

O homem na cela retribui meu olhar, seus olhos acesos como carvão em brasa à parca luz da prisão. Sua pele é morena como a minha, embora tenha um fundo avermelhado, e o cabelo preto é cacheado, assim como sua barba aparada e oleosa. Ele usa um uniforme verde-escuro, cor de Montfort, com rasgos no peito e no alto do braço. Há fios soltos nesses pontos. De insígnias arrancadas, condecorações e medalhas puxadas. Aperto os olhos, e ele faz o mesmo.

— Qual é a sua patente, soldado? — pergunto com escárnio, me aproximando das barras.

Atrás de mim, Bracken e Maven se calam.

O barbudo não diz nada. Ao chegar mais perto, noto uma cicatriz embaixo do seu olho. Regular demais para ser acidente. Uma linha reta perfeita e bem cuidada.

Aponto para ela com o queixo.

— Alguém deu isso a você, não é?

— Você fala como se ter um prateado me segurando e cortando meu rosto fosse um presente — ele responde devagar. As palavras saem com uma afetação estranha, desencontradas. Como se ele tivesse que pensar em cada uma e pesá-las na língua.

Examino a cicatriz de novo, de cima a baixo. Me pergunto o que ele fez ou não fez para merecer tal punição.

— Quando seus murmuradores chegarem — digo, olhando para Bracken por cima do ombro —, comecem por este. Tem patente mais alta. Vai saber mais do que a maioria.

Os lábios de Maven se contorcem em algo perto de um sorriso.

— Claro — Bracken responde. — Vamos começar com esse vermelho tolo, não vamos? — ele acrescenta meio cantando para os filhos enquanto os leva embora. — Então vocês vão ver que não são motivo de medo. Não mais. Não são nada para vocês. *Nada*.

De novo, Michael esconde o rosto, enfiando a cabeça debaixo do braço do pai.

Charlotta faz o contrário, levantando bem seu pequeno queixo. Ela tem sardas que parecem ter sido salpicadas sobre sua pele morena. Em Montfort, seu penteado era simples, preso para trás com um nó forte. Aqui ela se veste como a princesa que é, em seda branca estampada, com ametistas decorando as muitas tranças. Observo-a seguir o pai, arrastando seu vestido pelo concreto. A roupa dela me lembra um vestido de noiva, e me pergunto com quem será negociada quando chegar a hora, como eu fui.

Continuamos em frente, inspecionando as celas, e eu retomo a contagem. Maven balança os braços para a frente e para trás, quase alegre. A vitória surtiu algum efeito, afinal.

— Não sabia que você era capaz de ficar feliz — cochicho, e ele ri na hora, cortante como vidro.

O rei sorri para mim, com um brilho antipático, selvagem e cruel no olhar.

— Sua imitação de Mare Barrow é muito boa.

Devolvo a zombaria, dançando no fio da navalha:

— Bom, como você quer que ela seja sua rainha, bem que eu poderia encarnar o papel.

Outro acesso de riso. Maven pisca para mim, como se examinasse um quadro.

— É ciúmes, Iris? — Fico tensa sob o olhar esquadrinhador dele, meus músculos enrijecendo como um fio esticado. — Não, não é. — Maven suspira, ainda sorridente. — Como eu disse, formamos um belo casal.

Nem tanto.

— Alguém chamou meu nome?

Maven se detém ao meu lado, franzindo a testa em clara confusão. Ele inclina a cabeça para o lado e olha por cima do ombro, piscando para a cela que ficou para trás.

Foi o barbudo. Ele está apoiado nas barras, as mãos pendendo no corredor central. Olha para nós, com a sobrancelha erguida em desafio.

— Você me ouviu, Maven — ele diz, e sua voz sai diferente de antes. Ainda é a dele, só que mais forte, mais rápida, mais contundente. Como uma quina afiada numa pedra.

Olhamos para ele, perplexos. Ou pelo menos eu estou.

Maven parece dividido entre uma fúria assassina e... uma esperança?

O homem sorri.

— Sentiu saudades? — diz. — Acho que sim.

Escuto ossos contra ossos. Dentes serrilhando. Maven aperta a mandíbula e solta uma única palavra:

— Mare.

CATORZE

Mare

※

— Ele sabe que é você.

Parece que todos tomamos fôlego ao mesmo tempo, e minha respiração sai entrecortada. De repente, a pequena sala escondida no palácio Samos parece apertada demais. Por instinto, meus olhos saltam para Farley. Ela retribui o olhar. Sua garganta se move, engolindo em seco. Ela enrijece diante dos meus olhos, determinada.

Mordo o lábio, desejando que pudesse fazer isso sozinha. Mas ela não vai a lugar nenhum, parada ao lado de Ibarem. Perto o bastante para interromper tudo se as coisas escaparem ao controle. Os olhos dele queimam nos meus, acesos e intensos enquanto sua mente supera o espaço entre a mansão Ridge e Piedmont. Ibarem já forneceu toda informação que podia sobre a prisão na base de Piedmont, sobre o bunker com janelas para o leste. Que prisioneiros seu irmão pode ver, quem foi capturado com ele, quem viu morrer ou escapar. Para meu alívio, Ella e Rafe estão entre os sobreviventes que chegaram até os pântanos. Só essa informação já foi vital, mas isso — *Maven*, bem na nossa frente... Tão perto que tenho a sensação de poder tocá-lo se esticar o braço.

Quero ver o que Ibarem vê. Quero me jogar para a frente, mergulhar nas profundezas avermelhadas de seus olhos, e emergir do outro lado, numa cela a centenas de quilômetros. Decifrar Maven, como sei que posso. Cada tique e cada contração de músculo sob sua pele. Os menores lampejos nos seus olhos azuis gelados, que falam de segredos e fraquezas que ele tenta enterrar.

A conexão de Ibarem com o irmão terá que servir. A ligação deles é forte apesar da distância, quase imediata. Ibarem descreve tudo o que sente através de Rash no ato.

— Maven está se aproximando das barras. Se inclina para a frente, a uma distância de centímetros. Seu pescoço está suado. Faz calor em Piedmont. Acabou de chover. — Ibarem fica tenso diante de mim, levando as mãos às coxas. Ele recua um pouco, e imagino Maven ali, na sala conosco, bem à nossa frente. Os lábios de Ibarem se retorcem de desgosto. — Ele nos examina. Os nossos olhos.

Estremeço e sinto o fantasma frio da respiração familiar na minha pele.

Apesar da luz do sol que jorra pela única janela, sinto a escuridão se empoçar nessa salinha esquecida na mansão Ridge. Gostaria de nunca ter pensado nisso, de nunca ter convocado Ibarem. Era para ele ser nossa ligação com Tahir e Davidson, uma conexão fácil com Montfort. Não com seu outro irmão, capturado em Piedmont. Não com Maven.

Me obrigo a ficar quieta, travando meus músculos e minha expressão. Meu coração dispara no peito, as batidas secas e constantes.

Farley tenta não andar de um lado para o outro, e sua estranha falta de atividade me deixa ainda mais nervosa do que já estou. Esse lugar não condiz conosco. A mansão Ridge mais parece uma armadilha esperando para ser acionada. Cada cômodo tem alguma forma de metal, nas vigas, colunas ou mesmo enfiado no assoalho. A casa é uma arma que poucos podem empunhar. E esses poucos nos cercam o tempo todo.

Até a cadeira sob mim é de aço frio. Sinto calafrios onde toca minha pele nua.

A batida na porta causa um sobressalto em nós duas, de tão assustadas que estamos. Giro na cadeira, os dentes cerrados, para ver a maçaneta baixar e a porta abrir. Farley avança até lá em duas passadas largas, pronta para dispensar qualquer criado ou nobre bisbilhoteiro do outro lado.

Para minha decepção, ela recua, permitindo que uma silhueta grande e familiar adentre a sala.

Quase dou uma bronca nela. Meus punhos se fecham sobre meus joelhos.

— O que você está fazendo? — pergunto por entre os dentes em voz baixa e firme.

Tiberias olha para Farley e para mim, como se medisse ambas para ver quem o assusta mais.

— Fui convidado — ele diz com a voz carregada. — E vamos chegar extremamente atrasados na reunião do conselho.

— Então vai! — dispenso-o com um gesto para em seguida me virar para Farley. — O que você está fazendo? — pergunto com esforço por entre os dentes cerrados.

Ela bate a porta com força.

— Você conhece Maven, e ele também — diz com uma eficiência fria. — Deixe que Cal escute.

À minha frente, Ibarem pisca.

— Srta. Barrow — ele diz, indicando para a gente continuar.

Como se isso não fosse estressante o suficiente.

— Ótimo — murmuro por entre os dentes, voltando a encarar o sanguenovo de Montfort. Faço o possível para ignorar o outro Calore, que agora está encostado na parede para ficar o mais longe possível de mim. Pelo canto do olho, vejo seu pé bater no chão, dissipando o nervosismo.

— Maven está dizendo algo — Ibarem balbucia com sua voz natural saindo suave e pausada. Então muda rápido para a melhor imitação de Maven possível. — *Como estamos conversando agora?* — ele diz, as palavras repentinamente cruéis e afiadas. Ibarem até força uma risada fria. A semelhança é clara. — *Ou você só está tentando brincar com um rei, vermelho? Não seria uma boa decisão.*

Ibarem se move de novo, os olhos agitados, enxergando através dos quilômetros.

— Ele está com guardas. Sentinelas. Seis. O príncipe Bracken e seus filhos acabaram de passar, com quatro guardas.

Tiberias cochicha algo e Farley concorda com a cabeça. Comentam o acréscimo no número de inimigos, provavelmente.

— ... aliança firme com Bracken — ouço Tiberias sussurrar.
— Vão atacar de novo, e logo.

— A rainha está com ele — Ibarem continua. — A princesa de Lakeland. Não fala, está parada. Observando. — Ibarem aperta os olhos. — Seu rosto está sem expressão. Parece paralisada.

— Diga a Iris... — hesito, tamborilando os dedos. Eles têm que se convencer. Precisam ter a certeza irrevogável de que sou eu falando pela ligação dos irmãos. — Diga a ela que todos os cães mordem.

— Todos os cães mordem, Iris — Ibarem repete. Ele inclina a cabeça como eu inclino a minha. Está me imitando agora. Uma garota comum com uma vida incomum. A verdade abala Maven mais do que tudo, e eu preciso abalá-lo se quero ganhar alguma coisa com essa conversa.

— A rainha sorri. Acena com a cabeça — Ibarem diz. Ele muda o rosto para imitar Iris, a voz subindo uma oitava. — *Todos os cães mordem, mas alguns esperam, Mare Barrow.*

— E o que isso quer dizer? — Farley cochicha.

Mas eu sei.

Sou apenas uma cadelinha bem-vestida e amarrada, eu disse a Iris certa vez, durante meu cativeiro. Ela também sorriu na época. *Sei bem que até as cadelinhas mordem*, ela retrucou. *Você morde?*

Finalmente estou livre para responder. E ela também.

Iris Cygnet espera sua própria chance de atacar. Me pergunto se Lakeland está por trás dela, ou se só tem sua própria raiva.

Lanço um olhar por cima do ombro para Farley.

— É uma coisa que ela me disse em Archeon. Antes de eu voltar.

— *Com certeza é ela, mas não sei dizer como* — Ibarem continua, transmitindo a voz de Iris o melhor que consegue. — *Deve ser algum poder sanguenovo que não conhecemos ainda.*

— Dava para encher um oceano com o que você não sabe — respondo. — Sobre Montfort, sobre a Guarda Escarlate. — Sinto vergonha, me sinto até suja, de atacar desse jeito, mas é fácil. — Sobre seu irmão. Ele está bem aqui do meu lado, sabia?

Ibarem faz cara de desdém, imitando Maven.

— *E isso quer dizer alguma coisa?* — Acho que há um tremor de medo nas palavras ecoadas. Ibarem continua: — *Pouco me importa quem você escolhe para ficar ao seu lado* — ele acrescenta, a careta de desdém curvando-se num sorriso macabro. — *Mas sei que já não andam tão juntinhos.*

Forço um sorriso, usando-o para disfarçar o estremecimento.

— Bom saber que você tem espiões dentro da nossa coalizão — digo com determinação. — Embora os nossos sejam bem mais numerosos.

Uma gargalhada explode de Ibarem, como pregos contra vidro.

— *Acha que uso meus espiões para saber como vão seus sentimentos, Mare? Não, minha querida, só conheço você melhor do que ninguém.* — Ibarem gargalha de novo, mostrando seus caninos brancos. Me concentro na cicatriz no queixo dele para afastar da cabeça a imagem do rosto bonito, assombrado e sibilante de Maven. — *Eu sabia que você não ia aguentar quando Cal mostrasse quem ele é de verdade.*

No canto do meu campo de visão, Tiberias não se mexe. Nem mesmo respira. Mantém os olhos baixos, focados em abrir um buraco no chão.

— *Ele é uma criação tanto quanto eu. Foi feito pelo nosso pai, moldado e partido até se tornar esse muro de tijolos ambulante e falante que você pensava amar.* — Maven continua falando através de Ibarem. — *Cal se esconde por trás desse escudo que chama de dever, mas a verdade é menos nobre. Ele é feito de desejo, igual a todos nós. Mas deseja a coroa. O trono. E não há preço que não pague, por mais alto que seja. Não há sangue que não derrame, ainda que valioso.*

Um estalido rasga o ar quando Tiberias estala um único dedo com o polegar.

— Sempre voltamos à mesma conversa, Maven — resmungo, me reclinando na cadeira com uma indiferença exagerada. Ibarem espelha minhas emoções. — Iris, ele também choraminga assim sobre Tiberias com você, ou sou a única que tem que aturar essa baboseira?

Ibarem vira o rosto, como se olhasse para Iris, então relata:

— Ela contorce os lábios. Talvez num sorriso. Maven se mexe, apoia um braço nas barras. A temperatura está subindo.

— Acertei um nervo, Maven? — pergunto. — Ah, esqueci, você nem sabe quais são seus nervos. E quais são *dela*.

Com uma careta, Ibarem espalma as mãos nas coxas.

— Maven golpeia as barras. A temperatura continua a subir. Os outros prisioneiros estão fazendo o máximo para assistir. — O sanguenovo pisca, alargando as narinas, forçando inspirações profundas. — Ele está tentando se acalmar.

— *Não é prudente provocar alguém com tantos reféns à disposição. Eu podia fazer todos queimarem se quisesse* — Maven diz por entre os dentes. Consigo farejar sua raiva trêmula a centenas de quilômetros de distância. — *Seria mais fácil pôr no relatório que não houve sobreviventes na gloriosa reconquista de Bracken.*

É verdade. Nada impede Maven de assassinar cada prisioneiro à vista. A vida deles está à sua mercê.

O que me força a tecer uma trama bem intrincada.

— Ou você poderia soltar todos.

Ibarem solta uma gargalhada surpresa.

— *Acho que você precisa dormir mais, Mare.*

— Depois de um acordo, claro. — Levanto os olhos para Farley, analisando sua expressão. Ela franze a testa, unindo as sobrancelhas.

Vejo Tiberias ficar pálido também. Na última vez em que barganhamos com Maven, acabei presa por meses a fio.

— *Funcionou tão bem para nós da última vez.* — Ibarem ecoa a risada de Maven. — *Mas, se você quer voltar e precisa fingir que é para salvar uns soldados sem nome, ficarei feliz em lhe dar as boas-vindas.*

— Pensei que Elara tinha matado sua capacidade de sonhar — disparo. — Não, Maven, estou falando do que a Guarda Escarlate deixou aí na base de Bracken.

A expressão de Ibarem muda, imitando a de Maven.

— O quê?

Farley sorri e se agacha ao meu lado. Ela se dirige a Maven por meio de Ibarem.

— A Guarda Escarlate tem dificuldade para confiar nos prateados. Especialmente os que estavam sob vigilância, como Bracken. Era apenas uma questão de tempo até algo acontecer caso ele decidisse parar de receber ordens das pessoas que estavam com seus filhos.

— *Com quem estou falando agora?*

— Ah, fico magoada que não se lembre de mim. Aqui é a *general* Farley, por isso a voz talvez soe diferente.

— *Ah, sim* — Ibarem estala a língua. — *Que tolice a minha esquecer a mulher que deixou um lobo como eu entrar no seu rebanho de ovelhas especialmente burras.*

Farley sorri como se acabasse de receber uma refeição saborosa.

— Ovelhas burras que plantaram explosivos na sua base.

Por um segundo, um silêncio mortal recai sobre a sala. Tiberias levanta os olhos, o rosto contorcido num alerta.

— Faz ideia do perigo?

— Com certeza — ela dispara para Tiberias, sem desviar os olhos de Ibarem. — Não repita isso.

Ele mal consegue concordar com a cabeça.

— Bom, Maven — digo, com um sorriso doce. — Você pode chamar de volta quem mandou para os pântanos atrás da nossa gente, e tentar revistar a base antes de a destruirmos. Ou pode soltar os prisioneiros, então diremos exatamente quão perto de uma bomba está.

— *Não tenho medo de explosivos.*

— Deveria ter, caso se importasse com os soldados que juraram lealdade à sua coroa — Tiberias vocifera, vindo para perto do meu ombro. Seu antebraço roça em mim, fazendo uma onda de calor descer pela minha coluna.

Uma sombra parece passar por Ibarem quando menciona a presença do príncipe e transmite suas palavras.

— *Que bom que se manifestou, meu irmão* — Maven sussurra. — *Pensei que nunca ia reunir forças para falar comigo.*

— Dê o dia e a hora e veremos quem tem mais força — Tiberias dispara, num rugido selvagem e descontrolado.

Em resposta, Ibarem apenas sacode o dedo.

— *Vamos deixar a pose para sua inevitável rendição, Cal. Quando tiver que se ajoelhar perante Norta, Lakeland e Piedmont.* — Ele solta o nome de cada país com um sorriso crescente. Sinto o peso se acumular contra nós, a muralha ficar cada vez mais alta.

Farley põe a mão no meu ombro, me puxando para trás na cadeira. Pedindo que eu espere.

Por fim, Ibarem se mexe, cruzando os braços e inclinando o corpo. A linguagem corporal é toda de Maven. Dedicada ao espetáculo. Ele não veste agora o manto falso do jovem chamado pelo dever. Está com a máscara do filho impiedoso e impenetrável de Elara Merandus. Alguém que só se importa com o poder.

É um teatro, tanto quanto Mareena era para mim.

— *Quantas bombas você disse, general?*

Ele usa a patente para desestabilizar Farley, mas ela não se abala fácil.

— Eu não disse.

— *Humm* — Maven rumina. — *Bom, Bracken não vai ficar feliz com qualquer dano adicional à sua instalação. Mas o resgate de seus filhos nos rendeu muita boa vontade junto a ele. Talvez não se importe.*

Não sei exatamente onde os explosivos podem estar, só que a Guarda os plantou um tempo atrás. Sob as estradas, as pistas de decolagem e a maioria dos prédios administrativos. Onde pudessem causar mais dano, não apenas aos soldados inimigos, mas à própria base. Estão todos sintonizados numa frequência específica, armados e prontos para explodir. Uma precaução perfeita e mortal.

— A decisão é sua, Maven — replico. — Os prisioneiros em troca da sua base.

Ibarem imita o sorriso de Maven.

— *E desse sanguenovo, claro* — ele diz. — *Mas eu gostaria de ficar com ele, se não se importa. É muito mais fácil do que mandar cartas para você.*

— Não faz parte do acordo.

Fazendo bico, Ibarem bufa como Maven.

— *Você gosta de dificultar as coisas.*

— É a minha especialidade.

Ao meu lado, Tiberias ri discretamente. Tenho certeza de que concorda.

Esperamos num silêncio escaldante, acompanhando cada respiração de Ibarem. Ele se vira no assento, olhando de um lado para o outro. Imitando Maven e seus passos de lá para cá.

Farley se ergue atrás de mim, carregada feito uma nuvem de tempestade, tanto quanto eu.

— *Onde você quer que eu os solte?* — ouvimos afinal.

Sem produzir ruído, Farley soca o ar com alguns golpes brutais e triunfantes. Então lembro como ela é jovem. É apenas um pouco mais velha do que eu, com vinte e dois anos.

— Portão leste — Farley responde, e eu tento manter meu triunfalismo sob controle. — Nos pântanos. Ao entardecer.

Ouço a confusão de Maven.

— *É isso?*

Tiberias está tão intrigado quanto ele, e lança um olhar para Farley.

— Isso não é o suficiente para um resgate — ele murmura, gesticulando para Ibarem não transmitir suas palavras. — *General*, precisamos dos jatos em posição. De uma trilha bem aberta. De um cessar-fogo enquanto evacuamos os prisioneiros e aqueles que conseguiram escapar.

Ela corta o ar com a mão.

— Não precisamos, Calore. Você sempre esquece que a Guarda Escarlate não é o tipo de exército com que está acostumado.

Orgulhosa, ela coloca as mãos na cintura antes de continuar:

— Já temos infraestrutura pronta e um contingente nos pântanos. Deslocar vermelhos pelo território inimigo é meio que nossa especialidade.

— Bom saber — Tiberias solta por entre os dentes. — Mas não gosto de ser deixado de fora. Trabalhamos melhor quando estão todos no mesmo patamar.

— Chama isto de mesmo patamar? — Farley diz, gesticulando entre ele e nós. O sangue dele, o nosso sangue. A posição dele, a nossa posição. O abismo entre um prateado nascido para ser rei e vermelhas nascidas para não ser nada.

Os olhos dele se agitam, passando dela para mim. A sombra de Tiberias cobre o meu assento, sua altura exagerada pela pouca distância. Tanto espaço entre nós e, na verdade, nenhum espaço. Embora lhe doa, Tiberias morde a língua. Um músculo do seu rosto salta no momento que arranca os olhos dos meus. Vejo seu conflito interno, fico à espera de que insista. De que discuta. Para minha surpresa, Tiberias se afasta e gesticula para que continuemos.

Diante de mim, Ibarem respira fundo. Ele toca a cicatriz no queixo, a pele morena retorcida até ficar branca entre os cachos da barba preta. Então esfrega a pele embaixo de cada olho. Onde ficam as cicatrizes dos irmãos.

— O rei hesita, pensativo. Srta. Barrow, diga a ele que não poderá nos usar mais desse jeito — Ibarem suplica. — Ou esse desgraçado manterá meu irmão prisioneiro. Para manter um canal de comunicação com você e sua majestade.

— Claro — respondo, meneando a cabeça, ansiosa para salvar Rash de se tornar mais um sanguenovo de estimação.

— Vamos ficar sabendo se você não libertar o sanguenovo, Maven. E então o acordo estará suspenso.

A voz que responde sai amarga, mas sem surpresa:

— *Mas sinto falta das nossas conversas. Você me mantém são, Mare.*

Sua tentativa de humor negro fracassa.

— Nós dois sabemos que não é verdade. E você nunca mais vai se comunicar comigo através dele.

Ibarem fecha a cara.

— *Então vamos ter que encontrar novos meios.*

De pé atrás de mim, Tiberias levanta um dedo para atrair a atenção de Ibarem.

— Se quiser conversar, ninguém vai impedir, Maven — ele diz. — As guerras são travadas tanto com diplomacia quanto com armamentos. Podemos nos encontrar num campo neutro, cara a cara.

— *Quanta ansiedade para negociar a rendição, Cal* — Maven provoca, desprezando a proposta. — *Agora, general... e os explosivos?*

Farley acena com a cabeça.

— Você terá a localização de cada um depois que confirmarmos que nosso pessoal está no pântano e fora de perigo.

— *Não me responsabilizo pelo que os jacarés fizerem.*

Ao ouvir isso, ela ri de verdade.

— É uma pena você não ter alma, Maven Calore. Poderia ser alguém que valesse a pena salvar.

Seu irmão se agita, abalado. *Se alguém pode... consertar ele, não vale a pena tentar?*, Tiberias me perguntou umas semanas atrás, pele a pele. Parece outra vida. Não é um assunto que me importe. Não há como consertar Maven. Não há redenção para ele, para a pessoa falsa que eu e Cal amávamos. Não podemos salvá-lo de si mesmo.

Mas não acho que um dia terei coragem de dizer isso a seu irmão.

Se a capacidade de Maven para o amor foi corrompida, em Tiberias talvez seja até demasiadamente forte. Faz com que ele se apegue demais.

— *Primeiro você incendeia Corvium; agora ameaça a base de Piedmont?* — Maven sibila através de Ibarem. — *A Guarda Escarlate tem muito talento para a destruição. Mas é sempre mais fácil derrubar o que já foi construído.*

— Especialmente quando o que se constrói já está podre por dentro — Farley rebate.

— Portão leste. Nos pântanos. Entardecer — repito. — Ou a base queima sob seus pés.

Encolho meus próprios pés. *Quantos estão na base agora? Soldados de Maven, de Bracken, de Iris. Prateados, provavelmente. E vermelhos também. Os inocentes cumpridores de ordem que os três usam de escudo.*

Digo a mim mesma para não pensar nisso. A guerra é difícil o bastante sem considerar as vidas que pendem na balança. Mas fechar os olhos também não é a resposta. Não importa quão difícil seja, eu preciso encarar a realidade. Ainda que tenha que tomar uma decisão difícil, preciso tomá-la de olhos abertos. Chega de abafar a dor ou a culpa. Preciso senti-las se quiser superá-las.

— *Muito bem* — Maven vocifera por Ibarem. De novo, imagino-o de pé do lado de fora da cela. O rosto branco na penumbra, os olhos delineados com as sombras de dúvidas e exaustão de sempre. — *Sou um homem de palavra.*

A frase de efeito arde como sua marca, trazendo à tona uma dezena de lembranças amargas das suas cartas e da sua promessa.

Devagar, assinto.

— Você é.

Deixamos Ibarem com instruções de nos contatar caso seu irmão não seja libertado com os outros, então nos apressamos pelos corredores da mansão Ridge, tentando descobrir o caminho até a sala do trono de Samos. Tiberias ajuda menos do que deveria; sua cabeça está claramente em outro lugar. Com o irmão em Piedmont, suspeito.

Faço o máximo para acompanhar as passadas dele e de Farley, mas não paro de esbarrar em Tiberias, que de tempos em tempos diminui o ritmo, perdido em pensamentos.

— Já estamos atrasados — resmungo, pondo a mão na parte inferior das costas dele por instinto, para empurrá-lo adiante.

Ele pula com o toque, como se o contato queimasse. Sua mão enorme cobre a minha quando se recompõe, afastando meus dedos. Em seguida, ele os solta rápido e se volta para mim.

Farley continua em frente e nos ultrapassa com um resmungo exasperado.

— Briguem quando tivermos tempo — ela ordena.

Ele ignora, me encarando furioso.

— Você ia falar com ele sem mim.

— Preciso da sua *permissão* para falar com Maven?

— Ele é meu irmão, Mare. Você sabe o que ainda significa para mim — Tiberias sussurra, quase suplicando. Tento não esmorecer perante sua dor. Quase dá certo.

— Você tem que esquecer a pessoa que achava que ele era.

Minhas palavras acendem algo dentro dele, uma raiva mais profunda. Um desespero.

— Não me diga o que sentir. Não me diga para dar as costas a ele. — Tiberias endireita tanto o corpo que tenho que esticar o pescoço para olhá-lo nos olhos. — Além disso, vocês duas iam encarar Maven sozinhas? — Ele olha para Farley por cima do ombro. — Não é prudente.

— Por isso mandei chamar você — Farley dispara com aspereza. — Temos que ir. A conversa foi longa. A reunião do conselho começou há vinte minutos. Quero estar lá, caso Samos e sua avó estejam tramando algo.

— E Iris? — Tiberias diz, recompondo-se. Ele apoia as mãos na cintura, alargando o corpo para impedir qualquer tentativa minha de escapar pelas laterais. Conhece meus truques bem demais. — Que história é essa de todos os cachorros morderem?

Hesito, ponderando as opções. Sempre posso mentir. Talvez seja melhor.

— Uma coisa que Iris disse antes, quando eu ainda estava em Whitefire — confesso. — Ela sabia que eu era um bichinho de estimação para Maven. Uma cadelinha. E me disse que cadelinhas também mordem. Foi sua maneira de dar a entender que sabia que eu ia me virar contra ele se pudesse. — As palavras vacilam, não sei dizer por quê, mas as faço sair. — E ela também.

Em vez de me agradecer, Tiberias assume um ar mais sombrio.

— E acha que Maven não entendeu isso?

Dou de ombros. É só o que posso fazer.

— Acho que agora ele nem liga. Precisa dela, precisa de sua aliança. Só existem o hoje e o amanhã aos olhos dele.

— Consigo entender — ele murmura, bem baixo, para que só eu ouça.

— Com certeza.

Tiberias solta outro suspiro, passando a mão pelo cabelo curto. Gostaria que ele o deixasse crescer para que ondulasse de novo. Ficaria mais bonito, menos rígido. Ele pareceria menos um rei.

— Contamos a eles o que acabou de acontecer? — Tiberias pergunta, apontando para a sala com o polegar.

Fecho a cara, pensativa. Acharia melhor não relatar nossa conversa a um público grande, sobretudo se inclui a família Samos.

— Se contarmos, colocamos Rash e Ibarem em risco. Volo adoraria usar essa vantagem peculiar se pudesse.

— Concordo. Mas é uma vantagem. Conseguir falar com ele, observá-lo. — Tiberias baixa a voz, confere minha reação. Deixa a decisão para mim.

— Esqueça Maven. Podemos transmitir mensagens com a Guarda Escarlate em terra. Vamos recuperar nosso pessoal.

Ele assente.

— Claro.

— Nenhuma novidade sobre Cameron — acrescento, estremecendo ao pronunciar o nome dela. A garota voltou para Piedmont para ficar com o irmão quando fomos para Montfort. Em busca de paz, não de guerra. E a guerra a encontrou de novo.

Tiberias fica pensativo — empático, até. Não só por fora, mas de verdade. Tento não reparar no seu belo rosto parado diante de mim.

— Ela deve estar bem — ele diz, só para mim. — Não consigo imaginar ninguém capaz de derrubar aquela garota.

Ibarem não a mencionou entre os prisioneiros, mas tampouco achava que estivesse entre os mortos. Minha esperança é de que esteja entre os que escaparam, escondendo-se nos pântanos, percorrendo devagar o caminho de volta para nós. Cameron é capaz de matar um homem com a mesma facilidade que eu. Mais até. Qualquer caçador prateado ia julgá-la uma presa perigosa, com sua capacidade de sufocar até os poderes mais fortes. Deve ter escapado. Não vou pensar em outra possibilidade. Simplesmente não consigo.

Sobretudo por precisar dela para o que planejei.

— Pode ser que algum vaso sanguíneo de Farley se rompa se a gente a fizer esperar mais.

— Prefiro não ver isso acontecer — Tiberias resmunga, seguindo no meu encalço.

QUINZE

Evangeline

❦

ANABEL ENROLA COM TALENTO enquanto esperamos por seu neto pouco pontual. Não sei se peço uma aula ou se a cravo na parede com o aço do meu trono.

Há cerca de doze pessoas na sala, apenas as necessárias para um conselho de guerra. Vermelhos e prateados — Guarda Escarlate e agentes de Montfort ao lado das Casas nobres de Rift e de Norta. Não importa quantas vezes eu olhe, não consigo me acostumar com a visão.

Nem meus pais. Minha mãe está encolhida em seu trono de esmeraldas, como uma de suas cobras. Usa seda preta e joias brutas, parecendo incompleta sem um predador de estimação no colo. Talvez a pantera esteja indisposta hoje. Ela mantém a cara fechada, enquanto Anabel traça círculos com seus passos.

Meu pai, por outro lado, permanece atento, seu foco concentrado totalmente em Anabel. Na tentativa de pressioná-la. A chefe da Casa Lerolan não cede, o que é digno de nota. Sou magnetron. Reconheço aço quando vejo. E ela tem aço nos ossos.

— Tiberias VII precisa de uma capital. Um lugar onde fincar sua bandeira.

Ela faz uma pausa, para aumentar o efeito das palavras, enquanto anda de um lado para o outro e inspeciona a sala do trono. Tenho vontade de gritar: *Vamos logo, sua velha!*

O que ela deveria mesmo fazer é ir atrás do Cal, onde quer que esteja, e trazê-lo para cá pelas orelhas. Perdemos a base de Piedmont, e esta é uma reunião do conselho de guerra *dele*, sem falar que estamos na corte do meu pai. Nos deixar esperando não é só grosseria: é uma falha política. E um desperdício do meu tempo precioso.

Ele deve estar discutindo com Mare de novo, enquanto finge não olhar para os lábios dela. O príncipe é terrivelmente previsível, e imagino que os dois vão acabar reatando seu relacionamento não lá muito secreto. *Será que eu vou ter que vigiar a porta?*, ironizo comigo mesma.

Num lampejo, vislumbro a vida que ele quer para todos nós. A vida a que nos sujeitaria. A coroa na minha cabeça, o coração na mão dela. Meus filhos ameaçados o tempo todo por qualquer filho que ela venha a ter. Meus dias ocupados em ceder à vontade dele, ainda que seja gentil ao manifestá-la. Não importa quantos dias eu queira passar com Elane, desde que possa passar os dele com Mare.

Se ao menos ele a quisesse mais. Se ao menos eu pudesse fazê-lo querê-la mais. Como eu disse a Mare em Corvium, Cal não é do tipo que abdica. *Você também não era*, lembro a mim mesma. *Até sentir o gostinho do outro lado.*

Ao pensar nisso, sinto um nó nas entranhas. Empolgada, esperançosa e... exausta. Já estou irritada com a perspectiva de me enrolar com Cal e Mare ainda mais. Mesmo que seja pela minha própria felicidade.

Pare de reclamar, Samos.

Quando a general Farley e Mare finalmente entram na sala, com Cal logo atrás, suspiro. Mare não é desprovida de beleza, mas não é nenhuma beldade. Cal deve gostar disso. De um acabamento mais bruto. Calor, sujeira debaixo das unhas, gênio forte. Não enxergo atrativo. Mas ele deve enxergar.

— Ah — Anabel diz, girando graciosamente sobre os saltos. — Majestade.

Seu rosto relaxa aliviado quando chama Cal para se juntar a ela diante dos tronos. O resto da câmara observa.

— Que gentileza da sua parte se juntar a nós, rei Tiberias — meu pai diz. Ele passa a mão pela barba prateada, puxando os fios. — Certamente sabe da situação periclitante.

Cal se curva, surpreendendo a todos. Reis e rainhas de sangue prateado não se curvam, nem mesmo uns aos outros. Mas ele o faz.

— Mil perdões, fui retido — Cal diz, sem acrescentar mais nada. E sem nos dar chance de fazer perguntas, acenando de imediato para que Farley dê um passo à frente. — Creio que a general Farley tenha boas notícias pelo menos.

— Comparadas à perda da nossa base em Piedmont? — meu pai desdenha. — Assim como a perda de qualquer influência que tínhamos sobre o príncipe Bracken? Devem ser notícias muito boas.

— Considero o resgate de mais de cem dos nossos em Piedmont boas notícias, senhor — ela diz, também se curvando, mas numa reverência rápida e deplorável. — A Guarda Escarlate e nossos aliados de Montfort deixaram uma tropa exígua em Piedmont. Restavam poucos soldados na base quando Bracken atacou. Segundo nosso serviço de inteligência, pelo menos um terço conseguiu chegar aos pântanos. A Guarda Escarlate dispõe de contingente em toda a região; somos mais do que capazes de resgatar e transportar os que escaparam em segurança.

— Quantos mortos vocês estimam? — Anabel pergunta, cruzando as mãos.

— Cem — Farley responde com dificuldade, como se pudesse passar correndo pela informação. Mas parece se arrepender, pois repete, mais devagar: — Cem mortos.

— Perdemos mais em Corvium — digo, tamborilando os dedos. — Uma troca dura, com certeza — acrescento, fingindo compaixão para que a vermelha não entre numa espiral de fúria.

— Será difícil avançar sem a base — Ptolemus acrescenta, chamando atenção para o ponto mais óbvio de todos. Às vezes acho que ele só quer ouvir a própria voz, mesmo em situações como esta.

— É verdade — Cal diz. — Ainda temos Rift e todos os seus recursos, mas perdemos duas das nossas conquistas em questão de semanas. Primeiro Corvium...

— Escolhemos destruir Corvium; não perdemos nada — Mare se intromete, encarando-o cheia de veneno. Posso apostar que está feliz por se ver livre daquela cidade.

Cal concorda com a cabeça, mas parece contrariado.

— E agora Piedmont — ele retoma. — Não passa muito uma imagem de força, sobretudo para as Casas ainda aliadas a Maven que talvez possam ser trazidas para o nosso lado.

Minha mãe se inclina para o lado no trono, os dedos cintilando com as joias.

— E Montfort? — ela arqueia a sobrancelha, vasculhando a sala. — Me disseram que tivemos êxito nas negociações para usar seus exércitos.

— Não conto meus soldados antes de estarem enfileirados — Cal responde, mais áspero do que deveria. — Confio que o primeiro-ministro Davidson vai cumprir o que seu governo promete, mas não vou tomar decisões baseadas em recursos que ainda não podemos ver.

— Você precisa de uma capital — Anabel diz, repetindo sua ladainha de sempre. Ela recomeça a andar de um lado para o outro, suas vestes reais vermelhas e laranja combinando com a luz do crepúsculo lá fora. — A cidade de Delphie servirá. A sede da Casa Lerolan apoiará o rei legítimo.

Cal evita seu olhar.

— É verdade, mas...

— Mas? — ela dispara, parando no ato.

Ele joga os ombros para trás, seguro de si.

— É fácil demais.

Como uma verdadeira avó, Anabel lhe dá um tapinha no braço, tal qual quem ensina a uma criança de dois anos alguma lição de vida piegas.

— Nada na vida é fácil, mas temos que aproveitar as folgas que ela dá, Tiberias.

— O que quero dizer é que *não significa nada* — ele responde, escapando da mão dela. — Nada para o povo de Norta, nada para nossos aliados, e com certeza nada para nossos inimigos. É um movimento vazio. Esperado. Delphie já é minha, só preciso hastear a bandeira e proclamar isso.

— É — ela diz, piscando. — Por que jogar fora um presente desses?

Ele suspira, um pouco exasperado, e eu sinto o mesmo.

— Não estou jogando fora. O presente já foi dado. Você tem razão: precisamos de uma fortaleza, de preferência em Norta. Outra vitória para provar nossa força. Para pôr medo em Lakeland e Piedmont, como pusemos em Maven.

— Onde sugere? — pergunto, me inclinando para a frente. Quero deixar Tiberias desenvolver seu plano, pelo menos para acabar com esse espetáculo ridículo.

Ele acena com a cabeça para mim.

— Harbor Bay.

— Era o palácio favorito da sua mãe — Anabel balbucia ao lado dele, sem pensar. Cal não responde, como se não a ouvisse. — Mas é governada por famílias leais a Maven.

— É estratégica — ele argumenta.

A general Farley franze a testa.

— Mais um cerco e mais uma batalha que podem terminar com centenas de nós mortos.

— É onde está o Forte Patriota — Cal rebate. — Serve ao Exército, à Frota Aérea, à esquadrilha da Marinha. — Ele conta um por um nos dedos. Seu fervor é palpável, quase contagioso. Consigo entender o motivo de ter sido nomeado general tão jovem. Se eu fosse um simples soldado, se não tivesse experiência, talvez seguisse esse homem de bom grado até a morte. — Podemos estrangular uma parte grande das forças armadas de Maven, e talvez tomar parte dela no processo. No pior dos casos, conseguiremos repor o que perdemos em Piedmont. Armas, veículos, jatos. Está tudo lá para pegarmos. E a cidade em si é um caldeirão da Guarda Escarlate.

Meu pai arqueia a sobrancelha, quase sorridente, formando uma expressão selvagem.

— Sábia decisão — diz. O apoio parece tomar Cal de surpresa, mas não deveria. Conheço meu pai e vejo a fome de poder que sempre traz consigo. Aposto que já sonha com Harbor Bay espoliada, com uma bandeira Samos hasteada no alto da cidade. — Maven tomou um forte de nós. Tomaremos uma cidade dele.

Cal abaixa a cabeça.

— Exatamente.

— *Se* você conseguir tomá-la — Mare emenda, olhando para ele por cima do ombro. Seu cabelo castanho e cinzento gira com o movimento, reluzindo avermelhado no crepúsculo.

Ele inclina a cabeça, com a testa franzida.

— O que você está dizendo?

— Atacar Harbor Bay. Tentar tomar a cidade. É um risco que vale a pena correr. Mas, se fracassarmos, existe um outro jeito de dar um belo golpe nas forças de Maven.

Contra minha vontade, fico intrigada. Aliso a minha saia, com camadas onduladas de gotas de prata e seda branca, ao me inclinar para ela.

— Como, Barrow?

Ela parece quase agradecida, abrindo um sorriso relutante para mim.

— Invadindo a Cidade Nova, a favela perto de Harbor Bay. Podemos libertar os vermelhos. É um centro industrial que abastece Norta tanto quanto qualquer forte prateado. Se atingirmos a Cidade Nova, a Cidade Cinzenta, a Cidade Alegre...

De novo, meu pai é pego de surpresa.

— Você quer acabar com os centros de técnicos? — ele cospe as palavras como se ela tivesse dito para cortar o próprio coração.

Mare Barrow se mantém firme sob o olhar confuso dele.

— Quero.

Anabel a encara descrente, quase rindo.

— E depois que a guerra tiver acabado, srta. Barrow? Vai pagar para reconstruí-los?

Mare quase morde a língua para segurar uma resposta súbita e grosseira. Ela respira fundo, tentando assumir uma postura semelhante à calma.

— A destruição delas pode significar a vitória — diz devagar, ignorando as perguntas de Anabel. — Ganhar o país.

O olhar de Cal muda, e ele meneia a cabeça devagar. Concorda com ela porque tem razão — ou porque ainda é um cãozinho apaixonado.

— Desmontar pelo menos um centro já vai comprometer muito a capacidade de contra-ataque de Maven, disseminando dúvidas entre seus apoiadores. Se os vermelhos nos virem como libertadores, não vão deixar de nos ajudar — ele diz. — Se somarmos a isso a tomada do Forte Patriota, meu irmão poderia perder o controle de tudo a norte de Harbor Bay, até a fronteira com Lakeland. — Pensativo, ele encara a avó, assumindo uma postura mais aberta com ela. — Podemos tomar a região inteira. E espremer Maven entre nossa já leal Delphie, Rift e a nova conquista.

Visualizo o mapa de Norta na cabeça, ou como era um ano atrás. Imagino linhas dividindo o território, como uma torta sendo fatiada. Um pedaço para nós, dois para Cal. *E o resto?* Meus olhos se detêm na general vermelha e em Mare Barrow. Penso naquele primeiro-ministro insuportável a mais de mil e seiscentos quilômetros de distância. *Que pedaço eles vão pegar?*

Sei o que querem, pelo menos.

A torta inteira.

Ptolemus faz todo um teatro enquanto rumina minha proposta. Ele corre o dedo pela borda do copo de água, fazendo o cristal cantar. O som é assustador, um eco etéreo que entremeia nosso jantar. Meu irmão tem um queixo grande e largo, com o nariz comprido do meu pai e a boca minúscula como um botão de rosa da minha mãe. Parece mais com ela a essa luz, com olheiras cada vez maiores e as bochechas sulcadas. Suas roupas são frescas e casuais para seu estilo: linho puro e branco, leve o bastante para o verão.

Elane o observa brincar com o copo incomodada, o canto dos lábios retorcido. A luz evanescente reflete em seu cabelo, criando uma auréola rubi que é melhor do que qualquer coroa. Ela vira o vinho, manchando os lábios com amoras, uvas e ameixas.

Me contenho, deixando minha taça intocada. Geralmente, um jantar tranquilo longe dos meus pais e dos olhos curiosos da corte reunida é desculpa para beber o quanto quiser, mas tenho negócios a tratar.

— É um plano idiota, Evangeline. Não temos tempo para brincar de cupido — Ptolemus murmura, parando de deslizar o dedo na borda do vidro. — Harbor Bay pode ser o fim de todos nós.

Estalo a língua.

— Não seja covarde. Você sabe que papai não arriscaria nossas vidas num cerco fadado ao fracasso.

Somos investimentos valiosos, Tolly. O legado dele depende da nossa sobrevivência.

— Se Cal ganha Harbor Bay ou não, não me interessa — concluo.

— Temos tempo ao menos — Elane argumenta. Ela me encara com seus olhos escuros que brilham como estrelas cadentes num céu safira. — Uma movimentação sem as tropas de Montfort não é possível. E ainda temos que equipar nossos próprios soldados e preparar o cerco.

Deslizo a mão por baixo da mesa para sentir a maciez da seda sobre o joelho dela.

— É verdade. E não estou propondo que a gente ignore a guerra, Tolly. Só acho que podemos dividir a atenção. Olhar para outro lado quando possível. Dar um empurrãozinho nas peças no tabuleiro de xadrez.

— Um empurrãozinho na direção da cama, você quer dizer — Ptolemus replica com um sorriso seco. Ele solta o copo de água e pega a taça bojuda com um licor claro e ardente acompanhado de gelo. — Acha que sou capaz de influenciar Mare Barrow sem acabar com a garganta cortada? — pergunta, dando um gole corajoso. Meu irmão estremece e puxa o ar pelos dentes. — É melhor eu ficar longe dela.

— Concordo. — Barrow prometeu deixar meu irmão vivo, mas confio cada dia menos nessa promessa. — Mas você pode ficar de olho em Cal. Eu pensava que ele era obstinado, que estava completamente dedicado à conquista de Norta, mas... podemos ter uma oportunidade de impedir isso.

Meu irmão dá outro gole.

— Não somos exatamente amigos.

Dou de ombros.

— Mas podem ser. Pelo menos estavam perto disso um ano atrás.

— E que ano foi esse — ele murmura, examinando seu reflexo na faca. Seu rosto não mudou, a guerra não diminuiu sua beleza, mas tantas coisas são diferentes agora. Um novo rei, um novo país, novas coroas para nós dois. E uma montanha de problemas atrelados a cada um desses itens.

O período tumultuoso valeu o preço pago, pelo menos para mim. Um ano atrás, eu estava treinando mais duro do que nunca, em preparação para a inevitável Prova Real. Mal conseguia dormir por medo de perder, mesmo que a vitória fosse praticamente garantida. Minha vida estava decidida, e eu sentia prazer em saber o que estava por vir. Em retrospecto, me sinto uma tonta, enxergo a marionete que era. Empurrada para um homem que jamais seria capaz de amar. E aqui estou eu, presa nesse mesmo lugar. Porém mais esperta. Posso lutar. *E talvez possa fazer Cal enxergar a verdade como eu enxerguei. Ver o que nossos mundos são, os acordes segundo os quais todos dançamos.*

Ptolemus cutuca aqui e ali a refeição especialmente preparada para ele, composta de frango magro pouco temperado, legumes murchos e peixe branco. Tudo permanece praticamente intocado. Em geral, ele engole suas comidas insossas e saudáveis, como se assim pudesse disfarçar a falta de sabor.

O prato de Elane, por outro lado, está limpo, sem qualquer vestígio das costeletas de cordeiro ao vinho que compartilhamos.

— De fato — ela diz. Sua voz sai baixa e comedida. Tento ler seus pensamentos, sua expressão cuidadosamente calculada. Será que está recordando nossa vida um ano atrás? Quando pensávamos que seríamos felizes juntas sob o trono de Norta, vivendo um futuro construído sobre nossos segredos? *Como se nossa relação já tivesse sido um segredo para qualquer pessoa com um par de olhos...*

— E eu? — Elane insiste, pondo a mão sobre a minha. Sua pele quente compensa perfeitamente a minha. — Qual vai ser o meu papel nisso?

— Você não vai ter que fazer muita coisa — respondo, quase rápido demais.

Elane aperta minha mão.

— Não seja boba, Eve.

— Muito bem — digo, rangendo os dentes. — Faça o que fazia antes então.

Os sombrios são espiões perfeitos, muito apropriados para as intrigas de uma corte real. Podem ouvir e observar na segurança de seu escudo de invisibilidade. Não gosto da perspectiva de usá-la em qualquer função que possa ser perigosa, mas como ela mesma disse, temos tempo. Estamos na mansão Ridge. Elane não poderia estar mais segura nem se eu a trancafiasse nos meus aposentos.

O que não seria má ideia...

Ela abre um sorrisinho e afasta o prato, meio de brincadeira.

— Estou dispensada?

Aperto mais a mão dela, sorrindo.

— Pode pelo menos terminar o vinho. Não sou completamente desprovida de coração.

Com um sorriso que me tira o fôlego e faz meu coração disparar, ela se inclina para mim, seus olhos se demorando nos meus lábios.

— Conheço muito bem seu coração.

Do outro lado da mesa, Ptolemus termina a bebida e chacoalha o gelo.

— Continuo aqui — ele resmunga, desviando os olhos.

★

Temos pelo menos uma semana, senão duas, até Davidson voltar com seu exército. Tempo suficiente para eu fazer o que posso, com a vantagem adicional de estar no meu próprio território. Cal e Mare querem um ao outro, não importa quantos obstáculos haja no caminho. Ele só precisa de um empurrãozinho. Uma única palavra dela faria com que disparasse para o seu quarto. Mare, por outro lado, vai ser infinitamente mais difícil, sendo tão apegada a seu orgulho, sua causa e essa fúria constante e persistente que arde em seu peito. Claro, forçar os dois a voltar é apenas a primeira metade da empreitada. Preciso que Cal tome consciência, como eu tomei, do peso de um coração. De como é maior do que o de uma coroa.

Uma partezinha de mim se pergunta se isso é impossível. Talvez ele nunca desperte como eu. Suas escolhas podem estar gravadas em pedra. Mas não pode ser verdade. Noto o jeito como ele a olha e não vou desistir tão fácil. Queria poder resolver tudo isso com meus punhos e uma faca. Aí sim seria prazeroso.

Para ser sincera, qualquer coisa seria mais prazerosa do que circular pela mansão Ridge ao anoitecer, à procura de Mare Barrow. É entediante.

Elane está em algum lugar do outro lado da propriedade, de olho na general Farley, enquanto Ptolemus realiza sua rotina de exercícios na arena de treinamento. Uma rotina que casa lindamente com o cronograma de Cal. O futuro rei é muito comprometido com seus exercícios, especialmente agora que não pode queimar suas energias com a garota elétrica.

Atravesso os corredores da galeria, passando os dedos pelas estátuas de aço escovado e cromo polido. Cada uma delas responde ao meu toque, ondulando como a água perturbada de um lago calmo. Do lado de fora, o céu muda para roxo e as estrelas despontam para a vida. A cidade de Pitarus brilha a vários quilômetros de distância. Um lembrete de que o mundo segue. Vermelhos e prateados comuns vivem sob a sombra crescente da guerra. Me pergunto como deve ser ler sobre as batalhas, ouvir falar de cidades despedaçadas, sem fazer parte do conflito. Sem qualquer influência sobre ele. Impotente caso a guerra bata à sua porta.

E ela certamente baterá.

Esta guerra tem muitos lados, e não há como parar o que já começou. Norta será uma carcaça em decomposição algum dia, com Rift, Lakeland, Montfort, Piedmont e quem mais sobrar uivando sobre ela.

Saio para um dos terraços superiores, me deparando com a escuridão a leste. Um friozinho paira no ar, e concluo que vamos encarar uma frente fria de verão antes do fim da semana.

Barrow não está a sós quando a encontro, para minha tristeza. Ela levanta os olhos para as estrelas enquanto o garoto vermelho espreguiça os braços longos ao seu lado, sem qualquer preocupação com a aparência. É como um emaranhado de cabelo loiro e pele queimada pelo sol.

Kilorn é o primeiro a me ver, apontando o queixo arredondado na minha direção.

— Temos companhia.

— Oi, Evangeline — cumprimenta Mare. Seus joelhos estão encolhidos contra o peito. Ela não se move: seu rosto permanece voltado para o céu e para a crescente luz das estrelas. — A que devemos a honra? — Mare pergunta com a voz arrastada.

Dou uma risadinha e faço uma pausa para me encostar no parapeito que cerca o terraço. Arisca até o fim.

— Estou carente de distrações.

Mare chacoalha a cabeça, entretida.

— Pensei que Elane servisse para isso.

— Ela tem a própria vida — pondero, dando de ombros de um jeito forçado. — Não posso esperar que esteja à minha disposição o tempo todo.

— Você passou todo aquele tempo fazendo de conta que não sentia falta dela, e agora que voltamos continua fingindo. E ainda por cima vem me importunar. — Sagaz, Mare olha para mim por um segundo, e seus olhos castanhos parecem pretos contra a noite cada vez mais intensa. Então, volta a olhar para as estrelas. — O que você quer?

— Nada. Não me interessa saber para onde você e Cal fugiram hoje, ou por que se atrasaram tanto para uma reunião sobre a sobrevivência do nosso povo.

Ao lado dela, o vermelho fica tenso, franzindo a testa.

Mare tenta não morder a isca e ignora a insinuação. Apenas me dispensa com a mão.

— Não foi nada de mais.

— Bom, se quiser, posso mostrar algumas passagens para você. Meios de se mover pela mansão sem ser vista. Para quando não quiser fazer nada de mais com Cal. — Inclino a cabeça para o lado, examinando-a enquanto finge não me ouvir. — Cal dorme na ala leste, perto dos meus aposentos, caso esteja interessada.

Mare levanta a cabeça com tudo.

— Não estou.

— Claro — respondo.

O vermelho me encara furioso, seus olhos assumindo um tom verde-escuro, da cor das esmeraldas mais arrebatadoras da minha mãe.

— É isso que você considera distração? Provocar Mare?

— Não mesmo. Só queria saber se ela estava a fim de treinar.

Mare fica boquiaberta.

— Como é?

— Pelos velhos tempos.

Ela bufa, como se estivesse irritada. Mas noto a inquietação familiar. A necessidade. Bem no meio das entranhas, implorando para se expandir. Barrow olha para os pés, pisca devagar. Esfrega uma mão na outra, alisando as palmas. Imaginando os raios, sem dúvida.

Há um prazer especial em usar nossos poderes por diversão, e não por sobrevivência.

— Quase derrotei você duas vezes, Evangeline — Mare diz.

Abro um sorriso.

— Agora é o tira-teima.

Ela me olha intensamente, incomodada pela fome dentro de si.

— Certo — solta por entre os dentes cerrados. — Uma luta.

Cal também está na área de treino, só que nem Mare nem Kilorn sabem disso. O garoto vermelho nos segue espumando, mas não faz nada para impedir Barrow enquanto eu a conduzo até lá.

As paredes são de vidro, bem parecidas com as outras de Ridge. Pela manhã, oferecem uma vista panorâmica do nascer do sol. É o lugar perfeito para treinar bem cedo. Agora, a vista dá para a escuridão — um azul vago, contundente, que vai passando para o preto. Ptolemus e Cal estão em pontas opostas do lugar, um ignorando o outro. Meu irmão realiza uma série de flexões perfeitas, as costas esguias bem retas. Wren está ali perto, sentada na área elevada de observação. Deve ser a curandeira de plantão, mas sua atenção está fixa em meu irmão e seus músculos flexionados. Eu poderia cravar uma lança no peito de Cal e ela nem piscaria.

O pretendente ao trono não nos vê enquanto passa uma toalha no cabelo e no rosto suado. Percebo que Mare vira uma estátua ao meu lado, como se tivesse sido congelada. Ela arregala os olhos ao percorrer a silhueta de Cal. Não consigo evitar um sorriso ao notar a umidade grudada nas costas e nos ombros dele. Se sentisse alguma atração por Cal — ou por qualquer homem, na verdade —, talvez fosse capaz de compreender por que Mare parece prestes a desmaiar.

Pelo menos parte do plano está funcionando. Barrow claramente não tem objeções ao corpo de Cal.

— Por aqui — digo, tomando seu braço.

Cal se vira na direção da minha voz, com a toalha ainda na mão. Fica surpreso ao nos ver. Bom, ao ver *Barrow*.

— Estou quase acabando — ele consegue dizer.

— Fique o tempo que quiser. Não faz diferença para mim — Mare replica, com voz e expressão absolutamente neutras. Ela me deixa conduzi-la adiante sem reclamar, mas seu braço se move rápido. Os dedos se enterram na minha pele, as unhas cravando em mim num alerta.

— Kilorn — ouço Cal cumprimentá-lo atrás de nós, provavelmente com um aperto de mão.

Ptolemus levanta os olhos de onde está, mas não diminui o ritmo. Dou-lhe o mais discreto aceno de cabeça, satisfeita com nossas maquinações. O olhar dele passa de mim para Mare.

Ela o retribui com uma expressão assassina que faz meu sangue gelar.

Tento não tremer. Tento não pensar no meu irmão sangrando como o dela, caindo morto por nada.

Recomponha-se, Samos.

DEZESSEIS

Mare

✠

— Não sou idiota, Evangeline — vocifero quando as portas do vestiário batem atrás de nós.

Ela apenas solta um suspiro e empurra um uniforme de treino contra meu peito. Com movimentos treinados e calculados, tira o vestido simples e o joga de lado, descartando a seda como se fosse lixo. Então veste seu uniforme de treino, claramente feito sob medida, com um padrão de escamas pretas e prateadas.

Meu uniforme azul-marinho é menos ornamentado. Furiosa com a armadilha dela, arranco minhas roupas com tudo e visto o traje.

— Daria no mesmo você nos enfiar num quartinho e trancar a porta — reclamo, observando-a fazer uma trança no cabelo prateado para tirá-lo do rosto. Ela é rápida, enrolando a trança como uma coroa em volta da cabeça. Evangeline apenas torce os lábios.

— Eu até faria isso, se achasse que iria funcionar para você. Para ele, tenho certeza que um quartinho seria suficiente. Já você... — Ela abre bem os braços e dá de ombros. — Você nunca facilita nada.

— E agora? Vai tentar me dar uma surra na esperança de que ele sinta dó? Que cuide de mim até eu sarar? — Balanço a cabeça em desgosto.

— Pareceu funcionar em Montfort. — Os olhos dela me analisam. — Aqueles silenciadores fizeram um bom estrago em você.

Estreito os olhos.

— Bom, tenho meus motivos — disparo na defensiva. A lembrança chega como um tapa na cara seguido de um chute forte no estômago. Enterro as unhas nas palmas das mãos, na tentativa de impedir a sensação de sufocamento. Ao pé das montanhas, ou num quarto do palácio. Por prateados ou por algemas. Sem pensar, envolvo o pulso e o aperto. Quase vomito no piso lustroso.

— Eu sei — ela diz, mais branda do que antes. Se fosse outra pessoa, talvez pensasse que há alguma sombra de preocupação na sua voz. Mas não Evangeline Samos. Ela não é capaz de sentir compaixão por vermelhos.

Pigarreio e tento recuperar um pouco a compostura.

— Mesmo que conseguisse nos fazer reatar, não adiantaria nada. Você mesma disse que ele não é do tipo que abdica. É um plano idiota, Evangeline — acrescento, pelo bem de nós duas.

Ela me olha de esguelha, afivelando uma tira com adagas em torno da coxa. Um canto de sua boca se levanta. Não consigo determinar se é um sorriso de escárnio ou sincero.

— Veremos.

Com toda a graça e agilidade, ela vai em direção à saída e faz um gesto para que eu a acompanhe até o ringue de madeira encerada.

É o que faço, relutante, prendendo o cabelo num rabo de cavalo. Parte de mim torce para que Tiberias já tenha ido. Concentro o olhar num ponto no meio das costas de Evangeline.

— O plano é idiota não só porque Tiberias já fez sua escolha — continuo, ultrapassando-a e abrindo um sorriso largo para ela. — Mas também porque você não vai encostar nem um dedo em mim.

Evangeline aperta a mão contra o peito fingindo dor. A porta do vestiário bate atrás dela.

— Sou *eu* quem tem excesso de confiança aqui.

Continuo sorrindo, andando de costas para ficar de olho nela. Nunca acredito que alguém vá fazer uma luta justa, muito menos Evangeline.

— Talvez Elane possa lamber suas feridas...

Evangeline apenas levanta o queixo para me olhar.

— Ela lambe, e com frequência. Está com inveja?

Meu rosto arde. Sinto o calor dele descer até o pescoço.

— Não.

Agora é a vez de Evangeline sorrir. Ela me ultrapassa com tudo, batendo o braço no meu com uma força intencional. Viro para desviar, mas Evangeline mantém o corpo alinhado ao meu, impedindo que eu saia de sua mira. Parecemos parceiras de dança num salão de festa. Ou lobos se rodeando no escuro, predadores testando um ao outro. À procura de aberturas e fraquezas. De oportunidades.

Tenho que admitir que a possibilidade de aliviar um pouco a tensão e talvez ter alguns bons momentos me deixou animada. A adrenalina já corre pelas minhas veias com a expectativa. Uma boa luta, sem consequências ou perigos reais, soa deliciosa. Ainda que implique admitir que Evangeline tinha razão sobre o treino.

Do outro lado do salão, noto Kilorn observando, com Tiberias de pé ao seu lado. Ptolemus mantém distância. Não desperdiço minha atenção com eles, ainda que seja isso o que Evangeline quer. Ela provavelmente vai fatiar meu rosto no instante em que eu baixar a guarda.

— Você devia treinar mais — Evangeline diz num tom de voz um pouco mais alto. Suas palavras ecoam pelo espaço aberto. Me pergunto se simplesmente nasceu sem vergonha. — Tirar esse estresse do corpo de outras maneiras. Ou com outras pessoas.

Pisco várias vezes, surpresa. Meu corpo inteiro transborda calor, e pela primeira vez não é culpa de Cal. Ela acha graça no meu desconserto e chega até a inclinar a cabeça na direção dele e de Kilorn, a uns metros de distância. Ambos ouvem claramente a conversa, mas tentam fingir que não. Então ela se foca em Kilorn, examinando-o atentamente.

E eu capto a insinuação.

— Ele não é...

— Não me faça rir — Evangeline desdenha, dando um passo para trás. — Estou falando daquele outro sanguenovo. De Montfort. Cabelo branco, voz grossa. Magro, alto.

De repente, o calor que percorria meu corpo vira gelo, e sinto os pelos da nuca se eriçarem. Cal vai para o fundo do ginásio. Seus olhos deslizam por mim quando vira e se agacha para a sequência final de exercícios. Flexões. Num ritmo firme e rápido, ele sobe e desce. No silêncio, consigo ouvir sua respiração compassada sobre meu coração vergonhosamente disparado.

Por que minhas mãos estão tão suadas?

Evangeline sorri, maliciosa. Estica o queixo um pouco e acena com a cabeça. Provocando. *Vamos*, ela diz sem palavras.

— O nome dele é Tyton, e ele não está aqui — vocifero, com ódio de mim mesma por fazê-lo. Do outro lado do ginásio, Cal acelera o ritmo. — Esse seu plano é ainda mais idiota — acrescento, baixando o volume para o mais próximo que consigo de um sussurro.

Evangeline afasta a cabeça para trás.

— É mesmo?

E quebra meu nariz com o crânio antes mesmo que eu possa responder.

Minha visão fica embaçada. Vejo tudo preto, vermelho, todas as cores numa espiral vertiginosa enquanto tombo de joelhos. Sangue rubro jorra, escorrendo pelo meu rosto, pela minha boca, pelo meu queixo. O sabor conhecido desperta algo. Em vez de desabar, firmo as pernas e dou um salto.

Minha cabeça colide com o peito dela, e a ouço arfar quando o ar foge de seus pulmões. Ela tomba para trás, sacudindo os braços no ar até se estatelar de costas. Limpo o rosto com a mão, que volta grudenta de sangue, e estremeço, tentando pensar em meio à dor latejante.

Do outro lado da sala, Cal está de joelhos, os olhos arregalados, o queixo firme, prestes a se levantar. Balanço a cabeça para ele e cuspo sangue no chão. *Fique onde está, Calore.*

Ele fica.

A primeira adaga passa zunindo pelo meu ouvido, como alerta. Mergulho quando vem a segunda e saio rolando pelo piso de madeira liso, quase escorregadio. A gargalhada de Evangeline ecoa nos meus ouvidos. Logo a faço calar, partindo para agarrar seu pescoço. Ela desvia antes de eu conseguir firmar a pegada e finalizar a luta com um choque. Só algumas faíscas a acertam enquanto se esquiva, tirando vantagem do piso encerado. Ainda assim, as faíscas não são nada delicadas. Evangeline contorce o corpo ao se mover, como se tentasse repelir um inseto persistente.

— Você é melhor do que eu lembrava — ela comenta sem fôlego quando para a alguns metros de distância.

Cerro um punho e aperto o nariz com a outra mão na tentativa de represar o rio de sangue. Não deve ser uma imagem muito bonita. O chão já está coberto de vermelho.

— Posso derrubar você aí mesmo onde está — digo, lembrando do que aprendi com os eletricons. Raio em teia, tempestade de raios. Só não controlo ainda o raio mental de Tyton.

Evangeline balança a cabeça, sorrindo. Está gostando.

— Você pode tentar.

Retribuo seu sorriso. *Tudo bem.*

Meus raios emergem, roxos e brancos, ofuscantes, ardentes, estalando no ar já úmido de suor. Ela reage com uma velocidade quase sobre-humana, suas facas de repente se fundindo numa única lâmina comprida de aço. Evangeline a crava no chão no exato momento em que lanço o raio, que rebate no metal. Minha eletricidade erra o alvo com um clarão que cega a mim mesma.

Então o cotovelo dela explode no meu queixo e me joga para trás. Vejo estrelas de novo.

— Belo truque — resmungo com a boca cheia de sangue. Tenho a impressão de ouvir um dente tilintar no chão ao cuspir. Confirmo a suspeita com a língua, ao sentir a lacuna repentina e estranha nos dentes de baixo.

Evangeline dá de ombros, com a respiração entrecortada.

— Eu precisava nivelar as condições de algum jeito.

Com um leve grunhido, ela arranca a lança do chão e a gira ao redor do pulso.

— Terminou de se aquecer? — pergunta.

Gargalho.

— Pode apostar.

Espero minha vez enquanto observo Wren trabalhar no rosto de Evangeline. Um olho dela está fechado de tão inchado, com uma coloração cinza-arroxeada quase preta que fica mais intensa a cada minuto. A outra pálpebra fica tremendo com espasmos. Um nervo foi atingido. Ela bufa para mim, subindo e descendo os ombros, então se encolhe, levando a mão ensanguentada à lateral do corpo.

— Fique parada — Wren murmura pela terceira vez. Ela corre os dedos pelo rosto de Evangeline e o inchaço se desfaz. — Você quebrou uma costela.

Evangeline me encara o melhor que pode com o olho que mal funciona.

— Bela luta, Barrow.

— Bela luta, Samos — respondo com alguma dificuldade. Entre o lábio partido, o nariz quebrado e o queixo inchado, até falar dói. Tenho que evitar colocar o peso no tornozelo esquerdo, que não para de sangrar por causa de um corte acima do osso exposto.

Tiberias, Kilorn e Ptolemus estão atrás de nós, dando-nos todo o espaço de que precisamos para respirar.

Kilorn olha para Evangeline e para mim, com o queixo caído em descrença. E talvez medo.

— Garotas são esquisitas — ele balbucia consigo mesmo.

Tiberias e Ptolemus acenam com a cabeça, concordando.

Acho que Evangeline está tentando piscar. Ou os movimentos involuntários da pálpebra estão piores do que eu achava. Pode ser a exaustão da luta, mas quase rio. Não dela, mas *com* ela. Ao tomar consciência disso, volto à realidade, e a sensação elétrica e pulsante da adrenalina começa a esvanecer. Não posso esquecer quem ela é, ou o que sua família fez com a minha. Seu irmão, a apenas alguns metros de distância, matou Shade. Levou embora o pai de Clara, o companheiro de Farley. Tomou um filho da minha mãe e do meu pai. Me tirou um irmão.

E eu tentei fazer o mesmo.

Evangeline percebe minha mudança e baixa os olhos; seu rosto retorna à expressão pétrea, esculpida cuidadosamente.

Wren Skonos é talentosa. Seu poder de curandeira deixa Evangeline pronta para outra luta em questão de minutos. As duas são um contraste: Evangeline com o cabelo prata trançado e a pele branca, Wren com uma trança preta comprida e brilhante sobre o ombro negro. Não deixo de notar o jeito como Ptolemus observa a curandeira trabalhar. Os olhos dele se detêm em seu pescoço, seu rosto, seu ombro. Não nos dedos ou na técnica. É fácil esquecer que ele é casado com Elane. Pelo menos no papel. Imagino que sua irmã passe mais tempo com ela do que ele, que prefere a companhia de Wren. *Que família confusa.*

— Agora você — a curandeira diz, gesticulando para que eu

assuma o lugar de Evangeline. A princesa Samos se levanta, endireitando o dorso recém-curado com elegância.

Eu sento com cuidado, me contorcendo de dor.

— Chorona — Kilorn caçoa.

Em resposta, abro um sorriso agressivo, tratando de mostrar o novo buraco entre os dentes manchados de sangue. Ele simula um calafrio.

Ptolemus dá risada diante da cena, que lhe rende uma encarada tanto minha como de Kilorn.

— Alguma coisa engraçada? — Kilorn provoca, dando um passo na direção do homem de cabelo prateado. Meu amigo é corajoso demais para seu próprio bem, parecendo não ter consciência de que o príncipe magnetron é capaz de cortá-lo ao meio.

— Kilorn, encontro você em seguida — interrompo bem alto, na esperança de abafar qualquer conflito antes mesmo que comece. Não estou a fim de limpar seu sangue do chão. Ele me lança um olhar, irritado com a minha superproteção, mas permaneço firme. — Está tudo bem, pode ir.

— Certo — ele diz por entre os dentes antes de se retirar, fazendo questão de continuar encarando Ptolemus.

Quando o eco dos seus passos some, Evangeline se levanta com suavidade e intenções claras. Quase sorri ao nos deixar também, com o irmão atrás, embora tomem direções diferentes. Ela lança um olhar por cima do ombro que passa de mim para Tiberias. Ele permanece calado ali perto. Seus olhos se acendem de esperança. O que só parte meu coração.

É um plano idiota, quero dizer novamente.

Os dedos de Wren bombeiam alívio, curando cada músculo dolorido e ferida aberta. Fecho os olhos, deixando que trabalhe à vontade no meu corpo. Ela é prima de Sara Skonos, filha de uma Casa nobre dividida entre dois reis Calore. Servia a Maven antes, e foi minha curandeira em Archeon. Era quem cuidava de mim naqueles dias. Mantinha-me viva, impedindo que o peso da Pedra Silenciosa me matasse. Mantinha meu rosto e meu corpo apresentáveis para as transmissões de Maven. Nenhuma de nós era capaz de prever onde estaríamos hoje.

De repente, não quero que a dor vá embora. É uma distração fácil do desejo do meu coração. Enquanto os dedos de Wren dançam pela minha mandíbula, estimulando o crescimento do osso para substituir meu dente perdido, tento não pensar em Tiberias. Mas é impossível. Ele está perto o bastante para que eu possa sentir seu calor familiar, intenso e constante.

Evangeline disse que eu dificultava as coisas, mas acho que está enganada. Se me prendesse com Tiberias num quartinho, eu provavelmente cederia.

Seria tão terrível assim?

— Você está corada demais.

Forço-me a abrir os olhos e dou com Wren bem diante do meu rosto, os lábios carnudos apertados. Ela pisca, os olhos do mesmo cinza que os de Sara.

— Está quente aqui — respondo.

Tiberias cora também.

Caminhamos em silêncio. As paredes de vidro da mansão Ridge dão para a escuridão extrema, enquanto os corredores são repletos de luzes. Nossos reflexos nos acompanham, e fico impressionada com a visão de nós dois lado a lado. Nunca esqueço do quanto ele é alto, um lembrete firme de que não combinamos. Apesar do treino, do suor ainda grudado na pele, Tiberias é um príncipe, descendente de três séculos de reis. Foi criado para ser melhor do que qualquer um, o que se faz notar.

Sinto-me menor do que o normal ao lado dele. Um grãozinho cheio de cicatrizes e mágoas.

Ele sente meu olhar e abaixa a cabeça.

— Cidade Nova, então.

Suspiro, me preparando para a discussão.

— Precisamos fazer isso — comento. — Não apenas pela guerra, mas por nós, vermelhos. As cidades de técnicos se baseiam na escravidão.

Nunca pus os pés numa delas, mas já vi a Cidade Cinzenta, um amontoado de cinzas e fumaça que se ergue à margem envenenada do rio. Vi o pescoço de Cameron e do irmão, ambos com uma tatuagem grosseira do lugar que lhes foi designado. Sua "profissão". Sua prisão.

Minha intenção é transformar a Cidade Nova e as outras favelas em carcaças. Deixá-las vazias, mortas. Fadadas a apodrecer, desaparecer, cair no esquecimento.

— Eu sei — Tiberias diz baixo, a voz marcada por uma nota de arrependimento. Volto-me para ele e vejo seus olhos escurecerem. Sabe bem do que estou falando. Se não houvesse uma coroa entre nós, eu tomaria sua mão e beijaria seu ombro. Agradecida por essa pequena demonstração de apoio.

Mordo o lábio e pisco rápido, para afugentar o ímpeto de tocá-lo.

— Vou precisar de Cameron.

O nome o desperta.

— Ela está…

— Viva? — completo, deixando a palavra ecoar pelas pedras lapidadas do corredor. Paira sobre nós, como pergunta e esperança ao mesmo tempo. — Tem que estar.

Ele desacelera o passo.

— Farley ainda não ouviu nada?

— Vai ouvir logo.

O contingente da Guarda Escarlate em Piedmont, agora se reunindo em Lowcountry para evacuar quem tiver escapado da base, deve mandar informações em questão de horas. E Ibarem terá mais informações para transmitir quando Rash encontrar os outros sobreviventes. Não existe nenhuma possibilidade de Cameron não estar entre os que escaparam. Ela é forte demais, esperta demais, teimosa demais para acabar morta.

Não posso nem cogitar a ideia.

Não porque vamos precisar dela para destruir sua cidade natal, mas porque seria mais um cadáver na minha consciência. Mais um amigo que empurrei para a morte.

Fecho bem os olhos, tentando não pensar nos outros que estavam em Piedmont quando Bracken tomou a base. O irmão de Cameron, Morrey. Os adolescentes da Legião Adaga, resgatados de um cerco para serem pegos em outro.

Nada se compara à agonia da morte de Shade, mas perder outros também acabaria me destruindo. Quanto tempo isso vai durar? Quantas vidas mais vamos arriscar?

Isto é uma guerra, Mare Barrow. Arriscamos todo mundo, todos os dias.

Principalmente a pessoa ao meu lado.

Mordo o lábio, quase tirando sangue, para bloquear a imagem de Tiberias, *Cal*, morto e enterrado.

— Não fica mais fácil — ele diz, as palavras entrecortadas.

Abro os olhos e dou com ele voltado para a frente, com a concentração obstinada que costuma reservar para o campo de batalha ou o conselho de guerra.

— O quê?

— A perda — ele rumina. — Nunca chega um momento em que a sensação passa, não importa quantas vezes aconteça. Você nunca se acostuma.

Uma eternidade atrás, quando eu era Mareena Titanos, entrei no quarto do príncipe. Havia livros por toda parte: manuais, tratados sobre guerra, estratégia, diplomacia. Manobras e manipulações para exércitos gigantescos e para soldados solitários. Fórmulas para ponderar perdas e ganhos, ou quantas pessoas poderiam morrer e ainda assim garantir a vitória. Aquilo tudo era um lembrete de quem era e de que lado estava.

Eu ficara enojada de pensar que ele era uma pessoa capaz de sacrificar vidas de maneira tão irresponsável. De derramar sangue em troca de mais alguns centímetros de avanço. Agora, faço a mesma coisa. E Farley também. E Davidson. Nenhum de nós é inocente.

Nenhum de nós será capaz de esquecer o que estamos fazendo.

— Se nunca passa — balbucio, com a sensação de que poderia sufocar —, uma hora vai ficar impossível de suportar.

— É — ele diz com aspereza.

Me pergunto quão perto está do seu limite, e quão perto eu estou do meu. Vamos ultrapassá-lo algum dia? Será essa a única resposta?

Sairemos disso destroçados e irremediáveis, mas juntos? Ou separados?

Seus olhos ardem sobre mim. Deve estar se fazendo a mesma pergunta.

Trêmula, acelero o passo. É um sinal claro para nós dois.

— Qual é o plano para Harbor Bay? — pergunto, olhando para o fim do corredor, que liga esta ala da mansão Ridge à seguinte, erguendo-se sobre um jardim cheio de árvores e chafarizes quase invisíveis na escuridão.

Tiberias não tem dificuldade de acompanhar meu ritmo.

— Nada será decidido até Davidson voltar. Mas Farley tem algumas ideias, e seus contatos na cidade com certeza vão ajudar.

Concordo com a cabeça. Harbor Bay é a cidade mais antiga de Norta, um viveiro de vermelhos criminosos e suas gangues. Alguns meses atrás, uma delas, a dos Marinheiros, tentou nos vender para Maven enquanto procurávamos sanguenovos. Mas a maré está mudando. Os vermelhos de Norta estão se alinhando à Guarda Escarlate à medida que cresce em poder e notoriedade. Nossas vitórias causam efeito em alguns, pelo menos.

— Haverá baixas de civis — Tiberias acrescenta, em tom burocrático. — Harbor Bay não é Corvium ou Piedmont. É uma cidade, não um forte. Gente inocente, prateada e vermelha, vai se ver no meio do combate — ele diz, para em seguida abrir a mão, esticando os dedos longos e então estalando um por um. — Começamos pelo Forte Patriota. Se conseguirmos assumir o controle de lá, o resto da cidade cairá.

Só vi o forte de longe, e minha lembrança é vaga. É menor do que a base de Piedmont, mas está mais bem equipado e é bem mais importante para os exércitos de Maven.

— O governador Rhambos e sua Casa são aliados de Maven — comento. — E aliados muito firmes. — Parte disso é culpa minha, já que matei o filho dele na arena durante uma execução fracassada. Bem, ele também estava tentando me matar. — Não vão se render com facilidade.

Tiberias desdenha:

— Ninguém se rende com facilidade.

— E se você conquistar a cidade? — pressiono.

E se você sobreviver?

— Então acho que posso forçar Maven a negociar.

O nome me causa arrepios. A marca de Maven na minha clavícula se acende, coçando como se quisesse atenção.

— Ele não vai negociar. Não vai se render nunca. — Fico enjoada ao pensar nos olhos ocos de Maven, no seu sorriso perverso. Em sua obsessão doentia e incansável de infernizar a vida de nós dois. — Não adianta, Tiberias.

Ele estremece quando uso seu nome completo. Seus olhos se fecham por um segundo.

— Não é por isso que quero ver meu irmão.

A conclusão é clara.

— Ah.

— Preciso ter certeza — ele diz por entre os dentes. — Perguntei ao primeiro-ministro se havia murmuradores no seu país. Se existia algum sanguenovo como Elara. Alguém capaz de ajudar.

— E?

Quando me afastei de Tiberias em Corvium, seu coração pareceu partido, agonizante. Agora não é diferente. O amor consegue nos despedaçar como ninguém.

— Davidson achava que não existiam — ele revela em voz baixa. — Mas disse que ia continuar procurando.

Ponho a mão em seu braço, ainda úmido de suor. Meus dedos conhecem sua pele tão bem quanto a minha. Ele é como areia movediça. Se eu demorar demais, não vou conseguir escapar.

Tento ser delicada.

— Duvido que a própria Elara fosse capaz de consertar Maven agora. Se ele deixasse.

A pele de Cal esquenta sob minha mão, e eu a afasto, caindo em mim. Ele não reage. Não há nada que possa ou deva dizer. Sei o que é deixar Maven Calore para trás.

O corredor à frente termina em um T. Os aposentos dele ficam de um lado, e os meus, de outro. Contemplamos a parede em silêncio. Ninguém ousa se mexer.

Conversar com ele é um sonho, um sonho doloroso. Ainda assim, não quero acordar.

— Quanto tempo? — sussurro.

Tiberias não me olha.

— Davidson estará aqui em uma semana. Depois disso, teremos mais uma para planejar. — Ele engole em seco. — Não é muito.

Da última vez que pus os pés em Harbor Bay, estava fugindo.

Mas meu irmão estava vivo. Gostaria de poder voltar para aqueles dias, por mais difíceis que tenham sido.

— Sei o que Evangeline está tentando fazer — Tiberias diz de repente, com a voz carregada de sentimentos demais para que eu possa discerni-los.

Lanço um olhar de esguelha para ele.

— Ela não está sendo muito sutil.

Tiberias não retribui minha leveza e continua a encarar a parede à frente, sem se mexer para um lado ou para o outro.

— Gostaria que existisse um meio-termo.

Um lugar onde nossos nomes e nossos sangues não importassem. Um lugar sem pressões. Um lugar que nunca existiu nem vai existir.

— Boa noite, Tiberias.

Chiando, ele cerra o punho.

— Preciso que você pare de me chamar assim.

E eu preciso de você.

Viro para o lado e caminho para o quarto. Meus passos ecoam solitários.

DEZESSETE

Iris

❖

Archeon jamais será meu lar.

Não por causa da localização, do tamanho, da falta de santuários e templos, nem mesmo pelo meu profundo desprezo pelo povo de Norta. Nenhuma dessas coisas pesa tanto quanto o vazio que sinto sem minha família por perto.

É um buraco que tento tapar com treinos, orações e meus deveres de rainha, por mais entediantes que sejam. Mas tudo é necessário. O mais importante é estar em forma para lutar. Seria fácil me acomodar nos meus aposentos de seda e veludo, servida por criados vermelhos que atropelam uns aos outros para me levar tudo o que quero. Era o mesmo em Lakeland, mas nunca tive vontade de encontrar consolo na comida e no álcool como acontece aqui. Meu treinamento também estabelece um bom equilíbrio, e ajuda a evitar que eu caia na mesma armadilha em que tantos nobres e membros da realeza se veem cedo ou tarde. É uma armadilha que Maven prepara bem. A maior parte dos nobres que ainda apoiam seu governo parece muito mais preocupada com as festas e os banquetes do rei do que com os lobos à porta. *Imbecis*.

É mais difícil me sentir inspirada a orar neste país sem deuses. Não há templos em Archeon, e o santuário que pedi que me construíssem aqui é pequeno, um armário embelezado num canto dos meus aposentos. Não que eu precise de muito espaço para entrar em comunhão com meus deuses sem nome. Mas, no calor do auge do verão, o espaço lotado de rostos cansados não é muito confortável — mesmo quando uso meu poder para fazer a umidade do ar circular. Tento rezar em outros lugares, ou pelo menos sentir meus deuses ao longo do dia, mas fica cada vez mais difícil, considerando que meu tempo longe de casa só aumenta. Se não consigo ouvi-los, será que eles conseguem me ouvir?

Estou completamente sozinha?

Acho que é mais fácil assim. Não quero vínculos com Norta. Nada me prenderá a este lugar depois que Maven for derrotado pelo irmão ou pela minha mãe — quem conseguir primeiro.

Meus deveres de rainha são a única coisa que me tiram do isolamento. Minha programação de hoje envolve atravessar a enorme ponte que se estende sobre o rio Capital para ir até o outro lado da cidade. O mais longe de Maven que posso, mas ainda dentro da muralha de diamante. Ele sai do palácio cada vez menos, ocupado com infinitas reuniões do conselho. Ou em suas longas horas de solidão.

Ouço os cochichos dos criados. As roupas dele acabam queimadas na maioria dos dias, carbonizadas sem chance de conserto. Isso quer dizer que está perdendo o controle, ou que não se dá mais ao trabalho de mantê-lo. Talvez as duas coisas.

O leste de Archeon espelha o outro lado, erguendo-se das margens pedregosas do rio que se desfazem em encostas suaves. Tudo está verde nesta época do ano. Isso ao menos me faz lembrar de casa, embora poucas outras coisas façam. Até a água é errada. É salgada, não doce, e marcada pela poluição da favela correnteza acima. Eles acham que a barreira de árvores filtra a maior parte dos resíduos, mas qualquer ninfoide perceberia a diferença com apenas uma fungada.

Os edifícios aqui são altos e sufocantes, colunas de granito e mármore, os telhados coroados com pássaros esculpidos com asas abertas e pescoço arqueado. Cisnes, falcões, águias. Suas penas são de cobre e aço, polidos até brilhar.

Mesmo no meio da guerra, a capital preserva seu contentamento ignorante. Os vermelhos caminham pelas ruas, usando pulseiras escarlates ou as cores das Casas que servem. Os prateados se deslocam em veículos. Museus, galerias, teatros: tudo funciona sem mudança ou atrasos.

Imagino que estejam habituados à guerra, como Lakeland. Mesmo quando acontece dentro das fronteiras do seu reino.

Hoje tenho um almoço em memória dos soldados perdidos quando o irmão de Maven e seus rebeldes tomaram Corvium. Como sempre, estarei acompanhada por sentinelas em seus uniformes flamejantes. Embora use sempre minhas cores em homenagem à minha terra natal, hoje minha camisa e meu casaco azuis têm detalhes no rubro-negro de Maven. Me sinto mal de me sujar desse jeito, mas ninguém parece notar minha aversão.

Sorrio e aceno para a elite, trocando palavras vazias com os prateados desejosos de adular a nova rainha. Ninguém fala nada com serventia real. É tudo pelas aparências, mesmo com a família dos mortos. Claramente não gostariam de estar aqui, preferindo enfrentar o luto a sós. Uma após a outra, vêm explicar como seus entes queridos morreram, assassinados por um terrorista vermelho ou uma aberração de Montfort. Alguns mal conseguem terminar suas falas.

É uma tática esperta, e com certeza meu marido está por trás dela. Qualquer pessoa que queira se opor à guerra ou que prefira o irmão de Maven no trono teria trabalho para se apegar às próprias convicções depois de um espetáculo como este. E eu represento bem meu papel.

— Estamos aqui para lamentar, mas também para mandar uma mensagem. Não vamos ser controlados pelo medo — digo com a maior firmeza que consigo, correndo os olhos pela câmara repleta de nobres com olhares afiados. Eles me observam com a mais completa atenção. Seja por educação ou para descobrir minhas rachaduras. Minhas fraquezas. Sei que muitos abandonariam a Norta de Maven se julgassem essa a melhor opção para sua Casa.

Meu trabalho é convencê-los do contrário. Ficar. Lutar. Morrer.

— Não vamos ceder à vontade de rebeldes e terroristas, e animais sedentos de poder escondidos atrás de falsas promessas. Não vamos jogar fora tudo o que nosso país é, nossos ideais, os pilares de Norta, os pilares da nossa própria vida. — Minhas aulas de oratória me vêm à mente. Embora eu nunca tenha sido talentosa como Tiora, dou o melhor de mim. Encaro dezenas de olhares simultâneos sem tremer, sem tropeçar. Cerro o punho escondido entre as saias do vestido. — Norta é um país prateado, nascido da nossa força, do nosso poder, das nossas conquistas e do nosso sacrifício. Vermelho nenhum vai tomar o que temos ou mudar o que somos. Eles não são nada para nós, não importa com quem se aliem. Maven Calore prevalecerá. A verdadeira Norta prevalecerá. Força e poder! — Contenho um sorriso ao acrescentar as palavras familiares no discurso previamente aprovado: — Que enfrentem nossa enchente.

Apesar de todo o meu comedimento, não posso deixar de sorrir quando a multidão aplaude e celebra as palavras de Lakeland. Palavras da minha mãe. *Podem ir se acostumando. Vão se curvar às minhas cores logo mais.*

A onda de calor passou, tornando mais agradável minha caminhada de volta à caravana de veículos à espera. Quero ficar mais na rua, desfrutando o ar fresco e a luz amena do sol, por isso avanço o mais devagar que posso. Os sentinelas acompanham meu ritmo, ladeando-me numa formação bem treinada com suas luvas e máscaras. Estamos adiantados, pelas minhas contas. Só preciso voltar ao palácio e me preparar para o jantar de hoje.

Chego à porta aberta do veículo rápido demais. Subo bufando e com os olhos baixos. A porta se fecha atrás de mim.

— Boa tarde, majestade.

Dois rostos me encaram nos assentos à minha frente. Um é conhecido, o outro posso imaginar quem seja. Ambos são inimigos.

Solto um ganido, afundando no assento de couro. Por instinto, levo a mão ao cantil que sempre mantenho por perto. A outra mão começa a tatear à procura da pistola sob o banco.

Dedos agarram meu queixo e me forçam a levantar a cabeça. Me preparo para descobrir que são do cantor, o tio capaz de afugentar meus pensamentos, virando-me do avesso.

Contudo, levanto os olhos e dou com a mulher mais velha, seus olhos de bronze acesos e determinados. Congelo, sabendo exatamente o que o toque de Anabel Lerolan é capaz de fazer. Já a vejo apertar mais meu rosto, forçar os dedos, então meu crânio se abrir com um estrondo, espirrando cérebro e ossos por todo o interior do carro.

— Alguns conselhos, de rainha para rainha, minha cara — Anabel diz, sem soltar meu queixo. — Não faça nenhuma besteira.

— Certo — sussurro, mostrando as mãos vazias. Sem pistola, sem cantil. Sem armas além do ar dentro do veículo. Olho para além dela, para a silhueta do motorista e do sentinela. Ambos do outro lado do vidro.

Julian Jacos acompanha meu olhar e suspira. Então dá algumas batidas na divisória. Nenhum dos guardas se move.

— Receio que eles não vão ouvi-la por um tempo — ele diz. — Foram orientados a voltar ao palácio pela rota mais longa. — Com um sorriso vazio, ele olha para fora da janela enquanto avançamos por vielas desconhecidas. — Não estamos aqui para te machucar, Iris.

— Ótimo. Eu não achava que fossem burros a ponto de tentar — rebato, um pouco travada pelos dedos letais de Anabel. — Se importa? — sibilo para ela.

Acenando a cabeça de forma condescendente, a mulher me solta, mas não recua, mantendo-me ao alcance. Tento juntar a umidade da minha pele e do ar. Do suor frio que brota do meu corpo. Talvez possa erguer uma espécie de escudo se ela tentar qualquer coisa.

— Se quiserem mandar recados a Maven, usem os canais adequados — disparo, recobrindo-me com uma muralha de determinação.

Ela desdenha, parecendo enojada:

— O recado não é para aquele pirralho maldito.

— Seu neto — lembro a ela.

Anabel fecha a cara, mas continua:

— Quero que diga algo à sua mãe. Como costuma fazer.

Fungando, cruzo os braços.

— Não faço ideia do que estão falando.

Anabel faz uma cara de tédio e troca olhares com Julian. É bem mais difícil decifrar o rosto dele, com sua expressão concentrada e plácida.

— Não preciso cantar para que confesse — ele diz simplesmente —, mas você sabe que posso fazer isso, se necessário.

Não digo nada. Não faço nada. Meu rosto permanece como a superfície de um lago tranquilo. Não confirmo nem que sim nem que não.

Anabel insiste, me analisando de cima a baixo.

— Diga à rainha de Lakeland que o legítimo rei de Norta não tem disputas com ela. E que possui toda a intenção de preservar a paz negociada pelo usurpador. Isto é, se houver garantias.

— Quer que a gente desista? — pergunto com desprezo. Ela me olha com o mesmo desdém. — Impossível.

— Não, nada disso. Devemos manter as aparências, claro — Anabel diz, estendendo os dedos. Observo cada um deles tamborilar ritmado sobre a perna. — Mas tenho certeza de que podemos encontrar um meio-termo que fuja à guerra franca entre nossos dois soberanos.

Mais uma vez, dou uma olhada nos meus guardas atrás do vidro, enfeitiçados para nos ignorar. A estrada do lado de fora é desconhecida. Para mim, pelo menos. Cerro os dentes.

— Ele não é soberano nenhum. Nossa aliança não é com Tiberias Calore, traidor do seu reino e da sua gente.

Julian inclina a cabeça para o lado, me examinando como se eu fosse um quadro. Então pisca devagar.

— Seu marido mente melhor do que você.

Marido. O lembrete da minha condição aqui e do meu lugar ao lado de Maven é um golpe fácil, mas dói mesmo assim.

— Mentira ou não, o povo acredita — rebato. — Vermelhos e prateados, pelo país inteiro, acreditam no que ouvem. E vão lutar pela pessoa que acham que Maven é.

Para minha surpresa, Anabel faz que sim com a cabeça. Sua expressão se desfaz, e ela parece preocupada.

— É disso que temos medo. E é por isso que estamos aqui. Para evitar todo derramamento de sangue que pudermos.

— Anabel Lerolan, você devia ser atriz — digo, com um risinho irônico.

Ela só acena com a mão e olha para fora da janela. Seus lábios se curvam num esboço de sorriso.

— Fui uma grande patrona das artes, muito tempo atrás.

Por algum motivo, Julian olha para ela, sereno. Anabel retribui, com uma discrição estranha. Algo se passa entre os dois. Uma palavra não dita ou uma lembrança comum, talvez.

Ela é a primeira a se recompor e voltar a olhar para mim. Sua voz sai dura, e tenho a sensação de estar levando uma bronca sem saber o motivo.

— Tiberias está disposto a ceder terra e dinheiro quando conseguir o trono, em troca da cooperação de Lakeland.

Levanto a sobrancelha, meu único indício de interesse. Afinal, quem sabe onde isso vai dar? É prudente manter as opções abertas.

Ela percebe a abertura e continua:

— Pode conceder toda a região do Gargalo.

De novo, sou obrigada a rir, jogando a cabeça para trás. A umidade contra minha pele, já quase um escudo, pinica.

— É uma terra inútil — desdenho. — Um campo minado. Querem nos presentear com mais trabalho.

A velha rainha finge não me ouvir.

— E prometer uma união com seu primeiro filho, descendente dos Calore e dos Samos. Realeza por dois lados, herdeiro de dois reinos.

Para salvar as aparências, continuo a rir, mas meu estômago se revira de repulsa. Ela está tentando barganhar com uma criança que ainda nem nasceu. Que será minha filha ou de Tiora. Sangue do nosso sangue. Independente de consentimento. Pelo menos eu concordei com o arranjo que me propuseram. Mas fazer o mesmo com um bebê? *Desprezível*.

— E seus cachorros vermelhos? — pergunto, me inclinando para a frente e entrando no espaço dela. É minha vez de atacar. — A Guarda Escarlate? As aberrações de Montfort? Mare Barrow e sua gente?

Julian responde antes de Anabel. Ela não parece gostar nem do jeito dele nem do que diz.

— Você se refere ao próximo passo da nossa evolução? — ele pergunta. — Não é prudente ter medo do futuro, majestade. Nunca acaba bem.

— Alguns futuros podem ser evitados, Lord Jacos.

Penso no outro mascote sanguenovo que Maven perdeu, o que conseguia prever o futuro distante. Só ouvi rumores dele, mas me bastaram. Ele enxergava todas as possibilidades à medida que mudavam. Até destinos que jamais aconteceriam.

— Não este — Julian diz, balançando a cabeça. Não sei dizer se está feliz ou arrependido. Tem uma alma triste, esquisita. Atormentado por uma mulher, sem dúvida, como a maioria dos homens. — Não agora.

Olho para ambos, não gostando do que vejo. Tanto um como o outro seria capaz de me matar se quisesse. Apesar de todo o treinamento, eu seria derrotada fácil. Mas, se fosse esse seu objetivo, já teriam agido.

— Vocês perderam Piedmont, por isso querem Lakeland — resmungo. — Sabem que não podem ganhar sem que um de nós faça o trabalho sujo.

— Fazemos bastante trabalho sujo por conta própria, *princesa* — Anabel replica, a voz baixa e irritada. Ela põe ênfase no meu título de nascença. Não reconhece Maven como rei, portanto não me vê como rainha.

— Vocês põem esperança demais em Montfort — digo. — Será que os sanguenovos deles são mesmo suficientes para derrotar o poderio de três nações?

Julian cruza as mãos sobre o colo, pensativo. Ele é mais difícil de abalar.

— Acho que todos sabemos que o poderio real de Lakeland jamais virá em auxílio de Maven Calore.

As palavras doem um pouco. Fui burra quando revelei minhas intenções durante a conversa com Mare, através daquele sanguenovo na prisão de Piedmont. Não tinha qualquer motivo para isso senão provar que era capaz. Ela passou a mensagem adiante, claro. Ou talvez sejamos muito transparentes. Fico eriçada e disparo:

— Assim como todos sabemos que sua aliança com os vermelhos não vai durar. É mais um barril de pólvora perto do fogo.

Agora, sim, Julian fica desconfortável. Pego desprevenido, ele se remexe, e um leve tom de cinza aflora nas bochechas. O que não acontece com Anabel. Ela ganha força e sorri, como se eu acabasse de lhe servir um prato delicioso. Ainda que não saiba bem por quê, fico com a sensação de ter dado um passo em falso.

Ela estende a mão e eu me jogo para trás, para fora do seu alcance. Anabel parece se admirar com meu medo.

— Há algo mais que podemos oferecer.

Julian fica ainda mais corado. Ele franze a testa e baixa a cabeça, quebrando o contato visual comigo. Está abrindo mão da sua única arma. Eu poderia atacá-lo agora e levar a melhor. Mas Anabel está perto demais, e é letal demais.

E, tenho que admitir, quero saber qual é a última parte da barganha dela.

— Prossiga — sussurro, quase inaudível.

Ela abre um sorriso largo. Apesar de Maven ter saído à mãe, enxergo algo dele na avó. No sorriso afiado, na mente ardilosa.

— Salin Iral enfiou uma faca nas costas do seu pai — Anabel diz, e estremeço à lembrança. — Suponho que gostaria de ter uma conversa com ele.

Respondo sem pensar. Um erro.

— Sim, acho que tenho algumas coisas para dizer a ele.

O sabor fantasma de sangue enche minha boca.

— Tenho certeza de que sabe por que ele fez isso — Anabel diz.

Sinto uma pontada de dor. A morte do meu pai ainda é uma ferida aberta e hemorrágica.

— Porque isto é uma guerra. As pessoas morrem.

Os olhos dela, escuros como bronze derretido, se arregalam.

— Ele só fez o que ordenaram.

Qualquer tristeza que eu possa sentir pela minha perda se transforma rápido em fúria. Uma fúria que lambe minha coluna, quente e suplicante.

— Volo — não posso deixar de sibilar. O nome do rei Samos amarga minha boca.

Mas Anabel sabe como me provocar.

— Gostaria de uma conversa com ele também? — ela sussurra, fazendo a oferta numa voz quase sedutora. Ao lado, Julian volta a olhar para mim, com os lábios apertados. As linhas de seu rosto parecem mais profundas.

Respiro fundo.

— Com certeza — murmuro. — Qual é o preço?

Sorridente, ela me diz.

Eles se misturam à cidade como fantasmas. Simplesmente saem do carro numa esquina movimentada e desaparecem em meio aos montes de criados vermelhos e prateados mais modestos. Meus guardas não parecem notar ou ligar; apenas voltam ao trajeto predeterminado. Julian Jacos trabalhou bem, e quando chego ao palácio parece tudo no lugar. Nenhum dos meus guardas percebe que perdeu vinte minutos no abismo do encantamento de um cantor.

Entro rápido, com a intenção de ir para o santuário secreto nos meus aposentos, sentindo necessidade daquele espaço vazio e familiar para organizar meus pensamentos.

Minha mãe precisa saber de tudo o que acabou de vir à tona, o mais rápido possível. Mas não posso ter certeza de que as mensagens não serão interceptadas, mesmo que as passe pelos meios mais ocultos. A proposta de Anabel poderia me fazer ser decapitada, mutilada, queimada, assassinada. Só pode ser transmitida cara a cara.

Consigo chegar em segurança aos aposentos. Com um gesto, dispenso os sentinelas na porta, como sempre faço. Apenas sozinha de verdade me dou conta do que fiz e do que acaba de acontecer.

Começo a tremer, atravessando o vestíbulo chacoalhando as mãos. Meu coração dispara. Penso em Salin Iral e em Volo sob minhas mãos, afogados, mortos. Pagando o preço mais alto pelo que fizeram com meu pai.

— Trânsito na ponte?

Fico gelada e meus olhos se arregalam. A voz dele sempre me deixa com medo. Sobretudo quando vem do meu quarto.

Meus instintos me dizem para correr. Dane-se tudo. Dê um jeito de fugir da cidade e encontre um caminho para casa. Uma ideia impossível. Me forço a continuar caminhando e atravesso a porta dupla que dá para a alcova. Para meu possível caixão.

Maven se espraia pela colcha de seda. Tem uma mão atrás da cabeça e a outra no peito. Os dedos tamborilam em sincronia, brancos feito osso contra uma das suas milhares de camisas pretas. Parece entediado e irritado. Uma má combinação.

— Boa tarde, esposa — ele cumprimenta.

Corro os olhos pelo quarto, pelos muitos chafarizes que mantenho perto. Não são decoração, mas proteção. Sinto cada um se perturbar e mover; são mais do que suficientes caso a coisa fique feia. Se ele sabe o que fiz. O que imaginei. O que concordei em fazer.

— Por que está aqui?

Não adianta bancar a esposa devotada, não quando estamos a sós. Ele vai saber que há algo de errado. Se já não souber.

Então percebo, com um calafrio, que ele pode estar aqui simplesmente para cumprir com nossos deveres conjugais, que até agora foram relegados. Não sei o que me aterroriza mais. Embora eu tenha concordado com isso. Embora soubesse que era parte do acordo. Que *ele* é parte da aliança. Talvez eu tenha superestimado a obsessão dele por Mare. Talvez esteja cansado dela.

Maven vira a cabeça na minha direção, mantendo uma bochecha contra a seda. Uma mecha preta cai em sua testa. Ele parece mais jovem hoje. E mais maníaco. Seus olhos quase não estão azuis de tão tomados pelas pupilas pretas dilatadas.

— Preciso que mande um recado para Lakeland — ele diz. — Para sua mãe.

Fique quieta. Não se mexa. Não demonstre alívio, digo a mim mesma, apesar de meus joelhos ameaçarem tremer.

— Dizendo o quê? — retruco, vestindo a máscara da indiferença.

Ele se move com graça, pondo-se de pé com movimentos suaves. Embora Tiberias seja o irmão guerreiro, Maven não é desprovido de capacidade física.

— Caminhe comigo, Iris — ele diz com um sorriso cortante.

Não tenho escolha senão obedecer. Mas ignoro seu braço estendido para manter uma distância segura de alguns centímetros entre nós.

Ele não fala. Obriga-nos a caminhar em silêncio depois de sairmos juntos dos meus aposentos. Sinto-me atada e suspensa sobre um poço. Meu coração lateja no peito, e faço tudo o que posso para sustentar a máscara pelos longos minutos de caminhada. Apenas quando chegamos à sala do trono, vazia a esta hora do dia, Maven se vira para me encarar.

Preparo-me para o golpe e para revidar.

— Diga à sua mãe para preparar sua frota e seus exércitos — ele fala, como se elogiasse meu vestido.

A surpresa toma o lugar do medo em mim.

Maven continua a andar, subindo os degraus até o trono para passar por trás dele. A influência da Pedra Silenciosa me deixa à flor da pele. Mesmo um leve toque já me faz engolir em seco.

— *Agora?* — gaguejo, levando a mão à garganta. Avalio Maven, com a mente disparada. Não faz nem uma semana que Bracken reconquistou Piedmont. A coalizão de Tiberias ainda deve estar se reagrupando. — Estamos sob ataque?

— No momento não. — Ele dá de ombros, indiferente. Ainda em movimento. Ainda me fazendo segui-lo. — Mas em breve estaremos.

Estreito os olhos, sentindo um desconforto profundo.

Maven se aproxima de uma das portas atrás do trono, na direção do que deveriam ser os aposentos públicos da rainha. Uma biblioteca, um escritório, saletas. Não uso nada disso; prefiro meu santuário.

Ele atravessa a porta, e eu o acompanho.

— Como você sabe disso? — pergunto, o pavor se acumulando nas entranhas.

Maven dá de ombros de novo. O ambiente é escuro, as paredes estão cobertas de cortinas pesadas. Mal consigo distinguir as faixas em branco e azul-marinho, cores da última rainha a usar este espaço. Os cômodos têm um ar de poeira e desuso.

— Conheço meu irmão — Maven diz. — Sei do que ele precisa, e o que este país precisa dele.

— E o que é?

Maven sorri para mim e abre mais uma porta do outro lado da sala. Seus dentes reluzem na penumbra. Ele faz tudo o que pode para parecer um predador.

Algo no cômodo seguinte me faz parar. Desperta uma dor em mim, desde os ossos.

Mantenho-me imóvel, tentando aparentar tranquilidade. Mas meu coração dispara.

— Maven? — sussurro.

— Cal tem aliados, mas não suficientes. Não em Norta. — O jovem rei junta os dedos um a um, os olhos cintilantes, e começa a pensar em voz alta. Permanece à porta, sob o batente. Não dá nenhum passo a mais. — Ele quer atrair mais súditos meus para si, mas não é diplomata. É um guerreiro, e vai lutar para ganhar a preferência das Grandes Casas. Para mostrar que é *digno* da minha coroa. Cal precisa virar o jogo. Fazer os nobres acreditarem que a causa dele não está perdida.

Maven não é burro. Prever os movimentos dos oponentes é seu ponto forte, e a única razão para ter sobrevivido — e vencido — esse tempo todo.

Não tiro os olhos da porta. Forço a vista para ver o que há além dela. O cômodo do outro lado está escuro feito breu.

— Então ele deve atacar outra cidade. Talvez até a capital.

Maven desdenha do meu comentário como se eu fosse tola. Seguro o ímpeto de enfiar a cabeça dele no chafariz mais próximo.

— Meu irmão e seus aliados pretendem atacar Harbor Bay.

— Como pode ter certeza?

O rei contorce os lábios.

— É a melhor opção que ele tem. O forte, os navios no porto, sem falar do valor sentimental — ele acrescenta, cuspindo as palavras enojado. — A mãe dele adorava aquela cidade.

Seus dedos brincam com a tranca da porta aberta. Parece forte. Mais complicado do que deveria ser.

Engulo em seco. Se Maven acha que Cal vai tentar atacar Harbor Bay, eu acredito. Não quero minha mãe ou nossos exércitos nem perto do conflito. Desculpas e mais desculpas me saltam à cabeça, prontas para ser usadas.

— Nossa frota ainda está nos lagos — arrisco, como quem pede perdão. — Vai levar tempo.

Maven não parece surpreso, nem mesmo preocupado, pelas minhas palavras. Vem para mais perto de mim, as mãos a centímetros das minhas. Posso sentir o calor doentio de sua pele.

— Eu esperava por isso — ele diz. — Então vou dar um incentivo à sua mãe.

Um nó se forma no meu estômago.

— Qual?

O sorriso dele reluz. Eu o odeio.

— Você conhece Harbor Bay, Iris?

— Não, Maven.

Se eu fosse uma pessoa qualquer, sem preparo, minha voz teria saído trêmula. Não pelo medo que quer me causar. Mas por ódio. O sentimento perpassa meu corpo como uma tempestade.

Maven não parece notar. Ou ligar.

— Pode ter certeza de que desejo que aproveite a visita — ele diz, ainda sorridente.

— Então sou uma isca — sibilo.

— Eu jamais chamaria você disso. É um *incentivo* — ele diz entre suspiros. — É, acho que foi disso que chamei.

— Como você ousa...

Ele corta minha fala, a voz saindo mais alta do que antes:

— Com você na cidade, pronta para liderar a defesa, tenho certeza de que sua mãe fará tudo o que puder para cumprir a parte dela na aliança. Não concorda?

Ele não espera minha resposta, cerrando o punho ao lado do corpo.

— Preciso dos exércitos que me prometeram. — Sua voz sai entrecortada. — Preciso de reforços. Preciso de ninfoides na baía para afogar a cidade e todos nela.

Concordo depressa com a cabeça. Pelo menos para aplacá-lo.

— Vou dizer a ela, mas não posso garantir...

Maven reduz o espaço entre nós, o que me deixa tensa. Ele fecha os dedos no meu pulso, apertando forte e me puxando para si. Seguro o instinto de lutar. Só vai causar dor.

— Assim como não posso garantir sua segurança lá — ele diz, bem no limiar da porta. Seus lábios se retorcem num sorriso divertido. — Nem aqui.

A um sinal secreto, uma tropa de sentinelas surge pela porta atrás de nós. Todos fortes, mascarados e uniformizados, reluzentes em suas joias negras e sua seda flamejante. Meus guardas... e carcereiros.

Me dou conta do que é isso. Do que é o próximo cômodo, esse lugar escuro em que Maven fica tão à vontade.

O trono não é a única coisa aqui feita de Pedra Silenciosa.

A ameaça reluz, o fio de uma navalha contra meu pescoço. Ele aperta mais forte, os dedos gelados na minha pele. Não há como escapar de suas ordens.

— E você, meu corajoso e justo rei? — provoco, ainda olhando para o cômodo escuro. Já consigo sentir o toque paralisante da Pedra.

Ele não se abala com o insulto. É inteligente demais para isso.

— Ponha a armadura, Iris. Espere a tempestade. E torça para sua mãe agir tão rápido quanto meu irmão.

DEZOITO

Mare

❧

Não há estrelas perto de Cidade Nova. O céu em torno da favela vive permanentemente sufocado pela neblina da poluição. O cheiro é péssimo e venenoso, mesmo nas fronteiras, onde a fumaça nociva é menos espessa. Subo o lenço que tenho enrolado no pescoço e respiro através do tecido.

Os soldados ao meu redor fazem o mesmo, cobrindo o rosto para se proteger do ar tóxico. Cameron não. Está acostumada.

Sinto uma injeção de alívio toda vez que olho para ela, para seu corpo escuro e esbelto se movendo pela floresta no breu. É tão alta que fica fácil notá-la entre as dezenas de pessoas que nos acompanham. Kilorn se mantém perto dela, com sua silhueta familiar. Ao observar os dois, meu alívio logo se transforma em vergonha.

Cameron escapou da base de Piedmont. Fugiu pelos pântanos com o irmão e umas poucas dezenas de sobreviventes. Muitos morreram. Soldados vermelhos da Legião Adaga, crianças que juramos manter seguras. Sanguenovos de Montfort. Sanguenovos do Furo. Prateados. Tantos que minha cabeça entra em parafuso.

E eu vou mandá-la de volta para o perigo.

— Obrigada por fazer isso, Cam — sussurro de forma quase inaudível. Como se um simples agradecimento valesse alguma coisa.

Com um sorriso no rosto, ela olha por cima do ombro para mim. Seus dentes reluzem à luz fraca das lanternas. Apesar das circunstâncias, nunca a vi sorrir como hoje.

— Como se você pudesse fazer isso sem mim — ela cochicha de volta, quase provocativa. — Mas não me agradeça, Barrow. Sonho com esse dia desde pequena. Essa maldita cidade vai estar destruída antes que possa se dar conta.

— Vai mesmo — murmuro comigo mesma, pensando na manhã que temos pela frente.

O medo me esfola, como aconteceu no voo de Rift para cá. Estamos prestes a atacar a favela em que ela nasceu, um lugar cercado de muros e guardas, marcado por décadas de opressão.

E não somos a única frente em ação. Quilômetros a leste, o resto da coalizão parte para Harbor Bay.

Os soldados de Rift vão atacar pelo mar, e a esquadrilha de Laris pelo ar. Tiberias e Farley já devem estar nos túneis, prontos para liderar a maior parte do exército cidade adentro. Tento visualizar mentalmente o ataque tríplice. Não parece com qualquer batalha a que eu tenha sobrevivido. Nem essa, longe do príncipe de fogo e de Farley. De tanta gente querida. Pelo menos o fiel Kilorn ainda está ao meu lado, determinado. Há um pouco de simetria nisso. Voltamos para onde estávamos. Esgueirando-nos por becos vestindo roupas sujas. Os rostos escurecidos e indistintos. Sombras. Ratos.

Ratos com dentes mais afiados e garras maiores.

— Estas árvores estão apodrecendo — Cameron diz, passando a mão pela casca preta de uma das milhares nesta maldita floresta. Criadas por verdes, elas deveriam filtrar a poluição da favela. Circundam todas as cidades técnicas, estendendo-se até seus muros.

— Quem fez isso crescer não se dá mais ao trabalho de cuidar. Acham que só estão envenenando a gente, mas estão envenenando a si próprios também — ela conclui, a voz fervilhando.

Nós nos movemos com ajuda de sombrios de Haven e do poder de abafar o som de Farrah, uma das minhas antigas recrutas sanguenovas do Furo. Em vez de disfarçar cada um dos cinquenta membros da tropa, eles nos mascaram como grupo, cobrindo-nos com seus poderes como se fossem um cobertor. Somos invisíveis e inaudíveis a qualquer um fora do círculo de influência de ambos. Podemos ver e ouvir um ao outro, mas ninguém a alguns metros de distância é capaz de fazê-lo.

O primeiro-ministro Davidson caminha a passos leves atrás de mim, ladeado pelos próprios guardas. A ampla maioria do Exército de Montfort vai atacar Harbor Bay, mas alguns sanguenovos estão aqui com ele, embora não vistam seus uniformes habituais. Mesmo Ella, Tyton e Rafe cobriram o cabelo com lenço ou chapéu. Todos se misturam a nós, vestidos com roupas velhas — andrajos, jaquetas remendadas às pressas, calças esfarrapadas. Roupas de técnicos, uma cortesia da rede de assobiadores contrabandistas de Harbor Bay. Fico me perguntando se foi um ladrão que as passou para eles. Uma garota sem outra escolha senão roubar. Sem outro meio de sobreviver.

O ar fica mais carregado à medida que nos aproximamos. Muitos começam a tossir, engasgando com a fumaça. O cheiro doce e enjoativo da gasolina recai sobre nós, como se a terra sob nossos pés estivesse saturada dela. No alto, as folhas vermelhas oleosas das árvores de contenção tremulam com uma brisa leve. Mesmo no escuro, parecem sangue.

— Mare — Kilorn cutuca meu braço. — Estamos chegando à muralha.

Só consigo agradecer acenando a cabeça enquanto forço a vista por entre as árvores. De fato, as muralhas atarracadas e espessas da Cidade Nova despontam à frente. Não são tão impressionantes como o vidro de diamante dos palácios reais, nem tão intimidadoras como as altas muralhas de pedra das cidades dos prateados. Mas, ainda assim, são um obstáculo a superar.

A liderança cai bem em Cameron, embora ela nunca vá admitir. Endireita os ombros quando nos aproximamos, mostrando toda a sua altura imponente. Me pergunto se já fez dezesseis anos. Nenhuma adolescente deveria ser tão calma, centrada e impassível.

— Cuidado com os pés — Cameron chia, passando o aviso para o resto das tropas.

Com um clique, ela liga sua lanterna vermelha e fraca. O restante de nós faz o mesmo, exceto os sombrios Haven. Eles precisam se concentrar para mascarar o brilho infernal.

— Os túneis saem atrás do limite das árvores. Arrastem os dedos dos pés. Procurem no mato mais grosso.

Fazemos o que ela diz, embora Kilorn cubra bem mais terreno do que eu. Ele vai chutando as folhas mortas e apodrecidas com suas pernas compridas, tateando à procura da dureza reveladora de um alçapão.

— Você não lembra da localização exata? — ele pergunta a Cameron.

Agachada, ela levanta a cabeça e bufa, com a mão por baixo das folhas.

— Nunca passei pelos túneis. Não tinha idade para entrar para o contrabando. Além disso, não era coisa para minha família — ela acrescenta, estreitando os olhos. — "Mantenha a cabeça baixa" era nosso lema. E veja onde fomos parar...

— Vasculhando a terra atrás de um buraco — Kilorn responde. Consigo notar um risinho em sua voz.

— Liderando um exército — contraponho. — Onde você veio parar por mérito próprio, Cameron.

Ela muda de expressão, tensa. Seus lábios se retorcem em algo próximo a um sorriso. Um sorriso triste. Cameron disse em Corvium que não queria mais saber de matar. Que não queria mais saber do seu poder de silenciar e sufocar. Seu objetivo passara a ser proteger. Defender. Embora tenha mais motivos do que a maioria das pessoas para sentir raiva, para querer vingança, tem também uma força infinita para conseguir dar as costas.

Eu não.

Os túneis brilham com a luz vermelha que banha todos nós. Até os prateados leais a Cal ou a Rift. Os sombrios da Casa Haven, os silfos da Casa Iral. Uma dúzia deles, misturados entre nós. Todos, por um instante, vermelhos como a aurora.

Fico de olho neles conforme avançamos sob as muralhas da Cidade Nova. Receberam ordens dos seus reis e senhores. Não confio neles nem um pouco, mas confio em sua lealdade. Os prateados são fiéis ao sangue. Fazem o que ele ordena.

E nós não estamos indefesos.

Ella e Rafe vão na retaguarda. Ambos parecem cheios de energia, loucos por outra luta depois da derrota em Piedmont. Tyton caminha mais ao meio, deixando-me liderar, para que os eletricons fiquem igualmente distribuídos. Os olhos dele parecem brilhar à luz baixa.

Cameron vai batendo a mão na cintura. Contando os passos. Seus olhos atentos examinam as paredes com uma concentração fervorosa. Ela desliza o dedo pelo ponto em que a terra compactada dá lugar ao concreto. Isso muda algo dentro de Cameron, escurece sua expressão.

— Sei como é — cochicho. — Voltar diferente.

Cameron olha para mim com a sobrancelha erguida.

— Do que está falando?

— Só voltei para casa uma vez depois de descobrir o que era — explico. *Foram apenas algumas horas. Tempo mais do que suficiente para mudar minha vida de novo.* Recordar a visita ao meu velho povoado é difícil e doloroso. Shade ainda não estava morto, mas eu achava que estava. Me juntei à Guarda Escarlate para vingá-lo. Tudo isso enquanto Tiberias esperava do lado de fora, encostado na sua moto reconstruída. Ainda príncipe. *Sempre príncipe.* Tento afastar a lembrança como um sonho ruim. — Não vai ser fácil olhar para coisas familiares e ver algo que você não reconhece.

Cameron apenas cerra o maxilar.

— Aqui não é minha casa, Barrow. Nenhuma prisão é — ela murmura. — E é isso que estas favelas são.

— Então por que não vão embora? — Sinto vontade de bater em Kilorn por sua falta de jeito e pela grosseria da pergunta. Ele capta meu olhar furioso e gagueja: — Quer dizer, vocês têm esses túneis...

Fico surpresa com o sorriso que ela abre ao responder:

— Você não entenderia, Kilorn. — Cameron balança a cabeça, com cara de tédio. — Acha que cresceu num lugar ruim, mas aqui é pior. Pensava que estava preso àquele povoado na beira do rio, mas preso pelo quê? Dinheiro? Um emprego? Alguns guardas olhando de esguelha? — Ela fica corada, despejando as palavras. — Bom, nós tínhamos isto.

Ela puxa a gola da blusa para mostrar o pescoço tatuado. A profissão, o lugar, a prisão estampada em tinta permanente. *CN--MMPF-188907.*

— Cada um de nós tinha um número aqui — Cameron continua, tocando o teto. — Se você desaparece, o próximo número da sequência desaparece também. E não de um jeito bom. Famílias inteiras precisam fugir. E para onde vão? Para onde podem ir? — A voz dela vai baixando, o eco morre nas sombras vermelhas. — Espero que isso seja passado agora — ela murmura.

— Prometo que sim — Davidson responde a uma distância educada. Seus olhos amendoados se enchem de rugas quando ele tenta abrir um sorriso amargo. No mínimo, o primeiro-ministro é um símbolo poderoso do que pode acontecer. De como alguém como nós pode subir.

Cameron e eu trocamos um olhar. Queremos acreditar nele. *Temos que acreditar.*

Dou um nó mais forte no lenço, piscando para afastar as lágrimas ardidas. O próprio ar parece queimar, e minha pele pinica. A atmosfera parece seca e úmida ao mesmo tempo, nada natural e completamente *errada*.

Ainda não amanheceu, mas o céu fumacento vai clareando à medida que o sol começa a se aproximar pelo leste. Um apito elétrico agudo soa no fim da viela e ecoa pela favela, de uma fábrica para outra, sinalizando a migração gigantesca que é a troca de turno.

— A caminhada do amanhecer — Cameron murmura.

A visão me faz perder o fôlego. Centenas de trabalhadores vermelhos inundam as ruas da Cidade Nova. Homens, mulheres e crianças, de pele escura e rosto pálido, velhos e jovens, todos arrastando os pés através do ar envenenado. A maioria olha para baixo, exausta de tanto trabalho, destroçada por este lugar.

Isso alimenta a raiva que sempre queima no meu coração.

Cameron se insere no meio deles, com Kilorn e eu logo atrás. O resto do bando se junta às incontáveis caras sujas, misturando-se com facilidade. Olho para trás e vejo Davidson, que nos segue a uma distância segura. Sob a luz crescente, seu rosto fica mais tenso, revelando as tênues linhas da idade e da preocupação sulcadas na pele. Ele enfia o punho cerrado no casaco, perto do coração, e me acena de leve com a cabeça.

Nosso desfile de trabalhadores despeja-se em outra rua, mais larga que as demais, perfilada por blocos de apartamentos estoicos organizados feito um regimento de soldados. Outro turno da fábrica se apressa na nossa direção vindo do lado oposto, com o propósito de tomar nossos lugares.

Com delicadeza, Cameron me puxa de lado, fazendo-me entrar na fila com o restante dos trabalhadores vermelhos. Eles dão passos rápidos e sincronizados, abrindo passagem para os trabalhadores do turno seguinte. Quando se vão, Cameron enterra o punho no casaco, como Davidson.

Faço o mesmo.

Marcando quem somos.

Nossa escolta não é da Guarda Escarlate. Ou não era antes de tudo isto começar. Eles são leais uns aos outros, à sua favela. Às pequenas resistências, as únicas possíveis aqui.

Nosso acompanhante é um homem alto, de pele negra, esbelto como Cameron; seu cabelo está trançado e preso em um coque preciso, salpicado de manchas grisalhas. Cameron bate o pé à medida que se aproxima, quase irradiando energia. Ele nos alcança e a toma pelo braço.

— Pai — ouço-a sussurrar quando a puxa para um abraço. — Onde está a mamãe?

Ele cobre a mão dela com a sua.

— Saindo do turno. Disse a ela para ficar de cabeça baixa e olhos abertos. Ao primeiro relâmpago, vai sair correndo.

Cameron suspira devagar. Ela baixa a cabeça, concordando. A escuridão ao redor continua a sumir, desfazendo-se em tons mais claros de azul à medida que a aurora se aproxima.

— Ótimo.

— Espero que não tenha trazido Morrey para cá — o pai dela acrescenta com sua voz macia, mas em tom de bronca. Tão familiar que lembra meus próprios pais ralhando comigo por causa de um prato quebrado.

Cameron levanta a cabeça e encontra os olhos do pai, escuros e profundos.

— Claro que não.

Não quero interromper a reunião, mas preciso.

— E a usina de energia? — pergunto, levantando os olhos para o homem.

Ele baixa o rosto para mim. Parece bondoso, o que não é pouca coisa num lugar como este.

— CN tem seis, uma para cada setor. Mas se cortarmos o ponto central já estaremos bem.

A menção ao plano dispara algo em Cameron. Ela endireita o corpo e se concentra.

— Por aqui — diz seca, chamando-nos.

A mudança de turno é muito mais lotada do que os piores dias no mercado de Palafitas. Agentes prateados de uniforme preto vigiam tudo. Não do chão, nas ruas imundas, mas das passarelas arqueadas e das janelas dos postos de vigia. Agentes e postos que conheço bem. Observo-os quando passo, notando seu desinteresse. Não é o mesmo que os prateados da corte demonstram em relação a nós, seu jeito de nos fazer sentir inferiores. É tédio. Uma inércia. Prateados não são enviados para favelas por serem guerreiros de linhagens importantes. Esse posto não dá inveja a ninguém.

Os guardas da Cidade Nova são bem mais fracos do que os inimigos com que estou acostumada. E não fazem ideia de que já estamos aqui.

O pai de Cameron olha bem para ela enquanto caminhamos, pensativo. Sinto um calafrio quando seu olhar se dirige a mim antes de voltar à filha.

— Então é verdade mesmo. Você é... diferente.

Me pergunto o que terá ouvido. O que a Guarda Escarlate disse aos seus contatos na Cidade Nova. A propaganda e as transmissões venenosas de Maven deixaram clara a existência de sanguenovos. Será que ele sabe o que a filha é capaz de fazer?

Ela sustenta seu olhar.

— Sou — diz, sem vacilar.

— Você está com a garota elétrica.

— Estou — ela confirma.

— E este aqui é...? — ele acrescenta, olhando para Kilorn.

Com um sorriso besta, Kilorn leva a mão à testa e se inclina numa curta saudação.

— Sou os músculos.

O sr. Cole quase ri ao notar o corpo alto e magro de Kilorn.

— Claro, rapaz.

Os prédios ao redor ficam mais altos, empilhados de maneira precária. Há rachaduras nas paredes e nas janelas, e o quarteirão inteiro precisa de uma demão de tinta, ou de uma tempestade para lavá-lo. Os trabalhadores em volta começam a se espalhar rumo a blocos de apartamentos entre cumprimentos e acenos. Nada parece estranho.

— Ficamos felizes com sua ajuda, sr. Cole — digo baixo, mantendo a concentração no caminho à frente. Há guardas prateados numa passarela a alguns metros, e baixo o rosto quando passamos.

— Agradeça aos anciãos, não a mim — o sr. Cole responde. Ele não se dá ao trabalho de se esconder dos guardas. Não é nada para eles. — Estão prontos para isso já faz muito tempo.

Minha garganta se fecha de vergonha.

— Porque já faz muito tempo que alguém deveria ter feito alguma coisa.

Alguém como você, Tiberias. Sabia que existiam lugares assim, e para quem. E para quê.

Cameron cerra os dentes.

— Pelo menos estamos fazendo alguma coisa agora.

Ela fecha os punhos ao lado do corpo. Com seu poder, poderia matar os dois guardas se quisesse. Fazê-los cair mortos da passarela.

Mas passamos por eles sem incidente, adentrando a sombra do prédio cinza no fim da rua residencial. Parece um jogo de bloquinhos de uma criança gigante, empilhados alto contra o azul enevoado. Uma seção é maior que a outra, pontilhada por janelas sujas de mofo e fuligem.

É onde precisamos estar.

O sr. Cole olha para mim e depois para a estrutura.

— Para o alto, garota elétrica — ele diz com a voz suave. — Suba, grite. É o plano, não é?

— Sim, senhor — sussurro. Invoco a eletricidade, sentindo-a responder no fundo dos ossos.

Quando chego à base do prédio, estamos quase a sós na rua; a única companhia são os atrasados na troca de turno. Cameron se vira para o pai, com os olhos arregalados.

— Quanto tempo temos?

Ele olha o relógio de pulso. Rugas profundas se formam em sua testa.

— Nenhum. Vocês têm que ir.

Ela pisca rápido, tensa.

— Certo.

— Senhor, creio que isto é seu — Kilorn diz com a mão no casaco. Ele puxa uma pequena pistola e um estojo de munição.

O sr. Cole encara a arma como se fosse uma cobra prestes a dar o bote. Hesita até Cameron tomá-la de Kilorn e apertá-la contra o peito dele. Ela arregala os olhos, em súplica.

— Mire e atire, pai. Não hesite — diz, com uma urgência furiosa. — Os prateados não hesitam.

Devagar e com cautela, ele guarda a arma na bolsa a tiracolo. Quando vira, consigo enxergar a tatuagem no seu pescoço.

— Certo — o sr. Cole balbucia, atônito. Acho que está começando a ser demais para ele. O homem limpa a garganta e continua: — Os técnicos do novo turno na usina central já foram informados. Vão desligar a energia ao primeiro ataque, depois do sinal na outra ponta da cidade. Sincronizem os desligamentos com a tempestade. Os prateados não vão saber que estamos envolvidos. E assim ganhamos tempo.

Essa parte do plano foi combinada com anseio tanto da Guarda Escarlate como dos contatos dentro da cidade.

— Todo mundo sabe dos explosivos? — pergunto.

Os membros da Guarda Escarlate que entraram conosco já estão espalhados pela cidade, plantando bombas. Armando nossas armadilhas.

O rosto de Cole ensombrece e se torna sério.

— Todo mundo de confiança. Além da nossa própria resistência, há informantes por toda parte.

Engulo em seco, tentando não pensar no que poderia acontecer se a pessoa errada ficasse sabendo do que está prestes a acontecer. Maven em pessoa poderia baixar na Cidade Nova e esmagar nossa insurgência. Fazer essa terra envenenada e poluída desmoronar sobre todos nós. E, se fracassarmos aqui, como vai ficar a situação das outras favelas? O que vamos provar?

Que não há nada a fazer. Que não dá para salvar essas pessoas.

Kilorn nota meu desconforto e me cutuca, pelo menos para me fazer acordar. Cameron, como é compreensível, está mais preocupada com o pai.

— Tudo bem — ela diz. — Só tenha cuidado com onde põe a merda do pé.

Cole estala a língua.

— Nada de palavrões, Cam.

Sem aviso, Cameron sorri e joga os braços compridos em volta do pescoço do pai, em um abraço apertado.

— Mande um beijo para mamãe por mim — ouço-a sussurrar.

— Você mesma vai poder fazer isso logo — ele cochicha de volta, erguendo-a um pouquinho do chão. De olhos fechados, ambos se agarram um ao outro. E ao momento frágil e fugaz.

Não consigo evitar pensar na minha família, tão distante. Segura. Escondida nas montanhas, protegida por quilômetros de distância, em outro país que jurou lutar ao nosso lado. Vivendo com esperança pela primeira vez em anos. Não é justo, principalmente para Cameron, que sobreviveu a coisa bem pior do que eu. Mas estou feliz por não ter que suportar o fardo da segurança da minha família, além de todo o resto. Mal posso lidar com o perigo que correm as pessoas que amo e que ainda estão na luta.

Cameron é a primeira a soltar. É um ato de força tremenda. Como o do sr. Cole, ao deixá-la ir. Ele dá um passo para trás, fungando, cabisbaixo. Esconde uma vermelhidão súbita em seus olhos. Lágrimas brotam nos de Cameron, e ela esfrega a bota na rua suja, chutando a poeira para se distrair.

— Vamos? — ela diz, voltando-se para mim, com os olhos ainda úmidos.

— Hora de subir.

Observamos a cidade como falcões concentrados, cada um numa janela com vista para uma direção diferente. Esfrego o vidro com a manga. O gesto apenas muda o encardido de lugar. O sótão se enche de poeira sempre que nos mexemos, levantando mais uma nuvem. Kilorn tosse contra a mão com sons roucos.

— Estou vendo fumaça deste lado, no meio daquelas fábricas — ele diz.

Da sua janela, Cameron dá de ombros.

— Setor automotivo — indica, sem se virar. — As linhas de montagem travaram faz meia hora. O turno vai ser dispensado, e os trabalhadores vão se amontoar nos portões pedindo a diária. Os supervisores vão negar. Os agentes vão tentar manter a ordem. — Ela sorri para si mesma e acrescenta: — Vai ser um tumulto.

— De que cor é a fumaça, Kilorn? — pergunto, ainda vigiando minha seção do horizonte. Desta altura, a Cidade Nova parece menor, mas ainda deprimente. Tudo cinzento e fumacento, coberto por nuvens baixas de gases brutais. Ela pulsa vagarosamente, e sua eletricidade é quase insuportável.

— Hum, normal — Kilorn balbucia. — Cinza.

Resmungo sozinha, ansiosa para começar.

— São só as chaminés das fábricas — Cameron diz com a voz arrastada. — Não é o sinal.

Kilorn se mexe e tosse mais um pouco. O som seco me faz encolher os ombros.

— O que é que estamos procurando mesmo?

— Qualquer coisa que *não* seja normal — respondo por entre os dentes cerrados.

— Certo — ele murmura.

Do outro lado do cômodo, Cameron dá batidinhas contra a janela oleosa.

— Acho que essa rebelião já estaria mais adiantada se não dependesse tanto de adolescentes — ela diz, lançando um sorriso para Kilorn. — Especialmente daqueles que não sabem ler.

Ele solta uma gargalhada e morde a isca.

— Eu *sei* ler.

— Mas será que as cores estão além da sua maldita compreensão? — ela devolve com a rapidez de um chicote.

Ele dá de ombros e ergue as mãos.

— Só estou puxando assunto.

Cameron bufa e faz cara de tédio.

— Porque realmente precisamos de distrações agora, Kilorn.

Aperto os lábios para não rir dos dois.

— É assim que Tiberias e eu ficamos quando discutimos? — pergunto com a sobrancelha erguida. — Nesse caso, aceitem minhas mais sinceras desculpas.

Kilorn fica vermelho, enquanto Cameron se volta rápido para a janela, quase colando o rosto no vidro.

Não percebi o que havia entre Shade e Farley. Será que não percebi isso também?

— Vocês dois são umas dez vezes pior — Kilorn diz afinal, sua voz um ruído baixo e rouco.

Na janela oposta, Cameron solta:

— Você quis dizer cem vezes.

Sorrindo, lanço um olhar para os dois. Ambos estão à flor da pele, apesar das circunstâncias. Tento interpretar a rigidez nos ombros de Kilorn, mas o vermelho das bochechas é mais revelador.

— Eu que dei a deixa, não foi? — murmuro, de volta à minha janela.

Atrás de mim, ele solta uma risada.

— Com certeza.

Então Cameron dá um tapa na janela, sibilando:

— Fumaça verde. Setor de armamentos. Merda.

Kilorn salta para o lado dela, sacando a arma. Ele a encara, preocupado.

— Por que "merda"?

— O setor de armamentos é o que tem mais segurança — ela responde rápido. Com movimentos pausados, Cameron tira o casaco, deixando à mostra a própria arma e uma faca feroz que espero que não precise usar nunca. — Por motivos óbvios.

Solto o ar lentamente. Dentro de mim, os raios se acendem e estalam.

— Tem mais chances de explodir também.

Kilorn dá de ombros e fecha a cara. Ele toca o braço de Cameron de leve, puxando-a da janela.

— Vamos garantir que isso não aconteça — murmura antes de chutar o vidro.

Cacos voam para dentro e para fora, estilhaçando sob a força do golpe. Ainda com o rosto fechado, Kilorn corre a mão enrolada no casaco pela esquadria para tirar os pedaços pontudos. Em seguida, dá um passo atrás para me deixar subir na beirada. Um vento fumacento sopra contra meu rosto, cheirando a vapores e fogo distante. Sem hesitar, passo uma perna para fora, depois a outra. Kilorn agarra a parte de trás da minha camisa.

Olho para o céu, me concentrando na aurora azul que vai se desfazendo em rosa. Apesar de o céu estar sufocado por nuvens corrompidas, elas emitem cores lindas. Meu coração bate como um tambor. O relâmpago dentro de mim pulsa junto, alimentando-se da eletricidade abaixo. Cerro o punho, tentando lembrar o que Ella me ensinou.

A tempestade de raios é a coisa mais forte e mais destrutiva que um eletricon pode criar. Acumula-se; cresce; dispara. No céu, as nuvens de cores brilhantes começam a escurecer e girar, condensando-se com meu poder. Perante meus olhos, sombras idênticas brotam sobre outras duas áreas da cidade. Ella e Rafe. Nós três formamos um triângulo cujo centro é a usina. A cidade espraia-se diante de nós como um campo de batalha. E Tyton está em algum lugar lá em baixo, mais perigoso do que qualquer um de nós, pronto para soltar seus raios pulsantes em quem ousar chegar perto.

Um relâmpago azul é o primeiro a cair, iluminando uma nuvem carregada à minha esquerda. O rugido do trovão próximo explode sobre nós, e sinto Kilorn tremer pelo puxão que dá na minha camisa. Fico firme, agarrada à esquadria da janela.

O roxo e o verde se juntam à batalha quando nossas nuvens colidem, soltando raios sobre o alvo. A usina, um prédio abobadado perto do centro da cidade, é fácil de localizar por causa do emaranhado de fios que chegam de todas as direções. Conectando as estações de energia pela cidade inteira e retroalimentando as fábricas com eletricidade. Que é o sangue de qualquer favela destas. Mesmo à distância, posso sentir seu zunido baixo.

— Faça chover — Kilorn vocifera.

Seguro um suspiro.

— Não é assim que funciona — disparo, lançando um relâmpago pelo céu. Os outros eletricons fazem o mesmo, e o verde e o azul deles acorrem ao meu roxo.

Nossos raios acertam bem no topo da usina, produzindo um lampejo ofuscante. É a deixa para nossos aliados lá dentro desligarem os sistemas. Eles o fazem mais rápido do que conseguiríamos, e com bem menos baixas.

Por toda a cidade, as chaminés param de vomitar veneno. O chiado das linhas de montagem cessa. Os veículos nas ruas, funcionando com suas próprias fontes de energia, desaceleram ou estacionam, surpresos pelo blecaute súbito. A tempestade continua, como um monstro de três cabeças, lançando raios em todas as direções. Por ora, mantenho meus relâmpagos longe do chão. Não consigo mirar bem desta distância e não quero pôr vidas inocentes em risco. Sem falar nos explosivos da Guarda Escarlate, já armados em todos os cantos da cidade. Uma faísca minha poderia disparar uma cadeia de explosões fatais.

— Tudo parado — Cameron sussurra perto de mim. Ela contempla a própria cidade maravilhada. — Sem energia, nada de trabalho. Turnos dispensados. Trabalhadores à espera do pagamento. Agentes de segurança distraídos, supervisores sobrecarregados.

Cegos aos assassinos, criminosos e soldados que estão agora entre eles. Cegos às bombas sob seus pés.

— Quanto tempo at...

A primeira bomba interrompe Kilorn, ressoando perto demais para ficarmos confortáveis. Uma explosão emerge à nossa esquerda, a duas ruas de distância, num dos portões da cidade. Pedra e fumaça são lançadas ao ar num arco de pó. A bomba seguinte destrói outro portão, e é seguida por mais duas. É então que as cargas dentro da cidade começam a explodir. Debaixo de bases de segurança, torres de vigia, alojamentos de prateados, áreas de supervisão. Todos alvos prateados. Cada ataque me faz tremer. Tento não pensar em quanto sangue estamos derramando. Dos dois lados. *Quem vai ser pego no fogo cruzado?*

Acompanhamos em silêncio, intimidados pela visão. Mais fumaça, mais poeira, cinzas. O peito de Cameron sobe e desce, sua respiração arfante. Seus olhos grandes e negros vão de um lado para o outro, sempre voltando para as fábricas do setor de armas. Nada explode por lá.

— A Guarda Escarlate não é burra a ponto de plantar bombas debaixo de um depósito de pólvora — digo a ela na esperança de consolá-la.

E aí vem a explosão.

A força resultante nos joga para trás, e caímos com tudo em cima do vidro quebrado e do pó. Cameron é a primeira a levantar, com um corte na testa sangrando.

— Então isso não foi a guarda que fez — ela geme enquanto me ajuda a levantar.

O zunido nos meus ouvidos abafa qualquer outro som. Balanço a cabeça de um lado para o outro na tentativa de recuperar o equilíbrio. Cameron me pega pelos pulsos e eu pulo no ato, puxando os braços para fora do seu alcance.

— Para! — berro, incapaz de suportar a sensação.

Ela não reage, só vai ajudar Kilorn a levantar. Passa um dos braços dele por cima do ombro para apoiá-lo. Kilorn está com o lábio estourado e uma das mãos cortada, mas de resto parece inteiro.

— Acho melhor ficar lá embaixo — ele diz, ao ver o teto rachado sobre nós.

— Concordo — digo, disparando para a porta. Minha voz soa esquisita, como que estrangulada.

As escadas são uma espiral apertada e infinita. É uma tristeza subir e ainda pior descer, cada degrau uma pontada nos joelhos. Deixo os raios na ponta dos dedos, e as faíscas violeta se movimentam, prontas para atingir qualquer pessoa no caminho.

Kilorn me ultrapassa com facilidade, descendo os degraus de dois em dois. Odeio quando faz isso, e ele sabe. Ainda tem coragem de sorrir para mim, com uma piscadela.

Cameron vê o guarda prateado antes de nós e grita.

Com um gesto, ele joga Kilorn por cima do corrimão, revelando seu poder telecinético. Vejo em câmera lenta Kilorn cair, sacudindo os membros no ar, e a sensação é de uma facada no estômago. O zunido no ouvido ameaça rachar meu crânio, crescendo para um chiado agudo. Escadaria abaixo, lâmpadas estouram e zumbem com meu medo, espalhando escuridão.

O guarda cai de joelhos antes de poder voltar sua ira contra nós. Leva a mão à garganta, virando os olhos. Cameron curva a mão, os dedos feito garras, enquanto o sufoca com seu poder. Desacelerando o coração dele. Escurecendo a visão. Matando.

O estalo e o barulho seco de Kilorn ao bater no corrimão abaixo me dão náuseas. Corremos o mais rápido possível e damos com dois guardas prateados subindo. Um calafrio congela os degraus sob nossos pés. Minhas botas deslizam, quase me levando ao chão. Eu o parto ao meio com um raio furioso, enquanto seu parceiro, um pétreo, cai sob a ira de Cameron. Dilaceramos os dois como facas rasgando o papel.

Sou a primeira a chegar até Kilorn. Ele rolou por dois andares até parar estatelado nos degraus. A primeira coisa que olho é o peito, subindo e descendo. Pouco, mas ainda assim ele respira. Está engasgando com o sangue. Vermelho, rubro, escarlate, rubi. A cor é tão brilhante que quero fechar os olhos. Tosse violentamente, salpicando Cameron e eu. As gotículas quentes pontilham meu rosto.

— Me ajude aqui — murmuro, já tentando levantar seu corpo. Cameron faz o mesmo, num silêncio sepulcral. Tenho vontade de gritar.

Ele não consegue falar, mas tenta se erguer sozinho. Quase lhe dou um tapa.

— Deixe com a gente — esbravejo, passando os braços dele por cima dos ombros. — Cam, o outro lado.

Ela já está lá, arfante. Kilorn é como uma âncora, um peso morto.

Ele se sacode e pigarreia, tingindo os degraus com o próprio sangue. Não me preocupo em avaliar os estragos. Só sei que preciso sair, descer, levá-lo a qualquer um dos curandeiros espalhados pela cidade. *Preciso de Davidson, preciso de alguém.* Sinto o peito apertado, mas me recuso a sentir a agonia ou o fardo que ele é. Minhas pernas queimam a cada novo passo. Para baixo, para baixo, para baixo.

— Mare... — Cameron soluça.

— PODE PARAR.

Ele ainda está quente, ainda respira, ainda vomita sangue. É o bastante para mim. Provavelmente está com as costelas quebradas, e os ossos partidos perfuram os órgãos. Estômago, pulmões, fígado. *Fiquem longe do coração*, imploro. Não vai dar tempo se seu coração for perfurado.

Sinto o gosto de sal e me dou conta de que estou chorando, lavando o sangue dele com lágrimas.

Os andares passam indistintos, um depois do outro. Kilorn puxa o ar, trêmulo, com o rosto e as mãos cada vez mais pálidos. Tudo o que podemos fazer é correr.

Mais guardas avançam para cima de nós pela escada, atraídos como cães pelo cheiro. Mal os vejo, mal sinto seus nervos se destroçarem sob meus raios. Alguns caem rápido, com sangue nos olhos e na boca e nas orelhas enquanto Cameron ataca seus corpos com seu poder. Mas são tantos, demais, uma enxurrada contra nós.

— Por aqui! — ela berra, a voz ainda carregada de lágrimas, antes de jogar o corpo contra uma porta no andar seguinte.

Sigo-a sem pensar, e atravessamos o apartamento exíguo e entulhado. Não sei dizer para onde nos leva. Tudo o que posso fazer é sustentar Kilorn e meus raios, as únicas duas coisas que existem no meu mundo agora.

— Aguente firme — ouço-me sussurrar para ele, numa voz baixa demais para alguém mais ouvir.

Cameron nos conduz até a janela mais próxima, outro quadrado de vidro encardido. Mas esse dá para o telhado do prédio adjacente. Ela abre a janela com um chute. Meus relâmpagos protegem nossas costas dos prateados que nos perseguem, o que nos dá tempo para sair e chegar ao telhado ao lado.

Os guardas nos seguem, espremendo seus corpos maiores e mais largos pela janela quebrada para chegarem ao telhado cheio de cinzas logo atrás de nós. Sob o céu tormentoso e trovejante.

Assim que há distância suficiente entre eles e nós, baixo Kilorn com cuidado, deitando-o sobre o concreto. Ele move os cílios, os olhos baços. Cameron se aproxima dele e abre os braços numa postura defensiva.

Dou as costas a ela para encarar os prateados que se esforçam para chegar ao telhado. Conto seis já na laje, com mais se espremendo pela janela. Não sei quais são seus poderes ou se pertencem a alguma família que conheço. Não me importo.

Assim que o pé do último prateado toca o concreto, solto.

A tempestade se abre sobre mim, roxa e violenta, ofuscante com minha fúria. Grito, mas a força absorve todo som, todo pensamento. O relâmpago engole os corpos, matando-os tão rápido que nem mesmo os sinto. Nem nervos, nem esqueletos. Nada.

Quando os raios terminam, é o cheiro que me traz de volta. Cheiro do sangue de Kilorn, das cinzas, dos cabelos queimados, da carne frita. Cameron parece lutar para não vomitar. Preciso desviar a vista dos restos torrados. Apenas os botões das roupas e as armas permanecem intactos, soltando fumaça.

Mal dou um suspiro quando um estalo ensurdecedor rasga o ar chamuscado e o telhado treme sob nossos pés. Cameron se abaixa, cobrindo Kilorn com o corpo enquanto o prédio inteiro balança. Ele começa a se inclinar. Devagar no começo, então mais e mais rápido.

Caio de joelhos, agarrando Cameron e Kilorn enquanto a estrutura chacoalha. Minha tempestade foi forte demais, e o prédio é muito mal construído. As paredes de um dos lados desmoronam, fazendo-nos tombar. Tudo o que posso fazer é me segurar enquanto o telhado se solta e cai, num ângulo inclinado. Deslizo junto, tateando, os dedos em busca de qualquer coisa para agarrar. Meu punho se fecha na gola do casaco de Kilorn, grudenta de sangue quente e úmido. A respiração dele vacila, mais fraca do que nunca, e despencamos.

O chão se ergue para nos encontrar, como um punho de concreto. Guardas prateados nos esperam lá embaixo, prontos para nos matar se sobrevivermos à queda. Cerro os dentes e me preparo para o impacto. Nunca tinha me sentido tão indefesa ou com tanto medo.

A princípio, só consigo piscar perante o brilho azul súbito. Ele paira, segurando um dos cantos do telhado inclinado, impedindo sua queda. Mas não a nossa. Deslizamos pela inclinação, arrastando-nos pelas cinzas até batermos no escudo. Disparos soam abaixo, e por instinto aperto bem os olhos e me encolho.

As balas ricocheteiam inofensivas no escudo, fazendo ondas de força dançarem sob nós.

Davidson.

Um olho se abre para ver o massacre lá embaixo, uma névoa de raios azuis, verdes e brancos se ramificando entre os prateados. As lanças brancas de Tyton derrubam quatro num instante, enquanto Ella e Rafe esmagam o restante com sua eletricidade arrebatadora. O escudo se move enquanto eles lutam, baixando o telhado cuidadosamente. Tocamos o chão com um ruído leve, fazendo subir uma cortina de pó cinza.

Kilorn é alto e esbelto, mas pesado. Minha adrenalina praticamente anula seu peso. Mal noto o esforço ao levantá-lo de novo, ao jogar um dos seus braços por cima do ombro. *Ainda está respirando, ainda está respirando.* Cameron o pega pelo outro lado e disparamos em meio às cinzas, sem pensar nos relâmpagos ou nos prateados ainda lutando.

— Curandeiros! — urro o mais alto que posso para que me ouçam em meio aos estrondos. — Precisamos de curandeiros!

Cameron repete meus gritos, sua voz indo mais além. Ela é mais forte e mais alta do que eu, e fica com a maior parte do peso de Kilorn. Isso não a deixa mais lenta.

O primeiro-ministro nos encontra rápido, acompanhado de sua guarda pessoal. Há uma mancha de sangue em sua bochecha. Sangue vermelho. Não tenho tempo para me perguntar a quem pertence.

— Precisamos... — digo, resfolegando, mas Kilorn desfalece, dobrando-se sobre si. Quase cai das nossas mãos, e somos obrigadas a parar. Outra onda de sangue borrifa o chão, tingindo minhas botas.

Quase desmaio de alívio quando o curandeiro abre caminho por entre os soldados de Davidson. O rosto do sanguenovo ruivo é conhecido, mas não tenho energia suficiente para lembrar seu nome.

— Deitem o rapaz — ele ordena, e nós obedecemos, agradecidas.

Tudo o que posso fazer é segurar a mão de Kilorn, sua pele fria contra a efervescência da minha. Ainda está vivo. Chegamos a tempo. Conseguimos.

Cameron se ajoelha diante dele, calada, observando com as mãos juntas no colo, receosa de tocá-lo.

— Hemorragia interna — o curandeiro diz baixo ao rasgar a camisa de Kilorn. Seu abdômen está quase todo coberto de hematomas. À medida que os dedos do curandeiro dançam sobre ele, pressionando e cutucando, as marcas começam a diminuir. Kilorn faz uma careta e cerra os dentes por conta da sensação tão estranha. — É como se alguém tivesse dado uma marretada nas costelas dele.

— É essa mesmo a sensação — Kilorn diz com esforço.

A voz sai cansada, mas viva. Aperto bem os olhos, desejando ter deuses a quem agradecer pela vida dele. Kilorn aperta meus dedos com força. Obriga-me a olhar para ele.

Os olhos verde-garrafa encontram os meus. Olhos que me seguiram a vida inteira. Olhos que quase se fecharam para sempre.

— Está tudo bem, Mare. Estou bem — ele sussurra. — Não vou a lugar nenhum.

Permanecemos ao seu lado, como guardiãs silenciosas, enquanto o curandeiro trabalha. Encolho o corpo a cada estrondo distante de explosão e disparos. Alguns mais ao longe, além da Cidade Nova, abafados pelos quilômetros. O ataque a Harbor Bay começou, uma investida em três frentes para tomar a cidade. *Será que eles vão ganhar? Será que nós vamos ganhar?*

Os eletricons se aproximam da gente, desviando das dezenas de corpos prateados amontoados na rua. Tyton mata o tempo virando alguns com o pé sob o olhar de Rafe.

Ella me dá o menor dos acenos ao se aproximar. O lenço se perdeu, e agora seu cabelo azul tem mechas cinza de poeira, fazendo-a parecer mais velha. As nuvens no céu, por ora silenciosas, rodopiam no ritmo do giro casual de suas mãos. Ela pisca para mim, tentando parecer corajosa.

Rafe e Tyton demonstram uma gravidade mais evidente. Ambos mantêm as mãos livres, prontos para revidar qualquer ataque.

Mas ninguém parece vir. Ou o combate está concentrado em outra área ou já acabou.

— Obrigada — murmuro com a voz vacilante.

A resposta de Tyton é rápida:

— Sempre protegemos os nossos.

— Ainda não acabei, mas o pior já passou.

Olho para trás e vejo o curandeiro colocar Kilorn sentado. Cameron ajuda com cuidado, levando a mão à pele descoberta nas costas dele. De repente, tenho a sensação de estar me intrometendo onde não fui chamada. Com as costas da mão, limpo rápido o sangue, o suor e as lágrimas do rosto.

— Vou descobrir o que está acontecendo — murmuro, e trato de levantar antes que alguém reclame.

Vou pisando sobre os destroços para cortar caminho até os eletricons. Rafe abre um sorriso fraco, em seguida arranca o pano da cabeça e corre a mão pelo cabelo verde batido.

— Ele vai ficar bom? — pergunta, apontando para Kilorn com o queixo.

Suspiro devagar.

— Parece que sim. E vocês?

Ella passa o braço ao redor das minhas costas, ágil como uma gata azul.

— Tivemos menos complicações do que vocês, com certeza. Acho que trouxemos mais poder de fogo do que qualquer um esperaria para um lugar assim.

— Os homens de Norta estavam em menor número e despreparados. — Tyton cospe na rua. — Reis prateados não imaginam que alguém vai se importar com os vermelhos das favelas, quanto mais resgatá-los.

Pisco, surpresa com a conclusão.

— Então ganhamos?

— Estão agindo como se tivéssemos ganhado — Tyton responde.

Ele aponta para os soldados de Montfort e da Guarda que agora protegem as ruas. Poderiam ser técnicos vermelhos se não carregassem metralhadoras. Alguns parecem rir, trocando elogios com o primeiro-ministro, que caminha por ali.

— Queria saber como estão as coisas em Harbor Bay — Ella diz enquanto chuta um punhado de pó.

Baixo a cabeça. Meu coração ainda troveja no peito, bombeando adrenalina para minhas veias. É difícil pensar em qualquer outra coisa além da rua. Ainda mais nas pessoas que amo, lutando e talvez morrendo a alguns quilômetros de distância. Por um segundo, tento esquecer. Me recompor. Respiro fundo e com calma. Não funciona.

— Primeiro-ministro — chamo, já atravessando a rua a passos fortes para encontrá-lo.

Davidson me olha, sorridente, e chega até a acenar para que me junte a ele. Como se eu precisasse de convite.

— Barrow — diz. — Parabéns pelo trabalho bem-feito.

Não tenho vontade de comemorar com Kilorn estirado a alguns metros, ainda sendo remendado pelo curandeiro. Foi por muito pouco.

— E a cidade? Alguma notícia de Farley?

O sorriso dele fica imóvel.

— Sim.

Sinto um aperto no peito.

— O que isso quer dizer? — pressiono. — Ela está viva?

Davidson aponta para um dos soldados, uma mulher cuja mochila é um emaranhado de fios e equipamentos de rádio.

— Até alguns minutos atrás, estava. Falei com a general pessoalmente.

E Tiberias?, tenho que segurar o ímpeto de perguntar.

— Tudo saiu como planejado? — me esforço para perguntar, enquanto minha mente perpassa as várias facetas da invasão de Harbor Bay.

O rosto do primeiro-ministro enrijece.

— Você esperava que saísse? — ele murmura.

Quase grito de frustração. Outra bateria de artilharia troveja a quilômetros de distância.

À medida que a adrenalina em mim decanta, a frieza toma conta, ameaçando anestesiar meu corpo. Olho para trás por um instante, observando Cameron ajoelhada com Kilorn. Eles não conversam. Estão assustados, quase imobilizados pela exaustão e pelo sabor amargo do medo recente. Em seguida olho para os eletricons. Eles retribuem o olhar, resolutos.

Estão prontos para continuar. Prontos para proteger os seus.

Minha decisão só leva uma fração de segundo.

— Me arranjem um veículo.

DEZENOVE

Evangeline

❦

Nunca gostei de Harbor Bay. Fede a peixe e água salgada, mesmo nos distritos prateados. Em breve, só terá cheiro de sangue.

As duas semanas de descanso em Rift passaram voando, cada minuto mais rápido do que o anterior. Ontem mesmo estava em casa, aninhada em Elane, sussurrando minhas despedidas. Não sentia medo naquela hora. Não acreditava que meu pai deixaria seus herdeiros chegarem perto do perigo real. Achava que Ptolemus e eu estaríamos seguros, mantidos na reserva para assistir ao cerco e entrar em cena quando a luta acalmasse.

Estava errada.

A fome dele é mais profunda do que jamais imaginei.

Nos colocou na linha de frente sem pensar duas vezes.

Agora nossos barcos correm pelo azul tempestuoso, despontando sobre as ondas de espuma branca. Estreito os olhos contra os jatos d'água que invadem meus óculos. O vento bate no meu cabelo e sinto o frio úmido da água do mar. Eu cairia se minhas botas não estivessem fundidas ao convés de aço sob meus pés. Meu poder traça o curso, uma pulsação baixa sincronizada com o barco que salta sobre a água.

Corremos com a neblina, escondidos. Os soldados tempestuosos de Montfort são talentosos e poderosos. Reparo pelo canto do olho na que está conosco, alta e graciosa em seu uniforme verde apertado pela armadura. Está de capacete também, o que deixa apenas suas mãos nuas, os dedos abertos para arrastar a neblina. Todos abandonaram os macacões e as roupas de treino. Agora é pra valer.

A Casa Samos lidera o ataque marítimo, impulsionando nossas embarcações de metal em alta velocidade. Meu pai está disposto a arriscar nossa Casa pela vitória. Três primos constituem a ponta da nossa formação de ataque, suas embarcações rasgando à frente. Atrás de mim, no mesmo barco, Ptolemus se mantém firme, o corpo ancorado pelo peso da armadura espelhada e do armamento. Há cintos de munição nos meus quadris, se aconchegando entre meus músculos. Tenho uma pistola, mas prefiro arremessar eu mesma as balas se preciso. Meus primos carregam tanto rifles quanto explosivos. Visualizo os muros do Forte Patriota, imensos contra as ondas. Nosso primeiro obstáculo. Minha concentração aumenta conforme nos aproximamos, focando no nosso objetivo.

Tomar a cidade.
Sobreviver.
Voltar para casa.

Eles vão nos ver chegando. Ou, pelo menos, vão ver a neblina rolando sobre a água. Mas é cedo ainda, aquela hora em que o ar ainda está pesado e cinza. Poderia ser confundida com uma neblina natural. Poderia nos dar cobertura por mais tempo do que qualquer outra coisa. E quando Cal atacar por terra e a Casa Laris pelo ar, os guardas da cidade e as tropas do forte não vão saber para qual lado virar. Contra qual frente lutar.

Tudo está bem coordenado, desde o ataque como um todo até o papel de cada barco. Nosso comando é bem organizado. Pelo menos dois magnetrons, um tempestuoso e um gravitron em cada embarcação, acompanhados por soldados vermelhos treinados ou outros sanguenovos de Montfort. Bem como alguns curandeiros espalhados em cada batalhão.

Cada um tem uma função. Para sobreviver, temos que desempenhá-las bem.

O Forte Patriota aparece, uma sombra nebulosa escurecendo conforme nossa neblina avança. Os muros despontam no meio das intensas ondas brancas. Nenhuma terra abaixo. Nenhum ponto de apoio. Não importa.

Mesmo com toda a minha fúria, gostaria que meu pai estivesse aqui. Não há lugar mais seguro do que ao lado dele.

Perco a concentração por um momento quando meu foco passa ao meu irmão. Posso senti-lo atrás de mim e imaginar com facilidade o formato de sua armadura. Cada um de nós carrega no cinto um disco pequeno, mas sólido, de cobre. Um metal incomum em um ataque. Fácil de distinguir e de sentir. Fácil de rastrear. Me apego à sensação do dele e do meu, memorizando-a. Se as coisas derem errado, quero ser capaz de achar Tolly o mais rápido possível.

A neblina nos revela, dissipando-se contra o muro que se aproxima rapidamente. Se tivesse um alarme dentro de mim ele apitaria mais alto, com mais insistência. A hora é agora.

Tremendo, viro em um impulso e jogo os braços em volta dos ombros de Tolly. O abraço é rápido, preciso e sem gentilezas. O barulho do choque dos metais das nossas armaduras é engolido pelo rugido das ondas e do trovão crescente no meu peito.

— Não morra — ele sussurra. Só consigo assentir enquanto viro de volta.

Nenhum movimento nos muros, nem acima nem abaixo. Só as ondas. Talvez a neblina tenha funcionado.

— Prontos? — pergunto sobre o barulho, olhando para o gravitron de peitoral largo de Montfort.

Ele abaixa o queixo assentindo antes de ajoelhar no barco, abrindo os braços e as mãos. Pronto para decolar.

Nas outras embarcações, outros gravitrons fazem o mesmo.

Os soldados atrás de mim se ajoelham. O tempestuoso, nossos dois oblívios de Lerolan e Ptolemus se seguram para o salto. Não há vermelhos no meu barco. Quero sobreviver a esse ataque, sem depender da fraqueza do sangue vermelho, não importa quão treinados sejam.

Me ajoelho com os outros, os músculos tensionados, temendo a chance de um impacto se o gravitron não estiver à altura da tarefa. Nessa velocidade, posso não ser capaz de impedir o barco de se chocar contra o paredão.

As ondas se quebram contra a base do muro, cinza metálico sob a neblina. Elas se dobram no alto, maiores do que a marca que a água salgada gravou ali ao longo do tempo. Mais altas do que qualquer maré.

Meu coração desaba no peito.

— Ataque ninfoide! — consigo gritar enquanto outra onda violenta quebra... *na nossa direção*.

Assim começa a batalha de Harbor Bay.

A parede de água, repentina e furiosa, arremessa os barcos da frente como se fossem de brinquedo, lançando os soldados de Rift e de Montfort pelo oceano agitado. Só os gravitrons escapam, saltando alto, para fora do alcance da água. Vejo os primos Samos utilizando o controle que possuem sobre suas armaduras para se manter fora da água ou sobre as ondas, mas são arrastados para baixo, sem força suficiente para escapar do rastro de destruição. Não sei o que acontece com o restante.

Temos nossos ninfoides, prateados nativos de Montfort. Mas em menor número e bem mais fracos do que quem quer que esteja por trás dos muros do forte. Tudo o que fazemos para acalmar as ondas que brotam não é suficiente.

Outra onda se eleva, cobrindo metade da altura do muro, bloqueando a luz cinzenta, lançando uma sombra sobre nossa formação de ataque. Vai nos aniquilar, nos afogar, nos esmagar contra o fundo do mar.

— Vamos atravessar! — ordeno, agarrando a proa do barco. Despejo a mim mesma e o meu poder no casco. Espero que o gravitron possa me escutar. Sei que Ptolemus pode.

A embarcação estremece com meu toque, estreitando, a proa se afunilando como a ponta de uma faca. Ganhando velocidade. Me abaixo o máximo que posso. Miramos a onda, uma bala com passageiros.

A água é um tapa gelado, e tudo que posso fazer é manter a boca fechada enquanto nos atinge. Disparamos pela onda, pegando impulso no ar para o outro lado. Navegando para o alto e avante, em direção ao muro.

— Segurem! — Ptolemus ruge enquanto nos lançamos com toda a velocidade em direção à pedra.

Aperto os dentes, e meus dedos se afundam no casco de metal. Torcendo para não cair, torcendo para não bater.

O gravitron nos dá o impulso extra de que precisamos, nos mantendo no ar. Batemos com força, o casco contra o muro. Deslizando para cima, contra a gravidade.

Outras embarcações se lançam ao nosso lado, subindo em disparada numa formação desordenada.

A maior parte da nossa força de ataque sobrevive.

Metal raspando contra pedra, ultrapassando as ondas abaixo, mesmo enquanto avançam cada vez mais altas, lançando jatos d'água como um temporal. Cuspo água do mar e pisco, grata por meus óculos enquanto avançamos até o topo.

Ninfoides cercam a muralha, marcados com faixas azuis sobre uniforme cinza ou preto. Soldados prateados treinados e guardas. As tropas do Forte Patriota, reforçadas por soldados de Lakeland.

Saltamos dos barcos sem muita elegância, escorregando pela

passagem que circunda o topo do muro. Uso minha armadura para me impedir de despencar da beirada, enquanto Ptolemus retalha os barcos com facilidade, descartando navalhas afiadas em todas as direções. Os gravitrons arremessam os soldados inimigos ao mar. A neblina rasteja por cima da muralha e para dentro do forte, obscurecendo nossos soldados. Em algum lugar, nossos tempestuosos surgem. Seu trabalho é invocar trovões. Cultivar raios. Chocar e apavorar as tropas, colocá-los para correr. Fazê-los pensar que Barrow está aqui.

Pontos de fogo e fumaça brotam no muro. Oblívios vão de um lado para o outro, deixando cadáveres por onde passam. Um deles grita quando é surpreendido por um guarda e arremessado nas águas furiosas.

O Forte Patriota está cheio de forçadores inimigos. Sangue da Casa Rhambos ou de seus primos Greco e Carros. Um deles, uma mulher musculosa como uma montanha, destroça um tempestuoso de Montfort diante dos meus olhos, rasgando carne e ossos como papel.

Mantenho minha cabeça no lugar. Já vi coisas piores. *Acho.*

Tiros salpicam o ar. Balas e poderes são uma combinação mortal.

Ergo o braço com o punho cerrado para me proteger do ataque. Balas ricocheteiam contra meu poder, amassadas ou despedaçadas. Pego algumas e as lanço de volta com violência pela neblina, buscando a carne dentro das torres de artilharia.

Temos que abrir os portões. Tomar o forte.

Nosso objetivo é claro, mas não é simples. O Forte Patriota divide o porto da cidade ao meio, separando as águas do porto Aquarian, dos civis, e do Porto da Guerra. Nesse momento, só me importo com um deles.

O rugido grave das armas pesadas, do tipo que se vê em navios de guerra, soa como um tambor. Tento localizar os mísseis, percorrendo a distância com meu poder para decifrar a trajetória deles. Estão bem longe, mas posso adivinhar. Sou prateada. Sei como pensamos.

— Formem um escudo! — grito para os magnetrons de Samos, arrancando o metal dos nossos barcos e das nossas armas.

Ptolemus faz o mesmo, costurando uma parede de aço o mais rápido que pode. O assobio da artilharia se aproxima e eu ergo a cabeça, apertando os olhos para enxergar através do nevoeiro. Com um estalo, arranco os óculos e vejo um rastro de fumaça vindo na nossa direção.

O primeiro míssil explode a menos de cinquenta metros de onde estamos, pulverizando um trecho do muro, transformando inimigos e aliados em nuvens cinza ou rosadas. Só os oblívios sobrevivem, alguns nus, as armaduras e os uniformes carbonizados. Nos encolhemos atrás do aço, protegidos da explosão que pulsa à frente.

A fumaça arde, irritante e envenenada com poeira de ossos.

Não sobreviveremos a um ataque direto como esse. Não com o que temos aqui. Podemos redirecionar os mísseis com toda a nossa força, mas é só uma questão de tempo até um deles nos pegar.

— Saiam do muro — me esforço para gritar, sentindo o sangue no ar. — Para dentro do forte.

Tudo para seguir o plano.

Faça os navios de guerra atacarem, atingindo os próprios muros. Mantenha a artilharia pesada no forte, não na cidade ou na frota aérea.

Foi isso que Cal disse que fariam. De alguma forma, é o que os idiotas estão fazendo mesmo.

Outro ataque, e a pedra racha. Nos agarramos para descer o muro, e nossos soldados se infiltram no Patriota. Olho para trás, contando o mais rápido que posso. Talvez sessenta dos nossos tenham conseguido sobreviver, embora o grupo de ataque original fosse de setenta e cinco. Setenta e cinco prateados mortais e vermelhos forjados no calor da batalha, com armas letais e precisas.

Mas a munição deles está reservada para os prateados. Reparo que não se importam com os soldados de uniforme ferrugem, os muitos recrutados para as tropas do Patriota. Alguns vermelhos seguem seus oficiais, correndo para combater nosso grupo conforme avançamos. Menos do que o esperado, contudo. Como a general Farley garantiu, a mensagem se espalhou pelos canais dela. Os vermelhos da cidade foram alertados. *Quando o ataque vier, saiam. Corram. Ou lutem do nosso lado se puderem.*

Muitos fazem isso, embarcando no nosso trem da morte.

Nuvens de tempestade pulsam sobre nós, deixando o céu negro. Os raios são imprevisíveis, menos poderosos que os de Mare. Mas ainda assim passam a mensagem.

Os soldados inimigos olham para cima conforme nos aproximamos, e os prateados contemplam algo que só pode ser trabalho da garota elétrica.

Ela não está aqui, seus idiotas covardes. Estão com medo de umas luzinhas no céu?

O interior do forte é caótico. A essa altura Cal deve ter começado seu próprio ataque, marchando com seu batalhão, saindo do sistema de túneis sobre o qual Harbor Bay foi construída. É uma cidade antiga e bem preservada, com raízes profundas e retorcidas. A Guarda Escarlate conhece todas elas.

Chegamos à área central do forte, nos movendo rápido e sem um padrão. Atraindo o ataque do navio de guerra, fazendo com que nos persiga e destrua tudo no caminho. Mantendo o armamento mais pesado longe da cidade em si. Cal se preocupa tanto em proteger inocentes, provavelmente só para provar algo a Mare. *Me colocando em perigo no processo.*

Passo por outra onda de combatentes, usando uma combinação de balas e navalhas para derrubar as pessoas à minha frente. Seus rostos são como sombras para mim. Inumanos. Indignos de serem lembrados. É o único jeito de fazer isso direito.

O zunido e o estouro da artilharia se transformam em um ritmo familiar. Abaixo para me proteger com a mesma facilidade com que luto, me movendo sincronizada com o barulho. Fumaça e poeira serpenteiam com a neblina, deixando todos cegos. As tropas do Patriota estão irremediavelmente à deriva. Não têm um plano para esse tipo de ataque. Nós temos.

Meu primeiro ataque de fúria começa quando percebo que Ptolemus não está mais ao meu lado, que não está mais protegido pelo círculo defensivo dos nossos primos. Olho para cada um deles, vasculhando seus rostos pálidos e seus cabelos prateados. E nada do meu irmão.

— Tolly! — me ouço gritar conforme outro míssil explode, mais próximo dessa vez.

Me agacho e me seguro, esperando a onda de choque passar por mim. Pedras atingem minha armadura, cobrindo meu lado esquerdo de poeira. Fico de pé antes dos outros, piscando e olhando em volta. Na caçada. O pavor percorre minha coluna, abrindo feridas gélidas.

— PTOLEMUS!

Qualquer foco que eu tivesse escapa do meu controle e tudo se despedaça. O mundo gira. *Onde está meu irmão? Onde ele está? Deixamos Ptolemus para trás, ele seguiu em frente, está machucado, está morrendo, está morto...*

O estalo de uma arma soa muito perto, como um lembrete sinistro. Giro no meio do nosso grupo de ataque. Alguém se choca contra mim, o ombro golpeando o meu, e eu me desequilibro. Ofegante, ignoro meus sentidos e tento buscar Ptolemus com meu poder. Tento localizar aquele disco de cobre. Aquele pequeno pedaço de metal avermelhado, com um peso diferente, com uma sensação diferente. Nenhum sinal. Nada.

Disse a ele que estaríamos seguros, mesmo na linha de frente.

Nosso pai não nos descartaria. Não nos deixaria ir a nenhum lugar que colocasse em risco seu legado. Inspiro o ar envenenado, ainda vasculhando as silhuetas à minha volta enquanto as cinzas caem como neve no verão. Elas cobrem nossos uniformes, independente da cor. Todos começamos a parecer iguais.

Mesmo que ele não nos ame do jeito que deveria, ainda nos valoriza. Não trocaria nossas vidas assim. Não deixaria que morrêssemos por sua coroa.

Mas aqui estamos.

Lágrimas transbordam dos meus olhos. *Por causa das cinzas*, digo a mim mesma. *É o incômodo da fumaça.*

De repente sinto o cobre nos limites da minha percepção, tão pequeno que quase deixo passar. Meu pescoço estala quando viro com força, procurando meu irmão. Sem pensar, empurro alguns soldados no meu caminho, saltando através da confusão da batalha. Passo por baixo do braço de um forçador que se aproxima, jogando uma bala na direção dele enquanto sigo. Sinto-a atingir seu pescoço, atravessando direto. O homem cai atrás de mim, se agarrando à jugular rasgada.

A cada passo novas formas entram em foco. As ruas do Forte Patriota, meticulosamente organizadas como uma rede, são fáceis de navegar. Me agarro à certeza de que estou me aproximando, como um cão farejando o osso.

Acima de mim, passarelas ligam os vários prédios. Soldados em uniformes ferrugem correm para a frente e para trás, com armas em prontidão. Levanto o antebraço, me protegendo da onda de disparos que vem em seguida. Todos soldados vermelhos, atacando de uma distância segura. Deixo as balas caírem, achatadas, inúteis. Não desperdiço minha energia tentando matá-los.

Ptolemus entra no meu campo de visão ao virar a esquina. Felizmente inteiro, e correndo. Quase desabo de alívio. Fumaça se espirala atrás de mim, evidência de mais disparos da artilharia.

Mísseis assoviam no alto de novo, antes de explodirem com um rugido ressonante.

— O que estava fazendo, seu idiota? — grito, deslizando para parar.

— Não para... *corre*! — ele grita, me agarrando pelo braço, quase me arrastando à força.

Sei que é melhor não discutir quando meu irmão está aterrorizado desse jeito. Tudo o que posso fazer é me recompor, me reorientar e correr o mais rápido possível, mantendo o ritmo ao lado dele.

— O muro — ele se esforça para falar em meio à respiração ofegante.

Não é difícil juntar os pontos.

Cometo o erro terrível de olhar por cima do ombro. Através da fumaça, da neblina, do trovão ressoando no alto. Das rachaduras da parede que se espalham, dos pedaços de pedra que desmoronam. Há uma parede de água se forçando para cima e *para dentro*.

Sobre ela, equilibrada em uma plataforma, está a pessoa que controla tudo isso, com os braços bem abertos, a armadura pintada de um azul tão profundo que poderia ser preto.

Iris Cygnet nos observa correr.

Uma onda de pânico quase me prende ao chão, mas Tolly me arrasta, a mão dele envolvendo meu bíceps com um aperto doloroso. Deslizamos, de volta à rua principal, procurando nosso batalhão e nos deparando com os níveis inferiores do forte desertos. Nossos soldados estão mais à frente, e o resto, os inimigos... estão *acima*. Pendurados nos prédios, sobre os telhados, se agarrando no terreno superior com armas a postos. Não adianta tentar tomar o terreno mais alto. Tudo o que podemos fazer agora é *fugir*.

Disparamos em meio aos tiros aleatórios vindos de todos os lados. Podemos defletir a maioria deles com bastante facilidade. Alguns eu rebato de volta com força, mas sem mira.

Xingo por entre os dentes cerrados, culpando Cal, Davidson, Farley, meu pai, até eu mesma. Nosso plano previa ninfoides, mas não uma tão poderosa quanto Iris. Não consigo pensar em mais ninguém, além de alguns poucos lordes ninfoides, que seria capaz de desaguar o oceano no forte. E nenhum deles destruiria o Patriota com tanta vontade. Mas Iris, uma princesa de outra nação, uma mulher sem lealdade a Norta, pode destroçar esse lugar sem piedade. E dirá que foi uma vitória.

A muralha cai atrás de nós, ecoando alto mesmo à distância. Segue-se o rugido do golpe das ondas quebrando e rodopiando, avançando pelas ruas, espumando em volta das construções e dos muros do forte. Imagino uma parede de fogo azul consumindo tudo no caminho.

Corremos e alcançamos nosso batalhão. Ptolemus grita para correrem, e todos obedecem. Mesmo os sanguenovos de Montfort. Não há tempo para manter a pose.

Os portões internos do Forte Patriota não se abrem para a cidade, e sim para uma longa ponte que cruza o porto, conectando a ilha artificial ao continente. O que significa que teremos que correr seiscentos metros pela passagem sobre a água, com ninfoides inimigos atrás de nós, além do oceano vindo em disparada. Não é exatamente uma boa combinação quando a meta é *não se afogar*.

Nossos oblívios trabalham rápido no primeiro conjunto de portões, explodindo as portas maciças sobre a ponte. Os reforços de ferro voam, batendo com violência na água. Quase não consigo ouvir com o rugido da inundação que se aproxima. Iris ainda deve estar lá em cima, triunfante, sorrindo enquanto nos vê amontoados como ratos pegos por uma tempestade.

Corremos pelo portão quando a primeira onda explode, trazendo consigo redemoinhos de destroços. Madeira lascada, veículos, armas, corpos. Corro o mais rápido que minhas pernas permitem, lamentando que eu não seja forte o suficiente para nos erguer para longe do perigo. Mas nenhum de nós dominou a arte do voo magnético. Só meu pai consegue fazer isso, pelo tempo que quiser.

Os gravitrons protegem nossa retaguarda, usando seus poderes para empurrar a onda de volta. Ganham tempo, mas o ataque foi pequeno. Quase nem chegou à altura do arco do portão.

Então vem a segunda onda, a verdadeira onda, quebrando sobre os muros, esmagando as pedras e o concreto que protegiam o forte. Os gravitrons são inúteis contra uma força dessas. Só podem salvar a si mesmos, voando por cima da água. Mas, pelo menos um deles é pego pelo jato, se perdendo no turbilhão. Ele nunca volta à tona.

Não desperdiço nenhum pensamento com ele. Não posso.

A ponte foi feita para defender o forte, um longo gargalo para impedir qualquer exército de atacá-lo por terra. Ela nos afunila por uma série de trancas e portões, cada um nos atrasando mais. Os oblívios fazem o que podem, nos liderando no ritmo das explosões que destroem um obstáculo após o outro. Ptolemus e eu arrancamos as dobradiças e os reforços, rasgando o ferro e o aço desesperados.

Passamos da metade do caminho, e a cidade de Harbor Bay desponta diante dos nossos olhos, tão próxima e ainda infinitamente longe. Olhando de relance, percebo que as águas paradas e calmas à nossa volta estão subindo também. Se avolumando. Emergindo. Crescendo como a onda que ainda nos persegue com a força inexorável de um furacão. Jatos salgados explodem no meu campo de visão, molhando meu rosto, atingindo meus olhos. Estico a mão às cegas, me agarrando à gola da armadura de Tolly. Com um urro de frustração, uso meu poder para nos arrastar por cima do próximo portão. Nosso batalhão que se dane. Vão nos seguir se puderem. E, se não puderem, é porque estavam condenados a ficar para trás mesmo.

Quanto essa armadura pesa?, uma voz inútil questiona na minha cabeça. *Vou afundar antes de poder tirá-la? Meu fim será no fundo da baía? Ou pior: terei que assistir Ptolemus sendo engolido pelas ondas para nunca mais voltar?*

A água bate nos meus tornozelos. Minhas botas escorregam sobre a ponte pavimentada e quase perco o equilíbrio. Ptolemus me impede de afundar nas profundezas nojentas, pondo o braço em volta da minha cintura, me mantendo próxima. Se nos afogarmos, será juntos.

Quase posso sentir a fome de Iris enquanto a onda nos persegue. Não tem nada no mundo que ela amaria mais do que nos matar. Deixar Rift de joelhos, mais um inimigo do povo dela. Nos matar como nosso exército matou o pai dela.

Me recuso a morrer assim.

Mas não tenho um plano, não vejo uma forma de atacar sozinha. Os ninfoides que controlam as ondas vão nos matar sem nem mostrar o rosto. A menos que possamos matá-los antes, de alguma forma.

Preciso de um gravitron.

Preciso de um sanguenovo.

Preciso de Mare e de suas tempestades para eletrocutar esses desgraçados.

Atrás de nós, um trovão ruge de novo, seguido pelo brilho de raios aleatórios. Não é o suficiente.

Tudo o que podemos fazer é correr e torcer para que alguém nos salve.

Ficar tão indefesa me enoja.

Outra onda arrebenta, à nossa direita dessa vez. Menor do que a força da maré atrás de nós, mas ainda assim forte. Faz com que eu escape da mão de Tolly, nos separando. Minhas mãos se agarram ao nada e depois à água ardente quando caio de cabeça, mergulhando no porto.

Alguns disparos resplandecem na superfície. Explosões dos oblívios ou da artilharia, não sei dizer. Tudo o que posso fazer é passar as mãos pelo corpo, arrancando a armadura antes que me afunde mais. Tento manter a mente focada no disco de cobre de Ptolemus conforme ele se movimenta, lutando contra a água comigo. Está se afogando também.

Bato as pernas furiosamente, tentando chegar à superfície. Quando consigo, outra onda acerta minha cabeça, me jogando para as profundezas de novo antes de puxar o ar.

A água salgada ferroa meus olhos e meus pulmões queimam, mas tento nadar, tento vencer os ninfoides na superfície. Quanto mais tempo fico submersa, mais morta pareço. Mais me distancio.

É a vez de Tolly me encontrar.

Um punho se fecha na gola da minha camisa, me puxando. Através da água sombria, vejo a silhueta dele ao lado da minha, a outra mão se agarrando a algo metálico. Aço moldado na forma de uma enorme bala de revólver. Ela nos arrasta para cima, impelida pelo poder de meu irmão. Como um motor.

Cerrando os dentes, seguro firme. Meus pulmões gritam por alívio até o ponto em que não consigo mais suportar, soltando uma corrente de bolhas. Inspiro por reflexo, engasgando com a água.

Com um impulso poderoso e outra explosão de força, Tolly nos direciona para a superfície enquanto minha visão escurece. Ele me joga para a frente, na areia molhada e sinistra.

Apoiada nas mãos e nos joelhos, cuspo e engasgo, tentando pôr a água para fora da forma mais silenciosa possível. Ele bate com o punho nas minhas costas.

Mal consigo pensar, mas olho em volta, ansiosa para me localizar. Mesmo um segundo desprevenidos pode selar nossa morte.

Estamos sob uma das docas do porto Aquarian, na água rasa. Barcos nos escondem de todos os lados, com algas podres, cordas descartadas e cracas ao redor.

Ptolemus olha para além da doca pelo espaço de poucos metros que nos garante uma visão privilegiada da ponte e do Forte Patriota ao longe. O porto é um caldeirão fervente, castigado pelo duelo das marés enquanto o próprio oceano se eleva e se retrai. Uma onda rebenta contra a costa, levando a água rapidamente até nossos pescoços. Grito, agarrando a madeira apodrecida acima da cabeça. Por um momento, penso que vamos nos afogar em terra firme. Mas a água recua, afastando-se com uma força sobrenatural.

Nos movemos com ela, escalando as colunas que sustentam o final da doca. Agora só tenho minhas facas e minhas balas, com minha armadura descartada em algum lugar no fundo do porto. Não que eu me importe. Posso achar metal em qualquer lugar.

À nossa frente, ondas atacam a ponte de novo e de novo, arremessando os soldados. Nosso batalhão está arruinado. A Casa Samos pagará com sangue hoje. O ataque pelo mar fracassou.

Um jato grita através das nuvens, circulando a tempestade que se dissipa sobre o forte. Mais dois entram na perseguição, as pontas das asas no amarelo dos Laris. Enquanto observo, o avião perseguido explode em chamas, se despedaçando antes de bater nas ondas distantes. Um vento forte rasga o porto enquanto outros jatos dos Laris despontam no céu, voando baixo sobre a cidade. Parece que o som vai partir minha cabeça ao meio, mas eu vibraria por eles se pudesse. A frota é nossa única vantagem.

Especialmente com metade do Forte Patriota submersa.

A maior parte do forte está inundada, incluindo as pistas de pouso. Só as embarcações da Marinha permaneceram intactas, ainda funcionando. Elas viram suas armas para os jatos dos Laris quando passam, cuspindo ferro quente. Um dos jatos cai, uma asa destruída, e os outros dois o seguem.

— Temos que desativar os navios de guerra — murmuro baixo, exausta só de pensar.

Tolly olha para mim como se eu fosse louca.

Talvez seja mesmo.

Corremos pela beirada do porto o mais rápido possível, entrando e saindo de uma batalha em andamento. O ataque terrestre de Cal era o maior dos três planejados, valendo-se de centenas de soldados de toda a coalizão, sem mencionar os agentes da Guarda Escarlate e seus contatos que já estavam na cidade. Soldados treinados lutam lado a lado com ladrões e criminosos enquanto a guerra de guerrilha toma conta de cada rua e beco de Harbor Bay. Uma cidade de pedras brancas e telhados azuis se transforma em vermelho e preto, fumaça e fogo. *As cores dos Calore*, penso amarga. *Mas de qual irmão?*

Os prateados de Norta e vermelhos recrutados se veem encurralados nas ruas, restringidos pelo seu próprio treinamento disciplinado. Com a corda no pescoço e em menor número, mas ainda assim perigosos. Tolly e eu arriscamos nossas vidas correndo, recriando nossas armaduras com qualquer coisa que conseguimos encontrar, até peças enferrujadas. Se tivesse tempo para isso, teria vergonha do meu péssimo trabalho.

Em mar aberto, talvez dois quilômetros longe da costa, os jatos dos Laris encontram aeronaves de Norta e Piedmont. Ordens de Cal também. Manter as armas mais pesadas longe da cidade. Mesmo a essa distância, posso ouvi-los enquanto dançam no ar em uma velocidade impossível de acompanhar. Explosões de fogo e fumaça se espalham pela batalha aérea, visíveis entre as nuvens e o horizonte. Não invejo os pilotos, especialmente os que devem enfrentar os dobra-ventos Laris. Já é bem difícil pilotar sem ter que lutar contra o próprio ar.

Iris ainda deve estar perto do Porto da Guerra, protegendo os navios das ondas agitadas. Conforme nos aproximamos, posso ver que a água em volta dos quatro cascos de aço maciço está parada e tranquila. O resto do porto borbulha e balança, jogando para longe qualquer um que tentar tomar os navios por terra. Logo a princesa de Lakeland vai apontar o armamento pesado contra os jatos em alto-mar ou contra a própria cidade. Para destruir Harbor Bay da mesma forma que fez com o forte. Deixando nada além de ruínas inúteis para qualquer um dos irmãos Calore.

Uma massa vermelha reluzente corta meu campo de visão, saindo de um beco e entrando na estrada. Nunca pensei que ia me sentir tão aliviada de encontrar um esquadrão armado da Guarda Escarlate. Principalmente um liderado pela general Farley.

O bando de criminosos dela nos cerca, com armas em punho. Relutante, mas depressa, levanto as mãos, encontrando os olhos dela.

— Somos nós — ofego, gesticulando para Ptolemus fazer o mesmo.

Ela nos encara, os olhos indo de um para o outro como um pêndulo. Uma balança se equilibrando. Meu alívio se dissolve no instante em que percebo o que pode estar pesando.

A vida do meu irmão.

Ela podia tentar matá-lo, tentar matar nós dois bem aqui, e ninguém saberia. Seríamos considerados vítimas da batalha. E ela teria sua vingança.

Eu faria isso se alguém tirasse Tolly de mim.

A mão dela se movimenta devagar, indo ao encontro da arma na cintura, presa ao cinto de munição já pela metade. Farley andou ocupada. Me concentro em seus olhos azuis trêmulos, sem dizer nada, quase sem ousar respirar. Tento não influenciá-la na direção errada.

Travo meus dentes com força, reunindo cada fração de poder que consigo acionar. Me agarrando à arma dela, às balas restantes, às facas escondidas por seu corpo inteiro. Para impedi-la se decidir atacar.

— Cal está por aqui — ela diz por fim, quebrando a tensão entre nós. — Precisamos tirar aqueles navios das mãos deles.

— É claro — Ptolemus responde, e eu quase o soco nos dentes. *Fica quieto*, quero sussurrar.

Em vez disso, dou um passo à frente, protegendo o corpo dele da ira da general. Farley só se contrai, encarando-o por outro segundo tenso.

— Venham conosco, soldados — ela fala sarcástica, antes de nos virar as costas.

Soldados. Não altezas, não nossos títulos.

Se isso for o pior que ela vai fazer, aceito sem problemas.

Obedecemos, entrando em formação com o restante do grupo. Não reconheço nenhum deles. A Guarda só se distingue pelas faixas vermelhas amarradas no braço, na cintura ou no pulso. É a ralé, um bando formado às pressas, com roupas comuns. Podem ser serviçais, trabalhadores, estivadores, vendedores, cozinheiros ou motoristas. Mas compartilham a disposição de aço e a determinação que ela possui. E estão armados até os dentes. Me pergunto quantos prateados têm um lobo desse tipo dentro de casa.

Me pergunto quantos há na minha.

Nossa coalizão ocupa um trecho da Estrada do Porto onde ela se curva e é possível visualizar os navios de guerra atracados. Atrás de nós há mais quartéis e instalações militares, todos tomados. Muitos dos nossos soldados assumiram posições defensivas, escondidos atrás de janelas e portas. Outros se reúnem de frente para o porto, esperando ordens.

Será que tomamos a cidade?

Cal desponta entre seus tenentes e guardas, mais despenteado do que nunca, o cabelo pegajoso de suor, o resto do corpo coberto de sangue e cinzas. Mal posso discernir a armadura, cintilando em rubi intenso por entre a sujeira. Ele anda inquieto próximo da água, atormentado e frustrado. Toma cuidado para se manter fora do alcance das ondas.

Os príncipes Calore não têm amor nenhum pela água. Ela os deixa desconfortáveis.

Nesse momento, Cal parece pronto para deixar o próprio corpo.

A avó dele o observa, a seda e o vestido substituídos por um uniforme simples sem insígnia para marcar sua patente. E sem suas cores. Poderia ser uma velha qualquer que se perdeu, mas uma pessoa atenta enxergaria que não é nada disso. Anabel Lerolan não deve ser subestimada. Ao seu lado, Julian Jacos se mantém em silêncio, com os lábios tensos e os olhos fixos nos navios de batalha. Esperando para ser útil.

Meu irmão e eu atravessamos a multidão, entrando no campo de visão de Cal. As sobrancelhas dele se elevam ao nos ver. Deve estar tão aliviado quanto eu, e igualmente surpreso com a sensação.

— É bom ver vocês de pé — ele diz, acenando com a cabeça para nós. — E o seu batalhão?

Coloco as mãos na cintura.

— Não sei. Iris nos jogou no porto enquanto nosso grupo cruzava a ponte. Era nadar ou morrer. — Ele me observa enquanto falo, concentrado e afiado. Quase de forma acusadora, como se eu devesse me sentir envergonhada por ter sobrevivido enquanto os outros não tiveram a mesma sorte. Tento ignorar isso. — Algum deles chegou até a cidade?

— Difícil dizer. Mandei espalhar a notícia de que deveríamos nos reagrupar aqui. Veremos quem recebe a mensagem e consegue voltar. — Ele franze a testa olhando para as mãos, depois para os navios de batalha. Na água, eles se mantêm longe das docas, praticamente parados, em vez de seguir para o mar. Voltando as miras para nós. — Vocês são os únicos magnetrons que temos no momento.

Não sobrou nenhum primo Samos. Ninguém além de nós.

Ao meu lado, Ptolemus fecha a cara.

— Faremos o que pudermos com os mísseis.

Cal olha de novo para o meu irmão, seu cabelo preto esvoaçando com o movimento.

— Não vou desperdiçar nenhum dos dois combatendo mísseis. Temos bombardeiros de Montfort suficientes para destruir o que puderem. — Ele aponta na direção do porto. — Quero vocês naqueles navios.

Sei que temos que parar os navios, mas subir a bordo deles? Empalideço tão rápido que posso até sentir o gelo percorrer minhas bochechas apesar do calor, das cinzas e do meu próprio suor.

— Não estava nos meus planos me matar hoje, Calore — rebato. Com ironia, aponto o queixo na direção dos navios de batalha, em segurança na água. — Iris vai nos afundar como pedras antes mesmo de chegarmos perto. Nem mesmo gravitrons...

Cal apenas bufa sozinho, frustrado.

— Quando tomarmos a cidade, me lembre de dar um curso rápido para todos os oficiais prateados sobre as habilidades dos sanguenovos. Arezzo — ele acrescenta, por cima do ombro.

Uma mulher abre caminho até ele. Seu uniforme é do verde-escuro de Montfort, e tem uma insígnia exótica.

— Senhor — ela diz, abaixando o queixo.

— Deixe seus teleportadores a postos — Cal comanda. Ele parece quase se divertir ao me ver fervendo de raiva. Dele e de mim mesma, por esquecer com qual tipo de exército estamos trabalhando. *Os poderes peculiares desses sanguenovos não têm fim?* — Preparem-se para saltar naqueles navios.

— Sim, senhor — ela responde. Com um aceno, traz à frente outros soldados de Montfort. Mais teleportadores, presumo.

Olho para meu irmão ao meu lado, para medir sua reação. Tolly parece mais preocupado com a general vermelha. Mantém os olhos fixos nela, como se pudesse matá-lo caso baixasse a guarda. Não é um medo totalmente irracional.

— O que fazemos, então? — Dou um passo à frente, ficando lado a lado com meu noivo. — Você vai precisar de mais do que dois magnetrons para destruir um navio de guerra. E de mais do que alguns minutos. Somos bons, mas nem tanto.

Com um impulso repentino, Cal recua, escapando de uma onda mais forte e se mantendo seco. Ele pisca rápido.

— Não precisa desmontá-los. Quero aqueles navios. *Preciso* deles. Principalmente porque Iris está aqui. — Ele lambe os lábios, e um toque de terror reluz nos olhos dele. — A mãe dela não vai deixar que morra na praia.

Argh. Ele tentou mesmo fazer esse trocadilho péssimo?

— Se a frota de Lakeland chegar aqui antes de termos uma artilharia de verdade protegendo o porto, estaremos perdidos — Cal acrescenta, olhando para a água atrás de mim.

Levanto a mão, apontando para além do forte inundado, para o oceano obscurecido pela fumaça, onde as silhuetas dos jatos ainda dançam.

— Acha que quatro navios podem segurar a Marinha de Lakeland?

— Terão que bastar.

— Bom, não vão. Você sabe disso.

Um único músculo no queixo dele salta quando aperta a mandíbula. *Vai ter que sujar as mãos, Calore. Deixá-las mais imundas do que já estão.*

Me mexo de novo, me colocando na linha de visão dele.

— Você mesmo disse que a rainha de Lakeland não vai abandonar a filha. Então faremos uma troca.

Cal fica tão pálido quanto fiquei antes, toda a cor do seu rosto drenada pelo choque.

— Pela cidade — insisto. Ele tem que compreender. — Ptolemus e eu podemos travar a mira das armas, fazê-las atirar nela. Vamos mantê-la presa. Acuada. Não deve ser difícil para um rei de fogo subjugá-la, não?

De novo, nada. Cal nem pisca, sua expressão paralisada. *Covarde*, zombo. *Ele não quer encará-la. A Chama do Norte com medinho de um pouco de chuva.*

— Quando estivermos com Iris, negociamos. A vida dela por Harbor Bay.

A proposta acaba com a paralisia dele na hora.

— Não faço esse tipo de coisa — Cal grita, sua voz áspera. Apesar de quem sou, dou um passo para trás, quase acovardada pela fúria repentina. — Não sou como *ele*, Evangeline.

Disso eu tive que zombar.

— Bem, *ele* está vencendo.

— Não vou fazer isso — Cal diz mais uma vez, as palavras trêmulas de raiva. Príncipes não estão acostumados a se repetir. — Não vou fazer reféns.

Não vou dar um motivo para Maven, você quer dizer, penso comigo mesma, e a frase ecoa com amargura na minha cabeça. *Um motivo para tê-la de volta. Para voltar todos os seus recursos para uma única pessoa.*

Cal tem a ousadia impensável de colocar um dedo no meu rosto.

— Pegue os navios, pegue as armas e tire Iris de Harbor Bay. É uma ordem.

— Não sou seu soldado e não sou sua esposa ainda, Calore. Não pode mandar em mim — bufo, sentindo como se pudesse arrancar um pedaço dele. — A mãe dela vai afundar a cidade e nos afogar juntos se tiver a chance.

Ele me encara, furioso, com a mão tremendo. Está com tanta raiva que não percebe quando a onda acerta seus tornozelos. Então pula, xingando, e quero rir da sua expressão ridícula.

— A mãe dela vai deixar a cidade em paz se a filha conseguir escapar — uma voz se eleva atrás dele.

Vovó veio resgatá-lo, Calore?

O príncipe franze o rosto, a testa enrugada sinalizando sua confusão.

— Ela tem razão — o tio de Cal diz, sua voz bem mais suave.

As sobrancelhas de Cal quase desaparecem sob seu cabelo.

— Julian? — ele pergunta, quase inaudível.

Jacos só se encolhe, cruzando as mãos sobre o peito magro.

— Tenho pouco talento para o campo de batalha, mas isso não quer dizer que não tenha nenhum. É um bom plano, Cal. Obrigar Iris a recuar para o mar. — O olhar dele recai sobre mim. — Vá para o navio, Evangeline — ele diz lentamente, sem colocar sua habilidade na voz.

Percebo a ameaça mesmo assim. Não tenho escolha, não com a arma carregada de um cantor apontada para mim. Farei isso por vontade própria ou pela vontade dele.

— Está bem.

Por mais defeitos que Cal tenha, ele é nobre até o fim. Normalmente isso faria com que o odiasse ainda mais, mas não agora. Como jurou lealdade a Montfort, não deixará ninguém lutar a menos que esteja lutando junto. Ele não obrigaria outras pessoas a fazerem o que ele mesmo não está disposto a fazer. Assim, quando os teleportadores se reúnem, com as mãos estendidas, ele está ao meu lado, armado e pronto para atacar um navio de guerra.

— A primeira vez não é agradável — meu teleportador diz, seu rosto sorridente marcado pela idade. Um veterano de muitas batalhas.

Só consigo cerrar os dentes e segurar sua mão.

A sensação é como ser espremido até a medula. Todos os meus órgãos se reviram, meu equilíbrio desaparece, minha percepção se volta contra si mesma. Tento respirar e descubro que não consigo, não posso ver, pensar, existir... até que a sensação evapora, tão rápido quanto começou. Respiro, os joelhos no piso de metal do convés do navio de guerra, o teleportador de pé à minha frente. Ele estica a mão para cobrir minha boca, mas eu o afasto com um golpe, lançando um olhar assassino.

Estamos atrás da torre frontal de artilharia, agachados junto aos cilindros de metal gelado e liso dos canos dos canhões. Estão quentes e ainda fumegantes do bombardeio anterior contra o forte, e agora apontam para a cidade. Meu poder corre por eles, sentindo os rebites e parafusos, saltando de um cano para outro, por dentro dos cartuchos de pólvora quase cheios, os projéteis — *mais de uma dezena* — esperando. Presumo que o mesmo valha para as outras duas torres na popa e na proa.

— Tem munição suficiente para reduzir Harbor Bay a pó — murmuro, como se estivesse sozinha.

O teleportador responde apenas com um olhar furioso. Ele lembra meu pai, com seus olhos duros, focados.

Faço o que devo fazer. Com um sorriso, ponho as mãos na estrutura e puxo.

Ela reluta, já travada e mirando em outro lugar. Faço as engrenagens se moverem dentro do mecanismo e ela se move com facilidade, guiada pelo meu toque. Apontando para outro alvo.

O navio de Iris.

Ela caminha pelo convés do barco mais distante, uma silhueta azul-escura. Soldados de Lakeland a rodeiam, seus uniformes fáceis de reconhecer. Mais adiante no navio, na proa, uma figura vermelha surge do nada — outro teleportador acompanhado de seus soldados.

— Quase lá — sibilo, deslizando a torre de artilharia para o lugar, seus canos agora apontados para a lateral do navio de Iris.

Com o punho cerrado, fundo as placas de ferro e aço, travando a torre na posição. Agora só um magnetron ou alguém com um maçarico potente vai poder alterar a mira de novo. — Próxima.

Com outro salto que revira meu estômago, pousamos ao lado da segunda torre. Repito o processo. Dessa vez, uma dupla de vermelhos recrutados nos encontra. Eles correm na minha direção, mas o teleportador agarra os dois e desaparece. Então ressurge no limite do meu campo de visão, em mar aberto. Os dois são largados na baía. O teleportador volta antes que eu possa ouvi-los cair na água.

A terceira torre briga mais do que as outras, resistindo à minha habilidade, recusando-se a se mover suave como as outras.

— Nos descobriram — urro, suando. — O armeiro está tentando manter o canhão posicionado.

— Você é uma magnetron ou não? — o teleportador provoca.

Espero que Ptolemus pegue alguém menos abusado, penso, fazendo uma careta. Com uma explosão de força, faço a estrutura girar e a travo na posição com mais fervor do que o necessário. A base se enverga para dentro, travada no lugar.

— Está feito. Dê o sinal.

Foi mais fácil acionar o mecanismo dos canhões do que pensei que seria. Como puxar um gatilho gigante.

A explosão do tiro de um único projétil me joga de lado, e cubro as orelhas. Tudo zumbe e é abafado em seguida. Me esforço para ficar de pé, observando enquanto o disparo acerta o alvo, explodindo o convés do navio de Iris.

O fogo se espalha por toda a lateral, como uma cobra venenosa serpenteando com uma fúria sibilante. Maior do que a explosão de um único projétil. Alguns soldados saltam na água para escapar de sua ira.

Da ira de Cal.

Os soldados de Lakeland não se intimidam tão fácil, arrastando uma onda e a jogando no navio. Deixando-a despencar e apagar o fogo.

Só que outro disparo os atinge em seguida, dessa vez vindo do navio de Ptolemus, do outro lado. Não consigo conter o sorriso, e quase grito torcendo por ele.

De novo Cal espalha as chamas pelo navio. Mais fogem, mais saltam. Outra onda. Outro projétil. Mais chamas. A sequência continua.

Meu teleportador nos leva de uma torre de artilharia a outra. A cada vez, nos deparamos com mais soldados para enfrentar. Vermelhos, em sua maioria. Poucos prateados trabalham em navios, e apenas como oficiais. São fáceis de derrotar, somando minha habilidade à do soldado de Montfort.

Se pudesse, faria com que me levasse até Cal. Ele não tem coragem de matar Iris, mas eu com certeza tenho. O povo de Lakeland já está furioso conosco depois da morte de seu rei. Não faz muita diferença se ela morrer também. Na verdade, pode até fazer com que corram de volta para seus lagos e fazendas, e pensem duas vezes antes de desafiar as poderosas Casas Samos e Calore.

Mas meu trabalho é manejar as armas. Manter o navio sob controle.

Com Cal lutando contra Iris, a atenção dela vai se desviar de Harbor Bay e nossos soldados poderão passar. Em nosso terceiro ataque contra o navio, mais teleportadores saltam no convés, levando consigo seis soldados cada um. E mais soldados chegam de barco, em uma aproximação rápida.

Estreito os olhos na direção do navio de guerra ao longe, observando enquanto mando outro disparo. Esse atinge com força, abrindo um buraco fumegante no casco, alguns metros acima da água. No convés, a visão é aterrorizante. As nuvens acima escureceram, carregadas de raios. Água e fogo colidem sobre o navio, inferno e maremoto. Ele se inclina com a força da batalha entre um rei e uma rainha prateados. Guerreiros com poderes à altura um do outro, em um cenário desigual.

Pela primeira vez na vida, me pergunto de verdade o que aconteceria se Tiberias Calore morresse.

Porque acho que Iris vai matá-lo.

VINTE

Mare

❦

SÃO POUCOS QUILÔMETROS, mas parecem intermináveis. Continuo segurando a maçaneta, pronta para pular no instante em que entramos na Estrada do Porto, com as rodas girando sob nós. Somos só eu, os eletricons e o motorista. Até Ella está em silêncio, olhando para o céu escuro através da janela. A fumaça da Cidade Nova dá lugar a nuvens escuras e desagradáveis conforme nos aproximamos de Harbor Bay. A princípio, fico feliz por não precisar falar com ninguém. Mas à medida que os minutos passam, o silêncio fica perturbador, carregado, sufocante. Torna difícil pensar em qualquer coisa além da cidade à frente e da batalha furiosa se desenrolando lá. Ao longe, o horizonte parece queimar.

Minha mente gira, imaginando as situações com que podemos nos deparar. Cada cenário é pior do que o anterior. Rendição. Derrota. Farley morta. Tiberias pálido e sangrando, seu sangue formando uma poça prateada.

Na última vez que estive em Harbor Bay, viajei por túneis e becos. Não entrei em disparada pelas ruas em um veículo militar com escolta, como algum tipo de dignitário ou nobre. Quase não reconheço o lugar.

Espero encontrar resistência conforme passamos por dentro da cidade, mas as linhas de frente da batalha estão mais longe do que eu pensava. Exceto pelos soldados, as ruas estão completamente vazias.

Todos nossos, marchando para seus postos ou patrulhando. Uma vez ou outra vejo um contingente da coalizão escoltando prisioneiros. Prateados algemados com ferro, sendo conduzidos para onde quer que estejam sendo mantidos. Ordens de Davidson, presumo. Ele sabe como tirar o máximo de vantagem dos prisioneiros.

O transporte manobra, começando a descida suave para o porto.

— A coalizão está se agrupando na costa, reforçando nossas posições antes de avançar para o forte — o motorista avisa. Um rádio no painel emite algumas palavras entremeadas a muita estática. Ele repassa o que consegue. — Parece que a frota aérea está segurando os jatos de Norta no mar e que estamos fazendo o possível para vencer a batalha no porto, mas há embarcações de Lakeland no horizonte.

À minha frente, Rafe xinga baixo.

— Bem fora de alcance — ele murmura.

— Isso é o que vamos ver — Ella retruca severa, ainda olhando pela janela.

Tyton se reclina no banco, mordendo o lábio.

— Então estamos no controle da cidade. Por enquanto.

— Parece que sim — respondo, com muita cautela.

O transporte segue em frente, passando por prédios maiores e lugares que parecem importantes. Meu corpo é como uma mola pressionada, pronto para reagir se a calmaria for só uma armadilha. Um truque para iludir Tiberias e os outros com uma sensação falsa de segurança. Mantenho os dentes cerrados e sinto o relâmpago se aproximando. Os outros eletricons fazem o mesmo, focados e prontos para lutar.

As águas agitadas no porto reluzem no fim da rua, além da multidão apressada de soldados. A impressão que dá é de que uma tempestade acabou de passar. Todas as superfícies estão molhadas, e nuvens cinzentas se dissipam no céu, sopradas por um vendaval furioso. Ondas vêm e vão na orla sinuosa, ainda coberta por uma espuma branca. Agora posso ver ao longe que o Forte Patriota está em ruínas, metade alagado e metade em chamas. Posso sentir o cheiro, mesmo com a água no caminho. A ponte para o forte está tão destruída quanto o resto, partes dela tomadas pelo mar.

Minha testa toca o vidro da janela enquanto me esforço para ver mais. Nossos soldados se ocupam com a limpeza dos destroços, a construção de barreiras improvisadas ou a preparação de metralhadoras. Vasculho as tropas, procurando rostos familiares enquanto dirigimos para a praça pavimentada que acompanha a orla. Todos parecem iguais, mesmo em seus uniformes diferentes. Rostos sujos, cobertos de sangue de ambas as cores, exaustos e prontos para desabar. Mas vivos.

As tropas abrem caminho para o nosso veículo enquanto rondamos a água, seguindo em direção ao centro da orla e aos portões da ponte do forte, agora esmagados. Ella e eu nos espremos na janela da direita, tentando ver melhor. Do outro lado, Rafe faz o mesmo. Só Tyton permanece parado, encarando suas botas sujas.

— Os navios estão atirando uns nos outros — Ella fala, apontando para as embarcações no porto. — Olhem, três contra um.

Mordo o lábio, confusa por um momento. Ao longe, os gigantes cinzentos balançam na água sob a força de suas próprias artilharias pesadas. De fato, três deles parecem disparar contra um quarto. Me pergunto quem está com a vantagem. Nossa coalizão... ou a de Maven. Barcos menores se arriscam pelas águas agitadas, carregando soldados na direção dos barcos.

O veículo mal para e minhas botas já atingem o pavimento molhado, cada passo escorregadio e precário. Mantenho o equilíbrio, me enfiando pela multidão de soldados. Os outros eletricons me seguem. Chegamos na área em que os oficiais observam os barcos se movendo pelo porto. Ao longe, o quarto navio chacoalha com as ondas, se inclinando para a frente e para trás com a força dos bombardeios. Dou uma olhada rápida nele, e então tento encontrar rostos familiares entre os soldados em terra firme.

Vejo Farley primeiro, seu cabelo dourado brilhando contra o cinza da batalha. Binóculos pendurados em volta do pescoço, esquecidos por um momento. Ela grita ordens em um ritmo intenso, gesticulando para seus oficiais. Parece não notar os homens empilhando caixas, construindo uma parede precária para protegê-la. Um pouco da tensão no meu peito se desfaz e consigo respirar melhor.

Julian está aqui também, para meu alívio. Ele e a rainha Anabel estão parados próximos um do outro, ambos com o olhar petrificado na batalha naval. Anabel aperta o braço do Julian, os nós de seus dedos brancos se destacando contra a manga dele.

A visão me perturba, mas não sei dizer por quê.

— Onde precisam de nós? — interrompo, entrando no círculo deles com o máximo de calma que consigo.

Farley me encara furiosa, e me preparo para a repreensão inevitável.

— O que está fazendo aqui? — ela explode. — Há algo de errado na Cidade Nova?

— Cidade Nova já é nossa — Ella diz, cruzando os braços ao meu lado.

Rafe assente.

— Nos coloque para trabalhar aqui, general.

— Iris Cygnet está lá — Farley grunhe, gesticulando para os navios. Então hesita, com os dentes rangendo, me deixando inquieta.

Ponho a mão no braço dela. A rainha de Maven é formidável, mas não é imbatível.

— Iris não me amedronta. Deixe a gente ajudar...

Ao longe, no porto, uma explosão de chamas vermelhas percorre a extensão do quarto navio, se movimentando de forma estranha. Uma onda gigante e antinatural se eleva para encontrá-las, desaguando sobre o convés. Outra serpente de fogo brota, espiralando no ar enquanto mais jatos de água rodopiam e espirram. Tudo se move junto, uma dança elemental que só pode ser trabalho de duas pessoas bem específicas.

Meu coração afunda no peito. De medo e fúria.

O céu fica preto sobre o porto, e nuvens voltam a se formar em um instante. Há raios roxos dentro delas, seguindo o ritmo das batidas do meu coração.

— O que ele pensa que está fazendo? — grunho para mim mesma, dando um passo na direção da água. Algo explode dentro de mim. Qualquer objetivo que eu tivesse e todos os pensamentos sobre a cidade desaparecem em um instante.

— Calma, Mare — ouço Ella dizendo. Ela tenta segurar meu braço, mas eu afasto sua mão. *Tenho que chegar naquele navio. Tenho que pará-lo.* — Você não tem mira suficiente para ajudar daqui! — ela grita, mas já ouço sua voz sumindo. Sou mais rápida entre a multidão, mais ágil. Eles não podem me acompanhar.

Abro caminho até a beira da água. O desespero pode me engolir por inteiro. Cal está lutando contra uma ninfoide, e uma muito poderosa. É sua maior fraqueza. E isso me apavora.

Barcos vão e voltam pelo porto, os vazios chegando para carregar mais soldados. Observo, os dentes cerrados com tanta força que parecem prestes a estilhaçar. *Muito devagar.*

— Teleportadores! — grito, desesperada e em vão. O som do combate é mais alto. — Teleportadores! — berro de novo. Ninguém vem correndo.

Os barcos podem ser lentos, mas são minha melhor chance. Ponho o pé em um deles e Farley me alcança, me segurando pelos ombros. Ela quase me arrasta para trás, e minhas botas espirram a água escura das docas.

Me solto dela, me contorcendo com movimentos que aprendi há muito tempo nos becos de Palafitas. Farley titubeia mas se segura, com as mãos abertas e o rosto bem vermelho.

— Me leve para aquele navio. — Minha voz tremula de raiva. Sinto como se fosse explodir. — Não estou pedindo sua permissão.

— Tudo bem — ela concede, seus olhos arregalados com seu próprio medo. — Certo...

Um brilho ao longe nos paralisa, e as palavras de Farley morrem em sua boca. Observamos em um silêncio chocado enquanto a sucessão de explosões golpeia o navio de Iris, balançando a embarcação. Ondas sobem para estabilizá-lo, e as explosões se espalham, vermelhas e furiosas, cada uma um inferno em direção ao céu. A fumaça sobe, escura e fétida, quando outra onda é puxada para o navio. Soldados caem do convés, despencando na baía abaixo. A essa distância, não posso distinguir os uniformes. Podem ser vermelhos, verdes ou azuis, não sei dizer.

Mas a armadura dele reluz brilhante contra o fogo, impossível não notar.

Sem pensar, arranco os binóculos do pescoço de Farley e os levo aos olhos.

Fico paralisada com o que eu vejo.

Iris desvia de uma bola de fogo, mergulhando com um movimento fluido, mais rápida do que Tiberias jamais foi. Ela dança para fora do alcance dele, girando enquanto o navio se movimenta, agitando-se na direção da saída do porto e para alto-mar. O valente e tolo Calore a persegue.

Outra onda acerta a cabeça dele, o azul e branco esmagador movido pela força total do poder de Iris Cygnet. Meu coração para no peito enquanto o imagino esmagado contra o metal da embarcação, sendo afogado diante dos meus olhos.

Tiberias tomba, sua armadura rachada pela batalha, a capa vermelha em retalhos. Para um homem tão grande, espalha pouca água ao cair.

Minha visão escurece, embaçada pelas emoções enquanto meu cérebro entra em curto. Meu foco se estreita, cercado de preto, até que não posso mais ouvir a multidão à minha volta. A voz de Farley some, suas ordens desaparecem. Quero gritar, mas meus dentes parecem grudados. Se eu me mexer, se falar, todo o meu controle vai evaporar. A eletricidade não terá piedade. Tudo o que posso fazer é observar e rezar para quem quer que possa ouvir.

Mãos quentes seguram meus ombros quando os eletricons me rodeiam, próximos o suficiente para reagir caso eu perca o controle. Azul, verde, branco. Ella, Rafe, Tyton.

Cal, Cal, Cal.

Sobreviva.

Nada importa além da água, das ondas azuis e brancas espumando com a batalha. A maioria dos soldados que caíram das embarcações ainda está viva, flutuando para cima e para baixo. *Mas eles não estão usando armaduras. Não têm pavor de água. Não enfrentaram Iris Cygnet e perderam.* O brilho do sol impossibilita ver muita coisa, mas estreito os olhos mesmo assim, até não aguentar mais. Até não poder abri-los. Os binóculos caem das minhas mãos e se quebram.

O caos na beira da água aumenta, até que todos os soldados param, esperando para saber o destino do príncipe Calore. Quando ouço todos prenderem o ar ao mesmo tempo, forço meus olhos a abrir. O aperto de Tyton fica mais forte, seus dedos pressionam meu pescoço. Ele vai me derrubar se preciso, para proteger todos da minha tristeza.

Não sei quem arrastou Tiberias para fora da água ou qual teleportador o trouxe para a costa. Não olho para a curandeira que se curva sobre ele, apavorada, tentando salvar sua vida. Não me importo com Iris, ainda à solta no porto, fugindo. Só consigo olhar para ele, apesar de nunca ter desejado vê-lo dessa forma. Cada segundo é uma ruína. Já levei um tiro; já fui esfaqueada; já fui completamente drenada. Isso é mil vezes pior.

A pele de um prateado tem um tom mais frio que a nossa, como se o calor tivesse sido drenado. Mas nunca vi alguém desse jeito. Seus lábios estão azuis, as bochechas estão da cor do luar, cada centímetro do seu corpo está ensopado ou sangrando. Seus olhos estão fechados. Ele não está respirando. Parece um cadáver. *Talvez seja um.*

O tempo se arrasta. Vivo nesse segundo amaldiçoado, presa, condenada a observar enquanto pedacinhos da vida dele se esvaem. Kilorn sobreviveu na Cidade Nova. Vou perder Tiberias em Harbor Bay?

A curandeira põe a mão no peito dele, suor brotando na testa dela.

Rezo para qualquer deus que possa existir. Para qualquer um que possa ouvir.

Então imploro.

Um jato de água sai da boca dele quando tosse violentamente, seus olhos se abrindo ao mesmo tempo. Quase entro em colapso, e só os eletricons me mantêm em pé. Ofegante, cubro a boca com a mão e abafo o som, para só então sentir as lágrimas rolando pelas bochechas.

Uma multidão se forma em torno dele, Anabel se ajoelha ao seu lado. Julian está lá também. Acalmam seu garoto, alisando o cabelo dele, pedindo que fique parado enquanto a curandeira continua a trabalhar.

Tiberias assente de leve, ainda tentando se situar.

Viro antes que ele possa me ver e perceba o quanto quero ficar.

Ocean Hill era um dos lugares favoritos de Coriane, a rainha morta que nunca conheci. E é um dos favoritos do filho dela também.

O palácio é feito de rocha branca polida com telhados azuis redondos, coroados com chamas prateadas. Ainda é magnífico, mesmo visto entre a fumaça que se arrasta e as cinzas caindo do céu. Circulamos a praça em frente aos portões do palácio, onde normalmente o trânsito é uma bagunça. Agora, a única atividade parece ser no centro de segurança ao lado, tomado por soldados da coalizão. Conforme passamos, eles arrancam as faixas vermelhas, pretas e prateadas, assim como os pôsteres de Maven Calore. Um a um, ateiam fogo nos símbolos. Vejo o rosto dele queimar, seus olhos azuis fixos nos meus, cobertos por chamas vermelhas que os devoram.

As ruas em si estão vazias, e a fonte, que me lembro de ser linda sob um domo de cristal, está seca. A guerra deixa sua marca em Harbor Bay.

Os portões do palácio já estão abertos, escancarados para mim e para Farley. Já estivemos aqui antes, como intrusas. Fugitivas. Não hoje.

Quando o veículo reduz a velocidade, Farley salta rápido, gesticulando para que eu a siga. Hesito, ainda apavorada pelos eventos mais cedo. Só se passaram algumas horas desde que vi Tiberias perto da morte. Não consigo tirar a imagem da cabeça.

— Mare — ela cutuca, com a voz grave. É o suficiente para me trazer de volta.

As portas azul-claras do palácio se abrem com dobradiças silenciosas, revelando dois membros da Guarda Escarlate que a vigiam. Os cachecóis rasgados que usam são de um vermelho reluzente, destoando de tudo, um sinal claro e inconfundível.

Retornamos como conquistadores.

Ocean Hill ainda cheira a falta de uso e abandono. Não acho que Maven sequer colocou o pé aqui desde que se tornou rei. As cores douradas desbotadas de Coriane estão nas paredes e no teto côncavo.

O lugar permanece como uma tumba para uma rainha esquecida, vazio exceto pela memória dela e talvez pelo seu fantasma.

Vejo uma inversão estranha conforme ando e reparo nos rostos à minha volta. Alguns vermelhos da Guarda Escarlate continuam de guarda, com suas armas à mostra, mas sem muita necessidade. Outros se recuperam da batalha recente, cochilando apoiados nas colunas opulentas ou explorando preguiçosamente as muitas salas e câmaras que se espalham a partir da galeria central. São os prateados que se ocupam dos trabalhos mais braçais, provavelmente sob ordens de Anabel. Eles têm que preparar o novo trono de Tiberias e seu palácio, para marcá-lo como governante legítimo. Abrem as janelas, puxam as coberturas dos móveis, até tiram o pó das soleiras e das estátuas. Pisco várias vezes diante da visão, abalada. *Prateados fazendo trabalhos domésticos. Isso é novidade.* Os serviçais devem ter fugido, e os vermelhos que ainda estão aqui não farão o trabalho por eles.

Não reconheço ninguém passando. Não vejo Julian. Nem mesmo Anabel supervisionando a preparação do palácio. Isso me preocupa, porque só existe um outro lugar onde possam estar.

Estou quase correndo quando Evangeline me alcança, saindo de um corredor. Está sem a armadura e usa roupas mais leves. Se a batalha foi difícil, não deixa transparecer. Enquanto todos estão sujos, senão cobertos de sangue, Evangeline Samos parece recém-saída de um banho gelado.

— Saia do meu caminho — é tudo o que consigo dizer, tentando desviar dela. Farley para e a encara com intensidade.

— Deixe Mare ir, Samos — ela grunhe.

Evangeline a ignora. Ela agarra meus ombros, me forçando a encará-la. Resisto ao desejo familiar de socá-la. Para minha surpresa, ela me olha de cima a baixo, se detendo nos meus muitos cortes e machucados.

— Deveria ver um curandeiro, temos vários deles — ela diz. — Você está horrível.

— Evangeline...

Ela se irrita.

— Ele está bem. Juro.

Lanço um olhar cortante a ela.

— Sei disso — sibilo. — Vi com meus próprios olhos. — Mesmo assim, cerro os dentes diante da memória, muito recente e ainda dolorosa.

Ele está vivo; sobreviveu à princesa ninfoide, lembro a mim mesma. *A esposa assassina do irmão dele*. Eu poderia torcer o pescoço de Tiberias por ter desafiado a ninfoide *no meio de uma baía*. Já vi Tiberias Calore hesitar para nadar em um riacho. Ele odeia água, não tem nada que tema mais. É o pior jeito, e o mais fácil, de matá-lo.

Evangeline morde o lábio, me observando. Ela gosta de alguma coisa que viu. Quando fala de novo, sua voz muda, saindo mais suave. Um sussurro leve como uma pena.

— Não consigo esquecer. O jeito como ele afundou como uma pedra, com a armadura e tudo — diz, se aproximando o suficiente para falar na minha orelha. As palavras giram à minha volta, espetando minha pele. — Quanto tempo demorou até os curandeiros fazerem com que respirasse de novo?

Fecho bem os olhos, tentando não pensar naquilo. *Sei o que está fazendo, Evangeline. E está funcionando*. Tiberias pálido e morto, seu corpo ensopado. A boca aberta, os olhos opacos e vazios. Foi o mesmo com o corpo de Shade, e isso ainda me assombra. Quando abro os olhos de novo, o corpo de Tiberias ainda está lá, flutuando na minha mente. Não consigo parar de pensar nisso.

— Chega — Farley diz, colocando-se entre nós. Ela quase me arrasta, enquanto Evangeline sorri.

A princesa Samos começa a andar atrás de nós, me empurrando

na direção certa como se eu fosse uma vaca sendo levada para o pasto. Ou para o matadouro.

Não conheço Ocean Hill, mas já estive em palácios suficientes para saber o que estou procurando. Subimos uma escada curva pomposa até um andar cheio de aposentos reais e suítes. Aqui em cima, longe dos níveis mais públicos, a poeira é ainda pior. Voa do carpete, formando nuvens. As cores de Coriane estão por toda parte. Dourado e amarelo, pálidos e desbotados. Lembrado apenas aqui. Me pergunto se causam dor ao seu filho. O filho que quase se juntou a ela no mundo dos mortos.

Os aposentos do rei são vastos, a entrada protegida por soldados Lerolan. Eles usam as cores de Anabel e têm a mesma aparência dela, com cabelo preto e olhos cor de bronze. Os olhos de Tiberias. Ninguém nos impede de passar, e entramos num cômodo comprido que funciona como sala de visitas. Uma sala bem lotada.

Vejo Julian primeiro, com as costas viradas para a janela arqueada que dá vista para a baía reluzente, brilhando azul com o sol da tarde. Ele vira o rosto para mim, suas feições se contorcendo em uma expressão que não consigo nomear. Sara Skonos está ao seu lado, com a postura extremamente ereta e as mãos entrelaçadas à frente do corpo. Apesar de estarem limpas, as mangas do seu uniforme simples estão encrostadas até os cotovelos de sangue vermelho e prateado. Tremo ao notar. Ela não repara em mim a princípio, focada no homem monumental no centro da sala, que se ajoelha.

Farley senta em silêncio, perto de uma dupla de tenentes da Guarda Escarlate. Sinaliza para que eu me junte a ela, mas fico parada. Prefiro me manter à margem dessa multidão.

Não conheço o chefe da Casa Rhambos, mas reconheço sua forma maciça, mesmo ajoelhado. Suas roupas são inconfundíveis, resplendorosas com tons intensos de marrom e vermelho, as barras bordadas com pedras preciosas. É o líder e governador desta cidade e da região. Seu cabelo é de um loiro escuro que abre espaço para o grisalho, trançado de maneira intrincada. O penteado está se desfazendo, ou por causa da batalha ou porque o lorde está puxando o cabelo em desespero. Provavelmente ambos.

Os prateados não estão acostumados a se render.

Solto o ar e me permito olhar por cima dos ombros dele para o verdadeiro rei. Com a espada em punho. A visão apaga da minha mente a imagem do cadáver.

Seus dedos firmes e inabaláveis seguram o cabo adornado da espada cerimonial. De onde veio, não sei dizer. Não é a espada com que Elara o forçou a matar o pai, mas é bem parecida. E tenho certeza de que Tiberias lembra disso agora, quando está parado acima de outro homem que implora por sua vida. Deve ser dolorido para ele, fazer isso com outra pessoa. E por vontade própria dessa vez.

Tiberias parece mais pálido que o normal, as bochechas sem cor alguma. Mas se é por vergonha ou medo, não sei dizer. Talvez exaustão. Ou dor. Apesar disso, é rei dos pés à cabeça. Sua armadura foi limpa, a coroa está pronta. As linhas angulosas do queixo e das bochechas de algum modo parecem mais acentuadas, esculpidas pelo peso repentino sobre seus ombros. É tudo uma máscara. Uma expressão corajosa que ele tem que usar. A outra mão está vazia, os dedos à mostra e sem chamas. Não há fogo, exceto o que queima em seus olhos.

— A cidade é sua — Rhambos diz, com a cabeça curvada e as mãos erguidas.

A rainha Anabel dá um passo para ficar mais perto do neto, os dedos curvados como garras. Deve ser a única pessoa no mundo que parece da realeza mesmo sem ornamento algum.

— Dirija-se de forma apropriada ao rei, Lord Rhambos.

Ele concorda rápido, se curvando mais, os lábios quase tocando o carpete no chão.

— Vossa majestade, rei Tiberias — ele diz sem hesitar, então abre as mãos, submisso. — A cidade de Harbor Bay e toda a região de Beacon são suas por direito. Devolvidas ao verdadeiro rei de Norta.

Tiberias aponta seu nariz retilíneo para baixo, girando a lâmina. A borda reflete a luz. O lorde se retorce, fechando os olhos diante do brilho repentino.

— E a Casa Rhambos? — ele pergunta.

Ao meu lado, Evangeline cobre um riso irônico com a mão.

— Que bela atuação.

— Também somos todos seus, faça como desejar — o nobre murmura, sua voz falhando. Até onde ele sabe, Tiberias poderia executar toda a sua família. Exterminá-los pela raiz. Apagar seu nome e seu sangue da face da terra. Reis prateados já fizeram pior por menos. — Nossos soldados, nosso dinheiro, nossos recursos estão ao seu dispor — ele acrescenta, listando tudo o que sua Casa pode oferecer. Tudo que sua Casa *viva* pode dar.

O silêncio se alonga, tenso como um fio esticado. Ameaçando estourar a qualquer momento. Tiberias analisa Lord Rhambos sem piscar, sem sentir, com a expressão neutra e inescrutável. Então abre um sorriso, que transborda calor e compreensão. Não sei dizer se é sincero.

— Agradeço por isso — ele diz, inclinando um pouco a cabeça. Abaixo dele, Lord Rhambos quase treme de alívio. — Assim como agradecerei a cada membro da sua Casa quando seguirem seu exemplo e jurarem lealdade a mim. Renegando o falso rei que senta no trono do meu pai.

Ao lado dele, Anabel está radiante. Se o treinou, fez muito bem.

— Sim… Sim, é claro — Rhambos gagueja. Seu corpo quase desaba ao concordar. Reparo que Tiberias afasta os pés, com medo de que o lorde derrotado tente beijá-los. — Isso será feito o mais rápido possível. Nossa força é sua.

O rosto de Tiberias enrijece.

— Vocês têm até amanhã — ele diz, sem deixar margem para discussão.

— Amanhã, majestade — Rhambos responde, balançando a cabeça para cima e para baixo. Ainda está ajoelhado, com ambos os punhos cerrados. — Todos saúdam Tiberias VII, rei de Norta e a verdadeira Chama do Norte! — o homem grita, sua voz ficando mais forte a cada segundo.

A multidão de conselheiros e soldados, tanto prateados quanto vermelhos, responde em coro, repetindo os títulos irritantes. Um pouco de cor volta para as bochechas de Tiberias. Seus olhos se movem pela sala, tentando reparar em quem grita seu nome e quem não o faz. Seu olhar para sobre mim e meus lábios paralisados. Eu o sustento, adorando a sensação de continuar com a boca fechada.

Farley faz o mesmo, examinando suas unhas em vez de dar atenção à cerimônia pomposa.

Anabel se deleita, a mão sobre o ombro do neto. Sua mão esquerda, que exibe sua antiga aliança de casamento, com uma pedra preta incrustada. A única joia que usa, a qual sempre lhe bastou.

— Todos saúdam — ela murmura, seus olhos brilhando ao admirar Tiberias. Ao menor sinal no rosto dele, ela entra em ação, pondo-se à sua frente. Então entrelaça as mãos letais, com o anel ainda à mostra. — O rei agradece a todos pela lealdade, e eu também. Temos muito a discutir nas próximas horas.

É um convite para que todos se retirem. Tiberias se vira, dando as costas para a sala, e percebo um consentimento naquele gesto. Ele está cansado. Ferido. Talvez não fisicamente, mas em algum lugar profundo, onde ninguém pode ver. Seus ombros rígidos, sua postura familiar, murcha sob as ombreiras rubras da armadura. Liberando um pouco do peso. Ou cedendo a ele.

De alguma forma, todas as imagens do seu cadáver voltam em disparada. O temor se acumula em mim, ameaçando me afogar e me arrastar.

Dou um passo à frente, com a intenção de ficar, mas a multidão me empurra em outra direção. Evangeline também. Ela me segura pelo braço, suas garras decorativas penetrando minha pele macia. Aperto os dentes, deixando que me leve para fora dos aposentos de Tiberias, sem querer causar confusão ou fazer cena. Julian passa por nós com uma única sobrancelha erguida, surpreso por nos ver tão unidas. Tento me comunicar com ele pelos olhos. Tento pedir socorro ou orientação. Mas ele se vira antes de saber o que eu quero. Ou simplesmente não pretende me ajudar.

Passamos de novo pelos guardas Lerolan, parecendo sentinelas de vermelho e laranja. Talvez os uniformes tenham vindo daí. Olho para trás, por cima da cabeça dos lordes prateados e dos oficiais vermelhos. O cabelo loiro de Farley cintila em algum lugar, e Ptolemus Samos se mantém a uma distância segura. Vejo Anabel, observando tudo como uma águia. Está posicionada em frente à porta do quarto de Tiberias. Ele se enfiou lá dentro, longe de vista, sem nem olhar de relance para trás.

— Não discuta — Evangeline sibila na minha orelha.

Por instinto, abro a boca para fazer justamente isso, mas me seguro enquanto ela me arrasta para longe da multidão e para dentro de um corredor.

Mesmo que a gente esteja em um lugar com o máximo de segurança possível dadas as circunstâncias, meu coração dispara no peito.

— Você mesma disse que nos prender juntos em uma salinha não vai funcionar.

— Não estou prendendo ninguém em lugar nenhum — ela sussurra de volta. — Só estou te mostrando a porta.

Viramos e viramos de novo, pegando a escada lateral e a passagem dos criados, muito devagar e rápido demais para meu gosto.

Minha bússola interior gira loucamente, e acho que estamos quase de volta ao ponto onde começamos quando ela para em uma passagem escura, quase estreita demais para nós duas.

Com uma sensação incômoda, penso no meu brinco. O que não estou usando. A pedrinha vermelho-sangue, enfiada em uma caixa em Montfort, escondida do mundo.

À minha direita, Evangeline coloca a palma da mão em uma porta enferrujada pela falta de uso. As dobradiças e os trincos ganharam um tom vermelho-escuro, como sangue coagulado. Com um movimento dos dedos, o metal gira, expulsando a ferrugem como gotas d'água.

— Isso vai levar você...

— Eu sei aonde vai me levar — respondo quase rápido demais. De repente sinto como se tivesse corrido um quilômetro.

O sorriso dela me deixa furiosa e quase me faz dar meia-volta. *Quase*.

— Muito bem — Evangeline diz, dando um passo para trás. Ela gesticula para a porta como se fosse um presente de valor incalculável, em vez da manipulação explícita que de fato é. — Faça como desejar, garota elétrica. Vá aonde quiser. Ninguém vai te impedir.

Não tenho uma resposta inteligente para ela. Tudo o que posso fazer é observar enquanto desaparece, ansiosa para se livrar de mim. Elane deve estar a caminho da cidade para celebrar a vitória. Me pego invejando as duas. Estão do mesmo lado, pelo menos. São aliadas, apesar de todas as circunstâncias contra elas. Ambas prateadas, criadas como nobres. Entendem uma à outra de uma forma que Tiberias e eu nunca seremos capazes. Vieram do mesmo lugar, são iguais. Ele e eu não somos.

Eu deveria voltar atrás.

Mas já passei pela porta, invadindo a escuridão quase completa da passagem esquecida, meus dedos tocando a pedra gelada. Uma luz surge à frente, mais próxima do que pensei que estaria. Delineando outra porta.

Volte atrás.

Toco a madeira, um corte delicado, uma peça única. Aliso os painéis por um momento, nervosa. Sei aonde esse caminho leva e o que me espera do outro lado. Ouço passos dentro do quarto, e me sobressalto quando chegam perto da porta. Então uma cadeira range quando um corpo pesado se senta. Duas batidas anunciam as botas que ele apoia em cima de uma mesa ou escrivaninha. E, na sequência, vem um suspiro longo e duradouro. Não de satisfação. Cheio de frustração. Cheio de dor.

Volte atrás.

A maçaneta se move na minha mão como se tivesse vontade própria. Dou um passo à frente, piscando diante da luz suave do entardecer. O quarto de Tiberias é grande e arejado, com teto curvo pintado de azul e branco, quase um céu com nuvens. As janelas dão para a baía, e o dia está mais ensolarado do que deveria. A brisa do oceano sopra para longe o que restou da fumaça.

Parece que o rei está fazendo o melhor que pode para encher o lugar com sua bagunça habitual, apesar de só ter ficado aqui algumas horas. Ele está sentado a uma escrivaninha que foi arrastada para um ponto aleatório no centro do quarto, apontada na direção contrária de uma cama que me recuso a olhar. Papéis e livros estão empilhados à sua volta. Um em particular está aberto, seu texto escrito à mão numa caligrafia rebuscada e apertada.

Quando finalmente reúno coragem para olhar para ele, Tiberias já está de pé. Tem um punho erguido e flamejante, seu corpo inteiro tensionado como uma cobra pronta para o ataque.

Os olhos dele passam por mim, a mão ainda em chamas, apesar de ver que não sou uma ameaça. Depois de um longo momento, ele deixa o fogo chamuscar e morrer.

— Você chegou depressa aqui — Tiberias solta, quase sem fôlego.

Isso pega nós dois desprevenidos. Ele desvia o olhar, voltando devagar à cadeira. Fica de costas para mim e rapidamente fecha o livro. A poeira se espalha. A capa é gasta, de um dourado desbotado sem nada escrito, e a lombada está rachada. Ele o esconde, guardando em uma gaveta com pouco cuidado.

Tiberias finge se ocupar com alguns relatórios. Ele se curva sobre eles e faz um olhar concentrado. Sorrio para mim mesma e dou um passo na direção dele.

Volte atrás.

Dou outro passo para dentro do quarto. O ar parece vibrar contra minha pele.

— Depois que… — Vacilo. Não tem jeito fácil de dizer isso.

— *Depois*, tive que ver com meus próprios olhos — digo, observando o canto da boca dele se levantar. Seus olhos não se movem, queimando um buraco na página à sua frente.

— E?

Encolho os ombros e apoio as mãos na cintura.

— Você está bem. Não deveria ter me preocupado.

À escrivaninha, ele solta uma risada áspera, mas genuína. Então se reclina para trás, colocando um braço em cima da cadeira, e gira para me ver por inteiro. Com a luz do dia, seus olhos cor de bronze brilham como metal fundido. Eles me examinam, se retendo aos meus cortes e ferimentos expostos. É como se seus dedos percorressem meu corpo.

— E você? — ele pergunta, com a voz mais grave.

Hesito. Meus ferimentos parecem pequenos se comparados ao que ele sofreu e à memória de Kilorn se afogando com o próprio sangue.

— Nada que não possa ser remendado.

Tiberias aperta os lábios.

— Não foi isso que perguntei.

— Não foi nada comparado a você, quero dizer. — Dou a volta até a frente da escrivaninha. Ele se move comigo, me seguindo como um caçador. A sensação é similar a uma dança ou perseguição. — Nem todo mundo pode dizer que quase morreu hoje.

— Ah, isso — ele murmura, passando a mão pelo cabelo. As pontas das mechas curtas ficam de pé, estragando sua aparência perfeita de rei. — Foi tudo de acordo com o planejado.

Faço uma careta.

— Engraçado, não lembrava que estava nos planos lutar contra uma ninfoide assassina no meio do oceano.

Ele se ajeita na cadeira, desconfortável. Lentamente, começa a tirar sua armadura, revelando a camisa fina e justa e a forma exemplar de seu corpo sob ela. É uma provocação, mas me seguro. Cada peça cai no chão produzindo um ruído que ecoa pelo recinto.

— Precisávamos de navios. Precisávamos do porto.

Continuo dando voltas, e ele continua tirando as peças da armadura. Tiberias afrouxa as manoplas com os dentes, sem nunca tirar os olhos de mim.

— E precisávamos que você lutasse sozinho com ela? Com a pessoa que tinha *todas as vantagens* a seu favor, Tiberias?

O rei ri diante do metal vermelho.

— Ainda estou vivo.

— Isso não é engraçado. — Alguma coisa se aperta no meu peito. Passo o dedo pelo canto adornado da escrivaninha, varrendo o pó da superfície. Minha pele fica coberta por um tom cinza que filtra o calor. Como quando me disfarçava de prateada, tendo que aguentar a maquiagem pesada só para poder continuar respirando. — Quase perdemos Kilorn hoje.

O sorriso de Tiberias desaba instantaneamente, e ele esquece da armadura por um momento. Nuvens escurecem seus olhos, apagando seu brilho.

— Achei que tinha sido fácil derrubar a Cidade Nova. Eles não estavam esperando... — Tiberias se interrompe, apertando os dentes. Desvio o rosto quando me encara. Não quero ver sua pena.

— O que aconteceu?

Minha respiração parece presa na garganta. É muito cedo para reviver tudo, o perigo ainda tão próximo.

— Guardas prateados — murmuro. — Um telec o arremessou pela escada. Retalhou as entranhas dele. — As palavras saem conforme a memória ressurge. Meu amigo mais antigo, sua pele ficando pálida, morrendo a cada segundo. Sangue vermelho no queixo, no peito e nas roupas. Cobrindo minhas mãos.

O rei não diz nada. Com toda a minha força de vontade, olho para ele e o encontro me encarando, os olhos arregalados, os lábios formando uma linha fina. A preocupação está clara na sua expressão, na testa enrugada e na mandíbula travada.

Me forço a me mover de novo, meus pés me levando para mais perto da cadeira dele, para dentro do círculo de calor tão familiar que emite.

— Nós o levamos até um curandeiro a tempo — digo enquanto ando. — Ele vai ficar bem, como você.

Quando passo por trás dele, reprimo o desejo de tocar seu ombro. De colocar uma mão de cada lado do seu pescoço e me inclinar, abraçando-o. De deixá-lo me segurar. Agora mais do que nunca, quero esquecer tudo e descansar, permitir que outra pessoa carregue meus fardos. É tão difícil resistir.

— Mas você está aqui comigo. — A voz dele é muito baixa. Quase não o escuto.

As palavras ficam no ar, como uma cortina de fumaça entre nós.

Não tenho resposta para ele. Nenhuma que eu esteja disposta a dar ou admitir. A vergonha não é novidade para mim. Com certeza a sinto agora, de pé no quarto dele, com Kilorn se recuperando muito longe daqui. Meu amigo, que não estaria nessa situação se não fosse por mim.

— A culpa não é sua — Tiberias insiste. Ele me conhece o suficiente para adivinhar meus pensamentos. — O que aconteceu com ele não é responsabilidade sua. Kilorn fez as próprias escolhas. E, sem você, sem o que fez por ele... — A voz dele falha. — Sabe o que teria acontecido.

Recrutado. Condenado a uma trincheira ou a um quartel. Provavelmente morto nos últimos suspiros da guerra contra Lakeland. Outro nome em uma lista, outro vermelho perdido para a ganância prateada. Outra pessoa esquecida. *Por causa de gente como você*, penso, forçando uma respiração profunda. O quarto cheira a sal, e um frescor entra pela janela aberta.

Tento encontrar algum conforto no que ele diz. Mas não posso. Isso não me isenta de nada que fiz ou do que Kilorn virou por minha causa.

Mas suponho que todos nós mudamos desde o ano passado. Desde aquele dia em que o mestre de Kilorn morreu e ele apareceu na minha casa em meio às sombras, tentando não lamentar pela vida que lhe era roubada. Engulo em seco, lembrando do que lhe disse. *Deixa comigo.*

Me pergunto se nos tornamos quem deveríamos ser ou se essas pessoas se perderam para sempre. Acho que só Jon saberia, e o vidente sumiu faz muito tempo, totalmente fora de alcance.

Limpo a garganta, mudando de assunto com todo o cuidado.

— Ouvi que há uma frota de Lakeland no horizonte. — Dou as costas para ele, virando para a porta externa, que leva de volta à sala de visitas. Poderia sair por ali agora se quisesse. Tiberias não me impediria.

Eu me impeço com toda a força que tenho.

— Ouvi isso também — Tiberias responde. Sua voz fica mais

profunda. Vacila com o medo. — Me lembro da escuridão. Do vazio. Do nada.

Relutante, olho por cima do ombro para vê-lo levantar, tirando o restante da armadura. Evitando meu olhar. Ainda é alto e grande, mas fica menor sem o peso do aço gasto pela batalha. Com um ar mais jovem também. Aos vinte anos, começa a vida adulta, mas algumas partes dele ainda se prendem à juventude. Se agarram a algo que está desaparecendo, como todos nós.

— Caí na água e não conseguia subir. — Ele chuta uma pilha de aço no chão. — Não conseguia nadar, respirar, pensar.

Sinto como se não pudesse respirar também.

Tiberias treme enquanto o observo, começando pelos dedos. Seu medo é assustador. Ele se força a olhar de volta para mim. Está paralisado, com os pés plantados e as mãos firmes nos quadris. O rei não vai se mexer a menos que eu o faça. Quer que eu me renda primeiro. É o que qualquer bom soldado faria. Ou então está me deixando escolher. Me deixando decidir por nós dois. Provavelmente pensa que é a coisa honrada a fazer.

— Pensei em você antes do fim — ele disse. — Vi seu rosto na água.

Vejo o cadáver dele de novo, flutuando na minha frente, rodeado pela luz oscilante do mar agitado. À deriva, à mercê de uma maré desconhecida.

Nenhum de nós se move.

— Não posso — disparo, olhando para qualquer lugar que não o rosto dele.

Tiberias responde rápido, com força.

— Nem eu.

— Mas também não posso...

Ficar longe. Continuar fazendo isso. Privando a nós mesmos enquanto a morte está sempre à espreita.

Ele solta um suspiro.

— Nem eu.

Quando damos um passo à frente juntos, damos risada. Quase quebra o feitiço. Mas continuamos andando, iguais em movimento e intenção. Lentos e metódicos, medindo tudo. Ele me observa, eu o observo, o espaço se apaga à nossa volta. Eu o toco primeiro, colocando a mão aberta sobre seu coração pulsante. Ele inspira lentamente, e o peito se eleva sob meus dedos. Uma mão quente escorrega pelas minhas costas, bem aberta sobre a base da minha coluna. Sei que pode sentir minhas cicatrizes antigas sob a camisa, a pele retorcida tão familiar a nós dois. Respondo envolvendo sua nuca com a outra mão, afundando as unhas de leve nas mechas de cabelo preto.

— Isso não muda nada — digo apoiada na clavícula dele, uma linha firme contra minha bochecha.

Sinto a resposta dele nas minhas costelas.

— Não.

— Não estamos mudando nossas decisões.

Seus braços se apertam à minha volta.

— Não.

— Então o que é isso, Cal?

O nome tem um efeito sobre nós dois. Ele estremece e eu me aproximo, me apertando contra seu corpo. Parece uma entrega, para ambos, mesmo que a gente não tenha mais nada a ceder.

— Estamos escolhendo não escolher.

— Isso não parece real.

— Talvez não seja.

Mas ele está errado. Não posso pensar em nada mais real do que a sensação do seu corpo. O calor, o cheiro, o gosto. É a única coisa real no meu mundo.

— É a última vez — sussurro antes de levar minha boca à sua.

Pelas próximas horas, repito isso tantas vezes que até perco a conta.

VINTE E UM

Maven

Odeio ondas. Elas me irritam.

Cada elevação do azul contra o casco do barco faz meu estômago revirar. É muito difícil permanecer parado, em silêncio, mantendo a imagem de poder de que preciso. Talvez Iris ou sua mãe estejam agitando o mar de propósito. Me punindo por arriscar a vida dela em Harbor Bay. *Mesmo que tenha sobrevivido e escapado com facilidade. Sobrevivido, escapado e perdido a cidade para meu irmão perfeito.* Não me espantaria se fosse a rainha de Lakeland. Ela é ainda mais poderosa que a filha. Certamente consegue controlar o sobe e desce do oceano à nossa volta. Vejo as embarcações dela à frente, seis ao todo. Navios de guerra pequenos, mas formidáveis. Uma fração menor do que eu esperava da sua Marinha.

Rosno para mim mesmo, e meus lábios se curvam. *Será que ninguém pode simplesmente seguir as ordens?* Mesmo com sua filha em jogo, liderando a defesa fracassada da cidade, a rainha Cenra não usou todos os seus recursos. Uma onda de calor explode pelo meu corpo, como uma língua de fogo furiosa perpassando minhas costas. Eu a contenho depressa.

O movimento constante torna mais difícil me segurar na balaustrada do convés. Drena meu foco. E, quando isso acontece, minha cabeça fica menos... silenciosa.

Harbor Bay está perdida.

Mais uma coisa perdida para Cal, uma voz familiar sussurra. *Outro fracasso, Maven.*

A voz da minha mãe enfraqueceu com o passar do tempo, mas ela nunca desaparece de verdade. Às vezes me pergunto se plantou uma semente em mim, para que florescesse após sua morte. Nem sei se murmuradores podem fazer isso. Mas é uma explicação simples para os murmúrios e sussurros que ecoam no meu crânio.

Às vezes sou grato pela voz dela. Por me guiar do túmulo. Seus conselhos são simples — às vezes algo que costumava dizer, outras vezes apenas memórias. Mas acordo com tanta frequência de um sono inquieto, com suas palavras nos meus ouvidos, que sua voz não pode ser um mero produto da minha imaginação. Minha mãe ainda está aqui comigo, eu querendo ou não. Digo a mim mesmo que é um conforto, ainda quando é tudo menos isso.

Tudo o que importa é o trono, ela sussurra, como fez ao longo dos anos. Sua voz quase se perde com a agitação do oceano. Parte de mim se esforça para ouvir, outra parte faz o contrário. *E o que você sacrificou para consegui-lo.*

Esse é o refrão de hoje. Repete-se enquanto minha bandeira navega em direção à armada que me aguarda, cortando as ondas conforme o sol se põe, baixo e vermelho contra a costa distante. Harbor Bay ainda está coberta de fumaça, me provocando no horizonte.

Pelo menos a voz dela é gentil hoje. Quando hesito, quando vacilo, ela fica mais afiada, como um grito violento e estilhaçante, metal arranhando metal. Vidro estalando no calor das chamas. Às vezes é tão horrível que até verifico se meus olhos e orelhas não estão sangrando. Nunca estão. As palavras dela não existem fora da prisão da minha cabeça.

Encaro as ondas à frente, cada uma com a crista branca de espuma, e penso no trajeto traçado. Não adiante, mas atrás. Como cheguei à proa de um navio com uma coroa na cabeça e jatos de água salgada atingindo minha pele. O que entreguei para estar aqui. As pessoas que deixei para trás, por vontade própria ou não. Mortas, abandonadas ou traídas. As coisas terríveis que fiz e que permiti que fossem feitas em meu nome. Tudo terá sido em vão se eu falhar. Agora, sigo na direção da frota de Lakeland. Inimigos que viraram aliados através das minhas maquinações cuidadosas.

Como todos no meu país, fui ensinado a odiar o povo de Lakeland, a amaldiçoar sua ganância. Talvez mais do que qualquer um, aprendi a desprezá-los. Afinal, meu próprio pai, e o pai dele, passou sua existência amarrado a uma guerra sem fim nas fronteiras do norte. Viram milhares de vidas serem desperdiçadas contra uniformes azuis — soldados afogados nos lagos, obliterados em campos minados ou por mísseis. Mas, é claro, eles sabiam o verdadeiro motivo da guerra. Não sei se Cal, simplório como é, já ligou esses pontos tão claros, mas eu certamente o fiz.

Nossa guerra contra Lakeland servia a um propósito. Há muito mais vermelhos do que nós. Vermelhos podem nos derrotar. Mas não se morrerem em maior número que prateados. E não se tiverem algo pior a temer do que os prateados diante deles. Seja o povo de Lakeland em si ou a possibilidade de morrer na guerra. Qualquer um pode ser manipulado contra seus próprios interesses, nas circunstâncias adequadas. Meus ancestrais sabiam bem disso, no fundo dos seus corações. Para manter o poder, mentiram, manipularam, derramaram sangue. Não o deles. Sacrificaram vidas, mas não de pessoas próximas.

Não posso dizer o mesmo.

Minha mãe nunca está muito longe dos meus pensamentos. Não só porque sua voz transita pela minha mente, mas porque sinto falta dela. A dor é permanente, acho, uma sensação incômoda que me persegue a cada passo. Como um dedo arrancado ou uma falta de ar. Nada mais foi igual desde que ela morreu. Eu lembro do corpo dela brutalizado nas mãos da garota vermelha. A memória é um soco no estômago.

Não é o mesmo com meu pai. Vejo o cadáver dele também, mas não sinto nada. Nem raiva nem tristeza. Só o vazio. Se alguma vez o amei, não me recordo. E tentar lembrar só me causa dor de cabeça. Minha mãe removeu essa memória, claro. Ela disse que para me proteger do homem que não me amou como amou meu irmão mais velho, meu rival. Aquele que é perfeito em tudo o que faz.

O amor por Cal também se foi, mas, às vezes, sinto o fantasma dele. Memórias retornam nos momentos mais estranhos, atraídas por um cheiro, um som ou uma palavra dita de determinada maneira. Cal me amava, sei disso. Provou muitas vezes ao longo dos anos. Minha mãe teve que ser mais cuidadosa com ele, mas, no fim, não foi ela quem partiu o último elo que nos ligava.

Foi Mare Barrow.

Meu irmão brilhante e idiota não conseguiu se contentar com tudo o que já era dele e quis o pouco que era meu.

Lembro da primeira vez que vi a filmagem de segurança com os dois juntos, dançando em um quarto esquecido no palácio de verão. Foram ideia de Cal, os encontros. As *aulas de dança*. Minha mãe sentou ao meu lado, perto o suficiente para o caso de precisar dela. Reagi da forma como me treinou. Sem sentimento, sem nem piscar. Ele a beijou como se não soubesse o que significava para qualquer outra pessoa além dele, ou como se não se importasse.

Porque Cal é egoísta, minha mãe murmura nas minhas memórias e na minha mente, a voz dela como uma seda e uma navalha. As palavras são familiares, outro refrão antigo. *Cal só vê o que pode vencer e o que pode tomar. Acha que é o dono do mundo. E um dia, se você deixar, ele será. O que vai sobrar para você, Maven Calore? Os restos? Ou nem isso?*

Meu irmão e eu temos algumas coisas em comum, no fim das contas. Ambos queremos a coroa e ambos estamos dispostos a sacrificar qualquer coisa para tê-la. Mas pelo menos eu, nos meus piores momentos, quando a miséria ameaça me sufocar, posso culpar minha mãe por isso.

Quem ele pode culpar?

E, por algum motivo, eu é que sou chamado de monstro.

Não me surpreendo. Cal anda sob uma luz que nunca encontrarei.

Iris está sempre falando sem parar sobre seus deuses e, às vezes, acredito neles. De que outra forma meu irmão ainda estaria vivo, ainda estaria sorrindo, ainda seria uma ameaça? Deve ter sido abençoado por alguém ou por alguma coisa. Meu único consolo é saber que estou certo sobre ele, e sempre estarei. Sobre Mare também. Eu a envenenei o suficiente, infectei o suficiente. Nunca vai tolerar outro rei, nem por todo amor do mundo. E Cal descobriu isso em primeira mão, outro presente meu, apesar da distância que nos separa.

Só queria ter descoberto um jeito de manter aquele estranho sanguenovo que possibilitou uma conexão com Mare. Mas o risco era muito grande e a recompensa, muito pequena. Uma base obliterada pela chance de falar com ela de novo? Mesmo por Mare, eu não faria isso.

Mas gostaria de poder fazer.

Ela está lá fora, além das ondas, em algum lugar na cidade junto à distante costa rubra. Viva. Caso contrário, eu saberia. Mesmo tendo passado apenas algumas horas, a morte da garota elétrica não seria um segredo por tanto tempo. O mesmo vale para meu irmão. Eles sobreviveram. O pensamento faz minha cabeça doer.

Harbor Bay é uma escolha lógica para Cal, mas a favela dos técnicos vermelhos obviamente foi ideia de Mare. Ela é casada com sua causa e com seu orgulho pelo sangue vermelho. Deveria ter previsto que iria atrás da Cidade Nova. É triste, na verdade, saber que sua causa depende de pessoas como Cal, sua avó sarcástica e os traidores Samos. Nenhum deles dará o que ela quer. Só pode terminar em sangue. E, provavelmente, na morte dela, quando tudo estiver encerrado.

Se pelo menos a tivesse mantido mais perto. Com guardas melhores, numa coleira mais apertada. Onde estaríamos agora? E onde será que eu estaria se minha mãe pudesse tê-la removido de mim, como fez com meu pai e com Cal? Não sei dizer. Minha cabeça dói só de tentar imaginar.

Observo o convés, os soldados manejando a embarcação. Ela poderia estar ao meu lado, se não fosse por alguns erros. O vento em seu cabelo, os olhos sombrios e profundos, consumidos pelas algemas que teriam que mantê-la amarrada a mim. Uma visão feia, mas ainda assim bonita.

Pelo menos ela está viva. Seu coração ainda bate.

Diferente de Thomas.

Me contraio quando o nome dele passa pela minha cabeça. Minha mãe tampouco pôde removê-lo. A agonia da perda dele, a memória do seu amor.

Esse futuro se foi, extirpado da existência.

Um futuro perdido, aquele vidente sanguenovo horrível costumava dizer. Acho que Jon foi mais meu torturador do que fui seu carcereiro. Ficou claro que ele podia ter saído quando quisesse, e seja lá o que fez no meu palácio ainda está dando frutos.

Olho para a água, para o leste dessa vez, para o oceano vasto e infinito. O vazio deveria me acalmar, mas há duas estrelas adiantadas sobre as ondas. Luzes alegres e brilhantes me ofendem também.

O navio da rainha Cenra é fácil de notar. As ondas em volta estão calmas, quase paradas, reprimidas. A embarcação mal balança, mesmo a essa distância.

Os navios de Lakeland não são tão lustrosos quanto os nossos. Nossas capacidades de manufatura são melhores, em parte graças às favelas dos técnicos que Mare tem intenção de destruir.

Mesmo com os navios dela e os meus, temos poucas armas, e qualquer coisa que usarmos contra a cidade enfrentará a resistência dos magnetrons e dos sanguenovos, se não do meu próprio irmão imundo. Só o navio de guerra de Harbor Bay, que por enquanto está com Iris, tem algum tipo de artilharia que poderia ser útil à distância.

Olho para ele, uma embarcação de aço ancorada ao lado do navio de Cenra. Lança uma sombra longa e irregular entre a rainha de Lakeland e a costa. Minha rainha ardilosa o está usando como escudo. Um escudo bem caro.

Rosno para mim mesmo enquanto subo a bordo do navio dela, com cuidado para não perder o equilíbrio enquanto passo de um convés para o outro. Meus sentinelas me cercam enquanto andamos, próximos demais para me deixar confortável. Mantenho as mãos sem luva ao lado do corpo, os dedos à mostra diante do perigo.

— Por aqui, majestade — alguém de Lakeland diz, surgindo de uma porta aberta fixada por rebites, com uma roda como tranca. — As rainhas estão esperando.

— Diga a elas que o rei aguarda no convés — respondo, me virando em direção à extremidade da embarcação.

Não é um cruzeiro turístico, e não há muitos lugares para ficar parado observando, muito menos se reunir. Mas prefiro ficar no convés a descer, aprisionado no aço com uma dupla de ninfoides. Meus sentinelas andam à minha frente, tomando o cuidado de se manter em formação conforme subimos uma escada para chegar à ponte de observação da proa.

Não demora muito para as rainhas aparecerem.

Cenra usa um uniforme harmonioso, azul-escuro com prata e ouro. Uma faixa preta divide seu corpo do ombro até o quadril, incrustada com safiras preciosas. *Ainda de luto*. Não acho que minha mãe usou trajes de luto por mais do que alguns dias. Talvez a rainha de Lakeland se importasse com o marido. Estranho. Ela me observa com seus olhos tempestuosos, a pele um bronze frio coberto pelo dourado do sol poente.

Sinto como se pudesse ler a batalha em Iris. As mangas azuis do uniforme dela estão carbonizadas até o cotovelo, manchadas por dois tipos de sangue. Seu cabelo preto comprido está despenteado, ainda molhado, espalhado sobre um ombro. Um curandeiro a segue, tentando trabalhar em seu braço enquanto ela caminha, reduzindo as queimaduras e os cortes.

Mantê-la a certa distância tem sido uma decisão sábia. Não quero muito contato com minha esposa, que provavelmente preferiria me matar. Mas, como os vermelhos, ela pode ser controlada pelo medo. E pela necessidade. Tem ambos na mesma proporção.

O mesmo vale para Cenra. Foi por isso que ousou sair das suas fronteiras. Ela sabe que mantenho sua filha na palma da minha mão. Não tenho dúvidas de que quer libertá-la do nosso casamento. Mas precisa dessa aliança tanto quanto eu. Sem mim, encararia Cal e seu bando de traidores e criminosos sozinha. Uma frente unida contra ela. Sou seu escudo, e ela é o meu.

— Minhas rainhas — digo, fazendo uma leve reverência para ambas.

A filha parece mais um soldado do que alguém que nasceu princesa e se tornou rainha.

A mãe mergulha em um gesto vazio de cortesia. Suas mangas tocam o convés.

— Majestade — ela diz.

Viro o rosto para o horizonte.

— Harbor Bay caiu.

— Por enquanto — Cenra diz. A calma da sua voz é ofensiva.

— Ah, é? — zombo, erguendo uma sobrancelha. — Acha que podemos tomá-la de volta? Hoje à noite, talvez?

De novo ela abaixa a cabeça.

— Na hora certa.

— Quando o restante da sua armada chegar — cutuco.

A rainha Cenra cerra os dentes.

— Sim, claro. — Ela os afrouxa com relutância. — Mas...

— Mas?

A brisa do mar gela meus dentes à mostra.

— Temos nossa própria orla a proteger. — Ao lado dela, Iris parece presunçosa, feliz por deixar a mãe lutar essa batalha. — Os lagos devem permanecer defendidos, especialmente de Montfort. Podem cruzar Prairie e atacar nossa fronteira oeste com facilidade. Assim como o reino de Rift pode avançar pelo leste.

Tenho que rir. Balanço a mão na direção do oceano, repleto de traidores Samos e usurpadores de Montfort sob o comando do idiota do meu irmão.

— E com qual exército eles atacariam suas fronteiras? O que no momento está ocupando minha cidade?

As narinas de Cenra se dilatam e o sangue aquece seu rosto, salpicando as bochechas acentuadas.

— Samos tem a Frota Aérea de Norta, uma das maiores do continente. Sem falar nos recursos de Montfort, sejam lá quais forem. Seu irmão tem a vantagem pelo ar e tem velocidade. Qualquer lugar pode estar em risco. — Ela fala mais devagar agora, como se eu fosse uma criança que precisa que alguém segure sua mão durante a guerra. Meus dedos formigam em resposta. — Isso não pode ser ignorado, majestade.

Como se aproveitasse a deixa infeliz, um batalhão de jatos aéreos acelera sobre a costa em formação. O ruído distante deles nos alcança lentamente, um longo rugido tedioso. Cruzo os braços, escondendo as mãos antes que inflamem.

— A força aérea de Bracken deve ser suficiente para segurá-los — murmuro, mantendo os olhos nos jatos em movimento. Circulando a cidade. Fazendo manobras defensivas.

Iris finalmente encontra sua língua.

— A maior parte da frota dele foi canibalizada pela ocupação de Montfort. Não está à altura do inimigo. — Ela sente um deleite evidente ao me corrigir. Deixo que tenha esse pequeno prazer em vez de perder a calma.

Parecer poderoso torna alguém poderoso. Minha mãe disse isso mais vezes do que posso contar. *Aparente estar calmo, firme e forte. Seguro de si e da vitória.*

— Por isso mesmo devemos voltar para um lugar que nos dê força — Cenra diz. — Não temos utilidade nenhuma aqui no meio das ondas, esperando para ser pegos pelo céu. Mesmo as ninfoides Cygnet não são invencíveis.

É claro que não, sua enguia arrogante.

Pisco para ela, tentando queimá-la com os olhos.

— Sugere uma retirada?

— Já nos retiramos — Iris estoura. O curandeiro ao seu lado dá um passo para trás, assustado com sua raiva. — Harbor Bay é uma cidade...

Fecho o punho e uma onda de calor estala no ar.

— Harbor Bay não é a única parte do país que perdi para meu irmão — digo lentamente, sem erguer a voz, de modo que tenham que se esforçar para ouvir. — O sul é dele, Rift e Delphie. Corvium foi tomada de mim. E agora o Forte Patriota também.

Minha rainha irônica não se intimida com minha fúria declarada.

— O Forte Patriota terá pouca utilidade para ele — ela diz, parecendo um gato satisfeito depois de um jantar caprichado.

— É mesmo? — retruco. — E por quê?

As duas compartilham um olhar que não consigo decifrar.

— Quando ficou claro que a cidade estava perdida e que Tiberias venceria, inundei tudo o que pude — Iris explica, orgulhosa e firme. — O muro caiu. Metade do forte está sob a água e o restante foi separado do continente. Teria afundado os navios se pudesse, mas a fuga exigiu muito de mim. Ainda assim, os reparos vão atrasá-los, e tomei recursos valiosos da força de ataque deles.

E da minha. Agora, mesmo se eu recuperar a cidade, o forte está destruído. Que desperdício. Jatos, as docas do Porto da Guerra, armas e munições, a infraestrutura em si.

Olho-a fixamente, deixando minha máscara cair um pouco. Deixando que saiba que percebi o que está fazendo. Iris e a mãe vão me incapacitar pouco a pouco, retirando meus próprios recursos.

As rainhas ninfoides são ardilosas. Não precisam me colocar na água para me afogar.

É uma questão de ver quanto tempo isso vai levar e como equilibrar as ações delas com as minhas. Pretendem deixar Cal e eu nos destruirmos, para depois lutar contra o vencedor enfraquecido mais à frente.

Iris me encara de volta, os olhos firmes. Ela é fria e calculista, como a água parada ocultando um turbilhão.

— Então voltaremos para Archeon — ela diz. — Reuniremos toda a nossa força, tudo que pudermos disponibilizar. Despejaremos a fúria total dessa guerra em cima deles.

Me inclino, apoiado na balaustrada, deixando transparecer calma e desapego. Suspirando, olho para as ondas manchadas de vermelho pelo pôr do sol.

— Seguimos amanhã.

— Amanhã? — Cenra estranha. — Devemos ir agora.

Devagar, sorrio, exibindo com cuidado meus caninos. É o tipo de sorriso que deixa as pessoas tensas.

— Tenho a sensação de que meu irmão vai nos mandar uma mensagem em breve.

— Do que está falando? — Cenra murmura.

Não dou explicações, voltando o olhar para o leste. No horizonte que escurece, borrões se destacam contra a linha firme do mar.

— As ilhas serão território neutro — reflito.

— Território neutro — Cenra repete, sentindo o gosto das palavras.

Iris não diz nada, mas seus olhos se estreitam.

Tamborilo os dedos no peito, soltando o ar devagar.

— Que reencontro agradável será.

Só posso imaginar. Um arco-íris de traidores e conspiradores sentados à nossa frente, prontos para discursar e se exibir. Evangeline, com suas garras e sua eterna arrogância. Aquela general vermelha, Farley, que pagará com sangue por tudo o que fez ao meu reino. O metódico e lamuriento Julian, seguindo meu irmão como um fantasma esquecido. Nossa própria avó, Anabel, outra pessoa que deveria me amar e nunca o fez. O líder de Montfort, que ainda é um mistério e um perigo.

E, é claro, Mare, com uma tempestade sob a pele.

Meu irmão também.

Faz muito tempo que não olho nos olhos de Cal. Me pergunto se ele mudou.

Eu com certeza mudei.

Chegaremos a um acordo? Duvido muito. Mas quero ver os dois de novo. Pelo menos mais uma vez antes da guerra acabar, seja na morte deles ou na minha.

Nenhum futuro me amedronta.

Meu único medo agora é perder o trono e a coroa, a razão de toda essa miséria e tormenta. Não vou me destruir em vão. Não vou deixar que tudo tenha sido por nada.

VINTE E DOIS

Iris

⚜

Quando Maven volta para seu próprio navio, temo que me force a ir junto, me negando mais algumas horas com a minha mãe. Para minha surpresa, sua raiva mesquinha e sua astúcia política não chegam a tanto. Somos deixadas em paz no navio almirante da minha mãe. Com privacidade para conversar à vontade e tempo para planejar. Ou ele não nos vê como uma ameaça ou não se dá ao trabalho de nos temer. Apostaria na última opção. Tem inimigos mais imediatos e pouco tempo para pensar em sua própria esposa.

O *Cisne* é um navio de guerra, construído para a batalha e para a velocidade. Suas cabines são simples e rígidas, quase inapropriadas até para serviçais vermelhos. Ainda assim, minha mãe parece se sentir em casa, tão à vontade em uma cama estreita parafusada quanto em seu trono coberto de joias. Ela não é uma mulher vaidosa e não tem nem um pouco do orgulho materialista da maioria dos prateados, como meu pai. Ele se atinha a seus ornamentos, mesmo no campo de batalha. O pensamento dispara uma pontada afiada pelo meu corpo, e lembro da última vez que o vi vivo. Estava deslumbrante em sua armadura de aço azul cravejado com safiras, os cabelos grisalhos penteados para trás. Suponho que Salin Iral tenha encontrado algum ponto fraco e o explorado bem.

Ando para me acalmar, indo de um lado para o outro diante da minha mãe, parando ocasionalmente para olhar pela janela pequena. O mar está vermelho-sangue. Um mau presságio. Sinto uma coceira familiar e penso em rezar mais tarde no pequeno altar do *Cisne*. Talvez me traga um pouco de paz.

— Fique parada, guarde suas forças — minha mãe diz na língua melódica e fluida de Lakeland. Ela está sentada com as pernas dobradas sob o corpo e tirou o casaco, o que a faz parecer menor. Mas seu comportamento não se altera, e sinto o peso dos seus olhos enquanto ando.

Sou uma rainha também, e hesito ao receber um comando, nem que seja só para contrariar. Mas ela tem razão. Acabo cedendo e sento no banco na parede oposta, um assento desconfortável com estofado fino fixado por rebites no chão de metal. Meus dedos se curvam em volta da beirada, agarrando firme. Ele vibra junto com os motores da embarcação, um zunido grave e constante. Me fixo na sensação, recuperando um pouco da calma.

— Nas suas mensagens, você disse que havia algo que não podia me dizer — minha mãe fala. — Não até que estivéssemos cara a cara.

Me enrijeço e olho para ela.

— Sim.

— Bem. — Ela abre bem as mãos. — Aqui estamos.

Minha expressão não muda, mas sinto meu coração acelerar de nervoso. Tenho que levantar de novo e ir até a janela olhar para as águas rubras. Mesmo que o quarto da minha mãe seja o lugar mais seguro para mim, ainda parece perigoso repetir o que sei. Qualquer um pode estar ouvindo, pronto para contar tudo a Maven.

Viro as costas para ela e forço as palavras a sair.

— Estamos agindo de acordo com a premissa de que Maven vencerá.

Ela zomba.

— Vencerá *esta* guerra, você quer dizer. Mas não a próxima.

Nossa guerra, por nosso país.

— Sim — respondo. — Mas acho que estamos do lado perdedor. A coalizão do irmão dele, o Exército de Montfort...

A voz dela sai neutra, isenta de julgamento.

— Eles assustam você.

Viro, com o rosto fechado.

— É claro que me assustam. E a Guarda Escarlate também.

— Vermelhos? — minha mãe indaga com ironia. Então revira os olhos. Cerro os dentes para conter um suspiro de frustração. — Eles não têm importância.

— Esse tipo de pensamento será nossa ruína, mãe — digo o mais firme que posso. De uma rainha para outra. *Me escute.*

Ela me dispensa com um aceno. Como se eu fosse uma criança puxando sua saia.

— Duvido muito — ela diz. — Prateados guerreiam, vermelhos não. Não é possível que tenham esperança de nos vencer.

— E, ainda assim, continuam vencendo — respondo sem rodeios. Lutei em Harbor Bay contra os herdeiros Samos e seus batalhões. Repletos de prateados e sanguenovos, mas vermelhos também. Atiradores de elite habilidosos, combatentes treinados. Sem mencionar os soldados vermelhos de Norta que mudaram de lado. Uma das maiores forças de Maven está na lealdade do seu povo, mas e se ela diminuir? Seus prateados vão fugir e deixá-lo sem nada.

Minha mãe só estala a língua. Meus dentes rangem com o som.

— Os vermelhos continuam vencendo por causa da aliança prateada — ela diz. — Que vai se desmanchar rapidamente quando um dos Calore morrer. Ou ambos.

Com um sorriso involuntário, tento outra tática. Me coloco de joelhos diante dela, segurando suas mãos. A imagem de uma criança implorando deve influenciá-la.

— Conheço Mare Barrow — falo, torcendo para que ela me escute. — Os vermelhos são mais fortes do que a gente pensa. Nós os fizemos pensar que são inferiores, insignificantes, para mantê-los sob controle. Mas corremos o risco de cair na nossa própria armadilha se esquecermos de temê-los também.

Minhas palavras entram por uma orelha e saem pela outra. Ela puxa uma das mãos e a usa para tirar uma mecha do meu cabelo da frente do rosto.

— Mare Barrow não é vermelha, Iris.

O sangue dela certamente é, penso, mas guardo isso para mim.

Minha mãe continua passando os dedos pelo meu cabelo.

— Vai ficar tudo bem. Tudo será resolvido — ela murmura, como se acalmasse um bebê. — Vamos afogar nossos inimigos e retornar para nossa paz, seguras em casa. A glória de Lakeland lavará tudo em seu caminho. Chegará até esta costa. Cruzará Prairie até aquelas montanhas infernais. Alcançará as fronteiras de Ciron e Tiraxes e Piedmont também. Sua irmã controlará um império, com você ao lado dela.

Tento imaginar o que ela sonha. Um mapa coberto de azul, nossa dinastia segura no poder. Penso em Tiora, de pé diante de um novo alvorecer, com uma coroa de imperatriz na cabeça. Resplendorosa com safiras e diamantes, a pessoa mais poderosa de costa a costa, com o mundo ajoelhado aos seus pés. Quero esse futuro para ela. Tanto que meu coração até dói.

Mas chegará a acontecer?

— Anabel Lerolan e Julian Jacos me passaram uma mensagem — sussurro, chegando ainda mais perto da minha mãe. Se alguém estiver escutando atrás da porta, não entenderá muita coisa.

— O quê? — ela sibila de volta, surpresa. Sua mão tranquilizadora desaba. A outra aperta mais a minha.

— Eles foram até mim em Archeon.

— Na capital? Como?

— Como eu disse — murmuro —, acho que Maven perderá

essa guerra, e mais rápido do que podemos imaginar. Eles têm uma aliança formidável, mais forte que a nossa. Mesmo com Piedmont do nosso lado.

Os olhos dela se arregalam e, finalmente, vejo um brilho de medo neles. Por mais que me aterrorize, fico feliz por isso. É preciso ter medo para sobreviver.

— O que eles queriam? — ela pergunta.

— Oferecer um acordo.

A expressão dela azeda um pouco. Seus lábios se contorcem.

— Não temos tempo para suspense, Iris. Me diga o que aconteceu.

— Eles estavam esperando no meu veículo — conto. — Jacos é um cantor talentoso e enfeitiçou meus guardas. E a rainha Lerolan é ainda mais perigosa.

A voz dela sobe uma oitava, em pânico.

— Alguém sabe disso? Maven...

Coloco uma mão no rosto dela, para que fique quieta. As palavras morrem em seus lábios.

— Eu estaria morta se ele soubesse. — Sua pele está quente, macia e mais enrugada do que nunca. Esses dias a envelheceram. — Anabel e Julian fizeram um bom trabalho. Precisavam de mim viva e foram cuidadosos.

Minha mãe suspira aliviada, e sua respiração lava meu rosto.

— Salin Iral — cuspo, quase incapaz de dizer o nome do assassino do meu pai. Ele corta nós duas como uma adaga. Minha mãe se retrai, e o desgosto desfigura suas feições. — Eles vão entregá-lo. Vão deixar que a gente faça o que quiser com ele.

Seus olhos ficam vazios e sombrios. Depois de um momento, ela empurra gentilmente minha mão.

— Iral não é ninguém. Um lorde que caiu em desgraça, que perdeu seu poder. Sozinho e ignorado.

Uma raiva elétrica perpassa minha coluna. Sinto o sangue subindo, o calor queimando minhas bochechas.

— Ele matou o papai.

— Obrigada por esclarecer — minha mãe retruca com uma voz gelada. Ainda assim, há aquele vazio nela. Um escudo contra a agonia da perda dele. — Não estava ciente disso.

— Só quis dizer que...

— Ele matou seu pai para outro rei — ela diz lentamente. — Iral não é ninguém, Iris.

— Talvez. — Com as pernas tremendo, me forço a levantar. Me elevo sobre ela, obrigando-a a olhar para cima para ver meu rosto. Uma posição estranha, uma sensação estranha. Ter esse poder sobre minha mãe, mesmo tão pequeno. Puxo outro tanto de ar. — Anabel ofereceu Volo Samos também.

Abaixo de mim, ela pisca. As pálpebras se abrem e fecham, revelando um par de olhos bem diferentes. Eles brilham, iluminados.

— Agora sim algo interessante. E talvez impossível.

Lembro de Anabel quando se inclinou para a frente, os olhos cor de bronze brilhando à luz da tarde. Não havia mentira ali, apenas fome. Necessidade.

— Não acho que seja.

— O que querem em troca?

Tremendo, conto. Deixo que tome a decisão, porque não posso decidir por mim mesma.

— "Tiberias VII, rei legítimo de Norta, Chama do Norte, com seus aliados da República Livre de Montfort, a Guarda Escarlate e o reino independente de Rift, comunica a partir de sua capital provisória, Harbor Bay." — O sentinela lê com a voz um pouco abafada por trás da máscara de joias. Os holofotes do convés do navio o iluminam com um vermelho e laranja intensos. Atrás dele só há escuridão. Sem estrelas, sem lua. O mundo inteiro poderia estar vazio.

— "Provisória". Quanta presunção — minha mãe bufa, virando o rosto para o vento gelado que sopra do oceano negro. Trocamos olhares, incomodadas com a ostentação. *Chama do Norte*. Que bobagem.

— Esse é o Cal — Maven responde do seu lugar entre os guardas. Ele nos convocou ao seu navio para ouvirmos a mensagem. — É uma criatura ambiciosa.

Com um dedo em riste, Maven indica para o sentinela atarracado continuar. Reconheço a voz dele e os olhos espiando por trás da máscara. De um azul vibrante, que fica quase elétrico com as luzes fortes sobre sua cabeça. *Haven*, reconheço, me lembrando do guarda que me acompanhou na minha jornada para Montfort.

— "Controlo a cidade atrás de vocês" — ele lê. Penso no irmão mais velho, o guerreiro, coberto de chamas. — "Controlo as fronteiras do sul, de Delphie até nossos aliados em Rift. Controlo centenas de quilômetros de costa. Toda a região de Beacon, liderada pelo governador Rhambos e sua Casa, jurou lealdade ao rei legítimo. Tenho este reino na minha mão, Maven, e tenho você ao meu alcance."

Sabíamos sobre Rhambos? Olho pelo convés, para meu marido perverso. A careta profunda dele é uma confirmação mais do que suficiente. Aquela traição é uma surpresa. Maven nem reage às palavras do sentinela, só solta o ar. "Traidor", acho que o ouço murmurar.

O sentinela Haven prossegue.

— "Você tem aliados além das suas fronteiras, Maven, mas poucos. Nenhum que não vá abandoná-lo conforme minhas vitórias aumentarem. Os ventos estão soprando, a maré está mudando. Norta não pode mais existir como era sob o controle dos nossos ancestrais e não descansarei até reivindicar meu direito de nascença roubado por você às custas da vida do nosso pai."

Os guardas sussurram alguma coisa, mas nenhum deles fala alto. Isso pode lhes parecer uma acusação louca de um traidor, que é o retrato que Maven pintou do irmão. Seduzido pela aberração vermelha, manipulado a praticar corrupção e assassinato. Mas é mais provável que encarem como uma confirmação do que todos sabemos ser verdade. Tiberias Calore não matou seu pai. Não por vontade própria. Não da forma como Maven conta.

Ao meu lado, minha mãe fixa os olhos no meu marido. Eles brilham, refletindo a luz incômoda.

Maven não reage, mantendo-se imóvel. Em seu uniforme preto, seu corpo parece se misturar à escuridão, invisível exceto pelo rosto branco e pelas mãos com dedos longos. Apesar dos ataques do irmão, ele não perde a compostura, relutando a se entregar ao temperamento inflamado.

— "Estamos preparados para oferecer termos de rendição a todos os membros da sua aliança." — O sentinela Haven aperta o papel conforme lê. — "Para sua majestade a rainha Cenra de Lakeland e para sua alteza o príncipe Bracken de Piedmont. Para você, Maven, mesmo sendo um usurpador e assassino. Nem uma gota de sangue mais precisa ser derramada nessa guerra entre nós. Vamos preservar o que podemos do reino que nascemos para servir."

Palavras encantadoras. Me pergunto se foram escritas por um comitê. Anabel certamente mantém sua mão controladora sobre as comunicações. Suas digitais estão por toda a declaração.

— "Podemos encontrá-lo na ilha que escolher."

O sentinela Haven limpa a garganta, seus olhos primeiro em mim, depois no rei, uma pessoa com os dias contados em um trono roubado.

— "Ao amanhecer."

Aguardamos em silêncio, observando Maven enquanto mede suas opções. Ele sabia que esse momento estava chegando, não pode dizer que é uma surpresa. Ainda assim, estoura, devagar a princípio, depois mais e mais rápido. O punho fechado, o bracelete girando no pulso fino. Ele cospe uma faísca, que cresce e vira uma bola de fogo quase branca de tão quente, com um tom azul gélido no centro. Com um sorriso maníaco, Maven a arremessa na água. Seu rastro lembra um cometa, refletindo um brilho infernal sobre a água agitada, antes que o rei permita que ela se apague e desapareça entre as ondas.

— Ao amanhecer — ele repete.

Posso dizer pela postura dos ombros dele que não tem intenção de negociar. Só consigo arriscar sua real motivação, mas acho que tudo se resume a um príncipe prateado e uma garota elétrica vermelha.

VINTE E TRÊS
Cal

⚜

Me viro, desconfortável enquanto os minutos passam. A meia-noite chegou e se foi. Só os olhos dela se movem, passando pela página na velocidade da luz. Já deve tê-la memorizado a essa altura. Mare não quis ter nenhuma participação na mensagem para Maven, permanecendo no meu quarto enquanto o resto de nós se reuniu para elaborá-la. Esperava que já tivesse partido quando eu voltasse. Mas ela ficou.

Ainda não posso acreditar no que aconteceu. Ainda não posso acreditar que está sentada aqui, na minha cama, no meio da noite. Depois de tudo o que houve entre nós.

Ela ficou.

Desisti de focar nos papéis à minha frente. Contagens, na maior parte. De soldados, civis, baixas, recursos. O suficiente para fazer minha cabeça girar. Julian é melhor nisso, reduzindo tudo aos detalhes mais importantes para que eu possa ver o todo. Mas preciso da distração, nem que seja para me manter afastado do livrinho que me assombra de dentro da gaveta. Quase quero dizer para Julian pegá-lo de volta. Para guardar o que ele chama de presente até que a guerra esteja vencida e eu consiga encarar o que ele quer que eu encare.

A situação de Norta requer minha atenção, não o livro. E nossa situação é terrível. Harbor Bay é nossa, mas não é uma boa capital.

É muito velha e vulnerável de todos os lados, ainda mais com o Forte Patriota destruído. Precisaremos de novas defesas enquanto ele é reerguido. Pelo menos a cidade está do nosso lado, oficialmente que seja. Rhambos se rendeu e os vermelhos de Harbor Bay estão dispostos a seguir seus líderes da Ronda Vermelha, que tem uma aliança firme com a Guarda Escarlate. Listo cada um dos grupos na minha cabeça, repassando a lista infinita que sempre dispara pelo meu cérebro. A essa altura, acho que posso vê-la até nos sonhos.

Com um suspiro, tento esvaziar a cabeça. Em vez de tudo isso, foco nela. É estranho que seja tanto a âncora contra a tempestade quanto a tempestade em si.

Mare está sentada com as pernas cruzadas na minha cama, a cabeça inclinada de forma que o cabelo esconde metade do seu rosto. As pontas cinza rastejam até o castanho-chocolate, repousando sobre a clavícula. Mare está enrolada no meu robe, a gola fechada o suficiente para esconder a marca em sua pele. Estremeço toda vez que a vejo e lembro que meu irmão a colocou lá. Sob a luz trêmula das velas, Mare parece uma chama. Dourada e vermelha, com sombras pretas dançando em volta. Observo em silêncio da cadeira, um pé descalço no chão e o outro sobre a escrivaninha. Minha panturrilha lateja, ainda doendo da batalha, e flexiono os dedos para tentar aliviar um pouco a dor. Me arrependo de ter mandado o curandeiro embora tão cedo, mas é muito tarde para chamá-lo de volta. Só terei que aguentar até de manhã, junto com outras dores menores que brotam sempre que me mexo.

— Quanto tempo faz? — ela murmura de novo, ainda sem tirar os olhos da página.

Me inclino na cadeira e bufo para o teto ornamentado. O lustre elétrico acima de mim está apagado. Queimou uma hora atrás, quando Mare decidiu andar em círculos furiosamente pelo quarto. O temperamento dela tem um efeito tremendo.

— Vinte minutos desde a última vez que você perguntou — respondo. — Já disse, Maven vai responder ao seu tempo. Quer nos deixar tensos.

— Mas não vai demorar muito mais — ela diz, imóvel. — Não tem esse nível de autocontrole. Não com a gente. Não vai resistir à chance de nos encontrar frente a frente.

— Especialmente você — rosno.

— E *você* — ela replica com o mesmo fervor. — A mãe o envenenou contra nós dois. Nos transformou em sua obsessão. — Irritada, ela suspira. — A reunião será para nada. Um desperdício.

Pisco lentamente. O conhecimento dela sobre meu irmão e sobre como ele pensa me desestabiliza. Principalmente porque sei quão caro pagou por isso. E, para ser honesto, porque sei que está enraizado em emoções nas quais não quero me aprofundar. Mas quem sou eu para julgar o que ela sente? Ainda amo Maven, ou pelo menos a pessoa que pensava que fosse.

Somos uma bagunça, nós dois.

Meu joelho estala quando puxo a perna para trás, e o ruído ecoa. Fazendo careta, massageio a articulação, deixando minhas mãos se aquecerem até uma temperatura agradável. O calor é absorvido, relaxando os músculos sob a pele.

Mare enfim olha para cima, sorrindo ao jogar o cabelo para trás.

— Você parece uma porta enferrujada.

Deixo escapar uma risada dolorida.

— Me sinto como uma.

— Procure o curandeiro pela manhã. — Apesar da curva suave nos lábios dela, sinto sua preocupação. Seus olhos se estreitam, parecendo mais sombrios com a pouca iluminação. — Ou chame Sara. Ela viria agora. Não acredito que ela ou Julian vão dormir até recebermos uma resposta.

Balanço a cabeça e levanto.

— Posso perturbar os dois amanhã — digo, dando passos curtos em direção à cama. Cada passo parece tensionar meus músculos com um tipo diferente de dor.

Como um gato, ela me segue com os olhos enquanto me aproximo devagar, deitando apoiado nos cotovelos. A brisa do oceano entra pela janela, balançando as cortinas douradas com uma mão invisível. Nós dois estremecemos. Devagar, tiro a carta da mão dela e a coloco de lado sem interromper nosso olhar.

Tenho medo desses momentos quietos e acho que ela também. O silêncio, a espera vazia, torna impossível ignorar o que estamos fazendo. Ou não fazendo, na verdade.

Não houve nenhuma mudança de nenhum dos lados, nem no coração dela nem no meu. Nenhuma escolha foi revertida. Mas cada segundo torna minha decisão mais difícil quando lembro o que vou perder quando chegar a hora. O que perdi essas semanas todas. Não só o amor dela, mas sua voz. Sua esperteza. Uma pessoa que não se importa com meu sangue ou minha coroa. Alguém que vê quem eu sou de verdade.

Alguém que me chama de Cal, não de Tiberias.

Mare põe a mão na minha bochecha, abrindo os dedos em volta da minha orelha. Ela está mais hesitante do que antes, com um olhar mais clínico. Como uma curandeira examinando uma ferida. Me inclino um pouco ao seu toque, buscando a sensação refrescante de sua pele.

— Você vai me dizer que essa é a última vez? — pergunto, olhando para ela.

Sua expressão se desfaz um pouco, como se apagasse. Mas seus olhos não vacilam.

— De novo?

Faço que sim com a cabeça.

— Essa é a última vez — ela diz sem rodeios.

Sinto uma vibração no fundo do peito. Meu fogo ruge em resposta, implorando para arder livre.

— Está mentindo?

— De novo?

Seus lábios tremulam quando passo a mão pela sua perna, do tornozelo até os quadris. Seus dedos no meu rosto traçam um caminho suave conforme balanço a cabeça, sentindo meu sangue ferver.

Mare responde baixinho, quase um suspiro.

— Espero que sim.

Ela não me permite dizer qualquer outra coisa.

O beijo dela me devora.

Nenhuma decisão tomada.

De novo.

Alguém bate na porta do quarto, me acordando. Mare está vestida, sentada de forma arriscada na janela. Eu meio que espero que fuja, desaparecendo no meio da noite, mas ela volta para dentro. Seu rosto cora quando joga meu robe. A seda vai de encontro ao meu rosto.

— Vai ficar aqui? — pergunto com a voz baixa o suficiente para que a pessoa do outro lado não ouça. — Não precisa.

Ela só olha para mim.

— Por que fugiria? Logo mais todo mundo vai saber.

Vai saber o quê, exatamente?, quero perguntar, mas seguro a língua. Alongando o corpo, levanto da cama e fecho bem o robe, dando um nó na cintura. Ela observa enquanto me movo, seus olhos me seguindo.

— O que foi? — sussurro, com um meio sorriso.

Mare pressiona os lábios em uma linha fina.

— Você removeu algumas cicatrizes.

A única coisa que posso fazer é dar de ombros. Passaram semanas desde que pedi que uma curandeira apagasse as cicatrizes antigas nas minhas costas e costelas, removendo a pele branca retorcida. Feridas são impróprias para um rei. Fico um pouco lisonjeado por Mare ter percebido, por lembrar bem do meu corpo.

— Algumas coisas não precisam ser guardadas.

Os olhos dela se estreitam.

— E algumas precisam, Cal.

Só posso assentir em silêncio, sem disposição para segui-la até o precipício aonde essa conversa vai levar. Não seria nada produtivo.

Mare se apoia na minha escrivaninha, perpendicular à porta, inclinando o corpo. Seu semblante muda, os olhos se afiando enquanto o resto do corpo parece endurecer, transformando-a em outra pessoa. Um pouco Mareena, a prateada que fingiu ser. Um pouco garota elétrica, cheia de faíscas e de uma fúria impiedosa. E, em meio a isso tudo, ela mesma, alguém que ainda está se descobrindo. Mare abaixa o queixo, em um aceno para mim.

Quando abro a porta, só posso ouvi-la inspirando para reunir forças.

— Julian — digo, me afastando para deixar que meu tio entre no quarto.

Ele dá um passo à frente, já falando, com um suéter desbotado vestido de qualquer jeito sobre o pijama. A página na sua mão tem poucas palavras.

— Recebemos a resposta de Maven. — Ele só vacila um pouco ao ver Mare, fazendo o melhor que pode para não deixar que quebre seu ritmo. Limpa a garganta e força um sorriso casual. — Boa noite, Mare.

— Bom dia seria mais apropriado, Julian — ela diz, cumprimentando-o com um aceno de cabeça. Indisposta a oferecer qualquer coisa a mais ou a menos. Mas nossa aparência já diz tudo. Ela com o cabelo ainda bagunçado e eu com nada além de um robe. Julian olha para nós com a mesma suavidade de quando lê um livro. Tem o bom senso de não comentar nada nem abrir um sorriso malicioso.

Ele avança mais para dentro do quarto.

— O que Maven disse?

— Como suspeitávamos, ele concordou — meu tio responde, se recuperando. — Ao amanhecer.

Começo a amaldiçoar minha decisão de marcar o encontro tão cedo. Preferiria fazer isso depois de uma boa noite de sono. Mas é melhor resolver a questão o mais rápido possível.

— Onde? — A voz de Mare sai irregular.

Julian olha para nós.

— Ele escolheu a ilha Province. Não é exatamente território neutro, mas a maior parte da população local partiu, fugindo da guerra.

Cruzo os braços e tento visualizar o lugar. Uma imagem me vem rapidamente. Province fica no extremo norte das Ilhas Bahrn, que se espalham em forma de gancho além da costa. É um pouco parecida com Tuck, a base da Guarda Escarlate. Lar de nada além de dunas e algas.

— É território Rhambos e pequena o suficiente. Se vale de alguma coisa, a escolha está a nosso favor.

Da escrivaninha, Mare zomba. Ela nos analisa como se fôssemos crianças.

— A menos que a Casa Rhambos decida trair você.

— Eu estaria inclinado a concordar, se a família dele não estivesse em jogo. Ou sua própria vida. Lord Rhambos não arriscaria nenhum dos dois — digo. — Province vai servir.

Ela não parece convencida, mas assente mesmo assim. Seus olhos passam para Julian, depois para o papel solitário na mão dele. A cópia da resposta de Maven.

— Ele fez alguma outra exigência?

Julian balança a cabeça.

— Nenhuma.

— Posso ver? — Mare estende a mão num pedido gentil, com a palma virada para cima. Julian obedece sem queixas.

Por um segundo, ela hesita, agarrando o papel entre o dedão e o indicador como se fosse algo sujo. Maven costumava escrever cartas para ela na época em que estávamos operando no Furo, reunindo sanguenovos. Costumava deixá-las em cadáveres. Todas imploravam para que Mare voltasse, prometendo parar o derramamento de sangue. Por fim, ele teve seu desejo atendido. Eu tiraria o papel da mão dela para protegê-la da dor que suas palavras lhe causam, mas ela não precisa de mim para protegê-la. Enfrentou coisa pior sozinha.

Mare então pisca, se preparando para ler a resposta de Maven. As rugas na testa dela se aprofundam enquanto os olhos passam pelas palavras várias e várias vezes.

Olho para Julian.

— Minha avó foi informada?

— Foi — ele diz.

— Ela tem alguma sugestão?

— Quando não tem?

Abro um sorriso torto.

— Verdade.

Julian e minha avó não são exatamente melhores amigos, mas é certo que estão do mesmo lado, ao menos quando se trata de mim. Eles têm um passado juntos — minha mãe —, e isso é o suficiente para os dois. Ao pensar nisso, sinto um frio repentino e não consigo evitar olhar para a gaveta da escrivaninha. Está bem fechada, com o livro longe da vista.

Mas nunca longe da minha cabeça.

Ocean Hill era o palácio favorito da minha mãe. Eu a vejo em todo lugar, mesmo que não tenha lembranças do seu rosto. Só do que vi em fotos ou quadros. Pedi que alguns dos seus retratos fossem pendurados de novo, pelo menos na antessala do meu quarto. Ela usava sempre dourado, mais vibrante do que o amarelo que Julian usa agora. Uma cor digna de uma rainha nascida em uma Casa da alta nobreza, embora ela estivesse longe do convencional.

Ela dormia neste quarto. Respirava este ar. Está viva aqui.

A voz de Julian me puxa de volta das areias movediças da memória.

— Anabel acha que você deveria enviar alguém no seu lugar — ele diz.

Um meio sorriso volta ao meu rosto.

— Tenho certeza de que sugeriu a si mesma.

O rosto dele espelha o meu.

— Sim.

— Vou agradecer a sugestão e recusar cordialmente. Se alguém vai encarar Maven, tem que ser eu. Vou apresentar nossas condições...

— Maven não vai barganhar. — O punho de Mare se fecha, amassando um pedaço da mensagem. O olhar dela lembra seu beijo, devorador.

— Ele concordou com o encontro... — Julian começa, mas ela o corta.

— E isso foi tudo com que concordou. Não vai discutir as condições. Não está nem perto de se render. — Eu me fixo no olhar lívido dela, assistindo à tempestade em seus olhos. Quase espero o estrondo de um trovão no céu. — Só quer nos ver. Ele é assim.

Para minha surpresa, Julian dá um passo temeroso na direção dela. Seu rosto está pálido, toda a cor se foi.

— Ainda assim, devíamos tentar — ele insiste, exasperado.

Mare só pisca.

— E dar a ele a satisfação de nos torturar?

Respondo antes de Julian:

— É claro que vamos encontrar Maven. — Minha voz fica mais grave, mais intensa. — E é claro que ele não vai barganhar.

— Então por que fazer isso? — Mare cospe, lembrando uma das cobras da Larentia Viper.

Tento não rosnar em resposta, mantendo uma aparência de controle e dignidade.

— Porque também quero ver meu irmão. Quero olhar nos olhos dele para ter certeza de que se foi para sempre.

Nem Julian nem Mare, duas das pessoas mais falantes que conheço, têm uma resposta para isso. Ela olha para os pés, as sobrancelhas unidas, enquanto um tom vermelho floresce nas suas bochechas. Pode ser vergonha, frustração ou ambas. Julian só fica mais pálido, branco como um papel. Ele evita meus olhos.

— Tenho que saber que o que a mãe dele fez, seja lá o que for, não pode ser revertido. Preciso ter certeza — murmuro, me aproximando de Mare. Nem que seja só para me acalmar. De repente noto o calor no quarto, se elevando com meu temperamento. — Obrigado, Julian — acrescento, tentando dispensá-lo da forma mais gentil que posso.

Ele entende rápido a deixa.

— É claro. — Meu tio curva a cabeça, mesmo que eu já tenha lhe pedido repetidas vezes para não me reverenciar. — Você já... — Ele se atrapalha com a pergunta. — Leu o que te dei?

A dor de outra perda pessoal se espalha no meu peito. Meus olhos miram a gaveta de novo. Mare segue minha linha de visão, mesmo sem saber do que estamos falando.

Posso contar depois. Em um momento mais apropriado.

— Um pouco — consigo responder.

Julian parece quase desapontado.

— Não é fácil.

— Não, não é. — Não quero mais falar sobre isso. — E se você puder... — gaguejo, gesticulando de leve entre mim e Mare para mudar de assunto. — Você sabe.

Mare ri sozinha, mas Julian fica feliz em concordar.

— Não sei do que está falando — ele diz com um sorriso agradável.

Enquanto caminha de volta para a sala de visitas, acompanho sua figura. Ao passar pelo quadro, ainda apoiado numa cadeira, ele reduz o passo, mas não para. Apenas passa a mão pela moldura, incapaz de dedicar um olhar à irmã.

Eles eram parecidos, a julgar pelo retrato. Olhos inquisidores e cabelo castanho fino. Minha mãe era simples, tinha uma beleza comum. Do tipo em que a maioria não presta atenção. Não tenho muito dela em mim, se é que tenho alguma coisa.

Mas gostaria de ter.

A porta é fechada, e ela e meu tio saem do meu campo de visão.

Lentamente, dedos macios se entranham nos meus, segurando minha mão.

— Ele não pode ser consertado — Mare sussurra, repousando o queixo no meu ombro. Não exatamente em cima, porque ela não o alcança, mas agora não é o momento de provocá-la. Eu me reclino, facilitando para ela.

— Preciso ver com meus próprios olhos. Se vou desistir dele...

Ela segura minha mão mais forte.

— Não existe desistência contra o impossível.

O impossível. Parte de mim se recusa a acreditar nisso. Meu irmão não é uma causa perdida. Não pode ser. Não vou permitir.

— Davidson tentou — sussurro, relutante em falar aquelas palavras em voz alta. Mas é preciso. Tenho que torná-las reais. — Ele procurou. Não há murmuradores sanguenovos.

Ela dá um suspiro longo e arrastado.

— Provavelmente é melhor assim — Mare diz depois de um momento. — No esquema geral das coisas.

Dói saber que está certa.

Metódica, ela apoia as mãos nos meus ombros, me guiando para longe da escrivaninha. Para longe da memória que repousa na gaveta.

— Você deveria dormir — Mare diz com firmeza, me empurrando para a cama. — A exaustão fica melhor em Maven do que em você.

Reprimo um bocejo, ansioso para seguir suas ordens. Com um suspiro, deslizo para debaixo das cobertas. Quando minha cabeça cai sobre o travesseiro, o sono vem quase que instantaneamente.

— Você vai ficar? — murmuro, observando-a pelos olhos semicerrados.

Como resposta, ela rasteja na minha direção, chutando as botas para longe enquanto se aproxima. Então se enfia sob a seda. Eu a observo, sorrindo, e ela encolhe os ombros.

— Todo mundo vai saber mesmo.

Sem pensar, pego a mão dela, entrelaçando nossos dedos na borda do cobertor.

— Julian sabe guardar segredo.

Mare solta uma gargalhada.

— Evangeline, não. Faz parte dos seus planos.

Tenho que rir junto, apesar da exaustão.

— Quem ia imaginar que seria ela quem nos aproximaria de novo?

Ao meu lado, Mare se mexe, tentando achar uma posição confortável. Ela acaba se aninhando em mim, mantendo uma perna livre.

— Ainda que Maven não possa mudar, outras pessoas podem — ela murmura, encostada no meu peito. As vibrações de sua voz me fazem estremecer.

Não preciso de muita concentração para apagar as velas acesas por todo o quarto, nos deixando numa escuridão azul suave.

— Não quero casar com ela.

— Esse nunca foi o meu problema.

— Sei disso — sussurro.

Não consigo dar o que ela quer. Não quando significa trair meu pai, meu direito de nascença e qualquer chance que eu possa ter que fazer a diferença. Mare não concorda, mas posso fazer mais sentado em um trono, com uma coroa, do que de outra forma.

— Depois da conferência, assim que Harbor Bay estiver segura, acho que devemos atacar a Cidade Cinzenta. Com força total. Não pegaremos outra favela desprotegida, não depois de Cidade Nova.

Na escuridão, o toque dos lábios dela me pega desprevenido e levo um susto. Sinto seu sorriso contra minha pele.

— Obrigada — Mare sussurra, se acomodando de volta.

— É a coisa certa a fazer.

Mas será que estou fazendo pelo motivo errado? Por ela?

E isso tem alguma importância?

— O que Julian deu a você? — ela murmura, meio adormecida. Está tão cansada quanto eu, se não mais. O dia foi muito longo e sangrento.

Pisco na escuridão, olhando para o nada. A respiração dela fica mais lenta e ritmada.

Já está dormindo quando enfim respondo.

— Uma cópia do diário da minha mãe.

VINTE E QUATRO

Mare

❦

Ainda está escuro quando acordo, despertada pela bagunça no quarto. Fico tensa por instinto, pronta para lutar. Por um segundo, a visão de Cal no mesmo quarto que eu me intriga. Então lembro dos eventos de ontem. Sua quase morte e o que fez conosco, estilhaçando qualquer determinação que tivéssemos antes.

Ele já está vestido, parecendo um rei sob a luz suave das poucas velas. Eu o observo por um segundo, vendo-o sem nenhum tipo de máscara ou escudo. Apesar do físico alto e amplo, parece mais jovem com suas roupas refinadas. O paletó tem uma cor vermelho-sangue profunda, com detalhes em preto e botões prateados no punho. A calça combina, enfiada dentro das botas de couro lustrosas. Ele não vestiu a capa e a coroa ainda, ambas largadas sobre a mesa. Cal se move devagar, fechando os botões até a garganta. Sombras envolvem seus olhos. Ele parece ainda mais exausto do que parecia na noite passada, se é que isso é possível. Me pergunto se chegou a dormir ou se passou a noite se torturando com a perspectiva de rever Maven.

Quando percebe que acordei, ele se endireita, ajeitando os ombros. Cal assume o comportamento de rei bem rápido. A transformação é pequena, mas inconfundível. Ele sobe a guarda e veste a máscara, mesmo comigo. Gostaria que não agisse assim, mas entendo a razão. Faço o mesmo.

— Partimos em uma hora — ele diz, terminando com os botões. — Pedi para separarem algumas roupas para você. Escolha o que quiser na sala de visitas... — Ele titubeia, como se tivesse dito algo errado. — Ou use o que preferir do seu próprio guarda-roupa, claro.

— Não trouxe um guarda-roupa para a batalha e não acho que nenhum dos seus uniformes me sirva — respondo, rindo. Com um gemido relutante, afasto as cobertas e estremeço com o toque do ar frio. Sento, sentindo a trança emaranhada no meu ombro. — Eu arrumo alguma coisa. Devo causar alguma impressão específica?

Um músculo se contrai de leve na bochecha dele.

— Você pode se vestir como quiser — ele diz, com uma tensão estranha na voz.

— Devo ser uma distração? — pergunto, tentando desmanchar os nós no meu cabelo com cuidado. Cal olha para meus dedos, não para mim.

— Acho que você vai ser uma distração independente do que vestir.

Meu peito se aperta.

— Elogios não vão te levar a lugar nenhum, Cal.

Mas ele não está errado. Faz meses desde que vi Maven em carne e osso, sua silhueta indo embora no meio da multidão em pânico. Iris estava ao lado dele, defendendo seu novo marido do ataque ao seu casamento na capital. Foi uma missão de resgate; não só o meu, mas de dezenas de sanguenovos manipulados para servi-lo.

Eu poderia vestir um saco de batatas e Maven ainda ia me devorar com os olhos.

Bocejando, dou passos suaves até o banheiro para tomar um banho escaldante rápido. Parte de mim deseja que Cal venha também, mas ele fica para trás, e lavo minhas últimas dores sozinha. Quando passo à sala de visitas, encontro um arco-íris em meio à penumbra. Me concentro para fazer fagulhas elétricas piscarem sobre minha cabeça, iluminando a câmara repleta de trajes. Fico feliz com a ampla variedade de roupas, e ainda mais grata por não ter ninguém ali. Sem criadas para arrumar meu cabelo e meu rosto, sem curandeiros para eliminar a exaustão persistente ou trazer mais vigor ao meu corpo. Recebi só o que preciso e exatamente o que quero.

Se Cal pudesse fazer isso com todas as outras coisas...

Tento não pensar em nada além desta manhã. Ele ainda não mudou de ideia sobre a coroa e eu ainda estou totalmente dedicada à minha causa, talvez até mais agora. Não posso continuar apaixonada por um rei quando tudo o que faço é para destruir seu trono. Destruir a própria noção de reis e rainhas e reinos à mercê das suas vontades. Mas o amor não vai simplesmente ir embora, nem a necessidade.

Me pergunto quem fez a seleção de roupas, cobrindo cadeiras e sofás com uma variedade de vestidos, ternos, blusas, saias e calças, com nada menos do que seis pares de sapatos no chão perto deles. Muitos são dourados, cor da mãe de Cal, ou de um amarelo envelhecido. Ela era uma mulher magra, a julgar pela cintura estreita dos vestidos. Menor do que eu esperaria para a mãe do homem no quarto atrás de mim. Evito suas roupas, procurando alguma coisa que não carregue o peso de uma mulher morta.

Me decido por um vestido esvoaçante afivelado na cintura, em um tom rico e profundo de azul-marinho. *As cores da mãe de outra pessoa.* É de veludo e com certeza vou suar mais tarde, mas o decote, com uma curva suave abaixo das clavículas, deixa minha cicatriz completamente exposta. Quero que Maven veja o que fez comigo para nunca esquecer o tipo de monstro que é. Me sinto mais forte quando o visto, como se fosse uma armadura.

Nem consigo imaginar a monstruosidade elegante que Evangeline vestirá para a reunião. Talvez um vestido feito de lâminas afiadas. Espero que sim. Ela é excelente em momentos como este, e mal posso esperar para soltá-la sobre seu antigo noivo, sem estar presa a regras de etiqueta ou conspirações.

Quando termino, penteio o cabelo ainda molhado, deixando-o cair solto sobre os ombros. As pontas cinza brilham sob a luz, em um contraste bem marcado com o marrom. Enquanto me examino no espelho, considero minha aparência estranha. Uma garota vermelha adornada como uma prateada é algo que nunca para de me surpreender. Minha pele brilha dourada à luz suave, teimando em parecer viva e vermelha. Estou menos abatida do que pensava, com os olhos castanhos acesos tanto pelo medo quanto pela determinação.

Me dá algum conforto saber que a mãe de Cal, mesmo sendo uma prateada, também não combinava com esta vida. Isso fica claro no retrato dela que está encostado na parede mais ao fundo, cercado por uma dupla de cadeiras ornamentadas.

Me pergunto onde Cal vai pendurá-lo. Fora da vista ou sempre à mão?

Coriane Jacos tinha olhos azuis suaves, se a pintura for realista. Como o céu antes do alvorecer, enevoado no horizonte. Quase sem cor, livre de tons mais profundos. Ela parece mais com Julian do que com o filho. Ambos têm o mesmo cabelo castanho, os dela caindo em ondas delicadas sobre um dos ombros. Está bem-vestida, com pérolas e uma corrente dourada. Seu rosto também é similar ao de Julian. Absorto, parecendo mais velho do que é. Mas, enquanto a tensão nele sempre me foi agradável, como a frustração constante de um acadêmico sempre tentando desvendar um quebra-cabeça, a de Coriane parece ir até os ossos. Me disseram que era uma mulher triste, e isso transparece no retrato.

— Elara a matou — Cal diz à porta do quarto. Ele arruma a capa jogada sobre um ombro, com detalhes em prateado e pedras pretas e brilhantes. Na outra mão, segura uma coroa também preta, meio escondida, como se tivesse lembrado de pegá-la depois. Há uma espada em sua cintura, enfiada em uma bainha coberta de rubi e âmbar preto. É decorativa — ninguém escolheria uma espada para lutar. — Ela enlouqueceu minha mãe, fazendo com que afundasse em sua tristeza, murmurando na cabeça dela até que não tivesse escapatória. Sei disso agora.

Os lábios dele se curvam para baixo, a testa se franze e seus olhos vão para bem longe. Na sua tristeza, vejo um pouco da mãe. A única semelhança que consigo identificar nos dois.

— Gostaria de ter tido a chance de conhecer Coriane — digo.
— Eu também.

Saímos dos aposentos dele juntos e andamos no mesmo ritmo pelos corredores de Ocean Hill até o salão de reunião, maior e mais público. Na noite passada, afastei qualquer preocupação com fofocas, me sentindo ousada e corajosa. Agora o desconforto me alcança. Me pergunto se vamos ser recebidos por uma ebulição de cochichos, sorrisos irônicos dos prateados, julgamentos dos vermelhos e dos sanguenovos. Farley vai zombar de mim por ceder? Vai virar suas costas de vez?

Não suporto nem pensar nisso.

Cal sente minha inquietação. Os dedos dele acariciam meu braço, tomando o cuidado de manter distância dos pontos sensíveis nos meus pulsos.

— Não temos que entrar juntos — ele murmura enquanto descemos um lance de escadas, cada vez mais próximos do ponto sem volta.

— Não importa mais agora — respondo.

À frente, um guarda espera. Membros da Casa Lerolan, primos por parte da avó dele. Diferente dos sentinelas, não usam máscaras, mas são tão perigosos e silenciosos quanto.

Anabel está com eles, as mãos entrelaçadas na altura do cinto de rubis e citrinos flamejantes. Ela usa sua coroa de ouro rosé com orgulho, um aro simples repousando suavemente sobre o cabelo grisalho. Seus olhos param primeiro em mim.

— Bom dia — diz, puxando Cal para um abraço rápido. Ele aceita e se avoluma sobre ela.

— Bom dia — responde. — Estão todos prontos?

— Devem estar — ela diz, acenando com a mão enrugada. — Mas presumo que a gente tenha que esperar a princesa de Rift vestir todo o metal que puder encontrar. Me lembre de verificar se não roubou as maçanetas.

Uma pilha de nervos, Cal não sorri, ainda que um canto da boca se levante.

— Estou certo de que temos algumas sobrando — ele diz.

— Você parece bem, srta. Barrow — Anabel comenta, voltando os olhos para mim.

Mas não me sinto assim, penso.

— Tão bem quanto posso estar dadas as circunstâncias. — Tomo o cuidado de não usar nenhum tipo de título em seu tratamento, mas ela não parece perceber ou se importar.

A julgar pela forma como seu rosto muda, suavizando-se, devo ter dito a coisa certa. Para minha surpresa, Anabel não demonstra nenhuma hostilidade a mim esta manhã. Ela inspira devagar.

— Prontos ou não — murmura, girando —, aqui vamos nós, Maven.

O salão de visitas no fim das escadas grandiosas leva a vários salões de baile e à sala do trono de Ocean Hill, bem como ao salão de banquetes e uma versão menor e menos oficial da câmara do conselho em Whitefire. Foi construída para ser digna de uma corte de prateados e para abrigar o governo de Norta quando necessário. Agora vermelhos se espalham por ali, tão ocupados quanto serviçais, mas sem exercer essa função. Os uniformes verdes de Montfort contrastam com o mármore branco e os ornamentos azul-marinho, e muitas faixas douradas ainda estão penduradas nas paredes e no teto. O uniforme rubro de Cal se destaca entre eles. Marcando sua posição como rei legítimo e conquistador de quase metade de Norta.

Como em Ascendant, quando falou na Galeria, Davidson veste seu melhor terno verde-escuro. Farley também está com seu uniforme formal, tão desconfortável nele quanto antes. Fico feliz por não ter que usar um. O vestido cai suave sobre minha pele enquanto ando, e meus pés estão firmes nas delicadas botas azuis.

Anabel nos deixa para ficar ao lado de Julian, e Farley observa nossa aproximação. Sua testa se franze e me preparo para uma carranca, talvez até um grunhido. Ela só pisca, pensativa. Quase em aceitação.

— Calore — diz, abaixando a cabeça para o rei.

Ele sorri com o uso deliberado do cumprimento informal.

— General Farley — ele responde, com toda a propriedade. — Fico feliz por ter concordado em se juntar a nós.

Ela ajeita a gola apertada para que fique dobrada.

— A Guarda Escarlate é uma parte valiosa desta coalizão, e o Comando deve ter um representante quando negociarmos a rendição de Maven.

Quando Cal inclina a cabeça, concordando de forma gentil, suspiro para mim mesma.

— Não teria tanta certeza de que vamos chegar a um acordo — eu a alerto com a voz baixa. Estou ficando cansada de me repetir.

Farley só zomba.

— Claro, nada na vida é fácil. Mas não custa sonhar, não é?

Olho atrás dela, para os vários oficiais parados ali. Nenhum dos rostos é familiar.

— Como está Kilorn? — pergunto, franzindo a testa enquanto a vergonha sobe pela minha coluna. Retorço as mãos, tentando esconder o tremor. Ao meu lado, Cal estremece. Gostaria de poder segurar sua mão, mas reprimimos essa demonstração de afeto tão declarada.

Farley olha para mim com pena.

— Foi curado por completo ontem, mas precisa de descanso. — Tento visualizá-lo inteiro e saudável, não à beira da morte, como quando o deixei. Não funciona. — Tomamos o comando dos quartéis da central de segurança. Ele está lá com os demais feridos.

— Bom — me forço a dizer, incapaz de falar qualquer outra coisa. Farley não insiste. Ainda assim, fico constrangida pela minha escolha, como se uma ferida tivesse sido aberta por uma lâmina afiada. Kilorn quase morreu. Cal quase morreu. *E você correu para Cal.*

Ao meu lado, o legítimo rei olha em outra direção, seu próprio rosto prateado com o assunto. Ainda que tenhamos decidido não fazer escolhas, sabemos que elas foram feitas mesmo assim.

— E Cameron? — acrescento, mais para estancar o sangramento que os pensamentos provocam.

Farley coça o queixo.

— Ajudando a organizar as coisas na Cidade Nova. Ela é um recurso valioso lá, assim como o pai. As cidades de técnicos possuem suas próprias redes clandestinas, e a notícia está se espalhando para as outras. Os prateados de Maven podem estar se preparando para mais ataques, mas nós também estamos.

Isso me enche de orgulho, bem como de ansiedade. Com certeza Maven retaliará pelo que fizemos na Cidade Nova e tentará impedir que aconteça de novo. Mas, se as favelas vermelhas se levantarem, se as cidades de técnicos pararem de funcionar, seu poderio será praticamente extinto. Ele vai ficar sem recursos. Sem combustível. Podemos fazê-lo passar fome até se render.

— Reparei que estamos esperando pela princesa Evangeline de novo — Davidson diz, juntando-se a nós. Seu contingente particular de conselheiros fica para trás, nos dando espaço.

Inclino a cabeça para trás e suspiro.

— A única constante nesse mundo.

O primeiro-ministro cruza os braços. Se está nervoso, não demonstra.

— Um pavão precisa de tempo para ajeitar as penas, mesmo que sejam de metal — comenta.

— Perdemos muitos magnetrons ontem — Cal diz, sua voz grave e firme. Quase uma repreensão. — A Casa Samos pagou um preço alto por Harbor Bay.

Farley se enrijece, apertando a mandíbula.

— Duvido que vão nos deixar esquecer isso. Ou que esse sacrifício não vai exigir recompensas.

— Essa é uma ponte a ser cruzada ainda — Cal responde.

Apesar do nosso histórico, sinto uma necessidade estranha de defender Evangeline.

— *Se* tiver que ser cruzada — digo. — Mas podemos discutir isso depois — acrescento, apontando para a passagem arqueada onde ela acabou de aparecer, com Ptolemus ao seu lado.

As roupas dos dois combinam entre si, em tons de branco perolado e prateado brilhante. Ele usa um paletó de caimento perfeito abotoado até o pescoço, calça, e botas pretas similares às de Cal, além de uma faixa cinza apertada cruzando seu corpo do ombro até o quadril. A estampa da faixa parece estranha, mas conforme se aproxima, percebo que as formas de diamantes pretos são lâminas fixadas diretamente no tecido. Armas, caso precise.

As fendas do vestido longo de Evangeline revelam uma calça fina de couro por baixo. Caso esse encontro termine em sangue, sua ação não vai ser restringida pela saia. Queria ter pensado nisso também. O cabelo dela está preso em uma trança firme para trás, as mechas prateadas ornamentadas com o brilho cintilante de pérolas metálicas com pontas afiadas. Boas para cortar a carne. Seus braços estão nus, sem mangas para impedir seus movimentos ou se enroscar nas joias de suas mãos. Um anel brilha em cada dedo, com pedras brancas e pretas, e correntes elegantes envolvem os pulsos. Ótimas para estrangular ou fatiar. Até os brincos dela parecem mortais, longos e afiados.

Fico feliz que Evangeline tenha demorado tanto. Ela está vestindo um arsenal.

— Devo pedir para ajustarem os relógios nos seus quartos, majestades? — Anabel grasna, ao lado de Julian.

Evangeline responde com um sorriso tão afiado quanto suas lâminas.

— Nossos relógios marcam a hora exata, majestade. — A saia dela balança em volta das pernas conforme passa pela velha rainha, seguindo na nossa direção. Estremeço quando ela dirige um sorriso para mim. — Bom dia, Mare. Vejo que está bem descansada. — Ela passa os olhos por Cal, com os dentes à mostra. — E você não.

— Obrigada — respondo seca, com o maxilar cerrado. Logo me arrependo de qualquer sentimento bom que tive por ela.

Evangeline se diverte com minha resposta áspera e com o prateado nas bochechas de Cal. Atrás dela, Ptolemus cruza os braços atrás das costas, estufando o peito. Mostrando com orgulho as adagas. Farley repara em cada uma delas, com os olhos raivosos bem abertos.

— É uma pena que esse encontro não pôde ser marcado à noite — Ptolemus murmura. Sua voz é mais profunda que a de Cal e infinitamente menos gentil. Ele é corajoso por abrir a boca, com Farley e eu por perto.

Me pergunto se ela também vê Shade morto pelo golpe de Ptolemus Samos. Só ficar na presença dele já parece uma traição.

Farley tem mais controle do que eu. Enquanto só consigo manter a boca bem fechada, ela balança a cabeça com sarcasmo.

— Para que sua irmã tivesse mais tempo de pintar o rosto? — ela dispara, gesticulando para a maquiagem elaborada de Evangeline.

A princesa Samos se move bem pouco, se posicionando entre o irmão e nós. Protetora até o fim. Quase espero que o mande para longe do nosso alcance.

— Para que meu pai pudesse participar — Evangeline explica. — O rei Volo estará aqui ao pôr do sol.

Cal estreita os olhos. Ele sente a ameaça com tanta clareza quanto eu.

— Com reforços?

— Mais soldados leais a Samos para morrer por você? Improvável — Evangeline zomba. — Ele vem para supervisionar o ataque final contra Maven.

Supervisionar. Os olhos cinza e tempestuosos dela escurecem, ainda que só por um momento. Não é difícil preencher as lacunas entre suas palavras, o que diz em oposição ao que fala.

Ele está vindo para arrumar a bagunça que fizemos.

Estremeço. Evangeline e Ptolemus são formidáveis, violentos e perigosos, mas, no fim das contas, são ferramentas. Armas manejadas por um homem ainda mais poderoso.

— Bom, assim economizo o tempo que levaria para convocá-lo — Cal diz, apoiando a mão sobre o cabo da espada cravejada de joias. Ele abre um sorriso leve, como se a chegada de Volo Samos tivesse sido ideia sua. — Estou certo de que vai recebê-lo com alegria, Evangeline.

O olhar que ela lhe lança poderia envenenar rios inteiros.

— Vamos terminar logo com essa bobagem — ela bufa.

O alvorecer se espalha pelas ondas, brotando do horizonte com uma mistura difusa de rosa e azul-claro. Mantenho a testa apoiada no vidro gelado do jato para observar nossa descida. Conforme os segundos passam, meu corpo se enrijece e minha pulsação acelera como um tambor em disparada, e temo que possa explodir. Preciso de toda a minha concentração para manter meu poder contido e o jato a salvo dos meus ataques elétricos. Do outro lado, Farley me encara, suas mãos prontas para abrir o cinto de segurança. Para se soltar e pular pela porta caso eu perca o controle.

Cal tem mais fé. Ele exibe uma fachada de desdém casual, com uma perna esticada à frente e a lateral do corpo encostada em mim. Irradia um calor tranquilizador e seus dedos acariciam os meus de tempos em tempos, um lembrete constante da sua presença.

Se sua avó está infeliz ou surpresa com nossa proximidade, não demonstra. Está sentada em silêncio com Julian, o rosto dele mais soturno do que nunca.

Davidson é o último passageiro do nosso jato. Por sorte, Evangeline e seu irmão vão na outra aeronave, que nos acompanha. Posso ver na água o reflexo do jato pequeno e ruidoso onde eles estão, uma sombra desfocada entre as ondas. Esses aviões são extremamente barulhentos, mas desta vez fico feliz por isso. Ninguém pode falar, planejar ou fazer comentários maldosos. Tento me perder no ruído constante.

Province chega rápido demais, um círculo verde envolvido por uma faixa de areia pálida. De cima, parece um dos mapas de Julian. Um desenho simples, o vilarejo à beira da água, uma pequena teia com poucas ruas. O porto está vazio, mas quase uma dezena de navios de guerra está ancorada a uns oitocentos metros da costa. *Maven poderia atirar nos jatos se quisesse*, penso, imaginando o estrondo distante do disparo da artilharia.

Mas pousamos sem incidentes. A sensação de aperto no peito

aumenta, chegando a uma intensidade muito além do que posso suportar. Cerro os dentes, sentindo como se minha mandíbula fosse estilhaçar, e salto do jato o mais rápido que posso, nem que seja só para respirar um pouco de ar fresco.

E, talvez, correr direto para o mar.

Em vez disso, me distancio dos motores do jato, com uma das mãos erguida para proteger meu cabelo da pior parte da ventania. Farley me segue com os ombros encolhidos.

— Você está bem? — ela pergunta sob o barulho, para que só eu possa ouvir.

Sacudo a cabeça de leve. *Não.*

Vasculho a grama alta que cobre as dunas da praia, esperando que sentinelas saltem e nos cerquem. Para forçar nossa rendição, para me obrigar a voltar para as algemas. A bile sobe pela minha garganta, e o gosto quase me faz vomitar. A sensação da Pedra Silenciosa contra minha pele retorna com um sorriso vingativo. *Não posso voltar para lá.* Viro o rosto, me escondendo atrás do cabelo que chicoteia com o vento. Tentando respirar e me dar os segundos preciosos de que preciso para me recompor.

A mão de Farley envolve meu ombro. Seu aperto é firme, mas gentil.

— Não vou dizer para esquecer o que aconteceu — ela sussurra no meu ouvido. — Mas tem que aguentar. Só um pouquinho.

Aguente.

Aperto os dentes e olho para ela, com os olhos misericordiosamente limpos.

— Só um pouquinho — ecoo. Depois posso desabar. Quando tudo isso terminar.

Atrás dela, Cal acompanha, vigilante, mas hesitando em interromper. Encontro seus olhos por cima do ombro e aceno brevemente. Vou conseguir. Tenho que conseguir.

Parecemos um grupo estranho, alguns nobres prateados, uma general vermelha e dois sanguenovos, escoltados por guardas de diversas cores. Apesar de ninguém estar disposto a acreditar que Maven obedecerá as leis de guerra, sabemos que a rainha de Lakeland provavelmente vai. Ainda assim, fico próxima de Farley e dos seus dois oficiais da Guarda Escarlate. Confio nas armas e na lealdade deles.

Evangeline e Ptolemus descem do seu jato, agindo como se aquela reunião fosse um mero incômodo. Como se tivessem coisas mais importantes a fazer. É uma encenação, claro. Evangeline quer ver Maven tanto quanto eu não quero. Nunca deixaria de lado a chance de desdenhar da cara dele. Os motores do jato fazem o cabelo dela voar enquanto espera passando seus olhos aguçados e penetrantes pela grama que nos cerca.

Concordamos em nos reunir no interior da ilha. Uma chance para as ninfoides de Lakeland mostrarem sua boa vontade. A caminhada é curta e silenciosa pelas dunas, em direção à floresta esparsa de árvores tortas. Lembro de Tuck, agora abandonada às ondas. Shade está enterrado lá, sem ninguém para olhar por ele.

Cal nos lidera, com Davidson de um lado e Farley do outro. Para representar nossa frente unida. Sangue vermelho aliado ao prateado. Evangeline e Ptolemus seguem logo atrás, surpreendentemente tranquilos com sua posição secundária.

Fico feliz por ter tantas pessoas à minha frente, me dando uns segundos a mais para reunir cada grama de coragem que posso encontrar. Meu maior conforto é minha eletricidade, serpenteando sob minha pele, sem que ninguém mais saiba. Eu a imagino atrás dos meus olhos, linhas roxas e brancas de um brilho intenso, ramificando-se. Elas não vão embora e ninguém pode tirá-las de mim, nem mesmo ele. Vou matá-lo se tentar.

Meses atrás, acompanhei Maven fazendo um acordo de paz com o povo de Lakeland de uma maneira muito parecida. Mesmo que o cenário fosse bem diferente — o interminável campo minado do Gargalo, em vez de uma ilha gramada entre o céu brilhante e o mar tranquilo —, a sensação era a mesma. Marchamos em direção ao desconhecido, em direção a pessoas com poderes formidáveis e terríveis. Pelo menos dessa vez não estarei sentada ao lado de Maven na mesa. Não sou mais seu animal de estimação.

Como na reunião com Lakeland, uma plataforma foi construída no meio de um campo. As placas de madeira foram encaixadas com cuidado. Há um círculo de cadeiras ali em cima, metade dele já ocupada. Quase vomito na grama a meus pés.

Alguém ao meu lado toca minha mão. *Julian*.

Olho para ele, implorando em silêncio. Pelo quê, não sei. Não posso virar. Não posso correr. Não posso fazer nada que meu corpo grita para eu fazer. Tudo o que ele oferece é um olhar gentil e um aceno de compreensão.

Aguente.

Dois sentinelas se postam no nosso caminho, seus rostos indecifráveis por trás das máscaras. A brisa do mar balança os uniformes flamejantes.

— Pedimos que descartem as armas antes de se aproximar de sua majestade, o rei de Norta — um deles diz, gesticulando para Farley e seus oficiais. Ninguém se mexe. Farley nem pisca.

A rainha Anabel vira a cabeça com um olhar sarcástico. Ela espreita ao lado de Cal, mal chegando à altura do ombro dele.

— O rei de Norta está bem aqui, e ele não teme as armas dos vermelhos.

Diante disso, Farley ri com gosto, seu desdém direcionado aos sentinelas.

— Por que se importam com nossas armas? — ela grasna.
— Essas pessoas são mais perigosas do que qualquer coisa que possamos carregar. — Ela gesticula para os sanguenovos e os pratea-

dos. Com poderes muito mais destrutivos do que qualquer arma.
— Não me diga que seu reizinho está com medo de uns poucos vermelhos com pistolas?

Ao lado dela, os dois oficiais da Guarda Escarlate se ajeitam um pouco, como se pudessem disfarçar as metralhadoras em suas mãos.

Cal não ri, nem mesmo esboça um sorriso. Ele pressente algo errado, o que me dá arrepios.

— Presumo — ele começa, deliberadamente devagar — que vamos entrar em um círculo silencioso. Estou correto, sentinela Blonos?

Meu sangue congela. Todo o ar sai do meu corpo. *Não*.

Julian estende lentamente o braço, me oferecendo algo em que me agarrar.

O sentinela estremece, reagindo ao uso do nome de sua Casa por Cal. Foco nele, para me impedir de perder a cabeça. Não adianta. Meu coração dispara, batendo como uma trovoada, e o ar entala na minha garganta. *Um círculo silencioso*. Quero arrancar minha pele. Meus dedos tremem no braço do Julian, e eu os aperto com um pouco de força demais. O branco nas minhas articulações se destaca.

Ele cobre minha mão com a dele, tentando controlar um pouco do meu medo.

À nossa frente, Cal ergue o queixo com os olhos faiscantes. Como se quisesse virar para mim. Com dó? Com frustração? Ou compreensão?

— Sim — o sentinela responde, sua voz abafada. — O rei Maven providenciou Pedra Silenciosa para garantir que o encontro não tenha desavenças mais desagradáveis.

Um músculo se contrai na bochecha de Cal.

— Esse não é o protocolo — ele fala por entre os dentes. O rosnado dele parece se propagar, como o alerta de um animal. Parte de mim quer que perca o controle e queime aqueles dois, queime a ilha, queime Maven, Iris e a mãe dela. Remova todos os obstáculos no nosso caminho com um fogo devorador e destrutivo.

O sentinela fica ereto e bate os dois punhos no uniforme. Ele é mais alto do que Cal, mas nem de perto tão imponente. Seu parceiro faz o mesmo, parado ombro a ombro para bloquear nosso caminho.

— Essa é a vontade do rei. Não um pedido... senhor — ele acrescenta, soando estranho e afetado. Esses homens costumavam proteger Cal, como haviam protegido seu pai e agora protegem Maven. Suponho que confrontar a pessoa de quem já foram encarregados seja uma das poucas situações para as quais não foram treinados.

Cal olha de um lado para o outro, buscando tanto Farley quanto Davidson. Meus dentes rangem, osso contra osso, conforme puxo pequenas doses de ar pelo nariz. Quase posso sentir a Pedra Silenciosa de novo, ameaçando me drenar. *Não se recusarmos. Não se formos embora. Ou se Maven ceder, permitindo que a gente passe sem sofrimento.*

É claro que ele não vai fazer isso. Porque foi justamente por isso que trouxe a Pedra Silenciosa. Não para se proteger. As leis de guerra já são proteção suficiente, principalmente com seu irmão absurdamente nobre liderando o outro lado. Maven fez isso para nos ferir. Para me machucar. Sabe o tipo de prisão em que me manteve por seis meses. Sabe como cada dia foi devastador, morrendo devagarinho, separada de uma parte de mim. Presa atrás de um vidro que nunca quebraria, independente do quanto eu lutasse.

Meu estômago afunda quando Farley assente a contragosto. Pelo menos ela não vai sentir nada. A Pedra Silenciosa não tem efeito sobre ela ou qualquer outro vermelho sem habilidades.

Davidson parece menos contente, endireitando a coluna e os ombros ao olhar para Cal. Mas inesperadamente ele assente, concordando com os termos.

— Muito bem. — Quase não ouço o que Cal diz, só o urro que cresce nos meus ouvidos.

O chão sob meus pés gira em um círculo vertiginoso. Só minha mão agarrada ao braço de Julian me mantém firme. Na linha de frente, Farley e seus oficiais descartam as armas fazendo barulho, mostrando todo o seu arsenal de pistolas e facas. Estremeço com cada uma que cai, inútil, desaparecendo no gramado.

— Vamos — Julian sussurra para que só eu possa ouvir.

Ele me força a dar um passo. Minhas pernas vacilam, ameaçando desabar. Eu me apoio nele tanto quanto posso, deixando que me guie.

Aguente.

Ergo os olhos tanto quanto posso, tentando não tremer, cair ou fugir.

Iris se destaca reluzente em seu vestido azul. O espartilho é uma armadura, e a saia se espalha em volta dela, cuidadosamente ajeitada na cadeira. Iris tem o equilíbrio perfeito entre rainha e guerreira, mesmo se comparada a Evangeline. Seus olhos cinza nos seguem conforme nos aproximamos, estreitos como os de um predador. Nunca foi indelicada comigo, para os padrões de uma prateada. Ainda assim, sinto ódio dela e do que fez. Com a Pedra Silenciosa cada vez mais próxima, tenho que me encher de raiva. É a única coisa que bloqueia meu medo.

Entro no círculo, e a sensação antinatural recai sobre mim como uma cortina. Mordo o lábio com força para me impedir de gritar. Minhas entranhas se reviram de novo quando o peso dolorido e familiar pousa com tudo sobre meus ombros. Meus passos vacilam e eu pisco, a única demonstração evidente da minha dor intensa. Por dentro, meu corpo grita, todos os nervos queimando. Meu instinto me diz para correr, para abandonar o círculo de tortura. O suor escorre pela minha coluna quando forço um passo após o outro, tentando acompanhar o ritmo dos demais. Se não fosse pela Pedra Silenciosa, eu explodiria em um ataque elétrico de fúria maior do que qualquer tempestade que já criei. *A eletricidade não tem piedade. Nem eu.*

Meus olhos se estreitam para conter a vontade de chorar.

Observo todos, menos Maven. A rainha Cenra parece resignada, uma mulher menor do que a filha, usando as mesmas cores, mas com a expressão neutra. Seu vestido é de um azul intenso, com faixas douradas para combinar com a coroa na sua testa. Elas se apoiam uma na outra, bem juntas, com uma confiança que só mãe e filha podem compartilhar. Quero rasgá-las ao meio.

Nunca vi o quarto membro da realeza antes, mas posso adivinhar facilmente sua identidade. O príncipe Bracken se avoluma sobre a cadeira, sua pele lustrosa, com o tom preto azulado perfeito de uma pedra preciosa. Seu traje é púrpura como uma ametista, cuidadosamente posicionado por baixo de uma placa de ouro maciço no peito. Seus olhos pretos se fixam não em Cal ou em mim, mas em Davidson. Parece capaz de virar o primeiro-ministro do avesso, ansiando por se vingar pelos filhos.

Entre ele e Iris, está Maven.

Tento não olhar para ele a princípio, mas é impossível. Só de vê-lo sinto como se facas quentes passassem pela minha pele, tão afiadas que poderia começar a sangrar.

Aguente. Agarre-se à raiva.

Meu coração para quando olho para ele e descubro que já está me encarando, com um sorriso irônico familiar nos seus lábios pálidos.

Maven balança a cabeça enquanto assumimos nossos lugares, seus olhos saltando entre mim e Cal, como se ninguém mais existisse. O primeiro-ministro Davidson senta entre nós, como uma divisória clara. Maven parece gostar muito disso, sorrindo para ele. A brisa do mar balança seu cabelo, mais longo que o de Cal, curvando-se de leve sob o peso da sua maldita coroa negra de ferro.

Quero matá-lo.

Seu uniforme é familiar, preto como um corvo, acompanhado pelas tradicionais medalhas que não merece. Ele sorri para o paletó de Cal, reparando com satisfação nas cores invertidas. Provavelmente feliz por ter tomado os símbolos do irmão. Nos saúda com frieza e com um deleite evidente, ansioso para tornar tudo o mais doloroso possível. A máscara do rei cruel está firme em seu rosto.

Preciso arrancá-la.

Me inclino na direção de Davidson, apoiando o cotovelo no braço da minha cadeira e deixando a clavícula exposta. A cicatriz fica clara para todos verem, queimada na minha pele. M de *Maven*. M de *monstro*. O olhar dele se demora na carne arruinada, vacilando por um momento. Aqueles olhos gélidos empalidecem e vão para longe. Como se tivesse sido desviado do caminho, ou mandado para um corredor longo e escuro.

Maven se recupera, piscando para o restante da nossa coalizão, mas é um bom começo.

Todos sentam sem incidentes nos lugares predeterminados. Para minha surpresa e desconforto, Farley tem Cal de um lado e Ptolemus de outro. Faço uma careta. Se ela não voar pela plataforma para estrangular Maven, pode acabar matando um dos seus próprios aliados.

O olhar de Farley queima tanto quanto o de qualquer Calore quando encara Maven. Eles já se encontraram antes, muito tempo atrás, no palácio de verão, quando ele enganou todos nós com suas mentiras sedutoras, em que queríamos acreditar. Maven a enganou tanto quanto a mim.

— É de fato fascinante ver o quanto você subiu, *general* Farley — ele diz. Sei o que está tentando fazer. Abrir rachaduras entre nós antes mesmo de nos acomodarmos direito. — Me pergunto onde diria que estaria agora se eu lhe perguntasse um ano atrás. Que jornada. — Os olhos dele saltam de Farley para Ptolemus, a insinuação evidente.

Quando eu era sua prisioneira, ele rachou minha cabeça, vasculhando minhas memórias com a ajuda de um primo Merandus. Viu Shade morto pelas mãos de Ptolemus, e sabe o que ele significava para Farley. Sabe o que meu irmão deixou para trás. Não é difícil para ele cutucar essa ferida aberta.

Farley mostra os dentes, uma predadora mesmo sem suas garras. Cal responde antes que ela possa retribuir o veneno.

— Acho que todos chegamos a lugares estranhos. — Sua voz sai severa e equilibrada. É diplomático até os ossos. Não consigo imaginar o esforço que isso deve exigir. — Não é sempre que um rei de Norta senta perto das rainhas de Lakeland.

Maven só escarnece. Ele é bem melhor nisso do que Cal jamais será.

— Não é sempre que o primogênito senta em qualquer lugar que não o trono — ele dispara de volta, e Cal fecha a boca com um estalo audível. — O que você acha de tudo isso, minha avó? — Maven acrescenta, lançando suas adagas contra Anabel. — O sangue do seu sangue em guerra entre si.

Ela responde à altura.

— Você não é da minha família, garoto. Deixou de ser quando ajudou a matar meu filho.

Maven só estala a língua, como se tivesse pena dela.

— Cal brandiu aquela espada, não eu — ele diz, apontando o queixo para a arma na cintura do irmão. — Quanta imaginação. Velhas são tão propensas a fantasias.

Ao seu lado, a rainha Cenra arqueia uma única sobrancelha. Não diz nada, deixando Maven tecer sua teia... ou preparar a própria forca.

— Bem — ele continua, batendo as mãos. — Não fui eu que solicitei esta reunião. Imagino que vão apresentar os termos que querem me oferecer. Rendição, talvez?

Cal balança a cabeça.

— Sim. A sua.

A risada de Maven é estranha. Forçada. O ar é expulso de forma calculada e treinada, numa imitação de como acha que uma risada deveria soar. Irrita Cal, que se remexe na cadeira, desconfortável.

Bracken não sorri, mantendo uma carranca. Ele apoia o queixo no punho cerrado. Não conheço seu poder, mas presumo que seja forte, contido apenas pela Pedra que lentamente afoga todos nós.

— Não vim até aqui, com toda essa urgência, para me entreter com piadas sem sentido, Tiberias Calore — Bracken diz.

— O sentido é claro, alteza — Cal responde, abaixando a cabeça em deferência e respeito.

Maven solta uma risada grave e profunda.

— Você está vendo meus aliados aqui. — Ele abre bem as mãos brancas. — Ambos da realeza prateada, com todo o poder de suas nações em favor da nossa causa. Controlo a capital e as terras mais ricas de Norta...

— Você não controla Rift — Evangeline estoura, interrompendo Maven. Apesar da Pedra, seus metais estão todos a postos. A roupa foi costurada de fato, não se mantinha unida apenas pela habilidade dela. Evangeline se preparou bem. *Como eu deveria ter feito.* — Não controla Delphie. Perdeu Harbor Bay ontem. Perderá mais, até que restem apenas as pessoas sentadas ao seu lado. Então ficará sem nada para oferecer pelo que lhe deram. — O sorriso dela se abre, mostrando os dentes com pontas prateadas. Acho que Evangeline devoraria o coração dele se pudesse. — Será um rei sem coroa e sem trono logo mais, Maven. É melhor desistir enquanto ainda tem alguma coisa para barganhar.

Maven ergue o nariz, o que o faz parecer uma criança petulante.

— Não vou barganhar por nada.

— Nem pela sua vida? — murmuro, com a voz baixa, mas firme o suficiente para me impor. Me mantenho parada quando ele vira os olhos para mim, deixando o gelo cair sobre minha carne. *Sem tremer, sem piscar. Aguente.*

Maven apenas ri outra vez.

— O blefe de vocês me diverte, no mínimo. — Ele solta mais algumas risadinhas. — Sei o que vocês têm, quem seduziram. Diga seus termos, Cal. Ou volte para Harbor Bay e nos force a matar todos vocês.

— Muito bem — Cal responde com os punhos cerrados. Se não fosse pela Pedra, ele provavelmente estaria em chamas. — Renuncie, Maven. Renuncie e deixo você viver.

— Isso é ridículo. — Maven suspira, revirando os olhos para Iris. Ela não retribui.

Cal prossegue, indiferente.

— A aliança com Lakeland e Piedmont permanecerá. Teremos paz na nossa costa, desde as orlas congeladas até as ilhas do sul. E tempo para a reconstrução, para recriar o que a guerra destruiu. Para curar as feridas e corrigir os erros que nos perseguem há séculos.

— Está se referindo a direitos iguais para os vermelhos? — Iris pergunta. A voz dela é como me lembro. Calma, calculada. É uma criatura de autocontrole.

— Estou — Cal diz com firmeza.

Bracken solta uma risada profunda e longa, com a mão no ouro esculpido sobre a barriga. Se não fosse pelas circunstâncias, eu acharia o som reconfortante e caloroso. Cenra e Iris permanecem quietas, relutantes em demonstrar suas verdadeiras intenções ou opiniões tão abertamente.

— Você é ambicioso, tenho que admitir — Bracken diz, apontando para Cal. — E jovem. E sujeito a distrações. — Os olhos negros dele encontram os meus, deixando claro a que se refere. Eu me contorço sob seu olhar. — Não faz ideia do que está nos pedindo para fazer.

Farley não se amedronta com tanta facilidade. Finca os dedos nos braços da cadeira, quase levantando. Suas bochechas se tingem de vermelho.

— Vocês se sentem tão ameaçados pelo povo em que cospem que não podem nem conceder algo simples como a liberdade? — ela fala com ironia, os olhos saltando de Bracken para Cenra e Iris. — Seu poder é tão tênue assim?

A rainha de Lakeland arregala os olhos, o branco deles em contraste com o bronze da pele e o castanho-escuro da íris. Parece realmente surpresa. Duvido que alguma vez uma vermelha tenha se dirigido a ela dessa forma, o que fica claro.

— Como ousa falar conosco...

Julian age rápido e a interrompe, antes que Cenra instigue Farley a fazer algo mais drástico.

— A história favorece os desprivilegiados e oprimidos, majestade. — Ele soa encantador e metódico, sábio, mesmo sob o peso da Pedra Silenciosa. A rainha é relutante, mas fecha a boca lentamente para ouvir. — Os anos são longos, mas, no final, a sorte *sempre* muda. O povo se levanta. É assim que as coisas funcionam. Ou se permite que a mudança venha por bem, facilitando o processo, ou se enfrenta a fúria de tal força. Pode não ser com vocês, nem mesmo com seus filhos. Mas chegará o dia em que os vermelhos vão derrubar os portões dos seus castelos, destruir suas coroas e cortar a garganta dos seus descendentes enquanto eles imploram pela misericórdia que vocês não demonstram agora.

As palavras dele ecoam por muito tempo, como se dançassem ao vento. Elas trazem de volta para a realidade as rainhas de Lakeland e Bracken, que trocam olhares inquietos.

Maven não se abala nem um pouco. Lança seu olhar malicioso sobre lorde Jacos, as pupilas brilhando. Sempre desprezou Julian.

— Você ensaiou isso, Julian? Sempre me perguntei por que passava tanto tempo sozinho na biblioteca.

É fácil demais rebater as farpas.

— Duvido que alguém passe mais tempo sozinho que você — digo, me inclinando mais uma vez para a frente para mostrar a cicatriz.

A combinação o deixa pálido, com a boca entreaberta. A respiração sibila por entre os dentes expostos. Parece que quer me beijar ou rasgar minha garganta. Duvido que conseguisse escolher.

— Cuidado, Maven — pressiono, levando-o ao limite da tolerância. — Essa sua máscara pode cair.

O medo brilha nos olhos dele. Então a expressão se desfaz, a testa se franze e os lábios se curvam para baixo, mostrando mais dentes. Com as sombras sob seus olhos e sob as maçãs do rosto, parece uma caveira, branco como o luar.

— Eu poderia matar você, vermelha — Maven rosna, sem se envergonhar da ameaça vazia.

— Engraçado, porque teve essa oportunidade por seis longos meses. — Passo as mãos pelo peito, me demorando na cicatriz. — Mas aqui estou.

Desvio o olhar antes que ele possa dizer mais alguma coisa, e me dirijo a seus aliados.

— Maven Calore é, no mínimo, instável. — Estou muito ciente da atenção deles, do peso de três coroas me olhando, bem como da pressão constante e esmagadora da Pedra Silenciosa. Gostaria de poder sentir minha eletricidade e extrair um pouco de força dela, mas só possuo o que restou de mim. E tem que ser o suficiente.

— Todos vocês sabem. Quaisquer que sejam os benefícios do reinado dele, não superam os riscos. Ele será deposto, ou por nós ou pelo esfacelamento do país. Olhem à sua volta. Quantas Casas se sentam com ele? Onde estão? — Gesticulo para os sentinelas, seus próprios guardas, sem mais ninguém de Norta presente. Nada da Casa Welle, da Casa Osanos ou qualquer outra. Não sei onde estão, mas sua ausência diz muito.

— Vocês são o escudo dele. Maven está usando seus países. Ele vai se virar contra vocês um dia, quando tiver força suficiente para descartá-los. Maven não tem lealdade ou amor no coração. O garoto que se autoproclamou rei é uma casca vazia, um perigo para tudo e para todos.

Maven se concentra em suas mãos, ajustando os punhos do uniforme. Qualquer coisa para parecer indiferente. É um fingimento muito ruim, especialmente para alguém tão talentoso quanto ele.

Mantenho minha cabeça erguida.

— Por que continuar sustentando essa loucura? Para quê?

À minha esquerda, Farley se mexe e sua cadeira range. Seu olhar tem todo o fogo que os Calore não podem invocar.

— Porque eles preferem se matar a se igualar a qualquer sangue que não seja da cor certa — ela sibila.

— Farley — Cal resmunga.

Para minha surpresa, Evangeline assume a frente, atraindo a atenção para si. Ela aperta os lábios e ajeita o vestido com gestos chamativos.

— É muito claro o que está acontecendo aqui. Você diz que Maven está usando os dois como escudo? — ela fala, quase rindo. — Onde estão seus exércitos, rainha Cenra? E os seus, príncipe Bracken? Quem está sangrando de fato nessa guerra? Se alguém aqui é um escudo, é Maven. Eles estão usando um garotinho contra seu irmão mais velho, jogando um contra o outro até que se sintam confiantes de que podem destruir o que restou. Não é verdade?

Eles não negam, sem querer dar espaço a tal alegação. Iris tenta outra tática, se inclinando na direção da princesa Samos com um leve sorriso.

— Devo presumir o mesmo sobre você, Evangeline. Ou Tiberias Calore não é uma arma para Rift?

Maven acena para sua rainha recuar. Ele olha para Cal e para Farley. Ela é o ponto fraco aqui, ou pelo menos ele pensa que é. *Boa sorte.*

— Não, não Cal — ele diz ronronando. — Os vermelhos. Os vira-latas de Montfort. Conheço Volo e os outros prateados que se rebelaram. Não vão tolerar nenhuma liberdade para os vermelhos além do necessário. Não é mesmo, *Anabel*? — ele acrescenta, lançando um sorriso para a avó.

Ela meramente se vira, se recusando até mesmo a olhar para ele. Apesar de toda a sua pose, o sorriso de Maven diminui um pouco.

Farley não cai na armadilha dessa vez. Ela se mantém parada. Davidson bate as mãos lentamente, inclinando a cabeça na direção do falso rei.

— Tenho que aplaudir você, Maven — ele diz. A calma demonstrada pelo primeiro-ministro é um descanso bem-vindo de todo o veneno. — Admito que não esperava uma manipulação tão hábil de alguém tão jovem. Mas presumo que sua mãe o criou assim, não foi? — ele acrescenta, olhando para mim.

Isso incendeia Maven mais do que qualquer outra coisa. Ele sabe o que aquela insinuação quer dizer: que contei a eles tudo o que pude a seu respeito, a respeito do que a mãe lhe fez.

— Sim, Maven foi fabricado por ela — murmuro. É como se eu girasse uma faca nas entranhas dele. — Não importa quem deveria se tornar. Aquela pessoa se foi por completo.

A voz de Cal é suave ao lançar o golpe final.

— E nunca vai voltar.

Se não fosse pela Pedra Silenciosa, Maven queimaria. Ele bate o punho, com as articulações tão brancas quanto ossos expostos.

— Essa conversa não tem sentido — estoura. — Se vocês não têm condições a oferecer, então vão embora. Fortifiquem sua cidade, reúnam seus mortos, se preparem para uma guerra de verdade.

Cal não vacila. Não tem mais nada a temer em relação a Maven. Uma transformação, uma transformação trágica, recaiu sobre o verdadeiro rei, que assume o papel que desempenha melhor. De general, de guerreiro. Diante de um oponente que pode derrotar. Não um irmão que quer salvar. Não restaram laços de sangue entre eles, só o sangue que Maven o fez derramar.

— A verdadeira guerra já chegou — Cal responde, sua calma contrastando com o descontrole repentino do irmão. — A tempestade começou, Maven, quer você queira admitir ou não.

Tento fazer como Cal fez. Tento deixar tudo para trás. A máscara falsa do garoto gentil e esquecido já se foi. Nem mesmo seu fantasma sobrou. Só há a pessoa na minha frente, com seu ódio, sua obsessão e seu amor pervertido. *Aguente*, sibilo na minha cabeça. Maven é um monstro. Ele me marcou, me aprisionou, me torturou da pior forma possível. Para me manter ao seu lado, para alimentar a fera que ronda o interior do seu crânio. Mas por mais que eu tente, não consigo evitar enxergar um pouco de mim mesma refletido nele. Presa por uma tempestade, incapaz de me libertar, incapaz de fugir do que já fiz e continuarei fazendo.

Esse mundo é uma tempestade que ajudei a criar. Todos ajudamos, em maior ou menor proporção. Com passos que não podíamos calcular, por caminhos pelos quais jamais imaginamos caminhar.

Jon viu tudo. Me pergunto quando o gatilho foi disparado. Qual foi a escolha que desencadeou tudo. Foi Elara, vendo dentro da minha cabeça uma oportunidade para atacar a Guarda Escarlate? Foi Evangeline, me fazendo cair na arena da Prova Real? Foi Cal, segurando minha mão quando eu era só uma ladra vermelha? Ou Kilorn, com seu destino decidido pela morte do mestre e a maldição do alistamento? Talvez nem tenha começado com nenhum de nós. Pode ter sido com a mãe e a irmã de Farley, afogadas pelo rei de Lakeland, instigando o pai dela, o coronel, a agir. Ou Davidson escapando da morte nas legiões, para construir um novo tipo de futuro em Montfort. Talvez alguém ainda mais distante, cem, mil anos atrás. Alguém amaldiçoado ou escolhido por um deus distante, condenado e abençoado a tornar isso tudo realidade.

Acho que nunca vou saber.

VINTE E CINCO

Evangeline

❦

A Pedra Silenciosa me tritura. Minha pele coça com a pressão constante. Não é fácil ignorar, mesmo com os vários anos de treinamento. Luto contra o impulso ardente de rasgar meus braços com unhas, nem que seja para sentir um tipo diferente de dor em vez desse peso podre e decadente. Me pergunto onde está a Pedra. Embaixo da plataforma? Sob as cadeiras? Parece tão próxima que eu poderia engasgar com ela.

Os demais parecem não se incomodar com a sensação antinatural de ter nossas partes mais profundas reprimidas. Mesmo Mare, apesar da sua história. Ela mantém a cabeça erguida, o corpo ereto. Sem sinal de desconforto ou dor. O que significa que tenho que fingir tão bem quanto ela. *Ugh.*

Os lábios do Bracken se retorcem de desgosto, também sentindo a sensação da pedra. Talvez isso o deixe mais inclinado à nossa causa. Ele despreza Montfort e tem razões para isso. Mas acho que prefere vencer. E, se as ameaças de Cal funcionarem, certamente perderá a fé em Maven logo mais.

O garoto olha para Cal, como se de alguma forma pudesse estar à altura do irmão. Qualquer compaixão que pretendesse explorar parece ter desaparecido. Cal se mantém firme, imóvel na cadeira.

— Esses são meus termos, Maven — ele diz, soando mais como um rei do que seu pai jamais soou. — Renda-se e sobreviva.

Maven merece pouco mais do que uma bala na cabeça ou uma faca nas entranhas. Ele é um perigo que nenhum de nós pode se dar ao luxo de deixar viver.

Sua resposta é gutural, vinda de suas partes mais profundas.

— Saia da minha ilha.

Ninguém se surpreende. Ptolemus solta um suspiro baixo. Seus dedos se contorcem, se coçando para pegar as facas no seu peito. Os sentinelas não pensaram ou não se importaram em nos desarmar. Devem achar que magnetrons ficam indefesos sem suas habilidades. *Mas estão errados.* Meu irmão poderia enfiar aquela faca nas tripas de Maven se as circunstâncias permitissem.

Cal se inclina para a frente na cadeira, levantando devagar.

— Muito bem — ele diz, pesaroso. — Lembre-se desse dia quando você estiver abandonado, sem ninguém para culpar além de si mesmo.

Maven não dá nenhuma resposta além de um sorriso irônico e risadas soltas. Ele atua bem, se apoiando na imagem cuidadosamente construída do garoto convocado à grandeza. O segundo filho, que não era destinado a governar. Isso não tem utilidade aqui. Todos sabemos quem ele é.

Parada na sua cadeira, a rainha Cenra vira o rosto para ele, olhando além da filha.

— Nossas condições, majestade?

Ele não responde, distraído demais por Cal e Mare para se dar conta de que ela está falando. Iris o cutuca.

— Nada além da rendição — Maven diz rápido. — Sem perdão, sem piedade — ele acrescenta, seu olhos voando para o rosto de Mare. Ela recua diante da atenção. — A nenhum de vocês.

Na ponta da fila de cadeiras do lado de Cal, Anabel se levanta. Ela esfrega as mãos, como se estivesse se livrando da situação e do seu neto envenenado.

— Isso encerra a questão, suponho — ela suspira. — Estamos todos de acordo.

Estranhamente, seus olhos estão apontados para Iris. Não para Maven ou mesmo para Cenra ou Bracken. Para a jovem rainha com pouco a dizer e menos poder ainda neste círculo.

A jovem faz uma reverência com a cabeça, os olhos cinza brilhando com algum significado oculto.

— Sim, estamos — ela diz. Ao seu lado, a rainha Cenra faz o mesmo. Uma tradição de Lakeland, talvez. Tão tola e inútil quanto seus deuses.

As duas se levantam ao lado de Maven na plataforma, seguidas rapidamente por Bracken. Ele oferece uma reverência curta na minha direção e eu inclino a cabeça. Seus olhos escurecem quando desviam de mim e se fixam em Davidson. Nem toda a etiqueta do mundo pode distraí-lo do seu ódio contra aquele sanguenovo.

Isso não incomoda o primeiro-ministro. Ele permanece impenetrável, parado com uma graça suave.

— Isso foi no mínimo interessante — murmura com um sorriso vazio.

— De fato — me escuto respondendo.

O resto de nós se apressa para sair das cadeiras com um redemoinho de cores brilhantes e armaduras reluzentes, até que só Maven permaneça, parado firme no seu assento. Encarando.

Mare evita o olhar dele com habilidade, passando por Farley para pegar o braço de Cal. A visão enfurece o falso rei, que bufa. Quase espero ver uma nuvem de fumaça saindo dele. Se não fosse pela Pedra Silenciosa, seria bem provável.

— Até nosso próximo encontro — Cal diz por cima do ombro.

Alguma coisa naquelas palavras enlouquece Maven, que golpeia os braços da cadeira antes de sair em disparada, dando as costas para todos nós. Seu manto, preto intenso, ondula atrás dele.

Parece um garotinho dando pontapés para fazer birra. Um garotinho bem perigoso.

As rainhas de Lakeland e o príncipe de Piedmont o seguem quase relutantes. Cal tem razão. Vão abandonar Maven se o jogo se virar contra ele, se ficar claro que não pode vencer a guerra. Mas virão para nosso lado? Não acredito. Vão ficar esperando para atacar. Me pego quase invejando a Guarda Escarlate e Montfort. A aliança deles, pelo menos, parece fundada em uma lealdade real e em um objetivo comum. Não como nós prateados. Podemos falar sobre paz, mas não fomos criados para isso. Sempre lutamos, seja nas salas dos tronos, nos campos de batalha ou até mesmo nas mesas dos jantares em família. É o que fomos amaldiçoados a fazer.

Estou ansiosa para sair do círculo e respirar ar fresco de novo. Com um puxão, trago Ptolemus para o meu lado, na direção do caminho sinuoso de volta para os jatos. Tenho o cuidado de mantê-lo por perto — a proximidade da general Farley assombra nossos passos. Um rato à espreita de um lobo, esperando pela oportunidade de ouro.

Quando nos livramos da Pedra Silenciosa, sinto o alívio refrescante das minhas habilidades voltando com rapidez. O metal nas minhas joias, no cabelo, nos dentes, em todo o meu corpo, formiga meus sentidos. Busco as medalhas de Maven, sentindo-as desaparecer. Ele está mesmo indo embora. Escapando da ilha, como nós.

A guerra está longe de ser vencida e, se meus palpites estão corretos, ambos os lados estão equilibrados no momento. Num equilíbrio perfeito. Isso pode se arrastar por anos. Me deixando solteira, apenas uma princesa, livre da coleira de rainha. *Eu poderia voltar para casa por algumas semanas, partir quando meu pai chegasse. Deixá-lo lidando com o caos. Talvez fugir um tempo com Elane para algum lugar tranquilo.* O pensamento me traz uma onda de prazer.

Quase não percebo a água subindo de encontro aos meus pés, se infiltrando pelo solo oco.

No limiar da minha percepção, as medalhas de Maven param de se mexer.

— Tolly — sussurro, me esticando para agarrar seu braço.

Os olhos dele se arregalam quando vê o solo inundado.

O mesmo acontece com o restante do grupo, levantando os pés, espirrando água. Farley e seus oficiais logo pegam as armas que descartaram, algumas delas pingando de tão encharcadas. Reagem com agilidade, assumindo posições defensivas, passando os olhos pela faixa de árvores e pela plataforma ao longe.

Mare se move, se posicionando na frente de Cal. Ele olha em volta, aterrorizado, chocado por um momento com a água que sobe lentamente à nossa volta. Sua mão faísca.

— Cuidado — grito, saltando para trás, arrastando Tolly comigo para uma área mais seca. — Você vai fritar todos nós.

Ela me olha com frieza.

— Só se eu quiser.

— As ninfoides? — Farley rosna, com a arma apoiada na bochecha e um olho apertado na mira. — Vejo movimento na direção delas. Os vestidos azuis, os sentinelas...

Puxo uma faca da faixa de Tolly, deixando-a girar na mão.

— E?

— E não é nada com que a gente deva se preocupar — Anabel diz, sua voz leve e indiferente. — Venham, vamos voltar para os jatos.

Não sou a única que olha fixo para ela, com o queixo caído. Farley fala primeiro, ainda de joelhos, em posição.

— Ou a ilha inteira está *afundando* ou estamos prestes a enfrentar um ataque...

— Tolice — Anabel bufa. — Não é nada disso.

— Então o que é? — Cal diz entre os dentes. — O que você fez?

Por algum motivo, Anabel cede a fala para Julian Jacos. Ele oferece um sorriso rígido e vazio.

— Encerramos a questão — ele diz simplesmente.
Mare encontra forças para falar.
— O q...
Algo que soa como uma onda quebrando ecoa além das árvores, na direção oposta da praia. Farley levanta, tentando enxergar o que acontece, enquanto seus oficiais recuam.

Me vejo subindo em uma duna, desesperada para ficar em um terreno mais alto, para ocupar um ponto de vantagem.

Conforme me movo, tiros salpicam o ar, barulhentos. Abaixo de mim, Mare se encolhe. Cerro o punho, contando as balas conforme dançam no limiar dos meus sentidos. Seguem em direções opostas, uma saraivada em resposta a outra.

— Estão enfrentando... alguma coisa — informo.

No chão, Cal avança, espalhando e chutando a água enquanto seu fogo se acende.

— Maven — acho que ele ruge baixo. Mare fica na frente dele, tentando contê-lo sem lhe dar um choque ou ser queimada. Anabel não sai do lugar.

Enquanto subo, a água se movimenta como uma pequena maré, recuando e fluindo sob o controle de alguém. Do meu ponto de observação, posso ver as cores entre as árvores retorcidas. Armadura azul, chama vermelha, os uniformes flamejantes dos sentinelas. Alguém grita, o som ecoa como um uivo. O ar se transforma em névoa, como se alguém puxasse uma cortina cinza sobre o mundo.

Rapidamente, minhas joias se espalham, formando uma armadura sobre minhas mãos e punhos, subindo até os ombros.

— Me dá uma arma, Farley — ordeno.

Ela não olha para mim, só cospe no chão.

— Tenho uma mira melhor e um alcance maior — rosno.

Ela segura a arma mais forte.

— Se acha que vou te dar...

— Se acha que estou *pedindo*... — estouro com ela, estalando os dedos. A arma salta de suas mãos, vindo até as minhas.

— Senhoritas, não há razão para isso — Anabel diz, ainda estranhamente inabalada. — Vejam só, já acabou. — Ela se coloca entre nós, apontando o dedo enrugado para as árvores.

A água flui pelo campo de novo, se movendo com as figuras que se aproximam ao longe, quase sombras sob a névoa.

Os corpos vêm na frente, flutuando na água, os uniformes de sentinelas esparramados e encharcados. As máscaras se foram ou se quebraram, exibindo os rostos sob elas. Alguns eu conheço; outros não.

As figuras sombrias se solidificam. Uma ergue a mão, acenando para a névoa se dissipar. A umidade condensa e gotas passam por nós como uma chuva repentina, revelando Cenra e Iris, com seus próprios guardas atrás. Bracken as segue, seu peito reluzindo dourado enquanto a capa roxa é arrastada pela água. Eles se posicionam de forma estranha, ocultando os guardas de uniforme azul pelo máximo de tempo possível. Então param a alguns metros de distância, a água em volta dos pés.

Observamos perplexos, intrigados com a imagem à nossa frente. Até o primeiro-ministro franze a testa.

Só Anabel e Julian permanecem inabalados.

— Prepare a troca, por favor — Anabel murmura, virando para ele. Julian parece estranhamente pálido, como se estivesse doente, mas acena diante do pedido dela e vira, levando os dois guardas Lerolan consigo.

Troca, ela disse.

Olho para Mare. Ela sente meu olhar e vira, seus próprios olhos arregalados de medo e confusão.

Troca pelo quê?, quero perguntar.

Ou por quem?

Alguém se remexe entre os guardas de Lakeland, aprisionado. Vejo-o pela fresta entre Cenra e Iris, lutando uma batalha perdida contra homens muito mais fortes.

O lábio de Maven sangra, sua coroa torta sobre as mechas pretas bagunçadas. Ele chuta inutilmente, forçando os guardas a arrastá-lo pelos braços. A água serpenteia ao redor do seu corpo, pronta para atacar. Ao seu lado, Iris assobia, girando os braceletes dele nas mãos. *Os que produzem as faíscas, essenciais para o seu poder*, percebo, arrebatada pelo choque. Maven está indefeso, à mercê daqueles a quem nunca demonstraria misericórdia.

A princesa de Lakeland abre um sorriso largo, uma visão aterrorizante em uma pessoa normalmente tão comedida. Ele cospe nela, errando feio.

— Vadia ninfoide — Maven grunhe, chutando mais uma vez. — Cometeu um erro hoje.

Os lábios de Cenra se curvam, irônicos, mas ela deixa a filha se virar sozinha.

— Cometi? — Iris responde, inalterada. Lentamente, tira a coroa da cabeça dele e a joga na água. — Ou *você* cometeu? Muitos, muitos erros, entre eles me deixar entrar no seu reino.

Não posso acreditar nos meus olhos. Maven, o traidor traído. O trapaceiro trapaceado.

A guerra...

Acabou.

Sinto que vou passar mal.

Perco o fôlego e desvio o olhar para longe de Maven, até seu irmão. Cal está mortalmente pálido. Fica claro que não sabia de nada disso, seja lá o que Anabel e Julian fizeram. Seja lá qual for a *troca* que estão prestes a realizar.

Quem vão entregar em troca?

Preciso correr. Agarrar Tolly, disparar em direção ao mar.

Rapidamente, desço da duna para ficar ao lado do meu irmão. O falso rei deve distraí-los. *Não facilite para as ninfoides. Vá para o jato. Vá para casa.*

— Ah, se enxerga, Evangeline! — Maven grasna, se contorcendo para ajeitar o cabelo, que continua caindo sobre seus olhos. — Você não é tão valiosa quanto eu, não importa o quanto se ache.

Os outros se viram para me olhar conforme me afasto devagar, segurando Ptolemus firme. Procuro um rosto amigável e descubro que o de Mare Barrow é o mais próximo disso. Seus olhos saltam de mim para minha mão no braço do meu irmão. Algo parecido com piedade surge dentro dela, e quero arrancar com uma faca.

— Então quem? — Ergo o queixo, usando meu orgulho como armadura. — Vai se entregar de novo, Barrow?

Ela pisca, sua pena se dissolvendo em fúria. Prefiro assim.

— Não — Julian diz, retornando com guardas que, como os de Lakeland, arrastam um prisioneiro do jato.

Da última vez que vi Salin Iral, ele perdeu seus títulos e quase morreu sufocado nas mãos do meu pai por sua tolice e seu orgulho. Tinha matado o rei de Lakeland fora dos muros de Corvium, contrariando as ordens, por nada mais do que um tapinha nas costas. Fora limitado demais para perceber que aquilo só fortaleceria a aliança de Lakeland com Maven e aumentaria a obstinação de ambas as rainhas. Agora pagará por esse erro com a vida.

— O que é isso? Não autorizei *nada*... — As palavras de Cal, dirigidas à avó, se atropelam. Gentilmente, ela coloca a mão no peito dele, empurrando-o para trás.

— Mas vai autorizar, não é mesmo? — ela diz com doçura. Com o carinho que só uma mãe pode oferecer, Anabel se aproxima, segurando o rosto dele. — Podemos encerrar essa guerra hoje, agora mesmo. Esse é o preço. Uma vida, em vez de milhares.

Não é uma escolha difícil de fazer.

— Muito bem, Cal. Você vai fazer isso para salvar vidas, não é? — Maven diz, sua voz respingando sarcasmo. As palavras são as únicas armas que lhe restam. — Nobre até o último instante.

Lentamente, Cal ergue os olhos para encarar o irmão. Até mesmo Maven fica em silêncio, deixando o momento se alongar e queimar. Nenhum deles pisca. Nem hesita. O Calore mais jovem continua com o sorriso irônico, desafiando o outro a reagir. A expressão de Cal não muda. Ele não diz uma palavra. Mas deixa claro o que está pensando quando ergue os ombros e dá passagem para a avó.

Julian encosta o dedo no rosto de Salin, erguendo a cabeça dele para que seus olhos se encontrem.

— Vá até as rainhas — ele diz, e ouço a habilidade melódica de um cantor talentoso. Do tipo que poderia enfeitiçar todos nós se quisesse, cantando suas ordens até tomar o trono. Por sorte, Julian Jacos não tem interesse pelo poder.

Apesar de estar atordoado, Salin Iral é um silfo, e seus passos são graciosos. Ele cruza a distância curta entre nosso grupo e o de Maven. As rainhas de Lakeland parecem mulheres famintas observando a refeição chegando. Iris o agarra pelo pescoço, chuta suas pernas por trás e o força a ajoelhar na água, com as mãos submersas.

— Entregue ele — Cenra diz baixo, acenando na direção de Maven.

Tudo parece estranho, como se fosse filtrado por um vidro opaco, lento demais para ser de verdade. Mas é. Os guardas de Lakeland empurram Maven para a frente, fazendo-o tropeçar na direção do irmão. Ele ainda ri, cuspindo sangue, mas lágrimas reluzem em seus olhos. Está perdendo a cabeça, e o controle firme que mantém sobre si mesmo se afrouxa.

Ele sabe que é o fim. Maven Calore perdeu.

Os guardas continuam empurrando, sem deixá-lo recuperar o equilíbrio. É uma visão deprimente. Maven começa a sussurrar para si mesmo, as palavras agitadas entre os estrondos de uma risada afiada.

— Fiz como você disse — murmura sozinho. — Fiz como você disse.

Antes que possa cair aos pés do irmão, Anabel dá um passo à frente, se posicionando entre os dois. Protetora como uma tigresa.

— Nem mais um passo na direção do verdadeiro rei — ela grunhe. É esperta por não confiar nele, mesmo agora, quando nada mais lhe resta.

Maven afunda um joelho no chão e passa a mão pelo cabelo, ajeitando os cachos pretos molhados. Ele olha para o irmão com todo o fogo que não possui mais.

— Com medo de um garoto, Cal? Pensei que fosse um guerreiro.

Ao lado de Cal, Mare coloca uma mão tensa no braço dele. Se é para segurá-lo ou para empurrá-lo, não sei. Sua garganta se move quando ele engole, decidindo o que fazer.

Com uma lentidão dolorosa, o último rei em pé põe a mão no cabo da espada.

— Você ia me matar se a situação fosse inversa.

O ar assobia ao passar por entre os dentes de Maven. Ele hesita brevemente, deixando espaço para uma mentira. Ou para a esperança de uma. Não há como prever o que a mente de Maven Calore pode fazer ou que face vai permitir que os outros vejam.

— Sim, mataria — ele murmura, então cospe sangue mais uma vez. — Está orgulhoso?

Cal não responde.

Os olhos azuis e gelados se movem, saltando para a garota ao lado do irmão. Mare se enrijece, firme como aço. Tem todos os motivos para temê-lo, mas esconde isso.

— Está feliz? — Maven pergunta, quase num sussurro. Não estou certa de para quem foi a pergunta.

Nenhum dos dois responde.

O som de algo borbulhando chama minha atenção. Tiro os olhos de Maven para ver as rainhas rondando sua presa. Elas se movem em círculo. Não é uma dança, não é um ritual. Não há um padrão. Só um acúmulo gélido de raiva. Até Bracken parece se incomodar com elas. Ele dá alguns passos para trás, abrindo espaço para fazerem o que precisam. Ainda de joelhos, Salin pende entre elas, sua boca espumando com a água do mar.

Elas se revezam, despejando água no rosto dele com uma eficiência torturante. O suficiente para que continue respirando. Pouco a pouco, gota a gota, o rosto dele empalidece, e então escurece. O homem cai, se contorcendo, afogado em quinze centímetros de água, incapaz de sentar. Incapaz de se salvar. As duas se abaixam sobre o corpo dele, colocando as mãos em seus ombros. Para garantir que sejam a última coisa que vai ver.

Já vi torturas antes, praticadas por pessoas que se deleitam com isso. Sempre é perturbador. Mas essa brutalidade é muito calculada para minha compreensão. Ela me apavora.

Iris me pega olhando. Desvio o olhar, incapaz de suportar.

Ela estava certa. Maven cometeu um erro ao deixá-la entrar no seu reino e no seu palácio.

— Está feliz? — Maven pergunta de novo, mais desesperado e feroz, com seus dentes expostos como presas.

— Fique em silêncio, Maven — Julian canta, forçando-o a olhar para ele. Pela primeira vez na sua vida perversa, o garoto cala sua boca de serpente.

Olho para o lado e encontro Ptolemus tão pálido quanto me sinto. O mundo se moveu sob nossos pés. Alianças se quebraram e foram refeitas, deixando as fronteiras livres para serem redesenhadas e noivados prontos para seguirem em frente.

Com uma sensação que me tira o chão, percebo que há mais uma peça na barganha. Tem que haver.

Me inclino para meu irmão, sussurrando em seu ouvido.

— Isso não pode ser só por Salin.

Iral é um lorde que caiu em desgraça, sem títulos, terras ou qualquer tipo de poder, em Rift ou em Norta. Não serve para nada além de vingança. E mesmo as rainhas de Lakeland não trocariam Maven só para revidar o que ele fez. Elas são estranhas, não burras. Anabel disse que esse era o preço, mas não pode ser verdade. Tem que haver mais. Mais alguém.

Mantenho o rosto neutro quando compreendo. Ninguém pode ver por trás da minha máscara de silêncio.

Não estava tão errada quando temi que eu e Tolly fôssemos a troca.

Mas Maven está certo. Um príncipe e uma princesa por um rei? Seria idiota. Não estamos à altura.

Meu pai, com certeza, está.

Volo Samos, rei de Rift. Salin enfiou uma faca no rei de Lakeland para agradá-lo e ganhar seus favores. É culpa dele mais do que de qualquer outra pessoa. Isso foi feito em seu nome.

E ele é um rival de Lakeland tanto quanto é um rival de Cal.

Seria fácil para Anabel barganhá-lo. É um movimento lógico oferecer a vida do meu pai como troca.

Aperto os dedos para esconder o tremor. Peso minhas opções o melhor que posso, com a expressão vazia e destituída de emoções.

Se meu pai morrer, Rift se dissolve. O reino não sobreviverá sem ele, não do jeito que as coisas estão. Não serei mais princesa. Não serei mais uma posse dele, um animal de estimação criado para servi-lo, um brinquedo que ele pode trocar, uma espada para ser usada quando quiser.

Não terei que casar com ninguém que não ame, ou viver uma mentira.

Mas, apesar de tudo, amo meu pai. Não posso evitar. Não posso tolerar isso.

Não sei o que fazer.

VINTE E SEIS

Mare

❦

Me recuso a voar no mesmo jato que Maven. Cal também. Mesmo enfeitiçado como está, ainda não conseguimos olhar para ele. Julian, Davidson e Anabel o fazem por nós, escoltando Maven no segundo jato e dando espaço aos demais.

Ainda assim, não conseguimos conversar. O voo de volta para Harbor Bay é acompanhado por um silêncio atordoante. Até mesmo Evangeline e Ptolemus estão chocados e quietos. A troca deixou todos sem chão. Ainda não consigo acreditar. Julian e Anabel fazendo negociações secretas com Lakeland? Embaixo do nosso nariz? Sem a aprovação de Cal ou o envolvimento de Davidson? Não faz sentido. Nem mesmo Farley, com sua vasta rede de espionagem, fazia ideia. Mas ela é a única que parece satisfeita. Sorri no seu assento, quase vibrando de tanta animação.

Não devíamos nos sentir assim. A guerra está vencida. Chega de batalhas, chega de mortes. Maven perdeu sua coroa em Province. Ninguém nem se importou em recolhê-la, e o aro de ferro gélido foi abandonado na ilha. Iris tomou seus braceletes. Ele não poderia nos enfrentar nem se quisesse. Está tudo acabado. O garoto não é mais rei. Não pode me machucar por mais nem um segundo.

Então por que me sinto tão mal? O terror se assenta no fundo do meu estômago, pesado como uma pedra e tão difícil de ignorar quanto. *O que acontece agora?*

A princípio tento jogar a culpa em Iris, sua mãe e Bracken. Apesar de Cal ter jurado honrar a aliança, duvido que eles façam o mesmo. Perderam muito, e nenhum deles parece do tipo que volta para casa de mãos abanando. Todos têm razões pessoais para desejar vingança, e Norta ainda está aleijada, dividida por uma guerra civil. Uma presa fácil para criaturas mais fortes. Seja qual for a paz que encontramos hoje, tem seus dias contados. Quase posso sentir o tique-taque do relógio nos perseguindo.

Não é por isso que você está com medo, Mare Barrow.

Na noite passada, Cal e eu concordamos em não fazer nenhuma escolha e em não mudar as já feitas. Certas coisas podem ser ignoradas quando a guerra está em andamento. Achei que teríamos mais tempo. Não pensei que tudo terminaria tão rápido. Não sabia que já estávamos à beira do precipício.

Com Maven deposto, Cal é o rei legítimo de Norta. Ele vai ser coroado e assumirá seu direito de nascença. Casará com Evangeline. Nada do que aconteceu antes vai importar.

E seremos inimigos de novo.

Montfort e a Guarda Escarlate não vão apoiar outro rei como governante de Norta.

Nem eu posso apoiar, não importa o quanto Cal prometa trazer mudanças. O padrão vai se repetir, com seus filhos ou netos, seguindo a linhagem de reis e rainhas. Cal se recusa a enxergar o que deve ser feito. Ele não tem estômago para o sacrifício exigido para tornar o mundo melhor.

Olho para ele disfarçadamente. Seu foco está em outro lugar, introspectivo. Provavelmente pensando no irmão. Maven Calore deve pagar pelo derramamento de sangue que causou e pelas feridas que abriu em todos nós.

Antes de atacarmos a prisão de Corros, quando Cal pensou que encontraríamos Maven nos esperando, ele disse que perderia o controle. Iria atrás do irmão com tudo o que tinha. Isso o aterrorizava, ter um domínio tão tênue sobre si mesmo. Eu disse que mataria Maven se ele não conseguisse. Pareceu fácil falar isso naquele momento, mas, quando tive a oportunidade, quando Maven olhou para mim deitado na banheira, vulnerável como um recém-nascido, eu fugi.

Eu o quero morto. Pelo que me fez. Por toda a dor, todos os corações partidos. Por Shade. Pelos vermelhos que usou como peões no seu jogo perverso. Ainda assim, não sei se poderia matá-lo eu mesma, simplesmente remover a tormenta que ele causa. Também não sei se Cal conseguiria.

Mas ele vai fazê-lo, e com razão. É o único caminho para onde essas estradas levam.

A viagem de volta para Harbor Bay pareceu mais curta. Descemos no porto Aquarian, os jatos se apertando onde antes era a praça do comércio na beira da orla. Soldados da coalizão cercam o pavimento, e meu estômago se revira. Tantos olhos.

Pelo menos dessa vez não sou eu o centro das atenções. Apesar de Maven ter feito isso comigo tantas vezes, sinto pouca satisfação em vê-lo sendo arrastado de um jato. Ele cambaleia, suas pernas pesadas por causa da habilidade de Julian, parecendo ainda mais um garoto do que antes. Alguém prende suas mãos em algemas. Maven não diz nada, incapaz de falar.

Farley se agiganta, perto do ombro dele, sorrindo orgulhosa, com uma mão erguida em triunfo. Ela o agarra pelo colarinho.

— Vamos nos levantar, vermelhos como a aurora! — ela grita. Com um pé, chuta a parte de trás da perna de Maven, como Iris fez. Ele cai de joelhos, um rei jogado ao chão. — Vitória!

O silêncio das pessoas chocadas na praça rapidamente se dissipa quando a multidão percebe o que aquilo significa. A gritaria aumenta como uma tempestade, até que brados de alegria e maldade ecoam tão alto que acho que a cidade inteira já deve saber.

Cal irradia calor ao meu lado, seu rosto sem nenhuma emoção. Ele não está gostando disso.

— Leve Maven para o palácio — ele murmura para Anabel quando ela se aproxima. — O mais rápido possível.

A avó olha para ele e solta um suspiro contrariada.

— O povo precisa ver, Cal. Deixe que aproveitem a vitória. Deixe que amem você por isso.

Ele estremece.

— Isso não é amor — responde, apontando com o queixo para a multidão. Vermelhos e sanguenovos em uma quantidade bem maior do que os próprios prateados, todos olhando para Maven com raiva e punhos erguidos. A fúria domina a praça. — É ódio. Leve Maven para o palácio, para longe da multidão.

É a escolha certa. E a mais fácil. Aceno para ele, apertando seu braço de leve. Oferecendo qualquer conforto que possa dar, enquanto ainda é possível. Como a aliança, nosso tempo está chegando ao fim.

Anabel insiste, severa.

— Podemos marchar com ele...

— Não — Cal estoura, rosnando em voz baixa. Ele olha para a avó e para mim. Me mantenho firme. — Não vou cometer os erros dele.

— Está bem — ela cospe por entre os dentes cerrados. Na beira da praça, os transportes estacionam, esperando para nos levar de volta para o palácio. Cal segue direto para o mais próximo e eu vou junto, tomando o cuidado de manter uma distância respeitosa.

— Ainda temos que enviar nossos relatórios e anúncios — Anabel diz conforme andamos. — Para que o povo de Norta saiba que seu verdadeiro rei voltou. Reunir as Casas, cobrar promessas de aliança. Punir os que não se colocarem a serviço da sua coroa...

— Eu sei — ele fala, seco.

Atrás de nós, ouço pessoas se debatendo e tropeçando. Farley arrasta Maven, com Julian escoltando os dois. Alguns soldados jogam cachecóis vermelhos aos pés dela, celebrando nosso triunfo. Comemoram e gritam em igual proporção.

O som é horrível, mesmo vindo do meu próprio povo. Leva minha memória de volta para Archeon, quando fui forçada a andar acorrentada pela cidade. Uma prisioneira, um troféu. Maven me fez ajoelhar diante do mundo. Quero vomitar agora tanto quanto queria na época. *Não deveríamos ser melhores do que eles?*

Apesar disso, sinto a mesma fome horrível por dentro. O desejo de vingança e justiça me implora para alimentá-lo. Eu o afasto, tentando ignorar o monstro que carrego dentro de mim, nascido de todos os meus erros e de todos os erros cometidos contra mim.

Anabel não para de falar até chegarmos ao transporte e Cal dispensá-la com um olhar. Não me dou ao trabalho de olhar para trás antes de subir no nosso veículo, incapaz de assistir a outra pessoa encarando uma fração do que sofri em Archeon. Mesmo que seja Maven.

Cal fecha a porta, envolvendo-nos na quase escuridão. A divisória está erguida, nos separando do motorista. Nos deixando sozinhos, sem necessidade de fingimentos. O silêncio é quase completo, o som da multidão abafado e reduzido a um leve ruído.

Cal se inclina para a frente, apoia os cotovelos nos joelhos e enterra o rosto nas mãos. São emoções demais para suportar. Medo, arrependimento, vergonha e muito alívio. Tudo podado pela sensação crescente de pavor, ciente do que está por vir. Me recosto no assento, cobrindo os olhos com as mãos.

— Acabou — me escuto falando, sentindo o gosto da mentira.

Cal respira pesado contra as mãos, como se tivesse acabado de voltar do treinamento.

— Não — ele diz. — Não está nem perto disso.

★

Meus aposentos em Ocean Hill ficam do lado oposto aos de Cal, conforme eu mesma pedi. São bem decorados, iluminados e arejados, mas o banheiro é muito pequeno e no momento está lotado. Estremeço sob a água quente, deixando que as bolhas de sabão passeiem pelo meu corpo. A temperatura é relaxante, aliviando as dores e tensões nos músculos. Farley está sentada no chão, apoiada na banheira, de costas para mim, enquanto Davidson faz o mesmo na porta, com uma postura surpreendentemente informal para o líder de uma nação. Seu terno refinado escolhido para a reunião está desabotoado, exibindo a camisa branca e o movimento de sua garganta. Ele esfrega os olhos e boceja, já exausto, apesar de a manhã mal ter acabado.

Esfrego o rosto, desejando poder limpar minha frustração com a mesma facilidade com que limpo o suor e a sujeira. *É impossível conseguir um segundo para mim mesma.*

— E quando ele recusar? — resmungo para os dois. Nosso plano, a última chance de manter as coisas unidas, tem incontáveis furos.

Davidson cruza as mãos contra o joelho dobrado.

— *Se* ele recusar...

— Ele vai recusar — Farley e eu falamos em um coro sombrio.

— Então faremos como combinamos — o primeiro-ministro diz com franqueza, dando de ombros de leve. Seus olhos amendoados me observam atentos. — Está tudo acabado para nós se não mantivermos nossa palavra. E eu tenho promessas a cumprir com meu próprio país.

Farley balança a cabeça, concordando. Ela vira a cabeça para mim por cima do ombro, seu rosto a apenas alguns centímetros do meu. Tão perto que posso contar as sardas que se espalham sobre o seu nariz, contrastando com a cicatriz na boca.

— Eu também — ela diz. — Os outros generais do Comando foram claros.

— Gostaria de me reunir com eles — Davidson comenta.

Ela oferece um sorriso amargo.

— Se tudo correr como imaginamos, estarão nos aguardando quando retornarmos.

— Isso é bom — ele responde.

Abro meus dedos, criando linhas pela água leitosa e perfumada.

— Quanto tempo teremos? — digo, indo ao assunto que estávamos evitando. — Antes de Lakeland voltar?

Ao meu lado, Farley vira para descansar o queixo sobre o joelho dobrado. Ela bate os dentes, nervosa. Algo estranho para a general.

— Os espiões em Piedmont e Lakeland informaram que há uma movimentação nos fortes e cidadelas. Exércitos sendo reunidos. — A voz dela muda, ficando mais pesada. — Não vai demorar muito.

— Vão atacar a capital — falo de bate-pronto. Não é uma pergunta.

— Provavelmente — Davidson diz. Ele bate um dedo nos lábios, pensativo. — Uma vitória no mínimo simbólica. E, na melhor das hipóteses, se outras cidades e regiões se ajoelharem, uma conquista rápida do país inteiro.

Farley enrijece diante da ideia.

— Se Cal morrer no ataque... — Sua voz some, ela mesma se interrompendo. Apesar do banho quente, meu corpo gela com essa hipótese. Tiro os olhos da silhueta de Farley e observo a janela. Nuvens brancas se movem preguiçosas pelo céu azul amistoso. Muito brilhantes e alegres para essa conversa.

Consciente disso ou não, Davidson gira a faca fincada no meu estômago, dando continuidade à linha de raciocínio de Farley.

— Então não haverá herdeiros da família Calore. O caos reinará pelo país.

Ele fala como se aquilo fosse uma opção. Viro rápido na banheira para encará-lo. Coloco a mão na borda de porcelana, deixando uma faísca ameaçadora correr por um dedo. O primeiro-ministro recua, mas só um pouco.

— Causará mais derramamento de sangue vermelho, Mare — ele explica, como se pedisse desculpas. — Não tenho interesse em algo assim. *Precisamos* tomar Archeon antes deles.

Assentindo, Farley cerra o punho, resoluta.

— E forçar Cal a renunciar. Fazer com que veja que não há outra escolha.

Não me movo, ainda encarando o primeiro-ministro.

— E Rift?

Os olhos dele se estreitam.

— Volo Samos nunca vai tolerar um mundo em que não possa reinar, mas Evangeline... Ela pode ser persuadida. Ou, pelo menos, subornada.

— Com o quê? — zombo. Sei que faria qualquer coisa para impedir seu casamento com Cal, mas trair sua família, perder sua coroa? Não consigo acreditar. Ela preferiria o sofrimento. — Ela é mais rica do que todos nós. E muito orgulhosa.

Davidson ergue o queixo, parecendo superior. Como se soubesse de algo que não sabemos.

— Com seu próprio futuro — ele diz. — Com a liberdade.

Torço o nariz, cética.

— Não sei o que você poderia pedir a ela. Não vai se livrar do próprio pai.

O primeiro-ministro concorda com a cabeça.

— Não, mas ela pode destruir uma aliança. Recusar o casamento. Separar Rift de Norta. Deixar Cal sem ninguém a quem recorrer. Ajudar a pressioná-lo. Ele não é nada sem aliados.

Davidson não está errado, mas o plano secundário é muito precário. Depender das motivações de Evangeline é uma coisa, mas e sua lealdade ao sangue? À sua família? Parece impossível. Ela mesma disse que não poderá recusar o noivado e não poderá se voltar contra os desejos do pai quando tudo estiver acabado.

O vapor sobe em silêncio, rodopiando no ar.

Do outro lado da porta, vem uma voz exasperada.

— Quais são as chances de qualquer uma dessas coisas acontecer de acordo com o planejado? — Kilorn fala do meu quarto.

Tenho que rir.

— Alguma vez aconteceu?

Kilorn responde com um grunhido longo e frustrado. A porta balança quando ele bate a cabeça contra ela.

Kilorn e Davidson são gentis o suficiente para deixar que eu me vista em paz, mas Farley fica lá. Esparramada sobre as cobertas verde-oceano da minha cama. A princípio quero mandá-la embora para que possa ter um momento sozinha, mas conforme os minutos transcorrem, fico feliz com sua presença. Se estivesse sozinha, poderia enlouquecer e nunca mais abrir a porta. Com ela aqui, não tenho desculpas para não me arrumar o mais rápido possível. Com sorte, o movimento constante vai me conduzir pelo resto do que promete ser um dia muito *interessante*.

Ela ri enquanto entro no uniforme formal da Guarda Escarlate. Recém-lavado e feito sob medida para mim. Jurei lealdade à Guarda quase um ano atrás, mas nunca pareceu oficial. O uniforme deveria ser simbólico, para mostrar que não estou unida a Cal e seus aliados prateados — mas, na verdade, acho que Farley só quer que mais alguém sofra com ela. A roupa vermelho-sangue reluzente é justa e rígida, abotoada até o topo da garganta. Me debato nela, tentando afrouxar um pouco o estrangulamento.

— Nem um pouco divertido, né? — Farley gargalha. A gola dela por enquanto está aberta.

Me olho no espelho, reparando como a roupa delineia meu corpo. Fica quadrado no torso, e a calça de corte reto enfiada nas botas me confere uma silhueta quase retangular. Definitivamente não se trata de um vestido de baile.

Além dos botões polidos e brilhantes, não tenho nenhuma outra decoração no uniforme. Nenhum emblema, nenhuma insígnia. Passo a mão sobre o peito, sentindo o tecido puro.

— Vou finalmente receber uma patente? — pergunto, olhando para Farley. Como na Galeria do Povo, ela tem seus três quadrados de general no colarinho, mas a maior parte das medalhas e fitas falsas foi abandonada. Não têm utilidade diante de Cal, que não se deixa iludir.

Ela deita, olhando para o teto. Tem uma perna cruzada sobre a outra, e o pé balança livre.

— Soldado raso soa bem.

Coloco a mão sobre o coração, fingindo me sentir insultada.

— Estou com vocês há um ano.

— Talvez eu possa mexer alguns pauzinhos — ela diz. — Falar bem de você. Conseguir uma promoção para cabo.

— Que generosidade.

— Kilorn será seu superior.

Apesar do medo que me corrói por dentro, rio alto.

— Só não diga isso a ele. — Nem consigo imaginar o quanto ia me perturbar. Com provocações, ordens falsas. Não teria fim.

Farley ri comigo, seu cabelo loiro curto espalhado sobre o rosto como uma aura dourada. Não é exatamente raro vê-la rir, mas agora é diferente. O riso não está contaminado pela ironia ou pela rispidez. É uma pequena explosão de felicidade sincera. Algo incomum ultimamente, em todos nós.

Aos poucos, ela se recupera, o eco das risadas morrendo na garganta. Desvio o olhar rápido, como se tivesse visto algo que não devesse.

— Você passou a noite com ele ontem. — Sua voz é segura. Farley sabe, assim como todos os outros, tenho certeza. Cal e eu não fomos exatamente discretos.

Respondo com sinceridade e sem vergonha.

— Sim.

O sorriso se apaga, e ela senta na cama. Pelo reflexo no espelho, vejo sua expressão mudar. Os cantos da boca se curvam para baixo e seus olhos se suavizam, assumindo um ar de tristeza, se não de pena. E, talvez, um toque de desconfiança.

— Isso não muda nada. — Forço a frase a sair, me virando irritada. — Para nenhum de nós.

Farley responde rápido, com a mão erguida.

— Sei disso — ela diz, como se estivesse acalmando um animal. Sua garganta sobe e desce, e ela lambe os lábios, escolhendo com cuidado as palavras. — Sinto falta de Shade. Faria coisas terríveis para trazê-lo de volta. Para ter mais um dia com ele. Para que Clara o conhecesse.

Cerro os punhos ao lado do corpo e olho para os pés, sentindo as bochechas corarem. Com vergonha, porque ela não confia em mim. Com raiva, tristeza profunda e arrependimento pela perda do meu irmão.

— Eu não...

Ela levanta e encurta a distância entre nós com passos firmes. Suas mãos agarram meus ombros, me forçando a olhar para cima, para seu rosto coberto pela cicatriz.

— Estou dizendo que você é mais forte que eu, Mare. — Ela respira, com os olhos brilhando. Demora um bom tempo até as palavras assentarem. — Só em relação a isso. Em nenhuma outra coisa — Farley acrescenta de imediato, rompendo a tensão.

— Em mais nada — digo, concordando com uma risada curta e forçada. — Só eletrocutar as pessoas.

Farley só encolhe os ombros largos.

— Bom, vai saber? Nunca tentei.

A sala do trono de Ocean Hill tem vista para toda a cidade, passando pelos telhados azuis e paredes brancas até o porto. Janelas grandes se arqueiam sobre o trono, inundando a câmara com a luz dourada do final da tarde. Isso confere ao ambiente um ar quase onírico, como se o momento não fosse real. Parte de mim acredita que posso acordar na escuridão dessa manhã, antes de partir para Province. Antes de a guerra ter sido vencida de forma tão fácil e de uma vida ter sido trocada como se não fosse nada de mais.

Cal não falou nada sobre Salin Iral depois daquilo, mas nem precisa. Eu o conheço o suficiente para compreender o quanto a lembrança pesa sobre ele. Um lorde em desgraça, mas ainda assim um lorde, afogado, uma morte em pagamento por Maven. Não foi fácil para Cal. Mas, olhando para o rei Tiberias VII, ninguém seria capaz de dizer isso.

Ele senta altivo no trono de cristais de diamante do pai, parecendo uma verdadeira chama em rubro-negro. As janelas fazem sua silhueta brilhar, e me pergunto se um dos seus guardas é um sombrio Haven, manipulando a luz para criar uma imagem de poder e força. Com certeza está funcionando, como funcionava com seu pai. Como nunca funcionou com Maven.

Desprezo a imagem. O trono reluzente, a coroa simples na cabeça — de ouro rosé, como a da avó. Mais refinada que a de ferro. Mais elegante. Menos violenta. Uma coroa para a paz, não para a guerra.

Farley e eu sentamos lado a lado, à esquerda do trono, com Davidson e seus subordinados. À direita de Cal está Anabel, seu assento mais próximo do trono do que qualquer outro. A Casa Samos senta ao lado dela, agrupada em volta de outro rei.

Me pergunto quanto tempo Volo Samos passou construindo seu próprio trono de aço e metal perolado. O material foi moldado em tiras trançadas de prateado e branco, decorado com um brilho ocasional de âmbar preto. Meus lábios se retorcem com a ideia dele desperdiçando horas do seu dia com isso. A ostentação dos prateados nunca deixa de me surpreender.

Evangeline parece estranhamente nervosa ao lado do pai. No geral, ela se deleita com essas coisas, contente em observar e ser observada. Mas agora não consegue parar quieta, seus dedos se retorcendo e o pé batendo no chão por baixo das dobras do vestido. Me pergunto o que sabe ou do que suspeita. Não pode ser a oferta de Davidson. Ele não a apresentou ainda; não até ter certeza de que será necessária. Ainda assim, seus olhos cinza-escuro brilham, vasculhando a sala. Sempre retornando para as portas altas abertas no fundo da câmara, que dão para os salões do palácio. Uma multidão vaga do lado de fora, prateados e vermelhos com a esperança de conseguir ver algo de relance lá dentro. Sinto que me encolho de medo. Evangeline não é alguém que se assusta fácil.

Esqueço depressa de tudo isso quando Julian entra, sua mão em um braço familiar enquanto guia o prisioneiro real em direção ao trono. Murmúrios vigorosos os acompanham, silenciando apenas quando as portas da câmara se fecham com um barulho retumbante, nos separando do restante do palácio. Cal não é do tipo que precisa de uma plateia, e é esperto o suficiente para saber que não deveríamos ter uma enquanto decide o destino do irmão.

Maven não tropeça dessa vez. Ele mantém a cabeça erguida, mesmo com os pulsos algemados. Lembra uma ave de rapina, um falcão ou uma águia, rondando todos nós com olhos aguçados e garras afiadas. Mas ele não é uma ameaça. Não sem seus braceletes.

Não sem ninguém para seguir seu comando. Os guardas que o escoltam são de Lerolan, leais a Cal e Anabel. Não a Maven.

Não vejo escapatória, nem mesmo para ele.

Eles param a alguns metros dos pés de Cal, e Anabel se levanta, seu corpo lançando uma sombra longa. Ela passa os olhos por Maven lentamente, como se fossem facas o esfolando vivo.

— Ajoelhe-se diante do seu rei — ela diz, sua voz ecoando pelo silêncio mortal da câmara.

Maven inclina a cabeça.

— Não, acho que não.

De repente, estou de volta a outro palácio, vendo outro rei Calore. Eu de joelhos, ao lado de Maven de pé, minhas mãos algemadas atrás das costas. Quando ele traiu todos nós e revelou a quem seu coração pertencia de fato.

Maven, me ajude.

Não, acho que não.

Maven Calore escolhe suas palavras com cuidado, e não é diferente agora. Mesmo quando não têm significado, quando não lhe restou nenhum poder, ele ainda pode nos machucar.

No trono, Cal está sombrio, com uma mão cerrada. Sinto o monstro crescendo dentro de mim, implorando para estraçalhar Maven, obliterá-lo. Não posso negar o desejo, mas tenho que controlá-lo. Pela minha sanidade. Pela minha humanidade.

— Fique de pé se desejar — Cal por fim diz, e um pouco da tensão se dissipa. Ele acena como se aquilo não importasse. — Isso não muda onde você está. E onde *eu* estou sentado no momento.

— *No momento* — Maven repete, enfatizando as palavras. Seus olhos brilham, frios como o gelo, quentes como uma chama azul. — Duvido que vai ficar aí por muito tempo.

— Isso não é algo com que precise se preocupar — Cal fala. — Você cometeu traição e assassinato, Maven Calore. Crimes numerosos demais para mencionar, então não vou nem tentar.

Maven só zomba, revirando os olhos.

— Preguiçoso.

Seu irmão mais velho é esperto demais para cair em uma provocação tão evidente e deixa o insulto passar em branco. Ele gira o corpo para Davidson, como se consultasse um conselheiro, ou mesmo um amigo.

— Primeiro-ministro, qual seria a punição no seu país? — ele pergunta, sua expressão aberta e convidativa. Uma demonstração brilhante de solidariedade, tudo parte da imagem que Cal está tentando construir para si. Um rei que unifica em vez de destruir. Um prateado que pede um conselho a um vermelho, desdenhando da divisão entre os sangues.

Isso já causa repercussões.

Em seu trono, Volo retorce os lábios, se remexendo como um pássaro incomodado inflando as penas. Maven percebe rapidamente.

— Vai permitir isso, Volo? — ele grasna. — Vai ficar atrás de um vermelho? — Sua gargalhada estridente ecoa, capaz de rachar vidro. — É impressionante como a Casa Samos caiu.

Como Cal, Volo não tem intenção de cair nas provocações de Maven. Ele cruza os braços cobertos de metal cromado.

— Ainda tenho uma coroa, Maven. E você?

Em resposta, o garoto só olha com ironia, um canto da boca se repuxando.

— Execução — o primeiro-ministro Davidson diz com firmeza, se inclinando para a frente. Ele apoia os cotovelos nos braços da cadeira conforme se vira para ter uma vista melhor do rei deposto. — Punimos traição com execução.

Cal nem parece piscar. Ele vira de novo, se inclinando para Volo.

— Majestade, como o senhor lidaria com ele em Rift?

Volo responde rápido, rangendo os dentes. Como Evangeline, seus caninos estão encapados em prata.

— Execução.

Cal assente.

— General Farley?

— Execução — ela responde, erguendo o queixo.

No chão, Maven não parece se importar com a sentença, ou mesmo se surpreender. Ele dispensa pouca atenção ao primeiro-ministro, a Farley e Volo. Ou mesmo a mim. Como uma cobra que prepara o bote, ele só tem olhos para uma pessoa. Encara o irmão sem piscar, seu peito subindo e descendo em respirações curtas. Esqueço o quanto são parecidos, mesmo sendo só meios-irmãos. Não só nos traços, mas no fogo. Determinados, motivados. Crias dos pais deles. Cal foi construído a partir dos sonhos do rei, e Maven, dos pesadelos da rainha.

— E o que você vai fazer, Cal? — ele pergunta, sua voz tão grave e silenciosa que quase não posso ouvi-lo.

Seu irmão não hesita.

— O mesmo que tentou fazer comigo.

Maven quase ri de novo. Em vez disso, só bufa.

— Então vou morrer na arena?

— Não — o rei responde balançando a cabeça. — Não pretendo vê-lo desperdiçar seus últimos momentos se envergonhando. — Ele não está exagerando. Maven não é um guerreiro. Não duraria nem um minuto na arena. Mas não merece o que Cal está oferecendo, uma gota de misericórdia em algo que deveria ser um julgamento de ferro.

— Mas vai ser rápido. Posso te conceder isso.

— Que nobre da sua parte, *Tiberias* — Maven zomba. Então ele pensa melhor e sua expressão clareia. O falso rei arregala os olhos, me lembrando um cão implorando por sobras. Um filhote que sabe exatamente o que está fazendo. — Posso fazer um pedido?

Cal quase revira os olhos diante disso. Ele fixa no irmão um olhar de puro escárnio.

— Pode tentar.

— Me enterre com a minha mãe.

O pedido abre um buraco em mim.

Acho que ouço alguém do outro lado do conselho engasgando, talvez Anabel. Quando olho para ela, está com a mão sobre a boca, mas seus olhos estão secos. Cal fica branco como um osso, ambas as mãos grudadas nos braços do trono. Seu olhar titubeia, caindo por um momento, antes de se forçar a olhar de volta para o irmão.

Não sei onde o corpo de Elara foi enterrado. Da última vez que ouvi falar, estava com a Guarda em Tuck, a ilha que abandonamos.

Uma ilha de corpos. Incluindo o do meu irmão e o dela.

— Isso pode ser providenciado — Cal finalmente murmura.

Mas Maven não acabou. Ele dá um passo, não para a frente, mas para o lado. Na minha direção. A força do seu olhar quase me derruba da cadeira.

— E quero morrer como a minha mãe — ele diz sem cerimônias, como se pedisse mais um cobertor.

De novo, fico abalada demais para pensar. Tudo o que posso fazer é manter a mandíbula travada para que minha boca não se abra em choque.

— Destroçado pela sua fúria — ele insiste, com seus olhos horríveis, inesquecíveis, cravados em mim. A cicatriz na minha clavícula parece arder. — Pelo seu ódio.

Dentro de mim, o monstro ruge. *Posso fazer isso agora mesmo. Estou nisso desde o começo, então nada mais justo do que terminar.* Meus dedos cravam na cadeira, como os de Cal. Tentando me ancorar, me controlar, manter a eletricidade contida. Sinto como se pudesse iniciar uma tempestade com uma única batida do meu coração. Não darei a Maven a satisfação de uma última sedução. É disso que se trata. Mais uma gota de veneno, uma última onda de podridão, a corrupção final de quem eu era antes que colocasse suas garras em mim. Ele sabe que alguma parte minha, uma parte grande, quer isso. E sabe que vai arruinar qualquer coisa que eu tenha conseguido salvar da sua prisão e da tortura do seu amor.

Mate Maven, Mare Barrow. Acabe com ele.

O falso rei me encara, esperando minha decisão. Assim como os outros. Nem mesmo Cal dirá uma palavra. Como antes, está me deixando escolher qual caminho quero seguir.

Por alguma razão, penso em Jon. O vidente que me contou meu destino. *Se levantar. E se levantar sozinha.* Me pergunto se esse destino já mudou ou se é assim que mudará.

Lentamente, balanço a cabeça.

— Não serei seu fim, Maven. E você não será o meu.

No chão, ele parece enrijecer. Seus olhos permanecem quietos por um longo minuto, como se esperasse eu mudar de ideia. Continuo firme, rangendo os dentes para me impedir de hesitar. *A eletricidade não tem misericórdia*, eu disse uma vez. Mas o poder é só uma parte de mim. Não me controla.

Eu o controlo.

— Está bem — Maven força as palavras, com raiva por ter sido contrariado. Sinto certo triunfo florescendo, contrabalanceando o monstro dentro de mim. Ele se vira para Cal de novo. — Então uma bala. Uma espada. Corte minha cabeça se quiser. Não me importo com sua escolha.

Cal está aos poucos perdendo o controle, a máscara de rei caindo conforme a provação pesa sobre ele. Quase espero que se levante e saia da sala. Mas Cal não é assim. Nunca se rende, não demonstra suas fraquezas. Foi treinado para isso desde criança.

— Vai ser rápido — ele repete, hesitante.

— Você já disse isso — Maven rebate, como uma criança petulante. O sangue prateado se acumula em suas bochechas.

Anabel cruza as mãos. Ela olha para os irmãos, medindo um em relação ao outro. A tensão entre eles salta e estala como eletricidade, e me pergunto se Maven está tentando incitar Cal a matá-lo agora mesmo, já que não pode me forçar a fazer isso.

— Guardas, terminamos com o traidor — ela diz com um olhar autoritário.

Tirando a decisão das mãos de Cal por completo.

Contra meus melhores instintos, olho para Maven, que já está me encarando.

Cal não consegue tomar decisões.

Maven me disse isso muitas vezes, e senti na pele de várias maneiras dolorosas. Mesmo com o irmão destituído, Cal ainda está relutante, incapaz de decidir. Maven me disse que o irmão seria um péssimo rei por causa disso. Ou, na melhor das hipóteses, outro rei em uma coleira, dependente de outras pessoas. Tenho que concordar. Maven pode ser desumano, mas não é tolo.

Os guardas Lerolan o viram à força, agarrando seus ombros para arrastá-lo da câmara. Espero que Julian vá junto, mas ele fica, ocupando um lugar atrás do trono. Ele cruza as mãos, pensativo. Passos são os únicos sons na sala, ecoando com um tom definitivo enquanto Maven é levado. Me pergunto se vou vê-lo de novo. Se terei estômago para assisti-lo morrer.

Quando as portas pesadas se fecham atrás dele, me afundo um pouco no assento, soltando o ar devagar. Não tem nada que eu queira mais do que subir as escadas e tirar um cochilo.

Acho que Cal sente o mesmo. Ele se mexe no trono, se preparando para levantar.

— Acredito que isso conclui qualquer assunto que poderíamos ter — o rei diz, sua voz tensa de fadiga. Ele olha para todos nós um a um, como se consultasse um conselho leal em vez de uma sala de aliados precários. Talvez pense que pode nos transformar nisso se agir de acordo.

Boa sorte.

A rainha Anabel é rápida mas gentil, colocando a mão no braço dele para impedi-lo. Cal responde ao toque dela, perturbado.

— Temos que decidir sobre sua coroação — ela o lembra com um sorriso plácido. Cal parece incomodado com a perspectiva, talvez pelo fato de a avó o conduzir como se fosse um bebê. — Deve ser o mais rápido possível... Amanhã mesmo, até. Não há necessidade de alarde, mas precisa ser oficializado.

Desacostumado a ser deixado de lado, Volo segura seu queixo barbado com a mão. Um movimento suave e um pedido claro de atenção.

— E a questão da Cidade Nova ainda precisa ser resolvida, sem mencionar o casamento. — Ele olha para Cal e Evangeline. Se não fosse pelo controle bem treinado deles, acho que poderiam se contorcer ou mesmo engasgar. — Levará algumas semanas para ser preparado...

Me agarro à outra questão.

— Importa-se em explicar o problema na Cidade Nova? — pergunto, me ajeitando para ver Volo por completo. Ele me encara de volta, seus olhos cinzentos quase pretos de desgosto. Ao meu lado, os lábios de Farley se repuxam, mas ela rapidamente os força a voltar à neutralidade.

Anabel responde antes que Volo possa rebater minha grosseria.

— Não precisamos discutir isso agora — diz, com a mão firme no braço do neto.

Cal olha para mim, preocupado com o que eu possa fazer e com os efeitos que pode provocar no rei Samos. Ele morde o lábio e franze a testa como se quisesse me afastar do assunto.

Sem chance, Calore.

— Mas acho que deveríamos — digo a todos. Minha voz é forte e clara, um eco gélido de Mareena Titanos, a arma que os prateados me deram. — Entre outras coisas.

Cal ergue uma sobrancelha.

— Como o quê?

O primeiro-ministro limpa a garganta, assumindo seu papel na nossa conversa planejada às pressas e mal ensaiada. Mas ele é um político e diplomata talentoso. Nada nas suas palavras soa premeditado. Ele atua bem e fala com grande habilidade.

— Está claro que o povo de Lakeland e o príncipe Bracken, sem mencionar seus aliados em Piedmont, não têm nenhuma intenção de deixar Norta em paz — Davidson diz, dirigindo seu discurso a toda a realeza prateada. Em especial a Cal, que deve ser convencido. — Ela está unida de novo, mas foi enfraquecida por uma guerra amarga. Dois dos seus maiores fortes estão destruídos ou neutralizados. Vocês ainda aguardam que as demais famílias nobres jurem sua lealdade, apostando no apoio deles. A rainha Cenra não parece do tipo que deixa uma oportunidade dessa passar.

Cal relaxa um pouco, seus ombros abandonando a tensão infinita. O povo de Lakeland é um tema mais fácil do que a opressão contra os vermelhos. Ele olha para mim, quase dando uma piscadela, como se fosse só um jogo, um flerte divertido. E não três caçadores encurralando um lobo.

— Concordo — Cal diz com um aceno. — E, com nossas alianças fortalecidas, podemos defender Norta de qualquer invasão, pelo norte ou pelo sul.

A expressão serena de Davidson não muda. Ele só levanta um dedo.

— Sobre isso...

Me preparo, meus dedos dos pés se curvando dentro das botas. O calor cresce no meu peito. Digo a mim mesma para não esperar nada. Conheço Cal bem o suficiente para prever o que vai dizer. Ainda assim, há uma pequena chance de estar cansado demais para lutar, enojado com o derramamento de sangue, farto das maldades de seu povo.

Cal não vê aonde o primeiro-ministro pretende levá-lo, mas Anabel não é tão inocente. Seus olhos se estreitam, afiados. Atrás dela, Volo parece capaz de perfurar todos nós com algumas lanças bem miradas.

Mais próximo a mim, escondido dos demais, Davidson abaixa uma mão. Há um brilho azul tênue nela, pronto para nos proteger de qualquer ataque. Seu rosto permanece inalterado, sua voz é constante e firme.

— Agora que seu irmão foi deposto e você se apresentou para governar como rei, gostaria de propor outra opção.

— Sim? — Cal pergunta, ainda incapaz de compreender, ou evitando fazê-lo.

A ira declarada em Volo e em Anabel me deixa alerta. Como Davidson, abaixo uma mão e invoco faíscas em volta da pele.

Davidson continua, apesar da expressão de fúria dos outros prateados.

— Anos atrás, a República Livre de Montfort não era como hoje. Não passávamos de um agrupamento de reinos e protetorados governados por prateados, como vocês agora. Uma guerra civil cruzou as montanhas. — Mesmo já tendo ouvido antes o que ele está prestes a dizer, ainda sinto um arrepio. — A paz era algo desconhecido. Vermelhos morriam em guerras prateadas, pelo orgulho prateado, pelo poder prateado.

— Soa familiar — murmuro, com os olhos em Cal. Tento medir a reação dele, reparando nos pequenos sinais de movimento em seu rosto. Os lábios apertados, as sobrancelhas pretas se curvando. Um enrijecimento na mandíbula, o ar sendo solto. É como tentar ouvir uma imagem ou cheirar uma música. Frustrante e impossível.

O primeiro-ministro ganha ritmo. Ele gosta disso, e é de fato bom.

— Foi só por uma revolução — Davidson continua —, uma aliança entre vermelhos impulsionada pelo número crescente de rubros e prateados simpáticos à nossa difícil situação que fomos capazes de nos transformar na nação democrática que somos hoje. Foi preciso um grande sacrifício. Custou muitas vidas. Agora, mais de uma década depois, estamos melhores por causa disso. E melhoramos a cada dia. — Satisfeito, ele se inclina, ainda ignorando os olhares matadores de Anabel e Volo. — Espero que você se empenhe em fazer o mesmo, Cal.

Cal.

O uso do nome aqui, quando ele está sentado em um trono com uma coroa na cabeça, tem um significado claro. Até mesmo Cal parece captar. Ele pisca, se recompondo.

Antes que possa dizer alguma coisa, Farley se posiciona em frente a Cal, ansiosa para cumprir seu papel.

Suas insígnias de general brilham, refletindo pontos de luz no rosto de Cal.

— Temos uma oportunidade agora que não voltará. Norta está em uma situação confusa, implorando para ser reconstruída. — Ela não é tão boa com discursos como Davidson, mas não é uma amadora. A Guarda Escarlate a escolheu para ser sua porta-voz muitos meses atrás por uma razão. Farley tem fogo e crença suficientes para mover mesmo os corações mais gelados. — Vamos reconstruí-la juntos, transformá-la em algo novo.

Anabel fala antes que seu neto possa.

— Em algo como seu país, primeiro-ministro? — ela sibila. — E me deixe adivinhar: você oferece seus serviços para ajudar a criar essa nova nação gloriosa? — acrescenta, lançando farpas com uma precisão mortal. Plantando a semente de suspeita de que precisa. Vejo-a pousar, obscurecendo os olhos de Cal. *Criará raízes?*

— Talvez até possa se oferecer para ajudar a governá-la.

Um pouco do autocontrole de Davidson cede. Ele quase sorri.

— Tenho meu próprio país para servir, majestade, enquanto me é *permitido*.

Volo solta uma risada vazia. Quase pior que a de Maven.

— Quer que desistamos de nossos tronos, de tudo pelo que trabalhamos. Que joguemos fora nossa linhagem, traindo nossas Casas, nossos pais e avôs?

Anabel fecha o rosto.

— E *avós* — ela grunhe baixinho.

Mesmo que queira levantar, fico no lugar. Não seria sábio agitar ainda mais os ânimos.

— E aquilo pelo que *nós* trabalhamos, Volo? — Ele mal se digna a olhar para mim. Isso só alimenta minha raiva, que me serve de combustível. — Pelo que sangramos? Foi meramente pelo direito de ser governados de novo? De ser trancafiados em favelas, condenados ao alistamento, de volta à vida de que escapamos? Como isso é certo? Como isso é justo?

Meu controle sobre mim mesma começa a escapar. Tento me segurar, ignorando o nó na garganta que denuncia minha fraqueza. Dizer tudo isso em voz alta, para as pessoas que construíram esse mundo cruel ou o mantiveram dessa forma, tem um efeito estranho. Sinto como se pudesse chorar ou explodir, e não sei para qual lado ir. Quero pegar Anabel pelos ombros ou agarrar Volo pelo pescoço, forçá-los a ouvir e ver o que fizeram e o que continuam fazendo. Mas e se continuarem de olhos fechados? E se olharem e não virem nada de errado? O que mais posso fazer?

O rei Samos zomba de mim, o que me enoja.

— Esse mundo não é nem correto nem justo, *garota*. Achei que qualquer um nascido vermelho saberia disso — ele bufa. Ao seu lado, Evangeline continua parada, com os olhos no chão, a boca lacrada. — Vocês não são nossos iguais, não importa o quanto tentem ser. A natureza é assim.

Cal por fim rompe seu silêncio, seus olhos ardendo.

— Volo, silêncio — ele diz, ríspido. Sem títulos, sem gentilezas. Mas sem negar o que o outro disse. Seja qual for a linha na qual caminha, fica mais tênue a cada minuto. — O que exatamente está me pedindo, primeiro-ministro?

Ele vai nos fazer soletrar.

— Não é uma solicitação só minha — Davidson responde, me olhando.

Cal vira para mim também, com seu olhar de bronze focado em meu rosto. Contra minha vontade, meus olhos passam por ele, das mãos até a coroa na cabeça. Por tudo o que ele é.

Não hesito. Sobrevivi a muita coisa por muito tempo. Depois de tudo pelo que passamos, Cal não deveria se surpreender.

— Renuncie — digo a ele. — Ou nos retiramos.

Sua voz sai neutra, sem emoção. Sem choque.

Ele previa isso.

— Vocês vão encerrar a aliança.

Davidson confirma:

— A República Livre de Montfort não tem interesse em criar um reino como aquele de que escapamos.

Orgulhosa, Farley fala também:

— A Guarda Escarlate tampouco apoiará algo do tipo.

Sinto um tremor leve de calor, uma pequena onda vinda da direção de Cal. Um mau sinal. Com um suspiro, abandono qualquer esperança de que ele possa enxergar a razão. Isso atrai a atenção dele, ainda que por um segundo. Vejo dor em seus olhos, o suficiente para evocar o mesmo em mim. Uma pequena picada, leve se comparada a todas as feridas que os irmãos Calore abriram em mim.

Cal olha de volta para Davidson, direcionando sua raiva crescente para outra pessoa.

— Então vão nos deixar à mercê de Lakeland e de Piedmont. Reinos e principados piores do que jamais serei — diz, exasperado, quase tropeçando nas palavras. Fica claro que está tentando salvar a

aliança, que está fazendo tudo o que pode para nos manter aqui.
— Como disse, estamos enfraquecidos agora. Somos presas fáceis. Ainda mais sem seus exércitos...

— Exércitos vermelhos — o primeiro-ministro o lembra com frieza. — Exércitos de sanguenovos.

— Isso não pode ser feito — Cal responde, sua voz brusca. Ele exibe as mãos, com as palmas para cima, vazias. Sem nada a oferecer. — Simplesmente não pode ser feito. Não agora. Com tempo, talvez, mas as Casas não vão se ajoelhar se não houver um rei. Racharemos. Norta não existirá mais. Não temos tempo para mudar *a própria forma de governo* enquanto nos preparamos para uma invasão inevitável...

Farley o interrompe.
— Consiga tempo.

Apesar da sua altura, do seu corpo largo, da coroa, do uniforme e de todos os aparatos de um guerreiro e de um rei, Cal nunca se pareceu mais com uma criança. Ele olha para nós, então para sua avó e Volo, que não lhe dão trégua, seus rostos esculpidos com expressões igualmente reprovadoras. Não vão permitir que Cal concorde. O outro lado da aliança será rompido.

Atrás de Cal, quase invisível, Julian abaixa a cabeça, mas mantém a boca fechada.

Volo passa uma mão mortal pela barba prateada. Seus olhos brilham.

— Os lordes prateados de Norta não cederão seus direitos de nascença.

Rápida como um raio, Farley salta da cadeira. Ela cospe de forma impressionante nos pés de Volo.

— É isso que eu penso do seu direito de nascença.

Para minha surpresa, o rei Samos fica paralisado e em silêncio. Parece embasbacado diante dela, de boca aberta. Eu nunca ouvi falar de um Samos que ficou sem palavras.

— Ratos não mudam — Anabel grunhe. Ela tamborila os dedos no braço da cadeira, numa ameaça clara como o dia. Não que isso afete muito Farley.

Cal só se repete, sua voz apenas um murmúrio. Os caçadores o encurralaram.

— Não pode ser feito.

Devagar, mas de forma definitiva, Davidson levanta do seu assento, e eu o sigo.

— Assim sendo, sentimos muito por deixá-los dessa forma — ele diz. — De verdade. Considero você um amigo.

Os olhos de Cal passam por nós, saltando de um lado para o outro. Vejo tristeza nele, a mesma que sinto. Compartilhamos a resignação também. Esse sempre foi o caminho que escolhemos seguir.

— Sei disso — Cal responde. Sua voz muda, ficando mais profunda. — Mas você deveria saber que não reajo bem a ultimatos, amigáveis ou não.

É um alerta.

E não só para nós.

Descemos juntos, vermelhos alinhados em nossas crenças e metas. Uniformes rubros e verdes, nossa pele beijada pelos mesmos tons róseos e escarlates. Deixamos para trás os prateados, tão frios e imóveis como se fossem esculpidos em pedra, estátuas com olhos vivos e corações mortos.

— Boa sorte — consigo dizer sobre o ombro, roubando um último olhar.

Cal responde da mesma forma ao me ver partir.

— Boa sorte.

Em Corvium, quando ele escolheu a coroa, pensei que meu mundo tinha sido roubado, como se estivesse caindo no abismo. Não é a mesma coisa agora. Meu coração já estava partido, e uma noite não o consertou. Essa ferida não é nova; a dor não é desconhecida. Cal é a pessoa que me disse que era. Nada nem ninguém vai mudá-lo. Posso amá-lo, e talvez sempre ame, mas não posso fazê-lo se mover quando decide ficar parado. O mesmo pode ser dito de mim.

Farley me cutuca, um lembrete afiado enquanto andamos. Nosso último pedido ainda deve ser feito.

Viro de novo, voltando o rosto para ele. Tento olhar pelo tempo necessário. Determinada, mortal, uma queda inevitável para um rei prateado. Mas ainda assim Mare, a garota que ele ama. A vermelha que tentou mudar seu coração.

— Você vai deixar os vermelhos saírem das favelas, pelo menos?

Ao meu lado, Farley grunhe o restante:

— E vai acabar com o recrutamento forçado?

Não esperamos nada em troca. Talvez uma tristeza simulada, ou outra explicação trágica sobre como é *impossível*. Talvez Anabel nos enxote da sala.

Cal fala sem olhar para os prateados à sua direita. Decidindo sem consultá-los. Não sabia que era capaz disso.

— Posso prometer salários justos. — Quase gargalho alto. Volo empalidece, parecendo enojado, mas Cal continua falando. — E liberdade de ir e vir. Poderão viver e trabalhar onde preferirem. O mesmo vale para os exércitos. Salários justos e termos justos de recrutamento. Sem convocações.

É minha vez de ser pega despreparada. Pisco e faço uma reverência com a cabeça. Ele retribui o gesto.

— Obrigada por isso — me obrigo a falar.

Sua avó estapeia o braço do trono dele, indignada.

— Estamos prestes a lutar outra guerra — ela diz, como se alguém precisasse ser lembrado do perigo vindo de Lakeland.

Me viro para esconder meu sorriso. Ao meu lado, Farley faz o mesmo. Trocamos olhares, agradavelmente surpresas pelas concessões.

Isso significa pouco diante do todo; pode ser uma promessa vazia, e provavelmente não durará. Mas serve ao menos para um propósito.

Dividir os prateados, abrir rachaduras na sua aliança já precária. A única que restou a Cal.

Ouço quando silencia a avó com um tom perigoso atrás de mim:

— Eu sou o rei, e essas são as minhas ordens.

A resposta dela é um sussurro que não posso ouvir, abafado pelo rangido das portas conforme se abrem e depois se fecham. O salão à nossa frente está tão tumultuado quanto antes, cheio de nobres e soldados esticando o pescoço, ansiosos para ver mesmo que de relance o novo rei e seu conselho remendado. Passamos em silêncio, nossas expressões neutras e incompreensíveis. Farley e Davidson resmungam para seus oficiais, repassando nossa decisão. É chegada a hora de deixar Harbor Bay e Norta para trás. Desaboto a gola do uniforme, deixando a jaqueta aberta para respirar melhor, livre do tecido rígido.

Kilorn é a única pessoa esperando por mim e me alcança rápido. Nem se importa em perguntar como o encontro foi. Nossa saída em silêncio responde tudo.

— Droga — ele grunhe enquanto andamos em nosso ritmo rápido e determinado.

Não tenho nada para levar. Todas as minhas roupas são emprestadas ou facilmente substituíveis, mesmo as que usava quando cheguei a Harbor Bay. Não tenho nenhum pertence, exceto os brincos na minha orelha. E o brinco que está em Montfort, guardado em uma caixa. A pedra vermelha, aquela que não suportava mais usar. Até agora.

Gostaria de tê-la aqui. Para deixá-la no quarto dele, no travesseiro em que dormi.

Seria uma despedida apropriada. Mais fácil do que a que tenho que encarar agora.

Me separo de Farley e Davidson, que seguem para seus quartos no final da grande escadaria.

— Encontro vocês lá fora em alguns minutos — digo aos dois.

Nenhum deles questiona minha decisão ou meu objetivo, me deixando ir com um aceno.

Kilorn hesita, aguardando um convite para me acompanhar. Mas não vai receber um.

— Você também. Não vou demorar.

Seus olhos verdes se estreitam, duros como esmeraldas.

— Não deixe ele arruinar você.

— Ele já fez o que podia comigo, Kilorn — digo. — Maven não pode quebrar mais nada.

A mentira o acalma, o suficiente para se virar, convencido da minha segurança.

Mas sempre há mais alguma coisa a ser quebrada.

Os guardas à porta abrem caminho. Giro rápido a maçaneta do quarto dele, para evitar perder a calma ou mudar de ideia. Não é uma cela, e sim um quarto escondido em um andar elevado, com vista para o mar. Sem cama, só com algumas cadeiras e um sofá comprido. Ou ele vai morrer esta tarde, e portanto não precisa de um lugar para dormir, ou ainda não lhe arranjaram uma cama.

Ele está parado à janela, com a mão na cortina, como se fosse fechá-la.

— É inútil — resmunga, com as costas viradas para mim, que fecho a porta. — Não bloqueia a luz.

— Pensei que era isso que você queria: permanecer na luz.

Ecoo as palavras que me disse meses atrás, quando eu era sua prisioneira, acorrentada em um quarto como este, condenada a olhar pelas janelas enquanto apodrecia.

— É uma simetria estranha, não? — ele diz, gesticulando para o quarto com um sorriso preguiçoso. Quase dou risada. Em vez disso, afundo em uma cadeira, com o cuidado de manter as mãos livres e as faíscas próximas.

Eu o observo, parado à janela. Ele não se move.

— Ou talvez os reis Calore tenham um gosto parecido para celas.

— Duvido muito — ele diz. — Mas, ao que parece, demonstramos nosso afeto através de prisões requintadas. Pequenas misericórdias para prisioneiros que não conseguimos deixar de amar.

As declarações dele não significam mais nada para mim. Mal sinto uma pontada no fundo do coração, que ignoro com facilidade.

— O que Cal sente por você e o que você sente por mim são coisas bem diferentes.

Maven dá uma risada sombria.

— Espero que sim — ele diz, passando as mãos pela cortina de novo. Ele olha para minha jaqueta, depois para minha clavícula. Minha cicatriz está escondida pela camisa. — Quando? — ele pergunta, com a voz mais suave.

A execução.

— Não sei.

Outra risada envenenada. Maven começa a andar, com as mãos atrás das costas.

— Quer dizer que o grande conselho não conseguiu chegar a uma decisão? Não me surpreende. Acho que vou morrer de velhice antes do seu grupo concordar em alguma coisa. Especialmente com Samos por perto.

— E sua avó.

— Não tenho avó — ele retruca com rispidez. — Você mesma ouviu: não somos da mesma família. — A lembrança deixa Maven azedo. Ele acelera o ritmo, cruzando o cômodo em alguns poucos passos e voltando. Apesar de sua calma exterior, parece um maníaco, sustentado por uma corda cada vez mais fina. Tento não olhar em seus olhos, que brilham iluminados por um fogo que parece capaz de queimar. — O que está fazendo aqui? Devo dizer que não sentia todo esse prazer em te provocar quando *você* era minha prisioneira.

Encolho os ombros, observando Maven.

— Você não é meu prisioneiro.

— Sou prisioneiro do meu irmão. — Ele agita a mão. — Que diferença faz?

Toda. Sinto as rugas se formando na minha testa, a tristeza já familiar me invadindo. Ele a vê por trás da minha máscara de indiferença.

— Ah — Maven murmura, parando no centro do quarto. Ele olha para mim intensamente, como se pudesse enxergar através do meu crânio e dentro do meu cérebro. Da forma como sua mãe fazia. Mas Maven não precisa ler minha mente para saber o que estou pensando ou o que seu irmão fez. — Então uma decisão foi tomada.

— Só uma — sussurro.

Maven dá um único passo à frente. *Eu* sou o perigo aqui, não ele, de modo que toma cuidado para se manter longe do meu alcance.

— Me deixe adivinhar, os vermelhos deram uma escolha a ele? A mesma escolha que você deu alguns meses atrás?

— Algo assim.

Seus lábios se curvam, mostrando os dentes. Não é um sorriso. Ele não se diverte ao me ver com dor, física ou de outra natureza.

— Não foi uma surpresa, foi?

— Não.

— Muito bem. Eu já tinha avisado. Cal segue ordens. Vai cumprir os desejos do pai até o dia de sua morte. — Ao falar, Maven quase parece pedir perdão pelo que o irmão se tornou, como se sentisse muito. Estou certa de que Cal compartilha desse sentimento. — Ele nunca vai mudar. Nem por você nem por ninguém.

Como Maven, não preciso de armas para machucar. Só palavras.

— Isso não é verdade — digo, olhando diretamente nos olhos dele.

Maven inclina a cabeça, estalando a língua como se eu fosse uma criança levando uma bronca.

— Pensei que já tivesse aprendido, Mare. Todo mundo pode trair todo mundo. E Cal a traiu mais uma vez. — Ele dá um passo ousado à frente, ficando a poucos metros de distância agora. Ele puxa o ar pelos dentes, como se tentasse sentir o ar saindo dos meus pulmões. — Não consegue admitir o que ele é? — Maven murmura, como se implorasse. Como se fosse o último pedido de um homem morto.

Ergo o queixo, sem tirar os olhos dele.

— Imperfeito, como todos nós.

Seu deboche reverbera no fundo do meu peito.

— Cal é um rei prateado. Um bruto, um covarde. Uma pedra que nunca vai se mover ou mudar.

Isso não é verdade, repito para mim mesma. Todos esses meses serviram de prova, e principalmente o que aconteceu há alguns minutos. Quando Cal se decidiu, mesmo com a avó espreitando. Salários justos, fim do recrutamento forçado. Passos que parecem pequenos, mas que são gigantes.

— Mas ele está mudando — digo, com a minha voz firme e ponderada. Provocando Maven. Ele empalidece, incapaz de se mover. — Mais devagar do que precisamos, mas é visível. Posso ver uma prévia do que talvez se torne. Cal está virando outra pessoa. — Abaixo os olhos, conforme as rachaduras na máscara de Maven começam a aparecer. — Não espero que compreenda isso.

Ele range os dentes, furioso. E um pouco confuso.

— Por quê?

— Porque nenhuma mudança que sofreu foi obra sua. — As palavras afiadas como navalhas caem, cortando no caminho. Ele se retrai, piscando rápido.

— Obrigado por me lembrar — diz. — Estava precisando.

Saco minha última lâmina, pronta para enfiar no fundo do coração dele. E talvez para fazê-lo sentir um pedacinho do que perdeu, mesmo que seja uma emoção fugaz.

— Sabia que Cal procurou por toda parte alguém que pudesse consertar você? — conto.

A boca de Maven desaba e fecha. Ele parece procurar alguma coisa ardilosa ou inteligente a dizer, mas só consegue gaguejar:

— O-o quê?

— Em Montfort — explico. — Cal fez o primeiro-ministro procurar algum sanguenovo, algum rubro, algum tipo de murmurador poderoso o suficiente para desfazer a obra de sua mãe. — Quase dói vê-lo tremer, demonstrando pequenas nuances de emoção além de raiva ou voracidade. Lutam para vir à tona, mas a deformação de Elara assume o controle rápido. O rosto de Maven fica paralisado, sem forças enquanto continua ouvindo. — Mas não existe ninguém assim. E, mesmo se existisse, não dá para mudar o que você é. Percebi isso há muito tempo, quando era sua prisioneira. Mas seu irmão... ele não acreditava que você estava totalmente perdido até hoje. Quando olhou nos seus olhos.

Lentamente, o rei caído se senta em uma cadeira oposta à minha. Ele estica as pernas e se afunda no assento, abandonando a coluna sempre ereta. Anestesiado, Maven passa a mão pelos cachos pretos. Seu cabelo é parecido com o de Cal, como o do pai deles. Ele fixa o olhar no teto, incapaz de falar. Imagino Maven na areia movediça, lutando para sair. Travando uma batalha impossível contra a natureza que sua mãe lhe deu. Não adianta. Seu rosto enrijece de novo, seus olhos se estreitam e gelam, fazendo tudo o que podem para ignorar o que seu coração quer sentir.

— Mas não se pode completar um quebra-cabeça com peças faltando. Ou remontar um painel de vidro estilhaçado — murmuro para mim mesma, repetindo o que Julian me disse semanas atrás.

Maven senta, endireitando as costas. Ele esfrega o pulso, tocando o ponto onde o bracelete costumava ficar. Sem eles, não tem poder. É inútil. Não precisa nem de guardas Arven.

— Cenra e Iris vão afogar todos vocês — ele sibila. — Pelo menos estarei morto antes de colocarem as mãos em mim.

— Que consolo.

— Eu ia gostar de ver você morrer. — A admissão é pequena, mas sincera e sem segundas intenções. Só a verdade nua e horrorosa. — Você vai gostar de me ver morrendo?

Pelo menos posso responder com um pouco de sinceridade.

— Parte de mim, sim.

— E o restante?

— Não — sussurro.

Ele sorri.

— É o suficiente para mim. Uma despedida melhor do que mereço.

— E o que *eu* mereço, Maven?

— Mais do que lhe demos.

A porta se abre com uma pancada antes que eu possa perguntar o que ele quer dizer. Levanto, esperando que os guardas me coloquem para fora agora que não faço mais parte da coalizão. Então vejo Farley e Davidson. Ela olha para Maven com mais fogo do que ele e do que até mesmo Cal é capaz de invocar, e imagino que vai esfolá-lo vivo na minha frente.

— General Farley — Maven fala lentamente. Talvez esteja tentando induzi-la a matá-lo antes que seu irmão tenha a chance. Ela só responde com um rosnado, como uma fera.

Davidson faz sinal para que outra pessoa entre no quarto. Percebo que o corredor atrás dele está vazio. Os guardas se foram.

— Mil desculpas por interromper — o primeiro-ministro diz, mais educado. Arezzo, uma sanguenova de Montfort, entra na câmara. Pisco para ela, confusa, mas só por um segundo.

Arezzo é uma teleportadora, como Shade, e estende as mãos.

— É hora de partirmos — Davidson suspira, olhando para nós.

Levo um susto quando Arezzo agarra meu punho, mas não sou a única que ela vai levar.

Antes que o quarto desapareça, se encolhendo e se transformando em nada, vejo Maven. Seu rosto branco, mais pálido a cada segundo. Seus olhos azuis, arregalados em um estado raro de choque. E a mão de Arezzo na dele.

VINTE E SETE
Evangeline

❧

A SALA DO TRONO PARECE VAZIA sem os vermelhos, mais fria de alguma forma.

Anabel é burra de pensar que podemos coroar Cal amanhã mesmo. Ela é afoita demais. Ninguém pode ser coroado rei de Norta fora da capital, e vai levar pelo menos alguns dias para estabilizar Harbor Bay antes de partir para Archeon. Além disso, é preciso lidar com as Grandes Casas que eram leais a Maven. Os nobres vão ter que se ajoelhar, jurar fidelidade a Cal, e então comparecer à coroação, para que o país possa se recompor. Não digo nada disso, claro. Eles que se deem conta sozinhos. Um rei instável dificilmente terá tempo de se casar.

Para meu azar, ele conta com Julian Jacos, e o lorde cantor é mais hábil na política do que seria de imaginar. Ele contradiz Anabel ao sugerir que esperem uma semana para realizar a coroação. Cal tem o maior prazer em seguir seu conselho, nesse e em outros assuntos.

Agora, Cal está afundado no trono, parecendo exausto pela batalha e pelo que aconteceu depois. Especialmente pelo que aconteceu depois. A todo momento, ele olha para a porta, desejando que Mare retorne. Mas já faz quase uma hora. Ela e seus companheiros devem estar longe a essa altura, em sua fuga para as montanhas distantes de Montfort. A família dela está lá, esperando. Mare deve estar feliz de voltar para eles. Queria poder fazer o mesmo e fugir para Rift.

Ou para Montfort, uma voz sussurra. Imagens surgem na minha cabeça, do primeiro-ministro com seu marido à mesa de jantar. De mãos dadas, relaxados e seguros de si. Livres para ser quem são. Massageio a têmpora, tentando me livrar da dor constante na cabeça. Tudo parece impossível agora.

Elane não está na sala do trono, mas está por perto. Ela fez a jornada com meus pais e chegou hoje à tarde. Estou louca para me livrar deste conselho e passar algumas horas com ela. Não sei quantas ainda me restam.

— Vou comunicar a notícia — Julian diz com as mãos cruzadas, ao lado de Cal. Sem os vermelhos aqui, a plataforma elevada da sala do trono fica tão inclinada que chega a ser engraçado. — Os nobres das Grandes Casas serão convocados à capital em uma semana. Você vai esperá-los, feliz em recebê-los. Depois, podemos coroá-lo rei. — Ele não parece muito animado.

Cal mal move a cabeça. Só quer que isso acabe logo. Não nota Anabel, com os olhos cor de bronze fixados em Julian. Ambos querem agradar ao rei, se manter em suas graças, como crianças disputando a atenção do pai. Eu apostaria em Anabel. Ela tem mais estômago para a corte. E a coragem de eliminar quem quer que possa ameaçar seu controle sobre o neto.

Suspiro em silêncio, exausta só com a ideia de uma vida acorrentada a Cal. Antes o poder de ser rainha me animava. Gosto de pensar que Elane me mudou, mas eu já a amava, até quando dizia a mim mesma que ela não passava de um fantoche, como Sonya Iral, uma dama prateada disposta a fazer minha vontade e apoiar minhas maquinações. Acho que a guerra fez alguma coisa comigo. Meteu um medo em mim que nunca tive. Não por mim mesma, mas por Ptolemus e Elane. Aqueles que mais amo, que mataria para proteger.

Eu sacrificaria tudo para mantê-los seguros e próximos. Já tive um gostinho da coroa, e sei que não se compara.

Meu pai não pensa o mesmo, tampouco permitiria que abandonasse minhas obrigações.

Não mencionei minhas suspeitas sobre a última parte do acordo de Anabel e Julian. Posso estar enganada. Talvez a rainha Cenra e Iris estivessem dispostas a entregar um rei em troca de uma única gota de vingança, ficando satisfeitas com Salin Iral.

Você sabe que isso não é verdade.

Elas não são idiotas. Não pagariam um preço tão alto por uma recompensa tão pequena.

E a verdadeira recompensa é meu pai.

Olho para ele de soslaio, notando a postura de seus ombros, altivos e firmes sob as curvas de sua armadura de cromo, tão polida que consigo ver meu reflexo nela. Pareço assustada, meus olhos arregalados se movendo de um lado para o outro, rodeados de maquiagem escura para esconder as olheiras. Lutei bem ontem, o bastante para garantir minha sobrevivência e a do meu irmão quando tantos de nós morreram. Meu pai não disse uma palavra sobre isso. Nada que indicasse que está feliz porque seus filhos, e seu legado, sobreviveram. Volo Samos é rígido como o aço de que viemos, cheio de arestas afiadas. Até sua barba é bem cuidada e aparada numa perfeição milimétrica. Herdei sua cor, seu temperamento e sua ambição. Mas agora desejo coisas diferentes. Ele quer poder, o máximo que conseguir. Eu quero liberdade. Quero ser dona do meu próprio destino.

Quero o impossível.

— Agora, quanto ao casamento real... — Anabel começa, e não suporto mais.

— Com licença — interrompo, sem me dar ao trabalho de olhar para qualquer um deles antes de sair. Sinto que estou me rendendo. Mas ninguém me detém, nem mesmo meu pai. Ninguém diz uma palavra.

Mal termino de subir a grande escadaria quando minha mãe corta meu caminho. Vestida de verde-claro, ela quase sibila de raiva, parecendo uma de suas serpentes. Nunca vou entender como uma mulher tão pequena pode dominar todo um corredor.

— Oi, mãe. Não precisa se preocupar, estou bem. Não sofri nem um arranhão — murmuro.

Ela ignora o cumprimento. Assim como meu pai, não se importa, ou não se preocupa, que eu tenha enfrentado a morte ontem.

— É inacreditável, Evangeline — ela me repreende, pousando as mãos cobertas de joias nos quadris. Seu nariz se contorce um pouco, e posso ver que não tenho sua atenção total. O resto está num rato que continua espionando o conselho. — Consegue escalar as muralhas do Forte Patriota, mas uma simples reunião é demais para você?

Estremeço, tentando não pensar na batalha. Com certo esforço, afasto a lembrança.

— Não gosto de perder tempo — digo com desdém.

Ela revira os olhos como só as mães sabem fazer.

— Discutindo sobre seu próprio casamento?

— Não há o que discutir — escarneço. — Minha opinião não importa, então de que adianta estar presente? Além do mais, Tolly vai me contar tudo depois. Tudo o que meu pai *comandar*. — A última palavra tem um gosto amargo.

Minha mãe parece prestes a dar o bote, tensa e perigosa.

— Você age como se fosse uma punição.

Levanto a cabeça. Todo o meu corpo e o aço do meu vestido ficam tensos com a raiva.

— E não é?

Ela reage como se eu tivesse lhe dado um tapa e insultado toda a sua linhagem.

— Não te entendo! — minha mãe diz, erguendo as mãos. — É isso que você quer, aquilo por que trabalhou a vida inteira.

Só me resta rir da cegueira dela. Não importa com quantos olhos minha mãe veja, nunca vai ser através dos meus. Meu riso a incomoda. Olho para sua testa, para sua trança cravejada de pedras preciosas. Ninguém pode dizer que Larentia Viper não representa bem o papel de rainha. *Tanta confusão por isso.*

— A coroa combina com você, mãe — suspiro.

— Não mude de assunto, Eve — ela diz, exasperada, enquanto corta a distância entre nós. Com todo o afeto que consegue, ela toca meus braços, como se fosse me abraçar. Permaneço imóvel, paralisada. Devagar, seus dedos sobem e descem pelos meus braços, acariciando minha pele nua. A imagem é quase maternal, muito mais do que estou acostumada. — Está quase acabando, querida.

Não, não está.

Determinada, escapo de suas mãos. O ar é mais quente que seu toque, reptiliano de tão frio. Ela parece magoada pela distância súbita, mas se mantém firme.

— Vou tomar um banho — digo. — Mantenha seus olhos e ouvidos longe de mim enquanto faço isso.

Minha mãe aperta os lábios. Não promete nada.

— Tudo o que fazemos é pelo seu bem.

Viro para ir embora, meu vestido silvando atrás de mim enquanto me afasto.

— Continue tentando se convencer disso.

Quando volto aos meus aposentos, minha vontade é de quebrar alguma coisa, um vaso, uma janela, um espelho. Vidro, não metal. Quero estilhaçar algo que eu não tenha como recompor. Resisto ao impulso, principalmente porque não quero limpar a bagunça depois. Ainda restam criados vermelhos em Ocean Hill, mas são poucos. Apenas aqueles que quiserem continuar a servir em troca de uma remuneração vão permanecer no palácio, e o mesmo vale para o resto do país.

Penso nas repercussões da decisão de Cal. Em quanta coisa vai mudar. A igualdade vermelha implica consequências profundas, e não só na arrumação do meu quarto.

Vou abrindo as janelas conforme avanço pelo quarto. O fim de tarde aqui é sempre bonito, tomado pela luz dourada e pela brisa perfumada do mar. Tento encontrar algum consolo nisso, mas só sinto raiva. O lamento agudo das gaivotas parece me provocar. Considero atingir uma, só para treinar a mira. Em vez disso, ergo as cobertas macias da cama para me deitar. Um cochilo é melhor do que um banho. Só quero que esse dia acabe logo.

Minha mão encontra um papel no meio da seda.

O bilhete é breve, escrito numa letra rebuscada e apertada. Nada como a cursiva elegante e ostentosa de Elane. Não reconheço a caligrafia, mas nem preciso. Pouquíssimas pessoas me mandariam bilhetes secretos, e menos ainda conseguiriam acesso à minha cama. Meu coração acelera no peito e prendo a respiração.

Temos razão de chamar a Guarda Escarlate de ratos. Talvez seus membros vivam dentro das paredes mesmo.

Desculpe por não poder lhe fazer este convite pessoalmente, mas as circunstâncias não permitem. Abandone Norta. Abandone Rift. Venha a Montfort. Concessões serão feitas a você e a Lady Elane. Serão bem-vindas nas montanhas, livres para viver como quiserem. Deixe essa vida vazia para trás. Não se submeta a esse destino. A escolha está em suas mãos, nas de ninguém mais. Não pedimos nada em troca.

Quase amasso o bilhete de Davidson diante de sua falsidade descarada. *Nada em troca.* Minha simples presença é uma dádiva. Sem mim, a aliança de Cal com Rift ficará em risco. Ele poderia perder seu único aliado. Então Davidson e a Guarda Escarlate teriam o rei sob seu controle.

Se aceitar meu convite, peça uma xícara de chá. Tomaremos conta do resto.
D

As palavras ardem, gravando-se na minha mente. Eu as encaro pelo que parecem horas, embora sejam apenas alguns minutos.

A escolha está em suas mãos. Nada poderia estar mais longe da verdade. Meu pai vai me perseguir até os confins da terra, não importa quem tente impedi-lo. Sou seu investimento, parte de seu legado.

— O que você vai fazer? — uma voz familiar pergunta, mais doce que uma canção.

Elane surge do outro lado do quarto, contra a luz da janela. Continua linda, mas sem nada de seu brilho. A visão me faz sofrer.

Olho para o bilhete na minha mão.

— Não há nada que eu possa fazer — murmuro. — Se... — Não consigo sequer dizer as palavras em voz alta, nem mesmo para ela. — Só pioraria as coisas. Para mim e para você.

Ela não se move, por mais que eu queira que atravesse o quarto. Seus olhos continuam distantes, fixos na cidade e no oceano.

— Acha mesmo que as coisas podem piorar ainda mais para mim? Seu sussurro, frágil e suave, parte meu coração.

— Meu pai ia me matar, Elane. E você, se pensasse... se soubesse como fico tentada por *isto* — digo, apertando o bilhete.

E Tolly? Não posso deixá-lo sozinho, o único herdeiro de um reino pequeno e precário. As letras do bilhete parecem se turvar e se embaralhar.

Estou chorando, percebo com um choque nauseado.

Lágrimas grossas caem uma a uma no papel. A tinta escorre, azul e úmida.

— Evangeline, não sei por quanto tempo posso continuar vivendo assim. — A admissão é simples, direta. Seu rosto se contrai. Preciso desviar os olhos. Devagar, levanto da cama e passo por ela. Seu cabelo ruivo reluz na minha visão periférica. Elane não me segue até o banheiro, me deixando pensar.

Com as mãos trêmulas e as lágrimas rolando, faço o que disse à minha mãe que ia fazer. Me arrasto até a banheira e afundo o bilhete na água. Deixando as palavras, a oferta e nosso futuro se afogarem.

Enquanto deito na água quente, sinto nojo de mim mesma, da minha covardia, de toda a podridão na minha vida. Jogo a cabeça para trás e mergulho, deixando a água da banheira substituir as lágrimas ainda frescas em meu rosto. Submersa, abro os olhos para ver o estranho mundo ondulante além da superfície. Expiro devagar, observando as bolhas flutuarem e estourarem. Concluo que posso fazer uma coisa, e apenas uma, em relação a tudo isso.

Posso manter a boca fechada.

E deixar que Julian e Anabel sigam em frente com seus jogos.

Meu cabelo ainda está úmido na hora do jantar, enrolado numa espiral na base do pescoço. Meu rosto está limpo. Sem maquiagem, sem pintura de guerra. Não há necessidade dos ornamentos habituais entre família, embora minha mãe pareça discordar. Ela está vestida para um jantar formal, ainda que sejamos apenas nós cinco no salão dos aposentos do meu pai. Minha mãe cintila como sempre, usando um vestido de mangas longas e gola alta em um tecido preto que reluz em tons de roxo e verde. Ela usa a coroa e o cabelo trançado. Meu pai pode prescindir da sua. É intimidador independente do que use. Assim como Ptolemus, está com uma roupa simples sem adornos, em nosso preto e prata. Elane parece serena ao lado dele, seus olhos secos e vazios.

Remexo a comida em silêncio, como fiz com os dois pratos anteriores. Meus pais falam o suficiente por todos nós, embora Ptolemus faça comentários de vez em quando. Ainda me sinto nauseada, com a barriga revirando de mal-estar. Por causa dos meus pais e do que querem de mim, por causa do quanto estou magoando Elane, por causa do que estou fazendo. Posso estar condenando meu pai com meu silêncio. E seu reino. Mas não consigo dizer as palavras em voz alta.

— Acho que as cozinhas de Ocean Hill estão sofrendo com as proclamações do jovem rei — minha mãe comenta, revirando a comida no prato. As refeições antes deliciosas foram substituídas por uma comida simples e insossa. Frango sem tempero acompanhado por verduras e batatas cozidas, com um molho aguado. Um prato simples que qualquer um poderia preparar. Até mesmo *eu*. Imagino que os cozinheiros vermelhos do palácio já tenham partido.

Meu pai corta um pedaço de frango, seu movimento agressivo e duro.

— Não vai durar — é tudo o que ele diz, as palavras escolhidas com cuidado.

— O que te leva a pensar isso? — Tolly, o estimado herdeiro, tem o privilégio raro de questionar nosso pai sem nenhuma consequência.

Não que isso o faça responder. Meu pai não diz nada, continuando a mastigar a carne insípida com uma careta.

Eu respondo em seu lugar, tentando fazer meu irmão enxergar o que vejo.

— Ele vai pressionar Cal como puder. — Aponto para meu pai. — Provar que o país precisa da mão de obra vermelha de alguma forma.

Meu querido Tolly franze a testa, pensativo.

— Ainda vai haver mão de obra vermelha. Eles também precisam comer. Com salários justos...

— E quem vai pagar por esses salários? — minha mãe interrompe, olhando para Tolly como se ele fosse um imbecil. É estranho vindo dela, que o mima na maior parte do tempo, mais do que a mim. — Nós não. — Ela continua e continua, cortando a comida com movimentos tensos e impetuosos, à velocidade de um coelho. — Não é certo. Não é *natural*.

Repasso as parcas proclamações na minha cabeça. Anunciadas e aplicadas imediatamente. Salários justos, liberdade de ir e vir, punição e proteção igualitária sob a lei prateada, e...

— E quanto ao recrutamento? — pergunto em voz alta.

Minha mãe bate na mesa.

— Mais uma insensatez. É um bom incentivo. Trabalhe ou sirva. Sem a segunda opção, por que alguém escolheria a primeira?

É uma conversa em círculos. Respiro fundo. Do outro lado da mesa, Elane me lança um olhar de alerta. É óbvio que não me agrada a falta de criados, e sei que o novo mundo que Cal quer construir vai resultar em um grande motim, sobretudo entre os prateados acostumados à sua posição tradicional. Isso não vai durar. Não tem como durar. Os prateados não vão permitir. *Mas permitem em Montfort. Como Davidson disse, o país dele foi criado a partir de um país como o nosso.*

Lembro de outra coisa que ele disse, apenas para mim, nas montanhas. Davidson chegou perto demais, sussurrou rápido demais. Mas suas palavras me atingiram em cheio. *Então o que deseja lhe é negado por causa de quem é. Uma escolha que não foi sua, uma parte de você que não pode mudar. E que não quer mudar.*

Nunca me considerei semelhante aos vermelhos, em nenhum aspecto. Nasci em berço de prata, sou filha de um homem poderoso, cheio de conquistas. Fui feita para ser rainha. E seria uma, não fosse pelo desejo em meu peito, pelas estranhas mudanças na minha natureza que estou apenas começando a entender. Davidson estava certo em Montfort. Assim como os vermelhos, sou diferente daquilo que o mundo exige de mim. E não sou pior por causa disso.

Por baixo da mesa, Ptolemus pega minha mão, seu toque suave e passageiro. Sinto um rompante de amor pelo meu irmão, e outro de vergonha.

Uma última chance, então.

— Suponho que Elane vá conosco para Archeon — digo em volta alta, olhando para meus pais. Eles trocam um olhar incisivo, que conheço bem e de que não gosto. Elane baixa os olhos, fitando as mãos sob a mesa. — Ela vai ter que se apresentar junto ao resto de sua Casa para jurar lealdade — explico friamente, apresentando um argumento sólido o bastante.

Mas não para minha mãe. Ela põe o garfo no prato, e o metal produz um tinido sobre a porcelana.

— A princesa Elane é *esposa do seu irmão* — diz, enfatizando as palavras, que soam como pregos riscando vidro. Parece até que Elane não está na sala. Seu tom me faz ranger os dentes. — E seu irmão, assim como o resto da nossa família, já se provou leal ao rei Tiberias. Não é necessário que faça a longa jornada. Ela vai voltar para a mansão Ridge.

Um rubor tinge as bochechas de Elane. Ainda assim, ela morde a língua, sabendo que é melhor não lutar essa batalha sozinha.

Solto um suspiro exasperado. *Longa jornada. Que monte de...*

— Bom, como princesa de Rift, Elane deve estar presente na coroação. Para mostrar ao reino quem somos. As fotos e gravações vão ser transmitidas em todo o Rift, além de Norta. Nosso reino deve conhecer sua futura rainha, não? — Meu argumento é frágil, na melhor das hipóteses, e soa tão desesperado quanto me sinto. Odeio lembrar a todos, sobretudo a mim mesma, o título de Elane, porque ele vem do meu irmão, e não de mim.

— A decisão não cabe a você.

Quando eu era criança, o olhar fixo do meu pai me calava na hora. Às vezes eu fugia dele, o que só significava castigos piores. Por isso, aprendi a encará-lo de volta, apesar do medo. A olhar nos olhos do que me apavora.

— Ela não pertence a você nem a ele — eu me ouço rosnar, soando como um dos felinos da minha mãe.

Não sei por quanto tempo posso continuar vivendo assim, ela me disse antes.

Nem eu.

Ela range os dentes furiosamente, sem poder falar.

Tolly se inclina para a frente, como se pudesse me defender de nossos pais.

— Eve... — ele murmura, para acabar com a discussão antes que as coisas piorem.

Minha mãe joga a cabeça para trás e ri, produzindo um som horrendo e abrupto. É como se cuspisse na minha cara; me sinto desprezada, diminuída por alguém que deveria me amar.

— E ela pertence a você por acaso, Evangeline? — minha mãe diz, ainda rindo. Tenho vontade de dar um tapa na cara dela.

O medo em mim se transforma em raiva, o ferro vira aço.

— Pertencemos uma à outra — respondo, tomando um gole de vinho à força.

Os olhos de Elane se voltam para os meus. Seu olhar arde em meu corpo.

— Nunca ouvi algo tão ridículo na minha vida — minha mãe zomba, empurrando o prato de lado. — Isso aqui é impossível de comer.

Mais uma vez, meu pai me encara.

— Não vai durar — ele diz, e concluo que se dirige a nós duas.

Imitando minha mãe, empurro meu prato de comida intocado.

— Veremos — murmuro comigo mesma. Estou farta disso. De tudo.

Antes que possa deixar a mesa, sair correndo pela segunda vez no dia, Anabel Lerolan entra na sala, seguida por seus guardas. Nem mesmo ela teria a presunção de enfrentar a família Samos sem proteção.

— Mil perdões pela interrupção — a mulher diz rápido, acenando com a cabeça. Sua coroa cintila, refletindo a luz fraca com um brilho ardente.

Diante da rainha Anabel, minha mãe logo assume o papel de rainha Larentia. Ela melhora a postura já impecável, endireitando a coluna e baixando os ombros. Com um olhar imperioso, vira-se para a avó de Cal.

— Imagino que tenha um motivo.

A rainha Lerolan faz que sim.

— Maven Calore não está mais entre nós.

Ao meu lado, Ptolemus solta o ar. Ele quase sorri. Meus pais também, aliviados por finalmente se livrar do antigo rei. Eu queria poder ter visto com meus próprios olhos a vida do menino monstruoso que nos atormentou por tanto tempo ser extinta.

Meu irmão é o primeiro a falar, virando-se para encarar Anabel.

— Cal o executou com as próprias mãos?

A expressão de Anabel fica dura.

— O que quero dizer é que ele não está mais neste palácio.

Sinto uma leve pressão, o apertar lento dos meus braceletes, mais tensos nos meus punhos. Sobre a mesa, os talheres começam a tremer. Não com a minha raiva, ou a de Ptolemus, mas a do meu pai. Ele cerra um punho sobre a mesa, fazendo as facas e garfos se curvarem.

Meu pai estreita os olhos.

— Ele escapou?

Improvável, mas não impossível. Muitos prateados ainda são leais, inclusive parte da Casa Haven. Poderiam entrar no palácio facilmente, soltá-lo e levá-lo às escondidas. As possibilidades passam pela minha mente. O envolvimento dos Haven seria a pior opção. Porque Elane poderia sofrer as consequências.

Anabel nega, sua expressão mais grave a cada segundo que passa.

— Não foi isso — ela sussurra, furiosa.

Minha mãe inspira fundo.

— Então...

Completo o pensamento por ela.

— Ele foi levado.

A velha rainha retorce os lábios.

— Sim.

— Pelos vermelhos — murmuro.

Por um momento, acho que Anabel vai estourar. Então ela mostra os dentes.

— Sim.

Está escuro lá fora quando chegamos aos aposentos de Cal, nos aglomerando na grande sala de visitas onde nos reunimos ontem. Ele anda de um lado para o outro furiosamente, ainda vestindo suas insígnias da corte, incluindo a coroa de ouro rosé. Rodeia seu tio Julian, empertigado em uma das cadeiras com os braços e as pernas cruzados. Uma mulher está apoiada atrás dele, as mãos pálidas plantadas nos ombros estreitos de Julian. Sara Skonos, a curandeira de pele. Não abre a boca, deixando os dois falarem enquanto considera o que ouve.

— A intenção é bem óbvia — Julian se interrompe quando entramos. — Duas reuniões do conselho em um único dia, quanta honra — ele diz então, seco. — Rainha Larentia, é interessante vê-la.

Em vez de olhar feio para o lorde cantor, minha mãe abre o sorriso mais afetado de que é capaz. O efeito é o mesmo.

— Lord Jacos — ela cumprimenta, mantendo distância.

Fico grata por Elane não estar conosco, tendo voltado aos meus aposentos. A presença dela apenas aumentaria a tensão de uma situação já complicada.

Meu pai não perde tempo, voando para uma cadeira como uma ave de rapina que encontra um poleiro. Ele encara Cal, que continua a andar de um lado para o outro.

— Então seu irmão está em mãos inimigas.

Do outro lado do salão, Julian aperta os lábios.

— "Inimigas" é uma palavra muito forte.

— Eles não estão mais do nosso lado — meu pai responde, sem se importar em controlar o tom de voz. — Roubaram um refém valioso. Isso faz de Montfort e da Guarda Escarlate nossos inimigos.

Ainda andando em círculos, Cal leva a mão ao queixo e olha para o meu pai.

— E o que propõe que façamos, rei Volo? — ele pergunta. — Quer que eu pegue nossos exércitos, ainda em recuperação, e ataque uma nação distante para recuperar um adolescente inútil e destruído? Acho que não.

Quase posso ver os pelos da nuca de meu pai se eriçarem. Ele cerra os dentes.

— Enquanto Maven respirar, é uma ameaça a Norta.

Cal concorda rápido, gesticulando com a mão aberta.

— Nisso podemos concordar.

Normalmente, qualquer desestabilização do reinado iniciante de Cal seria motivo de celebração, mas acho difícil me alegrar agora. Sento numa cadeira, me recostando e bufando.

— A maioria das Grandes Casas ainda vai jurar lealdade a você — falo mais para mim mesma, ainda que em voz alta. — Elas sabem que ele está acabado.

Cal estala a língua de maneira muito irritante. Eu me imagino cortando-a de sua boca.

— Não é o suficiente. Precisamos de uma nação unida para rechaçar os soldados de Lakeland e Piedmont.

Anabel fecha a porta atrás de nós e atravessa a sala para ficar ao lado do neto. Sua pose inabalável me cansa.

— Aqueles ratos malditos mal podem esperar que matemos uns aos outros para que possam se alimentar dos nossos cadáveres.

Ergo os olhos para ela com escárnio, pensando em quando Anabel chegou a Rift. Na época, prometeu que qualquer aliança com os vermelhos seria passageira e que Norta como conhecíamos logo retornaria às suas tradições.

— Se não estou enganada — digo com a maior inocência possível —, nosso plano não era fazer o mesmo?

Ela me olha com repulsa, e Cal volta a andar. Ele passa entre nós, me protegendo por um momento. Encontro seus olhos e os encaro por um segundo. Não posso falar, mas tento comunicar o que for possível. Ele não confia em mim, não gosta de mim, e sinto o mesmo por ele. Mas precisamos um do outro agora, por mais que detestemos a ideia.

Cal se vira, voltando a encarar meus pais.

— Não podemos perder de vista o verdadeiro perigo. Os soldados de Lakeland vão voltar, com força total e apoio de Piedmont.

— Vai saber o que elas prometeram a Bracken pela ajuda dele... — Anabel prageja.

No sofá, minha mãe não consegue segurar seu desprezo.

— Bom, para começo de conversa, não foram *elas* que se aliaram aos sequestradores dos filhos dele — ela diz friamente, examinando as unhas.

Quase acho que a rainha Lerolan vai pular em cima de minha mãe, mas ela não se move.

Meu pai intervém, com a voz branda.

— Somos mais do que capazes de fazer duas coisas ao mesmo tempo, rei Tiberias.

Cal responde com sua chama habitual.

— Não vou lutar duas guerras, Volo. Tampouco você.

A ordem paira no ar, espantando a todos. Até minha mãe se retrai, olhando para meu pai com medo. Do que ele vai fazer, de como vai reagir a tamanho desrespeito.

Os dois reis se encaram. O contraste é assombroso. Cal é jovem, um guerreiro experiente, mas um político desajeitado. Movido por amor, paixão, pela chama que sempre arde dentro dele. Meu pai é letal com armas e palavras. E é infinitamente mais frio, uma estátua calculista, seu coração nada além de um vácuo imenso.

Isso pode dar um fim em tudo. Separar Rift de Norta e me levar embora junto. Mas não, meu pai nunca faria uma coisa dessas. Ele tem seus próprios planos, que mal consigo sondar. E dependem de manter Cal no trono.

Então fala devagar, como se estivesse se contendo.

— Não estou falando de uma guerra contra Montfort ou contra os bandidos vermelhos que conspiram com eles. — Meu pai apoia as mãos abertas nos joelhos, exibindo seus vários anéis e braceletes, todos letais sob seu comando. — Mas ponha o dedo na ferida. Tome de volta o que pensam ter conquistado aqui. Seja um rei prateado, um rei para seu povo.

O lorde cantor é o primeiro a falar. Me preparo para a voz dele, sempre com medo.

— O que está sugerindo?

Meu pai não se digna a olhar para Julian.

— Suas proclamações vão enfraquecer este país — ele diz a Cal. — Retire-as.

Para minha surpresa, Julian ri de forma descarada. O som é estranhamente afável, um tipo suave de gargalhada. Não estou acostumada a isso.

— Desculpe, majestade, mas meu sobrinho não pode revogar

o que fez hoje. Não seria uma demonstração de força e seria indigno de um rei.

Meu pai se vira, fixando o peso total de seu olhar em Julian.

— É uma punição adequada para a traição dos vermelhos.

Isso atinge Cal.

— *Eu* governo em Norta, não você — ele diz, com cuidado para falar o mais claramente possível. — Nem ninguém mais aqui — acrescenta, lançando um olhar incisivo para seu tio e sua avó. — As proclamações se mantêm.

A resposta do meu pai é rápida.

— Não no meu reino.

Assim como minha mãe, me retraio quando Cal dá um passo à frente, diminuindo a distância até meu pai. É quase um desafio.

— Que seja — ele diz entre os dentes.

Os dois se encaram mais uma vez, sem piscar, sem desviar os olhos. Queria poder dar um empurrão em ambos. Acabar com tudo de uma vez por todas.

Anabel intervém antes que um dos lados interrompa o contato visual. Ela entra habilmente entre eles, pousando a mão no ombro de Cal.

— Vamos retomar o assunto pela manhã, quando estivermos com a cabeça mais fria e tivermos uma perspectiva melhor da situação.

Atrás deles, Julian se levanta, ajeitando suas vestes.

— Concordo, majestade.

Minha mãe também ouve a voz da razão, e faz sinal para Ptolemus segui-la. Levanto com eles, exausta. Apenas meu pai permanece sentado. Ele se recusa a ceder.

Cal está menos inclinado a participar de joguinhos. Ele vira, dispensando todos com um aceno desinteressado.

— Muito bem, vejo todos vocês pela manhã. — Então ele para e olha para trás. Não para meu pai, mas para mim. — Na verdade, Evangeline, posso ter uma palavrinha com você? — Pisco, dissimulada. O resto da sala não poderia parecer mais confuso. — Em particular.

Devagar, volto a sentar enquanto as pessoas saem. Inclusive meu pai, a passos largos, e o resto da minha família. Apenas Ptolemus olha para trás, me encarando por um momento. Faço sinal para ele ir. Vou ficar bem; meu irmão não tem por que se preocupar comigo aqui.

Julian não demora para atender aos desejos do sobrinho, mas Anabel permanece.

— Posso ajudar de alguma forma? — ela pergunta, alternando o olhar entre nós.

— Não, vovó Anabel — Cal responde. Ele caminha com ela, guiando-a habilmente em direção à porta. A mulher percebe sua intenção com um retorcer amargurado dos lábios, mas abaixa a cabeça. Ele é seu rei, e ela deve obedecer.

Quando a porta se fecha, relaxo um pouco a postura. Cal hesita, de costas para mim, e eu o escuto soltar o ar trêmulo.

— Coroas são pesadas, não? — digo a ele.

— Sem dúvida. — Relutante, Cal se vira. Sem a pressão de se apresentar para o conselho e sua família, ele relaxa também. Exausto, prestes a desabar.

Ergo uma sobrancelha.

— Valem o preço?

Cal não responde, caminhando em silêncio até a cadeira em frente à minha. Ele recosta o corpo, com uma perna dobrada e a outra esticada. Ouço seu joelho estalar.

— A sua vale? — ele pergunta, apontando para minha cabeça vazia. Não há nenhuma agressividade em suas palavras. Ele está cansado demais para brigar comigo.

E eu não vejo utilidade em brigar com ele agora.

— Não, creio que não — murmuro.

A admissão o surpreende.

— Planeja fazer algo a respeito? — Cal pergunta, com esperança na voz.

Meu plano é não fazer nada, penso comigo mesma.

— Não há muito que eu possa fazer — digo. — Não com *ele* segurando minha coleira. — Cal sabe a quem me refiro.

— Evangeline Samos em uma coleira. — Ele finge um sorriso maldoso. — Parece impossível.

Não tenho energia para corrigi-lo.

— Queria que fosse verdade.

É tudo o que consigo dizer.

Cal passa a mão no rosto, fechando os olhos com força por um momento.

— Eu também.

Os lamentos dos homens nunca deixam de me espantar.

— Que coleira poderia haver no rei de Norta? — pergunto com escárnio.

— Não são poucas.

— Foi você quem se colocou nessa situação. — Encolho os ombros, sem conseguir sentir nenhuma compaixão pelo jovem à minha frente. — Eles te deram uma escolha antes de partir, uma última chance de mudar as coisas.

Cal se eriça, se inclinando para a frente apoiado nos cotovelos.

— E o que teria acontecido se eu tivesse feito o que queriam? Se tivesse jogado essa coisa infernal fora? — Para ilustrar o argumento, ele pega a coroa e a joga de lado com um estrondo. *Que dramático.* — Caos. Revoltas. Outra guerra civil. E definitivamente uma guerra com seu pai. Talvez com minha própria avó também.

— Talvez.

— Ah, não venha com essa, Evangeline — ele retruca, começando a perder a calma. — Pode ficar aí e me culpar por todos os seus problemas se quiser, mas não aja como se não fosse responsável por eles.

Sinto meu rosto esquentar.

— Como é que é?

— Você também tem uma escolha, mas prefere ficar aqui.

— Porque tenho medo, Cal — sussurro, embora minha vontade seja de gritar.

Isso o acalma um pouco. É como uma compressa fria em uma queimadura recente.

— Eu também — ele diz, sua voz ecoando a dor da minha.

Sem pensar, digo o que realmente sinto.

— Sinto falta dela.

Ele responde no mesmo tom.

— Eu também.

Estamos falando de duas pessoas diferentes, mas o sentimento é o mesmo. Cal abaixa os olhos, como se envergonhado pelo amor que sente por alguém que não pode ter. Sei como é essa agonia. Essa âncora. Mais cedo ou mais tarde, vai nos afundar.

— Se eu te contar uma coisa, promete guardar segredo? — murmuro. Eu me debruço também, até poder pegar as mãos dele se quisesse. — Inclusive de Julian e Anabel. *Especialmente* deles, aliás.

Cal ergue os olhos para examinar os meus, à procura de um truque. Esperando pela armadilha dos Samos que acha que estou prestes a montar.

— Sim.

Lambo os lábios e falo antes que meu cérebro possa me impedir.

— Acho que eles vão matar meu pai.

Cal pestaneja, confuso.

— Não faz sentido.

— Bom, não vão matar eles próprios, mas... — Pela primeira vez na vida, pego a mão de Tiberias Calore e não detesto a sensação. Aperto seus dedos com firmeza, tentando fazer com que entenda. — Acha mesmo que Cenra e Iris trocariam Maven por alguém como Salin Iral?

— Não, não acho — Cal murmura. Ele aperta minha mão, com mais força do que eu estava usando. — E com seu pai morto...

Aceno, vendo que segue minha linha de raciocínio.

— Rift morre com ele — digo. — Retorna ao domínio de Norta. Ptolemus não vai ter coragem de travar uma guerra com nosso pai morto. Por melhor que seja em lutar, não foi feito para isso.

— Isso eu acho difícil de acreditar — Cal zomba, com um tom diferente. Então seus olhos mudam, as sobrancelhas se unem e se soltam de uma vez. Ele entende. — Você não contou isso para os seus pais, contou?

Faço que não.

Ele fica boquiaberto.

— Evangeline, se estiver certa...

— Vou deixar que ele morra, eu sei — murmuro, com raiva de mim mesma. Puxo a mão, incapaz de encostar em Cal ou olhar para ele. Olho para o carpete, notando os desenhos elegantes da tapeçaria feita por vermelhos. — Você sempre me achou terrível. É boa a sensação de estar certo?

Sinto seus dedos quentes no meu queixo quando ergue meu rosto para encará-lo.

— *Evangeline* — Cal murmura. Não quero sua piedade, então o afasto.

— Espero que os deuses de Iris Cygnet não sejam reais. Mal posso imaginar as punições que guardam para mim.

Ele passa a mão distraidamente pelos lábios. Com o olhar distante, concorda com a cabeça.

— Para todos nós.

VINTE E OITO

Iris

⚜

A Cidadela dos Lagos é o lugar mais seguro em que eu poderia estar e, no entanto, continuo ansiosa, nervosa, olhando constantemente por cima do ombro. Vejo apenas guardas conhecidos em seus uniformes azuis, quase camuflados na névoa da manhã chuvosa de verão. Jidansa está conosco, seguindo-nos enquanto eu e minha mãe caminhamos pelas passarelas arqueadas sobre os enormes campos de treinamento. A velha telec tem uma presença relaxante, assim como minha mãe, e tento ficar calma com elas por perto. Lá embaixo, os regimentos do Exército de Lakeland se preparam para a guerra. Aqueles que já lutaram, as legiões cedidas a Maven quando éramos aliados, têm seu muito merecido descanso. Os soldados aqui estão prontos para lutar. Ansiosos para vencer uma guerra pela glória de Lakeland. Pelos montes, rios e praias de Norta. Por suas formidáveis cidades de técnicos, cheias de eletricidade e com grande valor econômico. É uma mina de ouro apenas esperando para ser conquistada.

Milhares de soldados treinam sob a chuva, sem se incomodar. O mesmo vale para todo o reino. Da Cidadela das Neves à Cidadela dos Rios, o chamado foi feito. Estamos mobilizando todos que conseguimos, prateados e vermelhos. O Exército de Lakeland está reunido e pronto para atacar. Temos os números. Temos as habilidades. Nosso inimigo já está enfraquecido. Precisamos apenas eliminá-lo.

Então por que sinto essa inquietação no fundo do peito?

Revistar as tropas não exige trajes elegantes da realeza, e eu e minha mãe estamos vestidas como os soldados que apoiamos, de uniformes azuis com detalhes em prata e ouro. Ela até parou de usar suas roupas pretas de luto. Mas não nos esquecemos do meu pai ou da nossa vingança. Ela pesa sobre nós como uma pedra. Eu a sinto a cada passo.

Cruzamos a última ponte, subindo em uma das muitas sacadas que cercam a estrutura central da cidadela. As janelas brilham, convidativas. Apesar do efeito relaxante da chuva, estou ansiosa para entrar. Minha mãe se move rápido, definindo nosso ritmo, nos guiando para dentro. Ficamos de almoçar com Tiora, mas quando chegamos à sala preparada para a refeição, ela não está lá.

É atípico da minha irmã se atrasar.

Olho para minha mãe à espera de algum tipo de explicação, mas ela apenas assume seu lugar à cabeceira da mesa. Se a rainha Cenra não está incomodada com a ausência de Tiora, não vejo por que ficar.

Também assumo meu lugar. Os guardas param à porta, mas Jidansa senta conosco. Ela é uma nobre da linhagem Merin, uma família tradicional de Lakeland, e nos serve há muitos anos. Enquanto a rainha se serve de pão, avalio o vasto conjunto de talheres. Garfos, colheres e especialmente as facas. Por força do hábito, conto as possíveis armas sobre a mesa, com o cuidado de incluir os copos d'água. Mais mortais do que qualquer lâmina nas minhas mãos.

Foco na água, deixando que preencha minha percepção do mesmo modo que preenche cada copo. A sensação é tão familiar quanto meu próprio rosto, mas de alguma forma diferente, depois do que ajudei minha mãe a fazer.

Faz dias que realizamos a troca, mas não consigo parar de pensar nela. No som em especial. Em como o lorde Iral engasgou em seus últimos suspiros, sem conseguir revidar. Jacos, o tio cantor do rei Calore, eliminou toda a resistência do homem antes de nos entregá-lo. Se tivesse resistido, talvez eu não me sentisse tão estranha. Ele merecia morrer. Merecia punições piores do que a nossa. Mas a lembrança ainda me enche de uma sensação estranha e peculiar de culpa. Como se tivesse traído os deuses de alguma forma. Agido contra a vontade e a natureza deles.

Vou rezar mais um pouco esta noite e torcer para encontrar uma resposta em sua sabedoria.

— Coma antes que esfrie — minha mãe diz, apontando para os pratos diante de nós. — Tiora não deve tardar.

Faço que sim e me movo mecanicamente para me servir. Precauções tiveram de ser tomadas. Enquanto discutimos o caminho à nossa frente, não admitimos criados vermelhos. A Guarda Escarlate tem olhos e ouvidos em toda parte. Precisamos ficar atentas.

Quase todos os pratos são de peixe. Truta frita na manteiga com limão-siciliano. Perca com crosta de sal e pimenta. Um ensopado de lampreia, cujas cabeças são exibidas com orgulho no centro da mesa. Suas fileiras de dentes espiralados brilham sob a luz da sala de jantar. De resto, espigas de milho, verduras condimentadas e pães trançados — a fartura habitual das lavouras de Lakeland. Nossas fazendas são vastas e prósperas, capazes de alimentar duas vezes nosso país. Nunca falta comida para nossos habitantes, nem mesmo os vermelhos mais humildes.

Eu me sirvo de um pouco de tudo, com o cuidado de deixar lampreia para Tiora. O sabor é peculiar, sem mencionar que é o prato favorito dela.

Mais um minuto se passa em silêncio, marcado apenas pelo tique-taque brando de um relógio na parede. Lá fora, a chuva fica mais forte, açoitando as janelas sem piedade.

— É melhor o Exército descansar até a chuva passar — murmuro. — Não há por que deixar nossos soldados adoecerem, em uma epidemia de resfriados.

— Tem razão — minha mãe responde entre uma mordida e outra. Ela aponta para Jidansa, que levanta rapidamente.

A mulher faz uma reverência breve.

— Vou tomar as providências, majestade — diz antes de sair para transmitir a ordem.

— O resto de vocês, aguardem do lado de fora — minha mãe ordena, olhando para cada um dos guardas. Eles não hesitam, quase correndo para obedecer.

Observo a sala esvaziar, com os nervos à flor da pele. O que quer que minha mãe tenha a dizer não deve ser ouvido pelos outros. Quando as portas se fecham novamente, deixando-nos a sós, ela cruza as mãos e se debruça sobre a mesa.

— Não é a chuva que te incomoda, *monamora*.

Por um segundo, considero negar. Abrir um sorriso e forçar uma risada. Mas não gosto de usar máscaras com a minha mãe. É desonesto. Além do mais, ela sempre enxerga a verdade.

Suspiro, deixando o garfo de lado.

— Não paro de ver o rosto dele.

Ela se suaviza, passando de rainha a mãe.

— Também sinto saudades do seu pai.

— Não. — A palavra sai rápido demais, assustando minha mãe. Seus olhos se arregalam um pouco, mais escuros do que o normal sob a luz fraca. — Penso nele o tempo todo, claro, mas... — Procuro a melhor maneira de dizer o que quero, e acabo me expressando de maneira bastante direta. — Estou falando do homem que o matou.

— E que depois nós matamos — minha mãe diz, com a voz firme. Não é uma acusação, apenas uma declaração dos fatos. — Sob sua sugestão.

Mais uma vez sinto uma rara vergonha. Um rubor toma conta do meu rosto. Sim, foi ideia minha aceitar a oferta da rainha Anabel. Trocar Maven pelo homem que matou meu pai. E, depois, pelo homem *para quem* o matou. Mas essa parte do acordo ainda está pendente.

— Eu faria de novo — murmuro, brincando com a comida para me distrair. Me sinto exposta sob o olhar atento da minha mãe. — Ele merecia morrer cem vezes, mas...

Ela se contrai, como se sentisse dor.

— Você já matou antes. Em autodefesa. — Abro a boca para tentar explicar, mas minha mãe continua: — Só que não dessa forma. — Ela pousa a mão sobre a minha. Seus olhos brilham, compreensivos.

— Não — admito, triste e desapontada comigo mesma. Foi uma morte justa, o troco pelo assassinato do meu pai. Eu não deveria me sentir assim.

Os dedos da mão dela apertam os meus.

— É claro que a sensação é outra. Parece errado de alguma forma.

Sinto um nó na garganta enquanto olho para nossas mãos unidas.

— Vai passar? — murmuro, me obrigando a erguer os olhos para ela.

Mas minha mãe não está olhando para mim. Ela olha pela janela, para a chuva. Seus olhos refletem a água açoitando lá fora. *Quantas pessoas já matou?*, me pergunto. Não tenho como saber.

— Às vezes — ela responde finalmente. — Às vezes não.

Antes que eu a pressione para descobrir o que exatamente quer dizer com isso, Tiora entra na sala. Seus guardas devem ter ficado no corredor, junto com os nossos. Quando minha mãe foi a Norta brevemente, contrariando as tradições de Lakeland, Tiora ficou para trás para proteger as fronteiras. E preparar nossos exércitos para o próximo passo. Ela é perfeita para a função, que parece animá-la, mesmo agora que passamos de uma guerra a outra.

A herdeira do trono de Lakeland está vestida como qualquer outro soldado, com um uniforme amassado sem nenhuma libré, nenhuma insígnia. Poderia ser uma simples mensageira, não fosse pela aparência nobre característica da família Cygnet.

Ela senta com a elegância de nosso pai, encaixando os membros longos na cadeira em frente à minha.

— Que delícia, estou faminta — diz, usando as duas mãos para beliscar. Empurro o ensopado para ela, assim como as cabeças decorativas de lampreia. Quando pequenas, nós as jogávamos uma na outra. Tiora se lembra disso, e abre um sorrisinho em resposta.

Então vai direto ao assunto, encarando nossa mãe com a gravidade de um general.

— Temos notícias de Neves, Montes, Árvores, Rios e Planícies — diz, enumerando as outras cidadelas que pontuam a vasta extensão de Lakeland. — Todas estão prontas.

A rainha assente, satisfeita com a notícia.

— Como deveriam estar. A hora de atacar se aproxima.

A hora de atacar. Não falamos de outra coisa desde que voltei para minha terra natal. Nem tive tempo de aproveitar minha liberdade longe do reino de Maven e de nosso casamento. Minha mãe me faz participar de reuniões e revistas infinitas. Afinal, sou a única que enfrentou Tiberias e seu contingente de soldados vermelhos anônimos, sem mencionar seus aliados de Rift.

Temos Bracken e Piedmont ao nosso lado, mas será ele um aliado melhor do que Maven era? Um escudo mais apropriado contra o irmão Calore que está no trono agora? De nada adianta ruminar sobre isso. Nossa decisão foi tomada faz tempo. Maven é uma carta fora do baralho.

Tiora continua.

— E o mais importante: parece que o reino recém-criado de Tiberias Calore já está se fragmentando.

Eu a encaro, esquecendo a comida no prato.

— Como?

— Os vermelhos não estão mais com ele — Tiora explica. Estremeço de surpresa. — Segundo nossos relatórios de espionagem, a Guarda Escarlate, aquela sanguenova esquisita e os exércitos de Montfort desapareceram. Voltaram para as montanhas, acho. Ou estão escondidos.

À cabeceira da mesa, minha mãe suspira alto. Ela ergue a mão, massageando a testa.

— Quando alguém vai aprender que jovens reis são tolos?

Tiora sorri, achando graça na demonstração de frustração.

Estou mais interessada nas implicações da deserção vermelha. Sem Montfort, os sanguenovos, os espiões da Guarda Escarlate e Mare Barrow, as circunstâncias definitivamente se voltam contra Tiberias Calore. E não é difícil entender por quê.

— Os vermelhos não vão apoiá-lo no trono — digo. Não conheci bem Mare, mas sei o suficiente para concluir isso. Ela lutou contra Maven em todos os momentos, até mesmo como sua prisioneira. Não aguentaria outro rei. — Eles deviam ter um acordo para reconquistar e reconstruir o país. Tiberias se recusou a fazer sua parte. Os prateados ainda governam em Norta.

Depois de uma mordida na lampreia, Tiora balança a cabeça.

— Não completamente. Houve proclamações. Mais direitos para os vermelhos de Norta. Salários melhores. Fim do trabalho forçado. Também acabaram com o recrutamento obrigatório.

Meus olhos se arregalam. Por choque, mas também por apreensão. Se os vermelhos do outro lado da fronteira receberem tantos benefícios, o que vai acontecer com os vermelhos em Lakeland? Vai haver um êxodo em massa, uma fuga desenfreada.

— Precisamos fechar nossas fronteiras — digo rápido. — Impedir que os vermelhos fujam para Norta.

Minha mãe suspira de novo.

— Ele é mesmo um tolo — murmura. — Claro, vamos duplicar nossa vigilância na fronteira com Norta. Esses Calore sabem nos causar dores de cabeça.

Tiora concorda com um ruído grave.

— Tiberias está causando dores de cabeça a si mesmo também. As cidades de técnicos estão se exaurindo. Imagino que todas as economias do país vão seguir pelo mesmo caminho.

Nossa mãe quase dá risada ao ouvir isso. Fico impressionada com a tolice formidável de Tiberias Calore. Ele acabou de reconquistar o trono, e agora tenta privar seu país de suas maiores riquezas? Por quem? Meia dúzia de vermelhos sem poder? Pelo mito da igualdade, da justiça, da honra ou de qualquer outro ideal inocente? Escarneço em silêncio. Me pergunto se, deixado sozinho, o rei Calore vai simplesmente se afundar sob o peso de sua coroa. Ou ser devorado pelo rei de Rift, que trama para tirar tudo o que puder da suposta Chama do Norte.

Volo Samos não vai ser o único prateado nos territórios de Norta a se irritar com as proclamações. Sinto um sorriso se formar em meus lábios, erguendo os cantos da minha boca.

— Duvido que os prateados de Norta vão gostar disso — digo, apontando para meu copo d'água. O líquido gira com meus movimentos.

Minha mãe olha para mim, tentando acompanhar minha linha de raciocínio.

— Tem razão.

— Eu poderia entrar em contato com alguns deles — continuo, o plano se formando enquanto falo. — Oferecer condolências. Ou *incentivos*.

— Se alguns puderem ser convencidos, em regiões-chave... — minha mãe diz, mais animada.

Concordo com a cabeça.

— Essa guerra será vencida em uma única batalha. Se Archeon cai, leva Norta junto.

À minha frente, Tiora empurra seu querido ensopado de lado.

— E os vermelhos?

Gesticulo com a mão aberta.

— Você mesma disse: eles se esconderam. Bateram em retirada. Deixaram Norta vulnerável. — Sorrindo, alterno o olhar entre minha mãe e minha irmã. Todos os pensamentos no lorde Iral e em sua morte parecem evaporar. Temos coisas mais importantes com que nos preocupar. — Precisamos conquistá-la.

— Pelos deuses — Tiora suspira, batendo o punho de leve na mesa.

Contenho o impulso de corrigi-la, e abaixo a cabeça para minha irmã mais velha.

— Pela nossa própria proteção.

Ela parece confusa.

— Nossa proteção?

— Estamos sentadas aqui, servindo nosso próprio almoço, por medo da Guarda Escarlate. Os vermelhos nos cercam, dentro e fora desta nação. Se a rebelião continuar se espalhando como um câncer, onde isso vai nos deixar? — Aponto para os pratos e taças, depois gesticulo para a sala vazia e as janelas. A chuva diminuiu, se transformando numa garoa. Ao longe, a oeste, o sol corta as nuvens cinza em pequenos salpicos de luz. — E Montfort? Todo um país de vermelhos e aqueles sanguenovos estranhos contra nós? Precisamos nos defender. Nos tornar grandes e fortes demais para ser desafiados.

Nenhuma de vocês esteve lá. Não viram a cidade no alto das montanhas. Vermelhos, prateados e sanguenovos unidos. E mais fortes por isso. Foi fácil entrar escondida em Ascendant para resgatar os filhos de Bracken, mas não consigo imaginar um exército fazendo o mesmo.

Qualquer guerra com Montfort seria sangrenta, para ambos os lados. Ela deve ser evitada, impossibilitada, antes mesmo de começar.

Falo mais firme:

— Não podemos dar a eles a chance de se revoltar ou se colocar contra nós.

Minha mãe responde rápido:

— Concordo.

— Concordo — Tiora responde na mesma velocidade. Ela até ergue a bebida, o líquido translúcido girando na taça facetada.

Lá fora a chuva se desfaz em nada, e eu me sinto um pouco mais calma. Ainda ansiosa pelo que está por vir, mas satisfeita com o plano que toma forma. Se as Casas de Maven se tornarem leais a nós, Tiberias será fortemente prejudicado. Perdendo aliados a torto e a direito. Ninguém deve ficar sozinho no trono.

Maven também governava sozinho, por mais conselheiros e nobres que o cercassem. Por sorte, ele nunca me obrigou a passar suas horas livres com ele, ao menos não mais do que o necessário. Maven me dava medo. Era imprevisível. Eu nunca sabia o que ele ia dizer ou fazer, me deixando num estado constante de nervos à flor da pele. Só agora estou conseguindo compensar todo o sono perdido no palácio, quando estava perto demais do rei monstruoso para ter paz.

— É uma surpresa não terem executado Maven Calore publicamente — penso em voz alta. — Como será que o mataram?

Eu o vejo na minha cabeça, se debatendo inutilmente contra nossos guardas. Não estava nem um pouco preparado para aquilo. *Porque eu também sou imprevisível.*

Minha irmã mergulha a colher no ensopado de lampreia, empurrando o líquido de um lado para o outro. Ele ondula, preenchendo o silêncio.

— Qual é o problema, Tiora? — minha mãe pergunta, vendo através do disfarce dela.

Minha irmã hesita, mas não por muito tempo.

— Há muita especulação a esse respeito — diz. — Não se tem notícia dele desde que foi levado para o palácio em Harbor Bay.

Encolho os ombros.

— Porque morreu.

Tiora não olha para mim. Porque não consegue.

— Nossos espiões acham que não.

Apesar do calor da sala e da comida, sinto um arrepio súbito no fundo do peito. Engulo em seco, tentando entender — e ignorar o medo que ameaça voltar. *Não seja covarde. Ele está longe. Encarcerado, se não morto. Não é mais problema seu.*

Penso a respeito, então falo, ao menos para esconder meu mal--estar.

— Talvez o irmão mais velho não tenha conseguido matá-lo. Ele parece ter o coração mole.

Deve ter, para se deixar manipular por uma vermelha.

Tiora tenta ser o mais cuidadosa possível ao se explicar.

— Há boatos de que Maven não está mais lá.

A rainha de Lakeland fica pálida.

— Mas onde ele poderia estar?

Há algumas opções, e eu as considero rapidamente. Uma é mais provável que as outras. E terrível para a garota elétrica. Consegui escapar de Maven Calore, mas ela não parece capaz disso.

— Desconfio de Montfort — digo. — Maven está com os sanguenovos e a Guarda Escarlate. Com Mare Barrow.

Tiora concorda com a cabeça, pensando.

— Então, quando os vermelhos foram embora...

— Ele é um refém valioso — digo a ela. — Se ainda estiver vivo, deixa Tiberias vulnerável. Os nobres ainda podem ser leais ao irmão dele.

Minha mãe me olha como se eu fosse uma conselheira, e não

sua filha. Isso me emociona. Sinto minha coluna se endireitar e apoio as costas no encosto da cadeira.

— Acha possível? — ela pergunta.

Considero a resposta por um momento, ponderando o que sei sobre Norta e seus prateados.

— Acredito que as Casas só querem um motivo para não apoiar Tiberias. Para manter o país como sempre foi. — Tanto minha mãe como Tiora, uma rainha e uma futura rainha, me observam em silêncio. Ergo a cabeça. — Vamos dá-lo a elas.

VINTE E NOVE

Mare

※

Está anoitecendo quando chegamos a Ascendant, planando pelas montanhas na escuridão quase absoluta. Tento não pensar em bater contra as encostas. Os pilotos são habilidosos, pousando o jato tranquilamente na pista alpina. O restante da Frota Aérea de Montfort, assim como os comboios que carregam o grosso do Exército, está na planície. Vão subir pela Via do Falcão para chegar à cidade, ou viajar pelas diferentes rotas através de Montfort para retomar suas posições. O país assumirá posições defensivas, guardando suas fronteiras para a possibilidade remota de Lakeland decidir testar sua força contra as montanhas. Ou incentivar os saqueadores e Prairie a fazê-lo em seu lugar.

Farley, Davidson, eu e alguns outros entramos na cidade em silêncio, percorrendo os degraus sob um arco de estrelas cintilantes. Observo o céu, tentando identificar as constelações. Me recuso a pensar nos irmãos Calore — o que deixamos em Norta e o que está marchando ao nosso lado, acorrentado e na mira de uma arma. Ele fala de vez em quando, fazendo perguntas sobre Montfort. Ninguém responde, e sua voz vai se extinguindo aos poucos, de tanto ecoar no vácuo. Antes que cheguemos à casa do primeiro-ministro, Maven é conduzido um lance de escadas abaixo, onde mais guardas surgem para escoltá-lo. Montfort não vai correr o risco de perder outro prisioneiro. Maven não vai receber o mesmo tratamento bondoso que os filhos de Bracken. Vai ser levado para as profundezas da cidade, para a prisão embaixo do principal quartel de Ascendant. Tento ignorar sua silhueta conforme vai ficando menor e menor. Ele não olha para trás em momento algum.

Farley anda mais rápido que os outros, inclusive Kilorn, com suas passadas largas. Não preciso ser capaz de ler mentes para saber que está pensando na filha, deixada com a minha família.

Davidson avisou com antecedência que íamos chegar, por isso sua mansão palaciana resplandece quando nos aproximamos, as muitas janelas e sacadas iluminadas por velas e luzes calorosas. Vultos familiares lançam sombras nas pedras, e seguimos na direção deles. Minha mãe entrega Clara a Farley, que toma a bebezinha sonolenta e sorridente nos braços. De canto do olho, vejo Davidson abraçar o marido, Carmadon, antes de minha mãe fazer o mesmo comigo. Seus braços apertam meus ombros com força, e ela me puxa junto ao peito com um suspiro profundo. Relaxo como só consigo fazer perto da minha família, deixando que me guiem para dentro, até nossos aposentos.

O reencontro é sentimental como sempre, embora tenha se tornado um hábito. Eu parto, enfrento a morte e, contra todas as probabilidades, volto inteira. Sei que meus pais seriam capazes de me amarrar para me impedir de repetir esse ciclo, se achassem que funcionaria. Mas confiam na minha capacidade de tomar minhas próprias decisões. Além disso, sou sanguenova. A garota elétrica. São poucas as amarras capazes de me prender. Por mais que queira ficar, a necessidade de seguir em frente, de continuar lutando, é sempre mais forte.

Farley desaparece em seu quarto, com Clara nos braços e um sorriso exausto no rosto. Ninguém a detém. Precisa de tempo a sós com a filha, e todos ficamos felizes em proporcionar isso.

Minha família vai para o terraço ladrilhado, que está mais florido do que antes. Tramy andou ocupado.

— São lindas — digo a ele, apontando para um belo arranjo de botões brancos que caem pelo parapeito como uma cascata. Meu irmão senta numa cadeira com um sorriso tímido, e Gisa se apoia no braço. Fico perto deles, satisfeita em me acomodar numa almofada lisa e macia.

— Mamãe ajudou — Tramy diz, apontando para ela.

Na ponta do terraço, minha mãe faz que não. Seu cabelo está solto hoje. Estou mais acostumada às tranças e aos coques caprichados dela, que mantém sempre o cabelo preso. Apesar dos fios grisalhos, parece mais jovem assim.

— Só fiquei seguindo você com um regador — ela diz.

Nunca considerei Ruth Barrow bonita. Como uma vermelha pobre poderia ser considerada bonita perto dos prateados? Mas Montfort confere um brilho a ela, uma saúde que faz sua pele dourada cintilar. Até suas rugas parecem menores, aliviadas pela luz fraca da lamparina. E meu pai parece melhor do que nunca, mais forte do que em Palafitas. Ganhou peso onde precisa, com seus braços e pernas mais grossos enquanto sua cintura afinou. Atribuo isso à nutrição, assim como à perna e ao pulmão reparados. Depois de me cumprimentar, ele assume seu silêncio rabugento de sempre, sentando numa cadeira perto de Bree. As semanas foram boas para todos. Especialmente para Gisa. Seu cabelo vermelho-escuro cintila como óleo sob a luz fraca. Observo suas roupas, um uniforme de Montfort reutilizado. Os punhos e a gola estão cheios de bordados serpenteantes em fios coloridos, no formato de flores e raios roxos cintilantes. Estendo a mão para ela, passando os dedos em seu artesanato caprichoso.

— Posso fazer um para você, se quiser — minha irmã diz, olhando para meu uniforme. O vermelho agressivamente vivo da roupa da Guarda Escarlate a faz torcer o nariz. — Talvez deixar um pouco mais discreto — ela murmura, gesticulando de leve. — Dar a você alguma coisa melhor do que medalhas.

Kilorn senta perto de mim, recostando-se apoiado nas mãos e de pernas cruzadas.

— Também vou ganhar um?

— Se eu estiver disposta — Gisa responde com seu sarcasmo habitual. Ela o olha de cima a baixo, como se avaliasse um cliente. — Peixe no lugar de flores, creio eu.

Não posso deixar de rir baixo do bico exagerado de Kilorn.

— Por quanto tempo vocês vão ficar aqui desta vez? — A voz de meu pai ainda é um grunhido baixo, acusatório. Viro para ele, encontrando seus olhos castanhos. Os mesmos de Bree e Tramy, mais escuros que os meus.

Minha mãe coloca a mão no ombro dele, como se para fazê-lo mudar de assunto.

— Daniel, Mare acabou de chegar.

Ele não se vira para ela.

— É exatamente o que quero dizer.

— Não tem problema — murmuro, olhando de um a outro. É uma pergunta sincera e uma boa pergunta, considerando as circunstâncias. — Para falar a verdade, não sei. Podem ser dias. Semanas. Meses. — Minha família vai se animando a cada medida maior de tempo. Me dói dar a eles o que pode ser uma esperança falsa, por mais que eu queira que seja verdade. — Ainda não sabemos o que vai acontecer.

Meu pai aperta os lábios.

— Com Norta.

Faço que não.

— Com Lakeland, em particular. — Os outros continuam me olhando, em silêncio enquanto explico. Exceto Kilorn. Sua sobrancelha se franze devagar, sua testa marcada por linhas profundas de raiva. — Eles detêm todo o poder agora. Cal ainda está consolidando um país dividido, e estamos esperando para ver como as coisas vão se desenrolar. Se Lakeland atacar...

Meu irmão mais velho inspira furioso antes de soltar um suspiro exasperado. Ele me encara, simplesmente porque não tem mais ninguém em quem descontar sua raiva.

— Você vai ajudar a combatê-los? — Ouço a acusação em sua voz, igual à do meu pai.

Só posso dar de ombros. Não é comigo que está frustrado, mas com a situação em que vivo me encontrando. Empurrada para o perigo, dividida entre reis prateados, uma arma a ser empunhada, um rosto a ser usado.

— Não sei — murmuro. — Não somos mais aliados.

Kilorn muda de posição, parecendo incomodado. Talvez com o assunto.

— E o outro?

No aglomerado de cadeiras, minha família empalidece em níveis variados de confusão. Minha mãe cruza os braços, me lançando um olhar penetrante que conheço bem demais.

— O outro o quê? — ela pergunta, mesmo sabendo a resposta. Só quer me fazer dizer.

Me obrigo a responder entre os dentes.

— Ele está se referindo a Maven.

A voz do meu pai sai letal, como nunca a ouvi antes:

— Ele deveria estar morto a esta altura.

— Mas não está. E está aqui — Kilorn rosna antes que eu possa impedi-lo.

Uma vibração de fúria perpassa toda a minha família. Todos os rostos ficam vermelhos, todos os lábios se retorcem, todos os olhos ganham um brilho de raiva.

— Kilorn, não crie confusão — sussurro, apertando seu punho. Mas o mal já está feito. O silêncio cai pesado com uma raiva escarlate, tão forte que consigo sentir seu gosto.

Finalmente, Gisa fala, seu tom tão feroz quanto o do meu pai.

— Ele tem que morrer.

Minha irmã não é violenta, e tem mais habilidade com a agulha do que com a faca. Mas parece capaz de arrancar os olhos de Maven com as próprias mãos se tiver a oportunidade. Talvez devesse me sentir culpada por despertar essa raiva nela, mas não posso evitar um arroubo súbito de amor, admiração e orgulho.

Meus irmãos acenam devagar, concordando com o sentimento. Talvez já estejam tramando alguma tentativa tola de entrar na cela de Maven.

— Ele é valioso vivo — digo rápido, para impedi-los.

— Estou cagando para o *valor* dele — Bree retruca.

Penso que nossa mãe vai repreendê-lo pela linguagem, mas ela não se incomoda. Na verdade, também parece letal, e por um instante vejo o ardor violento da rainha Anabel, de Larentia Viper e até de Elara Merandus em seus olhos.

— Aquele monstro tirou meu filho de mim. E você.

— Estou bem aqui, mãe — murmuro, suprimindo a memória súbita e dolorosa de Shade.

— Você sabe o que quero dizer — ela responde. — Vou cortar eu mesma a garganta dele.

O mais espantoso de tudo é o silêncio do meu pai. Ele é um homem naturalmente calado, mas não quando o assunto é o ódio contra prateados. Quando olho para ele, entendo por que não diz nada. Porque não consegue. Seu rosto está em um tom furioso de vermelho, fervilhando com um ódio firme e crescente. Se abrir a boca, quem sabe o que pode escapar?

— Podemos falar de outro assunto? — tenho que perguntar, olhando para o resto da minha família à minha volta.

— Por favor — meu pai solta entre os dentes.

— Vocês todos parecem bem — digo rápido. — Montfort está...

Minha mãe parece irritada, mas concorda com a cabeça. Ela responde por todos, me interrompendo.

— É um sonho, Mare.

Minha desconfiança natural flameja, apesar de tudo o que sei sobre Davidson. Não conheço seu país ou sua cidade. Não conheço os políticos a que serve ou o povo que eles representam.

— É bom demais para ser verdade? — pergunto. — Acham que vamos acordar e descobrir que estamos numa enrascada? Descobrir que algo deu terrivelmente errado?

Ela solta um suspiro forte, olhando para as luzes cintilantes de Ascendant.

— Sempre devemos ter cautela, mas...

— Acho que não — meu pai completa. São poucas palavras, mas expressivas. — Aqui é diferente.

Gisa concorda com eles.

— Nunca vi vermelhos e prateados juntos dessa forma. Lá em Norta, quando eu ia fazer uma venda com a minha mestra, os prateados nem olhavam para nós. Não encostavam em nós. — Seus olhos castanhos, iguais aos meus, lacrimejam um pouco ao lembrar de sua vida muito tempo atrás, antes de um oficial prateado quebrar sua mão. — Aqui não.

Tramy se recosta na cadeira, parte de sua ira se desfazendo. Como um gato lambendo os pelos depois de um susto.

— Nos sentimos como iguais.

Não consigo deixar de me questionar se é por minha causa. Eles são a família da garota elétrica, um bem valioso para o primeiro-ministro de Montfort. É claro que seriam bem tratados. Mas não comento nada, ao menos para manter a paz numa noite tumultuosa. Depois disso, a conversa se torna muito mais agradável.

Os criados, gentis e sorridentes, servem um banquete considerável. A comida é simples, mas suculenta e saborosa, variando desde frango frito a torradas com frutinhas roxo-escuras açucaradas. A refeição é mais para mim e Kilorn, mas Bree e Tramy se servem de porções inteiras. Gisa dá preferência a uma bandeja de frutas e queijos, enquanto meu pai pega um prato de frios e biscoitos salgados para dividir com a minha mãe. Comemos devagar, mais conversando do que mastigando. Praticamente só escuto, deixando meus irmãos me deliciarem com as histórias de suas explorações por toda a cidade. Bree nada no lago toda manhã. Às vezes acorda Tramy jogando uma garrafa de água gelada do lago na cabeça dele. Gisa tem um conhecimento quase científico das lojas e dos mercados, bem como de todo o terreno do primeiro-ministro. Ela gosta de caminhar pelas campinas altas com Tramy, enquanto minha mãe prefere os jardins da cidade, que ficam mais para baixo nas encostas. Meu pai tem aprimorado suas habilidades de caminhada, indo mais e mais longe no vale todos os dias, fortalecendo seus músculos novos e reaprendendo a usar as duas pernas a cada passo.

Kilorn os atualiza como pode, detalhando nossas façanhas desde que partimos de Montfort. É uma rememoração esparsa, e ele tem a gentileza de deixar de fora os detalhes mais complicados ou inquietantes. Incluindo qualquer menção a Cameron Cole, pelo bem de Gisa, mas, a julgar pela maneira como ela falou de uma moça e da joalheria em que trabalha, acho que seu amor pelo meu melhor amigo já passou.

Depois de um tempo, minhas pálpebras começam a pesar. Foi um dia longo e difícil. Tento não lembrar como acordei hoje de manhã, no quarto real de Cal, com seus lençóis sobre meu corpo. Hoje vou dormir numa cama vazia. Mas não sozinha. Gisa vai estar do outro lado do quarto. Ainda não consigo dormir sem alguém perto. Ou, pelo menos, não tentei desde que fugi da prisão de Maven.

Não pense nele, repito para mim mesma de novo e de novo, enquanto me preparo para dormir.

O rosto de Cal está gravado em meus olhos, enquanto Maven assombra até meus sonhos mais distantes e efêmeros. Dois idiotas, que nunca me deixam em paz.

De manhã, meus nervos estão cheios de energia. Sinto uma tração constante, um puxão pelo estômago, como se alguém tivesse colocado um gancho na minha coluna. Sei aonde quer me levar. Para dentro da cidade, na direção do quartel central de Ascendant. A estrutura cobre a prisão da cidade, cravada no leito de rocha da encosta. Tento imaginá-lo sozinho atrás das grades, andando de um lado para o outro como um animal moribundo. Por que quero vê-lo, não entendo. Talvez parte de mim saiba que ainda é útil. Ou quer entendê-lo um pouco mais, enquanto há tempo. Somos parecidos em alguns sentidos. Senti o gosto das trevas, e Maven habita nelas. Ele representa o que eu poderia me tornar se fosse jogada no abismo, sem minha família, sem uma âncora.

Mas Maven *é* o abismo. Não posso enfrentá-lo. Não ainda. Não sou forte o bastante para isso. Ele só vai rir da minha cara, me provocar e me torturar, girando os parafusos encravados fundo demais na minha cabeça. Preciso deixar as feridas cicatrizarem um pouco antes de lhe dar a oportunidade de reabri-las.

Então, em vez de descer para a cidade, eu subo. E subo. E subo.

No começo, sigo a estrada que pegamos quando os saqueadores atacaram na planície. Sabemos agora que foi um ataque planejado, com a intenção de nos distrair enquanto os soldados de Lakeland resgatavam os filhos do príncipe Bracken. Os saqueadores foram pagos, e muito bem, para tal. Chuto as pedras no caminho, repassando a batalha na cabeça. O silêncio tomou conta do meu corpo, como algo vivo e abominável sob a pele. Substituindo minha eletricidade pelo vazio. Praguejo, afasto o pensamento e saio da estrada para me misturar às rochas e árvores.

As horas passam. O ar parece arder em meus pulmões, queimando minha garganta. É páreo apenas ao ardor em meus músculos. Eles reclamam a cada passo enquanto subo pelas rochas. A neve se acumula nas sombras, branca e pura mesmo ao fim do verão. Fica cada vez mais frio à medida que subo, meus pés escorregando na terra, nos gravetos, no cascalho e na rocha exposta. Apesar da dor, sigo em frente.

Córregos finos escoam, descendo pela encosta para formar o lago lá embaixo. Olho para trás, para o espaço entre os pinheiros, na direção do vale. As montanhas fazem Ascendant parecer pequena, um brinquedo a essa distância. Bloquinhos brancos espalhados em volta de estradas finas e escadas serpenteantes. A cordilheira parece infinita, uma muralha irregular de pedra e neve dividindo o mundo em dois. Lá no alto, o céu azul límpido insiste para eu continuar a escalada. Dou meu melhor, parando nos córregos para beber água e molhar o rosto vermelho e suado.

De quando em quando, pego bolachas da mochila ou carne salgada. Me pergunto se o cheiro pode atrair um urso ou um lobo.

Tenho meus raios, claro, tão próximos quanto o ar nos meus pulmões. Mas nenhum predador se aproxima. Acho que sabem que sou tão perigosa quanto eles.

Com exceção de um.

No começo, acho que é só uma saliência nas rochas, sua silhueta cinza contra o azul perfeito. Os pinheiros são mais esparsos nessa altitude elevada, oferecendo pouca sombra contra o sol do meio-dia. Preciso piscar e esfregar os olhos antes de me dar conta do que estou vendo.

De *quem* estou vendo.

Meu raio parte ao meio o rochedo de granito embaixo dele. O corpo se move antes, escapando para outras rochas.

— Filho da mãe — rosno, avançando com velocidade, a adrenalina súbita e crescente. Ela me move, assim como a frustração.

Porque sei que, não importa quão rápida eu seja, não importa quão forte seja minha eletricidade, nunca vou pegá-lo.

Jon sempre vai saber quando estou chegando.

Seu riso ecoa pela encosta, vindo do alto. Rosno sozinha e sigo o som, deixando que me guie. Ele ri e ri, e eu subo e subo. A floresta fica para trás e chegamos a um terreno alto demais para qualquer coisa brotar ali. O ar é frio e rarefeito. Engulo um grito de fúria, deixando a temperatura impactar meus pulmões. Então me jogo no chão, sem conseguir continuar. Sem querer deixar Jon ou qualquer outra pessoa controlar aonde vou e o que faço.

Mas principalmente porque estou exausta.

Eu me recosto, me apoiando numa pedra polida por séculos de vento e neve inclementes.

Minha respiração sai com dificuldade. Acho que nunca vou conseguir recuperar o fôlego, assim como nunca vou pegar o maldito vidente.

— Altitude — ele diz. — Torna tudo mais difícil quando não se está acostumado. Até para seu príncipe de fogo seria assim.

Estou cansada demais para fazer algo além de me virar para ele, os olhos semicerrados. Jon está sentado acima de mim, balançando as pernas. Usa roupas apropriadas ao clima da montanha — um casaco grosso e botas com solas gastas. Me pergunto há quanto tempo está caminhando, ou o quanto teve que me esperar aqui em cima.

— Você sabe tão bem quanto eu que ele não é mais um príncipe — respondo, escolhendo minhas palavras com muito cuidado. Talvez eu possa fazer com que me revele algo, dando um sinal que seja do futuro diante de todos nós. — Assim como sabe por quanto tempo ele vai ser rei.

— Sim — Jon responde, sorrindo de leve. É claro que ele sabe o que estou fazendo, e diz apenas o que quer.

Inspiro com dificuldade, puxando o ar para meus pulmões sedentos.

— O que está fazendo aqui?

— Admirando a paisagem.

Ele ainda não me olhou, seus olhos vermelhos fixos no horizonte. A vista diante de nós é maravilhosa, mais esplêndida do que trezentos metros abaixo. Me sinto muito pequena e muito grande, tudo e nada, sentada aqui na beira do mundo. Meu hálito vira fumaça diante dos meus olhos, uma prova viva do frio. Não posso ficar muito tempo. Não se quiser descer antes do cair da noite.

E gostaria de levar a cabeça de Jon comigo.

— Eu avisei que isso aconteceria — ele murmura.

Rosno e mostro os dentes.

— Você não me avisou nada. Meu irmão poderia estar vivo se tivesse me avisado. Milhares de pessoas...

— Já considerou a alternativa? — ele retruca. — Que o que fiz e não fiz, o que disse e não disse, salvou *mais*?

Cerro o punho e dou um chute no ar, mandando uma chuva de pedrinhas ladeira abaixo.

— Já considerou parar de se meter em tudo?

Jon gargalha.

— Muitas vezes. Mas, quer eu me envolva ou não, eu vejo o caminho. Vejo o destino. E às vezes simplesmente não posso deixar que aconteça.

— Que ótimo ser você quem decide — ironizo, com a raiva de sempre do maldito sanguenovo.

— Você gostaria de carregar esse fardo, Mare Barrow? — Jon pergunta, descendo para sentar ao meu lado. Ele abre um sorriso triste. — Acho que não.

Estremeço sob sua atenção.

— Você viu que eu ia me levantar, e me levantar sozinha — murmuro, repetindo o que ele me disse muito tempo atrás, numa cidade mineradora abandonada e parcialmente encoberta pela chuva. Esse era o meu destino. E o vejo se tornando mais real a cada dia que passa. Perdendo Shade. Perdendo Cal. Mas também no distanciamento constante, na mão fria que me separa de todos que amo. Por mais que tente ignorá-la, não consigo deixar de me sentir diferente, despedaçada, furiosa e, portanto, sozinha. Com apenas uma pessoa que realmente me entende. E ele é um monstro.

Perdi Maven também. A pessoa que ele fingia ser, o amigo que amei e de quem precisei quando estava muito sozinha e assustada. *Perdi tanta gente.*

Mas também ganhei. Farley, Clara. Minha família ainda está comigo, a não ser Shade. Kilorn, sem nunca hesitar em sua lealdade e amizade. Tenho os eletricons, sanguenovos como eu que provam que não estou sozinha. O primeiro-ministro Davidson e tudo o que ele sonha em fazer. É mais gente do que perdi.

— Não acho que você estivesse certo — murmuro, quase sem acreditar nas minhas palavras. Jon se sobressalta, seu pescoço estalando ao virar para mim de maneira abrupta. — Ou esse caminho também mudou?

Embora eu odeie seus olhos, me obrigo a olhar no fundo deles. Procurando uma mentira ou a verdade.

— Eu mudei esse caminho?

Ele pisca devagar.

— Você não mudou nada.

Minha vontade é dar uma cotovelada nele, seja na garganta, na barriga ou no crânio. Em vez disso, me jogo para trás, inclinando a cabeça para olhar para o céu. Jon observa, rindo baixo.

— Que foi? — rosno, virando os olhos para ele.

— Se levantar — ele murmura, apontando para o vale a milhares de metros lá embaixo. Depois aponta para o meu peito. — E se levantar sozinha.

Bato em seu braço sem muita força, desejando ser capaz de infligir mais dor nele.

— Sei que você não estava falando de escalar uma montanha — resmungo. — "Não apenas um relâmpago, mas uma tempestade. A tempestade que vai engolir o mundo inteiro."

Ele gira o corpo e volta os olhos para a cordilheira, sua respiração virando fumaça no ar frio.

— Quem sabe do que eu estava falando?

— *Você* sabe.

— E vou guardar esse peso só para mim, muito obrigado. Ninguém mais precisa dele.

— Você parece gostar de comandar nosso destino. — Mordendo o lábio, considero minhas opções de novo. Uma sugestão de Jon pode ser infinitamente valiosa ou devastadora, me lançando em um caminho escolhido por ele. Mas tenho que correr o risco, e analisar o que ele diz com muita cautela. — Mais alguma escolha de palavras que esteja disposto a oferecer? Um empurrãozinho?

O canto de sua boca se ergue, mas seus olhos hesitam, quase tristes.

— Seu amigo é melhor na pesca do que você.

Inspiro fundo, produzindo um leve assovio.

— O que você sabe sobre Kilorn? — pergunto, minha voz subindo uma oitava. Kilorn não é ninguém para Jon, ninguém nos grandes movimentos dos reinos e do destino. Ele não deveria ocupar um centímetro da cabeça do vidente, não em comparação com as coisas terríveis e perigosas que existem lá dentro. Tento pegar seu braço, mas ele se afasta habilmente.

Seus olhos vermelhos me encaram, como gotas gêmeas de sangue.

— Ele é o catalisador de tudo, não? Da sua parte nisso tudo, ao menos — Jon diz. — O pobre amigo condenado ao recrutamento, tendo apenas você para salvá-lo.

Suas palavras são lentas, metódicas. Deliberadas. Não me dão tempo de montar as peças dessa parte do quebra-cabeça. Não quero entender, não quero aceitar o que está bem diante dos meus olhos. Minha vontade é matá-lo. Quebrar sua cabeça nas rochas. Mas não me movo.

— Porque ele não podia mais ser aprendiz — digo, trêmula.
— Porque seu mestre morreu.

— Porque seu mestre caiu. — Não é uma pergunta. Jon sabe exatamente o que aconteceu com o velho Cully, o pescador para quem meu melhor amigo trabalhava. Um homem simples, precocemente grisalho, como o resto de nós.

Lágrimas enchem meus olhos. Sou uma marionete há tempo demais, mais do que achava possível.

— Você o empurrou.
— Eu empurro muitas pessoas, de muitas formas diferentes.
— Você empurrou um homem inocente para a morte? — pergunto, furiosa.

Algo se altera nele, como se um interruptor tivesse sido acionado. O foco muda. Jon se recompõe e funga, a voz subitamente clara, mais vigorosa. Como se estivesse se dirigindo a uma multidão de soldados, e não apenas a mim.

— Lakeland vai atacar Archeon em breve — ele diz. — Em algumas semanas. Está se preparando neste exato momento, treinando seus exércitos além da perfeição. Tiberias Calore está fraco, e eles sabem disso. — Não tenho coragem nem ânimo para discutir. Jon tem razão. — Se conquistarem a cidade, Tiberias nunca vai reconquistar Norta. Nem neste ano. Nem no próximo. Nem daqui a *cem* anos.

Cerro os dentes.

— Você pode estar mentindo.

Ele me ignora.

— Se a capital cair para a rainha de Lakeland, a estrada será longa e sangrenta, pior do que tudo o que você já viveu antes. — Em seu colo, ele entrelaça os dedos, que ficam pálidos contra o cinza das roupas. — Mal consigo ver o fim desse caminho. Mas sei que é terrível.

— Não gosto de ser um peão nas suas mãos.

— Todo mundo é o peão de alguém, Mare, consciente ou não.

— E você é o peão de quem?

Ele não responde, apenas ergue os olhos para o céu frio e cristalino. Com um último suspiro, se levanta, deslocando pedrinhas com o movimento.

— É melhor você ir — ele diz, apontando montanha abaixo.

— Para passar sua mensagem adiante? — retruco, com a voz cheia de ódio. Receber ordens de Jon é a última coisa que quero agora, mesmo se ele estiver certo. Acho que preferiria morrer congelada a lhe dar essa satisfação.

— Para evitar *aquilo*. — Ele aponta para o norte com o queixo, onde as nuvens se unem entre os picos. — As tempestades se movem rápido aqui em cima.

— Consigo aguentar tempestades.

— Faça como preferir — Jon responde, dando de ombros e apertando o casaco à sua volta. — Não vamos nos ver mais, Mare Barrow.

Lanço um olhar de desprezo para ele.

— Ótimo.

Jon não responde. Ele se vira para continuar a escalada.

Observo sua figura ficar cada vez menor, um homem cinza contra a pedra cinza, até desaparecer.

Me levantar, e me levantar sozinha.

A tempestade rebenta no cume assim que entro sob a proteção da floresta, escapando do vento uivando e da chuva congelante. A descida dói quase tanto quanto a subida, meus joelhos estalando com o impacto duro de cada passo. Preciso tomar cuidado e me concentrar bem onde piso, para não quebrar o tornozelo nas pedras soltas e nos galhos caídos sobre a trilha. Lá de cima, no alto da montanha, vem um estrondo grave de trovão, tão vivo quanto meu coração pulsante.

Chego a Ascendant assim que o sol começa a afundar atrás dos picos do outro lado do vale. Embora esteja dolorida da escalada e inflamada pela conversa, aperto o passo enquanto entro no palácio do primeiro-ministro. Passo por soldados e oficiais de Montfort, bem como por políticos em seus ternos elegantes, todos andando de um lado para o outro do andar inferior do prédio, entrando ou saindo de reuniões. Eles me observam passar com atenção, mas não medo. Aqui, não sou uma aberração.

Duas cabeleiras de cor chocante, uma azul e outra completamente branca, se destacam na multidão de ternos e uniformes verde-escuros. Ella e Tyton. Os eletricons relaxam em uma das alcovas com janelas, ocupando espaço suficiente para que ninguém os incomode.

— Esperando por mim? Não precisava — digo com um sorriso, minha respiração ainda irregular e esbaforida.

Tyton me olha de cima a baixo, com um cacho branco caindo sobre o rosto. Ele se recosta calmamente, com uma perna comprida apoiada na cadeira à frente.

— Você não deveria escalar sozinha — ele diz. — Principalmente não sendo boa nisso.

— Você deveria passar mais tempo com meus irmãos, Tyton — respondo com sarcasmo. — Eles são melhores em tirar sarro de mim do que você.

Seu sorriso se abre fácil, mas seus olhos escuros não brilham. Ella se irrita com ele.

— Está todo mundo na biblioteca de Davidson. A general Farley e o resto — diz, apontando para o corredor.

Meu estômago se revira com a perspectiva de enfrentar mais um conselho. Cerro os dentes.

— Como estou?

Ella lambe os lábios, passando os olhos por mim.

Tyton é menos diplomático.

— A hesitação dela deve ser resposta suficiente. Mas você não tem tempo para fazer sua pintura de guerra, Barrow.

— Ótimo — resmungo, deixando os dois para trás.

Jogo o cabelo para trás, tentando esconder os nós bagunçados pelo vento em uma trança apressada. *O resto*. Quem mais poderia estar com Farley e o primeiro-ministro?

A biblioteca não é difícil de achar. Fica no andar de cima, ocupando uma grande extensão do lado leste do palácio. Guardas estão ao lado das portas duplas, mas não me detêm quando me aproximo, deixando que eu passe em silêncio. Assim como o resto do palácio, trata-se de um lugar iluminado e agradável, com painéis de madeira em carvalho envernizado reluzente. O cômodo é cercado por fileiras duplas de estantes, o segundo andar circundado por um parapeito de bronze. Soldados da Guarda Escarlate estão parados lá em cima, brilhando em seus uniformes vermelhos, as armas penduradas. Eles me notam quando entro, rígidos, mas dispostos a proteger seus oficiais caso eu represente uma ameaça.

Os generais vermelhos do Comando.

Farley está sentada com eles no centro da sala, em sofás de couro verde dispostos em semicírculo. Ada também, de volta após longas semanas com o Comando. Ela está sentada no canto, com os braços cruzados. Em silêncio, observando tudo. Quando me aproximo, abre a sombra de um sorriso.

A Guarda Escarlate está de frente para um arranjo correspondente de cadeiras, todas ocupadas por oficiais e políticos de Montfort, com Davidson no centro. Eles murmuram, imperturbados pela minha presença. Talvez esperando por mim.

Mais uma vez, me sinto suja demais para estar aqui, fedendo ao frio e à montanha. Mas não deveria me preocupar. Os generais do Comando estão tão desgrenhados quanto eu, se não mais. Acabaram de chegar de onde quer que esteja seu quartel-general itinerante. Parecem com Farley — não em aparência, mas em atitude. Se ela tivesse trinta anos de experiência e uma vida de sobrevivência árdua conquistada a duras penas. Os três homens e as três mulheres são todos grisalhos, com cabelos curtos como os de Farley. Me pergunto se pretendia imitá-los. Apesar das semelhanças, Farley representa um forte contraste a todos eles. Ainda é jovem, ainda é exuberante. A agitadora deles.

O pai dela está entre os muitos oficiais que cercam o andar de cima, apoiado no parapeito com as mãos cruzadas. Se tem inveja da filha e de sua posição, não demonstra. Volta seu olho vermelho para mim enquanto entro, e até me cumprimenta com a cabeça.

A conversa baixa continua conforme me aproximo. Farley se movimenta um pouco, abrindo espaço ao seu lado. Mas não sou uma general. Não faço parte do Comando. Não conquistei o direito de sentar. Paro atrás dela, próxima como uma guardiã, e cruzo os braços.

— É um prazer conhecê-la, srta. Barrow — uma general de cabelo cacheado diz, se virando para me olhar por cima do ombro com a severidade de uma professora. Como se eu tivesse acabado de atrapalhar uma aula especialmente importante. Cumprimento com a cabeça, sem querer interromper a reunião, embora o assunto não pareça urgente. Muitos conselheiros falam entre si, e os soldados lá no alto sussurram uns para os outros.

— Acabamos de terminar as apresentações — Ada explica gentilmente, parando ao meu lado.

Farley observa tudo com um brilho nos olhos. Ela se inclina, sussurrando para mim:

— Não ligue para Cisne — acrescenta, cutucando a general. — Ela só está te enchendo.

Para minha surpresa, a mulher mais velha sorri de leve. Um ar de familiaridade paira, como se as duas fossem velhas amigas ou mesmo parentes. Mas elas não se parecem em nada. Cisne é baixa e esbelta, com a pele cor de areia salpicada de sardas escuras que lhe dão uma aparência quase infantil, apesar das rugas.

— General Cisne — murmuro, baixando a cabeça de novo numa tentativa de ser educada. Ela retribui, abrindo um sorriso dessa vez.

Aos sussurros, Ada cita os nomes dos generais sentados nos sofás restantes. Depois de seu tempo no quartel-general deles, ela os conhece bem. As outras mulheres são Horizonte e Vigia, e os homens, Batedor, Carmim e Sulista. Codinomes, obviamente. Ainda utilizados, mesmo aqui.

— A general Palácio ainda está em Norta, mantendo nossas operações em movimento — Ada diz. — Ela vai repassar tudo o que conseguirmos descobrir sobre o país e suas fronteiras.

— E quanto a Lakeland? — pergunto. — Iris vai invadir, e precisamos saber quando. — *Em algumas semanas*, Jon disse. Nem de longe específico o bastante.

Cisne limpa a garganta.

— Lakeland fechou as fronteiras. Eu mesma não sabia se conseguiria sair, que dirá minha equipe, e fomos o mais rápido possível. — Seus olhos escurecem. — Custou caro, se é que me entende.

Com o rosto grave, faço que sim, tentando não pensar nos muitos amigos mortos que ela deve ter deixado para trás.

Meus olhos perpassam os soldados e políticos reunidos, quase todos vermelhos. Alguns prateados de Montfort estão sentados com Davidson, mas em número muito menor. Reconheço Radis, o representante loiro da Galeria. Ele acena com a cabeça, em um leve cumprimento.

Davidson faz o mesmo, olhando nos meus olhos.

Coro e pigarreio alto, dando um passo à frente. Apenas os generais por perto viram para me olhar. Os soldados são mais difíceis de silenciar, e preciso tentar de novo, com mais força. Pouco a pouco, a fala baixa torna-se um murmúrio, até todos os olhos na biblioteca pousarem em mim. Engulo em seco a sensação familiar, mas ainda inquietante. *Não vacile. Não core. Não hesite.*

— Meu nome é Mare Barrow — digo ao grupo reunido. Alguém na plataforma bufa baixo. Imagino que eu não precise me apresentar a essa altura. — Obrigada por virem. — Continuo, buscando a maneira certa de dizer o que preciso. "Um homem que pode ver o futuro me passou algumas dicas" não parece certo. — Desculpem pelo atraso, mas eu estava... escalando. E encontrei um homem lá em cima.

— É uma metáfora? — o general Carmim murmura mal-humorado, mas em seguida é silenciado por Batedor, um homem incrivelmente redondo.

Olho para Ada, então para Farley.

— Jon — explico, e os olhos dela se arregalam. O espanto em seu rosto é explicação suficiente para o grupo. — É um vidente sangue-novo. Já tratamos com ele antes.

Davidson ergue a cabeça.

— Maven também. Se não me engano, esse homem foi crucial na sua captura.

— Sim — murmuro, quase envergonhada.

O primeiro-ministro aperta os lábios.

— E esse homem serviu a Maven por um tempo.

— Sim — repito. — Pelos motivos dele.

Embora alguns de seus compatriotas pareçam desdenhosos, Davidson se apoia nos cotovelos, fixando seu olhar intenso e misterioso em mim.

— O que ele disse, Mare?

— Que não podemos deixar a capital de Norta ser derrotada por Lakeland — respondo. — Ou então a estrada será "longa e sangrenta". Pior do que nunca. Se eles conquistarem Archeon, Lakeland vai controlar Norta por cem anos.

Radis bufa, olhando suas unhas esmaltadas. Ele não é o único a revirar os olhos diante da declaração.

— Não preciso de um vidente para saber isso — ele murmura.

Alguns dos generais concordam com a cabeça. Cisne fala por eles:

— Sabemos que há uma invasão a caminho; é só uma questão de quando.

— Algumas semanas. — Já consigo sentir o tempo correndo contra nós. — Foi o que Jon me disse.

Cisne estreita os olhos, não com crueldade ou desconfiança, mas com compaixão.

— E você acredita nele? Depois de tudo o que te fez?

Imagens surgem na minha cabeça, memórias do meu cativeiro. A prisão em que Jon me colocou para que o destino que tivesse em mente se desenrolasse. Eu disse que não queria ser um peão em suas mãos, mas é exatamente como me sinto agora.

— De alguma forma, sim — respondo, lutando para manter a voz firme.

As palavras desencadeiam outra série de rumores e até alguns gritos. Dos generais, dos representantes, até dos soldados no alto.

Apenas três de nós permanecem em silêncio, trocando olhares.

Farley, Davidson e eu.

Enquanto passo dos olhos dourados de um aos azuis da outra, vejo a mesma decisão se formar nos dois e em mim.

Vamos lutar de novo. Só precisamos pensar em como.

Como sempre, Farley é a primeira a agir.

Ela levanta com as mãos estendidas, pedindo silêncio. Funciona em parte, calando os soldados e os generais. Alguns diplomatas de Montfort continuam sussurrando.

— Precisamos de um plano — ela brada. — Independente do que o vidente diz, todos sabemos que essa jornada leva a Archeon. Precisamos ser capazes de derrotar a capital de Norta se quisermos ter alguma chance de libertar o país. Não importa quem esteja no trono.

Cisne concorda.

— Eu estava posicionada em Lakeland antes de fugirmos para cá. De todos aqui, sou quem mais viu sua força. Se as rainhas Cygnet conquistarem a cidade antes de nós, vai ser quase impossível reconquistá-la. É do nosso interesse lutar contra o inimigo mais fraco.

Cal. Nunca pensei nele como a parte mais fraca, mas é verdade. Sua posição é precária, na melhor das hipóteses. Me esforço para não o imaginar sozinho no palácio, tentando equilibrar o mundo que seu pai e seu irmão destruíram.

— A Guarda Escarlate ainda está presente em Archeon, não? — Davidson pergunta, e sua voz é suficiente para silenciar o resto de seu povo.

— Palácio está posicionada logo na fronteira — Farley diz. — Com suas equipes ainda em posição na maior parte do país. Harbor Bay, Delphie e arredores de Archeon.

Batedor, o general imponente, intervém.

— Palácio tem ordens para entrar na cidade discretamente. O novo rei não é como o irmão, e seu regime ainda não é abertamente hostil à Guarda. Podemos correr esse risco.

— Assim vamos ter olhos na cidade, pelo menos — Davidson reflete. — Os seus e os nossos. Vamos cuidar para que estejam coordenados.

— A Guarda Escarlate já se infiltrou em Archeon antes. — Batedor infla seu peito imponente. — Podemos fazer isso de novo.

Os lábios do primeiro-ministro se apertam numa linha fina e grave.

— Mas não dessa forma — ele diz. — É perigoso demais pelo ar, agora que Cal tem toda a Frota Aérea com ele. Não podemos enfrentá-la por terra e não podemos depender do fator surpresa, como fizemos no casamento de Maven.

— Nem dos túneis — Farley murmura, pensando em um golpe que fracassou antes mesmo de começar. — O rei Maven fechou todos.

— Nem todos — falo rápido. Os outros me encaram, os olhos duros e ansiosos. — Vi o trem de Maven, seu plano de fuga. Passa bem embaixo da Casa do Tesouro, e há outras entradas sob o palácio. Ele o usava para sair da cidade sem ser visto. Posso apostar que deixou alguns túneis intactos, ao menos para uso próprio.

Com um impulso, Batedor se levanta. Ele é surpreendentemente ágil para seu tamanho e sua idade.

— Posso comunicar Palácio e pedir que comece a investigar. Ada, você tem as plantas da cidade na cabeça, não?

— Sim, senhor — ela responde rápido. Não consigo imaginar o que *não* tenha em sua mente perfeita.

Batedor abaixa o queixo.

— Entre em contato com Palácio pelo rádio e a ajude a guiar seus agentes.

Sem hesitar, Ada assente.

— Sim, senhor — diz, já saindo da biblioteca.

Farley cerra os dentes e a observa ir. Em seguida, me olha de soslaio.

— Temos tempo para isso?

— Provavelmente não — murmuro. Se ao menos Jon tivesse sido mais preciso em seu maldito alerta. Mas isso deixaria as coisas fáceis demais. Não é o seu estilo.

— Então o que podemos fazer? — Farley insiste.

Sinto uma dor súbita nas têmporas e aperto a ponte do nariz. De manhã, escalei uma montanha para me afastar de Maven.

Mas é claro que meus esforços apenas adiaram o inevitável. E o necessário.

— Bom, acho que podemos perguntar.

Sem Julian para extrair uma confissão dele, nem algum murmurador, sanguenovo ou não, um interrogatório de Maven Calore se constitui em uma batalha mútua envolvendo força de vontade e maquinações. Embora Montfort tenha prateados de sobra, nenhum é capaz de arrancar a verdade de alguém usando suas habilidades.

A menos que o façam por meio da dor.

Antes de Maven ser trazido, Tyton entra na sala com o rosto duro, acompanhado por um oficial. Ele senta ao lado de Davidson e tamborila os dedos, seus movimentos rápidos e repetidos, como os raios que pode usar contra Maven. Sua habilidade é muito mais precisa do que a minha, capaz de levar um corpo aos limites sem destruir nada que não possa ser reparado.

A sala está num silêncio mortal, esvaziada dos soldados lá no alto, bem como da maioria dos representantes de Montfort. Davidson e os generais da Guarda são inteligentes o bastante para não dar um público a Maven. Ele sabe representar bem demais, mentir bem demais.

Eu me sento, espremida entre Farley e o braço do sofá. Ela é mais larga do que eu, mas fico grata pela proximidade. Pensar em

Maven ainda gela meu sangue. Em Archeon, ao menos, havia Cal para dividir a atenção dele, sua obsessão e sua fúria. Agora sou só eu.

Muitos guardas o acompanham, meia dúzia pelo menos. Soldados de Montfort e da Guarda Escarlate, armados até os dentes com pistolas e suas habilidades. O antigo rei adora a atenção e a necessidade dessas precauções, sorrindo de leve enquanto o guiam para a biblioteca.

Seus olhos frios percorrem o cômodo rapidamente, notando as janelas, os livros e as pessoas à espera. Não desvio o olhar.

— Devo admitir que não esperava vê-lo de novo, primeiro-ministro — ele diz, tirando os olhos de mim. Imperturbável, Davidson não reage, mantendo o rosto imóvel e neutro. — Tampouco imaginei que colocaria os pés na misteriosa região selvagem de Montfort. Mas não é tão selvagem assim, é? Não tanto quanto o senhor gostaria que acreditássemos.

É selvagem o suficiente, penso, lembrando nossa batalha com uma manada de bisões.

— Fui ensinado que seu país era uma terra de prateados assim como a minha, embora dividida por muitos reis e lordes. Como meus instrutores estavam enganados... — Maven continua, virando-se de leve enquanto fala. Talvez esteja contando quantos somos. Os sete generais do Comando, em número igual a Davidson e os representantes de seu governo e de seu Exército. Ele para quando avista Radis, visivelmente prateado, com sua pele de tom frio. — Que interessante — ele murmura. — Não acredito que tivemos o prazer de nos conhecer.

O prateado mais velho flexiona a mão, e a luz do sol que se põe reflete em suas unhas longas. Um sopro suave de vento atinge o cabelo de Maven. Um alerta.

— Poupe seu fôlego, principezinho. Temos assuntos a tratar.

Maven apenas sorri.

— Só não esperava ver prateados aqui, no meio de tanta... companhia vermelha.

Bufo, cansada de suas táticas evasivas.

— Você mesmo disse que não sabe nada sobre este lugar — digo. Maven se volta para mim, com ódio no rosto, mas eu o ignoro. — E não precisa saber.

Ele mostra os dentes.

— Porque vão me executar logo mais? Está tentando me ameaçar, Mare? — Cerro os dentes, preferindo não responder. — É uma ameaça vazia. Se fossem me matar, já teriam feito isso. Sou mais valioso vivo. Para você e para sua causa.

A sala fica em silêncio.

— Ah, não se façam de tímidos — Maven zomba. — Enquanto eu respirar, sou uma ameaça ao meu irmão. Assim como ele é para mim. Suponho que esteja reunindo lealdades agora, convocando as Grandes Casas de Norta. Tentando conquistar aquelas que juraram lealdade a mim. Algumas ficarão ao seu lado, mas as outras? — Devagar, ele acena negativamente com a cabeça, estalando a língua como uma mãe dando bronca. — Elas vão sentar e esperar. Ou lutar contra ele.

— Por você? — retruco. — Duvido.

Maven solta um ruído grave do fundo da garganta, num rosnado animalesco.

— Do que exatamente vocês precisam? — ele pergunta, desviando os olhos. Maven se move com elegância, girando sobre os calcanhares para encarar o resto do aposento. O rei caído não tem uma cela, mas está obviamente encurralado. Por algum motivo, seus olhos param em Tyton, avaliando o eletricon com seu cabelo branco e sua disposição tranquila e sanguinária. — Quem é ele?

Para minha surpresa, ouço medo na voz de Maven Calore.

Farley dá o bote, sentindo cheiro de sangue.

— Você vai nos contar o que fez com os túneis de Archeon. Quais estão fechados e quais estão abertos. Quantos mais construiu depois que assumiu o trono.

Apesar de sua situação, Maven revira os olhos e dá risada.

— Vocês e seus túneis.

A jovem general não se detém.

— E então?

— O que eu ganho com isso? — Ele a encara. — Uma cela com vista melhor? Não que isso seja difícil. Nem janela eu tenho. — Com as mãos estranhamente trêmulas, ele conta nos dedos. — Comida melhor? Visitas, talvez? — Maven hesita. Seu corpo parece tremer. Qualquer controle que tivesse está começando a se esvair. — Uma morte indolor?

Contenho o impulso de pegá-lo pelo colarinho, ao menos para mantê-lo parado. Maven lembra um rato numa ratoeira, se debatendo para sobreviver.

— Você ganha a satisfação, Maven — me obrigo a dizer.

Eu deveria estar acostumada à sensação de seus olhos me perpassando, mas não estou. Sinto um arrepio, seu olhar como uma pluma sobre minha pele.

— De quê? — ele murmura.

Maven parece muito mais próximo do que de fato está, com metros nos separando.

As palavras têm um gosto amargo na minha boca.

— Você sabe.

Seu sorriso se alarga, uma faca branca para nos provocar.

— Se não posso ter o trono, ele também não pode — Maven diz simplesmente. — Bom, é alguma coisa. — Sua voz diminui, assim como seu sorriso. — Mas não o suficiente.

Atrás dele, Davidson olha para o lado, trocando um olhar duro com Tyton. Depois de um longo momento, o eletricon sai da cadeira. Ele levanta devagar, deliberadamente, com as mãos relaxadas ao lado do corpo. Maven se vira com o barulho, seus movimentos abruptos. Seus olhos se arregalam.

— Quem é ele? — pergunta de novo. Tento ignorar o tremor em sua voz.

Ergo a cabeça.

— Alguém como eu.

Tyton tamborila uma mão na perna, fazendo uma única faísca branca e ofuscante correr de seu dedo.

— Só que mais forte.

Os cílios escuros do antigo rei vacilam sobre as bochechas pálidas, e ele engole em seco.

Suas próximas palavras são relutantes, trôpegas. Baixas, quase inaudíveis.

— Preciso de algo em troca — ele murmura.

Cerro os dentes, frustrada.

— Maven, eu já disse...

O rei caído me interrompe, voltando os olhos de Tyton para mim com toda a sua chama escura.

— Quando invadirem, o que sei que estão planejando fazer — ele zomba, mostrando os dentes —, posso guiar vocês aonde precisam ir. Pelos túneis certos, pelos caminhos certos. Posso levar todo o seu exército para a cidade pessoalmente, e soltá-los pra cima do meu maldito irmão.

Farley zomba em seu sofá.

— Para cair numa armadilha, sem dúvida. Nas garras de sua noiva Cygnet...

— Ah, ela vai estar lá — Maven responde, apontando para Farley. O rosto dela fica vermelho de raiva. — Aquela cobra e sua mãe planejam conquistar Norta desde o momento em que colocaram os pés no meu reino.

— Desde o momento em que você as deixou entrar — murmuro.

Maven mal vacila.

— Um risco calculado. Assim como este.

Ele é pouco convincente, mesmo para quem não o conhece. Os generais do Comando parecem mais enojados do que quando Maven foi trazido, o que é uma proeza e tanto, enquanto os sanguenovos de Montfort parecem mais inclinados a esfolá-lo vivo. O primeiro-ministro, normalmente tão equilibrado, retorce os lábios numa rara careta. Mais uma vez, ele acena para Tyton, e o eletricon dá um passo trêmulo à frente.

Isso dispara algo em Maven. Ele salta para fora de seu alcance, mantendo distância de todos nós. Os tremores voltam com força, mas seus olhos estão inflamados, em chamas. Sem medo.

— Acham que não consigo mentir sentindo dor? — ele rosna, sua voz ecoando pela sala. — Acham que já não fiz isso milhares de vezes?

Ninguém tem uma resposta para ele, muito menos eu. Tento não reagir, não lhe dar a satisfação de ver uma emoção minha. Falho terrivelmente, sem conseguir manter os olhos abertos. Por um breve momento vazio, não vejo nada além de escuridão e tento não pensar em Maven. Em suas palavras. No que sua vida foi e continua sendo.

E em como todos sofremos por causa dele.

Espero que os outros não tenham piedade. Que tirem dele o que precisamos, com tortura. Com eletricidade e dor. Será que vou ter forças para ver?

Até Farley vacila.

Ela encara Maven, tentando entendê-lo. Avaliando o risco e o preço. Ele olha nos olhos dela, sem vacilar.

Farley pragueja baixo.

Dessa vez, ele está falando a verdade.

Maven Calore é nossa única chance.

TRINTA

Cal

✦

A COROAÇÃO SEMPRE ESTEVE NO MEU FUTURO. A coroa cerimonial não é uma surpresa. Eu a viro nas mãos, sentindo o peso formidável de ferro, prata e ouro. Em menos de uma hora, minha avó vai colocar essa monstruosidade na minha cabeça. Meu pai também a usou. Ele já era rei quando nasci, mas tinha uma rainha diferente daquela de que me recordo.

Queria ter lembranças dela. Queria que as memórias que tenho da minha mãe fossem minhas, e não das histórias de Julian. Não pinceladas de tinta a óleo no lugar de carne viva.

A cópia do diário ainda está trancafiada, agora escondida em uma gaveta no criado-mudo dos meus aposentos em Archeon. Terei de mudá-la de lugar em breve, assim que os aposentos do rei estiverem preparados, livres da presença de Maven. Estremeço só de pensar. Não sei por que hesito tanto em pôr as mãos em algo tão pequeno e terrível. É só um caderno. Apenas um emaranhado de letras rabiscadas. Já enfrentei esquadrões de execução e exércitos. Combati raios e tempestades. Desviei de balas. Caí do céu mais de uma vez.

Mas, não sei por quê, o diário da minha mãe me aterroriza mais do que tudo. Mal consegui passar das primeiras páginas, e tive de lê-las sem meus braceletes. As palavras dela me deixaram tão nervoso que não quis correr o risco de transformar as páginas em cinzas. As últimas partes de Coriane Jacos, cuidadosamente preservadas pelo meu tio. O original se perdeu há muito tempo, mas esse pedaço dela ele conseguiu salvar.

Não sei como era sua voz. Eu poderia descobrir, se realmente quisesse. Há muitas gravações dela, e fotografias também. Mas, assim como meu pai, me mantive longe. De um fantasma que nunca conheci.

Parte de mim não quer levantar dessa mesa. Está tudo calmo e pacífico, como uma bolha prestes a estourar. Sinto como se estivesse num limbo. As janelas dão para a Praça de César, oferecendo uma vista completa do caos que está por vir. Prateados nas cores de suas Casas vão e vêm, a maioria a caminho da Corte Real. Mal consigo olhar para o edifício, um dos muitos que cercam a praça.

Meu pai foi coroado lá, sob o domo cintilante. Maven se casou lá há alguns meses.

Mare estava com ele na época.

Mas não vai estar aqui agora.

Sua perda ainda me dói, uma ferida profunda, mas não tão cortante quanto antes. Nós dois sabíamos o que estávamos fazendo, quais seriam nossas escolhas quando chegasse a hora. Eu só queria que tivéssemos aproveitado mais alguns dias, mais algumas horas.

Agora ela se foi. Com Maven de novo.

Eu deveria sentir raiva. É uma traição pura e simples. Ela me roubou um prisioneiro valioso. A execução dele teria sido uma maneira fácil de reunir meu reino sem derramamento de sangue. Mas não sei por que não consigo sentir nada além de mera irritação. Em parte porque não foi uma surpresa. E, principalmente, porque Maven está fora do meu alcance agora.

Ele é problema dela.

Pelo menos não serei eu a matá-lo.

É o pensamento de um covarde, algo que nunca tive direito de ser. Mas é o que penso, mesmo assim.

Espero que ele morra sem dor.

A batida na porta me faz levantar mais rápido do que quero, esticando as pernas. Abro antes que Julian ou minha avó entrem, na esperança de fazer uma última coisa sozinho. Não sou bobo. Sei o que são para mim, além do que resta da minha família. Conselheiros, mentores. Rivais entre si. Torço apenas para que não tenham vindo juntos, para envenenar minha paz com sua competição.

Para meu alívio, só Julian me espera.

Ele me abre um meio sorriso e estende os braços, exibindo a roupa nova, feita especialmente para a coroação. Suas cores dominam, o amarelo-dourado da Casa Jacos formando a base do paletó e da calça bem ajustados. Mas as lapelas são vermelho-sangue, minha cor. Revelando sua aliança não apenas à Casa Calore, mas a mim.

Isso me faz pensar no que meu tio fez por mim. Trocou a vida de um homem, talvez dois, pela de meu irmão. Não esqueci. Sua maquinação, em conjunto com a minha avó, não sai da minha cabeça. Me deixa com um pé atrás, até mesmo em relação a ele.

Ser rei é assim? Não confiar em ninguém?

Forço o riso para esconder meu mal-estar.

— Você ficou bem — elogio. É raro Julian estar tão bem vestido, quase bonito com seu corpo esguio.

Ele entra.

— Este trapo velho? — ele responde, com um sorriso fraco. — E você? Está pronto?

Aponto para minhas roupas. O terno vermelho-sangue já conhecido, com detalhes em preto, adornos prateados e medalhas suficientes para afundar um navio de Lakeland. Ainda não coloquei a capa. É pesada demais e faz com que me sinta um idiota.

— Não estou falando das roupas, Cal — Julian diz.

Minhas bochechas coram. Viro rápido, tentando esconder qualquer sinal de fraqueza ou medo.

— Imaginei que não.

— E então? — ele insiste, dando um passo à frente.

Faço como fui ensinado a fazer: me mantenho firme.

— Uma vez meu pai me disse que não existe isso de estar pronto. Se alguém acha que está, é porque não está.

— Então imagino que seja uma coisa boa que você pareça prestes a fugir pela janela.

— Reconfortante.

— Seu pai também ficou nervoso — Julian diz baixo. Hesitante, ele pousa a mão no meu ombro, seu toque leve.

Minha língua se move dentro da boca, incapaz de formar as palavras que quero dizer.

Mas Julian é inteligente o bastante para saber o que gostaria de perguntar.

— Sua mãe me contou — meu tio explica. — Ela disse que ele queria ter mais tempo.

Mais tempo.

Sinto como se Julian tivesse acabado de me acertar no peito com um martelo.

— Não é o que todos queremos?

Ele encolhe os ombros daquele seu jeito frustrante de sempre. Como se soubesse mais do que eu, o que desconfio que seja verdade.

— Por motivos diferentes, imagino — ele diz. — Estranho, não é? Por mais diferentes que sejamos, sempre acabamos querendo a mesma coisa. — Evito seus olhos quando ele encara os meus. São parecidos demais com os do retrato da minha mãe. — Mas, apesar de todos os desejos, todas as esperanças, todos os sonhos que a gente possa ter...

Tudo o que consigo fazer é acenar para interrompê-lo.

— Não tenho mais esse luxo.

— De sonhar? — Ele hesita, perplexo, mas também intrigado.

Meu tio Julian adora quebra-cabeças, e olha para mim como se eu fosse um. — Você está prestes a se tornar rei, Cal. Pode sonhar com os olhos abertos e construir o que quiser.

Mais uma vez sinto o golpe do martelo. Meu peito dói com a força de suas palavras, e com o julgamento por trás delas. E, claro, porque já ouvi essa história *vezes demais*.

— Estou cansado de dizer às pessoas que isso não é verdade.

Julian estreita os olhos. Cruzo os braços por instinto, para me proteger.

— Tem certeza? — ele pergunta.

— Se está se referindo a Mare... Ela já atravessou metade do continente. Não vai...

Quase sorrindo, Julian ergue a mão, exibindo os dedos longos e finos. São mãos macias, mais adequadas às páginas de livros. Nunca usadas na guerra. Nunca necessárias na batalha. Eu as invejo.

— Cal, sou um romântico, mas sinto dizer que não estou me referindo a ela ou ao seu coração partido. Essa é... a menor das minhas preocupações. Você tem minha compaixão, mas existem muitas, muitas outras questões a ser consideradas neste momento.

Mais uma vez, o calor sobe pelas minhas bochechas, chegando à ponta das orelhas. Julian nota e, felizmente, desvia os olhos.

— Quando estiver pronto para ir, vou estar esperando na porta.

Mas o tempo já acabou. Não posso me esconder por muito tempo.

— Como meu pai dizia... — Com um ímpeto, penduro a capa nos ombros, prendendo-a no lugar. — Nunca estarei pronto.

Passo por ele e abro a porta. Sair da proteção dos meus aposentos particulares me dá a mesma sensação de correr um quilômetro. Suor escorre pelas minhas costas, descendo pela espinha. Com cada fibra do meu ser, resisto ao impulso de fugir, voltar, ficar parado.

Julian caminha ao meu lado, como uma muleta.

— Erga a cabeça — ele avisa. — Sua avó está logo ali.

Abro o melhor sorriso que consigo. Me parece fraco e falso. Como tantas outras coisas ultimamente.

O domo de cristal da Corte Real é uma obra-prima da arte prateada. Quando criança, eu achava que era feito de estrelas roubadas do céu, esculpidas com uma perfeição reluzente. Ele ainda brilha, mas não tanto quanto deveria. Restaram poucos criados vermelhos — muitos escolheram deixar seus cargos em vez de aceitar salários justos e tratamento melhor. Eles não estão aqui para fazer a capital brilhar e cintilar como deveria para uma coroação. *Não consigo nem representar o papel*, penso amargurado. Meu reino começa em cinzas.

Isso vale para toda a capital, para todo o meu novo reino. Com vermelhos procurando um novo lugar no mundo e prateados tentando entender o que isso significa para o resto de nós. As cidades de técnicos estão quase vazias, e grandes faltas de energia afligem várias cidades, inclusive Archeon. Nossa capacidade de produção será a próxima a falhar, com os estoques e as provisões já no limite. Mal consigo imaginar o efeito que terá sobre nossa campanha de guerra e nosso esforço militar. Eu estava esperando por isso, claro. Sabia que aconteceria.

Pelo menos a Guerra de Lakeland acabou. Ou, melhor dizendo, a Primeira Guerra de Lakeland. Outra sem dúvida está por vir. É apenas uma questão de tempo até Iris e sua mãe retornarem, trazendo seus exércitos junto.

Murmúrios me seguem pelo longo corredor, até eu chegar ao centro do piso sob o domo. O enorme salão ecoa, como se preenchido de fantasmas, todos zombando do meu fracasso, da minha traição, da minha *fraqueza*.

Tento não pensar nessas coisas enquanto ajoelho diante dos olhos de dezenas, com o pescoço à mostra e vulnerável. Atacamos Maven depois de uma cerimônia neste mesmo lugar. Quem pode dizer que outra pessoa não retribuirá o favor?

Tento não pensar nisso também.

Me concentro no chão sob meus joelhos, no mármore branco com espirais cinza-carvão. A ausência de cor no salão foi pensada para criar um contraste com a multidão das Grandes Casas multicoloridas. Branco e preto contra o arco-íris. A Corte abriga mil pessoas confortavelmente, mas menos de cem estão presentes hoje. Muitas Casas foram dizimadas pela guerra civil, perdidas nos dois lados da batalha entre os filhos da Casa Calore. A Casa da minha avó se destaca orgulhosa em suas cores flamejantes, assim como os sobreviventes da família de Evangeline, Samos e Viper. Aliados como as Casas Laris e Iral são fáceis de identificar. Há outros também, famílias que eram leais a Maven. Rhambos, Welle, Macanthos estão sentados com suas cores. Castanho-avermelhado, verde e dourado, azul prateado. Mas outras estão completamente ausentes. Não se veem os ninfoides Osanos em parte alguma. Tampouco Eagrie, Provos e, para minha tristeza, muitos curandeiros de pele Skonos e todos os silenciadores Arven. E não são os únicos. Tenho certeza de que Julian e minha avó estão tomando nota de quem se recusou a vir, observando atentamente quem é aliado e quem ainda é inimigo.

Aliados insuficientes, inimigos em excesso.

Minha avó toma o cuidado de não parecer incomodada com as ausências óbvias na Corte. Seu rosto está calmo e altivo, seus olhos cor de bronze quase inflamados enquanto segura minha coroa.

— Longa vida ao verdadeiro rei, Tiberias VII! — ela diz com firmeza, e sua voz ecoa pela câmara.

Embora sinta o círculo de ferro frio na minha cabeça, não me retraio nem estremeço. Fui treinado para não piscar diante de tiros ou de chamas. Mas, quando os nobres prateados ao meu redor repetem as palavras, sinto um calafrio. Eles repetem, de novo e de novo. *O verdadeiro rei.* A frase ressoa como as batidas de um coração. É real. Está acontecendo.

Sou um rei. O rei. Finalmente, estou onde nasci para estar.

Por um lado, me sinto igual a como me sentia de manhã. Ainda sou Cal. Continuo atormentado por dores antigas e novas, hematomas visíveis e invisíveis. Ainda morro de medo do que está por vir, do que talvez tenha que fazer para proteger meu reino frágil. Do que esta coroa vai fazer comigo.

Será que a transformação já começou?

Talvez. Em pequenas partes de mim, em cantos esquecidos, posso estar mudando. Já me sinto distante, sozinho. Mesmo com Julian e minha avó, sangue do meu sangue, por perto. Mas há pessoas demais faltando.

Minha mãe.

Meu pai.

Mare.

E Maven. O irmão que eu pensava que tinha, a pessoa que mal existiu.

Que nunca existiu.

Crescemos achando que eu seria o rei e que ele estaria ao meu lado. Meu aliado mais forte, meu apoiador mais fervoroso. Meu melhor conselheiro, um escudo e uma muleta. Uma segunda opinião. Um porto seguro. Nunca questionei o plano e nunca achei que ele questionasse. Como eu estava enganado.

A perda dele me doeu antes, mas agora, com uma coroa na cabeça, sem ninguém para ocupar seu lugar...

Fica até difícil respirar.

Preciso olhar para minha avó, na esperança de encontrar algum consolo.

Ela sorri para mim, apertando os meus ombros. Tento ver meu pai nela. Um rei falho, um pai falho. Sinto uma saudade terrível dele, ainda mais agora.

Abraçaria Anabel se ela permitisse, mas minha avó me mantém à distância, com os cotovelos travados. Me obrigando a me levantar ereto, à mostra. Em exposição. Uma visão para os nobres, passando uma mensagem.

Tiberias Calore é rei e jamais vai se ajoelhar novamente.

Nem mesmo para Volo Samos.

Nós nos aproximamos dele primeiro, minha avó ao meu braço, um rei diante de outro. Baixo a cabeça, e ele retribui o gesto.

Volo passa os olhos por mim devagar, a expressão pétrea e vaga.

— Parabéns, majestade — ele diz, com os olhos na minha coroa.

Aponto para o aço puro em sua cabeça.

— Obrigado, majestade.

Ao seu lado, a rainha Viper se empertiga, com a mão firme no braço do marido. Como se para contê-lo. Volo não faz nada, tampouco eu. Minha avó e eu conseguimos passar sem qualquer incidente, cumprimentando os nobres Samos um por vez.

Evangeline encontra meus olhos, parecendo pequena ao lado do irmão. Está mais contida do que o normal, seu vestido e suas joias simples em comparação ao resto da família. A seda prateada tão escura que parece preta, mais adequada a um funeral do que a uma coroação. Depois do que disse há uma semana, logo estará a caminho de um. Se suas suspeitas estiverem certas, seu pai tem os dias contados, e ela não vai erguer um dedo para impedir.

O momento se estende entre nós, pelo segredo compartilhado e pelo entendimento de que nenhum de nós quer o que virá a seguir.

Agora que sou oficialmente rei de Norta, não há nenhum obstáculo ao nosso casamento. Há muito que ele está para acontecer, mas ambos gostaríamos que demorasse mais.

Não temos mais ilusões quanto a essa coroação. O rosto de Evangeline se fecha, a apatia se transformando em repulsa. Ela desvia o olhar, usando o corpo do irmão para esconder o rosto.

As horas seguintes passam indistintas num redemoinho de cores e cortesias. Não sou novo às celebrações reais. É fácil entrar no ritmo, participar de um jogo de conversas. Falar muito e, ao mesmo tempo, nada. Minha avó e Julian ficam ao meu lado o tempo todo, e formam uma equipe formidável. Ou formariam, se suas intenções não fossem tão óbvias. Com Maven derrotado e a guerra terminada por enquanto, sua aliança é instável, para dizer o mínimo. Não há nada que os una além de mim, e me sinto como um osso disputado entre dois cães. Minha avó é mais agressiva, mais audaciosa, uma rainha há muitos anos, que sabe agir tanto na corte como em um campo de batalha.

Mas Julian conhece meu coração melhor do que ela.

Faço o possível para aproveitar o jantar. É comestível, mas nada comparado aos banquetes que tínhamos. Me pego pensando no jantar oferecido pelo primeiro-ministro Davidson. Embora isto seja infinitamente menos constrangedor, o que Carmadon preparou era incomparável.

Não sou o único que nota a má qualidade. Evangeline não encosta em nenhum prato, e sua mãe não ousa dar sua carne nem para a pantera deitada a seus pés.

Assim como a eletricidade, como os criados, como as fábricas perdendo velocidade em toda a Norta, a boa comida parece estar ficando mais escassa. Nos campos, nas entregas, nas cozinhas. Eu poderia apostar que a maioria dos cozinheiros do palácio se foi.

Minha avó limpa o prato como se não houvesse nada de errado.

— Vamos perder esta guerra — não consigo deixar de murmurar, me inclinando para a esquerda para que só Julian possa ouvir.

Um músculo se contrai em sua bochecha, e ele vira a taça de vinho.

— Não aqui, Cal — Julian diz, levando a taça aos lábios. — O rei gostaria de se retirar?

— O rei gostaria.

— Muito bem — meu tio murmura, voltando a pôr a taça na mesa.

Por um segundo, não sei o que fazer. Percebo que estou esperando ser dispensado, mas ninguém aqui pode fazer isso. O trono é meu, e este é o meu palácio. Basta me levantar.

Faço isso rápido, limpando a garganta para pedir licença. Minha avó reconhece o sinal rapidamente. Preciso acabar logo com isso.

— Somos gratos pela presença de vocês hoje, e por sua lealdade — ela diz, com as mãos abertas para comandar melhor a atenção da câmara. Os nobres à nossa frente ficam em silêncio, seus murmúrios e conversas silenciando aos poucos. — Todos atravessamos a tempestade, por assim dizer, e em nome de toda a família real, ficamos felizes por tê-los conosco. E por Norta estar inteira novamente.

É uma mentira descarada, tão fajuta quanto a comida deixada em tantos pratos. Norta está longe de inteira. O salão de banquetes quase vazio é prova disso. E, embora eu não queira ser um rei como Maven, que construiu seu trono a partir de mentiras e desonestidade, não vejo outra opção agora. Preciso ser forte, ainda que não passe de uma ilusão.

Coloco a mão no ombro de Anabel, um gesto de cautela. Ela cede, dando um passo atrás para me deixar falar.

— Uma tempestade passou, sim. Mas eu seria tolo de fingir que não há outra se formando no horizonte — digo, o mais claramente possível. Muitos olhos se voltam para mim. Suas roupas e cores variam, mas não seu sangue. Todos sentados aqui são prateados, e estremeço com o significado disso. Nossos aliados vermelhos se foram de vez. Quando a guerra recomeçar, estaremos lutando sozinhos. — Lakeland não ficará satisfeita atrás de suas fronteiras.

Não depois de ter chegado tão perto de dominar Maven através de sua princesa.

Alguns dos nobres murmuram e cochicham. Volo não se mexe, me encarando de sua cadeira do outro lado da mesa alta. Seu olhar fixo poderia me perfurar.

— Quando a tempestade cair, estarei pronto. Prometo isso a vocês.

Pronto para lutar. Para perder. E provavelmente morrer.

— Força e poder! — alguém grita, clamando o velho refrão do meu pai e do pai dele. Um emblema da Norta prateada. Outros ecoam o chamado. Devo fazer o mesmo.

Mas não consigo. Sei o que essas palavras significam. Sei sobre quem temos força e poder. Minha boca se mantém fechada.

Julian vem logo atrás de mim quando escapo do salão utilizando as passagens de serviço em vez dos corredores principais. Minha avó nos segue, seus soldados Lerolan formando a retaguarda. Ainda não tenho sentinelas, como um rei deve ter, como eu tinha quando era príncipe e as coisas ainda funcionavam de acordo. Temos motivos para desconfiar dos guardas que protegiam Maven, ainda que muitos deles tenham jurado sua lealdade com suas Casas. Encontrar guardas só meus, pessoas em quem possa confiar, é apenas um item numa lista cada vez mais longa de coisas a fazer. Só de pensar, fico exausto.

Estou bocejando quando chego à porta dos meus aposentos temporários, embora a noite mal tenha caído. Ao menos tenho uma boa desculpa para estar cansado. Não é todo dia que se torna rei. A coroa é um lembrete constante.

Tanto Anabel como Julian me seguem até a sala de visitas, deixando os guardas no corredor. Detenho minha avó com um olhar.

— Gostaria de conversar com Julian. — Tento fazer soar como uma ordem. Eu não deveria ter que pedir permissão para conversar com um dos meus conselheiros mais próximos a sós. Ainda assim, me sinto hesitante, e minha voz sai de acordo.

Seu rosto se fecha. Ela se sente afrontada, magoada até. Ferida.

— Será breve — acrescento, tentando desfazer o mal. Ao lado dela, Julian entrelaça as mãos, seu rosto inexpressivo.

Ela se empertiga.

— Claro, majestade — Anabel murmura, baixando a cabeça. Seu cabelo cor de ferro reflete as luzes como um clarão de aço. — Vou deixá-los a sós.

Minha avó dá meia-volta em suas roupas flamejantes sem dizer outra palavra. Cerro o punho para não estender o braço. É difícil equilibrar o amor da família e as necessidades de um reino.

A porta se fecha atrás dela, mais abrupta do que o necessário. Me crispo com o som.

Julian não perde tempo, abrindo a boca antes mesmo de sentar no enorme sofá. Me preparo para o sermão inevitável.

— Você não deveria falar assim em público, Cal.

Vamos perder esta guerra.

Ele não está errado. Fecho a cara mesmo assim, indo até as janelas arqueadas que dão para a ponte de Archeon, o rio e o horizonte salpicado de estrelas ao fundo. Também há menos navios do que deveria. Menos comércio, menos viagens. Acabei de ser coroado e meu reino já está com os dias contados. Mal imagino o que pode acontecer com os cidadãos caso o resto venha abaixo.

Encosto a mão no vidro. Ele embaça com o vapor sob meu toque.

— Não temos homens para rechaçar uma invasão.

— Seu decreto reduz nossas forças em sessenta por cento, se os relatórios estiverem corretos. A maioria dos soldados vermelhos saiu do Exército. Principalmente os recrutas mais novos. Os que ficaram são experientes, pelo menos — ele diz.

— Mas escassos demais — murmuro. — Há hostilidade na fronteira de Lakeland, sem mencionar Piedmont ao sul. Estamos cercados e em menor número. E, com o outono chegando, que colheita podemos esperar sem agricultores? Como podemos disparar armas se ninguém está fabricando as balas?

Meu tio esfrega o queixo enquanto me observa.

— Você está arrependido dos decretos.

Ele é uma das duas únicas pessoas a quem eu admitiria isso.

— Sim.

— Foi a decisão certa.

— Por quanto tempo? — não consigo deixar de retorquir. Inflamado de calor, dou as costas para a janela, começando a desabotoar o paletó. O ar mais frio atinge minha pele febril. É refrescante e relaxante. — Quando Lakeland vencer, vai eliminar tudo o que tentei fazer.

— É assim que as coisas funcionam, Cal. — O tom calmo de Julian só me inflama mais. — Depois das grandes revoluções, das maiores mudanças na sociedade, foi preciso tempo para o retorno ao equilíbrio. Os vermelhos vão voltar a trabalhar, com salários justos e melhor tratamento. Eles também precisam se alimentar e proteger suas famílias.

— Não temos tempo, Julian — murmuro, exasperado. — Acho que alguém vai ter que retraçar seus mapas em breve. O reino de Norta vai cair.

Do sofá, ele me acompanha com os olhos enquanto ando de um lado para o outro.

— Creio que eu deveria ter perguntado isso há dias, mas tem algum motivo para estar tão afeiçoado à ideia deste reino? E dessa coroa?

Em vez de acelerar, minha mente fica mais lenta. Minha língua parece pesada na boca, uma pedra segurando tudo o que eu poderia tentar dizer. Diante do meu silêncio, Julian prossegue:

— Você acha que vamos perder, que *você* vai perder, por causa dos decretos e mudanças que decidiu fazer. Porque não tem aliados. — Ele se estende no sofá, então aponta para a janela como se estivesse se referindo a tudo lá fora. — Fez quase tudo o que a Guarda Escarlate e Montfort pediram. Entregou o que eles queriam. Com exceção *disso*. — Julian aponta para a coroa ainda na minha cabeça. — Por quê? Se sabia que não conseguiria ficar com ela?

Minha resposta parece boba, como se viesse de uma criança. Mas eu a digo mesmo assim.

— É a coroa do meu pai.

— Mas a coroa não é seu pai — ele diz rápido, levantando. Em dois passos, me pega pelo ombro, e sua voz se suaviza. — Tampouco sua mãe. E não vai trazer nenhum dos dois de volta.

Não consigo olhar para ele. Julian parece demais com ela, como a sombra da minha mãe que carrego na cabeça. Um desejo e um sonho, provavelmente, não um reflexo real. Uma impossibilidade. Maven foi torturado por sua mãe que vivia e respirava, mas eu também fui torturado pela minha. Pela mulher que tiraram de mim.

— Isso é quem eu sou, Julian. — Tento manter a respiração firme, falar como um rei. As palavras fazem sentido na minha cabeça, mas saem erradas. Trôpegas, hesitantes. — É tudo o que conheci na vida, o único caminho que quis ou que me fizeram querer.

Meu tio aperta as mãos em meus ombros.

— Seu irmão poderia dizer o mesmo. Aonde isso o levou?

Eu me empertigo, olhando furioso para ele.

— Não somos iguais.

— Não — ele responde rápido. Então sua atitude muda, e uma expressão estranha toma conta dele. Julian estreita os olhos, os lábios se fechando numa linha fina e triste. — Você não leu o diário, leu?

Baixo os olhos outra vez. Envergonhado do medo que sinto de um simples caderno.

— Não acho que consiga — sussurro, quase inaudível.

Julian não tem piedade de mim, não me oferece qualquer consolo. Ele recua, cruzando os braços. Não precisa de muitas palavras para me repreender.

— Bom, mas precisa ler — diz apenas, assumindo o ar professoral novamente. — Não apenas por você. Mas pelo resto de nós. *Por todos.*

— Não entendo como o diário de uma mulher morta pode ser útil agora.

— Então espero que encontre a coragem para descobrir.

A leitura é como empurrar uma pedra na lama. Lenta, difícil, insensata. As palavras me puxam com seus dedos de tinta, tentando me conter. Cada página é mais pesada que a anterior. Até não ser mais. Até a pedra estar rolando morro abaixo, e a voz que dei à minha mãe ecoar na minha cabeça, falando mais rápido que minha mente permite. Às vezes meus olhos se turvam. Não paro para secar as lágrimas das páginas, deixando que marquem o passar da noite. Às vezes me pego sorrindo. Minha mãe gostava de consertar coisas. Desmontar e construir. Assim como eu.

Às vezes até gargalho. A maneira como ela fala de Julian, da rivalidade afável entre eles, de como ele lhe dava livros que ela nunca leria. Quase consigo me convencer de que está viva. Sentada ao meu lado, em vez de confinada a um diário.

Mas o que mais sinto é uma dor profunda. Uma vontade forte. Tristeza. Pesar. Minha mãe tinha seus próprios demônios, como todos nós. Suas próprias dores, que começaram muito antes de se tornar rainha. Antes de casar com meu pai e se tornar um alvo.

Os registros vão se tornando mais espaçados com o tempo. Com as mudanças na vida dela.

Há apenas algumas páginas dedicadas a mim.

Ele não será um soldado. Pelo menos isso tenho que fazer por ele. Há muito tempo filhos e filhas da Casa Calore são combatentes. Há muito tempo este país tem apenas reis guerreiros. Há muito tempo estamos em guerra, nas fronteiras e também aqui dentro. Talvez seja um crime escrever coisas assim, mas sou rainha. Sou a rainha. Posso dizer e escrever o que penso.

Os Calore são filhos do fogo, tão fortes e destrutivos quanto suas chamas. Mas Cal não será como os que vieram antes dele. O fogo pode destruir, pode matar, mas também pode criar. A floresta queimada no verão estará verde na primavera, melhor e mais forte do que antes. As chamas de Cal vão construir, vão criar raízes sobre as cinzas da guerra. As armas silenciarão, a fumaça esvanecerá, e os soldados, tanto vermelhos como prateados, voltarão para casa. Cem anos de guerra, e meu filho trará a paz. Ele não morrerá lutando. Não morrerá. NÃO MORRERÁ.

Passo os dedos pelas letras, sentindo a pressão de uma caneta distante. Essa caligrafia não é dela, mas de Julian. Os verdadeiros diários de minha mãe foram destruídos por Elara Merandus, mas meu tio conseguiu preservar algo antes de desaparecerem. Copiou cada letra meticulosamente. Quase criou um buraco na página ao escrever estas palavras.

E certamente criou um buraco em mim.

Coriane Jacos queria uma vida diferente para o filho, completamente distinta de como fui criado, disso em quem meu pai me transformou.

Me pergunto se há algum destino entre o que cada um dos meus pais queria para mim, um caminho que eu de fato possa escolher.

Ou será tarde demais?

TRINTA E UM

Maven

❦

NÃO TENHO NEM O LUXO DE UMA JANELA. Ao menos isso dei a Mare quando era minha prisioneira. Claro, foi uma tortura como todo o resto. Deixar que visse o mundo passar, as estações mudarem, de trás das grades de sua prisão luxuosa. Não creio que seja uma afronta pessoal. Está claro que eles não querem assumir nenhum risco comigo. Meus braceletes foram tirados de mim, provavelmente destruídos. Há Pedra Silenciosa no chão, enfraquecendo qualquer habilidade que ainda me reste. Sou vigiado dia e noite por nada menos do que doze guardas, todos alertas e preparados do outro lado das grades.

Sou a única pessoa confinada aqui. Ninguém fala comigo, nem mesmo os guardas.

Apenas minha mãe ainda murmura para mim, e suas palavras são sempre fugazes, mais e mais fracas. Me deixando a sós com meus pensamentos. É a única vantagem da Pedra Silenciosa. Ao mesmo tempo que me enfraquece, enfraquece a voz dela. Eu sentia o mesmo no meu antigo trono. Era um escudo e uma âncora, me causando dor, mas também me mantendo protegido de sua influência, tanto por dentro como por fora. Todas as escolhas que fiz naquele trono foram apenas minhas.

Como aqui.

Na maior parte do tempo, escolho dormir.

Nem a Pedra me permite sonhar. Não pode desfazer o que minha mãe fez comigo. Ela me tirou essa habilidade há muito tempo, e nunca poderei recuperá-la.

Às vezes, fico olhando para as paredes. São frias ao toque, e desconfio que estejamos embaixo da terra. Eu estava vendado quando me trouxeram para a cidade e quando me levaram para falar diante daquele estranho conselho. Devo passar horas traçando as linhas de argamassa e cimento que unem as placas, sentindo as texturas ásperas e lisas. Normalmente falaria sozinho, mas os guardas estão sempre à escuta. Seria mais do que idiotice entregar a eles qualquer vislumbre, ainda que pequeno, da minha mente.

Cal está sozinho, isolado de seus aliados mais fortes. Ele foi o responsável por isso, em sua tolice. Iris e sua mãe não vão perder tempo. Não vão lhe dar a oportunidade de tentar estabilizar seu reino. Ele tem a coroa que tanto queria, mas não vai continuar com ela por muito tempo.

Sorrio ao pensar no meu irmão perfeito arruinando as coisas para si mesmo. Tudo o que ele tinha que fazer era dizer não. Entregar o trono. Teria os exércitos; teria uma chance; teria Mare. Mas nem ela foi suficiente para ele.

Acho que isso eu entendo.

Mare tampouco foi suficiente para mim. O suficiente para me fazer mudar, para me impedir de me tornar quem eu estava me tornando de livre e espontânea vontade.

Me pergunto se Thomas teria sido suficiente.

A dor de cabeça latejante vem, como acontece sempre que penso no nome dele, me lembro de seu rosto ou sinto seu toque em minhas mãos. Volto a me deitar no colchão, esfregando os olhos. Tentando aliviar a pressão da memória e deste lugar.

Sei menos do que deveria saber a respeito de Montfort, menos ainda de sua capital, Ascendant. Planejar fugir daqui seria uma perda do meu tempo e da minha energia limitada. Vou tentar fazer isso em Archeon, claro. Me perder deles nos túneis depois de colocar outro exército contra meu irmão. A última vingança de Maven Calore, antes de desaparecer. Para onde, não sei. É outra perda de tempo tentar planejar algo para depois de Archeon. Vou pensar nisso quando chegar a hora.

Sem dúvida Mare vai desconfiar. Ela me conhece bem demais a essa altura. Talvez eu tenha que matá-la quando isso acabar.

A vida dela ou a minha.

Será difícil, mas vou escolher a mim mesmo.

Sempre faço isso.

— Precisamos saber por onde entrar nos túneis.

A princípio, penso que estou sonhando. Que esse vestígio da minha mãe foi finalmente tirado de mim.

Mas é impossível.

Abro os olhos e encontro Mare do outro lado das grades, mantendo-se fora do meu alcance. Os guardas saíram, ou pelo menos estão longe de vista. Provavelmente agrupados em cada ponta do corredor, prontos para agir se necessário.

Faz dois dias que fui convocado ao conselho do primeiro-ministro, e ela não parece ter dormido nada. A garota elétrica está exausta, com sombras embaixo dos olhos e nas bochechas. Ainda assim, está melhor do que quando foi minha prisioneira, apesar dos vestidos e joias que eu lhe dava. Seus olhos cintilam. Ela não está drenada, dolorida até os ossos. Conheço aquela sensação intimamente. Eu a sinto aqui agora e a sentia quando era rei, blindado por um trono silencioso.

Devagar, me apoio nos cotovelos, olhando para Mare por cima das pontas dos meus sapatos.

— Dois dias para concordar com meus termos — digo, contando nos dedos. — Deve ter sido uma briga e tanto.

— Cuidado, Maven. — Ela solta em alerta, incisiva. — Qualquer dificuldade e vou ter o maior prazer de chamar Tyton aqui embaixo.

O sanguenovo que tem a mesma habilidade dela, com seu cabelo branco e olhar inescrutável. Mare disse no conselho que ele era ainda mais forte. Já vi a força da garota elétrica. Os raios dele provavelmente iam me despedaçar, nervo por nervo. Não que isso fosse ajudá-los. Consigo aguentar a tortura. Sei como manter a boca fechada, mesmo que signifique morrer.

No entanto, não quero ser transformado numa lâmpada logo de manhã.

— Prefiro que não chame — respondo. — Gosto muito do nosso tempo a sós.

Seus olhos se estreitam, me perscrutando. Mesmo de longe, consigo ouvi-la puxar o ar com dificuldade. Sorrio de leve, satisfeito por ainda provocar essa reação dela. Ainda que originada pelo medo. Já é alguma coisa, pelo menos. Melhor do que apatia. Melhor do que nada.

— Suponho que esteja no fim — continuo, levantando. Sinto o metal frio contra minha testa quando me abraço às grades. — Lá se foram os murmúrios entre nós.

Ela bufa, e me preparo para o cuspe inevitável. Que não vem.

— Cansei de tentar entender você — Mare sussurra, furiosa, ainda fora do meu alcance. Mas não estremece quando a olho de cima a baixo. Não recua quando ergo a mão, esticando os dedos a centímetros do seu rosto.

Porque não sou eu quem ela teme, não de verdade.

Seus olhos vacilam, baixando para o piso da minha cela. Para a Pedra incrustada perfeitamente no cimento.

Dou risada, do fundo da garganta. O som ecoa pelas paredes.

— Realmente parti algo dentro de você, não?

Mare se encolhe como se eu tivesse batido nela. Quase consigo ver o hematoma se formando em seu coração. A garota cerra o maxilar, endireitando a coluna.

— Nada que eu não possa consertar — ela diz, entre os dentes.

Consigo sentir o sorriso em meu rosto ficar mais amargurado, amarelo, ser corrompido.

— Gostaria de poder dizer o mesmo.

Minhas palavras ecoam, mitigam e morrem.

Mare cruza os braços e baixa os olhos. Eu a observo com atenção, tentando gravar todos os pedacinhos dela na memória.

— Os túneis, Maven.

— Você ouviu meus termos — respondo. — Vou com vocês, para guiar seus exércitos...

Ela ergue a cabeça abruptamente. Se não fosse pela Pedra sob meus pés, acho que sentiria o zumbido da estática.

— Não é o suficiente — ela diz.

Hora de pagar para ver.

— Então me eletrocute. Chame seu torturador e ponha sua guerra em risco pelas palavras tiradas com meu sangue. Confie que são a verdade. Está disposta a fazer isso?

Mare ergue as mãos, exasperada. Como se eu fosse uma criança, e não um rei. Isso me irrita, como uma lixa na pele.

— Precisamos de uma concessão, pelo menos. Onde os túneis *começam*?

Ergo uma sobrancelha com frieza.

— E onde terminam?

— Essa é a parte do quebra-cabeça que você pode guardar. Até precisarmos dela.

— Humm — entoo, batendo o dedo no queixo. Começo a andar de um lado para o outro, fazendo um espetáculo grandioso para meu público extasiado. Seus olhos acompanham meus movimentos, me lembrando da pantera que a mãe de Evangeline mantinha por perto. — Suponho que você vá junto?

Mare mal bufa. Sua boca se curva numa careta deliciosa.

— Não combina com você fazer perguntas idiotas.

Respondo com um dar de ombros.

— Desde que mantenha você aqui...

Ela não tem resposta para isso. Tudo o que quer dizer morre em seus lábios. Se ao menos eu pudesse encostar neles. Sentir a pele sob meus dedos, suave e cheia e pulsante de sangue quente e vermelho. Parte de mim se pergunta por que Mare ainda me hipnotiza, mesmo sendo minha inimiga. Eu poderia matá-la, e o contrário também é verdadeiro. Mais um mistério da minha mente que nunca será desvendado.

Mare se mantém firme, me deixando olhar. Nunca vacila sob meus olhos. Me deixa ver através da máscara que a ajudei a criar. Há exaustão, esperança e tristeza, claro. Sofrimento por tantas coisas.

Inclusive meu irmão.

— Ele partiu seu coração, não?

Mare apenas suspira, seu peito murchando.

— Que tolo — sussurro, expondo em voz alta o que em geral só penso.

Ela não se deixa abater. Joga a cabeça para trás, afastando o cabelo castanho e cinza de cima do ombro. Revelando a pele nua por baixo, a marca ainda clara como o dia. M de *Maven*. M de *minha*. M de *monstro*. M de *Mare*.

— Você também partiu.

Um gosto amargo enche minha boca. Fico à espera de que estremeça, mas sou eu quem vacila.

— Pelo menos tive um bom motivo — murmuro.

O riso dela é abrupto e áspero, um único grito que estala como um chicote.

— Ele partiu seu coração pela coroa — sussurro, furioso.

Mare me encara, mas não move os pés em momento algum. Nunca chega perto o bastante para tocar.

— E você não, Maven?

— Fiz pela minha mãe, claro. — Tento falar com a voz distanciada, prática. O Maven frio, destroçado, condenado. — E pelo que ela me transformou.

— Você vive culpando sua mãe. Deve ser fácil. — Meu coração salta no peito quando os pés dela se movem lateralmente. Não para perto, não para longe. É a vez de Mare me espreitar. — Acha que o pai de Cal não o transformou em algo também? Não acha que somos todos feitos ou desfeitos por outra pessoa? — Embora ela só esteja andando, parece uma dança. Imito seus movimentos, acompanhando-a. Mare é muito mais graciosa do que eu, uma ladra ágil graças a muitos anos e a muitas reviravoltas do destino. — Mas todos temos a capacidade de escolher, no final. E você escolheu sujar suas mãos de sangue.

Meu punho se fecha, e anseio por uma centelha. Por uma chama. Por *algo* para queimar. Mare sabe o que quero, e sorri consigo mesma. Do outro lado das grades, seus dedos estalam no ar, iluminados de roxo e branco. A energia elétrica é só uma provocação. Além do meu alcance, além da esfera da Pedra Silenciosa. Desejo minha habilidade assim como desejo Mare, como desejo Thomas, como desejo ser quem eu deveria ser.

— Pelo menos admito quando estou errada — ela continua. — Quando cometo um erro. Quando as coisas horríveis que fiz e vou fazer são culpa minha. — As faíscas se refletem em seus olhos. Tremulam entre marrom e roxo, conferindo a Mare um ar sobrenatural, como se seu olhar pudesse me cortar. Parte de mim deseja que o faça. — Acho que você me ensinou isso.

Sorrio de novo.

— Então você deveria me agradecer direito.

Ela responde na mesma moeda, cuspindo aos meus pés. Pelo menos algumas coisas neste mundo ainda são previsíveis.

— Você nunca desaponta — sussurro com raiva, raspando o sapato no chão de cimento.

Mare não vacila.

— Os túneis.

Respiro fundo e finjo me dar por vencido. Eu a faço esperar, deixando que o silêncio se estenda por longos e cruéis momentos. Demoro para olhá-la. Para ver Mare Barrow como é agora. Não como me lembro. Não como gostaria que ela fosse.

Minha.

Mas Mare não pertence a ninguém, nem mesmo ao meu irmão. Me consolo com isso. Estamos sozinhos juntos, eu e ela. Nossos caminhos podem ser terríveis, mas nós mesmos os fazemos.

O brilho dourado de sua pele é quente mesmo aqui, iluminado pela luz forte das lâmpadas. Ela continua obstinadamente viva, ainda queimando como uma vela que luta contra a chuva.

— Está bem.

Dou a Mare o que ela quer.

Acho que é o que eu quero também.

O plano sempre foi me matar. Depois que eu não tivesse mais utilidade. Não estou surpreso. Faria isso também. Ainda assim, quando tiram o saco da minha cabeça, revelando as montanhas ao nosso redor, não consigo deixar de temer. Se me permitiram ver este lugar, ver Montfort e sua capital, sou um homem morto. É só uma questão de tempo.

O ar é gelado, cortante contra meu rosto exposto. Meus calafrios são mais do que justificáveis. Ergo os olhos para o céu roxo, obscurecido antes do amanhecer, riscado pela luz de uma aurora distante que se ergue nos picos das montanhas. A neve continua nos cumes, mesmo no verão. Tento me orientar rapidamente.

A cidade de Ascendant chega até o vale lá embaixo, cobrindo as encostas de um lago alpino. Não se assemelha a nenhuma outra que eu já tenha visto, nem em Norta e nem mesmo em Lakeland. É um lugar novo, mas de certa forma parece antigo. Criado entre as árvores e as rochas, ao mesmo tempo parte desse terreno estranho e construído pela mão do homem. Mas a cidade em si não importa. Nunca vou voltar aqui. Nem se fugir ou se me executarem. Voltar a Montfort está fora de cogitação.

Estamos perto de uma pista de pouso entre duas montanhas. O cheiro de combustível é forte em meio ao ar fresco. Vários jatos estão alinhados no pavimento, prontos para levantar voo. Estreito os olhos por cima dos guardas à minha volta, vislumbrando um palácio branco ao longe, no alto da capital. Deve ter sido para onde me levaram antes, quando me arrastaram diante daquele estranho conselho de vermelhos, prateados e sanguenovos.

Os rostos à minha volta são desconhecidos, seus uniformes igualmente divididos entre o verde de Montfort e o vermelho infernal da Guarda Escarlate. Fico preso aqui, sem conseguir fazer muita coisa além de me erguer na ponta dos pés para espiar a multidão.

E é definitivamente uma multidão. Dezenas de soldados e seus comandantes, organizados em fileiras perfeitas, esperam pacientemente pelos jatos. Mas em número muito menor do que eu esperava. *Acham mesmo que isso é suficiente para atacar Archeon?* Mesmo tendo os sanguenovos com suas habilidades estranhas e terríveis, seria burrice. Suicídio. *Como fui perder para idiotas tão desvairados?*

Alguém ri baixo perto de mim, e sou tomado pela sensação familiar de que sou o alvo das risadas. Viro abruptamente, encontrando o primeiro-ministro de Montfort em pessoa olhando por entre os ombros dos meus guardas.

Com um gesto dele, os dois soldados abrem espaço para que se aproxime. Para minha surpresa, ele está vestido como um soldado, sem nada de especial em seu uniforme verde-escuro. Sem medalhas ou honrarias no peito, nada que o marque como líder de todo um país. *Não é de admirar que ele e Cal tenham se dado tão bem. Os dois são idiotas o bastante para lutar nas linhas de frente.*

— Alguma coisa engraçada? — zombo, erguendo os olhos para ele.

O primeiro-ministro só faz que não. Assim como no conselho, mantém o rosto imóvel e quase inexpressivo, demonstrando emoções suficientes apenas para que o público faça suas próprias suposições.

Eu poderia parabenizá-lo pelo talento se me sentisse inclinado a isso.

Assim como eu, Davidson é um ator habilidoso. Mas sua performance é mal aproveitada. Eu enxergo a verdade.

— O que acontece quando isso acabar e os espólios tiverem que ser divididos? — Sorrio, o ar congelante contra meus dentes. — Quem vai pegar a coroa do meu irmão, Davidson?

O homem não hesita, aparentemente impassível, mas noto a contração minúscula de seus olhos.

— Olhe ao redor, Calore. Ninguém usa coroa no meu reino.

— Muito esperto — reflito. — Nem todas as coroas podem ser vistas.

Ele sorri, se recusando a morder a isca. Ou sua calma é extraordinária ou, de alguma forma, realmente não tem nenhuma sede de poder. Sei que é a primeira opção. Ninguém ignora a atração de um trono.

— Cumpra sua parte do acordo e vai ser rápido — ele diz, recuando. — Embarquem-no — acrescenta então, sua voz mais dura ao dar o comando.

Os guardas bem treinados se movem em harmonia. Se fechar os olhos, consigo fingir que são sentinelas. Meus próprios protetores prateados, que juraram me manter seguro, em vez desses ratos e traidores de seu sangue decididos a me manter acorrentado.

Pelo menos não se incomodam com algemas. Meus punhos permanecem livres.

Sem braceletes, sem chama.

Sem faísca com a qual eu possa criar.

Por sorte, estamos viajando com uma garota elétrica.

Consigo encontrá-la enquanto sou guiado à frente, sobre a pista até o jato que espera mais adiante. Ela está reunida com a amiga, a tal de Farley, que foi facilmente enganada um ano atrás, assim como o outro eletricon, o homem de fios brancos. Cabelos estranhos devem ser moda em Montfort, porque há ainda uma mulher de cachos azuis e um homem com os fios verdes bem curtos.

Mare abre um sorriso sincero para eles. Quando se move, percebo que seu cabelo também está diferente. As pontas grisalhas se foram, substituídas por um lindo roxo que conheço bem. Ficou lindo.

Sinto um aperto no fundo do peito. Ela sobe no jato. Provavelmente para ficar de olho em mim. Para permitir que seu amigo torturador fique na minha cola durante todo o voo. Não tem problema. Posso suportar.

Algumas horas de medo valem o pouco tempo que ainda nos resta.

Nosso jato tem asas verde-escuras, um símbolo da frota de Montfort. Sou levado para dentro do avião militar, com bancos em volta e um compartimento inferior que acompanha toda a fuselagem. Para mais passageiros ou armas. Talvez ambos. Sinto um gosto acre na boca quando me dou conta de que este jato foi construído por Montfort. Certamente não é o único. O estranho país montanhoso é mais bem equipado do que imaginávamos, mesmo depois de Corvium e de Harbor Bay. E está se mobilizando.

Enquanto sou amarrado no assento, com os cintos afivelados um milímetro apertados demais, entendo por que Davidson estava rindo.

Os jatos na pista, os soldados reunidos lá fora... É apenas o começo.

— Quantos milhares vocês estão levando para Archeon? — pergunto, mais alto que a movimentação do compartimento cada vez mais cheio.

Sou ignorado, e isso é resposta suficiente.

Do outro lado do jato, Mare assume seu assento, com Farley ao seu lado. A dupla me olha de soslaio, seus olhos duros como pedras, igualmente capazes de criar faíscas. Resisto ao impulso de provocá-las.

Então um corpo cruza minha visão, bloqueando as duas.

Solto um suspiro e ergo os olhos devagar.

Tão previsível.

— Vai tentar alguma coisa? — o eletricon de cabelo branco pergunta.

Fecho os olhos e me recosto.

— Não — respondo, fazendo o possível para esconder como é difícil respirar com o cinto infernal.

Ele não se move, nem quando o jato levanta voo.

Mantenho os olhos fechados e repasso meu plano precário.

De novo, e de novo, e de novo.

TRINTA E DOIS

Evangeline

Faz pelo menos duas semanas que Barrow partiu, uma semana desde que meu noivo foi coroado, e alguns dias que não vejo Elane. Ainda consigo senti-la, sua pele clara e macia e fria sob meus dedos. Mas ela está distante, muito além do meu alcance. Mandada de volta a Ridge, para longe do perigo.

Cal teria deixado que eu a mantivesse aqui, se meu pai permitisse. Apesar de tudo, estamos nos entendendo. Engraçado, eu sonhava com esse tipo de coisa. Um rei que me deixasse sozinha com a minha coroa. Ainda é o melhor que posso desejar, mas mesmo assim é uma prisão. Confina a nós dois, nos isolando de quem amamos. Ele não pode trazer Mare de volta, e eu não posso trazer Elane de volta. Não com as rainhas de Lakeland no horizonte e uma invasão iminente. Não vou colocar a vida dela em risco por alguns dias de prazer.

Meus novos aposentos no Palácio de Whitefire são destinados à rainha, e ainda ecoam a presença de Iris Cygnet. Tudo é azul, azul, *azul*, desde as cortinas e os carpetes felpudos até as flores murchando numa quantidade absurda de vasos de cristal. Com menos criados, o processo de esvaziar os aposentos é lento. Acabo arrancando a maioria das cortinas eu mesma. Ainda estão na sala de visitas dos meus aposentos, acumulando pó numa pilha de seda azul-cobalto.

A sacada comprida que dá para o rio é o único descanso que tenho dela, a princesa distante que vai voltar para nos matar. Mesmo aqui, com o rosto ao sol, não consigo tirá-la completamente da cabeça. O rio Capital corre lá embaixo, dividindo a cidade de Archeon em duas em seu caminho sinuoso para o mar. Tento ignorar a água, calma como está. Me concentro em trançar o cabelo, puxando os fios prateados para trás do rosto. É uma boa distração. Quanto mais apertadas as tranças, mais severa e determinada me sinto.

Planejo treinar um pouco esta manhã, repassar os movimentos. Correr na pista do quartel, lutar com Ptolemus se ele quiser. Me pego desejando que Barrow estivesse aqui. Ela é um bom treino e um bom desafio. E é mais fácil lidar com ela do que com a minha mãe.

Fico surpresa por ela ainda não ter entrado, como anda fazendo. Tentando me incentivar a atividades mais dignas de uma rainha, como diz. Mas não tenho ânimo para encantar ou intimidar nobres hoje, muito menos a pedido dela. Meus pais querem que eu influencie mais prateados, conquiste a lealdade que juraram a Cal. Afaste aliados dele, como se salvasse ratos de um navio naufragando.

Ambos querem que eu seja para ele o mesmo tipo de rainha que Iris foi para Maven. Uma serpente na sua cama, uma loba ao seu lado. Reunindo forças e esperando a oportunidade de atacar. Não amo Cal e nunca poderei amar, mas isso me parece errado.

Mas se Anabel e Julian cumprirem seu plano...

Não faço ideia de quais vão ser as consequências para mim.

Suspensa numa ponte, encurralada no meio, com as duas extremidades em chamas.

A ponte.

Deixo a mão cair, com metade do cabelo por trançar, e estreito os olhos para a estrutura enorme que se estende sobre o rio. O outro lado de Archeon cintila sob o sol nascente, seus muitos prédios coroados de aço e estátuas de bronze de aves de rapina. Tudo parece normal. A cidade ainda está agitada, com meios de transporte e a população indo de um lado a outro. O trânsito nos três andares da ponte continua movimentado. Menos do que o habitual, mas era de imaginar.

São os suportes embaixo dela que me preocupam, e a água passando em volta. Ainda constante, movendo-se na mesma velocidade. Mas a corrente, o ruído no quebra-mar...

O rio está indo no sentido errado.

E está enchendo.

Saio em disparada pelo quarto e pelos cômodos contíguos, sem ver nada até chegar aos aposentos de Ptolemus. A porta se destrava facilmente, voando para trás nas dobradiças torcidas enquanto passo correndo. Mal me ouço gritar seu nome. O zumbido na minha cabeça é alto demais, oprimindo tudo exceto a corrente fria e ácida de adrenalina.

Meu irmão sai cambaleante da sala de estar e vem na minha direção, seminu. Entrevejo os lençóis desarrumados pela porta atrás dele, bem como um braço negro. Ele se move, saindo do meu campo de visão enquanto Wren Skonos tenta se vestir.

— O que foi? — Ptolemus pergunta, os olhos arregalados de pânico.

Quero fugir; quero gritar; quero lutar.

— Estamos sendo invadidos.

— Como conseguiram fazer isso? Mover o exército sem que a gente percebesse?

Ptolemus vem no meu encalço, mal conseguindo acompanhar o ritmo enquanto atravessamos os corredores do palácio. Galerias, salas de reunião, antessalas e até salões de baile passam turvos pela minha visão periférica. Em poucas horas, tudo pode estar destruído. Incendiado, inundado ou simplesmente eliminado. Por um momento, vejo o cadáver do meu irmão, quebrado e caído sobre o piso de mármore intrincado, seu sangue como um espelho. Pisco para afastar o pensamento. Bile sobe pela minha garganta.

Olho para ele — vivo e respirando, imponente em sua armadura — ao menos para me convencer de que ainda está aqui. Wren vem atrás, seu uniforme de curandeira claramente distinto. Espero que continuem juntos nas próximas horas. Eu a prenderia a meu irmão se pudesse.

— Tínhamos observadores nas cidadelas — murmuro, falando para me manter focada. — Sabíamos que os exércitos de Lakeland estavam se reunindo, mas não quando iam atacar.

A voz de Wren é lenta e firme, mas não reconfortante.

— Eles devem ter ido para o norte. Se movido por terra.

— Sem a Guarda Escarlate, não temos muitos olhos em Lakeland — Ptolemus prageja quando viramos numa esquina, em direção à sala do trono.

Nossos pais não nos encontraram ainda, e isso só pode significar que estão com o rei e seus conselheiros. Eles já devem saber.

Os guardas Lerolan abrem passagem para nós, empurrando as portas altas e envernizadas com suas mãos letais. Passamos marchando juntos, os três mantendo uma formação cerrada para o caso improvável de que os soldados de Lakeland já tenham se infiltrado na cidade. Minha habilidade zune, ampliada para detectar qualquer bala disparada ao longe. Conto os cartuchos nas armas dos guardas enquanto cruzamos o piso.

Na plataforma elevada em que ficam o trono de Cal e os assentos de seu tio e sua avó, estão reunidos os nobres. Minha mãe e meu pai também, ele de armadura como sempre. A luz do sol reflete a cada movimento minúsculo, e quase me cega olhar para ele. Minha mãe está mais contida, sem armadura, mas não sem armas. Larentia Viper abandonou sua querida pantera por enquanto, apesar da proeza da fera como caçadora. Em vez disso, tem dois lobos peludos sentados aos seus pés, cujos olhos, ouvidos e focinhos se contorcem. Ambos são assustadores, mas sabem farejar e lutar. Ninguém vai pegar minha mãe de surpresa com eles às suas ordens.

Julian Jacos e a rainha Anabel cercam Cal. Ela está mais preparada para a batalha do que o tio cantor, o corpo pequeno e rechonchudo enfiado num uniforme laranja-vivo, esculpido pela armadura corporal justa. Não tem nada nas mãos, nem mesmo sua aliança de casamento. Julian não está tão protegido. Seus olhos continuam envoltos por sombras escuras, sugerindo uma noite sem sono. Ele se mantém a poucos centímetros do sobrinho. Não sei quem está protegendo quem.

O rei de Norta tem uma armadura vermelha e dourada polida, uma pistola num lado do quadril e uma espada cintilante afivelada no outro. Nem manto nem capa descem por seus ombros. Só atrapalhariam. Cal mal é um homem, mas parece ter envelhecido da noite para o dia. E não pela batalha iminente. Ele está acostumado à guerra e ao derramamento de sangue. Algo diferente pesa em seu peito, algo de que nem uma invasão consegue distraí-lo. Ele ergue o rosto obscurecido, observando enquanto me aproximo.

— Quanto tempo temos? — pergunto alto, sem me importar com formalidades.

Cal responde rápido.

— A frota aérea está a caminho — ele diz, lançando o olhar para o sul. — Tem uma tempestade no mar, se movendo rápido demais. Posso apostar que tem uma armada de Lakeland dentro dela.

É uma tática que nós mesmos usamos em Harbor Bay, mas em números muito menores e com muito menos força. Estremeço só de pensar em como seria um ataque de ninfoides liderado pela própria rainha de Lakeland. Eu me vejo envolta por meu aço, afundando rapidamente na água escura, sem nunca voltar à superfície.

Tento não deixar o medo transparecer em minha voz.

— O objetivo deles? — É a melhor maneira de lutar e revidar: identificar o que seu oponente está tentando fazer e avaliar o modo mais adequado de impedi-lo.

Atrás de Cal, seu tio se remexe, tenso. Ele baixa os olhos, tocando o ombro do sobrinho.

— Você, meu rapaz. Se chegarem até o rei, tudo estará terminado antes mesmo de começar.

Meu pai permanece em silêncio, considerando os resultados. O que significará para ele se Cal for capturado ou morto. Ainda não somos casados. O reino de Rift não está irreversivelmente ligado a Norta, assim como não estava ligado a Maven. A última vez que forças inimigas atacaram Archeon, a Casa Samos estava preparada, e nós fugimos. Vamos fazer o mesmo?

Ranjo os dentes, já sentindo uma dor de cabeça se formar além de todo o resto.

— O trem de fuga de Maven ainda está funcionando — Julian continua. Em resposta, Cal se afasta suavemente da mão dele. — Podemos tirá-lo da cidade pelo menos.

O jovem rei empalidece. A sugestão o repugna.

— E entregar a capital?

Julian responde rápido:

— É claro que não. Vamos defendê-la, mas você estará fora de perigo, longe do alcance deles.

A réplica de Cal é igualmente rápida e duas vezes mais decidida. Além de previsível.

— Não vou fugir.

Seu tio não parece surpreso. Ainda assim, insiste. Em vão.

— Cal...

— Não vou deixar os outros lutarem enquanto me escondo.

A velha rainha é mais vigorosa, pegando o neto pelo punho. A briguinha em família me irrita, mas não tenho muito o que fazer. Mesmo se corremos contra o tempo.

— Você não é mais um príncipe nem um general — Anabel suplica. — É o rei, e seu bem-estar é fundamental para...

Assim como fez com o tio, Cal se livra dela com delicadeza, soltando o braço. Seus olhos se inflamam e queimam.

— Se eu abandonar esta cidade, abandono qualquer esperança de continuar sendo rei. Não deixem o medo cegá-los quanto a isso.

Cansada dessa bobagem, estalo a língua e digo o óbvio, ao menos para poupar um tempo precioso.

— As Grandes Casas restantes nunca vão jurar lealdade a um rei que fugir. — Ergo a cabeça, usando todo o meu treinamento na corte para projetar a imagem de força de que preciso. — E as que juraram jamais vão respeitá-lo.

— Obrigado — Cal diz devagar.

Aponto para as janelas, na direção dos rochedos.

— O rio mudou de curso, e está enchendo. Já está alto o bastante para permitir que os maiores navios deles cheguem até aqui.

Cal assente, grato por voltar ao assunto. Ele se ajeita, distanciando-se de seus parentes. Vindo até meu lado.

— Eles pretendem dividir a cidade em duas — o rei diz, olhando entre meu pai ainda em silêncio e sua avó. — Já dei ordens para igualar os guardas nos dois lados da cidade e complementar com os soldados ainda a nosso serviço.

Ptolemus franze o nariz.

— Não seria melhor concentrar nossas forças, fortificar a praça e o palácio? Nos manter unidos?

Meu irmão é um guerreiro tanto como Cal, mas não um estrategista. Ele é mera força bruta. O rei é rápido em apontar seu erro.

— As rainhas Cygnet vão identificar o lado mais fraco — ele diz. — Se ambos estiverem equilibrados, não saberão por onde atacar. Podemos imobilizar suas forças no rio.

— Concentrem a frota aérea sobre a cidade. — Não é uma sugestão, mas uma ordem. Ninguém a critica. Apesar do perigo iminente, sinto um rompante de orgulho. — Usem as armas contra os navios. Se conseguirmos afundar um, vamos diminuir o ritmo deles. — Um sorriso sinistro se abre em meus lábios. — Nem os ninfoides conseguem manter um navio esburacado flutuando.

Não há alegria em Tiberias Calore quando ele fala em seguida; seus olhos brilham com algum tormento interno.

— Transformem o rio em um cemitério.

Um cemitério para ambos os tipos de sangue, prateado e vermelho. Soldados de Lakeland e de Piedmont. Inimigos. É o que todos eles são. Sem rostos, sem nomes. Enviados para nos matar. É uma equação fácil de equilibrar, com as pessoas que amo de um único lado. Ainda assim, meu estômago se revira, embora eu não vá admitir isso. Nem mesmo a Elane. De que cor estará o rio quando tudo acabar?

— Vamos estar em menor número em terra. — Cal começa a andar de um lado para o outro, suas palavras assumindo um tom maníaco. Ele está quase falando sozinho, tramando um plano de batalha diante de nossos olhos. — E o que quer que esteja na tempestade deles vai manter a maior parte da frota aérea ocupada.

Meu pai ainda não disse uma palavra.

— Eles terão soldados vermelhos entre os prateados — Julian diz, quase como quem pede desculpas. Meu estômago se revira novamente, e Cal também parece vacilar. Seus passos são hesitantes.

Anabel apenas zomba.

— É uma vantagem, ao menos. Eles são mais vulneráveis. E menos perigosos.

A fenda entre os conselheiros mais próximos de Cal se abre como um penhasco. Julian quase ri dela, perdendo a calma habitual.

— Não foi isso que eu quis dizer.

Mais vulneráveis. Menos perigosos. Anabel não está errada, mas não pelos motivos que pensa.

— Lakeland não melhorou seu tratamento aos vermelhos — explico. — Norta, sim.

O olhar seco da velha rainha é de uma beleza letal.

— E?

Falo devagar, como se estivesse explicando teoria de batalha a uma criança. É delicioso como a irrita.

— E daí que os vermelhos de Lakeland podem estar menos dispostos a lutar. Podem até querer se render a um país onde vão ter uma vida melhor.

Os olhos dela se estreitam.

— Como se pudéssemos confiar nisso.

Dou de ombros com um sorriso treinado.

— Foi o que fizeram em Harbor Bay. Vale a pena lembrar.

Os olhos arregalados dos prateados ao meu redor não são difíceis de interpretar. Até Ptolemus está perplexo com o que eu disse. Apenas Cal e Julian parecem abertos à ideia, suas expressões comedidas em meio à reflexão. Meu olhar se fixa em Cal, e ele me encara com firmeza, inclinando a cabeça com um leve aceno, quase invisível.

Ele lambe os lábios, entrando em mais uma rodada de planejamento.

— Não temos sanguenovos teleportadores, mas se conseguirmos colocar vocês dois — ele aponta para mim e Ptolemus — nos navios de guerra de novo e neutralizar as armas deles...

— Meus filhos não vão fazer isso.

A voz de Volo é baixa mas ressoante, quase vibrando no ar. Eu a sinto em meu peito e, de repente, sou uma criança de novo, me encolhendo diante de um pai autoritário. Disposta a fazer tudo para agradá-lo, para ganhar um raro sorriso ou qualquer demonstração de afeto, ainda que pequena.

Não, Evangeline. Não deixe que ele faça isso.

Meu punho se cerra ao lado do corpo, as unhas cravando na palma da mão. Isso me estabiliza de alguma forma. A dor aguda me faz voltar a mim e ao despenhadeiro que contemplamos.

Cal encara meu pai abertamente, os dois fixados em uma luta silenciosa. Minha mãe continua em silêncio, a mão pousada na cabeça de um dos lobos. Os olhos amarelos do animal encaram o jovem rei, sem nunca desviar.

Meus pais não pretendem lutar nem deixar que lutemos. Em Harbor Bay, estavam dispostos a nos mandar para o combate. A arriscar as nossas vidas. Pela vitória.

Eles acham que esta batalha já está perdida.

E vão fugir.

Meu pai volta a falar, quebrando o silêncio tenso.

— Meus soldados e guardas, meus primos sobreviventes da Casa Samos, são seus, Tiberias. Mas com meus herdeiros não vai apostar.

Cal range os dentes. Ele pousa as mãos na cintura, tamborilando os polegares.

— E quanto ao senhor, rei Volo? Também vai ficar de braços cruzados?

Pestanejo, pasma. Ele praticamente chamou o rei de Rift de covarde. Um calafrio percorre o lobo de minha mãe, refletindo a raiva dela.

Meu pai tem seus próprios planos já em andamento. Deve ter. Ou não deixaria essa farpa passar tão tranquilamente. Com um gesto, ignora a acusação.

— Não preciso provar minha lealdade com meu sangue — diz apenas, contra-atacando. — Vamos ficar aqui, defendendo a praça. Se Lakeland atacar o palácio, vão encontrar uma forte oposição.

Cal cerra o maxilar, rangendo os dentes. Um hábito que terá que quebrar se quiser manter o trono. Reis não devem ser tão fáceis de interpretar.

Seu tio surge ao seu lado, com o olhar ardente e fixo.

No meu pai.

Quase sorrindo, Julian abre a boca, os lábios se afastando para inspirar longa e ameaçadoramente. Espero que meu pai baixe os olhos. Rompa o contato visual. Tire a arma do cantor. Mas seria uma admissão de medo. Ele nunca faria isso, nem para proteger a própria mente.

É um impasse.

— Eu não aconselharia isso, Jacos — minha mãe murmura, e os lobos aos seus pés rosnam em resposta.

Julian apenas sorri. O fio cortante de tensão se parte.

— Não sei a que se refere, majestade — ele diz, a voz felizmente normal. Sem nenhuma melodia assombrosa, nenhuma aura de poder. — Mas, Cal, se eu conseguir chegar perto da rainha de Lakeland, posso ser útil — o cantor acrescenta baixo. Não como parte do espetáculo. Não é uma farsa para enviar uma mensagem. É uma proposta real.

Uma dor sincera perpassa o rosto do rei. Ele se vira, esquecendo meus pais.

— É quase suicídio, Julian — ele murmura. — Você nem conseguiria se aproximar dela.

O velho cantor apenas ergue uma sobrancelha.

— E se eu conseguir? Posso acabar com isso.

— *Nada* vai acabar. — Cal gesticula em sinal de recusa, e juro que ouço o ar arder. Seus olhos estão arregalados, desesperados, a máscara de decoro caindo. — Você não pode convencer Cenra e Iris a desistir desta guerra com seu canto. Mesmo se pudesse fazer as duas se afogarem ou ordenarem que todo o exército bata em retirada, haveria retorno. Outra Cygnet espera em Lakeland.

— Podemos ganhar um tempo valioso.

O tio não está errado, mas Cal se recusa a dar ouvidos.

— E perder uma pessoa valiosa.

Julian abaixa os olhos, dando um passo para trás.

— Muito bem.

— Isso é tudo muito tocante — não consigo deixar de murmurar.

Meu irmão sente o mesmo. Fico surpresa por ele não revirar os olhos.

— Mas sabemos o que vamos enfrentar lá?

Nossa mãe zomba em resposta. Assim como meu pai, ela pensa que a batalha já está perdida. E a cidade.

— Além da força total de Lakeland, legiões vermelhas com todos os prateados que conseguiram reunir, sem mencionar ninfoides poderosos com um rio à disposição?

— E talvez parte das forças de Norta também. — Bato o dedo no lábio. Não sou a única que pensa assim. Não devo ser. É óbvio demais. A julgar pela raiva nos rostos ao meu redor, os outros entendem o que estou dizendo, têm as mesmas desconfianças. — As Grandes Casas ausentes na sua coroação. Nenhuma veio jurar lealdade. Nenhuma respondeu aos seus comandos.

Cal engole em seco. Um tom prateado sobe por suas bochechas.

— Não enquanto Maven viver. Eles ainda se ajoelham a outro rei.

— Eles se ajoelharam a outra rainha — argumento.

Seu rosto se fecha, juntando as sobrancelhas escuras.

— Acha que Iris tem nobres de Norta ao seu lado?

— Acho que seria idiotice da parte dela não tentar. — Dou de ombros. — E Iris Cygnet é tudo menos idiota.

A implicação pesa sobre nós, densa como névoa, igualmente difícil de ignorar. Até meu pai parece perturbado pela possibilidade de mais uma divisão no reino de Norta, rachando uma terra que ele um dia pretende controlar.

Anabel se remexe, inquieta da cabeça aos pés. Ela passa a mão no cabelo firmemente puxado para trás, alisando o penteado já severo. Então murmura baixo:

— Nunca achei que isto fosse possível, mas sinto falta daqueles vermelhos imundos.

— É tarde demais para isso — Cal ruge, sua voz como um trovão de fúria.

Os lábios do meu pai se contorcem de leve. É o mais próximo que vai chegar de estremecer.

Planos foram preparados. Táticas e estratégias para defender a capital de uma invasão. Depois de um século de guerra contra Lakeland, seria idiotice pensar que não haveria. Mas, quaisquer que fossem os planos que os reis Calore tivessem à mão para combater os ninfoides Cygnet, dependiam de coisas que não existem mais. Um Exército de Norta com força total. Um país unido. Cidades de técnicos operando com capacidade máxima, produzindo eletricidade e munição. Cal não pode contar com nada disso.

Os quartéis e as instalações militares em volta da praça são os lugares mais seguros além dos cofres da Casa do Tesouro, mas não me agrada me enfiar embaixo da terra contando apenas com um trem caindo aos pedaços. Meus pais se refugiam no centro do Comando de Guerra, analisando os muitos relatórios que chegam da frota no ar. Desconfio que meu pai gosta de ficar nessa posição de poder, ainda mais enquanto Cal se prepara para liderar um batalhão para a luta.

Me sinto menos inclinada a ficar olhando para cópias impressas e filmagens granuladas, assistindo à batalha de longe. Prefiro confiar em meus próprios olhos. E não consigo ficar perto dos meus pais agora. De alguma forma o exército que se aproxima, os navios escondidos num horizonte nublado, tornam minhas escolhas muito claras.

Ptolemus está sentado ao meu lado, nos degraus do Comando de Guerra. Sua armadura ondula ligeiramente, ainda tomando forma sobre seus músculos. Tentando encontrar o ajuste perfeito. Ele inclina a cabeça na direção do céu, os olhos vagando sobre as nuvens cinza que se acumulam. Ficam mais densas a cada minuto que passa. Wren também está por perto, atrás dele, as mãos descobertas prontas para curar.

— Vai chover — ele diz, fungando. — A qualquer momento agora.

Wren olha adiante, na direção da ponte de Archeon, no extremo oposto dos portões da praça. Seus muitos arcos e suportes parecem apagados enquanto a névoa se aproxima e vai adentrando a cidade.

— Queria saber em que nível o rio está agora — ela murmura.

Amplio minha habilidade, tentando distinguir a armada que atravessa os quilômetros rapidamente. Mas seus navios ainda estão distantes. Ou eu estou distraída demais.

Meu pai vai fugir de novo. A Casa Samos vai fugir. Deixar que Norta caia, restando apenas Rift, uma ilha contra o violento mar Cygnet.

Mais cedo ou mais tarde, seremos invadidos também.

A rainha Cenra não tem nenhum filho homem. Ninguém a quem possam me vender. Volo Samos não tem mais barganhas a fazer. Terá que se render.

E morrer nas mãos dela, provavelmente. Como aconteceu com Salin.

Se sobreviver a hoje.

Onde isso me deixa?

Se meu pai enfrentar uma derrota e meu noivo também?

Acho que isso me deixa... livre.

— Tolly, você me ama?

Tanto Wren como meu irmão se voltam para mim bruscamente. Ptolemus balbucia, seus lábios trêmulos de espanto.

— É claro — ele diz, quase rápido demais para ser compreendido. Suas sobrancelhas prateadas se franzem, e algo como raiva perpassa seu rosto. — Como pode perguntar uma coisa dessas?

Minha dúvida o ofende, o magoa. Eu sentiria o mesmo se fosse o contrário.

Pego sua mão, apertando firme. Sentindo os ossos do membro que perdeu alguns meses atrás e foi substituído por um novo.

— Mandei Elane embora de Ridge. Quando você voltar para casa, ela não estará lá.

Seu cabelo vermelho, a brisa da montanha. Parece um sonho. *Poderia ser real? Essa é minha chance?*

— Eve, do que está falando? Onde...

— Não vou contar, para você não ter que mentir.

Devagar, eu me obrigo a ficar sobre as pernas estranhamente trêmulas. Como um bebê aprendendo a andar, dando seus primeiros passos. Meu corpo todo estremece, dos pés à cabeça.

Ptolemus levanta de um salto, se inclinando para olhar em meus olhos, a centímetros dos seus. Suas mãos estão firmes em meus ombros, mas não o suficiente para me manter imóvel caso eu decida me mover.

— Vou entrar. Preciso fazer uma pergunta a ele — murmuro. — Mas acho que já sei a resposta.

— Eve...

Olho nos olhos do meu irmão, iguais aos meus. Iguais aos de nosso pai. Eu pediria sua ajuda, mas dividi-lo dessa forma, pedir que escolha um lado? Amo Tolly e ele me ama, mas também ama nossos pais. É um herdeiro melhor do que eu.

— Não venha atrás de mim.

Ainda tremendo, eu o puxo num abraço esmagador. Ele retribui o gesto por reflexo, mas se atrapalha com as palavras, sem conseguir entender o que digo.

Não olho para trás, ainda que possa ser a última vez que vejo o rosto do meu irmão. É difícil demais. Ele pode morrer hoje, amanhã ou no mês que vem, quando as rainhas Cygnet invadirem minha casa para nos tirar tudo. Quero lembrar de seu sorriso, não de sua expressão confusa.

O Comando de Guerra está uma bagunça. Oficiais prateados atravessam as passagens e câmaras avisando sobre acontecimentos e movimentos dos exércitos. Os barcos de Lakeland, os jatos de Piedmont. Tudo passa turvo por mim.

É fácil encontrar meus pais. Os lobos da minha mãe guardam a porta de uma das salas de comunicação, protegendo-a com seus olhos brilhantes e alertas. As feras se viram para mim em sintonia, nem hostis nem amigáveis enquanto passo.

As telas enchem a sala de estática, com o brilho crepitante da luz instável. Poucas ainda estão funcionando. Não é um bom sinal. A frota aérea deve estar dentro da tempestade. Se é que ainda existe.

Volo e Larentia se mantêm firmes, imagens espelhadas um do outro. A postura violentamente ereta, sem piscar enquanto analisam a situação catastrófica. Em uma das telas, o primeiro navio da armada toma forma, uma sombra enorme obscurecida pela névoa. Outros vão surgindo devagar. Pelo menos uma dezena, ou mais.

Já vi esta sala antes, mas nunca tão vazia. Uma equipe minúscula de oficiais prateados opera as telas e os rádios, tentando acompanhar o mar de informações. Mensageiros entram e saem, levando os itens mais recentes consigo. Para Cal, provavelmente, onde quer que esteja.

— Pai? — chamo, como uma criança.

Ele me dispensa como se eu fosse mesmo uma.

— Evangeline, agora não.

— O que vai acontecer quando voltarmos para casa?

Com desprezo, ele me olha por cima do ombro. Seu cabelo está mais curto que de costume, raspado rente ao crânio. Isso lhe dá uma aparência esquelética.

— Quando essa guerra for vencida — insisto. Deixo que ele repita a mentira, me sentindo mais tensa à espera de suas bobagens. *Você vai ser uma rainha. A paz vai reinar. A vida vai voltar a ser como antes.* Tudo mentira.

— O que vai acontecer comigo? — prossigo. — Que planos tem para mim? — pergunto, ainda no batente. Tenho que ser rápida. — Em quem vai me transformar depois?

Os dois sabem o que estou perguntando, mas nenhum deles pode responder. Não perto dos oficiais de Norta, ainda que sejam poucos. Devem manter a ilusão dessa aliança até o último segundo.

— Se vocês vão fugir, eu também vou — murmuro.

O rei de Rift cerra o punho, e o metal em toda a sala responde à altura. Algumas telas estalam, seus invólucros retorcidos pela fúria dele.

— Não vamos a lugar nenhum, Evangeline — meu pai mente.

Minha mãe tenta outra tática, se aproximando. Seus olhos escuros e amendoados se arregalam suplicantes. Imitando um filhote de cachorro ou de lobo. Ela põe a mão no meu rosto, sempre a imagem da mãe devota.

— Precisamos de você — ela sussurra. — Nossa família precisa de você, seu irmão...

Me afasto dela, indo na direção do corredor. Atraindo os dois comigo. *Direita duas vezes, saída da frente, para a praça...*

— Me deixem ir.

Meu pai passa pela minha mãe, quase a derrubando para poder se assomar diante de mim. A armadura de cromo brilha forte sob a luz fluorescente.

Ele sabe o que estou dizendo, o que estou realmente pedindo.

— Não — ele sussurra, furioso. — Você é minha, Evangeline. Minha filha. Pertence a nós. Tem um dever para conosco.

Mais um passo para trás. À porta, os lobos se erguem.

— Não tenho, não.

Como uma sombra, um gigante, meu pai se move comigo, imitando meus passos.

— O que é você, senão uma Samos? — ele rosna. — Nada.

Eu sabia que essa seria sua resposta. A última ligação, já frágil e desgastada, se rompe. Contra minha vontade, lágrimas surgem no canto dos meus olhos. Não sei se chegam a cair. Não sinto nada além do ardor da raiva.

— Você não precisa mais de mim. Nem pelo poder nem pela ganância — jogo na cara dele. — E mesmo assim não vai me libertar.

Ele pisca e, por um breve segundo, sua raiva se dissipa. Quase funciona. Ele é meu pai, e não posso deixar de amá-lo. Ainda que me trate dessa forma. Ainda que queira usar esse amor para me manter confinada, prisioneira do meu próprio sangue.

Fui criada para valorizar a família acima de tudo. *Lealdade aos seus.*

E é isso que Elane é. Minha família, minha.

— Estou cansada de pedir permissão — sussurro, cerrando o punho.

As luzes no teto se soltam, caindo com força, um golpe súbito que pega meu pai de surpresa. Um fio de sangue prateado esguicha dos cortes em sua cabeça enquanto ele cambaleia, atordoado. Mas não morto. Nem mesmo incapacitado. Não tenho coragem para isso.

Nunca corri tão rápido, nunca em toda a minha vida, nem mesmo em batalha. Porque nunca tive tanto medo.

Os lobos são mais rápidos que eu. Eles rosnam atrás de mim, tentando me derrubar. Eu os atinjo com o metal dos meus braços, transformando a armadura em facas. Um uiva, se lamuriando quando abro uma ferida rubi em sua barriga. O outro é mais forte, maior, e salta para me levar ao chão.

Tento desviar, mas acabo caindo de costas, e ele pula na minha garganta com força, quase cem quilos de puro músculo atingindo meu peito. Engasgo, sentindo o ar escapar dos pulmões.

Dentes envolvem meu pescoço, mas não mordem. Suas pontas encostam o suficiente para machucar. O suficiente para me manter imóvel.

No alto, ao meu redor, as luzes tremem em suas estruturas de metal e as dobradiças estremecem nas portas.

Não consigo me mover, mal consigo respirar.

Consegui correr dez metros.

— Não levante um dedo — minha mãe grita, entrando no meu campo de visão bastante limitado. O lobo em cima de mim estremece, os olhos amarelos cravados nos meus.

Meu pai treme ao lado dela, uma nuvem de tempestade furiosa. Ele está com uma mão na cabeça, estancando o sangue. Seus olhos são piores que os do lobo.

— Menina idiota — ele sussurra. — Depois de tudo o que fizemos por você. Tudo o que fizemos de você.

— Não fosse por um defeito... — minha mãe começa. Ela estala a língua para mim. Como se eu fosse um de seus animais de estimação, criados para seu uso pessoal. O que de fato sou. — Um defeito profundo e anormal...

Tento puxar o ar, segurar o choro. Meu estômago se revira e queima. *Me deixe ir*, quero implorar.

Mas ele nunca vai deixar. Não sabe como.

E talvez esse tenha sido o erro do pai dele, e do pai do pai dele.

Não sei por quê, mas penso em Mare Barrow. Em seus pais, mantendo-a perto, se despedindo quando partimos de Montfort. Eles não são ninguém, são insignificantes, sem grande beleza, intelecto ou poder. Eu os invejo tanto que sinto vontade de vomitar.

— Por favor — consigo falar.

O lobo se mantém firme.

Meu pai dá um passo mais para perto, seus dedos tingidos de prata líquida. Com um movimento rápido da mão, me suja com seu sangue. Com o que eu fiz.

— Vou arrastá-la de volta a Rift com minhas próprias mãos.

Não duvido.

Eu o encaro, com dificuldade para respirar, os dedos riscando o chão. Até minha armadura me trai, derretendo sob o comando dele. Me deixando sem proteção e sem armas. Vulnerável. Uma prisioneira, ainda e sempre.

Então meu pai sai voando para longe. Ele cai para trás, seu rosto franzido numa surpresa rara. Ele está sendo *arrastado* pelo cromo que cobre seu corpo. Bate contra a parede mais próxima, a cabeça estalando para trás. Minha mãe grita quando ele tomba à frente, os olhos revirando.

O lobo acima de mim tem um destino diferente.

Uma lâmina corta seu pescoço, e a cabeça sai voando para pousar a alguns metros com um baque repulsivo. Um jato de sangue escarlate fresco cobre meu rosto.

Não me retraio. Uma mão fria e familiar se fecha em volta do meu punho, me puxando.

— Você nos treinou bem demais — Ptolemus diz, me ajudando a levantar.

Corremos juntos. Quando olho para trás, minha mãe está debruçada sobre meu pai. Ele tenta se levantar, ainda vivo, mas o golpe o deixou cambaleando.

— Adeus, Evangeline — outro homem diz.

Julian Jacos sai de um corredor adjacente. Anabel está com ele, os dedos batendo uns nos outros. Ela nem me olha quando se aproxima, com as mãos erguidas. Tanto poder letal em uma mulher tão pequena.

— Fuja, Larentia. — Sinto o impulso de cobrir os ouvidos, ainda que a voz melodiosa de Julian não seja dirigida a mim. O poder do canto tremula no ar, palpável e açucarado. — Esqueça seus filhos.

Os passos dela são rápidos e apressados, como um de seus ratos espiões.

— Larentia! — meu pai gorgoleja, mal conseguindo falar em seu torpor.

Mas ele definitivamente consegue gritar.

Eu o deixo nas mãos de Anabel e Julian. Independente do destino que reservaram ao rei de Rift.

Lá fora, a névoa caiu completamente, cobrindo a praça com uma bruma espessa demais para ser natural. Vejo a silhueta de Wren esperando por nós, o contorno de sua forma esguia contra as outras sombras entrando em formação — as forças de Cal, talvez até uma legião inteira, a julgar pelos muitos vultos.

Ao nos ver, ela acena.

— Por aqui — Wren chama, antes de se voltar para a névoa e os soldados.

Sinto alguma coisa nos limites da minha percepção, forte o bastante para ser registrada mesmo de muito longe. *Os navios de Lakeland*. Só pode ser. No alto, invisíveis, jatos chispam de um lado para o outro. Em algum lugar, mísseis zunem e estouram, lançando rajadas de chama onde a armada deve estar. Me sinto presa pela névoa, cega. Só consigo focar em Wren e Ptolemus, ficando perto de suas silhuetas enquanto atravessamos as legiões que marcham sem sair do lugar. Alguns soldados nos encaram enquanto passamos, mas nenhum tenta nos impedir. Em pouco tempo, o Comando de Guerra desaparece ao longe, engolido pela névoa.

Viramos na praça, a caminho da Casa do Tesouro. Uma sensação estranha e familiar toma conta de mim quando me lembro do casamento de Maven. A praça se transformou em campo de batalha naquele dia também, e usamos seu trem para fugir. Nunca gostei daquela geringonça, mas qualquer desconforto parece insignificante. É a saída mais rápida. A mais segura. Vamos estar bem longe da cidade antes que a batalha termine.

E então...

Não tenho tempo nem energia para completar o pensamento.

A chuva vem depois da névoa, caindo com um silvo súbito. Fico encharcada em questão de segundos. O dilúvio deixa a praça escorregadia, nos obrigando a diminuir o passo para não correr o risco de quebrar o pé. Lá no rio, um estrondo soa como um tambor, rítmico e trêmulo, estremecendo o chão sob meus pés.

Os navios estão disparando contra a cidade, seus tiros violentos bombardeando tanto o lado leste como o oeste de Archeon.

Estendo a mão para Ptolemus, meus dedos escorregando em sua armadura molhada enquanto tento me apoiar nele de alguma forma. O resto de mim se prepara para o impacto inevitável quando o fogo de Lakeland chegar a essa parte da cidade.

Meus instintos não estão errados.

O primeiro míssil passa uivante por cima dos portões da praça, quase invisível enquanto faz um arco através da névoa. Não vejo onde ele pousa, mas, a julgar pela enorme explosão atrás de nós, diria que Whitefire acabou de sofrer um golpe direto. A força derruba alguns soldados e nos faz perder o equilíbrio. Eu e Ptolemus nos firmamos em nossas armaduras, e Tolly segura Wren antes que ela caia, abraçando-a firme.

— Continuem andando! — grito mais alto que o som agudo de outro disparo, este explodindo em algum lugar perto do Comando de Guerra.

Alguém mais grita, distribuindo ordens quase inaudíveis em meio ao estrondo. Um raio de chama acompanha sua voz, à frente da legião reunida. Qualquer que seja o discurso de incentivo que Cal tenha preparado, não adiantará muito agora. Há barulho demais, chuva demais, e seus soldados estão distraídos demais pela armada que obstrui o rio. Mesmo assim, eles começam a marchar, avançando para seguir quaisquer que tenham sido suas ordens. Provavelmente para ladear os penhascos. Concentrar o ataque no rio lá embaixo.

Ficamos presos em meio à movimentação deles.

A legião avança como uma maré, nos levando junto. Tento empurrar os corpos uniformizados, procurando Ptolemus e Wren entre os rostos prateados. Ainda perto, mas a distância entre nós vai crescendo. Fico apalpando em busca do cobre do cinto do meu irmão, me apegando à sensação do metal.

— Saiam da frente — rosno, tentando abrir caminho pela multidão. Usando minha armadura para me impulsionar, usando Ptolemus como um farol. — Saiam da frente!

A explosão seguinte é mais próxima e certeira, caindo do céu como um martelo. Uma bomba, não um míssil. Menor, não guiada, mas ainda assim mortal. Mesmo separados, eu e Ptolemus erguemos as mãos ao mesmo tempo, lançando nossa habilidade com uma forte explosão de energia.

Alcanço a carcaça de aço, rangendo os dentes para conseguir deter o projétil em alta velocidade. Conseguimos e, grunhindo juntos, lançamos a bomba de volta para a névoa, espiralando para que, com sorte, exploda em meio à frota de Lakeland. Alguns telecs da legião de Cal fazem o mesmo, se unindo para retornar as bombas e os mísseis. Mas são muitos os tiros disparados pela névoa quase em cima de nós.

A frota aérea corre entre as nuvens, ainda cortando o céu, bombardeando a armada da melhor maneira que pode, com tudo o que pode. Não são os únicos jatos lá no alto. Lakeland também tem seus batalhões aéreos, assim como Piedmont, em menor número. Em meio ao estrondo dos navios e ao urro dos jatos, mal consigo ouvir meus próprios pensamentos. As armas de Norta só aumentam o ruído caótico. As torres de artilharia no alto cospem faíscas e ferro quente, se iluminando com disparos. Em geral ficam camufladas às paredes em volta da praça, ou como suportes para a ponte, mas não agora. Alguns telecs estão posicionados ali, usando suas habilidades para lançar explosivos com uma mira letal.

Esta cidade foi feita para sobreviver, e é exatamente o que está tentando fazer.

O vento fica mais forte, provavelmente graças aos dobra-ventos. A Casa Laris ainda é aliada de Cal, e seus membros usam sua habilidade com toda a força. Um vendaval uivante corre sobre a praça, vindo de algum lugar atrás de nós. Derruba alguns dos mísseis e bombas em seu trajeto, alguns caindo inofensivos enquanto outros espiralam névoa adentro. Estreito os olhos contra o vento forte, mantendo Ptolemus e Wren em vista, mas o furacão obriga os soldados a apertar suas fileiras, nos esmagando entre eles.

Rangendo os dentes, abro caminho com muito custo, passando por baixo de braços, me espremendo entre armas e troncos. Cada passo é um sofrimento, dificultado pelas rajadas de vento, pela chuva, pelo aperto. A multidão balança como o rio lá embaixo, agora coberto por vagalhões brancos.

Minhas mãos se fecham em volta do punho de Tolly, sua armadura fria contra meus dedos. Ele arfa, me puxando pelo último metro, até eu estar encolhida em segurança ao seu lado. Ele segura Wren com a mesma força, seus braços em volta de nossos ombros.

E agora?

Temos que chegar ao fim da multidão, mas as muralhas e os prédios da praça mantêm a legião cercada, nos afunilando na direção da ponte. Mesmo dessa distância, consigo ver Cal elevado sobre o resto, sua armadura vermelha como sangue contra a tempestade. Ele está ao lado dos portões abertos, em cima de uma torreta de pedra.

Como um alvo.

Um bom atirador poderia abatê-lo a mil metros se tentasse.

Ele corre esse risco pelo moral das tropas, gritando incentivos enquanto sobem na ponte. Mais bombas voam em sua direção, mas Cal as explode em pleno ar com um aceno de mão, antes que possam causar algum mal.

Na ponte em si, os soldados prateados desaparecem na névoa. Consigo adivinhar seu destino. Mesmo agora, os rufos regulares e assombrosos do arsenal da armada quebram seu ritmo. Tento não imaginar os soldados de Norta lutando nos conveses dos navios, enfrentando todo o poder das forças da rainha Cenra e do príncipe Bracken.

Se conseguirmos colocar vocês dois nos navios... A voz de Cal ecoa na minha cabeça. Ranjo os dentes contra a onda de vergonha que me perpassa. Não vou entrar nesta batalha, não em mais um rio. Não com *eles* lá.

Esta é nossa chance, e temos de aproveitá-la.

— Continue empurrando! — grito, na esperança de que Tolly consiga me ouvir apesar do estrondo. A Casa do Tesouro ficou para trás, e a distância dela cresce a cada passo. É sufocante ser empurrada dessa forma, levada à frente contra minha vontade.

Não me restou muita armadura — meu pai me tirou a maior parte dela —, mas o pouco que tenho volta a se mover ao longo do meu braço, tomando a forma plana e circular de um escudo. Ptolemus me imita. Nós os usamos como aríetes, avançando contra a maré humana com nossa habilidade e nossa força. Funciona, devagar mas continuamente, criando espaço o bastante para nos movermos.

Até uma armadura vermelha bloquear nosso caminho, com uma bola de fogo pairando sobre a mão.

Cal nos encara, e espero acusações. Sua chama vacila contra a chuva, recusando-se a se entregar. Seus soldados formam um casulo protetor em volta dele.

A água da chuva escorre por seu rosto, evaporando em sua pele exposta.

— Quantos está levando com você? — ele diz, quase sem voz.

Pisco para tirar a água dos olhos e apontar confusa para Wren e Ptolemus.

— Seu pai, Evangeline. Com quantos vai conseguir fugir? — Cal dá um passo à frente, sem nunca quebrar o contato visual. — Preciso saber com quem ainda conto.

Algo se abre em meu peito. Balanço a cabeça, devagar no começo, depois mais e mais rápido.

— Não tenho como saber — murmuro.

A expressão de Cal não muda, mas, por um momento, penso que a chama em sua mão queima um pouco mais forte. Mais uma vez, seu olhar se alterna entre mim e meu irmão, nos avaliando. Deixo que me cubra como a chuva e a névoa e a fumaça que sobe. Tiberias Calore não é mais meu futuro.

Sem dizer mais nada, o rei dá um passo para o lado, e seus soldados se movem com ele. Abrindo um caminho sobre os ladrilhos escorregadios da praça.

Enquanto passo, sinto um leve calor saindo de sua mão, próxima ao meu braço. É quase como se me abraçasse. Cal sempre foi um tipo excêntrico, diferente dos outros prateados. Estranho, com arestas suaves, enquanto o resto de nós foi criado como navalhas, com extremidades duras.

Aperto seu braço, apenas por um momento. Eu o puxo perto o bastante para um último sussurro, uma última farpa de Evangeline Samos antes de desaparecer. Sem sua coroa, sem sua Casa, sem suas cores. Para se tornar uma pessoa inteiramente nova.

— Se não é tarde demais para mim, não é tarde demais para você.

Quando nos sentamos no trem e suas luzes se acendem e seu motor ganha vida, me pergunto onde os trilhos terminam.
Vai ser uma longa caminhada até Montfort.

TRINTA E TRÊS

Mare

❦

Ainda não estou acostumada com o cabelo roxo.

Não é tão chamativo quanto o de Ella, pelo menos. Só deixo Gisa tingir as pontas grisalhas, mantendo as raízes intocadas. Enrolo um cacho no dedo, fitando a cor diferente enquanto caminho. Por mais esquisito que pareça, sinto uma pontada de orgulho. Sou uma eletricon e não estou sozinha.

Depois do primeiro ataque contra Archeon, Maven e seus leais conselheiros empreenderam uma campanha para derrubar ou inundar o imenso sistema de túneis sob a cidade. Eles se concentraram principalmente no extremo sul, onde os túneis eram mais numerosos, todos levando às ruínas de Naercey na foz do rio Capital. Davidson originalmente sugeriu um ataque a partir da cidade abandonada, mas eu e Farley sabíamos que era melhor não. Maven a destruiu também, erradicando a fortaleza da Guarda Escarlate e obliterando os poucos escombros. Ele se inspirou na Guarda também, construindo seus próprios túneis bem como um trem de fuga. Não posso ter certeza, não nessa profundidade, muito menos depois de tanto tempo embaixo da terra, mas acho que vamos cruzar com a linha de trem em algum momento.

Minha bússola interior gira, procurando o verdadeiro norte em vão. Temos que confiar nas informações da Guarda, no que sabem a respeito dos túneis. E temos que confiar em Maven. Por mais ridículo que isso seja, ele é nossa melhor esperança para adentrar a cidade. A força combinada de Montfort e da Guarda Escarlate é grande demais para atacar simplesmente pelo ar, pelo rio ou por terra. Temos de fazer os três.

É claro que só me resta tatear no escuro, andando por horas sob várias toneladas de rocha e solo.

Maven é apenas uma silhueta, iluminado por nossas lanternas atrás dele. Ainda está usando o uniforme simples que os soldados de Montfort lhe deram quando o aprisionaram. Calça e camisa de um cinza desbotado, o tecido muito fino e o corte largo demais para seu corpo. Fazem com que pareça mais jovem, magro e descarnado como nunca.

Fico atrás, usando Farley como um escudo entre nós. Os guardas dele também estão próximos, uma combinação igualitária de vermelhos e sanguenovos. Nenhum deles vacila, as mãos pousadas nas armas nos coldres. Tyton se mantém por perto, sem nunca tirar os olhos de Maven. Estão todos preparados para qualquer sinal de problemas.

Eu também. Meu sangue zumbe, não pela eletricidade, mas pelos nervos à flor da pele. Faz horas que me sinto assim, desde que Maven nos trouxe para cá, guiando-nos por uma escotilha alguns quilômetros ao norte dos limites da cidade.

Nosso exército caminha conosco. Milhares serpenteando pela escuridão, marchando num ritmo constante e regular que ecoa pelas paredes do túnel. É como o som de um coração batendo, rítmico e pulsante, vibrando no meu peito.

À minha direita, Kilorn caminha devagar, seus passos um pouco contidos para acompanhar os meus. Ele me vê olhando e abre um sorriso tenso.

Tento retribuir. Kilorn quase morreu na Cidade Nova. Lembro da sensação de seu sangue espirrando em meu rosto. A memória me cobre de um medo cego.

Ele lê meus pensamentos, mesmo sob a luz fraca, e cutuca meu braço.

— Você tem que admitir: tenho talento para sobreviver.

— Vamos torcer para que continue assim — murmuro em resposta.

Estou igualmente preocupada com Farley, apesar de todas as suas habilidades e artimanhas. Não que eu vá expressar isso em voz alta.

Farley tem o comando de metade das forças terrestres — soldados da Guarda Escarlate e desertores vermelhos de Norta reunidos ao longo dos meses de rebelião. Davidson lidera a outra metade, embora não veja mal em caminhar com o resto de nós, deixando que ela assuma a dianteira.

Mais adiante, o túnel se divide. Um lado se estreita e se curva bruscamente para cima, num trajeto difícil sobre alguns degraus antigos pontuados por inclinações suaves de terra batida. O outro continua como este, largo e reto, com uma levíssima inclinação.

Maven desacelera na bifurcação, pousando as mãos na cintura. Ele parece achar graça nos guardas em volta, todos os seis se movendo em sintonia.

— Para que lado? — Farley vocifera.

Maven olha para ela, com seu sorriso sarcástico de sempre. As sombras profundas nas bochechas destacam seus olhos azuis, vívidos em sua frieza gélida. Ele não responde.

Farley não hesita, acertando o queixo dele. Sangue prateado cobre o piso do túnel, cintilando sob a luz da lanterna.

Cerro o punho ao lado do corpo. Ela poderia enchê-lo de pancada em qualquer outra situação, mas agora precisamos de Maven.

— Farley — sussurro, me arrependendo no mesmo instante.

Ela franze a testa para mim, enquanto Maven ri, mostrando os dentes prateados.

— Para cima — ele diz apenas, apontando para o caminho mais íngreme.

Não sou a única a praguejar baixo.

O caminho não é difícil, mas reduz nossa velocidade. Maven parece adorar isso, olhando para trás com uma expressão de escárnio perturbadora a cada poucos minutos. Temos de andar em linhas de três, em vez de doze como antes, o que dificulta ainda mais a subida. O túnel vai ficando cada vez mais quente, com a presença de tantos corpos nervosos e agitados. Uma gota de suor escorre pelo meu pescoço. Preferiria atacar a capital com força máxima, mas isso vai ter que bastar.

Alguns dos degraus são irregulares e altos demais, me fazendo tropeçar. Kilorn me observa, quase rindo. Consigo criar uma tempestade elétrica, mas degraus altos parecem ser demais para mim.

A subida não leva mais do que meia hora, mas parece que dias se passaram na penumbra, subindo com dificuldade em relativo silêncio. Até Kilorn fica de boca fechada. As circunstâncias cobrem a longa fileira de soldados como uma nuvem, deixando todos sérios. O que vamos encontrar quando finalmente alcançarmos a superfície?

Tento não olhar para Maven, mas me pego focando nos contornos de seu corpo. É instintivo. Não confio nele. Fico à espera de que corra para uma fenda e desapareça. Mas ele mantém um ritmo constante, seus passos nunca vacilam.

O caminho volta a ficar plano, se unindo a um túnel mais largo com paredes arredondadas e suportes de pedra. O ar está mais gelado, fazendo um calafrio percorrer meu corpo febril.

— Acho que você sabe onde estamos. — A voz dele ecoa. Maven aponta para o centro do túnel.

Um par de trilhos novos cintila, refletindo nossas lanternas.

Chegamos ao trem de fuga.

Engulo em seco, sentindo um nó de medo subir pela garganta. Não falta muito agora. Todos sabem disso, a julgar pelo burburinho de atividade crescendo por nossas fileiras. Daqui, a metade de

Farley de nossas forças pode subir facilmente para Whitefire, a Praça de César e os penhascos que compõem o oeste de Archeon. O resto, seguindo o primeiro-ministro Davidson e a general Cisne, vai passar por baixo do rio e encontrar a general Palácio, última integrante do Comando a operar na cidade. Se tudo correr segundo o plano, dominaremos tudo antes que qualquer um saiba de nossa presença. E os exércitos de Lakeland ficarão presos no meio.

Mas será que Cal lutará conosco?

Ele tem que lutar, digo a mim mesma. *Não tem outra opção.*

O objetivo oficial é manter a cidade longe das mãos de Lakeland. Ao menos isso vamos conseguir fazer. *Vamos conseguir.*

Kilorn toca meu braço, sentindo meu desconforto. O calor súbito faz outro calafrio me percorrer.

Algo muda no canto da minha percepção, zumbindo e murmurando, o queixume da eletricidade distante. Não acima de nós, mas à frente. E se aproximando.

— Tem alguma coisa vindo — grito.

Tyton reage da mesma maneira. Seu corpo fica tenso.

— Para trás! — ele berra, empurrando Maven contra a parede. O resto de nós faz o mesmo, se movendo rápido enquanto o som se aproxima.

Um motor grita à frente, cortando a distância e ganhando velocidade sobre os trilhos. As luzes traçam uma curva suave, ofuscantes em comparação a nossas lanternas. Tenho que virar a cabeça para proteger os olhos.

Acabo olhando para Maven, que não hesita. Nem mesmo pisca.

O trem passa acelerado numa tempestade de metal cinza, rápido demais para avistarmos quem está lá dentro. Maven vasculha as janelas enquanto elas passam em alta velocidade, seus olhos azuis grandes como pratos. Ele empalidece, ficando mais branco do que o cabelo de Tyton, então engole em seco furiosamente, seus lábios se pressionando numa linha até desaparecer. Tudo isso se passa em um instante. Ele controla as emoções rápido, mas é o suficiente para mim.

Sei como é o medo em Maven Calore, e ele está apavorado agora. Por um bom motivo.

Qualquer plano que tivesse, qualquer esperança que houvesse de fuga, acabou de desaparecer com aquele trem.

Maven me pega olhando, observando a expressão desaparecer de seu rosto. Seu maxilar fica ligeiramente tenso e seus olhos passam por mim, devagar como uma carícia.

Você não pode fugir do que fez, quero dizer alto.

Ele entende a mensagem.

Quando o trem some de vista, os olhos dele se fecham.

Imagino que esteja dizendo adeus.

Assim como as luzes do trem, o branco dos cofres da Casa do Tesouro é ofuscante.

Tyton segura Maven pelo pescoço. Ele aproveita para aumentar nosso ritmo, obrigando Maven a marchar mais e mais rápido enquanto subimos. O ar se enche do som de armas e armaduras sendo checadas. Pistolas carregadas, lâminas sacadas, botões presos, cintos afivelados. A pistola em meu quadril ainda é um peso estranho, e me inclino um pouco para compensá-lo. Duvido que eu vá disparar alguma bala lá em cima. Ao contrário de Farley. Ela tira o casaco, jogando-o de lado para ser pisoteado pelas centenas atrás de nós. Sem seu sobretudo vermelho, consigo ver os muitos cintos e coldres cruzando suas costas e seu quadril, com meia dúzia de armas diferentes penduradas e as munições correspondentes, além de seu rádio. Ela também tem facas. Está pronta para a guerra.

Em algum lugar atrás de nós, ouço um dos gritos da Guarda Escarlate ecoando estranhamente. Não consigo decifrar qual, mas os outros repetem as palavras. A ovação reverbera pelas paredes, o som crescendo como um trovão. Finalmente entendo o que estão entoando.

— Vamos no levantar, vermelhos como a aurora.

Apesar do medo, sinto um sorriso feroz surgir em meus lábios.

— Vamos nos levantar, vermelhos como a aurora.

A passagem se enche com nosso grito de guerra.

Estamos quase correndo. Maven tem dificuldade em acompanhar o ritmo de Tyton. Farley iguala a velocidade dele, suas passadas largas vencendo o mármore branco sob nossos pés.

— Vamos nos levantar, vermelhos como a aurora.

A voz de Kilorn se junta ao estampido.

— Vamos nos levantar, vermelhos como a aurora.

As luzes no teto reverberam no ritmo do meu coração.

Olho para trás, vasculhando as fileiras de vermelho e verde, com soldados da Guarda Escarlate e de Montfort. A variedade de rostos, peles de todos os tons, sangues de ambas as cores, todos gritando em um uníssono ensurdecedor. Alguns erguem os punhos, as armas ou ambos, mas ninguém fica em silêncio. As vozes são tão altas que mal escuto a minha.

— *Vamos nos levantar, vermelhos como a aurora.*

Invoco os raios, invoco os trovões, invoco todas as forças que restam em meu corpo. Não sou general nem comandante. As únicas coisas com que tenho de me preocupar são minha sobrevivência, a de Kilorn e a de Farley, se ela permitir. É tudo de que sou capaz.

E a de Cal, onde quer que esteja. Liderando seu exército, lutando em vão contra uma força maior. Defendendo uma cidade da destruição quase inevitável.

Tyton é o primeiro a passar pelas grandes portas da Casa do Tesouro, saindo para a chuva forte com Maven a tiracolo. O antigo rei escorrega, seus sapatos deslizando pelo piso molhado da Praça de César, mas Tyton o segura firme. Vou atrás, quase esperando que o sanguenovo o mate ali mesmo, tremendo sob a chuva. Nunca planejamos deixar que Maven sobrevivesse à batalha. E não precisamos mais dele agora.

Tudo pode acabar.

Me sinto dividida. Como se coubesse a mim tomar a decisão.

Tyton não o solta em momento algum. Ele não é tão temperamental quanto o resto de nós. Não demonstra raiva, nem mesmo agora, com Maven em suas mãos. Ele é um bom carcereiro para alguém que o resto de nós tanto detesta.

— Vai logo — ouço Maven dizer entre os dentes, com a cabeça ainda baixa. Ele estende as mãos brancas, e noto seus dedos tremendo sob a chuva. Assim como eu, sabe onde isso vai acabar.

Atrás de nós, mais e mais das forças de Farley vão entrando na praça, ainda entoando as palavras da Guarda Escarlate. Elas enchem o espaço de cor, uniformes vermelhos e verdes se destacando mesmo na névoa úmida. Me concentro no rei caído, agora tremendo a cem metros de seu próprio palácio. Nem o estrondo rítmico de disparos e explosões penetra minha consciência.

— Eu disse para ir logo — Maven rosna de novo. Tentando provocar Tyton.

Ou me provocar.

No alto, as nuvens de tempestade se agitam. Sinto o clarão do raio antes que corte o céu, roxo e branco, como um emblema de nossa presença. *Que Cal saiba que estamos aqui.*

— Não sou mais útil para vocês. — A água da chuva escorre pelo rosto de Maven, traçando-o. — Acabe logo com isso.

Devagar, ele ergue os olhos para mim. Espero ver tristeza ou derrota.

Não fúria gélida.

— Ty... — começo, incapaz de terminar antes que uma bomba acerte em cheio as paredes colunadas da Casa do Tesouro.

A força dela nos faz cair no chão já escorregadio. Minha cabeça bate no ladrilho, e vejo estrelas rodopiando por um segundo. Tento levantar e caio de novo, colidindo com Tyton, igualmente desorientado. Ele me segura no chão, me fazendo ficar deitada enquanto uma labareda passa sobre nós, queimando o ar logo acima de nossas cabeças.

— Maven! — grito, a voz se perdendo na efusão da batalha. Perto das pistolas, dos mísseis, das bombas, do vento e da chuva, é quase um sussurro.

Tyton fica tenso, se apoiando nos cotovelos. Sua cabeça gira de um lado para o outro, vasculhando a multidão em busca de um vulto cinza de cabelo preto.

Fico de joelhos, xingando, minhas tranças já se desfazendo. Kilorn para ao lado do meu ombro, seu rosto suado e vermelho de exaustão.

— Ele fugiu? — arfa, tentando me ajudar a levantar.

Conforme minha mente clareia, consigo colocar os pés no chão. Meus músculos ficam tensos, prontos para desviar de outro golpe flamejante. *Não que eu precise. Não é o jeito dele. Maven não é um guerreiro.*

— Ele fugiu — digo, e praguejo.

Posso escolher ir atrás dele. Ou posso garantir que vamos terminar o que começamos. Posso manter meus amigos vivos.

Com um impulso de determinação, me obrigo a virar, encarando os portões da praça, e a ponte depois dela.

— Temos um trabalho a fazer.

Embora tudo ainda esteja coberto de névoa, consigo identificar centenas de soldados sobre a ponte, com os cascos ameaçadores dos navios de Lakeland lá embaixo. No céu, os jatos disparam, com suas asas amarelas, roxas, vermelhas, azuis e verdes planando como aves de rapina mortais. Não consigo identificar nada além do rio.

A outra metade da cidade está inteiramente obscurecida. Pelo menos Farley e os oficiais têm seus rádios. Devem conseguir se comunicar com Davidson do outro lado.

Estendendo a mão, pego Tyton pelo punho, erguendo-o para levantá-lo. Seu rosto se contrai em uma careta, revoltado consigo mesmo.

— Desculpa — eu o ouço sussurrar. — Deveria tê-lo matado quando tive a chance.

Viro em direção a Farley.

— Bem-vindo ao clube — murmuro, lançando outro raio furioso no céu.

Em meio à névoa, lampejos de azul e verde cintilam em resposta.

— Eles chegaram ao outro lado — Kilorn conclui, apontando para as luzes distantes. — Rafe e Ella. O exército de Davidson.

Apesar da fuga de Maven, meus lábios se contorcem, querendo sorrir. Uma pequena rajada de triunfo surge em meu peito.

— Já é alguma coisa.

Mais do que alguma coisa.

A Praça de César contém o centro do governo de Norta — o palácio, as cortes, a Casa do Tesouro e o Comando de Guerra —, mas a maior parte da capital fica do outro lado do rio. Nosso lado pode ser mais valioso, mas o leste de Archeon é mais vasto e tem uma população maior. De vermelhos e prateados. Eles não terão que se defender sozinhos contra o ataque de Lakeland enquanto o exército de Cal se concentra nos navios.

Farley observa a garganta da ponte, com a postura alta e estoica, uma estátua perto dos soldados se movendo ao seu redor. Seus tenentes gritam ordens, organizando as tropas em uma formação predeterminada. Metade forma uma barreira de corpos voltada para Whitefire e o Comando de Guerra, onde alguns dos prateados de Cal ainda podem estar. Os outros se voltam para fora, olhando para os penhascos ou bloqueando este lado da ponte.

Basicamente encurralando Cal no meio da ponte, suspenso sobre a armada lá embaixo.

Não demoramos para alcançá-la, com os soldados da Guarda Escarlate e de Montfort abrindo caminho para nos deixar passar. Tyton ataca, lançando suas descargas brancas ofuscantes nos navios lá embaixo. Os leviatãs de aço parecem impenetráveis, até para os magnetrons. Azul ribomba nas nuvens, antes que um dos raios de tempestade de Ella atinja a proa de um navio de batalha com o grito agudo do metal se partindo. Espio por cima das muralhas à beira do penhasco, procurando o rio. Deveria ficar centenas de metros abaixo, mas parece mais próximo. Minha boca fica seca quando me dou conta de que Lakeland deve tê-lo enchido para possibilitar que seus navios chegassem tão longe.

— Ainda está subindo — Farley diz por cima do ombro, abrindo espaço para mim. — Não vamos conseguir escapar por onde viemos.

Mordo o lábio, pensando nos túneis sob nós.

— Vão inundar tudo?

Ela faz que sim.

— Mais que provável. — Seus olhos vacilam, voltando-se para as nuvens e as silhuetas sobre a ponte. A fumaça sobe em espiral com a névoa, preta contra o branco e o cinza. — Atravessamos bem a tempo.

Kilorn para ao nosso lado. Sua atenção está na ponte, não na água. Desta posição estratégica, consigo ver que as forças de Cal não estão defendendo a ponte, mas atacando a partir dela. Através da névoa, lépidos correm ao longo dos barcos lá embaixo, junto com forçadores, os oblívios de Anabel e outros prateados mais adaptados ao combate corpo a corpo. Os calafrios da Casa Gliacon parecem estar tendo o maior sucesso — um dos navios de guerra menores está completamente envolto em gelo, paralisado contra os suportes da ponte.

Suspiro aliviada quando não vejo fogo dançando entre os navios. Nada além das rajadas explosivas habituais. Cal não está lá embaixo combatendo a armada pessoalmente. *Ainda.*

— Acha que ele sabe que estamos aqui? — Kilorn pergunta, ainda olhando para a ponte.

Farley cerra os dentes. Ela apoia a mão na lateral do corpo, não na arma, mas no rádio afivelado ao quadril.

— Ele deve estar ocupado com outras coisas.

— Ele sabe — murmuro, com outro raio roxo cortando o céu. O ar é denso, como se as nuvens tivessem descido para obscurecer a batalha devastadora à nossa frente. Estremeço quando outra saraivada acerta a praça, os mísseis caindo sobre uma ala do palácio.

— Não estou vendo Maven — Farley diz, se aproximando de mim. Me pego encarando todo o peso de seu olhar azul-celeste, claro e brilhante mesmo na névoa. — Já foi feito?

Mordo o lábio, quase a ponto de tirar sangue. A dor aguda é melhor do que a vergonha. Ela entende minha hesitação, e seu rosto fica roxo mais rápido do que eu pensava ser possível.

— Mare Barrow...

O estalo do rádio a interrompe, me poupando de sua fúria. Ela o pega, rosnando no microfone.

— Aqui é a general Farley.

A voz do outro lado não pertence a um general do Comando nem a um oficial de Montfort. Tampouco é de Davidson.

Eu reconheceria aquela voz em qualquer lugar, ainda que pontuada pelos disparos.

— Pensei que vocês não fossem voltar — Cal diz, a voz metálica e distante, distorcida pela estática. A eletricidade no ar não deve ser muito boa para as ondas de rádio.

Sem fôlego, volto os olhos de Farley para a ponte. Uma das sombras na névoa parece estar se solidificando. Ombros largos e uma passada conhecida e determinada se aproximam mais e mais. Continuo imóvel, os pés fixos em nossa posição acima da batalha.

Farley sorri para o rádio.

— Muito gentil da sua parte arranjar tempo para a gente.

— É uma questão de cortesia — ele responde.

Com um suspiro, Farley se inclina na direção da silhueta que se aproxima, agora a menos de cinquenta metros de distância. Cal está cercado por seus guardas. Ele para, detendo o grupo. Os prateados parecem tensos, com as armas a postos, à espera de uma ordem. Ele nos cumprimenta com a cabeça. Farley franze um pouco a testa, hesitante.

— Imagino que saiba nossas condições, Cal — ela diz no rádio.

A resposta dele é quase rápida demais.

— Sei.

Farley morde o lábio.

— E?

Uma longa onda de estática zumbe antes que ele volte a falar.

— Mare?

O rádio está na minha mão antes que eu possa pensar em pedi-lo.

— Estou aqui — digo, olhando para ele do outro lado do penhasco.

— É tarde demais?

A pergunta tem inúmeras implicações.

Raios roxos, brancos, verdes e azuis cortam as nuvens, o suficiente para penetrar a névoa e cegar todos nós por um momento. Fechando os olhos, sorrio com a explosão de energia que me perpassa.

Quando o raio se foi, respondo a ele, e a tudo o que quer dizer.

— Não, não é — digo, antes de devolver o rádio a Farley.

Ela não me detém enquanto desço os degraus. Os guardas de

Cal abrem espaço quando me aproximo, atravessando os portões quebrados da praça em ruínas.

Cal espera no extremo da ponte de Archeon, imóvel, me deixando ir até ele. Me deixando definir o ritmo, escolher a direção, tomar a decisão. Cal coloca tudo em minhas mãos.

Mantenho o passo firme, apesar dos estrondos lá embaixo. Algo se parte, entre gemidos e rugidos. Um dos navios, talvez, colidindo com outro. Mal noto.

O abraço é breve, breve demais, mas suficiente. Eu me apoio nele, segurando pelo tempo que me atrevo, sentindo as linhas quentes e duras de seu corpo pressionado contra o meu. Cal cheira a fumaça, sangue e suor. Seus braços cruzam minhas costas, me segurando junto de seu peito.

— Estou cansado de coroas — ele murmura, o rosto encostado no topo da minha cabeça.

— Finalmente — sussurro.

Nos afastamos simultaneamente, voltando à realidade. Não temos tempo para mais nada, e definitivamente não consigo pensar em muito mais.

Ele ergue o rádio de novo, a mão ainda pousada no meu ombro.

— General, acredito que Volo Samos e alguns dos seus soldados ainda estejam no Comando de Guerra — ele diz. Através da névoa, avisto o prédio enorme no canto da praça. — É bom ficar de olho atrás de vocês.

— Entendido — ela responde. — Mais alguma coisa?

Farley já está em movimento, gritando ordens para seus tenentes enquanto repassa o conselho. Kilorn e Tyton a cercam como guardas.

— Estamos tentando bloquear o rio. Se os navios não puderem dar meia-volta...

— Não vão ter como escapar — completo, olhando para a destruição dos dois lados da cidade. Mísseis voam no alto, deixando rastros de fumaça como tinta preta no papel enquanto traçam sua rota e explodem.

Apesar dos soldados de Cal e dos jatos no alto, a armada de Lakeland não parece sofrer muitos estragos. Enquanto observo, Ella dispara outro raio de tempestade, mas uma onda se ergue com uma velocidade ofuscante, contendo a força do golpe para salvar um navio de batalha. Ela se ilumina com o brilho fantasmagórico da eletricidade antes de se apagar e cair inofensiva no rio. Deve ser obra da rainha Cenra, talvez com ajuda da filha. Nunca vi tamanha demonstração de poder, nem pessoas que se deliciam tanto com esse tipo de coisa.

Cal observa também, o rosto imóvel e carregado.

— Precisamos começar a afundar os navios, mas, com o rio, eles têm todos os escudos de que precisam. Tudo o que podemos fazer é minimizar os danos à cidade. — Ele pragueja quando outra saraivada de tiros vem. — Eles vão ficar sem munição em algum momento, certo?

Encaro os navios inimigos, passando os olhos por seus cascos de aço.

— Chame alguns teleportadores. Vamos colocar os oblívios de Lerolan e Evangeline num navio, para encher as embarcações de buracos.

— Evangeline foi embora.

— Mas você disse que Volo...

Cal parece estranhamente orgulhoso.

— Ela teve uma oportunidade e a aproveitou.

Uma oportunidade de fugir e deixar tudo isso para trás. Não preciso de muita imaginação para adivinhar para onde fugiu. Ou para quem. Assim como Cal, sinto um estranho misto de orgulho e surpresa.

— O trem — digo, quase sorrindo. *Muito bem*, não consigo deixar de pensar.

Ele arqueia a sobrancelha.

— Como assim?

— Nos túneis, vimos o trem de fuga de Maven passando. Devia ser ela. — Dói dizer o nome, e faço uma careta. Um gosto amargo enche minha boca. — Ele está aqui, aliás.

A temperatura ao nosso redor sobe alguns graus. Cal fica boquiaberto.

— *Maven?*

Faço que sim. O calor sobe às minhas bochechas.

— Ele nos guiou até a cidade. Para irritar você.

Ainda balbuciando, Cal passa a mão no rosto.

— Bom, que pena que não posso agradecer — ele finalmente murmura, tentando sorrir. Não rio, sem conseguir fazer muito além de morder o lábio. — O que foi?

Não adianta mentir.

— Ele escapou.

Cal me encara. Outro míssil passa chispando.

— É um momento ruim para uma piada de muito mau gosto, Mare.

Hesito, baixando os olhos. *Não é piada.*

O bracelete em seu punho faísca, e ele produz uma bola de fogo. Furioso, surpreso, exasperado, Cal a lança por cima da beirada da ponte, deixando que queime a névoa até se apagar.

— Então ele está à solta na cidade — Cal vocifera. — Fantástico.

— Fique de olho em Kilorn e Farley. Vou encontrá-lo — digo rápido, colocando a mão em seu braço. As placas de aço que o cobrem parecem ter saído de um forno.

Cal me empurra gentilmente. Olha para trás, na direção da praça, rangendo os dentes.

— Não, eu vou.

Sempre fui mais rápida que ele. Me solto com facilidade, me

colocando entre Cal e a praça. Apoio a palma da mão em seu peito e o seguro à distância de um braço.

— Você está ocupado agora — digo, apontando o queixo para a armada logo abaixo.

— Um pouco — ele admite.

— Posso terminar isso.

— Eu sei.

Sua armadura se aquece sob minha mão, e ele cobre meus dedos com os seus.

Então a ponte se curva sob nós quando algo a acerta uma dezena de vezes, de todos os ângulos. De cima, de baixo. Mísseis, bombas. Uma onda quebra sobre os suportes, espirrando água até o andar em que estamos. Com o peso de sua armadura, Cal perde o equilíbrio, se estatelando no chão enquanto luto para ficar em pé.

Mas a própria ponte não está em pé.

Com seus três andares de pedra e aço, ela tomba em direção ao centro, se inclinando para baixo. Não é difícil adivinhar o motivo. Outra explosão vem, e uma rajada de escombros despenca, caindo junto com os suportes centrais da ponte.

Cal se arrasta com dificuldade, tentando levantar. Eu o seguro. Puxaria se pudesse, mas a armadura dele é pesada demais.

— Socorro! — grito, procurando os guardas.

Os soldados Lerolan não perdem tempo em puxar Cal e colocá-lo em pé. A ponte luta contra nós, caindo mais e mais rápido, bradando contra a própria morte.

Grito quando o pavimento cede sob meus pés, colidindo com o andar inferior, dez metros abaixo. Caio de lado com tudo e algo se quebra nas minhas costelas, espalhando teias de dor pelo meu corpo. Silvando, tento rolar no chão e me orientar. *Saia da ponte, saia da ponte.*

Cal já está de joelhos, com a mão estendida. Não para me segurar.

Para me deter.

— Não se mexa! — ele grita, com os dedos abertos.

Paro no meio do passo, apertando a caixa torácica.

Seus olhos se arregalam abruptamente, assustados, suas pupilas dilatadas e escuras.

Em vez da armada, nos bombardeando com suas armas, só consigo ouvir uma coisa. Como um sussurro, mas pior.

A ponte rachando. Desmoronando.

— Cal...

Tudo desaba sob nós.

TRINTA E QUATRO

Cal

❦

CAIO COMO UMA PEDRA.

A armadura inútil e arrogante que nunca fez nada além de me deixar mais lento não vai me proteger de uma queda de trinta metros nas águas furiosas. Ela não pode me salvar, e eu não posso salvar Mare. Minhas mãos tateiam inutilmente, procurando qualquer coisa em que me segurar, mas a névoa só silva pelos meus dedos. Não consigo nem gritar.

Escombros tombam conosco, e me preparo para o impacto com o concreto sólido. Talvez me esmague antes que eu me afogue. Seria uma pequena misericórdia.

Procuro por ela enquanto o rio sobe para me encontrar.

Alguém me segura pela barriga, braços me apertando com tanta força que o ar escapa dos meus pulmões. Minha visão escurece. Talvez eu esteja desmaiando.

Ou não.

Grito enquanto o rio e a névoa e a ponte em ruínas desaparecem, tragados pela escuridão. Meu corpo todo se contrai, tenso. Quando acerto algo sólido, acho que meus ossos vão virar pó.

Mas nada se quebra.

— Eu não sabia que reis gritavam desse jeito.

Meus olhos se abrem e encontro Kilorn Warren em cima de mim, com um sorriso simpático no rosto pálido. Ele me oferece a mão e a aceito, agradecido, deixando que me levante.

A teleportadora de Montfort fica olhando enquanto arfa levemente em seu uniforme verde. É quase tão baixa quanto Mare, e me cumprimenta com um aceno breve.

— Obrigado — engasgo, ainda tentando entender como sobrevivi.

Ela dá de ombros.

— Estava apenas seguindo ordens, senhor.

— Será que algum dia vamos nos acostumar com isso? — Mare diz a alguns metros de distância, ainda de joelhos. Ela cospe um pouco, o rosto esverdeado.

A oficial Arezzo, que teleportou Mare, olha para ela com um sorriso sarcástico.

— Preferia a alternativa?

Mare só revira os olhos. Então olha para mim e estende a mão, pedindo ajuda. Pego-a de um lado, Kilorn a pega do outro e a levantamos. Ela limpa a terra do uniforme, da cor vermelho-sangue da Guarda Escarlate, ao menos para se ocupar. Está tão atordoada quanto eu, embora deteste demonstrar. Acho que ninguém se acostuma a ser tirado das garras da morte, por mais vezes que aconteça.

— Quantos caíram? — Mare pergunta, ainda sem erguer os olhos.

Mordo o lábio e olho ao redor, avistando alguns guardas Lerolan que se recuperam ao nosso lado. Havia centenas de soldados em cima da ponte, mais ainda embaixo dela, e os teleportadores têm seus limites. Meu estômago revira diante do significado disso. Rangendo os dentes, me oriento e percebo que estamos de volta à ponta da praça, junto às tropas de Farley, que agora fortificam o penhasco rapidamente. À frente delas, sobrou apenas o esqueleto da ponte de Archeon, desmoronada no centro, com o rio fervilhando embaixo. Um dos navios de Lakeland está preso, afundando sob o peso de um dos suportes da ponte, que caiu como uma árvore em uma tempestade, esmagando o casco de aço. Pesado demais, até para as rainhas de Lakeland.

Por causa da névoa, não consigo ver a margem oposta da ponte, e só me resta torcer que a maior parte das minhas forças tenha conseguido chegar ao outro lado. Não tínhamos um grande exército, mas qualquer vida perdida é mais um peso sobre meus ombros. Sinto como se o fardo já fosse esmagador, ainda que a batalha esteja longe de acabar.

Mare se coloca ao meu lado, olhando para a outra margem como eu. Seus dedos se entrelaçam aos meus por um segundo antes de ela os afastar, relutante.

— Preciso ir atrás dele — ela sussurra.

Por mais que queira ajudá-la nessa missão, não posso. Teria que deixar minha avó no comando, ou *Julian*. Nenhum dos dois está preparado para defender Archeon, muito menos para trabalhar em conjunto com Diane Farley.

— Vai — digo a Mare. Coloco as mãos em suas costas e, com um forte suspiro, dou um leve empurrãozinho nela. *Encontre meu irmão. E o mate.* — Acabe com isso.

Era eu que deveria fazer isso. Deveria ter coragem para tanto.

Mas não consigo. Não aguento o peso de matá-lo. Não Mavey.

Ela parte, acompanhada por Kilorn. Fecho os olhos e inspiro longa e tremulamente.

Quantas vezes tenho que dizer adeus a ele?

Quantas vezes já o perdi?

— O rio! — alguém berra.

Abro os olhos de repente, deixando meus instintos assumirem. Treinei durante anos para ser um guerreiro e um general, para ver a batalha bem diante dos meus olhos e a quilômetros de distância. Imediatamente, tento imaginar a cidade na minha cabeça, dividida ao meio pelo rio Capital, agora estrangulado pela armada de Lakeland. Estamos do outro lado de Archeon, isolados, contando apenas com teleportadores para chegar ao outro lado. Quantos deles, não sei. Definitivamente não o bastante caso os soldados de Lakeland decidam voltar sua atenção para os penhascos e as pessoas aqui em cima.

Farley continua em seu ponto alto, com uma arma poderosa no ombro. Ela olha para baixo com os binóculos. Parece uma estátua, sua silhueta demarcada pela névoa e pela fumaça.

— Ainda está enchendo? — pergunto, me aproximando dela para olhar melhor. Farley me passa os binóculos, mantendo o olhar fixo no mesmo ponto.

— E rápido. Olha lá embaixo — ela acrescenta, apontando para o sul com o polegar.

Não é difícil ver a que se refere. Espumas se aproximam, as ondas quebrando cortantes, enquanto Lakeland puxa mais e mais água do oceano. O rio cresce em um ritmo constante, solidificando-se numa barreira de água como uma única onda contínua de seis metros de altura. Eu poderia apostar que o rio subiu pelo menos dez metros até agora, e está prestes a subir muito mais.

Apesar das fortificações da Guarda Escarlate, os penhascos sofrem estragos, pedaços de rocha caindo conforme mais uma salva de mísseis os atinge em cheio. Desvio, erguendo o braço para bloquear os destroços. Farley apenas vira a cabeça.

— Julian e Sara Skonos estão dirigindo a enfermaria no quartel. É melhor avisar os mensageiros — instruo, observando soldados se afastarem dos penhascos, os rostos ensanguentados.

— E Anabel? — ela pergunta, se esforçando para manter a voz neutra.

— No Comando de Guerra.

— Com Samos?

Hesito, pensando no que Evangeline me contou antes da coroação. Que Julian e Anabel estavam conspirando para matá-lo. Para tirar Rift da equação. E talvez nos comprar um pouco de paz com o cadáver dele. Se esse for o preço, não vou impedir.

— Talvez — é tudo o que consigo dizer antes de mudar de assunto. — Qual é o seu plano? — Diana Farley nunca foi de atacar sem algum tipo de ideia, talvez até uma carta na manga. Muito menos tendo alguém como Davidson a apoiando, sem mencionar toda a Guarda Escarlate. — Vocês têm um, certo?

— Talvez — ela responde. — E você?

— Estamos tentando bloquear a armada, talvez encurralar Lakeland para forçar um cessar-fogo, mas as rainhas ninfoides são invencíveis na água.

— Será? — Farley estreita os olhos para mim. — Acho que Iris deu um belo susto em você em Harbor Bay.

Tento não pensar nisso. No peso esmagador da água me puxando mais rápido do que eu achava possível.

— Pode ser.

— Bom, nesse caso, vamos retribuir o favor.

— Certo. Vou levar alguns oblívios e teleportadores para ver se conseguimos...

Para minha surpresa, ela faz que não. Coro, espantado com a negativa.

— Não é preciso — Farley diz, tirando os olhos de mim. Ela ergue o rádio e gira o botão para pegar outro canal. — Primeiro-ministro, como está a situação do seu lado?

Ouço ecos de disparos do outro lado da linha quando Davidson responde.

— Aguentando firme por enquanto. Alguns soldados de Piedmont tentaram escalar os penhascos, mas não esperavam nos encontrar. Nós os mandamos de volta.

Imagino os soldados de Piedmont, de roxo e dourado, caindo da margem. Despedaçados pelas tropas sanguenovas.

— E do seu lado, general? — Davidson devolve.

Farley sorri.

— Estou com o Calore mais racional aqui comigo, enquanto Barrow vai atrás do outro.

— Primeiro-ministro — digo no rádio —, tenho algumas centenas dos meus prateados ao longo das ruínas da ponte e ainda lutando lá embaixo nos navios. Pode dar cobertura a eles?

— Posso fazer melhor que isso. Vou mandar meus teleportadores para lá agora mesmo para tirá-los da água — ele responde.

— Os meus também — Farley continua. — Peguem o máximo que conseguirem antes que a situação realmente saia de controle.

Olho para ela, com a testa franzida.

— Mais uma onda de navios?

Seu sorriso se abre.

— Algo do tipo.

— Agora não é o momento para surpresas.

— Parece que você esqueceu do que somos capazes. — Ela ri baixo. É estranho, vê-la rindo com a guerra e a destruição como pano de fundo. — Tínhamos de esperar até a água estar alta o bastante. Para a nossa sorte, aquelas rainhas ninfoides tiveram o maior prazer em fazer a parte delas.

Olho para a água novamente, para a onda que agora quebra contra os navios, erguendo os cascos até estarem na altura dos penhascos mais baixos. Mais algumas ondas e vamos estar cara a cara com eles, com todos os mísseis e bombas apontados para nós. Não entendo como pode ser uma posição desejável.

Farley parece achar graça na minha confusão.

— Fico feliz que tenha decidido ver as coisas do nosso jeito, Cal.

— Do jeito *certo* — respondo. — Do jeito como deveria ser.

Seu sorriso se fecha, mas não de desagrado. Surpresa, talvez. Pela primeira vez, seu toque é gentil, movido por compaixão. Ela encosta em meu ombro.

— Chega de reis, Calore.

— Chega de reis — repito.

Em vez de Farley, dos mísseis, dos navios, da água, do grito dos soldados feridos, é a voz da minha mãe que ouço. A voz que penso que ela tinha.

Cal não será como os que vieram antes dele.

Ela queria determinado caminho para mim, assim como meu pai. Queria que eu fosse diferente, mas ainda queria que eu fosse rei.

Espero que minha escolha fosse deixá-la orgulhosa.

— Por falar em reis — Farley murmura, e sua atitude muda num instante. Ela se empertiga e aponta para um vulto cruzando a praça. — Aquele é...

A capa preta sacode na névoa, revelando os membros cobertos pela armadura espelhada e perfeita. Seus passos são seguros e rápidos enquanto atravessa a multidão, os soldados abrindo caminho para deixá-lo passar. Sem diminuir o ritmo, ele sobe na ponte em ruínas.

— Volo Samos — sussurro, entre os dentes. O que quer que esteja prestes a fazer não vai acabar bem para nós.

Ele não diminui o passo, mesmo quando a ponte sob seus pés se torna mais e mais precária. Os navios, subindo a maré criada à força, estão quase diretamente embaixo dele. E ainda assim Volo não para.

Nem mesmo na beirada.

Farley perde o ar quando ele se joga, seu corpo caindo lentamente, sua capa e sua armadura inconfundíveis na névoa.

Desvio os olhos, porque não posso vê-lo se quebrar no aço lá embaixo.

Do outro lado da praça, identifico minha avó, com a postura resoluta, o uniforme de batalha incandescendo em vermelho e laranja. Ela me encara entre a confusão de soldados.

Ao seu lado, Julian baixa a cabeça.

Acho que ele nunca tinha matado ninguém antes.

TRINTA E CINCO

Iris

❦

— Mais uma puxada da maré e vamos poder desembarcar diretamente dos navios — minha mãe murmura, saindo da ponte de comando para o ar livre. A chuva cai com força, molhando seu rosto exposto. Eu a sigo de perto, assim como seus guardas. Sua armadura de placas pretas e azul-cobalto cobre até a garganta. Não estamos dispostas a correr nenhum risco. Uma bala perdida poderia atingi-la a qualquer momento e acabar com a invasão ao nosso redor.

— Tenha paciência, mãe — murmuro, quase colada nela. — Eles não vão conseguir nos conter por muito mais tempo.

Não há como falhar. Tiberias Calore enfraqueceu seu país com perfeição, traindo seu próprio povo e os vermelhos. Jogando fora qualquer chance que tivesse de manter o trono conquistado de seu irmão.

Archeon vai cair, e em breve.

Ergo os olhos para os penhascos dos dois lados do rio, ambas as beiradas cercadas de fumaça e névoa. Raios cortam o céu, estranhamente coloridos, e lembro do meu casamento. As aberrações vermelhas e os traidores do próprio sangue das montanhas atacaram a cidade naquele dia, ainda que com menos sucesso do que estamos tendo agora. As águas do rio vibram ao nosso redor, acariciando os cascos da armada. Eu as sinto intensamente, todas as ondas, até onde minha habilidade alcança.

A ponte destroçada de Archeon se projeta sobre nós, ainda desabando. Escombros caem inofensivos no rio. Ergo a mão para desviar um pedaço especialmente grande de concreto com uma onda crescente. Outro vem deslizando em seguida, caindo de um jeito estranho. Cintila, parecendo metálico, lançando-se na direção do convés do navio.

Meus dedos se movem no ar para erguer outra onda, mas minha mãe me pega pelo punho.

— Deixe cair — ela diz, os olhos cravados no vulto.

Só percebo que é um corpo quando tomba no convés alguns metros à nossa frente, os membros mutilados e o crânio partido como um melão, derramando sangue prateado pelo convés. A armadura espelhada se estilhaça como os ossos, que viram pó com o impacto. O cadáver destruído é de um homem alto e mais velho, a julgar pelos restos de barba sob o rosto enrugado. A capa preta cobre o resto do corpo. O tecido é embainhado de prata.

Cores que reconheço.

De repente, a batalha parece longínqua, distante como um sonho, e minha visão periférica fica enevoada. Tudo se reduz a esse homem, caído à nossa frente. Sem coroa. E agora sem nem mesmo um rosto.

— Esse é o fim de Volo Samos e do reino de Rift — minha mãe diz, avançando cuidadosamente até parar diante dos ossos quebrados. Ela empurra a capa dele com o pé e vira os restos destruídos do crânio sem vacilar.

Desvio o rosto, sem conseguir olhar. Meu estômago revira de repulsa.

— A troca da rainha Anabel está completa.

Ainda examinando o cadáver, minha mãe estala a língua. Seus olhos escuros perpassam o rei morto, deliciados.

— Ela pensa que isso vai salvar a cidade e o neto.

Me acalmo e forço o olhar de volta a Samos. Sangue não é algo novo para mim. Mais um cadáver não vai me assustar. *Esse homem é o motivo pelo qual meu pai morreu, nosso país ficou sem rei e minha mãe perdeu o marido.* Ele merece cada centímetro dessa morte. E que morte brutal encontrou.

— Mulher tola. — Me encho de raiva, voltando os pensamentos a Anabel Lerolan e sua fraca tentativa de impedir uma invasão. *Você não vai conseguir. O preço já foi pago.*

Satisfeita, minha mãe passa por cima do cadáver. Ela faz um sinal com a mão, e dois de nossos guardas começam o processo macabro de tirar Samos do convés. Sangue prateado escorre como tinta conforme o arrastam para longe.

— Somos todos tolos quando se trata das pessoas que amamos, minha querida — minha mãe diz alegremente, entrelaçando as mãos diante do corpo. Sem parar de andar, ela olha para um de seus tenentes. — Equilibre a concentração em ambos os lados da cidade, focando nas tropas reunidas.

O oficial responde com um aceno e volta para a ponte de comando, onde as ordens são transmitidas pela armada. Tanto os navios de Lakeland como os de Piedmont obedecem, suas armas disparando salvas de tiro. Explosões e fumaça crepitam ao longo das margens, cortando as rochas dos penhascos e as estruturas da cidade. Depois de um momento, nossos inimigos contra-atacam, mas fracamente. A maior parte das balas ricocheteia no aço ou mergulha na água.

Minha mãe observa com um sorriso sombrio.

— Vai ser fácil romper as linhas deles quando o rio estiver cheio o bastante. — Ela está pensando nos milhares de soldados embaixo dos conveses, esperando para saltar de nossos navios e derrotar quem quer que encontrem pela frente.

Um vento forte sopra, trazendo consigo o som dos jatos gritando lá no alto. Ranjo os dentes. A frota aérea de Norta é sua única vantagem, com a de Piedmont reduzida e a nossa quase nula em comparação. Tudo o que podemos fazer é mantê-la longe com a tempestade, usando nossos poucos jatos para distraí-los da armada. Parece estar funcionando, ao menos por enquanto.

Quanto aos soldados de Norta que Tiberias fez a estupidez de mandar para cá, as tripulações não estão tendo dificuldade para contê-los. Mesmo com forçadores e lépidos liderando o ataque, os muitos ninfoides da Casa Osanos usam o rio para lhes dar vantagem. Para *nos* dar vantagem.

Consigo ver o número deles diminuindo.

— Teleportadores — rosno, observando as aberrações de Montfort surgirem e desaparecerem. Eles pegam os últimos soldados de Norta e os levam de volta à segurança relativa dos penhascos da cidade. — Estão se retirando dos navios. — Viro para minha mãe, dividida entre orgulho e decepção. Os soldados de Norta nos temem o suficiente para fugir. — O que restou deles, pelo menos.

A rainha de Lakeland ergue a cabeça, majestosa e imperial.

— Batendo em retirada para fazer uma última resistência. Ótimo.

Sou tomada pela imagem de minha mãe atravessando com audácia a Praça de César, subindo os degraus do palácio que já foi minha suntuosa prisão, a fim de sentar no trono que os Calore finalmente perderam. Ela será uma imperadora ao fim de tudo isto? Senhora de tudo entre os lagos e o mar, desde a tundra congelada às fronteiras radioativas de Wash? *Não se precipite, Iris. A batalha ainda não foi vencida.*

Tento me concentrar. O odor forte de fumaça e do sangue de Samos é uma boa âncora. Inspiro com força, deixando o cheiro dominar meus sentidos. É engraçado: eu achava que essa raiva dentro de mim fosse diminuir e desaparecer com a morte do rei Samos. Mas ainda a sinto, no fundo do peito, corroendo meu coração. Meu pai está morto, e não há trono ou coroa que o traga de volta. Nenhuma vingança pode levar essa dor embora.

Inspiro fundo mais uma vez, me concentrando na água sob nós. Enviada por nossos deuses, ela carrega todas as bênçãos e maldições. Normalmente, a sensação me acalma. Estar tão perto de tanto poder me tranquiliza. Agora, porém, não sinto nenhum deus que eu reconheça.

Mas tem outra coisa.

— Está sentindo isso? — Viro para minha mãe. A armadura parece me apertar, ameaçando me sufocar. Todas as minhas terminações nervosas respondem com medo. *O que é isso? O que é essa coisa na água?*

Minha mãe me encara, notando meu mal-estar. Seus olhos ficam vítreos enquanto estende sua habilidade, procurando pelas ondas aquilo que me deixou tão nervosa. Observo, sem ar, esperando que me diga que não é nada. Minha imaginação. Confusão. Um engano.

Ela se inflama, estreitando os olhos. De repente parece que estacas de gelo caem sobre minha pele, e não gotas de chuva.

— Outra corrente? — ela murmura, estalando os dedos para um dos oficiais próximos. O traidor de Norta vem imediatamente, seu rosto retraído e pálido. Ainda parece pouco à vontade no uniforme azul de Lakeland. — Osanos — ela grita para ele —, seus ninfoides estão puxando outra corrente?

Ele balança a cabeça em negativa, curvando-se de forma considerável. Osanos e sua família estendida não são tão talentosos quanto nós, mas são formidáveis à sua própria maneira. Sem mencionar fundamentais para nossa campanha.

— Não sob minhas ordens, majestade.

Mordo o lábio, ainda pensando naquela *coisa* colossal que atravessa a água. Tento empurrá-la, mas é simplesmente grande demais.

— Uma baleia? — murmuro, sem acreditar na minha própria sugestão.

Minha mãe balança a cabeça, rangendo os dentes.

— É maior e mais pesado — ela diz. — E não é uma coisa só.

Atrás de nós, os oficiais do navio se atrapalham na ponte de comando, reagindo a dezenas de alarmes e luzes subitamente piscando. O som me atinge como facas.

— Preparem-se para impacto! — um deles grita, apontando para procurarmos abrigo.

Minha mãe me segura, seu braço deslizando pela minha cintura para me manter próxima. Observo horrorizada, sentindo as correntes abaixo de nós enquanto algo misterioso se move pela armada. Talvez armas mecânicas de guerra de que nunca ouvimos falar.

O primeiro impacto é bem no centro da nossa frota. Um encouraçado subitamente se inclina com um rangido de metal rompido. Uma explosão ocorre sob a linha da água, irrompendo num arco de espuma e estilhaços. Um navio de Piedmont pega fogo, seu armazém de pólvora obliterando metade da frente do casco. A rajada de calor parece uma queimadura, mas não consigo tirar os olhos, observando com um pavor horrorizado enquanto o navio afunda em menos de um minuto, afogando sabem os deuses quantos dentro dele.

Nosso navio-almirante estremece sob nós, retinindo quando algo bate contra o casco sob a superfície.

— Empurre, Iris, empurre — minha mãe ordena, me soltando para correr até a beira do navio. Ela se debruça com os braços estendidos, e as águas lá embaixo obedecem à sua vontade, correndo para trás em ondas.

Faço o mesmo, deixando minha habilidade tomar conta. Pressiono e empurro, tentando afastar o que quer que esteja batendo contra o navio. Mas é pesado demais, grande demais, e conta com seu próprio motor.

Estamos tão concentradas em proteger o navio-almirante que mal noto o resto da armada sofrendo à nossa volta. Sem ordens, alguns dos navios tentam dar meia-volta, navegando no rio espumoso em meio a cada vez mais cascos de aço que flutuam e afundam. Suor escorre pela minha testa, juntando-se à chuva forte, e sinto o gosto de sal nos meus lábios. Arde, me fazendo piscar e perder a concentração.

— Mãe — consigo dizer.

Ela não responde, suas mãos enfiadas na névoa, como se pudesse erguer o armamento para fora da água. Até rosna um pouco, o som perdido no vento uivante.

Há mais clarões, e outro raio azul cai. Não sou rápida o bastante para desviá-lo, e ele acerta o navio ao nosso lado, rasgando o convés com um chiado de água e carne. Soldados gritam, saltando para fora em uma tentativa de escapar do inferno reluzente da eletrocussão. São rapidamente tragados pelas águas revoltas.

— Mãe! — grito.

Ela pragueja entre os dentes.

— Aqueles malditos vermelhos têm barcos embaixo d'água. Barcos e armas.

— Não vamos conseguir detê-los, vamos?

Seus olhos cintilam, brilhantes mesmo contra a tempestade e a reviravolta súbita no nosso destino. Sem aviso, ela deixa as mãos caírem.

— Não sem grandes perdas. Talvez nem assim — ela murmura, como se atordoada.

Tento tirá-la do estupor.

— Precisamos subir para os penhascos, chegar à terra firme. Ainda podemos vencer as forças deles...

Atrás de nós, os guardas nos cercam, tensos e prontos para agir. À espera do comando da minha mãe.

Ela os ignora, me olhando fixamente.

— Podemos? — ela pergunta, sua voz estranhamente baixa e distante. Como se estivesse dormindo, e só agora acordasse.

Então acaricia minha bochecha, seu toque frio e molhado. Ela olha para trás de mim, se fixando no convés. Viro para seguir seu olhar, apenas para encontrar o que restou do sangue de Samos escurecendo sobre o aço. A última parte de nossa vingança. Nem a chuva consegue lavá-lo. Nem os deuses conseguem curar essa dor.

Me retraio quando outro navio sucumbe ao ataque, curvando-se rio adentro.

— Finalmente acabou? — penso em voz alta.

Seus dedos entrelaçam os meus.

— Nunca acaba de verdade — ela murmura, apertando minha mão. — Mas, por enquanto, vou me concentrar em tirar minha filha viva daqui.

Pela primeira vez hoje, olho para trás, rio abaixo. Em direção à retirada. Engulo em seco, estupefata pela reviravolta súbita na batalha. Dilacerada.

Mas só há uma opção entre a morte e a derrota.

— Vamos para casa.

TRINTA E SEIS

Maven

❧

Depois de tantos dias em cativeiro, sufocado pela Pedra Silenciosa e separado dos meus braceletes, a rajada de fogo me sacia mais do que a água saciaria um homem sedento. Deixo que ela se erga dentro de mim, percorrendo meu corpo como um beijo, e exploda pela minha pele, poderosa e furiosa o bastante para derrubar aquele maldito eletricon. Ele cai de costas, e Mare também, no piso duro da Praça de César.

Saio correndo sem olhar para trás, disparando fogo atrás de mim, como uma barreira para proteger minha fuga. Mantenho outra rajada pronta, revirando-se sobre meu pulso, usando toda a minha energia para mantê-la acesa. Meus pés me conduzem através da praça, correndo como nunca. Não sou Cal, não sou particularmente rápido ou forte, mas o medo me mantém alerta e me dá coragem. O caos em Archeon trabalha a meu favor. Sem mencionar meu conhecimento íntimo do palácio. Whitefire era meu lar, e não me esqueci dele.

A chegada repentina de centenas de soldados da Guarda Escarlate é mais do que suficiente para distrair as tropas de Cal, que ainda tentam se organizar contra o ataque de Lakeland. Mantenho a cabeça baixa, deixando o cabelo preto esconder meu rosto reconhecível demais.

Esses soldados eram meus. Ainda deveriam ser.

A voz na minha cabeça se transforma na dela.

Idiotas, todos eles, minha mãe zomba. Ainda consigo sentir suas mãos pairando sobre meus ombros, me mantendo ereto enquanto corro. *Trocar você por aquele garoto frouxo. Ele vai ser o fim de uma dinastia. O fim de uma era.*

Ela não está errada. Nunca esteve totalmente errada.

Se nosso pai pudesse ver você agora, Cal. Ver quem se tornou e o que fez com o reino dele.

De todos os meus muitos desejos e arrependimentos, esse é o mais profundo. Meu pai está morto, mas morreu amando Cal, confiando nele, acreditando em sua grandeza e perfeição. Me pergunto se deveria ter deixado as coisas seguirem seu curso. Se, de alguma forma, conseguiria tê-lo feito enxergar como seu filho perfeito era falho.

Mas minha mãe teve seus motivos. Ela sabia das coisas.

E esse é apenas mais um caminho não trilhado. Um futuro perdido, como Jon diria.

Outro míssil explode perto. De novo, uso isso a meu favor. Ele estoura à minha volta, inofensivo, me permitindo escapar através da nuvem de fumaça e fogo. Não posso voltar para os túneis da Casa do Tesouro, não com os ratos vermelhos à solta. Mas há outros caminhos para os trilhos, outras formas de sair de Archeon sem ser notado. As que conheço melhor ficam em Whitefire, e corro para o palácio o mais rápido que consigo.

Aquele maldito trem. Xingo quem quer que o tenha roubado, quem quer que seja a criatura covarde que está lá agora, sã e salva. Ao menos ainda posso caminhar pelos trilhos. Estou acostumado com a escuridão a essa altura. O que são mais alguns quilômetros?

Nada. Já senti a escuridão em todo o meu ser, insistente como uma mancha. Ela me segue por toda parte.

Mas aonde vou? Aonde *posso* ir?

Sou um rei caído, um assassino, um traidor. Um monstro para todos com olhos e um pouco de bom senso. Vão me matar em Lakeland, em Montfort, em meu próprio país. *Eu mereço*, penso enquanto corro. *Deveria estar mil vezes morto, executado de centenas de maneiras diferentes, uma mais dolorosa que a outra.*

Penso em Mare atrás de mim, caída no chão da praça. Levantando, pronta para me perseguir. Meu irmão também, liderando uma campanha corajosa para defender a cidade e seu trono usurpado. Rio com escárnio enquanto subo os degraus de Whitefire, correndo pelas pedras que conheço tão bem. A chama na minha mão quase se esvai, reduzindo-se a uma centelha antes que a faça voltar à vida, envolvendo minha mão.

O interior do palácio está tão vazio quanto a praça está cheia. Todos os nobres e cortesãos que não estão lá fora guerreando devem estar mais para dentro, barricados em seus aposentos, se não tiverem fugido. De todo modo, meus passos são o único som que ecoa enquanto atravesso o salão de entrada, percorrendo um caminho que conheço tão bem quanto as batidas do meu coração.

Mesmo sendo meio-dia, os corredores estão escuros e frios, com as janelas obscurecidas por névoa e fumaça. A eletricidade oscila em reação à batalha lá fora, as luzes acendendo e apagando em descargas ilógicas. *Ótimo*, penso. Com minhas roupas cinza, consigo me camuflar nas sombras de Whitefire. Eu fazia isso quando era pequeno, me escondendo nas alcovas ou atrás das cortinas. Espiando e escutando, não para minha mãe, mas por pura curiosidade.

Cal espiava comigo quando tinha tempo. Ou me dava cobertura, dizendo aos tutores que eu estava doente ou ocupado por algum outro motivo. É estranho que eu ainda lembre de tudo isso, mas que a emoção por trás, a relação que tínhamos, tenha desaparecido quase por completo. Rompida ou removida cirurgicamente pela minha mãe. E ninguém pode fazer com que volte a crescer.

Ainda que Cal tenha tentado. Ele procurou. Queria salvar você. O pensamento quase me faz vomitar, então o afasto.

As portas da sala do trono são mais pesadas do que eu imaginava. É engraçado pensar que nunca as abri. Sempre havia um guarda ou sentinela, normalmente um telec. Me sinto fraco ao empurrar uma com o ombro, abrindo-a apenas o suficiente para passar.

Meu trono não está mais aqui. A Pedra Silenciosa foi levada embora para só Cal sabe onde. O de nosso pai está de volta, as chamas esculpidas com cristais de diamante. Rio com desprezo da monstruosidade cintilante, um símbolo de nosso pai, de sua coroa e de tudo o que faltava a ele. Duas outras cadeiras cercam o trono, uma para Julian Jacos e outra para nossa avó. Pensar nos dois faz meus lábios se contorcerem. Sem eles, Cal nunca teria chegado tão longe. E aquela cobra da Iris nunca teria me entregado.

Espero que se afogue no rio, sufocada pela própria habilidade.

Não, melhor ainda: espero que *queime*. Não é essa a punição dos deuses dela, sofrer eternamente com o elemento oposto? Talvez Iris e Cal matem um ao outro. Chegaram muito perto da última vez.

A esperança é a última que morre.

A pequena porta à esquerda do trono leva aos aposentos particulares do rei, que incluem um escritório, salas de reunião e a câmara do conselho. Quando entro no longo salão cercado por prateleiras, as luzes se apagam de novo, me mergulhando na penumbra. As janelas são altas e dão para um pátio cinza e vazio. Passo por elas rápido, contando: *uma, duas, três...*

Depois da quarta, paro e conto as prateleiras. *Três para cima...*

Felizmente, Cal não teve tempo de reorganizar os livros, ou teria descoberto o mecanismo inserido num volume de couro sobre as flutuações econômicas da última década.

É só empurrá-lo de leve para que ative as engrenagens giratórias atrás da madeira envernizada. A estante toda se abre para a frente, revelando uma escada estreita construída dentro da parede exterior.

Usando minha chama ainda acesa para iluminar o caminho, desço, deixando que a estante volte ao seu lugar atrás de mim.

O ar está parado e úmido. Inspiro, descendo os degraus com cuidado. É uma antiga escada de criados, há muito fora de uso, que encontra outras passagens embaixo do palácio. Por ela, consigo chegar à Casa do Tesouro, ao Comando de Guerra, às cortes e a qualquer outro lugar importante na Praça de César. Meus ancestrais construíram essas passagens para serem usadas em caso de guerra e cerco. Sou grato por terem sido prevenidos, assim como eu.

Os degraus terminam num corredor mais largo cercado por pedra áspera, o piso se inclinando suavemente. Eu o sigo devagar, me atrevendo a respirar um pouco mais fundo e devagar. Tem uma batalha acontecendo em cima de mim, mas faz tempo que sumi. As únicas pessoas que sabem sobre esses túneis estão ocupadas agora.

É possível que eu sobreviva a tudo isso.

Então algo cintila adiante, um reflexo distorcido e ondulante da minha chama. Desacelero o passo, arrastando os pés para abafar o som. Mais uma respiração funda e sinto o cheiro de água.

Maldito povo de Lakeland.

O caminho à minha frente termina na água preta, a superfície refletindo minha mão flamejante. Quero socar uma parede. Em vez disso, xingo entre os dentes. Dou alguns passos à frente, até a água bater nos meus tornozelos, me arrepiando. Fica cada vez mais fundo. Furioso, volto chutando o chão de terra. Alguns torrões se soltam, mergulhando na enchente insondável. Contenho outro palavrão e me viro, correndo de volta pelo mesmo caminho.

Meu corpo arde de frustração, e o calor se espalha pelo meu rosto. *Outra escada, outro túnel*, digo a mim mesmo, sabendo exatamente aonde vai levar.

Outra passagem inundada. Outra rota de fuga inútil.

As paredes parecem mais próximas de repente, se fechando. Aperto o passo, a chama na minha mão diminuindo quando começo a cambalear. Meus dedos encostam na pedra ao meu alcance, tocando a superfície irregular quando volto à escada. Estou quase correndo quando chego ao topo e saio para o ar fresco da câmara contígua.

Se não posso ir pelos túneis, vou ter que dar um jeito de pular os muros. Subir e descer de alguma forma, então seguir para oeste, evitando as favelas rio acima, os vastos territórios que cercam o campo em volta da capital. *Vou ter que me disfarçar de alguma forma.* Perco o controle sobre minha mente, paralisado pelo medo. Preciso focar no que devo fazer agora — sair da cidade —, mas tudo se embaralha. Preciso de comida, de um mapa, de provisões. Todo passo acima do solo é um passo em direção ao perigo. Vão me perseguir e me matar. Mare e meu irmão, se conseguirem sobreviver.

Vasculho o escritório primeiro, procurando em vão qualquer coisa que possa ser útil. Braceletes em particular. Criadores de chamas. Cal deve guardar reservas em algum lugar, mas não há nada nas muitas gavetas e compartimentos da escrivaninha elegante que um dia já foi minha. Contemplo um abridor de cartas particularmente afiado por um momento, erguendo o objeto de metal semelhante a uma adaga sob a luz fraca. Com um movimento rápido, corto um retrato de meu pai. Mesmo mutilado, seu rosto ainda zomba de mim, os olhos ardendo na tela rasgada. Seguro o objeto com mais força enquanto dou as costas para o quadro, sem conseguir encarar o olhar de meu pai por muito tempo.

Os aposentos reais vêm em seguida. Chego num piscar de olhos, quase arrancando as portas com um chute. Paro de repente, perplexo. Em vez da suíte luxuosa digna do rei de Norta, encontro quartos vazios sem móveis, tinta, cortinas ou tapetes. Nada além de produtos de limpeza espalhados.

Cal não está dormindo aqui. Não enquanto traços meus permanecem neste lugar. *Covarde*.

Dessa vez realmente soco a parede, deixando os dedos doloridos e em carne viva.

Não tenho como saber qual é o quarto dele. As alas residenciais abrigam dezenas de cômodos, e não há tempo para procurar em todos. Vou precisar me contentar em roubar o que puder fora da cidade. Pederneira e aço geram faíscas tão bem quanto qualquer bracelete. Isso eu consigo arranjar. *Só não sei como ainda*.

Minha visão periférica se turva, com a névoa estranha que pulsa no ritmo do meu coração cada vez mais acelerado. Balanço a cabeça, tentando em vão fazer a sensação se dissipar. Uma dor surge no meu crânio, se cravando até os ossos. Inspiro fundo, me obrigando a me acalmar. Assim como no túnel, as paredes parecem próximas demais, se fechando a cada segundo. Sinto que as janelas estão prestes a se estilhaçar em cima de mim, cortando minha carne em pedaços.

Tropeço na escada no caminho de volta para a sala do trono. *Você não tem opção, Maven*, minha mãe murmura quando entro. É tudo o que ela me diz. Nunca foi de aconselhar retirada ou rendição. Elara Merandus nunca foi de se entregar em vida, e incutiu o mesmo instinto em mim. A dor de cabeça se expande, perfurando meu crânio de forma aguda.

As luzes voltam a se acender, tão fortes que as lâmpadas zunem. A onda de eletricidade é forte demais.

Uma a uma, elas estouram, o vidro partido caindo pelo chão polido. Consigo desviar quando a que está bem em cima de mim explode.

Os filamentos continuam a queimar, brancos.

E roxos.

Estoica, calma e letal, Mare Barrow está parada à minha frente, sua silhueta visível na abertura estreita. Sem pestanejar, ela entra e fecha a porta atrás de si. Nos trancando. Juntos.

— Acabou, Maven — ela sussurra.

Corro para o outro lado do trono e entro em mais um conjunto de cômodos, esses normalmente reservados à rainha. Fiz minhas próprias modificações neles. Desagradáveis a qualquer um.

Mare é mais rápida do que eu, mas opta por um ritmo lânguido. Me assombrando. Me provocando. Pode me alcançar a qualquer segundo. Me eletrocutar mirando bem.

Ótimo, penso. *Continue vindo, Barrow.*

Sinto a pontada reveladora adiante. A dor vazia que assola todos os prateados e sanguenovos. Mais uma porta para abrir. Uma última chance de sobreviver quando tantos outros morreriam.

Não vou fracassar, mãe.

Sorrindo, me viro, deixando que ela me observe enquanto recuo para o fundo da câmara escura. A única janela é pequena, e uma luz fraca enche o espaço. Iluminando as paredes escuras, decoradas como um xadrez cinza e preto. As partes cinza têm um brilho embaçado, exibindo riscos de prata líquida. *Sangue Arven, sangue silenciador.*

Ela hesita no batente, sentindo a pressão da Pedra Silenciosa. Observo isso acabar com ela.

A cor se esvai de seu rosto, e Mare quase parece prateada sob a luz fria e cinzenta. Continuo andando para trás, mais e mais. Até a porta seguinte. A passagem seguinte. Minha chance.

Mare não me impede.

Engole em seco o medo que se apodera dela. Fui eu quem abri essa ferida. Coloquei algemas nela, tirei sua habilidade, obriguei-a a viver como um fantasma atormentado. Se Mare der um passo à frente, não vai ter nenhuma arma. Nenhum escudo. Nenhuma garantia.

O abridor de cartas na minha mão de repente parece pesado.

Eu poderia deixá-lo cair. Abandonar a lâmina e fugir.

Poderia deixá-la viver.

Ou poderia matá-la.
A escolha é fácil. E tão difícil.
Me mantenho firme.
Aperto o ferro com força.

TRINTA E SETE

Mare

❦

O QUARTO É UM TÚMULO. Uma boca de pedra que vai me engolir inteira. Me sinto inerte já no batente, hesitando em sucumbir por completo a esse lugar e à pessoa que o construiu.

Meu coração bate tão alto que sei que Maven consegue ouvi-lo. Seus olhos me perpassam de uma maneira que conheço bem demais, perto demais, apesar dos metros entre nós. Ele se concentra na minha garganta, na veia pulsando com todo o meu medo. Tenho a impressão de que vai lamber os beiços. Minha mão se flexiona em vão, tentando invocar um raio. Tudo o que consigo produzir são faíscas fracas, roxo-escuras, se apagando rápido contra a força de tanta Pedra Silenciosa.

Algo cintila na mão dele, brilhando sob a luz fraca. Uma faca, acho, pequena e fina, mas afiada.

Levo a mão ao quadril, em busca da pistola que Tyton insistiu para eu trazer. Mas nem o coldre está ali, provavelmente perdido no desabamento da ponte. Engulo em seco de novo. Não tenho armas.

E Maven sabe disso.

Ele sorri, os dentes brancos e perversos.

— Não vai tentar me impedir? — diz, inclinando a cabeça como um cachorrinho curioso.

Minha boca está seca e minha voz sai rouca.

— Não me obrigue a fazer isso, Maven.

Maven dá de ombros. Consegue fazer sua roupa cinza simples parecer seda e peles e aço. Não é mais um rei, mas parece que ninguém o avisou disso.

— Não estou obrigando você a nada — ele diz, imperioso. — Você não precisa sofrer assim. Pode ficar aí ou ir embora. Não faz diferença para mim.

Me forço a respirar, mais fundo do que antes. A velha lembrança da Pedra Silenciosa sobe rasgando pela minha espinha.

— Não me faça matar você assim — rosno, com a voz perigosa e letal.

— Assim como? Me encarando? — ele retruca, seco. — Estou apavorado.

É uma coragem falsa, uma indiferença fingida. Conheço Maven bem demais para enxergar a verdade em suas palavras, o medo real trespassando sua arrogância treinada. Seus olhos se movem mais rápido do que antes, não para meu rosto, mas para meus pés. Para que possa se mover quando eu me mover. Fugir quando eu atacar.

A adaga é sua única arma.

Não estremeço quando dou o primeiro passo lento, entrando na prisão de Pedra Silenciosa.

— E deveria estar.

Maven cambaleia para trás, surpreso, quase tropeçando nos próprios pés. Ele se recupera rápido, a adaga firme em sua mão conforme sigo em frente. O rei caído acompanha meus movimentos, andando para trás. A dança letal é dolorosamente lenta. Não paramos de olhar um para o outro. Nem piscamos. Sinto como se estivesse andando em uma corda bamba sobre uma cova de lobos. Um movimento errado e caio em suas presas.

Ou talvez eu seja o lobo.

Vejo a mim mesma em seus olhos. E sua mãe. E Cal. Tudo o que fizemos para chegar até aqui, em meio ao fim do mundo. Contei e ouvi mentiras. Traí e fui traída. Magoei e fui magoada. Me pergunto o que Maven vê em meus olhos.

— Não vai acabar aqui — ele murmura, sua voz baixa e suave. Me faz lembrar de Julian e sua habilidade melodiosa. — Você pode arrastar meu cadáver por todo o mundo, mas não vai acabar com nada disso.

— Digo o mesmo — respondo, mostrando os dentes. Os centímetros diminuem entre nós, apesar dos esforços dele. Sou mais ágil. — A aurora vermelha não vai parar comigo.

Ele abre um sorriso perverso.

— Então parece que nós dois somos dispensáveis. Não importamos mais.

Solto uma risada. Nunca cheguei a importar como ele ainda importa.

— Estou acostumada com isso.

— Gostei do cabelo — Maven murmura, deixando as palavras preencherem o espaço. Seus olhos perpassam o emaranhado de roxo e castanho que cai sobre meu ombro. Não respondo.

A última cartada é óbvia, mas dói ainda assim. Não porque eu queira o que ele oferece, mas porque lembro de uma menina que teria aceitado. Mas ela já aprendeu a lição.

— Ainda podemos fugir. — Sua voz fica mais grave, e a oferta paira no ar. — Juntos.

Eu deveria rir da cara dele. Cravar a faca. Fazê-lo sofrer o máximo possível nestes últimos momentos que temos. Mas sinto um pedaço do meu coração se partir por alguém tão irremediavelmente perdido. Sinto uma tristeza real pelo irmão mais velho no meio de tudo isso, que tentou recuperá-lo e fracassou. Que não merece o que vai acontecer agora.

— Maven — suspiro, balançando a cabeça diante da sua cegueira. — A última pessoa que te amou não está nessa sala. Está lá fora. E você destruiu aquela relação.

Ele fica imóvel como um cadáver, o rosto branco. Nem seus olhos frios se movem. Quando dou mais um passo, chegando à distância de um braço, nem parece notar. Cerro o punho, me preparando.

Devagar, Maven pisca. E não vejo nada nele.

Maven Calore está vazio.

— Muito bem.

A adaga avança para minha garganta, cortando o ar com uma velocidade cruel e alucinante. Me inclino para trás, desviando do golpe automaticamente. Ele continua se aproximando, continua golpeando o ar, sem dizer nada. Meu corpo reage antes do meu cérebro, desviando de seus ataques por puro instinto. Sou mais ágil do que ele, e meus braços se movem em sintonia com seus movimentos, pegando seus punhos antes que consiga causar qualquer estrago com a peça minúscula e perversa de ferro afiado.

Não tenho nada além dos meus punhos e pés. Meu foco está em manter a adaga longe da pele, e mal consigo acertar um golpe. Giro, tentando derrubá-lo com um gancho de tornozelo, mas Maven escapa habilmente da minha tentativa. Meu primeiro erro, deixando minhas costas expostas. Me movo junto com ele, e uma punhalada na direção dos meus pulmões deixa um corte longo e superficial na minha barriga. Sangue vermelho e quente brota, enchendo o ar com um cheiro forte de cobre.

Quase acho que ele vai pedir desculpas. Maven nunca sentiu prazer de verdade na minha dor. Mas não demonstra piedade. Nem eu.

Ignorando a dor que se espalha, dou um soco forte na garganta dele. Maven arfa e tropeça, caindo sobre um joelho. Ataco de novo, chutando seu queixo. O impulso o faz cair de lado, os olhos arregalados e confusos enquanto cospe sangue prateado por toda parte. Se não fosse a adaga, eu usaria a oportunidade para colocar os braços em volta de seu pescoço e apertar até seu corpo ficar frio.

Em vez disso, vou para cima dele, usando meu peso para mantê-lo imobilizado enquanto luto contra os dedos ainda agarrados ao cabo da adaga. Maven grunhe embaixo de mim, tentando me obrigar a soltar.

Tenho de usar os dentes.

O gosto de sangue prateado envenena minha boca quando mordo seus dedos, cortando a carne até o osso. Seus grunhidos viram gritos de dor. O som me trespassa, tornado pior pelo efeito da Pedra Silenciosa. Tudo dói mais do que deveria agora.

Sigo em frente e consigo soltar seus dedos, mordendo onde devo, até a adaga ser minha. Ela está molhada com seu sangue e o meu, prateado e vermelho, mais escura a cada segundo.

De repente, sua outra mão está na minha garganta, apertando desenfreadamente, tirando o ar da minha traqueia. Ele é mais pesado do que eu e usa essa vantagem para me jogar para trás. Um joelho aperta meu ombro, mantendo meu braço com a adaga imobilizado. O outro pressiona minha clavícula, logo abaixo da marca que ele me deu. Ela queima e dói com a pressão. Sinto o osso estalar com uma lentidão agonizante.

É minha vez de gritar.

— Eu tentei, Mare — ele sussurra, furioso, seu hálito frio banhando meu rosto. Ainda sofrendo para respirar, engasgo. Minha visão escurece e se estreita, restando apenas seus olhos sobre mim. Azuis demais, congelados demais, inumanos em sua inexpressividade. Não são os olhos de um príncipe de fogo. Este não é Maven Calore. Aquele menino se foi, se perdeu. Quem quer que Maven fosse quando nasceu não será enterrado com ele.

Meu pescoço dói sob seus dedos, vasos sanguíneos estouram. Mal consigo pensar, minha mente focando na adaga ainda firme em meu punho. Tento erguer o braço, mas o peso de Maven torna isso impossível.

Lágrimas atingem meus olhos quando me dou conta de que é assim que termina. Sem raio, sem trovão. Vou morrer como uma menina vermelha, uma entre os milhares esmagados sob a coroa prateada.

A pegada de Maven na minha garganta nunca se afrouxa. Ele aperta mais, esmagando os músculos do meu pescoço até eu sentir que minha espinha pode se partir. O mundo se turva, as manchas na minha visão se espalham como putrefação negra.

Maven se inclina. De leve, muito de leve. Colocando mais pressão na minha clavícula quebrada. E menos no ombro.

O bastante para eu soltar meu braço.

Não penso. Apenas ataco por impulso, a lâmina pronta, enquanto seus olhos se apagam.

Eles parecem tristes e...

Satisfeitos.

Antes de abrir os olhos, sinto a língua pesada na boca. Uma coisa estranha em que focar, em meio a todo o resto. Tento engolir em seco, o que só piora a dor na garganta. Ela arde, furiosa, enquanto os músculos no meu pescoço gritam em protesto. Meu corpo fica tenso por causa da dor, meus braços e pernas se mexendo embaixo do cobertor da cama... de onde quer que eu esteja.

— Dê um segundo a Sara — ouço Kilorn dizer perto dos meus ouvidos. Ele cheira a suor e fumaça. — Tente não se mexer.

— Certo. — Minha voz sai rouca, e dizer essa palavra faz doer ainda mais do que antes.

Ele ri.

— E não fale. Ainda que seja difícil para você.

Normalmente eu bateria nele, ou diria que está fedendo. Sem ter como fazer isso, decido manter os olhos e os dentes cerrados para aguentar a dor. Sara dá a volta na cama, seu toque parando sobre o lado esquerdo do meu corpo.

Ela põe suas mãos abençoadas no meu pescoço, e percebo que o corte na minha barriga deve ter sido curado, porque não o sinto mais.

A curandeira inclina minha cabeça de leve, me obrigando a erguer o queixo apesar da dor. Me contraio, silvando um pouco, e Kilorn segura meu punho para me firmar. A habilidade de cura de Sara logo mitiga meu incômodo, levando embora os hematomas e inchaços.

— Suas cordas vocais não estão tão ruins quanto eu imaginava. — Sara Skonos tem uma voz adorável, como um sino. Depois de tantos anos sem língua, há quem pense que compensaria pelo tempo perdido, mas ela quase não fala, e suas palavras são escolhidas com uma atenção cuidadosa. — Não vai ser difícil.

— Fique tranquila, Sara. Não precisa ter pressa — Kilorn murmura.

Olho feio para ele, que sorri.

As luzes no teto são fortes, mas não agressivas, bem diferentes da claridade fluorescente que se esperaria de uma enfermaria. Pisco, tentando me localizar. Surpresa, percebo que estou em um dos quartos do palácio. É por isso que a cama é tão macia e tudo parece silencioso.

Kilorn me deixa olhar em volta, me dando o espaço de que preciso. Me ajeito, virando o punho para segurar a mão dele.

— Então você ainda está vivo. — Minha garganta já dói menos, só sinto umas pontadas. Está longe de ser o bastante para me manter calada.

— Apesar de tudo — ele responde, me dando um aperto tranquilizador. Vejo que tentou lavar o rosto, deixando pontos de pele limpa cercados por terra e sangue. O resto dele está igualmente imundo, o que o faz destoar dos ornamentos refinados do quarto palaciano. — Na maior parte do tempo, só fiquei longe da encrenca.

— Finalmente — murmuro. Os dedos de Sara seguem seu caminho pelo meu pescoço, espalhando um calor relaxante. — Alguém enfiou um pouco de bom senso em você.

Ele ri.

— Já não era sem tempo.

O sorriso, sua tranquilidade e até a postura de seus ombros, sem peso ou tensão, só podem significar uma coisa.

— Então acho que vencemos — suspiro, surpresa demais até para compreender o que isso significa. Não faço ideia do que seria uma vitória de verdade.

— Não completamente. — Kilorn esfrega a mão na bochecha suja, espalhando lama nas partes limpas do rosto. *Bobo*, penso com carinho. — Os mersivos foram suficientes para afugentar a armada, mas Lakeland conseguiu voltar para o mar apesar de tudo. Acho que os figurões estão negociando um cessar-fogo agora.

Tento sentar, mas Sara me empurra de volta gentilmente.

— Mas não uma rendição? — pergunto, obrigada a observar Kilorn pelo canto do olho.

Ele dá de ombros.

— Pode ser. Ninguém me fala muita coisa — ele acrescenta, com uma piscadinha bem-humorada.

— Um cessar-fogo não é permanente. — Ranjo os dentes, pensando na possibilidade de Lakeland atacar daqui a um ano. — Não vão deixar que dure...

— Dá para ficar um pouquinho contente por estar viva, caramba? — Kilorn ri baixo, balançando a cabeça para mim. — Espero que pelo menos fique feliz em saber que tem uma campanha conjunta em curso para começar a reconstrução da cidade. Prateados e vermelhos. — Ele infla o peito, muito orgulhoso de sua notícia.

— Cameron e o pai estão a caminho. Cal está discutindo a remuneração dos trabalhadores.

Remuneração dos trabalhadores. Pagamento justo. Um gesto simbólico, para dizer o mínimo. Mesmo que ele não seja mais rei, e que qualquer controle que tivesse sobre o país tenha ido embora. Duvido que Cal tenha muito poder de decisão no que acontece com o Tesouro, se é que tem algum. E, francamente, não estou ligando para isso agora.

Kilorn sabe. Ele evita entrar no assunto que me interessa, tenta me despistar.

Devagar, volto os olhos para Sara trabalhando. Seu cheiro é tão relaxante quanto seu toque, um aroma fresco de roupa de cama limpa. Seus olhos cinza como aço estão focados no meu pescoço, enquanto finaliza meu tratamento.

— Sara, temos uma contagem dos mortos e feridos? — pergunto baixo.

Kilorn se remexe incomodado na cadeira ao lado, tossindo de leve. Não deveria ficar surpreso com a pergunta.

Sara definitivamente não fica. Ela nem perde o ritmo.

— Não se preocupe com isso — diz.

— Está todo mundo vivo — Kilorn responde rápido. — Farley, Davidson. Cal.

Isso eu já imaginava. Ou ele não estaria sorrindo, e eu teria acordado em meio a um caos muito maior. Não, Kilorn sabe exatamente o que estou perguntando. Sobre quem estou perguntando.

— Pronto — Sara diz, ignorando minha pergunta. Ela dá um sorriso com os lábios fechados enquanto se afasta da cabeceira. — É melhor descansar agora. Você precisa disso, Mare Barrow.

Faço que sim e a observo sair do quarto com um farfalhar de suas roupas prateadas. Ao contrário dos outros curandeiros de que me lembro, ela não usa uniforme. Provavelmente foi arruinado na batalha, enquanto cuidava de tantos mortos e moribundos. A porta se fecha suavemente atrás dela, deixando que Kilorn e eu enfrentemos sozinhos o silêncio pesado.

— Kilorn — murmuro finalmente, cutucando-o com os dedos hesitantes.

Ele olha para mim, com a expressão condoída enquanto sento apoiada nos travesseiros. Então volta os olhos para minhas costelas curadas, parecendo envergonhado. Ainda que o ferimento não esteja mais lá, sua expressão se agrava.

A voz dele também.

— Você estava se esvaindo em sangue quando te encontramos — Kilorn sussurra, como se aquilo fosse terrível demais para dizer em voz alta. — Não sabíamos se você... se Sara conseguiria... — Sua voz se perde, envolta por uma dor que conheço bem demais.

Também já vi Kilorn se esvair em sangue, quando ele quase perdeu a vida na Cidade Nova. Acho que retribuí o favor. Engolindo em seco, toco minhas costelas, incapaz de sentir qualquer coisa além da pele lisa sob as dobras da camisa nova. O corte devia ser pior do que eu imaginava. Mas isso não importa mais.

— E... Maven? — Mal consigo dizer o nome dele.

Kilorn me encara, sem mudar de expressão. Sem dar indícios de sua resposta por um momento agoniante. O suficiente para me fazer questionar qual é a resposta que procuro. Em que futuro desejo viver.

Quando ele baixa os olhos, focando nas minhas mãos, nos lençóis, em qualquer lugar que não meu rosto, entendo o que aconteceu. Um músculo se contorce em sua bochecha quando Kilorn cerra o maxilar.

Algo em mim relaxa, uma tensão finalmente liberada. Suspiro e me recosto, fechando os olhos enquanto uma tempestade de emoções passa por mim. Tudo o que consigo fazer é me segurar enquanto o mundo gira.

Maven está morto.

Vergonha e orgulho se engalfinham na mesma medida, assim como tristeza e alívio. Por um segundo, penso que vou vomitar. Mas a náusea passa e reabro os olhos para encontrar tudo no lugar.

Kilorn espera em silêncio. É estranho estar tão paciente. Ou teria sido, um ano atrás. Quando ele era apenas um pescador, mais um menino de Palafitas sem futuro além do que o amanhã guardava. Como eu.

— E o corpo?

— Não sei — Kilorn diz, e não vejo mentira nele. Não tem por que mentir sobre isso.

Assim como foi com Elara, preciso ver o cadáver. Confirmar que está tudo acabado. Mas o corpo de Maven me aterroriza mais do que o dela, por motivos óbvios. A morte é um espelho, e ao olhá-lo assim... tenho medo de me ver refletida nele. Ou, pior, de ver Maven como eu pensava que ele era.

— Cal sabe o que fiz? — Minha voz sai embargada, subitamente tomada de emoção. Levo uma mão à boca, tentando me acalmar. Me recuso a chorar por ele. Me recuso.

Kilorn apenas observa. Queria que ele me abraçasse, segurasse minha mão, ou até me trouxesse algo doce para colocar na boca. Em vez disso, ele se afasta e levanta. Me olha com tanta piedade que eu me retraio. Não espero que entenda, nem o quero.

Assim como Sara, ele vai até a porta, e me sinto subitamente abandonada.

— Kilorn... — chamo. Ele vira a maçaneta.

E outra pessoa entra no quarto.

Cal enche o cômodo de calor, como se alguém tivesse acabado de acender uma chama. Sua armadura vermelha reluzente se foi, substituída por roupas simples. As cores destoam, sem detalhes pretos ou escarlate. Porque essas não são mais suas cores. Kilorn sai, nos deixando a sós.

Antes que eu possa me perguntar se Cal ouviu minha pergunta, ele a responde.

— Você fez o que tinha de fazer. — Cal senta devagar na cadeira de Kilorn. Ele mantém certa distância, deixando os centímetros se estenderem entre nós como uma fenda enorme.

Não é difícil imaginar o motivo.

— Desculpa. — Meus olhos ficam úmidos antes que as lágrimas rolem. *Matei o irmão dele. Tirei sua vida.* Ele era um assassino, um torturador. Uma pessoa má, perversa, destruída. Teria me matado se eu não o tivesse impedido. Teria matado todo mundo que eu amo. Era um menino, transformado num monstro. Sem futuro nem esperança. — Cal, me desculpa.

Ele se inclina para a frente, pondo a mão sobre o lençol. Com o cuidado de continuar longe. A seda entre nossos dedos é macia e fria, uma longa estrada de bordado cinza-azulado. Cal encara o desenho no lençol, traçando o fio sem dizer nada. Resisto ao impulso de sentar e tocar a bochecha dele, fazê-lo olhar nos meus olhos e dizer o que quer.

Nós dois sabíamos que isso aconteceria. Sabíamos que Maven não tinha conserto. Mas isso não impede a dor. E a dele é muito mais profunda do que a minha.

— E agora? — Cal sussurra, como se para si mesmo.

Talvez estivéssemos errados. Talvez ele pudesse ter sido salvo de alguma forma. O pensamento me trespassa, e a primeira lágrima cai. *Talvez eu não passe de uma assassina também.*

Só uma coisa é certa: nunca vamos saber.

— E agora? — repito, virando o rosto.

Olho pela janela, para o céu marcado pela névoa e pela luz fraca das estrelas.

Os minutos se estendem e passam. Não falamos. Ninguém vem me ver, ninguém vem procurar Cal e levá-lo embora. Quase desejo que alguém o faça.

Até que seus dedos se movem, encostando nos meus. Tocando bem de leve.

Mas é o suficiente.

EPÍLOGO

Mare

❧

— Tem certeza de que não quer voltar para ver?

Fico olhando para Kilorn como se uma segunda cabeça tivesse acabado de brotar nele. A sugestão é tão absurda que quase não respondo. Mas ele me olha com expectativa, inocente como uma criança. Ou pelo menos tão inocente quanto pode ser. Nunca foi particularmente inocente, nem quando éramos crianças.

Ele enfia as mãos nos bolsos de seu uniforme de Montfort, esperando minha resposta.

— Ver o quê? — zombo, dando de ombros enquanto atravessamos a base aérea de Archeon. As nuvens pairam baixas no horizonte, obscurecendo o sol poente, assim como a fumaça que ainda cobre partes da cidade. Faz uma semana, mas ainda estão apagando os incêndios. — Uma casa sobre varas bambas? Deve ter sido saqueada, isso se não tiver outra pessoa morando lá — murmuro, pensando na minha antiga casa em Palafitas. Nunca voltei e tenho pouca vontade de fazê-lo. Não ficaria surpresa se nem existisse mais. É fácil imaginar Maven a destruindo por puro ódio. Quando ele estava vivo. Não ligo o bastante para descobrir, de qualquer maneira. — Por quê? *Você* quer voltar para Palafitas?

Kilorn balança a cabeça, quase saltitante.

— Não. Não sobrou ninguém que eu amo lá.

— Não adianta puxar meu saco — digo. Ele parece mesmo estranhamente ansioso para voltar a Montfort. — E Cameron? — acrescento, com o cuidado de manter a voz baixa. Ela e os pais estão ajudando a coordenar o fim das cidades de técnicos. Eles conhecem como ninguém as antigas favelas, e sabem como reutilizá-las.

— O que tem ela? — Kilorn sorri para mim, também dando de ombros. Está tentando me despistar. Um leve rubor surge em suas bochechas vermelhas. — Vai para Montfort daqui a mais ou menos um mês, com o contingente vermelho de Norta e alguns sanguenovos. Quando a situação estiver mais resolvida.

— Para treinar?

Seu rubor se espalha.

— Claro.

Não consigo deixar de sorrir. *Preciso lembrar de tirar sarro dele depois*, penso, enquanto Farley se aproxima, cercada por alguns generais do Comando. Cisne me cumprimenta com a cabeça.

Estendo a mão.

— Obrigada, general Cisne.

— Me chame de Addison — ela responde, retribuindo meu sorriso. — Acho que podemos nos livrar dos codinomes por um tempo.

Farley apenas nos observa, fingindo irritação.

— Se esse jato fosse movido por conversa fiada, a gente nunca precisaria recarregar, com vocês duas aqui — ela diz, sarcástica, seus olhos revelando um raro bom humor.

Sorrio e pego o braço dela. Farley me dá um abraço. Também é algo raro vindo dela.

— Você fala como se eu não pudesse carregar um jato, Farley.

Ela só revira os olhos. Assim como Kilorn e eu, está pronta para voltar para Montfort. Mal consigo imaginar sua animação em deixar Norta para trás e voltar para a filha. Clara está crescendo feliz e a salvo. Sem nenhuma lembrança do que veio antes dela.

Nem mesmo do pai.

Pensar em Shade escurece até os dias mais radiantes, e hoje não é diferente. Mas a dor é menor de alguma forma. Ainda profunda, cravada até os ossos, mas não aguda. Não me faz mais perder o ar.

— Vamos — Farley insiste, me obrigando a acompanhar seu ritmo. — Quanto antes embarcarmos, antes decolamos.

— É assim que funciona? — não consigo deixar de retorquir.

Um amontoado de gente está perto do jato parado na pista de pouso, esperando por nós e pelo resto do grupo que vai para Montfort hoje. Davidson retornou à sua nação alguns dias atrás. Alguns dos oficiais dele ficaram para trás, e avisto Tahir entre eles. Deve estar comunicando tudo a seus irmãos agora, permitindo que o primeiro-ministro acompanhe o processo de reconstrução em tempo real.

Julian se destaca do grupo, usando roupas novas talvez pela primeira vez na vida. Douradas como as cores de sua antiga Casa, elas brilham fortes sob o sol de fim de tarde. Sara espera ao lado dele, assim como Anabel. A velha mulher parece incompleta sem sua coroa, e me observa com desinteresse.

— Seja rápida, Barrow — Farley diz, fazendo sinal para Kilorn a acompanhar para o jato. Os dois cumprimentam os prateados enquanto passam, me dando o espaço de que preciso para minhas próprias despedidas.

Não vejo Cal com seu tio e sua avó, mas não imagino que vá ficar na fila. Ele espera no fim da pista, separado.

Julian estende os braços para mim e o abraço com força, inspirando o aroma quente de papel velho que ainda parece grudado nele.

Depois de um longo minuto, me afasta com carinho.

— Fique tranquila, vamos nos ver em cerca de um mês.

Assim como Cameron, ele vai para Montfort em algumas semanas. Oficialmente, é um representante dos prateados de Norta. Mas imagino que vá passar mais tempo pesquisando os arquivos que Davidson colocar à sua disposição, aproveitando o tempo para investigar o surgimento dos sanguenovos.

Sorrio para meu velho professor, dando um tapinha em seu ombro.

— Duvido que você vai sair das galerias de Montfort para me cumprimentar que seja.

Ao lado dele, Sara ergue a cabeça.

— Vou garantir que saia — ela diz baixo, pegando o braço de Julian.

Anabel não é tão compreensiva. Ela me encara uma última vez antes de rir alto, repugnada pela minha presença, e sair andando a passos rápidos. Eu entendo. Afinal, para ela, seu neto negou uma dinastia e abandonou a coroa por algo tão insignificante quanto o amor por uma vermelha.

Anabel me odeia por isso. Ainda que não seja verdade.

— Anabel pode não ouvir a voz da razão, mas não é tola. Você abriu uma porta que não pode ser fechada — Julian fala baixo, observando a antiga rainha entrar no avião que a aguardava. — Não conseguiria colocar Cal de volta no trono agora nem se ele quisesse.

— E quanto a Rift? Lakeland? Piedmont?

Julian me interrompe com um aceno gentil de cabeça.

— Acho que você ganhou o direito de não se preocupar com essas coisas por um tempo. — Ele bate na minha mão com carinho. — Há revoltas, movimentação, vermelhos entrando em nossas fronteiras aos milhares. Está acontecendo, minha querida.

Por um segundo, fico arrebatada. Igualmente feliz e com medo. *Isso não tem como durar*, penso de novo, sabendo que é verdade. Com um suspiro, deixo isso de lado. Não acabou, mas para mim, sim. Por enquanto.

Preciso abraçar Julian mais uma vez.

— Obrigada — sussurro.

De novo, ele me empurra para trás, os olhos brilhando.

— Bom... chega disso. Meu ego já está mais inflado do que deveria — balbucia. — Você já perdeu tempo demais comigo — acrescenta então, com mais um empurrãozinho, agora na direção do sobrinho. — Vai lá.

Não preciso de mais estímulo, apesar dos nervos à flor da pele. Engolindo em seco, passo sorrindo pelo resto dos dignitários de nossa aliança reforjada. Ninguém me detém, e me aproximo do antigo rei sem qualquer impedimento.

— Vamos dar uma volta — Cal diz quando me aproximo, já se movendo. Eu o sigo por baixo de uma das asas do jato, entrando nas sombras. Mais além na pista, um motor ganha vida, perto o bastante para impedir que qualquer pessoa nos escute.

— Eu iria com você se pudesse — ele diz de repente, virando para me olhar com seus olhos bronze e ardentes.

— Não estou pedindo que faça isso — respondo. Não são palavras novas. Já tivemos essa discussão dezenas de vezes. — Você precisa estar aqui, juntar as peças. E tem trabalho a oeste. Ciron, Tiraxes... Se pudermos fazer alguma coisa... — Perco a voz, imaginando esses países distantes, vastos e estranhos. — É melhor assim, acho.

— *Melhor?* — Cal retruca, e o ar se aquece em volta dele. Com carinho, coloco a mão em seu punho. — Acha que ir embora é *melhor*? Por quê? Não sou mais um rei. Nem um nobre, aliás. Não sou...

— Não diga "nada", Cal. Você é muita coisa.

Vejo a acusação em seus olhos, sua pele quente sob meus dedos. É triste olhar para ele, ver a dor que estou causando.

— Sou o que você quiser que eu seja — ele se obriga a dizer, a voz um tanto embargada.

Me dou conta de que não faço ideia de quando vou vê-lo de novo. Mas não consigo erguer os olhos. Só tornaria isso mais difícil.

— Não finja que desistiu de tudo porque eu pedi. Nós dois sabemos que não foi isso que aconteceu. — *Foi pela sua mãe, pelo que é certo. Por você mesmo.* — E fico feliz por isso — murmuro, ainda olhando para sua mão na minha.

Ele tenta me puxar para perto, mas me mantenho firme.

— Preciso de tempo, Cal. Você também.

Sua voz fica tão grave que parece um rosnado.

— Eu decido o que quero e do que preciso.

Sinto um calafrio.

— Então me faça o mesmo favor. — Sem pensar, ergo os olhos de repente, pegando-o de surpresa. Embora não me sinta nada forte, represento bem o papel. — Me deixe entender quem eu sou agora.

Não Mareena, não a garota elétrica. Nem mesmo Mare Barrow. Mas quem quer que saia do outro lado disso tudo. Cal também precisa de espaço, admitindo isso ou não. Precisamos nos curar. Nos reconstruir. Assim como este país, e o que mais vier depois.

E o pior de tudo, e o melhor de tudo, é que temos de fazer isso sem o outro.

Ainda há uma distância entre nós, um abismo. Mesmo morto, Maven é bom em nos manter afastados. Cal nunca vai admitir isso, mas vi o ressentimento em seus olhos naquele dia. A tristeza e a acusação. Eu matei seu irmão, e isso ainda pesa sobre ele. Sei que pesa sobre mim.

Cal me encara, a luz do sol brilhando vermelha em seus olhos. Poderiam ser feitos de chama.

O que quer que esteja procurando — uma fraqueza, uma fenda na minha decisão —, não vai encontrar.

Uma mão ardente sobe até meu pescoço, parando ao lado do meu queixo, os dedos pousando atrás da minha orelha. Sua pele não é tão quente a ponto de queimar, não como a de Maven, que me marcou para sempre. Cal não faria isso nem se eu pedisse.

— Quanto tempo? — ele sussurra.

— Não sei. — É a verdade, fácil de admitir. Não faço ideia de quanto tempo vai levar para voltar a me sentir eu mesma, ou quem quer que seja agora. Mas tenho apenas dezoito anos. Tenho tempo.

A parte seguinte é a mais difícil, e a digo sem fôlego.

— Não vou pedir para me esperar.

Quando seus lábios encostam nos meus, é passageiro, um adeus. Pelo tempo que for preciso.

O Vale do Paraíso tem um nome apropriado. Ele se estende por quilômetros, uma planície em meio às montanhas. Os rios e lagos são límpidos e estranhos, diferentes de tudo o que já vi antes. Sem mencionar a vida selvagem. Não é de admirar que Davidson nos mandou para cá para ter um pouco de paz e silêncio. Tudo parece intocado, removido do resto do mundo.

Pegamos a trilha ao amanhecer, com o cuidado de ficar longe dos campos de gêiseres ardentes que correm ao longo da clareira. A maior parte das poças de água se mantêm imóveis e planas, espiralando num arco-íris de cores. É lindo, mas também letal, capaz de fritar uma pessoa em questão de segundos. É o que me disseram. Ao longe, um gêiser cospe água fervente e manda nuvens de vapor em direção ao céu roxo e enevoado. As estrelas se apagam uma a uma. Está frio, então aperto o cachecol de lã pesado em volta dos ombros. Nossos passos ecoam na passarela de madeira construída por cima do reservatório cor de ferrugem.

Olho para Gisa de soslaio, observando-a acompanhar meus passos. Ela está mais esbelta ultimamente. Seu cabelo ruivo-escuro cai numa trança longa, e a cesta de café da manhã pende em sua mão, balançando distraidamente. Ela queria ver o nascer do sol sobre a grande nascente, e quem sou eu para negar alguma coisa à minha irmã?

— Olhe só as cores — Gisa murmura quando chegamos ao nosso destino. De fato, a grande nascente de água quente parece algo saído de um sonho. Cercada de vermelho, depois amarelo, depois verde-escuro e, finalmente, o mais escuro e puro azul. Não parece real.

Fomos bem alertadas e, apesar da vontade, nenhuma de nós mergulha um dedo nas águas. Não quero me queimar. Gisa senta na passarela, com as pernas cruzadas. Ela tira um caderninho e começa a desenhar, às vezes rabiscando anotações.

Me pergunto o que este lugar pode inspirar nela.

Estou com mais vontade de comer, então reviro a cesta, pegando os pãezinhos ainda quentes do café da manhã. Minha mãe fez questão de que saíssemos bem abastecidas.

— Você sente falta dele? — ela pergunta de repente, sem erguer os olhos.

Isso me pega desprevenida, especialmente por ser tão vago. Ela poderia estar falando de qualquer um.

— Kilorn está bem em Ascendant. Cameron vai chegar lá daqui a uns dias.

Gisa não se importa com a ideia de outra pessoa com Kilorn. Está mais interessada na vendedora bonita que conheceu na cidade.

— Não estou falando dele — ela diz, incisiva, irritada pela minha esquiva.

— Não? — pergunto, erguendo uma sobrancelha dramática.

Minha irmã não acha graça.

— É claro que sinto.

Estou falando de Cal. Estou falando de Shade. Estou falando de Maven, mesmo nas menores partes.

Gisa não insiste.

O silêncio me alimenta tanto quanto o café da manhã. É fácil esquecer aqui. Me perder em outro tempo. Saboreio o distanciamento, mesmo com as preocupações de sempre nos cantos da mente. *O que vai acontecer agora?* Ainda não descobri a resposta.

E, por um tempo, não preciso.

— Bisões — Gisa diz baixo, erguendo a mão para apontar para o terreno.

Fico tensa, pronta para saltar. Se um desses bichos chegar perto demais, é minha responsabilidade tirar Gisa daqui com segurança. Minha eletricidade comicha sob a pele, pronta para ser lançada. É uma sensação quase estranha agora. Não treino nem luto desde que voltamos para Montfort. Fico dizendo a mim mesma que preciso de descanso. Bree e Tramy me chamam de preguiçosa.

Os bisões estão longe, a uns cinquenta metros pelo menos, e andam devagar na direção oposta. A manada é pequena, mas impressionante, uma dezena pelo menos, todos com pelagem densa marrom-escura, se movendo com uma graça surpreendente para seres tão grandes e pesados. Lembro meu último encontro com esses animais. Não foi exatamente pacífico.

Gisa volta a seu desenho, pensativa.

— A guia de Davidson me contou algo interessante. — O primeiro-ministro teve a bondade de mandar uma escolta conosco para o vale.

— O quê? — pergunto, sem tirar os olhos da manada. Se atacarem, estarei pronta.

Minha irmã continua a falar, sem se importar com a possível ameaça que atravessa o terreno. Fico contente por não saber que precisa ter medo.

— Ela disse que os bisões quase foram extintos. Milhares e milhares, talvez milhões, foram caçados e mortos até restarem apenas alguns em todo o continente.

— É impossível — zombo. — Eles estão em todo o Paraíso e nas planícies.

— Bom, foi o que a guia disse — Gisa responde, irritada com meu pouco-caso. — E é o trabalho dela saber o que acontece aqui em cima.

— Certo — suspiro. — E o que aconteceu?

— Eles foram voltando. Devagar, foram voltando.

Minha testa se franze, confusa pela simplicidade da resposta dela.

— Como?

— As pessoas — ela diz apenas.

— Pensei que as pessoas os tivessem matado...

— Sim, mas alguma coisa mudou — ela responde, com a voz mais aguda. Acho que está desesperada para que eu entenda. — Algo grande o bastante para... mudar o rumo das coisas.

Não sei por quê, mas lembro de algo que Julian me ensinou uma vez, há muito tempo.

Destruímos. É a constante da nossa espécie.

Vi isso com meus próprios olhos. Em Archeon, em Harbor Bay, em todos os campos de batalha. Na maneira como os vermelhos foram tratados e ainda são ao longo do continente.

Mas esse mundo está mudando.

Destruímos, mas também reconstruímos.

Os bisões se afastam, desaparecendo devagar entre as árvores no horizonte. Buscando pasto novo, sem ligar para as duas meninas sentadas à beira da água.

Eles se recuperaram da matança. E nós também vamos.

Enquanto seguimos de volta para a cabana, suando sob o calor do sol nascente, Gisa fala sem parar sobre as coisas que aprendeu na última semana. Ela gosta da guia, e acho que Bree também, em outro sentido.

Minha mente divaga, como costuma fazer nesses momentos breves. Voltando ao passado, e ao futuro também. Vamos retornar à capital de Montfort daqui a algumas semanas. Me pergunto como o mundo estará diferente então. Já estava irreconhecível quando partimos. Evangeline Samos estava morando em Ascendant, como convidada de honra do primeiro-ministro. Parte de mim ainda a odeia, e sua família também, por tudo o que tiraram de nós. Mas estou aprendendo a conviver com a raiva, a mantê-la guardada sem deixar que me consuma.

Devagar, toco os brincos de pedra ao longo da minha orelha, nomeando uma por vez. Elas mantêm meus pés no chão. Rosa, vermelho, roxo, verde. Bree, Tramy, Shade, Kilorn.

Não posso ficar, penso de novo, pela milésima vez. Ainda não sei se ele vai me esperar.

Mas, talvez, quando eu voltar...

Meus dedos encostam no último brinco, o mais recente. É outra pedra vermelha, vermelha como o fogo, vermelha como meu sangue.

Eu vou voltar.

AGRADECIMENTOS

As pessoas me perguntam qual a sensação de terminar uma série de livros, e sempre respondo que ainda estou esperando a sensação. Achava que a experiência me deixaria anestesiada, mas algumas emoções estão começando a surgir. Alívio, claro. Ansiedade. Medo. Mas acima de tudo, gratidão. Tanta gratidão que nem sei como botar em palavras.

Meu agradecimento mais profundo e sincero vai para a minha família, por tornar possíveis o começo, o meio e o fim disso tudo. É fácil olhar para trás e ver os momentos em que minha vida mudou, e vocês foram essenciais em todos eles. Agradeço à minha mãe, a meu pai e a Andy, aos Aveyard e aos Coyle, por tudo o que fizeram e vão continuar fazendo por mim.

Me recuso a soar piegas e sentimental agradecendo meus amigos, porque eles jamais iam tolerar. Obrigada Morgan, Jen e Tori por garantirem que eu nunca mergulhasse fundo demais. Obrigada Bayan e Angela, Natalie, Lauren, Alex. Obrigada a todos os outros, numerosos demais para nomear. Estamos indo na mesma festa há sete anos e isso não é deprimente de jeito nenhum.

Indy é uma cachorra, então esse agradecimento é meio inútil, mas obrigada mesmo assim. Você é uma ótima menina. Te amo mais do que é socialmente aceitável ou psicologicamente saudável.

Essa série ocupou quase seis anos da minha vida, e me trouxe a carreira com que sempre sonhei. Os livros em si não existiriam sem algumas pessoas incríveis que me incentivaram. Obrigada Christopher Cosmos, Pouya Shahbazian e Suzie Townsend por iluminarem o caminho e manterem o trem nos trilhos e sempre azeitado. Obrigada Jo Volpe, Kathleen Ortiz, Veronica Grijalva, Sara Stricker, Mia Roman, Danielle Barthel, Jackie Lindert, Cassandra Baim, Hilary Pecheone e o resto da equipe imbatível da New Leaf Literary. Obrigada Sara Scott, Max Handelman, Elizabeth Banks, Alison Small e todos os heróis da Universal Pictures e da Brownstone Productions. Obrigada por amarem esses livros tanto quanto nós. Todo o meu amor para o exército da HarperCollins e da HarperTeen, que luta pela série A Rainha Vermelha há tanto tempo. Agradeço às minhas editoras destemidas e absurdamente talentosas, Kristen Pettit e Alice Jerman, assim como a Jen Klonsky, Kate Morgan Jackson, Erica Sussman e a todas as pessoas que já deixaram alguma marca em um manuscrito meu. Vocês tornaram esses livros o que são. Obrigada Gina Rizzo, que por quatro anos me acompanhou em festivais, turnês, entrevistas e inúmeros aeroportos. Obrigada Elizabeth Ward, Margot Wood, Elena Yip, à equipe do Epic Reads e a todos os gênios por trás das campanhas de marketing da série ao longo dos anos. Nunca imaginei que teria uma espada de espuma temática do meu livro. E, claro, obrigada Sarah Kaufman por transformar o que eu via na minha cabeça nas capas mais lindas e icônicas que qualquer autor poderia desejar.

Fui muito sortuda de ganhar alguns amigos entre meus excelentes colegas. Vocês têm sido um apoio incrível nessa carreira completamente estranha. Amor e gratidão às Patties, Susan Dennard, Alex Bracken e Leigh Bardugo, pela amizade, pelos conselhos e por compartilharem seu talento. A Renee Ahdieh e Sabaa Tahir, estrelas desde o começo. A Veronica Roth, uma luz. A Brendan Reichs e Soman Chainani, por me aturarem. A Jenny Han, que mostra o caminho sem medo. A Emma Theriault, que ajudou essa série a nascer. A Adam Silvera, por suportar quatro horas bebendo mimosas e não fugir de mim. A Nicola Yoon, por sua bondade inabalável. A Sarah Enni e Maurene Goo, minhas luzes brilhantes a leste da 405. A Morgan Matson, pelas idas ao Starbucks. A Margaret Stohl e Melissa de la Cruz, mães queridas de todos nós na YALL. E a todos que esqueci de mencionar sem querer, mas que eu amo e a quem sou grata da mesma forma.

Eu não estaria aqui sem meus professores. Meio que literalmente, porque meus pais são professores. Obrigada ao sistema público de educação, que me impulsionou de um pequeno município para uma cidade grande. Obrigada aos professores do Departamento de Escrita para Cinema e Televisão da Escola de Artes Cinematográficas da Universidade do Sul da Califórnia, que enxergaram potencial em uma ninguém de dezessete anos. Um dos meus professores favoritos me disse uma vez que sorte é uma oportunidade para a qual você está preparado, e azar é uma oportunidade para a qual você não está. Obrigada por me dar tanta sorte.

Fora da minha esfera particular de pessoas incríveis, existem outras que eu também gostaria de agradecer. Obrigada às minhas senadoras, Kamala Harris e Dianne Feinstein, e também ao meu representante no Congresso, Ted Lieu. Vocês lutam mais do que qualquer guerreiro nos meus livros, e fazem isso por todos nós. Obrigada ao presidente Barack Obama e a Michelle Obama, por sua gentileza e força. Obrigada Hillary Rodham Clinton, uma referência. Obrigada ao Sierra Club e às tribos indígenas que lutam para proteger as terras belas, sagradas e selvagens dos Estados Unidos. Obrigada aos membros do nosso governo que trabalham para servir seus constituintes, não corporações. Obrigada àqueles de uniforme e a suas famílias pelo sacrifício e dedicação incomensuráveis ao nosso país. Obrigada a todos que falam a verdade perante o poder.

Obrigada aos estudantes sobreviventes do colégio Marjory Stoneman Douglas. Suas vozes e convicções estão fazendo mais do que qualquer um poderia imaginar.

Mais uma vez, obrigada Morgan, Jen e Tori. Suzie Townsend. Mãe e pai. Eu amo vocês demais e não estaria aqui sem vocês.

Para os meus leitores, há pouco que eu possa dizer para expressar a intensidade da minha admiração e gratidão. Para citar um autor muito melhor do que eu, nenhuma história sobrevive a não ser que alguém queira ouvi-la. Obrigada por ouvirem. Obrigada por garantirem que essa jornada não tenha terminado.

1ª EDIÇÃO [2018] 12 reimpressões

ESTA OBRA FOI COMPOSTA POR OSMANE GARCIA FILHO EM BEMBO E IMPRESSA PELA GEOGRÁFICA EM OFSETE SOBRE PAPEL PÓLEN DA SUZANO S.A. PARA A EDITORA SCHWARCZ EM SETEMBRO DE 2024

A marca FSC é a garantia de que a madeira utilizada na fabricação do papel deste livro provém de florestas que foram gerenciadas de maneira ambientalmente correta, socialmente justa e economicamente viável, além de outras fontes de origem controlada.